浪淘沙

中

淘 第十四章

沙 第四章

第十四章　斷臂的十字架

一

自從雅信與彭英結婚以後，雅信的哮龜病並不如許秀英期望地好轉起來，她仍然像往日一般，老是夜裡爬起來喘氣，只是不再由許秀英來服侍她，而是由彭英來服侍她了。

有一夜，彭英服侍她一陣子，看她喘得那麼辛苦，終於搖了一會頭，對她說：

「我看你這哮龜病在台北絕對好膾起來。」

「這是安怎講咧？」雅信問道，還繼續地氣咻著。

「第一這台北一帶人口太多，家家戶戶攏列燒土炭，土炭煙太厚咧，哮龜哪會好？第二你每日在『台北醫院』做醫生，尙過沒閒，欲歇睏也膾使歇睏，哮龜哪會好？我想若欲醫你這病，最第一是搬徙位❶，搬來去一個空氣好的新所在，家己開業，才看有希望否？」

「你也不是醫生果列加人開處方箋！」雅信半笑地說。

「你哪會知影？有眞多病醫生醫膾好，偏偏仔去給臭腳仙醫好。」

❶搬徙位：台語，音(poā-soa-ui)，意(搬遷)。

雅信想想彭英的建議，倒也覺得十分有道理，便決定搬到新地方開業了，於是到處打聽開業的地方，據朋友說台中是一個新興的都市，街路都是新開闢的通衢大道，道路的兩旁都種有綠蔭大樹，空氣新鮮，環境幽美，正是雅信養病開業的地方，所以她與彭英便選定了台中做爲他們未來的新居。

既已把新居的地方選定了，其次是籌劃搬家和開業的一些瑣碎雜事等待雅信去想了，這些事情不想則已，一細想起來，就叫她心煩意亂，於是原有的哮龜病可就更加嚴重起來了。彭英看看這樣子下去也不是辦法，終於有一天對雅信說：

「搬厝是大動不是小動的代誌，你未曾搬哮龜就復舉起來，一旦若搬，看欲安怎才好？我想欲搬進前，你著大大歇睏一下，等你哮龜較好，倆才來搬猶未慢。」

「欲安怎大大歇睏？是不是由病院請假轉來厝裡，坐列吃、倒列放？」雅信說。

「哈，哈，哈，雅信，給你講著一半，由病院請假你講去眞著，但是沒一定著愛『坐列吃、倒列放』，倆艙來去旅行？」

「旅行，欲去嘟旅行？」

「中國啊！看你欲去廈門、上海、北京……我攏遐你來去迌迌，即割所在我攏眞熟，也有眞多朋友，阿倆結婚以來都沒出外去旅行過，來去啦，倆鬥陣來去中國旅行，也算做倆的新婚旅行啊！」

雅信左想想右想想，一生努力讀書，從來也沒放開心認眞去旅行過，醫生這行業本來就是羈身難於逃脫的，而一旦搬家到台中開創新業，忙都來不及，更別談有旅行的閒情和時間了，眞的這段搬家之前的空檔是千載難逢的好機會，更何況中國從來都不曾去過，又有丈夫這識途老馬做嚮導，她有什麼拒絕的理由呢？所以她終於回答彭英說：

「也好，倆做陣來去中國旅行！」

因爲中國是屬於「外國」的地方，並不受日本政府管轄，既然想去，就得向「台灣總督府」的外事課申請護照，但彭英既已到過中國，他早在上中國時，就已經在東京辦理了護照，現在護照還在，就不必再辦了，因此，護照的申請，便只好雅信一個人自己去辦理了。

護照的辦理倒沒有多大的困難，只是雅信去拿護照的那一天，那位日本人的外事課副課長問了她申請護照的理由後，又問她說：

「你說你到中國是爲了新婚旅行，中國很大，請問你同你先生要到哪些地方旅行？」

「可能是廈門、上海、北京……看我先生怎麼決定，我只是跟隨他走，他走到哪裡，我就跟到哪裡。」

「廈門、上海、北京，各大都市都有我們日本的領事館，你每到一地，若方便的話，就請你到在地的領事館去報到一下，留下你們的住址，以便跟你們聯絡，萬一有什麼意外的事故發生了，我們也有跡可循……丘樣，中國那麼大，而且現在又有戰事，我十分爲你們擔心。」那副課長蹙眉地說。

「有戰事？有什麼戰事？課長先生……」雅信張口結舌地問。

「你不知道嗎？自從去年七月，蔣介石的國民軍開始自廣州北伐，一路打敗了佔據福建、浙江、江蘇的首領孫傳芳，另一路打敗了佔據貴州、四川、湖南、湖北的首領吳佩孚。就在今年三月，打到了上海，現在在長江以南僵持不前，既不進也不退，因爲國民黨的汪兆銘在武漢成立了一個政府，而國民黨的蔣介石又在南京成立了一個政府，兩個政府相峙對立，情況十分不穩，上海更是混亂。所以你去廈門我倒不擔心，因爲廈門自始至終就沒有過戰事，但上海的戰事隨時都可能發生，最好不要去上海，若非去不可，一到上海務必要到那裡的日本領事館報到，留下你們的住址，我們才可能隨時保護你們。」

雅信向那副課長感謝，領了護照走出了外事課，一回到家裡，便把那副課長的話說給彭英聽，彭英安慰她說：

「你做你放心，中國土地彼俔大，人彼俔多，兩千年來嘟一日沒戰爭？每日攏也有人列相戰，若因爲有戰爭就不敢去中國，安俔你一生抵仔攏免去中國。我中國已經行透透丫，你做你恬恬跟我行，倆手若沒舉刀沒舉槍，俔欲戰做俔去戰，佮倆有什麼關係？」

經過彭英這麼一說，雅信心頭倒也寬解了不少，於是過沒幾天，便買了船票，辭別了許秀英、雅足和雪子，搭上日本「太古船公司」的英國汽船，中午一點從基隆出航，駛了一夜，於第二天早晨，在廈門對岸鼓浪嶼的碼頭靠岸了。

二

彭英與雅信在鼓浪嶼住了三天，因爲這小島是外國的共同租界，所以環境十分清潔，這裡沒有熱鬧喧囔的商業街道，只有天然的綠蔭與岩石，而各國洋式的官衙、學校、教會、醫院以及旅館點綴其間，錯綜櫛比，彷彿翠玉盤上撒落了無數白淨的珍珠。

到鼓浪嶼的第二天早晨，彭英便帶雅信攀援那蜿蜒的山路，爬到「龍頭山」上的「日光岩」，這裡是小島的最高峰，四面的風景，一覽無遺，正對著日光岩的前方便是鼓浪嶼那美麗的海灘，海灘的左邊是鼓浪嶼的碼頭與船塢，離碼頭不遠的岸上有一間方形半圓列窗的白色建築，那是美國領事館，海灘的右邊迤邐著幾幢類似的白色巨廈，它們依次是英國、德國、法國的領事館。在那幾間領事館的圓心地點，聳立起一座尖塔，那便是這島上獨一無二的西洋教堂。

與這鼓浪嶼小島遙遙相對的便是那廈門大島，島的邊緣密密麻麻是商業大街和住家小宅，廈門那大島上的車水馬龍與鼓浪嶼這小島上的鳥語花香恰成鮮明的對比，而這兩個天淵之別的世界便由「鷺江海峽」這一衣帶水完全隔絕了。就在這海峽上，有三、四隻雙桅的商船正悠悠地從海峽的左灣駛向右灣，灣內可見幾隻中國海關的戰艦停在碼頭裡，灣外可見帆影點點。

那「日光岩」上鐫了幾個字，彭英指給雅信看，那字刻著「彭浪洞天，鷺江第一」，見雅信把那石刻字看罷，彭英便對她說：

「三百年前，鄭成功佔領福建沿海一帶的港口，包括廈門、泉州、福州一割所在，聽得講有水兵二十萬，戰艦三千隻，既然有海軍，就需要時常練海軍，伊在這鼓浪嶼有搭一個閱兵台，伊就是企在這閱兵台頂指揮海軍列下面的海灣上操練……你敢知影鄭成功的閱兵台搭在嘟位？」

「不知影，我哪會知？」雅信搖頭說。

「就是搭在即塊『日光岩』的頂高❷。」彭英說。

雅信聽了，便望著那塊巨岩興起了無限今昔的感慨。她與彭英同時又去眺望那山下的海灣，以及對岸碼頭的那幾隻戰艦……

「你有看得戰船後面彼間大樓否？」彭英說。

「有，彼是什麼？」

---

❷頂高：台語，音(ting-koan)，意(頂上，頂頭)。

「彼就是廈門的警察署。你有看得警察署左旁另外一間大厝否？」

「有，彼間是什麼？」

「彼間就是中國海關，外國船若入廈門港灣，攏著先去彼丫報關。你有看得海關復左旁的高樓否？」

「有啊，彼間是什麼？」

「彼間是『中華銀行』，阿復左手旁彼間大樓你猜是什麼？」

「我不知，我哪猜會著？」

「彼間是『台灣銀行』！」彭英笑著說。

「安怎？廈門也有『台灣銀行』？」雅信驚訝地說。

「哪會沒？你敢知影這廈門佮鼓浪嶼現在有外多倆台灣籍的住民？有八千外個，既然有即倪多台灣人，當然需要設一間『台灣銀行』！」

彭英與雅信兩人都沉默了，又去遙望對岸廈門的一系列碼頭以及碼頭背後矗起的那座蒼翠的「虎頭山」。忽然聽見三聲汽笛的長鳴，從對岸的碼頭傳來，這「日光岩」的龍頭山又把那長鳴傳回對岸的虎頭山去，於是那鳴聲便在這兩山之間的鷺江海峽上來回傳遞，漸鳴漸微，最後模糊地混成了一片，這時便看見一隻郵輪從對岸的碼頭悄悄挪了出來，在海峽上轉了一個大彎，雍容大派地駛向南方的灣口去了。

「彼隻船到底欲駛去嘟位你敢知？」雅信開口問彭英說。

「廈門發的商船大部分是去南洋，彼船頂的旅客攏是中國人。」

「伊攏欲去南洋迌迌是否？」

「哈，哈，哈……」彭英搖頭大笑起來：「不是欲去南洋迌迌，是欲去南洋做工抑是做生理，你敢知影？雅信，每年不知有幾千個中國人由這港口坐船去南洋趁錢，趁著錢，才將錢由這港口寄入來中國，廈門講是入超的港口，其實講起來不是輸出產品列趁錢，實在是即割南洋的華僑寄錢轉來列趁錢。」

彭英說了這一大段話後便休息一陣，吸了幾口長氣又自言自語地說下去：

「有一個華僑叫做『黃阿注』，伊在南洋趁著大錢轉來廈門，開銀行，設電話公司，建水道工廠，做眞多有益廈門的代誌，也有一個華僑叫做『陳嘉庚』，伊也在南洋趁著大錢轉來廈門，開設『廈門大學』佮『集美中學』，對廈門的教育眞有貢獻。」

「安倪講起來，在南洋趁大錢的華僑，攏對中國人眞有貢獻嘍？」雅信說。

「彼也沒一定，新加坡就有一個華僑叫做『黃長涵』，伊雖然是中國人，但是伊入英國籍，伊是南洋上大的好額人，財產有十億，平均每個中國人分兩塊猶有春。但是伊對中國人十分刻薄，有一遍，當地的華僑欲起一間華僑中學，看伊有一塊空地，想講欲請伊將彼塊空地樂捐出來給華僑起學校，你知影黃長涵安怎回答？伊回答講：『呃？您揀即塊地欲起學校是否？這表示即塊地眞有價值，照平常市價即塊地是五萬塊，即馬都較有價值，算您十萬塊就好！』」

「哪有即倪刻薄的中國人？」雅信忿忿地說。

「伊若對所有的人攏刻薄也好，偏偏孤對家己中國人刻薄，對伲英國人敬干若上帝咧。上好笑就是有一遍，聽講英國皇太子愛德華八世欲來新加坡巡視，伊就用幾十萬，開大路，整理花園，修理厝宅，復請中國上有名的總庖❸，想欲大大請伊皇太子一頓，結果咧？皇太子孤坐馬車由伊的門口經過，連馬車都沒停一下，免講入去看伊的花園，吃伊的中國料理。哈，哈，哈……」

「像即款中國人，講起來實在眞見羞了嘜？」雅信感歎地說。

「才見羞而而？猶復有咧，伊家己歆羨做英國人做𣍐成，只有強迫𪜶查某子嫁給英國人，想講看會生一個英國孫𣍐？結果英國孫猶未生出來就給彼英國先生加伊離婚。離婚了後才去嫁一位中國的外交官叫做『顧維鈞』，這顧維鈞佮𪜶丈人完全沒像款，伊是一個眞正愛國的中國人，伊死了後，叫人加伊燒灰，將灰用飛行機掖在全中國的空中。」彭英滔滔地說。

他們從龍頭山上的日光岩走下山來，沿路兩旁都是華麗的洋樓大廈，圍牆內都是繽紛的花園，修葺得淨潔可愛，這些巨廈的屋主有的是中國人，有的西洋人，但是門口看門的，差不多一律都是印度人，他們濃眉虎鬚，一身黧黑，穿著白衣，一頭白包，佩一支手槍，在鐵欄門裡來回踱步。

「即割顧門的哪會攏請印度人咧？」雅信迷惑地問彭英說。

「這可能是𪜶印度本土歹找頭路，所以𪜶眞多印度人才去參加一個專門訓練顧門的幫會，這幫會不但訓練眞嚴格，而且畢業欲提證書進前叫𪜶宣誓，絕對佮對敵抵抗到死爲止，絕對𣍐使中途投降抑是走脫，若有後面的情形發生，彼幫會的其他會員會來加伊掠去制裁處死。所以即割有證書的印度人，攏眞勇敢，眞忠心，雖然價數眞高，但是差不多所有的好額人攏願意出大錢請𪜶來顧門。」彭英說。

他們繼續從山上走下來，穿過一片茂密的熱帶林，轉了一個小彎，驀然，那一片深藍的大海呈現在眼前，在那萬頃的碧波之間，稀疏點綴著幾塊綠玉小島，右手是青嶼和浯嶼，往左依次是

---

❸總庖：台語，音(chong-pho)，意(廚師)。

三擔、二擔、大擔三個小島，小金門緊鄰著大擔，更遠的金門大島只剩下朦朧的影子……

他們更往山下的海邊走去，無意之間，在一段寂寞的小丘發現一塊墓地，這墓地一律都是給外國人使用的，看得見日本塔形方柱墓碑，但大多數卻是西洋人的十字架墓碑，有幾根十字架不是缺了頭就是斷了臂，彷彿被雷劈了一般，雅信見了十分詫異，便問彭英說：

「你看彼十字架哪會斷去？敢是做風颱給風吹斷的？」

「不是給風吹斷的，是人故意加它敲斷的。」彭英淡淡地回答。

「故意加它敲斷的？哪有即款道理？」雅信疑惑地說。

「是啊，彼墓底的外國人，在生的時陣可能立志欲做一項足大的代誌，但努力一生，彼項代誌都猶未完成，伊就先死去。伊死了後，伊的親戚朋友就加伊埋在即丫，將彼支好好的十字架加它敲斷，用這來表示彼墓底的人沒達著伊人生的目的，含恨在九泉地下。」

彭英說罷，望著那些斷臂的十字架，興起無限感慨，然後才攏雅信的手，對著迎面而來的海風，走回他們的旅館去。

三

彭英和雅信來到隔岸的廈門，在一個大茶莊對面的一家小旅社住下來，然後彭英便帶著雅信去拜訪廈門的「台灣尙志社」，認識了一些社裡的台灣人，過後又帶她去參觀「集美中學」和「廈門大學」，在「廈門大學」的校園散步的時候，彭英指著那一列中國式飛簷璃瓦的教室，對雅信說：

「你知影否？中國現在有兩個眞出名的文人，攏在即間大學教過書。」

「嘟兩個？」雅信問道。

「就是魯迅佮林語堂兩個。」

「魯迅佮林語堂？我是做醫生的，對文學，一字不訓一橫，什麼都不知影，你講看覓，伊寫過什麼書？」

「魯迅寫過眞多小說，上出名的一篇叫做『阿Q正傳』。林語堂寫過眞多本書，上出名的是一本叫做『吾土吾民』。自古以來，中國人寫文章攏是掩掩嵌嵌，不敢講實話，孤即兩個文人敢講實話，中國人有什麼歹點，伊攏沒客氣講講出來，一點仔都沒掩嵌，看伊的文章鱠輸看伊的心肝像款，是我上佩服的兩個文人。」彭英說。

走出「廈門大學」，他們沿著一條新開拓的大馬路走，這大馬路往前走了三十分鐘的距離，忽然逢到一間富人的大宅，那馬路不再向前走，向右邊繞道拐了一個大彎，等彎到大宅的另一端才又恢復原來的方向，筆直地往前走……雅信見了，大感詫異，便問彭英說：

「即條大馬路好好不直直行，哪會在彼間大厝前彎一下大彎，安倪駛車的人敢不是眞沒方便咧？工程師設計哪會設計即偌形？我若是當初彼個工程師，我著叫人將彼間大宅拆走，給馬路好行，哪會使爲著家己害眾人？」

聽了這話，彭英大笑起來說道：

「可見你即個人不訓世事，一點仔都不知中國的人情風俗！當初彼個工程師哪會不知影講大馬路著愛愈直愈好行？哪會挑工❹設計一條彎路？本來彼間大厝佮其他一割著路❺的小厝攏著愛

❹挑工：台語，音(thiau-kang)，意(故意)。
❺著路：台語，音(tio-lo)，意(擋在計劃的路線上)。

拆，哪知影彼大厝的主人是好額人，伊等別人的厝列拆的時陣，包一大包紅包就向工程師的頂司塞落去，結果頂司下一條命令落來講彼間大宅不免拆，你做工程師的欲安怎？除了重新設計，將大馬路在大厝前彎一下大彎以外，你猶有什麼辦法？『有錢能使鬼推磨』，即句話在別位沒一定著，但在中國一點仔都沒不著。」

他們繼續在那大馬路走，路兩旁的住宅漸漸疏落了，便逢上兩堵磚砌的長牆，那牆上橫七豎八貼了花花綠綠五光十色的宣傳紙，那新的宣傳紙貼在舊的宣傳紙上，橫的紅紙蓋在豎的黃紙上，琳瑯滿目，看得人頭昏目眩，眼花撩亂，但雅信好奇，仍努力讀出了幾條宣傳語，那宣傳語寫道：

收回中東路權！
恢復我國領土！
打倒孫傳芳！
活拿吳佩孚！
全面禁食鴉片！
徹底禁賭麻將！
……

雅信唸著，見牆下兩兩三三，不時有行人走過，只管匆忙地走著他們的路，誰也不曾抬頭去望那牆上一眼，更別說像雅信那般仔細地唸了……雅信覺得奇怪，便對彭英說：

「在台灣佮日本，規世人也不曾看著宣傳紙，不知在中國哪會即倪多？而且行路的人連看都嫒加伊看一下，安倪貼到花狸花貓哪有什麼路用？」

「這你也不知？就是因爲做艙到，只有是貼宣傳紙，哪有親像日本人抑是西洋人？做會到早就動手去做丫，哪有時間通四界❻去貼宣傳紙？」彭英說。

那磚牆的盡頭路邊有一座土地廟，那廟用大石砌成，就在那堵石牆下擺了一個相命地攤，有一群閒人圍著看人問卜，彭英好奇，也帶雅信偎近去看。那相命先生坐在地上的一隻小竹凳子，戴一頂瓜皮帽，留一撮雪白的山羊鬍子，他穿一襲過膝的藍色長袍，踩一雙黑色的包鞋，年約六十，眉清目秀，一雙眼光閃爍玲瓏，直透每天問卜人的心坎。彭英對這相命老人，不知怎麼產生一種莫名的好感，彷彿曾經在哪裡遇過的老朋友，也不想就走，便立下腳來聆聽。這時正有一位二十五歲左右的青年在求卜，那青年剪了平頭短髮，雖然年紀輕輕，黑髮之中已參了不少白髮，他問那相命老人道：

「我有想欲去上海做生理，想欲去彼丫演八米厘的小電影給人看，但是我沒八米厘的電影機，一個月前已經向香港的商店注文❼，即倪久丫攏猶未到，但是我一個月內就欲來去上海丫，你想有可能抑是沒可能？」

「你給我一字囑，我才加你拆字拆看覓。」那相命老人帶著濃厚的北方口音用廈門話回答。

「我都向香港的商店注文，否你加我拆『香』字啦！」那青年說。

---

❻通四界：台語，音(thong-si-koe)，意(到處各地)。

❼注文：台語，音(chu-bun)，意(預約，訂貨)。

那相命老人立即提了毛筆龍飛鳳舞地在他左手的線裝簿上寫了四句聯語，順口吟哦地唸了起來，然後雙眉一皺，頻頻搖起頭來，說道：

「沒可能！沒可能！你上海沒法度通去。」

「爲什麼？先生啊。」那青年失望地說。

「你看咧，這『香』字加伊拆起來，抵仔好是『千八日』，一年三百六十五日，你著愛等五年彼電影機才會到，我想你猶是沒法度通去上海。」

那青年感服於那相命老人的拆字，深深地嘆息了一陣，付了拆字錢走了。其後也沒再有人請那相命老人拆字，於是那留下的幾個閒人也相繼走開，最後只留下彭英和雅信還留在攤前不動。

那相命老人看看沒有人再問卜，便開始燒起茶來，那茶具非同一般，卻十分小巧別緻，獨出一格，原來是將人家不用的鳳梨鐵罐上頭去空，在罐下另開一小孔，在孔裡點一支小蠟燭，把小茶壺置在鐵罐上，不到三分鐘，茶葉的清香便瀰漫在相命攤子的周遭了。彭英見了，稱讚不絕，又望了望相命老人那斯文智慧的相貌，想起他北方的口音，不覺脫口問道：

「先生，你敢是北方人？」

「是，我是北方人。」那相命老人說，慢條斯理地倒了一小杯茶，啜了一口，慢慢說：「我是由山東流落到廈門的北方人。」

「請問先生，你哪會由北方流落到南方來？」彭英問。

「開始是生理失敗，以後才給土匪逼到南方來。」

彭英見那相命老人還有話要說，便耐心地等他啜了第二口茶，才聽他繼續又自動地說下去：

「以前我並不是在替人相命，我是在北方開店，一間眞大的洋店，我手會寫字，同時腳會彈算盤。我彼陣有眞多朋友，攏是會算會彈，眞有學問，有幾個也做到教授，其中一個也來『廈門大學』做教授，雖然我排在路邊列替人相命，伊也猶定定來看我，來佮我談古說今。」那相命老人說著，不覺莞爾笑了起來。

「先生，你即偌人才觔❽在廈門替人算命，實在眞可惜，我看你不如去台灣，彼丫眞需要你即款人。」彭英說。

「去台灣？」相命老人驚訝反問道，然後搖了一會頭：「我即生沒希望丫，去到嘟位攏像款。」

「先生，這是安怎講咧？」彭英問。

「我腳粗，是一項大缺點，你看！」

相命老人說著，同時脫了一隻鞋，摺下襪子，露出一腳起白蘚的粗腳來，彭英見了，默默無語，但站在一旁的雅信見了，卻打破長久以來的沉默開口說：

「這是一種香港腳，若小心保養，抹藥仔會好。」

相命老人對雅信會心一笑，卻又搖了一會頭，說道：

「沒效！即雙腳什麼先生都看過，什麼藥仔都抹過，𣍐好就是𣍐好，這是我的缺點，去到嘟位攏像款！」

談話就這樣截然靜止下來，彭英惋惜地歎了一口氣，看那相命老人啜完了第三口茶，才又打開話匣子，轉了一個話題說：

---

❽觔：台語，音(kiu)，意(窩居，龜縮)。

「先生，你抵才提起土匪加你逼到南方來，北方土匪敢誠實彼倪多？」

聽了彭英的問話，那相命老人沉吟了半晌，撫了一會下巴的白鬍，絮絮地說道：

「其實不但北方的土匪眞多，南方的土匪也平多，只是北方的土匪佮南方的土匪有一點上大的沒仝，就是講起來，北方的土匪，實在是馬賊，阮北方人叫做『紅鬍子』，即款馬賊集體騎馬來城裡村裡搶，大規模襲擊掠奪，無所不至，特別是滿州佮阮山東的土匪攏是即類，阿南方的土匪，伲大規模來襲擊掠奪的實在眞少，大部分是向城裡村裡的好額人綁票恐嚇，錢到放票，錢沒到就裂票。」

「安倪講起來，土匪敢不是眞恐怖的物，爲什麼官廳哪𣍐做一下加伲掠掠起來，給伲自由自在，四界攪擾人民咧？」雅信天眞地問道。

那相命老人仰天大笑了一陣，然後說：

「不但沒加伲掠掠起來，猶有一割地方官，甚至利用土匪的名來達著向有錢人課稅徵收的目的，即割地方官，平時佮土匪加減保持一割聯絡。」

「地方官佮土匪有聯絡？」雅信大感意外地說。

「遂給你驚著？」那相命老人微笑地說：「大部分地方官廳是暗中列佮土匪妥協，但是需要的時陣雙方共謀做代誌也有，時常倘敢不是有聽見講官廳欲去『討伐土匪』，窮究起來是用『討伐土匪』做看板，準備一割槍器彈藥出去外口，在路中隨便掠一個無罪的農民起來斬頭，講是斬土匪頭目的頭，了後才將準備來的槍器彈藥，全部送給土匪做交換條件佮伲妥協，請伲以後不通復來搶，就親像安倪，生理做去十分成功，買賣雙方哪有𣍐好額的道理？」

「阮台灣都沒土匪，不知是安怎中國土匪哪會即倪多？」雅信問道。

「這講起來話復多囉，但是上重要的原因是中國人尙多，產業沒發達，而且復遇著天災佮兵禍，眞多人失業，即割失業者若溫順的就變做流浪漢四界流浪，親像我，若沒溫順的就自然變做土匪，四界去搶人。」那相命老人說。

「天災沒米通吃，逼一割人去做土匪，這會得通了解，但是兵禍佮土匪有什麼關係，先生你講來聽看覓好否？」雅信說。

「這講起來眞簡單，因爲戰爭年年沒停，自然就有眞多由軍隊解散轉來的散兵，偲轉來欲創什麼?只有是去做土匪。也有眞多戰敗的軍隊，以及眞多中途逃脫的走兵，偲無地討趁，而且槍復便便，也去做土匪。阿其他給地方官廳抑是政府軍隊壓迫到走投沒路，最後去做土匪的彼就免講丫啦。」那相命老人說。

「老先生，我特別欲向你請教一下。」彭英插嘴道：「照你講中國四界攏有土匪，但是嘟位土匪上多？」

「講起來您不相信，土匪也有偲土匪的產地。」那相命老人撫著鬍子笑著說：「土匪的原產地是在山東、河南、江蘇、安徽四省交界的所在，因爲交界的所在三不管較容易生存，即割所在不時都有二、三十萬的土匪。其他佮這四省相隔壁的省分親像陝西、湖北、河北也有土匪，只是沒彼倪多而而。揚子江上游兩岸有幾十個土匪巢，雲南的土匪也獪比別位較少，揚子江下游以及江南一帶土匪較少，但最近數字也直直增加起來，上不可思議的是國民革命發源地的廣東，聽講即省滿四界攏是土匪，這是因爲各省的軍隊攏來廣東，解散了後分散到廣東各地的緣故，即割土匪成群結隊，少者幾十，多者規萬[9]，堂堂佮政府的軍隊交戰，大部分是給政府軍隊打敗，若敗者，偲就四界流竄，攻破各縣城市，刣人放火，無所不至。一般講起來，土匪若結尙大群，因爲吃飯的糧食成問題，偲就沒法度停留在一個所在，所以不時都四界列流動。」

彭英和那相命老人又談了許多話，直到有人來問卜，彭英才帶著雅信離開那相命老人，往前繼續逛街，他們漫無目的地東遊西蕩，到處閒看，不覺一天匆匆過去，直到黃昏時分，才倦倦回到旅館來。

還沒走到旅館，彭英發現一簇簇的人比手劃腳，邊叫邊喊，蜂擁奔向旅館的方向去，等彭英抬起頭來看個究竟，才看見有一股濃密的黑煙從旅館那邊街頭衝到半空去，鼻子便立即聞到燃燒的焦味，心裡不覺一怔，驚叫一聲：

「害啊，彼丫列火燒厝！」

「敢是列燒倆的旅館？」雅信驚駭地問：

「沒可定❿……倆緊來去看覓！」

彭英說著，牽了雅信的手，連飛帶跑也跟人奔向那火燒的地方去。來到火燒的地方，才發現不是旅館失火，而是旅館對面的那家茶莊起火，火燃著一包包打捆好的茶葉，火舌從那大門、那窗戶吐出來，化做萬顆火星，往四面八方飄落下來，彭英和雅信也加入那堵圍觀的人群，只覺那火焰的熱度能熊向臉逼來，使得密密的人牆忍受不住，慢慢往後退去。

突然鈴聲大作，不知從哪裡扛來了三、四部唧筒救火器，各有一個長把，由兩個人在兩頭上下壓縮抽水打火的，人牆立刻讓開一條路給那扛救火器的十來人進去，卻見他們把救火器放下，

---

❾規萬：台語，意(成萬)。

❿沒可定：台語，意(說不定)。

也不急著有所行動，其中有一個領頭的救火夫卻在東張西望，忽然對背後的群眾大喊起來：

「頭家咧？茶莊的頭家咧？」

「頭家去『江山樓』打麻雀……」群眾裡有人回答，那領頭認出原來是茶莊裡的打捆工人。

「也𣍐曉去加伊叫轉來，講打火的在㑹門口列等伊！」那領頭說。

那工人應了一聲，拔腿飛跑去了，那十來個救火夫竟然就袖手站在那裡等，也不急著去打火，只學著那些人群悠閒地立在火場前觀望，任那火焰逐漸熾烈漫延開來。

茶莊的頭家終於慌慌張張來到火場，這時茶莊已燒去一半，大家又把路讓開給他進來，他是一位光頭肥肚的中年人，那領頭立刻迎上前去，只聽見那頭家對那領頭嚷道：

「緊啦！緊啦！緊加我救火啦！」

「沒先講價數欲安怎救？」那領頭回說。

「你開價啦，看你欲需幾圓啦？」那頭家說。

「五千啦，即場火𣍐小咧！」

「給你兩千啦，緊加我救！」

「兩千尙少啦，復添較多咧！」

「否三千啦！緊加我救啦！你看，規間茶莊直欲燒了丫！」

「四千啦！需要𣍐少工夫咧！」

「否三千五啦！」

「好啦！好啦！」那領頭終於說，轉向他手下的救火夫：「做一個人情，加伊救啦！」

於是才見那十來個救火夫開始活動起來，接水管的接水管，打水的打水，按小龍頭的按小龍頭，七手八腳，亂忙了一陣，仍然好久好久噴不出水，群眾屏聲息氣等待著，等那水龍頭終於噴出第一道水來，那火勢已猛烈無法遏止，那救火夫儘管努力救火，可是那幾道水對這一大片瘋火，也只像是沙漠中的幾滴水，解渴有餘，救生不足，不到半小時，那整幢茶莊便夷為平地，變成一片焦土了。

四

彭英和雅信在廈門又住了十幾天，遊遍了所謂「廈門八景」，其中給雅信印象最深刻的就是「鴻山寺」旁那塊刻著「鴻山織雨」的巨岩，特別是那天剛好遇到下雨，那雨絲點在石前，左右交織，確也附和了「鴻山織雨」的美譽。除了這「鴻山織雨」，其次就要算「五老峰」下的「南普陀」了，這間名寺是與浙江定海的「普陀山」齊名的，這寺的建築宏偉秀麗，彭英和雅信便依著和尚的指引，遊覽了寺裡的「山門」、「天王殿」、「大雄寶殿」、「大悲殿」、「藏經閣」……

既已遊倦了廈門，彭英和雅信便又捆好行李準備坐船北上到上海去，忽然聽見「台灣尚志社」的人說，葉惠如最近生病一直都在福州，沒能再到處奔波，彭英便臨時改變路程，買了兩張到福州的船票，打算先到福州見一下葉惠如，然後才帶雅信去上海。

那船是條中國的蒸汽船，因為是沿海的短程航線，所以船身不大，才三千噸左右，等雅信來到船邊的碼頭，發現有兩個船員在檢查船客的行李，然後才讓船客援著由船舷斜放下來的扶梯先上船去。雅信感到十分詫異，從來她坐日本船上日本去，或到鼓浪嶼來，也不見這麼仔細檢查的，何以這中國船就如此？只是在心裡狐疑著，已走到那兩個水手的面前，那兩個水手中有一個比較年老嚴肅的，佩著一支左輪槍立在後頭，前面才由一個年輕的，看來比較輕佻活潑的，在檢查船客的行李。

雅信和彭英把兩只大行李都打開讓那年輕水手翻過了，他又要檢查雅信的手提包，雅信很不情願地把手提包交給他，但他卻笑了起來，搖搖手，示意叫雅信自己打開讓他看看即可，雅信便照做了，然後又是那年輕水手對她裂嘴一笑，叫他們上扶梯去。走了那段搖擺的長扶梯，還沒到甲板，早有一個年約三十五歲的二副走下來，一手替雅信提行李，另一手來扶她走到甲板去，一到了甲板，雅信便謝了他一聲，與彭英一起，提著行李，到他們已訂好的艙房去了。

把行李放在艙房後，雅信與彭英便又在甲板踱起步來，等他們踱到那扶梯口，見那碼頭上的長龍不但不見短，反而愈排愈長了，那個佩槍的水手仍然合掌放在背後，佇立著靜看那年輕水手檢查船客的行李，而這甲板上的二副似乎閒得沒事，開始吹起輕鬆的口哨來，雅信覺得好奇，這時才有心情仔細端詳這個二副來，他一臉清秀，一雙烱烱的眼睛發射著機警幹練的光芒，他雖短小，但四肢結實勻稱，是個行動迅速頭腦靈敏的人。那二副看見雅信在望他，便對她友善地點了點頭，挪了兩步，挨了過來，似乎想跟她搭訕，倒是雅信不好意思起來，便避開了他的目光，去望那扶梯下的那一列彷彿不曾變動的長龍。

這時，那隊伍的最前頭有三個高中生打扮的女學生，各帶著輕便的行李包，在接受檢查，她們大概是結隊要去福州旅行的吧，雅信想著，只見那年輕的水手在跟她們比手劃腳，彷彿跟她們打情罵俏了一番，還發出快活的笑聲，讓她們三個人魚貫走上了扶梯，好像走不很穩的樣子，這邊船上的二副早奔了下去，一個接一個地把她們拉到船上來。

緊跟在那三個女學生的後頭看去像是一位盲人，因為雅信見他帶著一副黑眼鏡，右手拄一支枴杖，那盲人大約四十歲的樣子，頭上一頂呢帽，一襲長袍，也不帶什麼行李，只左手提了兩隻燒雞，用玻璃紙和紅麻線包住，那年輕水手見他是盲人，也不仔細檢查，便把他領到扶梯口，這時那二副早又奔下扶梯，想替那盲人提燒雞，領他上船，那盲人卻十分客氣，硬是不肯把燒雞交給二副提，只把提枴杖的右手伸給二副，任二副領他到甲板上來。一到了甲板，那盲人連謝了二副幾番，便跺著枴杖，一步一步往前甲板蹉跎了過去。

那條長龍依舊是慢吞吞地難得有些動靜，因爲那年輕的水手放走了那三個女學生和那個盲人之後，又開始恢復原來的嚴格檢查，他的仔細與繁瑣，幾乎到了令人氣悶的地步，終於使雅信不耐煩起來，便自動開口對那扶梯口的二副說：

「旅客上船就上船，您哪著加偲查到彼倪嚴格欲創什麼？」

「女士你知否？」那二副微笑起來說：「福州、泉州、漳州、潮州……一帶的海面眞多海賊，特別上愛中國船，即隻船沒外久以前，才去給偲搶過一遍，所以才著即倪嚴。」

「你講倘即隻船曾去給海賊搶過？」雅信兩眼大睜，指住甲板說。

「是啊，在漳州佮潮州的海面給偲搶過，才兩個月前的代誌而而。」二副說。

雅信猛烈地搖起頭，做出不可相信的表情，回頭去望那龐大的船身與吐煙的煙囪，咋了咋舌說：

「這船即倪大隻，復在海頂，是欲安怎搶咧？眞不可思議，眞不可思議……」

二副會心地大笑起來，瞥見一位老公公緣扶梯上來，便暫時撇下雅信，搶了幾步，下去把那船客拉上來，才又走近雅信，一本正經地對她說：

「你不免著驚，其實這是眞簡單的代誌，事前偲即割海賊黨先派幾個人打扮做船客偷帶武器上船，等船開到大海的時陣，𪜶即幾個海賊才露出武器，有的去押船長，有的去押武器艙，有的去押電報室叫電報員停止打電報，春的人才去輪機房強迫火夫停止機器，將水蒸汽漏漏掉，安倪船不就停在海中，即個時陣，𪜶早就約好的海賊船便開偎來，一大群海賊才爬上船來搶旅客的金器錢項，啥人敢反抗便一槍打死，揀⑪落海底飼鯊魚，所以大家攏乖乖任𪜶搶，等一切搶了，彼原來船頂的幾個海賊才隨𪜶仝黨的海賊落去海賊船，做𪜶開船走去。」

「𪜶海賊敢有眞多人？」雅信插嘴道。

「沒眞多人，但一堆二、三十個總是有，每個人身軀頂攏有槍復有刀。」二副說。

「𪜶海賊船敢有眞大隻？」雅信又問。

「沒大隻，眞小隻，佮俺的船艙比咧。」

「安倪等𪜶落船了後，哪不開船隨後去加𪜶泣？」雅信率眞地問。

聽了這話，二副捧腹大笑起來，說：

「可見你是旅客，不是水手，即款蒸汽船，一但熄火停止機器，復由頭點火燒水蒸汽，等到水蒸汽充滿汽鍋，會使拖動機器，著愛外久你敢知？」

「著愛外久？」

「起碼著愛兩點外鐘久，所以等到你開船想欲泣𪜶，𪜶彼海賊船早就走到沒看得船影囉。」

二副說罷，又張口大笑了一陣，然後轉回身去把一個老太婆拉到船上來。

那蒸汽船又等了約一個鐘頭，然後才長鳴三聲，開船了。這船先往廈門與鼓浪嶼之間的鷺江

---

⑪揀：台語，音(sak)，意(推)。

倒退，到了江中，才把船頭調轉，沿著鷺江往江口行駛。彭英與雅信一直都倚在船舷看船離碼頭，他們看見另一個碼頭泊著兩隻中國戰艦，掛著青天白日旗，正有許多水兵在甲板圍成幾個圓圈，蹲著吃飯，只剩下一兩個水兵佩著槍，立在梯口守衛，那戰艦背後的碼頭上便是廈門警察廳的大廈。

這廈門街道的景色並不美，雅信一下便看累了，於是便邀了彭英，繞過船頭，到另一邊的船舷來。許多好奇的船客都擠在船頭看海景，雅信和彭英難得穿過人縫，才來到另一船邊，他們走到離人遠遠地，幾乎要到船尾了，兩人才倚住船舷，往鼓浪嶼望去，這島上的風景的確好看，那櫛比白屋的各國使館在陽光下耀人眼睛，那龍頭山上的大巨岩巍然在翠微之上聳立著。

他們是被鼓浪嶼的佳景迷醉了，一直等到汽船來到江口，就要駛進大海了，他們都不曾把視線從鼓浪嶼挪開，也不知怎麼，驀然聽到有人踉蹌倒地聲，緊跟著聽到另一聲沉重的「咔！」雅信忙轉了頭，便看見在甲板的盡頭，那盲人踢到鐵鉤滾落在地上，那甲板上狼藉著他的黑眼鏡、呢帽、枴杖，以及那破紙而出的兩隻燒雞，各奔東西，離得遠遠地……雅信起於一種醫生的本能忙跑過去，拾了那盲人的枴杖，交到他手裡，想扶他起來，可是那盲人卻不想立起，只氣急敗壞地在甲板上爬行，到處摸索，並且搖手，拒絕雅信的幫忙。雅信暗暗叫奇，只好站在旁邊看閒，只見那盲人摸到一隻燒雞，伸手往內臟探探，摔開了，又摸到另一隻燒雞，又往內臟探探，又摔開了，於是更加氣急敗壞，手忙腳亂到處摸了一陣，摸到最後，終於在船舷下的溝裡，摸到一件東西，忙往懷裡藏了，可是卻逃不過雅信犀利的目光，她看見那是一把輝亮的盒子手槍，她大吃一驚，正想大叫出來，卻被一隻手由後面將她的嘴巴蒙住，回頭看時，才知是二副，原來他也被這盲人蹊蹺的行徑吸引住，不敢作聲，靜靜在觀察他的行動，既已用手制止雅信的叫喊，便俯在她的耳朵上，輕輕耳語了一聲：

「噓……這船頂有海賊黨！」

說罷，便把雅信牽離那盲人，然後逕自往船長室急步而去，把雅信留給彭英。這裡彭英不知究裡，只見雅信臉色蒼白，卻半句話也未敢說出來，只拉著彭英的手，想往他們的艙房走。可是還沒走到艙房，那汽船卻突然震動起來，於是船也慢了下來，然後在鷺江口轉了一個大彎，又神秘地往原來的方向行駛回去。

那船上大多數船客正驚異船為什麼突然回航，正在面面相覷卻又問不出所以然的時候，船已駛到原來出發的江上，也不去靠碼頭，只在那兩隻中國戰艦的外頭，把輪機停了，然後狂鳴汽笛，鳴個不住，使那戰艦上的水兵一時慌張起來，都丟下碗筷，跑到船艙去。不多時，便從那戰艦的艦尾開出了一隻小遊艇，遊艇的甲板上立了十幾個荷槍實彈的水兵，由一位軍官指揮著，急急往這汽船駛來，等那遊艇駛近船邊，雅信便見二副把扶梯放到水裡，讓那些水兵一個個輕靈地爬到船上，把所有船的出口牢牢封住了。

過後，又來了幾隻港警的遊艇，先把所有船上的船客都當成海盜，一個個押到岸上的警察廳裡，下牢關了起來，雅信與彭英也不例外，雅信在牢裡見到那三個女學生驚懼萬狀地哭泣著，另有些老公公老太婆在地上呻吟，而年輕人則在咒咀著，只有那盲人悄悄地坐在牢角，用枴杖抵住下巴，黑眼鏡已經失落了，暴出一雙突凸的眼白，面如一張白紙。

事件發生後的第二天，除了將全部案件的始末在廈門的每家報紙發表外，並公佈了所有船客的姓名、職業和地址，呼籲所有船客的親戚朋友出來交保，雅信與彭英因為持有日本護照，經駐廈門的日本領事的證明，立刻便出了監牢，其他船客也陸續找到保人走出監牢，最後只剩下十三個船客找不到保人或沒人敢出面交保，從這十三個沒交保的船客中，又經廈門警局的多方面偵察與查證後，終於發現其中的六人是同夥的海盜黨，便立刻宣判這六個海盜死刑，而把其他七個人釋放了。

死刑的執行方式是槍斃，死犯要到廈門郊外五老峰下的刑場時，由雅信與彭英暫住的旅社之前經過，雅信從旅社二樓的窗口望下去，那六個死犯都赤足，每人都由兩名揹長槍的兵士押著，他們的雙手都反縛著，背上插一支白木，寫著死犯的姓名和罪狀。那些押送的兵士似乎都對他們的囚犯十分客氣，替他們夾煙，沒走幾步就擎到他們的嘴上讓他們吸一口。那六個死犯大都是三十上下，都長得體強力壯，只有那殿後的盲人，他好像衰弱得連走路的力氣也沒有了，只好由身邊的那兩個兵士提著，拖地而行，其中有一個死犯偶然望進旅社的窗口，發現雅信在望別的死犯，便用調侃的口氣對她喊叫起來：

「查某官！行啦！仝陣來去哦！」

雅信稍稍吃了一驚，便轉頭去望那喊話的死犯，見他才二十出頭，長著一頭烏亮的黑髮，高鼻薄唇，眉清目秀，不免爲他感到惋惜與哀憐，卻不料那個死犯又對她喊道：

「復二十年仔就會使復見面囉！嘻，嘻，嘻……」

這時街兩旁圍觀的大眾都抬頭把目光投射到旅社的窗口，害雅信怕羞地退到窗裡來，可是彭英卻繼續靠在窗上觀望，忽然轉身過來，對雅信說：

「倆來去看好否？」

「欲去嘟看什麼？」

「來去刑場看執行。」

「欲看你家己去看，阮查某人才𣍐看。」雅信搖頭說。

於是彭英便披了外衣，穿了皮鞋，走下旅社，跟隨那隊伍走向刑場去。

雅信孤伶伶地等在旅社裡，她足足等了兩個鐘頭，才聽見有人上樓的腳步聲，她急忙跑去把門打開，看見彭英氣急敗壞地走進來，他眉目扭曲，臉色鐵青，一句話也不說，把外衣脫了，皮鞋摔了，便往床上一躺，直直地盯住天花板，喘息起來……

他喘息了好一陣子，接了雅信遞給他的一杯熱茶，呷了一口，又還給雅信，見她一雙詢問的眼光，終於自言自語地說道：

「開始伊跪在土腳……彼排長叫一個兵向伊開槍……噠一下，頭一槍𣍐發……噠一下，第二槍復𣍐發……彼排長便叫彼個兵退後，叫另外一個兵去……孤啪一聲……」

彭英說著，想要繼續說下去，可是突然喉嚨哽住，猛地一個彎腰，嘔了滿滿一地……

五

廈門這回因爲發生了意外的海盜事件，那固定的船期也就暫時躭誤了，雅信和彭英只好在廈門多呆了幾天，到處閒逛，多看了許多本來沒想看的地方，等重新搭船來到福州，已經是十天以後的事了。

既已在福州登岸，彭英便直接帶了雅信，到葉惠如的家來。彭英去按鈴，雅信則抬頭端詳起這台灣聞名志士的家居來，這房子跟平常的房子一般，也不顯得特別豪華與氣派，似乎與屋主的名氣不成對比……才這麼想著，已經有一位打扮樸素、上襖下裙的中年婦人出來開門，她一見彭英，便立刻做出故知的微笑，高興地用台灣話說：

「啊！彭先生，你東時復來福州？即位是……」

那婦人目指著雅信，正遲疑著，彭英便立刻搭了腔，說道：

「這是我的查某人，叫做『丘雅信』，才結婚沒外久；阿即位是葉夫人，葉惠如先生的夫人。」彭英反過頭來爲雅信介紹。

三個人都進了大門，在大門與正房之間的小徑上並肩走著，葉夫人靠在雅信的一旁，說了幾句客套話，兩個女人彷彿便親暱起來，忽然葉夫人說：

「丘女士，彭先生講您才結婚沒外久，安倪即回您來中國𨑨迌不就會使算講您兩人的『新婚蜜月旅行』？」

雅信在笑，不敢回答，於是便由彭英挺身出來說：

「『新婚』是沒不著；但是『蜜月』，唉呀，歹勢⑫啦。」

說著，三個人不覺大笑起來，不久已來到正房，那門敞開著，葉夫人上前一步，領了彭英與雅信走進正廳，拐一個彎，走一段小廊，來到後廳，早已經聽見葉惠如親熱的呼喚聲傳了出來，在喊著彭英的名字……

那整個後廳的舖陳是中西合璧的樣式，廳的中心，既懸著兩盞宮燈，又懸著一盞白瓷的洋燈，那地上舖著六角紅磚，那大窗是西式的玻璃窗，卻畫著梅花的格子，廳的四邊是黑心石的方桌方几，配著成雙的太師交椅，廳的四壁掛了許多幅字畫，其中最叫雅信醒目的是一幅大匾，用金字正楷細刻著文天祥的「正氣歌」，在「正氣歌」的下端懸著兩幅大對聯，用草書飛筆寫著岳

---

⑫歹勢：台語，音(phaï-se)，意(不好意思)。

飛「滿江紅」的兩闋詞文。葉惠如坐在那隻梅花大窗下的太師椅上，右腳自膝蓋以下用夾板紗布包著，擱在一隻臨時搬來的小凳上，那太師椅旁斜靠著兩支三角木腿，他伸出雙手面帶狂喜地歡迎彭英，一只黑框的老花眼鏡扔在小几上，眼鏡的一旁是一本攤開的「甘地傳」。

彭英和雅信在葉惠如斜對角的太師椅上坐下來，葉夫人泡茶去了，於是葉惠如便和彭英夫婦寒暄起來。雅信注意到，自從兩年前在東京上野公園的「精養軒」見了葉惠如一面後，他面色的清晰和身體的修長，依然如舊，可是額上的皺紋卻增加了不少，彷彿經歷了另一番滄桑，使他年老了十年以上。

才說了不過幾句話，彭英的目光便由葉惠如的臉上轉到他那包紗布的右腿上，終於問葉惠如道：

「葉先生，我在廈門有聽見你破病，沒想到原來是仆折腳骨。」

「噢，您聽的大概是指我的頭病，不是指我的腳病。」葉惠如自嘲地回答說：「其實我這腳是頂禮拜才仆折的，您在廈門的時陣，我猶沒這腳病咧。」

「葉先生，你講你有頭病，到底是什麼款的頭病？」雅信終於忍不住插嘴問道。

「也不知是什麼頭病，」葉惠如抬頭去望那廳中的白瓷洋燈，自言自語地說：「開始是在頭殼的正旁，抽一下，抽一下，幽幽仔痛，一遍痛差不多五、六點鐘久，了後就沒痛，歇幾日仔，才復開始痛，每回頭痛進前就暈，有一點仔愛睏，但是人眞沒爽快，想欲吐，規身軀會加冷霜⑬。上𡢃是頭痛的時陣，眞驚閃光，又驚噪音，人講話較大聲一點仔就擋膾牢，有時猶有夢幻的感覺，

⑬加冷霜：台語，音(ka-nng-sng)，意(打冷顫，畏寒)。

就是安倪，我不才去仆折腳骨。」

「葉先生，聽你講，我想這病是『偏頭痛』，不知你致這病已經外久ㄚ嘍？」雅信關心地問，顯出醫生的本能來。

「噢，眞久ㄚ哦，自從我第一遍給人關入去監獄，我就開始有即款病。」葉惠如回憶地說。

「葉先生，你講『第一遍給人關入去監獄』？就我所知，你敢不是孤給伊日本官廳關過三個月監獄？」雅信疑惑地問。

「噢，多囉！」葉惠如開朗大笑起來：「名義上，我孤爲了『治警事件』給伊日本人判三個月徒刑，其實我給伊拘留，監獄出出入入不幾若十遍，我算算咧，總共給伊日本人關過兩年半囑。」

葉惠如說罷，長歎起來，彭英和雅信闃然靜默下來，也不知要說些什麼，正在躊躇的時候，葉夫人已經端茶進後廳來了。

喝完了幾口茶，葉惠如的心情似乎好多了，也似乎又有了話興，於是雅信便又開口問他道：

「葉先生，不知你在福州做什麼大事業嘍？」

葉惠如開懷大笑起來，說道：

「若講事業，我在福州什麼都做過，漁業、茶業、木業、漆業……你做你講囑，但是呢，什麼都膾成功，主要是我的全部精神放在台灣的政治，沒放在事業頂高，欲安怎成功咧？哈，哈，哈……」

「安倪講起來，葉先生，你上愛的是政治，著否？」雅信說。

葉惠如不直接回答，他望著那空中的白瓷洋燈，沉吟半晌，才慢慢地說道：

「我想每個人攏有伊上愛做的代誌，同時也有伊上需要做的代誌，上好是你上愛做的佮你上需要做的是仝一項代誌，但是即種機會實在眞少眞少，往往是你上愛做的是一項代誌，阿你上需要做的是另外一項代誌，即個時陣，你只有是放棄你上愛做的代誌，去做你上需要做的代誌。對我來講，我上愛做的代誌是坐在厝裡讀書、作詩，但是我上需要做的代誌是台灣人的政治運動，所以我只有是放棄作詩，從事政治運動。」

聽完了這一段話，彭英和雅信都不敢插嘴，只看著葉惠如品了一口茶，又斷續自動地說了下去：

「我在日本、上海、台灣，一四界攏有倆台灣人列問我：『葉先生，你家己的生理不好好去做，你哪彼倪愛插政治？』實在講起來不是我愛插政治，是因爲看著倆台灣人給偲日本人壓迫到彼倪慘，才決心出來插政治，我時常列問我家己：『葉的啊，出來啦！你若不插，啥人欲插？』我眞向望倆台灣會得通像英國、法國、抑是美國彼倪自由平等，彼陣仔哪著我姓葉的復出來插政治？我會使規日讀書作詩，逍遙自在，這才是我一生的願望。」

「聽葉先生安倪講，遂給我記得欲去日本讀書的時陣，阮老母在基隆碼頭吩咐我的一句話。」雅信說：「伊對我講：『你若沒愛給老母煩惱，上好是不通去佮人插政治，千萬不通去反對官廳。』」

聽到這裡葉惠如忍不住發出了狂笑，笑了一陣才說道：

「不通去反對官廳？實在是官廳反對倆，倆不才會去反對官廳，若官廳對倆一律平等，啥人吃飽彼倪閒欲去反對官廳？」

葉惠如說罷，收回原來譏諷的表情，換成另一種嚴肅的口氣說下去：

「當然做父母的人攏會對子兒安倪講，我沒怪𪜶，因爲若講起『政治』，大家不是想起『警察』便是『籠仔』，當然這是『政治』的黑暗面，但是『政治』敢全部黑暗？彼也沒一定，其實『政治』也有光明面，這做父母的人就眞罕得看見。」

「政治也有光明面？葉先生……」雅信迷惑地問。

「哪會沒？」葉惠如說：「我舉一個例給你聽，我爲了『治警事件』在台北法院給𪜶日本人判三個月徒刑了後，𪜶放我轉去清水款行李，彼警察押我由清水坐火車去台中監獄坐監，一下出台中火車站就有人在站前爲我放炮，復有人列喚：『葉惠如萬歲！』擠到規街路全是人，彼警察不得已舉棍仔加𪜶趕，也不散去，猶跕在我的後面行。三個月監了後，才行出台中監獄，也有人在監獄門前爲我放炮，歡迎我出監……我有時列想，有即倪多人列關心你，列跕你行，雖然你入去坐監，去做犧牲，也有價値，也甘願丫啦。人生哪有什麼可求？求一個良心平安，對會起家己而而啦。」

眼看一直都是雅信在跟葉惠如對答，彭英覺得實在也應該說幾句話，於是他便尋找話柄，終於插進來說：

「葉先生，我看在所有的台灣人中間，你爲台灣人犧牲上大啦嚄，你捐彼倪多錢給『台灣青年』，你四界爲台灣人奔波，你復被𪜶日本人關過兩年。」

「唉呀！彼哪有什麼？佮𪜶印度的甘地比起來差遠的囉。」葉惠如說著，瞟那小几上的「甘地傳」一眼：「我抵才列讀『甘地傳』，伊是通世界我上欽佩的聖人。」

「聖人？」彭英有些驚訝地說：「我孤知影的是伊時常反抗英國政府，有一回在『朝日新聞』讀著伊的一條消息，講伊坐日本船去倫敦佮英國首相開圓桌會議，伊坐的是三等艙，帶三隻羊佮一割飼草，因爲伊孤飲羊奶，不吃牛奶，本來船頂是不准人帶動物的，但是爲著伊，船長特別破例隔甲板的一個所在給伊飼羊，因爲雖然伊才坐三等艙，但是規台船攏是各國的記者，伻不是坐一等艙，就是坐二等艙，坐到一台船滿滿滿。」

聽著彭英的敘述，葉惠如面露會心的微笑，一等他說完，又接下去說：

「伊身軀頂孤孤一領衫，一領褲，伊什麼財產都嫒，爲了印度的獨立，已經坐過五、六年的監獄，絕食過十幾遍。」

說到這裡，突然聽見一陣鈴聲，葉夫人從座椅立起，到外面開門去了，不一會兒，帶進來一個白髮白鬚的老人，他生得紅光滿面，生龍活虎，只是跛了一隻腿，提著一只竹絲籃，一跛一跛地跟在葉夫人的後面走進後廳，早聽見葉夫人在廳口喊了：

「白毛師來欲加你換藥嘍！」

因爲坐在太師椅上不方便，葉惠如便架起那兩支三角木腿，一拐一拐地挪到廳角的一張小炕床上，葉夫人扶著他，等他坐定了，便收了他的那兩支三角木腿，眼看白毛師在替他換草藥，她才走向雅信的身邊來，跟她說了幾句話，便邀她到她的房間，看一些刺繡去了。

於是那後廳只剩下彭英孤獨一個人坐著，因爲無聊，便立了起來，在廳裡踱步，踱到剛才葉惠如放眼鏡的小几來，無意間瞥見了几上的那本「甘地傳」，他便順手拿來翻翻……

這「甘地傳」的前半部是甘地的小傳，後半部是甘地的語錄，彭英翻到甘地的語錄，其中有一章是「非暴力」，彭英便坐下來讀了幾節：

恐怖和欺詐的手段只是弱者而非強者的武器，在數目上，英國人佔劣勢，而我們儘管人數比他們多，卻依然沒佔上風。

除非得到被統治者的同意，再暴虐再專制的政府也不可能安然維持下去。一般而言，人民都是被強制統治的，可是一旦他們對統治的勢力不再恐懼，後者的威力便即刻消失。

一旦決心不再去支持違背你的意願而統治你的政府，你就得毫無怨言地忍受因此而起的物質損失與身體不便。索羅(Thoreau)說過：「在一個不法的政府下，擁有權力與財富是罪惡，這時，貧窮反而是一種美德。」

這是顯而易見的，政府是經由法院來建立它的威信，經由學校來製造它的職員。當管理法院和學校的政府是公正的時候，這兩個機構就非常健全；可是當政府不公正的時候，這兩個機構就成了爛坑。

讀完這幾節，彭英便跳到另外一章標題叫「獄中之樂」的，他停下來，又讀了幾節：

一旦被關在監獄裡，就不必再去想如何改善世界，去想如何改善你自己吧。

你知道有大火發生的時候，那救火夫連一滴水也不去浪費，他們只忙著如何救火場附近的人……只要做了我們能做的，也不會比撲滅那大火差多少了，表面上那大火仍在燃燒，但我們可以安慰自己，那大火終會被撲滅的，然後我們好好休息，因爲我們僅能做我們能做的。

監獄對我而言根本不是監獄……

在監獄裡，我們沒有陌生人，所有陌生人都成了朋友，連一些其他的罪犯，甚至獄卒都是朋友。我們甚至在動物之中找到朋友，我們養了一頭貓，牠給了我們很多的啓示。如果我們機靈的話，甚至一草一木的語言我們都能懂得，而且可以跟他們建立友誼。

訓練你自己，使你自己經常快樂，就像訓練你自己，當你得不到你想要的東西，卻仍然能自得其樂一般。

獄中的閒暇是不可多得的，我們要好好加以利用。我想最好是利用這段時間去培養獨立思考的能力。我們通常是漫無思想的，所以只會啃書，更壞的是只會空談。事實上，正如讀書有讀書的方法，思想也有思想的方法，我們應學習如何適時適地做適當的思想，而不要去胡思亂想，更不必去讀無用的書。

正如一個獄卒說的，在私底下所有人都是罪犯，那麼就讓大家做朋友吧。罪犯愈處罰，愈變得壞，他們顏色可能會改變，可是本質卻一成不變，唯一能改善對方之靈魂的只有訴諸他的靈魂，因爲靈魂只能呼應靈魂，而「非暴力」基本上是靈魂的平等對待，所以觸及他靈魂就非最有效的「非暴力」莫屬了。

讀完了這幾節，彭英又翻到另一章標題叫「甘地談自己」的，他便又停下來讀：

對於我自己的著作，我從來都沒要求過版權。

我沒有財產，但我覺得我是世界上最富有的人，因爲我從來沒缺欠什麼，有的只是對大眾的關心，上帝隨時都給我所要的東西……世界的人也許會笑我放棄我的財產十分傻，要笑就儘管笑吧。我可以告訴你們，放棄財產可以得到一個正數，再也沒有人比我更加滿足，這便是我擁有的最大財產。

如果舒適與快樂是指精神狀態而言，那麼我現在過的生活是再舒適再快樂沒有了。我想要的都有了，我一點兒也不必爲了保有我私人的財產而操心。我不停地工作，所以我一生充滿了快樂，我從來都不去想上帝明天要賜給我什麼，所以我像一隻鳥兒一樣自由自在……

我是一個托缽僧，我在這世間的財產只包括——六部紡車，幾塊監獄用的盤子，一罐羊乳，六條自己織的腰布和毛巾，以及我那不值分文的名譽……

既已把刀劍扔掉了，我只剩下一滿杯的愛來給那些反對我的敵人。由於將愛之杯獻給了他們，我希望把他們向我拉近一些。我無法想像在人與人之間有所謂「永恆的仇恨」存在，我是相信輪迴重生的，我一直抱著一個希望，即使不在此生，也會在來生，我總有可能讓整個人類互相擁抱在友善的懷裡……

我不願去想未來，我只關心現在，因爲上帝沒給我控制未來的能力。

祈禱曾經救了我的命，如果我能將絕望拋諸腦後，那是因爲祈禱的緣故。我愈年長，愈相信上帝的存在，也愈渴望祈禱，生命如果沒有祈禱，它將變成乏味而空虛。祈禱可以帶給人和平，我是不拘祈禱形式的，關於這個，任何人都可以爲他自己做決定……讓大家來祈禱吧，你們會發現祈禱會給你們的生命帶來一些新的東西。

讓好的消息或壞的消息如浪湧過我們的頭，如水湧過鴨子的背。當我們聽到任何消息，我們的責任只是看看是否有行動的必要，如果必要，那麼就採取行動，有若上帝手中的工具，而不必去考慮任何後果……

我是眞理的信徒，我必須坦白承認，任何時候，當我在思考一個問題，我是從來不去顧慮我以前曾經說過什麼的……

人生的目的就是認識你自己，這並不是簡單的事情，但你可以在活過的人當中去尋找與你相同的人……

當我看見人犯錯，我就對我自己說，我也同樣犯過錯；當我看見人好色，我也對我自己說，我也同樣好過色。這樣我就覺得每個人都很親近，除非連我們之中那最低微的人也快樂了，否則我是快樂不起來的。

通常，你相信你會成爲什麼，你就會成爲什麼。如果你常常對自己說你不能成就某些事情，終結你對那些事情一定是一無所成的。相反的，如果你常常對自己說你能成就某些事情，儘管開始的時候你無能爲力，但終究你會磨練你的才能，最後把那些事情做成功了。

本性上，我只是愛好眞理者，並不是「非暴力者」，但在我追求眞理的過程中，才慢慢發現「非暴力」的價值……

讀到這裡，彭英才發現葉惠如腳上的草藥已經換好，而葉太太與雅信也看完了刺繡走回後廳。葉太太把白毛師送走，葉惠如便架起那支三角木腿挨到彭英的身邊來，見他手還拿著「甘地傳」，便笑對他說：

「安怎?彭先生，你敢有愛看彼本書?」

「我眞愛看即本書，才看三頁而而，但贏過我看過的任何三十本書。」彭英回答。

「你若彼倪愛看，你做你提去看，就安倪做禮物送你啦。」葉惠如說。

「阿你咧，你敢不是列看?」

「我即本書已經看過三、四遍丫，擔看膾倦，而且我若欲，我才叫人復去替我買一本，你做你提去沒要緊。」葉惠如歸結地說。

他們又談了不少話，黃昏的時候，葉夫人留彭英和雅信在家裡吃飯，在飯桌上，葉惠如問彭英此後的旅程如何，彭英回答說他們夫婦離開了福州要直往上海，然後再到北京和天津去……葉惠如一聽到上海，便歡天喜地地叫了起來：

「欲去上海?眞抵仔好，有一個俑台灣人，叫做『王朝琴』，伊是一位人格者，伊去美國『伊利諾大學』留學，最近才轉來，未去台灣，欲先來上海，佮台灣人聯絡，共同討論台灣問題，也欲四界向中國人演講，我帶即個跛腳，否我絕對會去的。」

彭英見葉惠如談起「王朝琴」，便那麼熱忱而興奮，也就滿口答應到上海時再去見他。至於雅信，她始終保持沉默，彷彿無動於衷，對於「王朝琴」，既沒有想看他的意念，也沒有不看他的意思。

六

葉惠如不但在彭英夫婦初來福州的那天晚上留他們在家吃飯，晚飯之後，又留他們在家裡過夜，不但如此，在彭英夫婦逗留福州觀賞附近名勝的期間，也一直都叫他們住在他家，三餐不一定在葉惠如家吃，但夜裡倒都回到他家過夜，一直等到彭英和雅信盡興，才決定離開福州往上海去。

辭別了葉惠如夫婦，彭英和雅信搭了「太古船公司」的船，由福州往上海來。這船是五千噸的大型船，分官艙與總艙，官艙的旅客各有艙房，總艙的旅客沒有房間，只在甲板之下擺幾張椅子，任人坐去，坐不到椅子的就躺在地板上，但因爲天熱氣悶，很多總艙的旅客寧可溜到上甲板來，聰明一點的則撐開自己帶來的帆布床，就睡在涼快的甲板上。官艙與總艙嚴格分隔，那分隔的界線上有荷槍的水手守衛著，總艙的旅客根本無法踰越官艙一步。

船從福州開到上海需要三天三夜，航行的路程是先沿著福建與浙江的海岸北航，到了杭州灣外的舟山群島時，才穿過群島拐入長江口，再折入黃埔江，上海也就到了。

當船在舟山群島之間穿逡的時候，所有官艙的旅客都走到艙外的甲板來觀賞風景了，彭英和雅信也不例外，他們倚在船舷上，見那一串串的島嶼，恍如一朵朵蓮葉，浮在藍天與碧波之間，美麗極了。其中有一大島與眾不同，特別突兀孤立，從那些蓮葉中顯現超脫出來，像朵大蓮花，把其他的蓮葉都掩蓋了。

雅信一時被那個大島給懾住了，卻聽到四周的船客也遙指著那個島在議論紛紛。雅信感到十分奇異，又聽不懂其他船客在議論什麼，便問彭英說：

「彼是什麼島？大家哪會列議論紛紛？」

「彼就是中國上出名的『普陀山』。」彭英回答說。

「什麼『普陀山』？也不曾聽見。」

「唉呀，你這青仔欉⑭！你千萬不通對人講你不曾聽見『普陀山』，你會給人加你笑死！」彭英笑著說，噏了一口水，望了一會普陀山，繼續說下去：「中國佛教有所謂的『四大名山』，就是安徽的『九華山』、浙江的『普陀山』、四川的『峨嵋山』、以及山西的『五台山』。其中內陸佔三個，獨獨『普陀山』在海上，佮其他的名山沒像款，特別美，特別稀罕，差不多是四大名山上出名的一個山。」

「廈門的『南普陀』敢不是佮這『普陀山』平出名？」雅信插嘴道。

「呃，彼差多囉，廈門的『南普陀』連『四大名山』都沒入等，欲安怎佮這『普陀山』比？」

彭英說罷，雅信便以驚羨的眼光把那海上的普陀山仔細觀賞了好一會，然後說道：

「不知山頂彼個寺叫做什麼寺嘆？」

「山頂的彼個寺？雅信姐仔，你是料做這『普陀山』也佮『南普陀』像款，孤一個寺而而哦？彼才不是咧！你知影彼山頂有三間大寺、七十二間小寺，全部的和尚佮尼姑不幾若千人？每年不幾若萬人由內陸過海來即丫進香避暑，有的由杭州來，有的由寧波來，也有由上海來的。」彭英最後說。

那船過了「普陀山」後，繼續往北航行，走了八、九小時，終於來到長江口，那江口廣闊無邊，從這岸望不到那岸，只見連綿的一簇影子，那便是堵在長江口的崇明島，在這岸的海邊，中國漁船卻多了起來，有的在海中抓黃魚，有的在海面撈海蜇皮，忙忙碌碌，沒得休息的時候，突然船上的汽笛長鳴三聲，原來吳淞港已經到了。

這吳淞港在黃埔江口，因爲有很多船客要在這裡下船，所以船便往碼頭靠近，這時雅信和彭

⑭青仔欉：台語，音(chhi-a-chang)，意(霸王椰，引伸爲鄉下人之土直呆板)。

英又走到船舷來觀望，他們看見那碼頭一帶全是中國帆船，都下了帆，三五成群緊靠在一起，岸邊有石梯落到水中，橫七豎八地，不十分整齊，岸上有三排人力車，正在等待下船的旅客，再過去有一排碼頭商店，都是紅磚赤瓦，十分古朽的樣子，人來人往，像螞蟻般在人力車的空隙之間亂鑽。

不知不覺之間，雅信被碼頭邊的一幕景色吸引住了，那碼頭連橫著三隻渡船，每隻船上都立著一個掌櫓的船夫，戴著小斗笠，歪著身在等候，而那碼頭上則見一個老和尚，差不多五十歲的年紀，一身黑色袈裟，踩一雙草鞋，露著光禿禿的和尚頭，把一頂如傘的大竹笠揹在背上，正比手劃腳地跟二十來個香客在說話，然後把那些香客留在碼頭上，他親自指揮幾個苦力，把那些香客的行李，大件小件地扛到最靠外頭的渡船上，而那和尚也就在三隻渡船上來回跳動。

「偲彼旅客不知欲去嘟嚄？」雅信開口問彭英說。

「哪有欲去嘟？總是欲去『普陀山』啊，彼和尚便是『普陀山』的寺廟派來即丫招呼香客的啊。」彭英回答說。

「欲坐這渡船過大海去『普陀山』？」雅信迷惑地問。

「不是啦，你有看見港中有幾若隻落碇的中型船沒？其中有的是欲去『普陀山』，因爲沒碼頭會使靠岸，所以才在港中等候旅客，彼渡船便是欲將即割香客佮偲的行李載去彼船頂的啦。」彭英說。

等彭英說完，雅信再回頭去望碼頭上的時候，那最外頭的渡船已裝滿了行李箱，而那老和尚正在協助香客走下渡船，因爲太專心一意怕香客墜入水中，一時沒心去回顧那裝行李箱的渡船，不料，那渡船就神不知鬼不覺地滑溜開去，只兩下櫓子，那渡船已離了另兩隻渡船有十尺之遠，而且似乎要添櫓加速逃去……這時香客手指那逃去的渡船，於是老和尚才發覺大事不妙，只聽見他吆吼了一聲，身手敏捷地幾跳，便跳過那兩隻渡船，然後縱身一個大跳，臨臨危危落到那第三隻渡船的船尾，再幾個劍步向前擒住那船夫，把他們訓斥了一頓，才又命他把渡船搖回，靠到原來的船邊去。

「好佳哉彼和尚眞精，若換作別人，彼規船的行李早就沒去丫。」彭英搖搖頭說，歎息了一陣子。

這時，船上的汽笛又長鳴了三聲，船身離開了吳淞碼頭，溯游黃埔江，慢慢向上海航近了。

七

船由吳淞港駛了一小時四十分鐘才到上海，那上海北岸迤邐齒列的西洋式高樓大廈遙遠便從霧靄之中展現開來，這黃埔江不比廈門的鷺江，這裡絕少見到中國破漏狼藉的老帆船，在江上來往的盡是國際豪華的郵輪，再者便是在兩岸穿逡的西洋遊艇，密密麻麻，把個狹窄的江面幾乎擠滿了，汽笛之聲，此起彼落，令船上旅客耳不暇接。

雅信和彭英也跟其他的旅客，倚在船舷欣賞上海那繁華熱鬧的景色，等船更向上海的中心駛近，這才發現北岸的碼頭停泊著許多戰艦，都懸著各國的旗子，這裡是日、英、美、法、德五、六隻戰艦橫連成一排，那裡也是日、英、美、法、德五、六隻戰艦橫連成一排，一排又一排地停泊了過去，擁擁擠擠兩百多隻，把所有可用的碼頭幾乎佔得一點空隙也沒有了。

雅信感到大惑不解，便問彭英說：

「也不曾看著一個港口停到即倪多戰船，𣍐輸⑮干若欲相戰的，不知是什麼原因啊？」

「我也不知影是什麼原因，我以前來過上海，有是看見一隻、兩隻外國戰船，攏停在伊領事館外口的碼頭，不曾看見即倪多，停到滿滿是。」彭英搖著頭回答道。

有一位懂閩南話的中年旅客聽到雅信和彭英的對話，微笑起來，自動插嘴說道：

「這您也不知？自從蔣介石北伐的軍隊在今年三月打到上海，孫傳芳脫走，這上海就眞亂，各國的僑民攏叫伊本國的戰艦來保護，停在這碼頭，一旦發生戰爭，伊僑民會使走去伊的戰艦頂頭，特別是最近這五月初一的『勞工節』直欲到丫，伊恐驚上海有什麼暴動，才復特別派較多戰艦來保護。」

雅信聽了，這才突然記起當初在台灣向總督府外事課申請護照時，那外事副課長對她說的一番話，順便又記起他叮嚀她來到上海要到日本領事館報到以便保護的事……一邊這麼想著，一邊開始爲來到這多事的上海而忐忑起來，可是卻沒有太多的時間容她去顧慮，因爲這時彭英已經見到他熟悉的景物而振奮起來，他一隻手遙指著岸上的一座雙節鋼鐵拱橋，另一隻手興奮不迭地來拉雅信大聲地說：

「看咧！看咧！彼座橋就是上海上出名的『外白渡橋』，橋腳彼條河便是『蘇州河』，這差不多是上海市的中心點，眞多外國的領事館攏擠擠在彼丫，在橋的上正手旁是『日本領事館』，復過來相隔壁是『美國領事館』，復過來是『德國領事館』，復過來是『蘇聯領事館』，『英國領事館』在橋的左手旁……這一帶叫做『黃埔外灘』，是以前的『英租界』，現在換名叫做『共同租界』，也猶是英國政府列管，所以一般人也猶叫做『英租界』。」

⑮𫝛輸：台語，意(不遜，相差無幾)。

「阿『法租界』是在嘟？」雅信好奇地問道。

「在『英租界』南旁一大片地便是『法租界』，其實上海的繁華佮鬧熱攏是在即兩個外國租界內底，因爲外國軍隊保護，較安定，所以有錢人攏住在即丫，在即丫開店……若將即兩個租界由上海除掉，春得的上海就沒像一個上海囉。」彭英侃侃而言地說。

那船駛過了蘇州河和黃埔江的合會口，繼續慢慢前行，在外白渡橋下的左岸，呈現一片綠蔭，都是些菩提樹和梧桐樹，給那矗起白熱的大廈建築帶來了綠意和清涼，那林下看得見有欄杆，有長條椅，有山石和花圃，甚至還有音樂台……雅信驚叫起來：

「這敢不是公園咧？」

「是啊，這就是上海上出名的『外灘公園』，是外國人建築的，專門給外國人散步休息的公園，中國人鱠使入去，上海的外國公園不但即個，也猶有一個叫做『新公園』，也有一個專門給外國囝仔的『囝仔公園』，法租界也有一個『公園』，即割公園中國人一律攏鱠使入去使用。」彭英說。

「我在台灣有聽見講上海有一個公園講華人佮狗鱠使入去。」雅信回憶地說。

「有啊，就是即個『外灘公園』啊，彼牌仔用漢字寫講：『華人與犬，不得入內』，彼牌仔就掛放在公園門口，倘若上岸，我才逌你去看！』彭英說。

船更向前行，一過了那「外灘公園」，那碼頭上的大廈彷彿一幢比一幢高聳，有三角頂的、有塔尖頂的、有圓屋頂的，都嶙峋巍峨，直探雲霄……雅信被那高聳的塔形大廈吸引住了，因爲那大廈的屋頂裝有一個圓形大鐘，那三層樓高的兩支巨針指著三點三十分，那宏麗的鐘聲正悠悠地傳到船上來……

「彼上高有鐘樓的彼間樓是什麼?」雅信不覺脫口地說。

「彼間大樓叫做『江漢關』，是上海的海關，彼時鐘每十五分鐘響一遍，即久猶不是時陣，你著等早起時天打浮光的時，來這黃埔江邊，聽這鐘，看對面的日出，彼風景才美，才迷人咧。」彭英瞇起眼睛陶醉地說。

那船終於在外灘的一個碼頭靠岸，讓旅客下船上岸，彭英和雅信各提著行李箱，也跟隨其他旅客下了船，走過那搭在碼頭與岸邊馬路之間的木橋，爬上了岸，抬頭一看，看見一個四方形的大理石紀念塔，塔上是一個西洋女人的銅像，背上長著兩隻大翅膀，垂著頭，伸手安撫兩個坐在地上的小孩，那紀念塔正面另塑了一圈橄欖葉，葉子的上端刻著幾行英文字，雅信好奇往前探望，才知道原來是爲了紀念歐洲大戰而立的。

「這塔是上海的一個標記，叫做『和平塔』，是偲租界內的英國人佮法國人共同建造的，每年十一月十一日是歐洲大戰的紀念日，偲一割在上海的外國人攏來這塔前做儀式，眞多人來獻花、祈禱，非常莊嚴，我有看過一遍。」彭英說。

雅信才聽完彭英的話，便看見馬路的前頭，一大堆行人在熙熙攘攘地讓開一條大路，雅信定睛仔細看，原來有一隊士兵，大約有四、五十個左右，正由前面整步走來，這些都是印度兵，綁著包頭，留著長短不齊的黑鬍子，配上一張張黑臉，著過膝的排鈕大衣，揹著過頭的步槍，踩著滿釘的皮鞋，喀啦喀啦，遲重凝滯地走來，他們這一大隊印度兵由兩個走在最前頭的英國軍官帶領，那兩個軍官戴著盤形舌帽，留著兩撇小髭，短式軍衣，馬褲綁腿，腰插手槍，脇夾一根指揮棍，高視闊步，威風凜凜，恰與後面的那一大隊印度兵士成了鮮明的對比。

「這一帶攏是英租界，所以你四界看著攏是英國軍官佮印度兵，偲不時都在四界巡邏。」彭英自動對雅信說。

那大隊印度兵走過之後，人群又把原來的馬路塡滿了，雅信便跟著彭英擠在人群堆裡無目的地往前走，走完了一段路，等那人群比較稀少，才發現馬路上有電車響著鈴聲在慢慢爬行。另有馬車和小包車在人的空隙之間穿梭，有兩列出租的小包車背著黃埔江並排停在馬路上，當他們向那小包車走近，便見一個穿制服的司機對著他們走來，邀他們去坐他們的小包車，因爲坐了整整三天的船，又提著大包行李，走路實在太累了，彭英便拉著雅信坐上了小包車。等他們坐進了，司機也把行李放置好了，並且發動了引擎，才用北京話問彭英說：

「請問先生，你們要到哪裡去？」

「我們什麼地方也不想去，我們只想找一間房子安頓下來。」彭英用北京話回答。

「爲什麼要找房子？找旅館不更好？你知道，這陣子上海房子很難找，旅館倒容易些。」

「我以前來過上海，這裡的國際旅館貴得出奇，而且我們又不是只住幾天，恐怕要住幾個月，實在付不起，所以想找房子租幾個月，你可知道哪裡有房子可租？」

「我已經告訴你房子難找，不過你們既然想租房子，我就開車到處去逛逛，有房子出租都會貼廣告在房子外面，你看到就去問吧。」

那司機說著，便把車向前開去，車子先是沿著靠江的黃埔灘路往北走，到了一個丁字路口才拐入南京路，這路是條大通道，路中是電車的軌道，路兩旁都是高樓商店，中國與外國都有，每家都往路中心伸著旗桿，掛著「大廉價」、「大減價」的宣傳廣告，幾乎把天空都遮住了。在街上行走的大都是中國人，男人有穿白色西裝的、有穿白色長袍的，一律都戴著時髦的麥桿帽子，女人則梳著瀏海的髮式，穿著旗袍，更多是穿上襖下裙，在路上招搖，引人注目。在這些穿逡如魚的人群中，偶爾可以看見幾個高頭大馬的洋人，這倒不叫雅信驚奇，叫她驚奇的是每個人多的街角，都有成群的乞丐，伸手向行人討錢，而行人也似乎司空見慣，彷彿沒見到乞丐一般。

「想膾到上海有即倪多乞食⑯！偲到底是由嘟來的？」雅信低聲問彭英說。

「偲由江南江北四界來的，大家都想講上海好趁吃，攏想欲來即丫趁錢，來到即丫才發現沒好趁，但是錢復用了丫，只有是伸手做乞食。」彭英說。

「噢，你看，四界攏是乞食，這到底不知有外多？」

「我早前有聽見人統計，這乞食的數目平常是三千，冬天的時陣會增加到一萬。」

「為什麼冬天會增加到一萬？」

「冬天農村沒種作，一割沒飯通吃的農民只有是來上海做臨時的乞食。」彭英淡淡地說。

他們的小包車一直走到南京路西邊的盡頭，一路上都看不到出租的廣告，等小包車過了那以娛樂遊閒著名的「新世界」，繞著競馬場的道路轉南的時候，彭英只好對那司機說：

「這南京路是最熱鬧的商業區，怎麼找得到出租房子？我上海從前住過一陣子，我知道『霞飛路』有較多的民房，我從前有朋友住在那裡，你就把我開到『霞飛路』去吧。」

那司機對彭英對上海的認識與了解感到十分驚訝，也就不敢再故意繞遠路浪費時間，直接就拐向南方，直往法租界來。當小包車來到英租界的出口，雅信才發現那邊界都圍了帶刺的鐵絲網，在那鐵絲網裡用沙包堆起臨時的街頭堡壘，有兩、三個印度兵，荷槍實彈，在指揮出入的車輛，負責守衛的任務。

---

⑯乞食：台語，音(khit-chia)，意(乞丐)。

小包車一過了鐵絲網的出口，便進入了法租界，再走三段大街，橫在前頭東西走向的便是出名的「霞飛路」。因爲彭英早先來過這條路，對這路的歷史十分熟悉，所以不待雅信開口，他便自動對她說了起來：

「這一帶雖然是法租界，其實法國人眞少，四界所看的外國人，大部分攏是白俄人，偲攏是俄國革命了後，才走來即丫的，所以這所在遂變做白俄區，尤其這『霞飛路』，有人叫做『小莫斯科林蔭路』，因爲附近攏是俄國的商店，你看！連人行道上行路的人，也攏是俄國人。」

雅信往窗外一看，果然見到許多寫俄文的商店，路邊也看得見留著滿腮鬍子彪形魁梧的俄國男人，偶爾還看見那些用方巾包頭亭立白皙的俄國女人。

他們在霞飛路的四周果然看到許多房子出租的廣告，彭英和雅信都下車一一上門詢問了，不是已經出租，便是房間過小，沒有個人的浴室。他們又繼續尋了老半天，終於在一幢古舊半新的公寓門前看見了一張廣告，這廣告寫得十分奇特，竟然在中文上面又附了英文，這大大引起雅信的興趣，便拉著彭英，按著公寓號碼上樓敲門了。

門開的時候，出現了一個十六、七歲的中國少女，後面跟住一隻白色暹邏貓，那少女長得十分俏麗，兩隻大大的眼睛，額前梳著瀏海，腦後一條小辮子，一對綠玉耳環搖搖欲墜，她穿一身殷丹士林的上襖，淺藍的長褲，顯然是纏過小足，用繡花小鞋包住。她一見彭英和雅信，便笑臉相迎，劈頭就問：

「你們是來租房子的嗎？」

「是，是，你有房子租嗎？」彭英問道。

「房子不是我的，是我女主人的，我是她的女傭，不過我有鑰匙，我可以帶你們去看，我的女主人吩咐我帶任何人去看。」那少女說，莞爾一笑，又進房去拿了鑰匙，把貓關進房子裡，然後示意他們跟在她後頭去看房子。

雅信跟在那少女後面走，她爲上海的女傭有這麼窈窕的身段與文雅的舉止而大感驚異，雖然是纏過足，但仍健步如飛，一看便知是能幹勤奮的女孩子，想著這麼一個好女孩，沒能上學去念書，而來都市給人幫傭賺錢，不免爲她歎息起來。

房子就在隔壁，那少女把門打開了，帶雅信進去，房間雖然不大，但有向街的窗口，光線十分充足，有床、有沙發，客廳連著廚房與飯廳，但最叫雅信喜歡的是有一個私人浴室，因此便與那少女說好價錢，立刻成交了。因爲不打算住久，所以便以半個月計算，彭英付給那少女半個月五塊銀元的房租，說好先租半個月，如果想在上海多住，半個月到期再付另半個月的，那少女收到錢，把鑰匙交給雅信，對他們又莞爾一笑，扭身走向房間門口，待走到門口時，驀然又轉回身來，對他們做了一個神秘的表情，壓低聲音說道：

「有一件事先跟你們說，我的主人是一個白俄，她脾氣很古怪，本來這房間她也是向人租來的，現在缺錢用，才叫我打掃，出租給你們。」

說完了這些，她又對他們神秘一笑，然後帶上門出去了。

彭英走下樓，把等在馬路的司機遣走，提了行李走上樓來，這其間雅信便來到窗口，望著斜對面十字路口上的車輛和來往的華人與俄國人，她在回憶那少女出門前說的那些話，她想像她這位二房東大概是一位四、五十歲的老俄國女人，滿面紅潤，身體臃腫，頭包方巾，象子腿踩著船子鞋，聲音如雷，走路地震……

彭英搬完了行李，便帶雅信到街角一個猶太人開的食品雜貨店，買一些雞翅和蔬菜之類，順便買一條麵包，回到公寓隨便炒炒，臨時充飢，以待明天再另做打算。吃完了，雅信與彭英便輪流去浴室洗澡，然後躺在沙發上略做休息，這時天已逐漸暗了，街燈一盞盞亮了起來，時間已近晚上九點，彭英突然從沙發立起來，對雅信說：

「上海是出名的夜都市，我想講倆做陣出來去散步遊街，你會倦抑獪？」

「好啊，住在即款細間厝內面心肝眞悶，較倦我也愛出去散步呼吸新鮮空氣，你稍等一下，我來去換一領衫。」

雅信說著，掀開行李找她的衣服，拿到浴室裡把衣服換了，等從浴室裡走出來，正遇到有人在敲門，雅信便往前把門打開了，她抬頭一望，站在門前的竟然是一位二十五左右漂亮的西洋女人，高高的鼻子，白皙的皮膚，彎弓的嘴唇，描得恰到好處的眼睛和眉毛，長長的睫毛往上下翹，一身豐滿卻又玲瓏的身軀緊緊裹在時髦柔軟的洋裝裡，她踩著一雙高跟皮鞋，各達各達自動地走進房間裡來，把手上的一張毛毯往沙發上一放，又把幾只盤碟擱在桌子上，對彭英和雅信媚眼一飛，用破英語對他們說道：

「我的女佣人告訴我，你們是新來的房客，我現在就拿毯子和盤子給你們用，別客氣，請——

——」

「謝謝你，眞謝謝你……」雅信也用英語回答：「我猜你是我們的房東，請問你貴姓？」

「噢，我們俄國人的姓太長，不好記，他們都叫我『娥兒佳(Olga)小姐』，你們就叫我『娥兒佳』好了。」娥兒佳用金雀似的高音說，又是媚眼一飛，微笑起來。

「娥兒佳……你的英文還講得不錯，說眞的，我們是因爲看到你出租廣告上寫了英文，才特別進來租房子的。」雅信半開玩笑地說。

「眞的？哈，哈，哈……」娥兒佳開心大笑起來，突然臉色一變，嚴肅起來：「對了，只告訴你們我的名字，還不知道你們的名字呢？」

「我先生姓彭，你就叫他『彭先生』，叫我『彭太太』好了，對你們來說，中國名字太短不好記，這樣反而好記。」雅信說。

「對！對！你說得對極了，彭太太……你眞有趣，我眞喜歡你！」

娥兒佳說罷，左手插腰，各達各達在房間裡踱了一回，踱到窗口，把雙手交叉在弧線隆曲的乳峰下面，說道：

「對了！彭先生，彭太太，你們今晚可願意來我的房間跟我們打麻將？」

「打麻將？不！娥兒佳，我們不會打。」雅信驚訝地回答。

「不會打麻將？爲什麼不會呢？我看任何中國人都會打麻將。」

「我們是從台灣來的，我們跟這裡的中國人有很大的不同。」雅信說。

「哦，哦，哦……」娥兒佳失望地吟哦了一陣，突然又問：「但你們晚上做什麼呢？」

「我跟我先生正想出去散步逛街。」

「什麼？這個時候要出去散步逛街？你可知道這街道九點就開始戒嚴，什麼人也不敢到街上去。」

雅信和彭英都做出不肯相信的表情，於是娥兒佳緊接著說：

「不相信，你們來這裡看！」她轉身指向樓下斜對面的十字路口。

雅信和彭英都迎了上去，往窗外探望，果然在熒熒的街燈下，可以看見三、兩個安南兵，提著上刺刀的長槍，在那十字路口巡邏走動。

說。

「跟你們講，你們別想出去散步逛街了，還是來跟我們一起打麻將吧！」娥兒佳一再懇求地說。

「說實在話，娥兒佳小姐，我們眞的不會打麻將。」雅信眞誠地說。

娥兒佳雙手把窗櫺一推，挺直身子，各達各達走過客廳，再用力把門砰然一關，各達各達走回她隔壁的房間去了。

這一晚，彭英感到十分無聊，便拿起葉惠如送他的「甘地傳」出來看，而雅信則去整理行李箱裡的衣服和細物。

八

第二天雅信和彭英醒來，已經日起三竿，看看手錶，已經十點多了，雅信決定先到日本領事館做完報到事宜，然後才隨彭英到處去逛，所以把她的心意告訴彭英，彭英卻說他不願去日本領事館報到，叫雅信自己一個人去報到，經雅信說她初到上海，人地不熟，若她自己去，萬一迷路了怎麼辦？於是彭英再三考慮之後，才決定帶她到日本領事館去，由她自己進去館內，他寧可等在附近的書店裡看書，事情也就這麼辦了。

彭英和雅信走出了公寓，沿著那林蔭的霞飛路往東走，那十字路口昨夜看到的安南兵已經不知撤到哪裡去了，街道又恢復平日繁榮的景象。雅信注意到，這霞飛路也同英租界的南京路一樣，到處零落著江南江北的乞丐，襤褸百結，袒胸露背，睡在樹蔭下，或三五成群，坐在公寓階梯下閒聊摸蝨子。有一回雅信大吃了一驚，她看見一個幾乎身無寸布的乞丐，竟然在巷角用錫箔點火吸起嗎啡來。

走到霞飛路的盡頭，便是法租界的邊界，這裡也圍了鐵絲網，只留下一個小口讓人和電車通行，路旁還放著繞鐵絲的鷹架，是爲了臨時堵塞通口用的，就在這通口，又見到幾個安南兵的守衛在站哨，從這通口一出去，便是中國的城內區了。

彭英和雅信走在城內的民國路上，雅信感到十分詫異，在英租界和法租界的街道上，人來人往，車水馬龍，是那麼樣地熱鬧，可是一出租界，店門都關了，行人也少了，甚至連乞丐也不見一個，幾乎變成了荒涼的鬼城，好難得遠遠才見一兩家人在門前走動，近了才發覺是在搬桌椅，捆綁家私，原來也想搬家逃離這鬼城，雅信萬分感慨，無端搖頭歎息起來。

走完了民國路，便是黃埔灘頭，雅信又見到那一列列，五、六隻並排的外國軍艦，彷彿都不曾變動，似乎變成了江邊的標誌。彭英帶著雅信沿著黃埔灘路折向北走，才走了兩段街，又逢上英租界圍著鐵絲網的通口，這裡立著三個印度兵，兩個揹著長槍，一個只帶手槍，提一支紅白相間的節棍在指揮出入的行人和車輛。

當雅信走近通口，她發現那提節棍的印度兵，對著一個穿綠色軍服的中國軍官叫嚷，叫他從剛進去的通口再走出來，不許他進租界一步，那中國軍官握了兩隻拳頭，提出抗議，那印度指揮就拿節棍戳他，把他從通口推了出來，這期間那揹長槍的兩個印度兵，把槍平放下來，也跑了過來，助那印度指揮的陣勢，霎時鐵絲網的內外，圍了許多中國人，都在笑那中國軍官的迂腐無知，因爲外國租界本來就不准中國軍人和官員進去的。

才見那中國軍官悻悻離去，雅信又看見一個中國官員，穿著中山服樣式的官服走向租界的入口，雅信正看著那印度兵又來阻止這中國官員，卻不料這中國官員將腋下的一只包袱往入口近旁的地上一擲，當著眾人和印度兵的面前把身上的官服脫了，換上包袱裡拿出來的一襲平民的白袍，把官服放到包袱裡去，又立起身來，大搖大擺地走進租界的入口，而那印度指揮兵連看也不看他一眼，便讓那官員進入租界。

「彼中國官員安怎哪會使入去英國租界？」雅信疑惑地問。

「伊若穿中國官服就是中國官員，伊就獪使入去，一旦將官服褪落來，伊就變做中國平民，伊就會使入去。其實彼個中國軍官若將軍服褪落來，伊也會使入去，可惜伊不知影通提長衫來。」彭英說。

「是講彼中國官員入去英國租界欲創什麼？」

「這你也不知？吃是中國頭路，住是外國租界，這在上海是眞平常的代誌，有什麼獪了解的？」

彭英鄙夷地說，攜著雅信的手，走進了英租界。

他們繼續循著黃埔灘路的林蔭人行道往北走，走了兩段路，忽然迎面來了一團人，這團人卻十分奇怪，是一圈人包著一圈人，簇簇擁擁，把一個女人圍在中心，像一團旋風，以那女人做爲風眼，外圈的人就圍著她一邊向前走，另一邊圍著她轉，雅信遠遠就萬分詫異，便停下來想看個究竟，等那女人走近來了，雅信才看清是一位十七、八歲的女人，生得白凝細緻，一襲滾飛鳳的白稜子裙襖，滿頭金光寶鑽，玉簪花飾，左手玉鐲上捲一條紅絲絹，右手拎一支蝴蝶扇，一半掮風，一半遮面，搖搖墜墜，向前行來，她的左右繞了七、八個十五、六歲的少女，臉容衣飾遠差那女人一大截，往外是一群三、四十歲的中年婦人，再外是一圈戴軟帽的男人，最外是一夥赤膊的打手，正揮拳踢腿，趕後面跟著的一大群討錢的乞丐。

「偲即割到底是什麼人？哪會大家做一夥列行？」雅信不解地問。

「這就是偲上海的好額人出來散步遊街。你看！上中仔⑰彼個是好額人的小姐，圍在伊邊仔不是幼嫺就是粗嫺，較外面的是老婆，復較外面才是使用人佮奴才。」彭英說。

「爲著一個小姐欲出來散步遊街，哪著動用四、五十個人佮伊鬥陣出來散步遊街？哪不家己一個出來？上加㪒一兩個仔查某嫺出來就好嘛。」雅信說。

「唉呀！這你『台灣松』⑱攏不知影，就是驚人綁票，不才著㪒一大群人出來，若家己一個人出來，免行列三坎店，早就給歹人黨綁去囉，哪有通扇仔搖一下搖一下，悠哉悠哉遊街看光景？」彭英說。

雅信聽了，才恍然大悟，禁不住搖頭三歎，可憐起那富家小姐來。

彭英與雅信終於來到蘇州河，走過那著名的兩節外白渡鋼橋，遠遠便看見一幢大樓，樓上懸了一面日本旗，樓前有「上海日本電報局」的字樣，那大樓的門前疊了兩堆沙包，有兩個日本兵，子彈水壺，綁腿皮靴，戴鋼盔，握長槍，在門口守衛，雅信覺得奇怪，只在心裡盤問，卻未敢做聲，她想繼續向前走，不料彭英卻停了腳步，把她拉住，對她說：

「我早起已經加你講過，日本領事館我𤆬去，欲去你家己去，在頭前，離這『日本電報局』一段街就到，這『日本電報局』邊仔有一間書店，我入來去看書，你去報到了後，才來即間書店找我。」

彭英說罷，便把雅信扔了，獨自往那書店走去，雅信等彭英走進了書店，她才悻悻重新上

⑰上中仔：台語，意(最中間)。

⑱台灣松：台語，音(tai-oan-song)，意(台灣的鄉下佬)。

路，走了一段街，果然在前面看見另一幢懸有交叉兩面日本旗的獨立大樓，四面都圍著高牆，中間一個大門，卻用鐵柵攔著，見不到入口，那鐵柵內密密封封堆著一人高的沙包，卻不見日本兵的影子，雅信心裡又覺納罕，不知這是不是彭英告訴他的日本領事館，便更向前走近，終於在高牆的右邊，看見一塊銅牌刻著「大日本帝國駐上海領事館」的凸字，才確定這正是她所要找的地方，可是從鐵柵的這邊走到鐵柵的那邊，都找不到可通之門，因爲見不到任何人，她便敲起那鐵柵的鐵條來，才敲了兩下，突然聽見巨大的一聲「可啦！」不知從沙包的哪裡闖出來兩個日本兵，擎著上刺刀的長槍，直指著雅信的胸口，害她驚懼得幾乎要昏倒在地上，這時又有三、四個日本兵，也擎著長槍圍了過來……

好久雅信才收驚鎮魂，用日本話對那最近她的日本兵說：

「我……是從……台灣來的，我的護照是在台灣發的，我來之前，那位外事課的副課長說上海有戰事，叫我來了上海要來這裡報到，我現在就爲這事而來……請問，你們領事館今天不辦公嗎？」

那日本兵也不理會雅信的問題，只雙目炯炯，繼續又凝視了她一陣子，彷彿相信又不相信的樣子，終於把刺刀的刀尖慢慢移向天空，換成一種較緩和的口氣問她說：

「你的日本護照呢？拿出來給我看！」

雅信打開了手提箱，把護照從那鐵柵的間隙遞進去，那日本兵放了槍，接了護照，翻了幾頁，才又把護照還給她，轉頭對身邊的那個階級較低的日本兵點頭示意了一下，那日本兵便把槍靠在沙包上，走向前來開了一道僅容一個人的小門，讓雅信走進去，等那日本兵在後面關門的時候，這先前的日本兵便在前面帶路，在沙包之間轉了幾彎，雅信才走進領事館大樓的玻璃門，早有日本的外交辦事員上門來迎接了。

領事因公外出不在，由一位帶無邊近視眼鏡的二等秘書代爲接待，爲雅信辦完報到手續，等那秘書得悉她曾經到日本唸書，而且又從日本唯一的「東京女子醫科大學」畢業，他對她大大親切起來，她便趁這個時候問他說：

「請問秘書先生，這麼大的一間日本領事館，又是平常辦公時間，因何緣故要用鐵柵把大門圍得緊緊的，連一個人進來的小門也沒有，請問這是爲什麼？」

那二等秘書突然嚴肅起來，低沉地回答：

「雅信様，這你有所不知，近時蔣軍北伐，攻到上海，所以上海很亂，十分危險，不但如此，還有一些支那暴民，趁機向我們日本公務機關攻擊，兩個禮拜前，就有惡徒向我們這領事館丟炸彈，幸好沒有人受傷，所以我們不得不隨時關門，嚴加戒備。」

「噢，我剛才走過『日本電報局』的時候，也看到有日本兵守衛，原來也是這個原因。」雅信說。

「是哪，所以我們日本人在上海要特別小心，尤其像你這樣的女人家。」

「我不是獨自一個人來上海，我還有我的先生呢。」雅信來不及思索地說。

「你的先生？他也是日本人吧？怎麼不跟你一起來報到？」

雅信一時啞口無言，不知如何解釋才好，便胡亂跟那二等秘書說恐怕他先生前些時候已經來報過了，所以這回沒跟他一起來，因爲這是她第一次來上海，而她先生已來過好幾次了。

聽了雅信的解釋，那二等秘書也不進一步再細問，於是雅信便向他告辭，走出領事館的玻璃門，一聽見她的腳步聲，那在沙包前站哨的下級日本兵，已經鏗鏗鏘鏘在開那道鐵柵小門了……

九

往後幾日，彭英便帶了雅信到上海各處著名的地方閒逛，他們首先遊歷了最熱鬧的南京路，不但看遍了路兩旁的中外商店，也參觀了「大新」和「永安」這兩家上海最大的百貨公司。然後又進了那叫「大世界」的最大遊樂場所看人賭博歡樂，在南京路端登上電車繼續向東走上「靜安寺路」，最後下了電車便是那傳說已經有兩千年歷史的「靜安寺」，那寺前有一口古井，掛了一塊匾額寫著：「天下第六泉」。遊完了英租界，便到上海東南中國「城內」的「九曲橋」和「湖心亭」，看人喝茶清談，參拜了人山人海摩肩擦踵的「城隍廟」，最後往黃埔江上游西岸的龍華村去看那莊麗的「龍華寺」，見了那高入雲霄的七層「龍華塔」，還讀了南宋詩人陸放翁爲「龍華寺」題的一首詩：

> 乘日上浮屠，還見群峰影；
> 金焦是耶非，一點漁燈冷。

「外灘公園」既有「華人與犬，不得入內」這種侮辱性的牌子，雅信當然就不願進去，其他的公園，凡是外國人建立而又不准「華人」進入的，雅信也一概拒絕進入，儘管她可以說得一口流利的日語，裝成日本人也沒有人會懷疑，但她仍然沒曾那樣做，那麼，整個上海雅信能進去而又願意進去的公園只剩下「半松園」和「愛儷園」了，因此，彭英也就帶她到這兩個公園去觀賞。

來到「半松園」，雅信才明白原來這公園竟然是一個姓「沈」的華人建築的，所以才對任何人開放，因此，中國遊客特別多。因爲園主信天主教，所以園前是西洋式的格局，但園後卻有中國式的水池亭閣，十分幽雅美麗。園內還有小丘，雅信和彭英都登到山丘之上，眺望黃埔江的船影，趣味盎然，令人陶醉。

「愛儷園」是「靜安寺路」與「哈同路」之間的一個猶太人的私人公園，園內的設計與建築，據說是上海公園中最宏偉最美麗的一個，走在園裡的幽徑上，雅信感到來上海以後未有的舒暢與快樂。彭英一邊走，一邊自動地向雅信說起園主哈同的故事：

「這『愛儷園』的主人是一個猶太人，叫做『哈同』，開始來上海的時，不過做一個洋行的行員，後來生理愈做愈趁錢，到尾仔遂變成上海上有錢的百萬富翁，伊買眞多土地，是現在上海上大的地主，南京路、霞飛路規列厝攏是伊起來租人的，因爲實在太好額，才起這公園來給人欣賞。」

雅信望著那一切中國式的樓台亭榭，假山池水，說道：

「講起來實在眞奇怪，伊猶太人果愛中國花園。」

「彼哪有奇怪？伊奇怪猶多囉，伊雖然是猶太人，但伊入的是英國籍，伊娶的某不是西洋人，是一個廣東人；伊信的不是猶太教，也不是基督教，是佛教；伊上趣味的不是飲酒佮博傲，是中國的骨董佮中國的字畫……伊是我所看過上奇怪的一個人！」彭英說。

玩夠了公園之後，雅信忽然想看看上海的學校，於是彭英便帶她到上海東北面的「日本女學校」，又到上海西北面的「聖約翰大學」，然後又到上海西南邊的「南洋大學」和「東亞同文書院」……

從「東亞同文書院」走出來，雅信便望見不遠的地方，有一雙天主教堂的尖塔，從翠綠樹影之中，巍然聳立，直撐蒼穹，莊嚴肅穆，令人神往，雅信便拉著彭英的衣袖，想往那教堂去，一邊還興奮的問著：

「這是什麼所在？不知是什麼人在即丫果起到一間即倪美的天主教堂？」

「即個村叫做『徐家匯』，是明朝一位大官叫做『徐光啓』的故鄉，徐光啓當年佮一位叫做『利瑪竇』的意大利傳教士來往，佮伊學西洋的天文、地理、幾何、算術，兩個人合譯歐幾理得的『幾何原本』，最後歸信天主教，將伊的全部財產捐給教會，才起即間天主教堂。」彭英一面走路一面說。

他們越過那「徐家匯火車站」前的廣場，再走幾十步路，那天主教堂已屹立在眼前，雅信牽著彭英，懷著一份虔誠和敬意，悄悄穿過那雕刻精緻的大門，來到正堂的後端，那正堂寬敞無比，約有容得下三千信徒的座席，因爲沒有儀式在進行，兩邊穹廊顯得陰暗幽深，只有聖堂前熒熒地燃著幾根白蠟燭，有三、兩個人正坐在最前排的席間沉思，有一個老婦跪在壇前垂頭祈禱……

雅信和彭英在正堂裡佇立片刻，才又悄悄地走出了教堂，去參觀附屬於教堂的「天文台」和「氣象台」，過後又參觀教會設立的「孤兒院」，這「孤兒院」收容了二百多個孤兒，專門個別教授孤兒各種學業和工藝，裡面設有繪畫室、印刷場、音樂室……

從「孤兒院」走出來，雅信和彭英又去參觀附屬於教堂的「博物館」、「圖書館」、「施療院」、「聖母院」……

等看完了這一切，走在往「徐家匯火車站」回途之上，才聽見清晰的鐘聲由那雙尖塔悠悠地傳來，雅信拉住彭英，凝神諦聽，回望那雙尖塔以及投在池裡的倒影，一直等到鐘聲停息，才依依離去。

十

五月一日「勞工節」就快到了，幾日以來，上海滿城風雨，街頭巷尾議論紛紛，傳說「勞工節」這一天，上海的工人又要聯合罷工，上海的學生又要集體遊行，原因是去年的春天，上海日商「內外紗廠」的工人罷工，要求改善待遇，有人破壞了工廠機器，引起日籍職員槍擊工人，造成兩人死亡的慘局。同年的五月三十日，上海學生聯合組織了演講會，在上海街頭公開演講，舉行反日反英的示威，結果被英國人指揮的印度巡捕開槍射擊，死了十一人，傷了二十多人，激起上海學生與工人的憤怒與敵愾。特別是這一年春天以來，孫傳芳的軍隊由上海脫逃，蔣介石的北伐僵持在上海的城外，遂造成了幾個月的混亂，引起各國派艦增兵來保護各國的僑民，這更引發了中國人的憤慨，遂有全上海工人罷工的傳說，更有全上海學生大遊行的抗議外國兵臨的流言，於是各國的使館森嚴戒備，英租界和法租界的邊界和十字路口也增加了更多的守衛和巡捕，戰戰兢兢等待這「勞工節」的來臨。

爲了觀看上海街頭的特殊景象，五月一日這一天的早晨，彭英很早便起身，也順便把雅信自床上拉起，雅信揉揉眼睛，走到窗口，把窗打開，對著由窗而入的新鮮空氣打了幾聲哈欠，頭腦才清醒過來，而眼睛也稍稍明亮起來，於是對著窗外的街景凝望，因爲時間還早，街上籠罩著輕霧，天空自是茫茫的一片，而街稍遠一些就模糊起來，倒是樓下這段街頭的景物還清晰可辨，那人行道上冷冷清清，沒見幾個人影，可是霞飛路上的車輛已經零零落落，遠遠地一部跟隨一部，都點著通亮的車燈，迎面駛來，從窗下飛馳而過，消失在街尾的霧裡。有一輛卡車開在路邊的慢車道上，不但沒點車燈，而且踽踽而行，讓所有的車子自它身旁超過，仍然不慌不忙地慢慢前進，這大大引起雅信的好奇，私忖這卡車到底因何事故，爲什麼如此慢慢呑呑，躑躑躅躅，欲行又止……

等那卡車終於行近了，雅信便張目加以觀察，車燈雖然不點，其他倒也不覺有何特別之處，只是那卡車後面車篷裡，狼狼藉藉地，蓋著綠漆的帆布，那帆布下是什麼，迎面看不清楚，一直等那卡車由樓下行過，看得見車尾時，才發現從那帆布邊緣溜下來幾件白色的東西，在車後搖晃，再仔細看時，才知道原來是幾隻人手和人腿，雅信猛然一嚇，後退三步驚叫起來：

「彭英！彭英！緊來看！彼敢是人？」

彭英急步靠到窗口，一邊還拿著刮鬍刀，他順著雅信手指的方向望去，他看到了，鎮定地說：

「是啊，彼是死人。」

「伊是什麼人？」

「哪有什麼人？總是彼割有路沒厝的乞食。」

「阿哪有彼倪多？」

「哪會沒？你加偲想看覓，上海不管時都有三千個乞食，冬天猶較多，有一萬個乞食，即割乞食沒厝通住，沒物通吃，所以不是凍死，就是餓死，每暗不知死外多人咧，每早起若沒用這卡車出來收屍，這上海不知欲變成安怎款咧。」彭英說完，又回到鏡前刮鬍去了。

這畫面給雅信的印象太深了，整個早上老掛在眼前，怎麼拂也拂不去，她吃不下早飯，她覺十分愁悶，十分沉鬱……

彭英猜測遊行示威不可能在法租界發生，只可能在多事的英租界發生，所以他便帶雅信出了公寓，直往英租界來，整整一天他們走過廣東路、福州路、西藏路、四川路、南京路、北京路，一直都見不到有什麼動靜，商店依然開張，行人照樣往來，沒有異乎平常的跡象，唯一不同往日的，便是每個十字路口多了幾個印度兵和印度巡捕，偶爾有一隊印度軍隊，由一兩個英國軍官帶著，在大街上到處巡邏。

彭英和雅信便這樣沿街閒逛著，終於來到臨江的黃埔灘路，忽然看見前頭圍了十來個中國人，有戴瓜帽的、有戴呢帽的、有穿長袍馬褂的、有穿西裝的，正立在人行道上，看三個高中模樣的學生往一幢大廈的砌磚牆壁貼宣傳紙。那個在牆上用掃把抹漿糊的是個穿學生制服的粗壯男生，一臉堅毅，已長了上髭，另一個貼宣傳紙的男生也穿了制服，卻是面目清秀，白皙削瘦，第三個竟是一位女生，長得嬌小玲瓏，生了一雙大眼睛，一頭烏亮的短髮，梳著瀏海，一身白襖，一件過膝的半長褲，她左手提一桶紅墨水，右手握一把馬刷，醮了紅墨水，一路往那貼好的宣傳紙撒去，於是那紙上便血跡斑斑，還沿著牆一滴一滴淌下來……

雅信從人的肩膀空隙讀起那宣傳的文字，那幾張宣傳紙用遒勁的毛筆寫道：

反對帝國主義的武力侵略！
反對資本主義的經濟壟斷！
驅逐帝國軍隊！
奪回英日租界！

打倒軍閥土霸！
歡迎革命北伐！
上海工人團結起來！
全國人民一致抗外！
…………………

雅信讀著，讀著，突然聽見背後傳來一陣雜沓的皮靴聲，那人牆從中間破裂開來，走上來一個四十多歲的英國紳士，白色西裝，白色晴雨帽，白色皮鞋，結一條黑領帶，拎一根黑枴杖，他用枴杖指向那三個學生，只回頭一聲喝令，後面的一隊印度兵便擁上來，把那三個學生反手逮捕了，那長髭的男生還與印度兵掙扎了一番，於是聯合了三個印度兵的臂力才把他制服，上了手銬，押離現場。那白皙的男生，不費力，只一個印度兵，便溫馴地隨他而去。可是那女生倒是倔強，不但極力嘶叫，而且還咬了印度兵幾口，最後他們不得不叫兩個印度兵來同時押她，一個人提一邊，才把她整個人抬著離去。等那三個學生都被印度兵押走了，那英國紳士才滿意地點點頭，揮著枴杖，跟著那先行的印度兵隊而去。整個過程中，所有外圍的中國人，都沒有任何抗議，只站在兩邊，啞口無言，袖手旁觀，彷彿在看一場戲，等戲完了，人也就慢慢地散了。

雅信和彭英一直留到最後，看人都走了，雅信才問彭英說：

「你想伊會加伊掠去嘟位？」

「哪有嘟位？總是掠去關列租界的監獄內面啊。」彭英說。

雅信深深歎了一口氣，特別爲那個大眼睛的女學生感到一陣悲痛，她回頭再去望牆上的宣傳紙，才發現牆下倒了那桶紅墨水，流了一地，像一灘鮮紅的血……

彭英又帶著雅信沿著黃埔灘路踱步，時時停在江邊的欄杆，聽那江漢關的鐘聲，望那江上穿梭的遊艇與商船。傍晚時分，彭英在無意間看見一位二十五歲左右的青年，穿一襲布鈕的中國衫，黑長褲，一雙黑皮鞋，也倚在欄杆在望那江上的船隻，再仔細看時，原來他不是在望那江上來往的船隻，而是在望那江邊一排又一排的外國軍艦，似乎對著那艦上飄揚的各國國旗在輕輕地歎息。彭英覺得有點面善，好像在哪裡曾經見過，於是便向他挪近幾步，才看清他那剪短的平頭上點點是疏零的白髮，忽然記起，原來就是在廈門街頭向那個流落江南的相命老人問卜的青年，於是彭英笑顏開來，問那青年說：

「請問你幾時來上海？」

那青年從欄杆轉過身來，開始覺得彭英的話有些唐突，及見了彭英身後的雅信，他也突然記得了，也張口微笑起來，用十分熱忱的口氣說：

「噢，原來是您！我也來沒外久，四日前才來的。」

「阿你的電影機敢由香港收著ㄚ？」彭英問。

「由香港著愛等『千八日』，欲安怎收會著？所以我直接來上海，去南京路的外國商店巡，一看就買著ㄚ。」

「安倪生，你不就會使放小電影趁錢ㄚ？」

「在即ㄚ？你做你去想！」

「這是安怎講？」彭英迷惑地問。

「你看咧！」那青年又轉回身去望那江邊的外國戰艦，歪著身說：「這黃埔江邊攏是外國戰艦，戰爭不知東時欲發生，而且我這小電影生理，日時仔𣍐做，著愛暗時仔才會做，本來買著電影機是眞歡喜，想講上海人即俔多，絕對會趁一幢大錢，結果呢？每日天猶未暗就加倘戒嚴，到天光才解除，安倪生理欲安怎做？只有是去租界外做，但是租界外復全是土匪佮強盜，日時仔就沒人，暗時仔猶復較免講。」

那青年說完，又深深地歎了一口氣，彭英感到十分同情，而雅信更爲他感到傷心，也歎息起來。過後，雅信關懷地問那青年說：

「阿你在上海沒法度通做生理，欲安怎？」

「哪有安怎？只有是船票拆⑲一下，復轉來去廈門啊。」那青年無可奈何地說，雙手一攤，又回頭望起那江邊的外國戰艦來。

與那青年道了別，彭英與雅信便又上路，在黃埔灘路上看看停停，走出英租界，來到民國路時，已經七點半了，彭英在心裡盤算著，法租界一向也是九點戒嚴的，因此所有法租界的通口，也是九點封口的，好在從這民國路的起點走到那法租界霞飛路的入口不過是半小時的路程，時間還十分充裕，他們從容地向前走去。

來到法租界的入口，那平時出入的馬路，竟然用鐵絲鷹架給封住了，彭英和雅信大吃一驚，看看手錶，八點卅分還不到，怎麼這麼早就封住了呢？想問問那鐵絲網裡的安南兵，才向他打招呼，他就舉起槍來，對準他們，也不應他們，只用另一隻手，揮手叫他們走開。彭英和雅信只走了幾步，便又停下腳步，焦急萬分，不知如何是好……

---

⑲拆：台語，音(thiah)，意(撕)。

立了好一陣子，終於看見一個穿西裝的中年中國人從面前走過，於是彭英便喊住他，問他說：

「請問您這位先生，你知道租界今天爲什麼這麼早關門？」

「你還不知道今天是『勞工節』？他們怕工人鬧事，所以提早一小時，八點就關門了。」那中年人說。

「那麼戒嚴也是八點就戒了嗎？」

「戒嚴倒是照常九點開始，只是這門早一點關。」那中年人說，又伐開步向前走去。

彭英和雅信看著那中年人離去，轉回頭又在原地立了一會，無目的地向前躑躅起來，走了一段路，忽然瞥見前面有一家豆腐店，有一個中年婦人坐在店門口，翹起腳在抽水煙袋，有人兩兩三三往店裡走進去，每走過門口便擲給那婦人一個銅板什麼的，彭英覺得奇怪，也拉著雅信走到那豆腐店前，立在那裡對那婦人觀望，那婦人也覺得奇怪，便抬頭瞟了他們一眼，用熟練的商婦口吻說：

「要進租界嗎？一個二十文錢！」

「從這裡可以進法租界？」彭英十分詫異地問。

「已經跟你說了，一個二十文錢！」那婦人不耐煩地說，又抬頭瞟他們一眼。

彭英便掏了五十文給那婦人，拉著雅信走進豆腐店，那店裡滿是黃豆的味道，甬道是濕漉漉的，電燈又微弱，店後黑黝黝地，十分可怕，彭英猶豫起來，停步不敢前進了，正想退回去，已經有一個陌生人，從背後走進來，他似乎對這幽路十分熟稔的樣子，一下子就越過彭英和雅信，大步向前走去，於是彭英和雅信便緊緊跟住他，走了一段甬道，拐了兩個小彎，便來到一個天井，那天井連著另外一幢平房，又走了一段甬道，等走出那平房的大門，前面已經是法租界的界內了。彭英大喜過望，牽著雅信的手，趕在九點戒嚴之前，一路急步走回他們的公寓來。

回到公寓，經過娥兒佳的房間，那房門半開著，看得見娥兒佳與一位鬈髮尖鬍的西洋人對坐在客廳裡用俄語對話著，娥兒佳已瞥見雅信了，便揮手向她打一個招呼，雅信也禮貌地向他們點一下頭，急得走進她的房間去。

過不了十分鐘，娥兒佳便自動地走進雅信的房間來，她滿嘴酒臭，嘴上刁一支香煙，嬌娜無力地斜倚在窗口，猛抽了一口煙，然後把煙吐滿了整個房間，從容不迫地用破英文對雅信說：

「我來收房租。」

「收房租?娥兒佳小姐，我們搬進來的那天不是已經付給你那個女傭了嗎?你怎麼又來收?」雅信驚異地說。

「不是，不是，我不是來收上半個月的房租，我是來收下半個月的房租。」

「可是，娥兒佳小姐，我們才住十天，半個月都還沒到，怎麼就收起下半個月的房租?」

「我知道，我知道，你們這半個月還沒住滿，只是我請你們現在就把下半個月的房租預先付給我，因爲我現在缺錢用，昨天的麻將又賭輸了好多錢。」

彭英聽見客廳爭吵之聲，從臥房裡走出來，見是娥兒佳，便用台灣話問雅信同房東在吵什麼，雅信用台灣話把娥兒佳的要求重述了一遍，於是彭英便不悅地說：

「加伊講啦，講倆身軀即久沒春錢，即偌博傲人，沒底深坑，規間銀行搬來也𣍐赴列伊博。」

雅信聽了，便轉身來回娥兒佳說：

「我先生說我們現在身上沒有餘錢，所以不能預先付你房租，何況我們下半個月住不住這裡，還是一個問題。」

「唉呀！你們別哄我了，我知道你們外來的旅客身邊總有不少錢，而且我也肯定你們還會繼續住下去，只是我不再向你們預收房租就是了，但可憐可憐我吧，像對好朋友一樣，借給我幾個錢吧，我昨天麻將賭輸了，否則也不會像現在窮得荒，怎麼樣？借我十塊銀元，五塊銀元，你們現在身上有多少就借我多少吧，我麻將贏了，立刻還你們。」

雅信把娥兒佳的話轉給彭英，彭英斬釘截鐵地說：

「加伊講，若是為著打麻雀，一仙都不借伊。」

雅信於是又轉身來對娥兒佳說：

「我先生說，我們錢都存在銀行裡，現在身上確實一塊也沒有，所以對不起，娥兒佳小姐，我們連一塊也沒法借你。」

娥兒佳一聽，臉色大變，把大半截香煙往地上一甩，用鞋底猛力一踩，扭著屁股，各達各達走出門去，把門砰然一聲生氣地關了。

雅信才坐在沙發上，舒了一口氣，便聽見隔房娥兒佳的暴雷聲：

「Girl!泡一杯咖啡來!」

「Girl!咪咪跑到哪裡去啦?……咪咪!咪咪!你這死咪咪又跑到哪裡去啦?」

然後是娥兒佳跟一個男人俄語的相吵聲與相罵聲，接著是飛盤破碟聲、刀叉的金屬聲，於是聽見貓叫聲與人叫聲，人在打貓，貓在抓人，男人打女人，女人摑男人，吵得整幢公寓天崩地裂，家家都打開了門，互相探問發生了什麼事情……

突然幾聲刺耳的尖叫，娥兒佳從她的公寓房間散髮赤足衝出來，跑到甬道的窗口，對著街道狂呼：「救命哪！救命哪！」只見那鬈髮的西洋人立在房門口，十分尷尬地壓低聲音叫著：「娥兒佳！娥兒佳！」然後說了一些聽不懂的俄語，懇求她別那麼瘋狂孟浪，催她回到房間裡去，可是娥兒佳卻不管，硬是在窗口上繼續大聲呼叫，引來了霞飛路幾個站哨的安南兵，一直等到兩位巡邏的法國巡捕走上公寓來安撫勸解，娥兒佳才哭哭啼啼地走回她的房間裡去。

娥兒佳的房間難得安靜下來，雅信和彭英也終於準備休息了，可是才要闔眼入眠，卻又聽見哪裡傳來的女人啜泣聲，雅信睜開了眼睛，仔細諦聽，這不是來自隔壁的房間，而是來自樓下的房間，雅信發現那泣聲不像普通女人的泣聲，卻是歇斯底里的，似乎是精神錯亂而發出的囈語，雅信更用力諦聽，她聽見一個男人在用德語喝她止哭的聲音，他咒詛著、威脅著，只是不敢放大聲，怕去吵到同公寓的其他住客，而那女人的啜泣聲卻繼續著，一直到深更半夜，都不曾衰歇停息……

十二

住在娥兒佳的公寓期間，彭英時常帶雅信去看在上海的朋友，也有上海的朋友來公寓看他們，彭英朋友之多，令雅信歎爲觀止，特別是一些「上海台灣青年會」的朋友，坐下來一談，便是一整天，而且談的無非是台灣政治，對於一向就不熱衷政治的雅信，簡直枯燥無味，特別這群朋友之中又少有女人，所以在他們男人談話之間，雅信便打起瞌睡，因爲屢屢如此，以後有朋友來家裡，雅信還勉強招待，可是彭英若想去訪朋友，雅信就寧可留在公寓裡休息，或做些家事了。

隔壁娥兒佳的那個女傭知道雅信時常留在家裡，因爲無聊，有時也就過來雅信房裡與她聊天，初時還生疏，久了也就熟了，於是對雅信也就無話不說了。

有一天上午，那女傭照例又抱了那隻白色邋遢貓過來雅信的房間，逕自往沙發一坐，撫起懷裡的白貓來……

「那天幸好有兩個法國巡捕來勸解，不然娥兒佳就要跟南茲(Lanz)先生鬧到深夜，恐怕鬧到整幢公寓的人都睡不了覺還不肯罷休。」那女傭自言自語地說。

「你說『南茲先生』，他經常來找娥兒佳嗎？」雅信問道。

「他豈止經常來找娥兒佳，他根本天天都住在這裡，只是他常常上夜班，早上才回來，所以你沒注意到。」

「他不是她的先生嗎？」

「不是。」那女傭說，神秘地眨眨眼睛：「他只跟她同居，聽說已經同居七、八年了，但一直都沒有結婚。」

「他們爲什麼不結婚呢？」

「不知道，也許他們不是同一國人也說不定。」

「南茲先生不是白俄人嗎？」

「不是，他是挪威人，但他會說俄國話。」

房間沉默了片刻，那女傭又去撫那白貓的背，而雅信則去疊剛曬乾的衣服，等她疊好了兩件衣服，才又開口說：

「你剛才說起南茲先生，說他在上夜班，常常早上才回來，他到底上的是什麼班？怎麼日夜顚倒的？」

「他在英租界的監獄裡做看守。」那女傭頭連抬也不抬，儘望著懷裡的白貓說。

驀然，有一個念頭閃過雅信的腦際，南茲先生既然是英租界的監獄看守，他一定知道那監獄幾天前關進了三個中國學生，雅信特別關懷那長著兩顆大眼睛的女學生，她是不是還關在監獄裡？還是已經釋放了？雅信多想立刻就去問隔壁的南茲先生，但一想自己與他素昧平生，何況對方又是娥兒佳的同居人，這樣問人的公事，也未免唐突，於是打消了這個念頭，只輕輕地歎息起來……

「你知道嗎？娥兒佳很懶，她常常沒換衣服就倒在床上睡覺，她的床單從來都不疊，常常把鞋子、襪子丟滿地板，叫我替她收拾。她有許多漂亮的衣服，卻沒有一件合意的，她都把它們捲起來，塞在衣櫃裡。」那女傭自動地說。

「南茲先生不說話嗎？」

「對於娥兒佳的懶惰，他倒從來都不說話，反正已經習慣了。」

「很想問你一句，他們兩人是不是經常吵架？」

「倒也沒有，只是娥兒佳賭輸了麻將，隨便發脾氣時，兩人才會吵架。你知道嗎？當他們兩人和好的時候，又碰上南茲先生休息不上班，他們就去『百樂門大舞廳』跳舞跳整個通宵，直到第二天早晨才回來，還喝得酩酊大醉，一邊走一邊高聲唱歌，好在這時公寓裡的人都爬起來了。可是啊，當娥兒佳賭輸了麻將又借不到錢的時候，她就打雞罵狗，杯盤亂飛，南茲先生想管她，但她卻不讓他管，於是兩個人就大打出手，娥兒佳就到處呼救。」

「難道沒有人出來勸她嗎？」

「誰勸得動她？連她母親都勸不動她。有一回，她的母親連她的姐姐、弟弟從旅順來看她，在這裡住了幾天，看見她跟南茲吵架，想勸她，結果她反罵了她母親，她姐姐回罵她，她就抓起姐姐的頭髮，於是她弟弟便跳到娥兒佳的身上，最後推桌摔椅，全家打成一團。」那女傭淡淡地說，又努力去撫摸懷裡的白貓。

雅信望著那女傭和她的白貓，聯想起娥兒佳賭輸酒醉就糟蹋一家大小，連貓帶人都遭殃的情景，不禁爲那女傭和白貓可憐起來，她想，也許是因爲如此，那女傭和白貓才會如此同病相憐相依爲命。

那女傭抱著貓從沙發立起，她說娥兒佳快要回來了，她必須走了，等她走到門口，雅信突然記起樓下經常聽到的女人哭聲，便問那女傭道：

「你知道我們樓下住什麼人？老是三更半夜就聽見女人的哭聲。」

「呃！那是一對從德國逃出來的猶太難民，那女的大概是悲傷過度，患了神經病，所以經常夜裡睡不了覺就爬起來哭。」

「她先生在做什麼呢？」

「他從前在德國時是小學教師，現在在『愛儷園』裡做園丁，你知道嗎？就是那個叫哈同的猶太百萬富翁的私人公園裡做園丁。」

「我知道，我知道，那公園我曾經跟我先生去過。」

那女傭終於走出去，雅信也立了起來，伸伸懶腰，走到窗口來望霞飛路上那川流不息的車輛與行人，想起哈同與樓下那位教師，一個是上海最有錢的猶太富翁，一個是上海最落魄的猶太難民，同樣是落根在上海的猶太人，但兩個人的命運何其天淵之別！

就在這天下午，一半起於好奇，一半起於同情，雅信走到樓下去看那對德國來的猶太夫婦，用她不成熟的德語同他們交談，他們也許難得有訪客，所以那位留著滿下巴鬍子的先生，顯得高興又顯得緊張，那女人不像患有神經病的樣子，因爲她言語有倫次，舉止也正常，只可能是環境的驟變，由於人地生疏與異國孤寂而形成了長期慢性的憂鬱症，這種心理病需要心理治療，加上丈夫的了解，才會慢慢好轉，所以雅信便對那先生說，她是來上海旅行的醫生，她告訴他，當他太太憂鬱難解的時候，就讓她盡情去哭泣，盡情發洩心情的鬱抑，千萬不要罵她，那樣不但對她沒有益處，反而會加重她的病情。其次雅信又告訴他，她需要去找心理醫生治療，對於這個提議，那先生回答說他目前經濟狀況不允許他的太太去找心理醫生，更何況在這茫茫的上海何處去找懂得德語的心理醫生？對於那先生的話，雅信也無言以對，只是從此把這件事一直都放在心上。

有一天，一個姓何的醫生朋友來公寓看彭英，這何醫生是台南人，到日本學醫之後，回台灣做了兩年醫生，以後便來上海開業，一直都不回台灣去，只偶爾休假幾個月回台灣看看故鄉的父老兄弟。何醫生中等身材，肚子已微微發福，白皙髭青的圓臉，掛一副無邊的眼鏡，說話溫柔親切，天生就是一副醫生的相貌，他與彭英談了一陣後，便轉向雅信，問她說：

「聽您先生講，你佮伊在日本就相訒，不知你在日本讀的是什麼學校？」

「我在日本讀『東京女子醫科大學』。」

「什麼？你是讀醫的？阿你即馬不就醫生？請問你專門的是什麼科？」

「都因爲是查某人，所以我專門的是婦產科。」

「誠抵仔好！」何醫生拍了一聲響掌，興高采烈地說：「即丫抵好有一個有錢人欲撿嬰仔⑳，找攏沒醫生，你復是婦產科上好，您都欲在上海住一個月，想欲拜託你加伊撿嬰仔，這是眞重要的人，不知你想安怎？」

「上海醫生彼倪多，哪著需要我，而且我是來上海旅行而而。」雅信遲疑地說。

「來上海旅行順續加人撿嬰仔哪有什麼要緊？」何醫生說，更加溫和地說：「我加你講伊的背景，伊老爸叫做郭春榮，是俩台灣人，早前在台南的時陣列加人剃頭，了後去新加坡，才大發財，即馬是南洋的橡乳王，伊不時攏住在上海，俍子婿列加伊管賬。這是頭一胎，郭春榮有對俍查某子講，若生查某的，欲給伊一倍財產，若生查甫的，欲給伊三倍財產，但是若平安順事，伊就會眞歡喜，不過找攏沒一個會曉講俩台灣話的醫生，誠抵仔好，你是婦產科，復會曉講俩台灣話，干若專工㉑準備的。」

因爲何醫生善於勸說，又加上他那副笑瞇瞇的眼睛與親切動人的嘴，實在叫人難以拒絕，雅信終於答應下來，這眞叫何醫生樂開了，於是才又轉頭去跟彭英說話……他們談了許多台灣故鄉的風土和人物，末了，何醫生站起來，打算告辭離去的時候，雅信才突然想起樓下那位猶太女人的憂鬱症來，便對何醫生說：

「何醫生，你拜託我一項代誌，我也想講欲拜託你一項代誌，在上海你不知訓什麼外國的心理醫生否？上好是會曉講德語的。」

「外國的心理醫生，又復會曉講德語的……」何醫生重複地說，拍拍自己的額頭想了一會，終於躍然地說：「啊！有啦，有啦，有一位叫司各德(Scott)的英國心理醫生，伊曾去德國讀過

⑳撿嬰仔：台語，音(khioh-ē-a)，意(接生嬰孩)。
㉑干若專工：台語，意(彷彿特別)。

書，會曉講德語，沒外久進前在一遍『上海醫師研究會』頂相訊的，不知你找這醫生欲創什麼嘜？」

於是雅信把樓下那憂鬱病的猶太女人的事情說給何醫生聽，然後說：

「我才想講欲迺伊來去給司各德醫生看覓囑。」

「噢，若安倪沒問題，你若去找伊，加伊提起我的名，講是我介紹的，醫療費絕對算伊眞俗的。」何醫生最後說。

何醫生走後的第二天，雅信便帶了那猶太女人按址去找司各德醫生，雅信用流利的英語與他交談，司各德醫生大感驚奇，對她便有了很好的印象，等她向他提及何醫生，說她與他是台灣同鄉，而她自己又是婦產科醫生後，司各德醫生更對她產生了無限的好感，最後等雅信把那猶太女人的悲慘狀況說給他聽，司各德醫生一口答應要盡他能力爲那猶太女人治療，並且慷慨地說不想收那女人半分醫療費，使得雅信滿口向他感謝。

往後，雅信住在公寓的一段時間裡，她每個禮拜都帶那猶太女人去看司各德醫生一次，每回司各德除了熱心治療那猶太女人外，也與雅信開懷暢談，司各德實現他的諾言，始終也沒收那猶太女人一分錢，倒是每回從醫院回來，雅信總塞給那猶太女人一兩塊銀元，給她買小東西塡補家用，這樣日復一日，那猶太女人的憂鬱病便日見起色了。

十二

郭春榮的臨盆女兒叫郭秋香，她年紀三十左右，生得嫵媚動人，對人倒十分謙遜客氣，一點也沒有大富人家的官氣。她平常喜歡穿白綢子寬袖短襖，過膝的女衫摺裙，一雙繫帶的黑皮鞋，她把頭髮剪短，梳成類似男子的西洋頭。從第一次去看她到最後一次替她接生，雅信一共上她家裡十二次，差不多每隔一兩天就去爲她檢查一次，每次都是郭秋香叫她的私人司機開那部嶄新的別克大車來娥兒佳的公寓接雅信去的。

若論樓房的豪華富麗，郭秋香的洋房是雅信生眼睛第一次見到的。那幢洋房座落在英租界裡「靜安寺」的近旁，那裡蓋著三幢格式相同的二樓白色洋房，郭秋香的洋房是其中的一幢。那洋房的外頭用古綠琉璃短牆圍著，入得大門，便是一條石舖的平底路，蜿蜒引到三級的半圓大露台。那路的右邊參參差差種了十幾叢牡丹，有霞紅的、有雲白的，怒開競放著，把清香飄到院子的每個角落；那路的左邊則栽了兩排秋海棠，血紅的花瓣點綴在玉綠的圓葉之間，雖然沒有香味，卻是嬌艷欲滴，甚是賞心悅目。拾級上了露台，又是另外一陣芬芳迎面襲來，那清香來自露台兩排的盆栽，一排是八寶山茶，另一排則是白花玉蘭，那院子的四周蓊蓊鬱鬱種植著梧桐與楊柳，使人一進大門，便恍若置身在幽林之中。

雅信第一次見郭秋香是在她那臨窗的臥房裡，那床是西洋式的大沙發床，床前是一座三面花鏡的大梳妝台，台上紅紅綠綠高高低低地擺著二、三十瓶面霜、髮油、胭脂、口紅和巴黎香水，郭秋香剛醒不久，一個女僕端了一盆白瓷洗臉水來給她梳洗，梳洗完了，又有另一個女僕倒了一整瓶香水來讓她洗手抹面，然後才自床上緩緩下來，雅信看到她用香水之奢侈與闊綽，不免暗暗咋起舌來。

郭秋香一見了雅信便喜歡，以後見面多了，更是喜歡，有一天便問雅信道：

「你來上海已經外久丫？」

「已經直欲一個月丫？」雅信回答說。

「不知你欲復住外久嚄？」

「住到你生子，我就欲來去北京復遊一下，了後就欲轉來去台灣。」

「去北京𨑨迌一下是眞好，但是𨑨迌了後復來上海啦，漫轉去台灣啦，住在我即丫做我的家庭醫生好否？」

「這……我著復想看覓，也著佮阮先生參詳才會使。」

「去啦，你去佮伊參詳，加伊講我即丫有三幢洋樓，給您揀一幢去住，復一台自動車給您駛，你若復欠用什麼，你做你復講。」

「才看覓……才看覓……這以後才講，即馬生子上重要。」雅信笑著說。

這一陣子上海天氣熱，雅信忽然流起鼻血來，這鼻血天天在流，開始以爲是水土不服，可是繼之卻是嘔吐，而且吃不下飯，她便有了預感，及到何醫生的醫院去給他詳細檢查，終於證明她是懷孕了，自己懷孕，天天覺得身體不舒服，特別是隨時在流鼻血，而又到郭秋香的洋房準備爲她接生，實在覺得不好意思，所以也就瞞著郭秋香，始終也不曾把實情告訴她，害她蒙在鼓裡，還天天問雅信說：

「安怎？你佮您先生參詳的結果是安怎？將來敢會使長期在上海住落去？」

「才看覓……若我身體勇勇[22]就住落去，不過我近來的身體沒通外勇。」雅信呑呑吐吐地回答。

還不到一個月，郭秋香終於生了一個白白胖胖的男孩子，是雅信替她接生的，母子都平安。

---

[22]勇勇：台語，意(健朗)。

因爲是郭春榮的第一個大孫，又是男孩子，郭老先生十分開心，大大感謝了雅信一番，又在上海最大的「揚子大飯店」大擺筵席，請了幾百個親戚朋友，將彭英和雅信尊爲上賓，把大位讓給他們坐。

因爲雅信決定要回台灣去，郭秋香終是留不住她，所以便送給她一份厚禮，包括五百塊銀元，兩疋絲綢的衣料，大堆金戒首飾和一打巴黎香水，連現金和禮物加起來有一千塊銀元的價值，都當做雅信替她接生的酬勞，雅信驚得目瞪口呆，因爲生眼睛以來都沒看過這般厚禮，推辭再三，但郭秋香堅持要送她，還說了許多銘謝的話，雅信實在也別無他法，最後也只好心虛地收了下來。

彭英去訂船票，船程是直接由上海到基隆的。在等船的期間，聽說從美國伊利諾大學留學歸來的台灣人——王朝琴要在上海的「大都會飯店」演講，因爲還記得離開福州時葉惠如的一再叮嚀要去參加盛會，所以這一天來到時，彭英便帶了雅信到「大都會飯店」去聽講。

與會的聽眾十分多，大部分是住在上海的台灣學生和台灣商人，何醫生也來參加了，王朝琴娶了一位中國太太，由她先上台演講，因爲她不會說台灣話，於是大會便請她用北京話講，她告訴大會說，她幾月來與她先生跑了許多地方，所以腳瘦身累，於是大會便拿給她一張椅子，請她坐著演講，等她講完，再由王朝琴本人接著講。

因爲還在病子㉓期間，雅信老是頭暈欲嘔，所以整個大會在演講什麼，她一點印象也沒有，只記得熬到最後，大會終於散了，經何醫生的介紹，王朝琴夫婦都與她握手寒暄，王朝琴還親切地

㉓病子：台語，意（初懷孕時之害喜）。

對她說：

「呃，丘雅信，詹渭水先生佮葉惠如先生時常提起你的大名，講你是倆台灣的頭一位查某醫生，十分感佩，十分景仰。」

雅信也不想多說，只含糊地回答了王朝琴，急著拉彭英回公寓來休息。

從上海到基隆的整個旅程，難得一路是風平浪靜，而且一到夜裡，天上便懸著一輪團圓的明月，彭英催促雅信，從船艙走到甲板上來欣賞月亮，望了一會月亮，彭英歎息起來，自言自語地說：

「唉呀，即回你都欲生子，𣍐得通去北京，後回啦，後回等你生子了後，若復再來中國，我才邀你來去北京，彼陣仔才來去大大迌迌一下！」

第十五章 大蘭花

一

自從江東蘭和陳芸結婚之後，因爲由單身的教師一變而爲帶眷的教師，「新竹中學」的校方便按照學校的規定，配給了一間日本宿舍給東蘭。這宿舍是以前的一個日本教師住過的，屋子雖然寬大，卻十分老朽，門窗破裂，油漆剝落，要進門時連鑰匙都打不開，而屋內陳設的古舊與寒酸就更不必說了，但儘管如此，他們還是決定暫時住下來，只是先叫校方請工人來稍加整修與換新榻榻米，兩個人才連著一個女傭搬了進去。

對東蘭而言，他日益發現陳芸是一個秀外慧中的好妻子，她果然在短短的半年裡面就跟那波羅汶帶來的女傭學了一套客家話，於是有任何波羅汶的客家親戚朋友來新竹拜訪，便可以由她去招待，而不必個個由東蘭親自去應付了。這卻不說，陳芸天生更有一種理家理財的好本領，她不但把這寒傖的宿舍整理得讓人不覺其陋，她更把東蘭單身時期賒欠的帳目一一還清，這些包括欠雜貨店的帳、欠果實店的帳、欠蔬菜店的帳、欠五金店的帳、以及欠新竹一家書店與日本另一家書店的帳。陳芸理財的方法是寧可束緊腰帶用現金去買東西而絕不隨便向人賒帳，因此，在開始的時候，他們一家的經濟雖然有捉襟見肘的情況，但一天一天熬下來，也終於雨過天晴，逐漸風平浪靜了。

他們就在這學校配給的大宿舍住了兩年，每個月得付一筆房租給學校，這房租大約扣去了東蘭每個月三分之一的薪水，開始新婚燕居還不覺得，既已住了兩年，精於家計的陳芸便慢慢發覺這麼多的房租不但是荒唐，根本就是一種浪費，於是有一天，她便對東蘭說：

「我看學校配給租給我們的這間宿舍，大而無用，我們連女傭不過三個人，根本就不必住這麼大的房子，不如搬家，去租一間小一點的，住起來也舒服，又可以省一些房租，儲蓄下來以備將來之用，不知你的意見如何？」

東蘭只管一心唸書，對經濟的問題本來就漠不關心，既然他的妻子關心起來了，他本身也沒有什麼意見，便答應她，由她去找房子，到時他去看看讀書的環境便行了。果然過不了一個月，陳芸便找到一間小巧的二層樓房，租金比原來的宿舍少一半，東蘭看了也滿意，於是他們便退了宿舍，搬進這間二層樓房去。

剛剛搬進新的房子還十分滿意，可是不久卻又發現不盡人意之處了，原來這二層樓房太小，居住十分不便，又加上接近市郊，人聲吵雜，東蘭不得安心唸書，更何況房子前後沒有日本宿舍擁有的花園，所以東蘭與陳芸商議的結果，他們決定又得搬家了。

他們終於租到一幢平房的日本宿舍，在清靜的小巷裡面，前後各有一個小花園，而且房租也算便宜，這下子，東蘭與陳芸才開始有安定下來的感覺，他們很喜歡這小宿舍，他們在這宿舍住了三年，有兩個孩子便在這宿舍裡誕生，那大的是男的，取名叫「江河清」，那小的是女的，少男的一歲，取名叫「江眞寧」，這兩個孩子就在這宿舍裡長大，天天在宿舍前後的花園裡玩。

這日本宿舍雖然不錯，但終究還是向別人租的，經過幾年的省吃節用，陳芸終於爲東蘭儲蓄了不少錢，加上從陳家帶來的一些嫁妝與首飾，已足夠買一幢房子而有餘，所以與東蘭商量的結果，他們決定自己蓋房子。

他們在新竹市找到一塊空地，是一位有錢的日本人擁有的，聽說東蘭在「新竹中學」教英文，那日本人便一口氣把那塊地賣給東蘭了。地成交之後，他們從台北請到一位從日本留學回來的建築師來爲他們設計，他爲他們設計了一幢四房一廳的日本宿舍，前後各有花園，那屋後的花園裡有池塘、有假山，池邊種了一棵柳樹，那柳枝幾乎垂到池塘的水面上，池塘四周另外種有石榴、蘇鐵、秋海棠、宮人草、芙蓉、八仙花、天竺葵……而屋前的花園則種有柚子樹、杜鵑花，所以春天的時候，當柚子開了白花，那花香四溢，加上那粉紅大朵的杜鵑花，把路過大門的行人都吸引住了，他們都在門前向屋裡的花園探望，留戀不忍離去。

二

自從搬進自己的庭院後，每天東蘭都花了不少時間在花園裡，而星期假日就幾乎把全日花在花木上。他喜歡獨自一個人觀賞花朵的神奇、樹木的奧妙、綠枝的對稱，他可以佇立著看上一兩小時而不覺厭倦。他又喜歡自己澆花、灌水、剪枝、壓條、殺蟲、加肥，這成了讀書以外的最大樂趣，使他的精神得到昇華，他突然發覺他心靈底處的秘密，原來他不愛奢華，不愛喧囂，只愛樸素與安謐，於是在這花園裡，他找到了自己，他是屬於這植物的靜的世界，假如沒有外界的干擾，他多麼希望每天教書讀書，然後把剩餘的時間全部放在園藝上，做個一生一世的園丁。

在眾花之外，東蘭又栽了兩排蘭花，也許他的名字叫「東蘭」，天生就與蘭花有緣，使他對蘭花產生了莫名的偏愛。他把蘭花裝成了好幾十個白瓷與綠瓷的花盆，擺在前院入口的花架上，自己看了喜悅，而在門外探首的人看了也喜悅，他有空就抓那綠枝上的小瓢蟲，用清水細心洗枝上的灰塵，然後蹲下來聞起白蘭濃冽的花香來。

在東蘭家隔壁，東蘭發現有一位卓醫生也與他有同好，這位卓醫生已經七十五歲了，他日本、韓國、中國都遊歷遍了，他自己固然喜歡各類花木，但他最感興趣的還是盆栽。

有一天，欣賞完了東蘭前後院的花木之後，卓醫生把東蘭拉到他家，東蘭發現屋裡滿是各種各類的小盆栽，都是玲瓏可愛的，是各種各類大樹大木的縮影。

「看看這盆吧，江先生。」卓醫生指著一盆老矮松，才不過四寸高，但松樹之遒勁，卻涵包無遺：「看這小枝多古雅多幽美，就像我在漢城看過的宮殿之門一樣，你知道我是去過漢城的。」

東蘭看了其他一盆盆的盆栽，便問道：

「卓醫生，不知這些盆栽已經種了多久?」

「噢，至少也有十年以上吧，你有沒有看到那一株老松?」卓醫生指著花架盡端的一個古老的盆栽說：「那株已經種了五十年了。」

卓醫生走過去，小心翼翼地撫摸那老松的針葉，彷彿在撫摸他的兒子一般，然後又把鼻子抵住盆栽，一盆一盆一路聞了下去，突然興高采烈地大叫起來：

「你來看這株老柏樹!這樹恐怕不止五十年了，這盆裡的石頭多美啊，是我在福建龍溪附近九龍溪上游親自撿來的，而這個古盆是張松蒲從福建帶回來的。你知道張松蒲吧?他是從中國來的老秀才。」

卓醫生不但愛好盆栽，他更是中國書畫與中國陶瓷的收藏家，他把他家的所有收藏都拿出來給東蘭欣賞，之後，話題又轉回到他最喜好的盆栽來了，他說：

「這種盆栽的清淡和興趣是提昇我們心靈最有用的東西了。當然囉，這需要時間和精神，有時也需要一點錢。我每天看這些樹，我一天天變老了，但是它們卻沒變老，每天都一樣年輕新鮮，特別是這些松樹，永遠是那麼綠！」

東蘭望望他，他已經快八十歲了，但仍然矍鑠有神，兩眼烱烱發光，他繼續地說：

「說實話，我照顧這些盆栽比照顧病人還有興趣，所以我常常告訴我的病人，如果想要長壽，就去種盆栽吧。」

這句話打動了東蘭的心，因為他正是這種愛好寧靜與世無爭的人，在卓醫生的談話中，他發現了許多他沒想到的事情，他十分喜悅，從一個鄰居獲得了這麼多的教益。

三

有一天，東蘭全家大小都還在睡夢之中，突然那女傭氣急敗壞地跑進屋裡來，在東蘭與陳芸隔間外面大聲叫喊道：

「不好了！先生，先生娘，不好了！花都被偷了！」

東蘭翻被而起，打開了隔間的門，驚訝地問道：

「什麼花被偷了？前後院的花那麼多，怎麼都被偷得掉？」

「不是了，不是全部花，而是全部蘭花都被偷掉了！」女傭說。

陳芸還在慢慢穿衣服，而東蘭早已跟在女傭的後面跑到前院去看了，還等不及陳芸仔細把衣服穿好，已聽見外面的東蘭在喚她了：

「陳芸，快出來看！全花園的蘭花都空了！」

陳芸這才奪步奔向前廳，穿過玄關，來到前院，只見那兩排蘭花的花架上全空了，地上零零落落留了一些腳印和碎土。

「所有蘭花都被偷走？一盆也不留？」陳芸說。

「是啊，一盆也不留！」東蘭說。

「啊！多叫人傷心，這小偷也眞可惡！」陳芸說，突然又驚叫起來：「嘿！你仔細看看，我猜這小偷還不只一個呢，可能好幾個，否則不可能把我們全部二、三十盆蘭花都搬走，但奇怪，他們是怎麼進來的？」

「可能等我們在客廳談話的時候爬牆進來的。」

「唉！昨天晚上我們話也談太多了。」陳芸說。

「也不一定，我現在想想，更可能是在我們關大門之前先溜進花園，然後等我們睡了才打開花園的門，把蘭花運出來，他們老早就計劃好好的，因爲這條街的人，每個人都知道，我們的大門一向都開著，讓人在外面看花，很遲才關的啊。」東蘭說。

「那麼以後我們一日落就把大門關了，或乾脆整天都關著算了。」陳芸說。

「我想那大可不必，我們對人心胸總要開闊才好，其實這種偷蘭花的壞人也不太多，我們應該相信所有人，如果我們如此做，所有人也會相信我們的。」

「但丟掉這麼名貴的花，你難道不覺得可惜？就像卓老醫生一樣，你花了那麼多的錢，又花了那麼多的心血？」陳芸皺眉說。

「當然了，我覺得有一點可惜，不過，陳芸，從另一方面來想想，也許那小偷很喜歡蘭花，一時沒有錢買，才來向我們偷，說來也像偷書一樣，是一種雅賊，我們應該原諒他才對。沒關係了，以後我們重新再來吧！」東蘭心平氣和地說。

果然不到三個月，東蘭前院的花架上，又齊齊排滿兩排潔白可愛的蘭花了。

四

自從接了水生送來當結婚禮物的留聲機後，東蘭便沒再聽見水生的消息，東蘭思思念念都在想水生，因爲他從小最親的三個朋友中，秋生已過世了，而春生因爲是農夫，自覺與讀過大學又當中學教師的東蘭遙遙相隔，老早就疏遠了，幾次在新竹街上碰面，東蘭請他來他的宿舍，但他連哼都不敢，只提著籃子跟東蘭揮手而別，倒是水生，雖然未能見面，但東蘭老愛用他送的留聲機，聽他送的唱片，特別是「蘇爾菲琪之歌」的那一張，因爲老唱老唱，有一天竟然在唱片上割了一痕，於是歌聲變嘈了，而街上又買不到這張唱片，從此「蘇爾菲琪之歌」在東蘭的家就成了絕響。

有一天，只剩下東蘭與陳芸在客廳讀書的時候，忽然陳芸對東蘭說：

「東蘭，你知道嗎？水生的職業是在做賊……」

東蘭砰然一聲把正在看的書合起，勃然大怒，喝道：

「陳芸，你怎麼可以亂講？」

「我沒有亂講，是我遠親的一個朋友告訴我遠親的，那個朋友也是賊，被關進牢裡，曾經跟水生坐在同一個牢裡，水生還對他說你是他小時最好的朋友……」

聽了這些話，東蘭的怒顏慢慢消退了，然後過去水生一幕幕影像浮到眼前來——先是他那白番公的外祖父時時拿他當「臭頭雞」，常常對他打罵鞭策，不讓他吃飯，使他培養了一套鬼靈精的求生之道，然後等東蘭他們上學了，又不准他上學，然後他便從波羅汶消失了，等他第二次出現的時候，是在東蘭往日本去留學的船上，只記得他一身標緻的西裝，登時像一位時髦的紳士，再後是他與陳芸結婚時送留聲機給他們，但人卻不見……

「我不相信水生會做賊，大不了在做不正當的生意。」東蘭說。

「我那遠親的朋友說他跟他坐在同一個牢裡。」陳芸重複地說。

「如果水生眞的做了賊，那也不是他的錯，那是白番公的錯。」

「誰是白番公？」

「是水生的外祖父……唉呀，別再談這些了！」東蘭截然地說，又把書打開來看。

半年後，一個禮拜天的下午，當東蘭在前院觀賞蘭花，有一個衣冠楚楚的紳士走了進來，東蘭沒有注意到，這人逕自走到東蘭的背後，往他的肩上輕輕一搭，喚了一聲：「東蘭，你還記得我嗎？」東蘭猛然把頭一轉，大叫一聲：「啊，水生，是你！」便返身對宿舍裡面喚道：

「陳芸，快出來啊！水生來了，你從來都不曾見過……」

陳芸奔了出來，對水生表示歡迎，卻怯怯地帶有一種陌生，不如說是恐懼，說道：

「你是水生嗎？我先生常提起你，說你是他最要好的朋友，請進來坐啊。」

他們三個人走進了宿舍，水生與東蘭在客廳坐下，陳芸則去泡茶來。他們由最近的事談到過去的事，談到有趣的地方，兩人便拍手大笑起來，忽然東蘭想起以前陳芸跟他提起水生做賊的話來，便收斂了笑容，十分嚴肅地對水生說：

「水生，你過去半生到底是在做什麼？看你穿得如此標緻，說話口氣又如此大方……」

「我不是早就告訴過你了嗎？我在做生意。」

「到底做什麼樣的生意？」

水生摸摸頭，尷尬地說道：

「什麼樣的生意都做。」

東蘭搖搖頭說：

「水生，你別騙我，你其實並不是在做生意，你是在做生意以外的另一種生意。」

「哈，哈，哈……東蘭，跟你說實在話吧，我有時做做扒手，有時做做小偷，再沒有，什麼能拿到錢的都做。」

「水生，你一生不做正當的職業，而做這種不正當的職業，你想會久長嗎？」

「自從我離開了波羅汶以來，我一向就如此，不然我怎麼過活？」

「水生，你做這種事，難道不會被刑事抓到監牢去關嗎？」

「常常被抓進去關，但又有什麼辦法？」

「難道你不能停止做賊，做其他一些正當的職業嗎？」

「不可能，做賊一上手就好幾百，做其他？不但難做，而且錢也少。」

東蘭又搖頭歎息了一會，突然微笑起來，對水生說：

「我只聽過你做扒手的手法很好，來，來，來，水生，我口袋裡有個錢包，你且來跟我偷偷看，我倒想看看你的手法多高明！」

說著，東蘭移向水生的身邊，把裝錢包的口袋展示給水生看，水生卻倒退了兩尺，又搖頭又搖手，笑道：

「不要了，不要了，自己人哪裡可以玩這種把戲？」

於是東蘭也笑了，兩人笑做一團，又開始談小時的趣話，只是說到秋生之死，兩人不禁愴然悲傷起來……

這晚水生在東蘭家裡吃飯，是陳芸親自下廚的，飯後大家又聊了好幾小時，都十分十分暢快。深夜，陳芸只送水生到玄關，便跟他道別，而東蘭則一直送他到大門口，才與他道別，卻不料水生從自己的懷裡摸出了一個錢包，遞給東蘭說：

「諾，這便是你的錢包，是你叫我向你偷的！」

「怎麼？你幾時偷的？我怎麼都不知道。」東蘭驚叫地說。

「假如你知道了，我們這碗飯還如何吃法？」水生笑著說。

東蘭把水生送走，才鬱鬱地走進宿舍裡來，望見客廳一角水生在他結婚時送他的那個留聲機，便走了過去，想拿「蘇爾菲琪之歌」的唱片出來唱，才恍然記起那唱片早已割了一道痕，唱起來也不好聽，也就擱置不唱了。

這次會面之後，又過了一年，有一天，東蘭與陳芸又在客廳裡讀書，陳芸抬頭看見東蘭讀書讀累了，便開口對他說：

「東蘭，你知道嗎？聽說水生已經過世了……」

「亂講！誰說的？」東蘭暴跳起來說。

「還是從我遠親的那個朋友聽來的，說有一回，一位認識水生的刑事，在半路遇見水生，就把他攔住，向他的身上搜索，索出一只袋錶，就問水生，那錶從哪裡來的，水生回答不出來，結果就被人送到花蓮監獄，以後他就生病死在那監獄裡。」陳芸說。

東蘭這回也不說什麼，他立了起來，走到客廳的一角，找到那張「蘇爾菲琪之歌」的唱片，放到留聲機上，唱了起來：

春天不久留，秋天要離開，秋天要離開……

夏天花會枯，冬天葉要衰，冬天葉要衰……

東蘭一邊搖著留聲機的發條，一邊聽著，那唱片上的那一道割痕每轉一圈就給美麗的樂聲添加一聲叫人心煩的噪音，於是陳芸忍不住說：

「東蘭，那唱片割破了，何不換另外一張唱片來唱？」

東蘭也沒回答，他只要聽這「蘇爾菲琪之歌」，即使唱片割破有了嘈音，他仍然要聽這條歌。一直等陳芸去睡了，他仍繼續聽那破碎的「蘇爾菲琪之歌」，他聽了一整夜，眼睛始終是乾的，一滴淚也沒有……

五

幾乎與江東蘭同時進「新竹中學」有一個姓「伊田」的日文教師，這人不但日文很好，漢文也十分精通，近來因爲看見白話文在中國大陸普遍流行，便開始研究起白話文來，不久又想編一本中國「白話文」的讀本，便自動來找東蘭合作，同他一起編寫這個讀本。

起初是在中學的辦公室裡，利用空餘的時間互相切磋，久了因爲感到不方便，伊田先生就邀請東蘭到他家裡共同研究。一來伊田的家離開東蘭的家很近，二來東蘭也逐日對白話文發生興趣，於是愈來愈勤，整整兩年，差不多每個晚上東蘭都在伊田家的書房裡消磨了。

伊田先生有一位太太叫做「秋子」，她年輕美麗，姣柔纖細，皮膚雪白，梳著那種日本女人特有的雲髻，穿著微露脊背的和服，對東蘭敬佩有加，彬彬有禮，時常在東蘭與她先生工作一段時間的空檔裡，端來熱茶，或送來青果，輕輕地在榻榻米上跪了下來，溫柔地把茶杯或果實放到東蘭的面前，側著頭對他嫣然一笑，又彎腰優美地對他行磕膝禮，順口請他品茶或嚐果，使得東蘭忘記了一夜的疲勞，悠然從心底昇起一股對她的無限好感。

這一陣子伊田先生身體不適，「中國白話文」這書的編寫也就時時停頓了。開始的時候東蘭礙於禮貌也不便發問，有一天偷偷問了一下秋子，才知道伊田先生患了痔瘡之症，以後伊田先生雖也勉強與東蘭對坐編書，但總坐不了多久便借辭離開書房，更往後他根本不能坐，於是只得去拿灌了氣的內胎放在椅子上，小心翼翼把屁股放在氣胎的空心，才能勉強坐上半個鐘頭，但還是支持不了多久，就得停止工作，提早休息了。

伊田先生就這樣忍了又忍，熬了又熬，終於有一天在「新竹中學」的教師辦公室，把東蘭拉到屋角，輕聲地對他說：

「江樣，我老實告訴你，我患了十分嚴重的痔瘡，已經到了危及生命的地步了。」

「這我已知道，伊田樣，令夫人曾經告訴過我。」東蘭點頭說。

「是那樣子嗎？」伊田先生說，也頻頻點起頭來：「所以醫生說我非開刀不可，開刀之前我得先休息一陣子，開刀之後醫生說我得向學校請假，留在家裡休養更長的時間，所以呢，江樣，我看我們的『中國白話文』可能不得不停頓一段日子了。」

「那有什麼關係，只要你好好把身體養好，不怕這本書沒有完成的時候。」東蘭帶著笑安慰伊田先生說。

從這天開始，東蘭便停止到伊田先生的家裡去，而往後的一段日子裡，在中學也見不到伊田先生的影子了。

東蘭私忖著，伊田先生大概已經開過刀回到家裡靜養了，爲了怕去打擾他，他也未敢上門去探他的病。

然後，一個月後的一個晚上，當東蘭在書房裡看書，突然聽見一陣急促的敲門聲，還聽見一個女人的狂呼聲：

「江樣！……快一點！……江樣！……大變了！……」

東蘭把書一丟，也來不及穿拖鞋就衝到玄關去開門，這時陳芸也急急從後廳趕來，待東蘭把門打開，看見原來是秋子，她披頭散髮，淚灑滿面，全身顫抖，歇斯底里重複地說：

「江樣！……大變了！……我的先生……我的先生……」

「伊田樣怎麼啦？快說！」東蘭雙手搖晃著秋子那半裸的肩膀有力地說。

「他……他……不能呼吸了……」秋子抽泣地說。

「哪裡的話！」東蘭不信地說，回頭轉對身後的陳芸說：「你快些把她扶著先回去，等我去叫隔壁的卓醫生，隨後就去！」

陳芸穿好了鞋子先扶著柔弱無力的秋子走了，東蘭也披了外衣半走帶跑地來敲卓醫生的門，還好卓醫生在家裡，正在給他的盆栽澆水，他聽了東蘭的來由，便拿了聽診器，而東蘭則替他提了急救箱，兩個人急步而行，不到五分鐘便來到伊田的家裡，陳芸老早立在玄關東張西望等候著他們了。

陳芸在先，把卓醫生領到伊田先生的臥間，伊田先生躺在他他米上的白被褥，那白被褥的一角染了一灘血，他已經臉色鉛黑，睜大眼睛，瞳孔張開，動也不動了，秋子就跪在被褥的另一角垂頭啜泣……

卓醫生望了望伊田先生的眼睛，搖起頭來，又解開他的衣服，用聽診器往他胸上聽了一會，又搖了一會頭，最後又拿起伊田先生那僵硬的手來按了一會脈，再搖了一會頭，然後默默立了起來，走到屋子一角的東蘭身邊，淡淡地對他說：

「你的朋友已經過世相當時候了，什麼努力都沒有用處，你好好給他準備後事吧。」

「他到底患了什麼病？怎麼這麼快就死去？」東蘭抓緊卓醫生的手臂說。

「你剛才不是已經告訴我了嗎？他患了痔瘡去開刀，可能開刀後傷口結紮沒有做好，回來傷口破裂，出血過量才死的……嘖！他的運氣也夠壞了，其實像他這樣痔瘡開刀而死的，一百個也沒聽過一個。」

隨後，東蘭果然負起了一位好友的責任，爲伊田先生發喪，爲他舉行了奠禮，然後送他去火葬，最後爲他立碑，築了一座恬靜幽雅的墓園。

六

秋子在台灣除了剛去世的先生，一個親戚也沒有，因爲與伊田先生才結婚沒幾年，又兼伊田先生近年來的疾病，所以她的家裡連一個孩子也沒有，因此，猝然之間，她變得萬分孤寂了，她顯得憔悴而悲傷，幾乎天天以淚洗面，儘管東蘭和陳芸每個傍晚都去看她、安慰她，也沒能改變她陰鬱的心境，終於有一天，陳芸便主動開口對秋子說：

「秋子樣，我看你一個人住在家裡終不是辦法，雖然江先生和我每天來看你，但我們一走，你又孤獨、又想不開了，我倒想出一個辦法，不如你暫時搬到我們家與我們同住，看你要住多久就住多久，一來可以消除你的寂寞，二來你可以來跟我作伴。你知道嗎？幾個月來，我整天都想嘔吐，走起路來就頭重腳輕，常常要昏倒，所以江先生不在時都不敢獨自一個人出去，但在家又無聊，正想找一個人來家裡作伴呢。」

「莫非夫人又有孩子了？」秋子驚訝地說，用一雙歆羨的目光去望陳芸那微微凸出的五、六個月的肚子。

陳芸笑起來，臉也紅了，轉頭去望東蘭，使得東蘭也跟著笑了，順口對秋子說：

「好吧，就照陳芸說的辦吧，來我們家住幾個月，我在家時，大家可以在一起說話，我上班時，你可以跟陳芸說話，我看你們兩個年紀差不多，正像一對姐妹，一定有許多話好說，說不定一說了，就不想回家了。秋子樣，你以爲如何？」

秋子垂著頭沉默了好久，抬起眼睛瞥了陳芸一眼，又垂下頭去，囁嚅地說：

「不過……怕去了會打擾你們的清靜。」

「不會的，秋子樣，你儘管放心。」陳芸說：「我就是最怕清靜的，你來了正好解我的悶，江先生整晚都在他的書房看他的書，我們可以在隔間做我們的事、聊我們的天，一點也不用擔心會吵到他。」

秋子想了一會，終於改變了臉上猶豫的表情，用一種愉悅的口氣問道：

「那麼我幾時搬去比較好呢？」

「什麼？今晚就搬去嘛，還等到明天做什麼？」陳芸笑著說：「來！我現在就來幫你收拾一些衣物，江先生就替我們提回去。」

於是兩個女人便往衣箱揀了幾件日常衣服，當晚，秋子就跟著東蘭與陳芸，住進東蘭那幢環繞著花園的宿舍去了。

自從在東蘭的家裡住定下來，秋子的心情便逐漸開朗，她不但不再哭泣，卻開始日夜微笑了，因爲她不但有陳芸作伴，她又愛孩子，所以每天還有河清和眞寧兩個孩子要她跟他們玩，因爲女傭要買菜煮飯清掃花園，而孩子的母親又懷孕不適，沒有空陪他們玩，現在來了個日本阿姨整日可以跟他們堆積木、摺紙鶴，他們簡直樂開了，不到一個月，便把秋子當成親人，比他們的母親還要親了。

至於東蘭，自從秋子來了之後，他的起居也起了一些變化，原來以前他在書房看書寫字的時候，總是陳芸端茶來給他喝的，現在秋子自告奮勇來擔起這個責任，陳芸難於行動，也樂意由她去做，因此東蘭也就多了一個談話的對象，有時看書看累了，在品茶的當兒，也喜歡秋子來跟他談東話西的，好讓自己的心神得到片刻的休息。

有一晚，東蘭照常在他的書房讀著薩克萊英文版的「浮華世界」，那紙門輕輕地開了，秋子幽然隱了進來，她穿一襲白綾子和服，梳一頭雲髻，踩一雙白色足袋，端一盤茶壺與茶杯，蓮步慢移地挪了進來，她今晚容光煥發，雖然沒搽胭脂與口紅，卻是一臉蘋果的粉紅，兩隻杏子般的大眼睛閃閃發亮，心情似乎十分快樂，使東蘭直瞪著她出神，她彷彿變了一個人，他從來都不曾發現她是這麼一個清秀細緻的美人……

東蘭合起了「浮華世界」，開始品嚐秋子爲他倒好的熱茶，一邊頻頻欣賞顯示在一個日本女人身上的那種幽雅與溫柔的東方之美，一時把「浮華世界」裡面的那種西方女人的激情與狂熱給忘了。

秋子跪坐在他他米上對著東蘭盈盈地微笑，她看東蘭今晚心情很好，似乎有不少的話意，於是她也就坐著，不想即刻就離開，她無意間偷瞥了桌上那本厚厚的英文書，便找到了話題，開口問東蘭說：

「江樣，看你眞了不起，不但日文好，英文也好，不但能唸，而且能寫，眞羨慕你哪，假如我能懂得你的百分之一就好了……」

「一點兒也不好，」東蘭搖搖頭說，深深地歎了一口氣：「在外人看來，我堂堂是日本『早稻田大學』英文系畢業，我的日文應該很好了，我的英文應該精通了，可是你知道嗎？秋子樣，我努力讀日文，努力寫日文，而且也在報紙雜誌上發表過不少日文作品，可是我的俳句離芭蕉離子規不知幾千里？我的和歌也不過勉強湊成三十一個音而已，日本人的韻味根本就談不上，我的散文只能寫到通暢罷了，一跟夏目漱石或芥川龍之介比，我就臉紅，連發表的勇氣也沒有了。」

「但英文呢？你是英文教師，你的英文應該是令人敬佩的吧？江樣……」秋子期盼地說。

「不好，」東蘭說：「而且比日文更壞！」

「爲什麼哪？我不能了解，江樣……」

「秋子樣，你想想看，你是一個日本人，你對英國人的風俗習慣能懂得多少？即使像我唸了英文系，英文書也讀過幾百本，對英國人的認識也不過一點皮毛而已，唸唸英文書，勉強還可以明白英國人的言行舉止，可是想用英文寫詩、寫小說，就好像綿羊硬套一張老虎皮一樣，究竟你能寫些什麼呢？只能寫你身邊的人物和故事，可是你身邊的人物和故事卻是東方的，即使你英文寫得再好，那文章也還是東方味，一點兒也不像英國人寫的那樣西方味，結果西方人雖然看懂你的英文，卻不懂你在說些什麼；而東方人不懂英文，根本就看不懂你寫什麼。所以你說我的英文令人敬佩，那純然是騙人的，當然我偶爾也用英文寫寫東西，大學時代甚至還寫過英文詩到教授辦的雜誌上發表，可是現在一回想起當時的年輕幼稚，地都想鑽進去。」

「但是江樣，你的漢文呢？總不會太壞吧？不然你還同我先生在編一本漢文的書……」

「哈，哈，哈……」東蘭對自己苦笑一會，說道：「說起漢文，我就更加慚愧了，我的漢文能好到哪裡？我自己是漢人，我常常捫心自問，我幾乎不敢回答我自己的問題。不錯，我在家裡跟我父親學過幾年漢文，長大了我自己也頗讀過一些中國詩詞與小說，但那不過是興趣而已，若說精通，那完全談不上。」

「眞的是這樣嗎？我不相信，江樣……」秋子疑惑地說。

「我一點兒也不騙你，秋子樣。」東蘭十分誠懇說：「我就舉個例子給你聽吧，有一回，我同我的一個遠親走路到我們波羅汶村外的一間寺廟去旅行，這位遠親少我一歲，他也沒到過日本唸書，只在新竹完成了中學教育，但他卻懂得很多漢文，一路上，看到路邊的任何景色，他就從我們祖先留傳下來的詩集中朗誦一段與那景色相關的詩文，他隨口誦出，毫不費力，彷彿整本詩集就放在他的腦袋裡似的。然後我們一到那寺廟，他又跟我解釋那石碑上的對聯詩詞，他引經據典，說得頭頭是道，好像這些對聯詩詞都是他一手寫成一般。然後我們坐在一棵大楓樹下乘涼休息，他又對我談起他最尊敬的兩位詩人——陶淵明和蘇東坡，他興來了就背誦他們的詩詞和文章，一篇又一篇，聲音健朗，如流水一般。完了，他還即興賦詩，信手拈來，又快又好，如摘樹上的桃李……對於這一切，我只有啞口無言，臉紅到耳根，我看看他，卻在心裡問我自己，我懂那麼多日文和英文有什麼用？無論我學幾年幾月，都好不到哪裡去，而我的漢文呢？竟遠不如我這位只唸中學的遠親。日文有什麼用？英文有什麼用？以前我還私下常常寫漢詩，而且還送到報上去發表，但自從那次旅行之後，我不但沒有勇氣再把詩送去報上，我甚至沒有勇氣再提筆寫漢詩了。」

秋子垂著頭不敢望東蘭，而東蘭則轉頭去望窗外那一片花園的景色，歎息了一會，最後才自言自語地說：

「英文裡有一句成語說：『一個人若同時想追兩隻兔子，結果他一隻也追不到。』」東蘭轉頭來望秋子，繼續說下去：「但是，秋子樣，你知道我同時想追幾隻兔子嗎？三隻。不必說，一個人若同時想追三隻兔子，他就更加什麼也追不到了！」

七

每每在書房裡看書看累了，東蘭老愛趿著拖鞋，在花園的幽徑上漫步，欣賞花草樹木，追尋蜜蜂蝴蝶。有一天，他又照例在花園裡閒情踱步，這時正是炎炎夏日的午後，一陣陣蛙鳴從後園傳來，於是他悄悄地往池塘邁了過去。他來到那池邊的柳樹下，那池水浮著一片青藻，雖然聽得見群蛙爭鳴，卻看不到半隻青蛙的影子，東蘭好生奇怪，便蹲在池邊尋覓著，就在這一刻，有一隻不愛熱鬧的青蛙，「普！」地一聲，跳到水面上的柳枝，使那柳枝頓時彎腰下垂，因爲擒抓不易，那青蛙又「通！」地一聲，掉到池裡去了。可是那青蛙卻不肯死心，試了一次又一次，終於牢牢地攀住柳枝不放，弔在半空中悠閒地擺盪起來……

東蘭看得有趣，想起了芭蕉那著名的俳句「古池青蛙水一通」來，只是這個既非「古池」，而青蛙也非「一通」，而是屢試屢敗，連連「數通」，才從水裡跳上柳枝，不知芭蕉見了此景要作出什麼樣的俳句來？想著，想著，悄然從幽徑的那一頭傳來了木屐的款步聲，然後一聲「噯唷！誰哪！」的女人的叫聲，東蘭探身一看，原來是秋子，驚得一臉蒼白，幾乎拔腿想往後逃去，東蘭忙把食指按在嘴唇上，小小心心地「噓！」了一聲，對秋子做手勢叫她別嚇壞了那一池繼續在爭鳴的青蛙，然後招手叫她輕輕地來到池邊，兩人一起去看那弔在柳枝上於風中盪秋千的青蛙……

他們一起蹲著欣賞，但蹲久了便感到有些累，於是東蘭便率性脫了拖鞋躺在柳蔭下的草地上，抬頭去望那天上的白雲，秋子也隨著東蘭卸了木屐，攀著雙腿，歪坐在草地上，側臉望著東蘭，默默地微笑……

他們兩人保持著那種閒逸的姿勢，好久好久沒說一句話，最後秋子終於忍耐不住，笑問東蘭說：

「江樣，你一直望著天空，也不說話，你到底在想什麼哪？」

「你有沒有看到那隻獨自吊在柳枝上的青蛙？」東蘭轉頭問秋子說。

「有啊，你看！牠還吊在那裡不肯下來哪。」秋子說著，又去瞟了那青蛙一眼。

「我剛才在想，如果芭蕉看到那隻青蛙，不知要寫出什麼樣的俳句來？可是我現在卻突然想到我自己，我也許就像那隻青蛙，遠離了池裡那群叫喧的青蛙，獨自跳到空中的柳枝，雖然眼界是開闊了，卻不免感到孤獨。」

秋子不解東蘭的話意，張目結舌地望了他好一會，然後才徐徐地說：

「江樣……你不是有很多朋友嗎？」

聽了這話，東蘭深深地歎了一口氣，搖了一會頭，遙望天上的一片白雲，慢慢地說：

「外面的人看來，我是中學的教師，我有地位，我有名望，應該有很多朋友，其實這些不過是與我有交往而已，眞正能說得上朋友的，一個也沒有，所以我才說我很孤獨。」

「江樣，我還是不能了解，難道說你從小到大，一個朋友也沒有？」

「小時候我倒有過幾個很好的朋友。」東蘭說著，臉上漾起一絲笑容，但那笑容一閃即逝，被一層陰鬱遮沒了，他回憶地說下去：「有一個叫『水生』，還有一對兄弟叫『春生』和『秋生』。秋生在我唸中學的時候突然患病死了，而春生在我中學的時候，還跟我有一些往來，但自從我到日本唸書回來，他就自動跟我疏遠了，見了我永遠是低著頭，一句話都不敢同我說，好幾次在路上遇到，請他到我家來坐，都只搖頭倒退，怕我就像怕警察一樣，完全成了陌生的路人。」

「水生哪？」秋子好奇地問。

「水生？他倒是一直跟我有來往，只是斷斷續續，偶爾才見面一次，不過現在，連他也不在了。」

「爲什麼不在？江樣……」

「他不久之前才死去，死在監獄裡。」

秋子本來想問些水生的事情，但一聽到「監獄」兩個字，便三緘其口連提也不敢提了，她等了片刻，爲了打破那沉寂的氣氛，她改換成一種溫和的口吻說：

「江樣，說說你中學時代的朋友吧。」

「中學時代在學校裡，只忙著用功唸書，一有空就往鄉下的波羅汶跑，也沒交到什麼知心的朋友。」

「大學哪?」

「在日本的大學時代，倒有幾個談話投機的台灣同學，那時大家熱烈闊談未來的大志，想設立學校教育學生，想創辦報紙改良社會……但十幾年後，這些朋友都冷淡下來了，而且都變得非常現實，不再想教育學生了，也不再想改良社會了，只想爭地位，只想賺大錢，於是去做官，去做生意。」

「你說吧，你說吧，江樣，你到底想找什麼樣的朋友?就算你在中學在大學都找不到這樣的朋友，難道你回來台灣這麼多年，竟然一個也找不到?」

「先說說我想找的是什麼樣的朋友吧，有一種人，既富有道義又充滿智慧，有一片古道心腸，隨時都準備幫助別人，想爲鄰人做好事，這就是我想找的朋友。但十幾年來，我在我的四周都找遍了，一個也找不到，他們都太自私、太驕傲、太粗俗、太膚淺……所以我才這麼孤獨。」

秋子無語可說了，只好去望那池塘，有一塊白雲遮住了天上的陽光，那池裡的群蛙便頓然停止叫喧了，她這才去尋覓那隻池上的青蛙，卻不知在何時不見了，只剩下那條柳枝在風中搖曳，畫筆畫畫似地……

「但是我眞的孤獨嗎?倒也不見得。」久久東蘭才又自言自語地說:「也許肉體上我是孤獨的，但精神上我卻不孤獨，因爲我十分滿足，我在大自然裡找到了安慰，不用說別的，就算這小小的花園，就給我的眼睛、耳朵，甚至我的心靈無上快樂。我在人間找不到朋友，但我可以在書本裡找到無數朋友，這些朋友，儘管是千年之古，或在千里之外，但他們卻比誰都更接近我。」

東蘭趿好拖鞋從草地立了起來，秋子也跟著他站起，隨在他後面，在那花叢之間的幽徑上緩步漫遊，他們繞過了屋角的那幾株石榴和芙蓉，慢慢來到前院的花園，那幾叢杜鵑，春天已開過紅花，現在只剩下綠油油的葉子，那一株柚子，春天開過的白花，現在已結成纍纍的小柚子，柚子樹下是一座花架，架上的兩排盆栽的蝴蝶蘭，白裡吐紅，正開心怒放著，那濃郁的花香，充滿了整個院子，又隨著微風，飄向四方……

東蘭先是一株蘭又一株蘭地靜心觀賞了一番，然後停在一株特別倒懸在柚子樹下的大朵白蘭，閉眼深深地嗅了起來，他全身感到一陣莫名的舒暢，回頭看見秋子正在對他神秘地微笑，彷彿也感染了他那一份天眞的喜悅，他突然心血來潮，便開口對秋子說：

「秋子樣，你知道嗎？任何生人想到我家，他什麼住址什麼地圖都不要，只要順著這股蘭花的花香，一路尋來，他就可以找到我家。」

秋子眨眨眼睛，笑望著他，露出了兩凹可愛的酒渦，姣媚地說：

「江樣，人家還不知道嗎？原來你就是一朵『大蘭花』啊……」

東蘭無意之間被秋子一提醒，便開懷大笑起來，完了，又伸手去拉秋子，對她說：

「來，來，來……你也聞聞這株掛在樹上的蘭花，好香哦！」

秋子服從地來到那大朵蘭花跟前，蹬起腳跟，深閉著眼睛，聚精會神地聞著。她聞了很久，她的鼻尖碰著了蘭舌，然後與整朵蘭花合爲一體了……

東蘭立在旁邊，靜靜地瞅著，他欣賞蘭花，也欣賞秋子，他覺得蘭花很美，但秋子更美。開始時，花與人還各自分明，但慢慢地，他神魂顚倒了，眼睛也跟著模糊了，最後竟分不出哪是花，哪是人。於是再也忍耐不住，便移身過去，悄悄地把蘭花挪開，把自己的嘴唇印在秋子那半開的兩瓣櫻唇上……

八

自從在蘭花花下相吻之後，東蘭與秋子之間一道禮貌上的藩籬便驟然開通無阻了。東蘭往日對秋子的好感，一下子昇華而化爲愛意，對她的孤苦伶仃，也由同情而產生憐惜之情了。至於秋子，也將以前對東蘭的一片敬仰轉成一股熱烈的愛情，本來是秘密地按捺在心底，經東蘭那麼輕輕一挑，便如山洪般地傾洩而出，於是他們兩人便墜到愛的漩渦裡面了……

秋子比以前是更加盡職來服侍東蘭了，她敢於在他面前撒嬌，對他毫無顧忌地百般溫柔，而東蘭也樂意接受她的服侍，不但樂於跟她做親密的談話，更喜歡在屋角或走廊的盡端，將她擁在懷裡，偷偷地吻幾下她的櫻唇，而她也都未曾拒絕，熱情地回應東蘭的接吻。這種事由於頻頻地發生，而兩人又不曾蓄意遮掩，終於有一天被陳芸在無意之中撞見了，可是陳芸則本著女人對男人的絕對服從，或由於賢慧，不想讓事情外洩出去，她也都沉默不語，將事情當成沒有發生一般，這倒使得秋子臉紅起來，覺得違背了陳芸對她的一片好心，實在太對不起她，更加之她在東蘭的家也住了好一段時間了，所以，終於有一天，她對東蘭與陳芸感謝他們幾個月來照顧她的好意，捆好了衣服雜物，一個人又悄悄地回到她原來那間空寂的宿舍去。

從這天開始，東蘭便暫時切斷了往日對秋子的一片柔情，也不再到秋子的家去看她了，原因是陳芸臨盆之日已漸漸近了，她的行動逐日不便，當然不能再陪東蘭到秋子的家去，再者東蘭也試圖抑制自己的感情，不願自動上秋子的家去看她。就這樣，兩個人三個月都不再相見，等第二次再見面的時候，已經是第二年的春天陳芸在醫院生產的日子了。

陳芸終於在「新竹醫院」產下了一個可愛的女嬰，東蘭給她起了個名字叫「江眞靜」。早在生產的前幾日，因爲怕自己住院的當中，家裡的兩個孩子會打擾東蘭的清靜，陳芸便吩咐了家裡的女傭，把孩子帶到波羅汶的老家，請公婆照顧，而新竹家裡因爲沒人煮飯，陳芸也早與離家不遠的一家日本料理店說好，請他們將晚餐按時送到家裡給東蘭吃，東蘭於是白天上「新竹中學」教書，傍晚才來新竹醫院探望妻子與嬰孩，回家吃一頓料理店送來的晚餐，晚上才又去看他的書。

這一天的傍晚，東蘭在「新竹中學」教完了書，便一逕往新竹醫院的婦產科病房來，他一進病房，便發現秋子靠著陳芸的病床，在看陳芸抱著那新生的女嬰餵奶，陳芸首先看見東蘭，便微笑地對他說：

「東蘭，秋子樣來看我跟嬰孩呢，還帶了一大堆禮物來。」

東蘭側臉去看病床旁邊的小桌子，那桌上除了他三天前爲陳芸買的那一籃唐菖蒲和黃菊，現在又添了另一籃鮮紅油光的蘋果，在纍纍的蘋果之中又別出心裁地擺了三粒碩大的水蜜桃，東蘭心裡想，這大概便是秋子帶來的禮物了。

這時，秋子也回轉身來面對東蘭，對他嫣然一笑，甜甜地說道：

「那些蘋果是一個剛從日本來的朋友特地從日本帶來送我的，又大又甜，我只吃了一顆就不忍再吃，本來就打算拿去送你們的，忽然從學校的一位先生得知尊夫人生產了，我也就直接把蘋果送來這裡給尊夫人，但後來想想，單單吃蘋果，吃多了也會膩，才去買了幾粒桃子，摻在蘋果之中，換換口味，對母親對孩子，都有很大的益處。」

「秋子樣，虧你想得這麼周到，太謝謝你了。」陳芸一邊說，一邊把胸衣扣好，低頭在整理女嬰的紗衫，等待護士來把她抱去育嬰室。

東蘭見陳芸在為嬰兒忙碌，沒有時間再顧及他和秋子，這時，他才仔細端詳起秋子來，他今天感到十分驚奇，也許三個月不曾見面，或也許秋子這回打扮別緻，他覺得她分外嫵媚，分外秀麗，她穿一襲茄紫撒櫻花的和服，環著粉紅大板的胸帶，花式的日本髮髻上插一把玳瑁梳子，兩條金穗垂在兩鬢上，她手拎著一把日本傘，白足袋的腳踩著一雙稻桿織的拖鞋，她嬝娜多姿地斜倚在病床邊，只顧對東蘭含羞地笑著，令東蘭一時看呆了，張口結舌，不知說什麼好……

秋子不便在陳芸面前對東蘭說話，她等那護士把嬰孩抱去之後，便又跟陳芸寒暄起一些女人的事來，兩個女人就這樣談著，似乎把東蘭放在一旁不顧了，而東蘭也樂得片刻的清閒，聽著她們兩個女人的談話聲，背著手，在窗口邊的空地上踱步，冥想著什麼……

探病的時間終於結束，護士進來說產婦得休息了，請客人離開病房，明天再來。東蘭於是走上前去跟陳芸話別，與秋子一起走出了病院。

他們兩人在新竹街道上走著，秋子的拖鞋發出格格的聲響，她似乎老拖在後頭，跟不上東蘭，走不了幾步，就得半跑搶上一步，於是東蘭只好慢下腳步，秋子終於從容跟了上來，一走到人跡稀少的偏僻路上，兩個人的手便合牽了起來……

他們來到新竹公園前，見那公園的門大大敞開著，便牽著手走了進去。這時已是黃昏時分，晚風微拂，把滿園的花香，輕輕吹來，蟬聲已寂，但麻雀卻清簧對唱，或在枝上跳躍，撲著翅膀從這樹飛到那樹去……

他們走到池塘，這裡離樹林較遠，也就聽不見麻雀的喧嚷，池裡只見一片睡蓮，這裡那裡開著紅艷的蓮花，有兩隻小鴨在綠葉之間穿梭，見到人影，便悠閒地游到沒人的對岸去……

「說吧，江樣，尊夫人又給你們家裡添了一個可愛的女孩，你快樂不快樂？」突然秋子把東蘭的手緊緊握了一下，開口對他說。

東蘭遙望著對岸那兩隻小鴨的朦朧影子，搖了一會頭，回答道：

「說快樂，其實我並沒有快樂，說不快樂，其實我也沒有不快樂，我只覺得平淡而已。」

「江樣，你這是什麼意思？你難道一點兒快樂也沒有？到底你心裡是在想什麼哪？」

「我在想……一個人的生命既然得來如此容易，而且又不是天大的歡喜，那麼，生命的喪失也將同樣的輕易，而且也不該因此過分悲傷。這就是我第一次看到這個嬰孩時的感覺，也許你會奇怪我爲什麼會有這樣的感覺，但事實就是如此，我也不想對任何人隱瞞。」

「好奇怪的感覺哪，江樣，至於我，我多羡慕你哪，有一位賢慧而美麗的妻子，有一個男孩，有一個女孩，現在又添了另一個可愛的女孩，你還不滿足？唉，我若有尊夫人的一半幸福，我就要感謝神明了。」

東蘭的心坎微微一陣溫暖，他收回了遙遠的目光，來凝視秋子，秋子的一雙明眸也正飢渴地望著他，他們的兩雙目光接合在一起了，他似乎在告訴她說他懂得她話中的意思，而她也似乎在告訴他說她已經把心裡的話都說出來了。

那西方的天邊有一大片烏雲，慢慢向正空游移而來，那池塘起了幾陣冷風，吹得那睡蓮東歪西斜起來。突然，那西天亮出了兩道閃光，震耳的雷鳴旋踵而來，即時，冷風加緊，天上灑下如沙的細雨，秋子趕快撐開了手中的雨傘，另一手緊緊箍住東蘭的胳膊，兩個人依偎著在同一支雨傘之下，徐徐走向公園的出口去。

他們對著東蘭的宿舍走去，兩人又像剛才進公園之前一樣，默默貼肩而行，一句話也沒有。已經快走到宿舍了，秋子才停下腳步，抬頭問東蘭說：

「家裡有什麼人在等你嗎？江樣……」

「沒有，家裡一個人也沒有，陳芸在醫院，而下女把兩個孩子都帶到波羅汶去了。」東蘭淡淡地說。

「那麼你晚飯怎麼辦？」

「陳芸替我向附近的料理店訂了晚飯，他們會按時送來給我。」

「只有你一個人吃晚飯嗎？江樣……」

東蘭沒回答，只默默地點點頭。

「那未免太寂寞哪……」秋子同情地說著，沉思了片刻，突然煥發起來，改成欣悅的口吻繼續說道：「我想這麼辦吧，你不如到我家去，你先坐著休息一會兒，讓我去料理一頓你愛吃的晚餐，然後我們坐下來，一邊吃一邊聊，豈不是很好？江樣，你以爲如何？」

東蘭猶豫著，吱唔不知如何回答，只見秋子更積極地催道：

「江樣，答應了吧，難得能有這麼一次讓我好好招待你，嗯？」

「但向料理店訂好的晚餐怎麼辦呢？」東蘭說。

「那沒關係，我們現在就到料理店叫他們別送了。」

秋子說罷，也不等東蘭回答，便拖著東蘭往料理店去。秋子自動走進店裡跟那伙計說了，又走出來挽著東蘭的胳膊，撐住雨傘，踏著輕快的步伐，逕向她的宿舍走去……

九

在秋子準備晚飯的時候，東蘭獨自一個人在往時伊田先生的讀書間裡瀏覽著，伊田先生生前愛讀的那一套「日本現代文學全集」以及另一套「世界文學全集」都還整齊地擺在書架上，那書套上一點灰塵也沒有，表示秋子對先生的遺愛之物還天天拂拭著。東蘭隨手抽了幾本選集來翻，不禁想起伊田先生往日在「新竹中學」教書的音容來，他深深地歎了一口氣，又把選集放回全集的書架上。才把那兩套全集瀏覽完，他忽然瞥見那書架的一角有一堆稿紙，他覺得有些面善，便把它拿下來翻看，原來竟是他和伊田先生兩年來共同研究的「中國白話文」的遺稿，他禁不住又感慨起來，假如不是伊田先生不幸早逝，現在這本書恐怕早已經完成了吧……

秋子在客廳裡，喊說晚飯已經準備齊全了，東蘭可以到客廳裡去用飯了，東蘭於是把伊田先生的手稿放回書架上，遲遲走到客廳裡來，那他他米上的矮腳烏木長方桌上早已擺好了晚餐，有旗魚片、有章魚片、有炸蝦、有紫菜捲、有味噌湯、又有香噴噴的白飯，東蘭看了，胃口頓開，才在桌前盤膝而坐，秋子已經脫去了圍裙，笑盈盈地從紙門後閃進來了……

他們兩人對坐吃著晚飯，秋子百般服侍，有時半跪起來替東蘭盛湯，爲他盛飯，又走進洗手間爲東蘭換清潔的毛巾，比在東蘭家裡千倍慇懃，因爲沒有妻子和別人在面前，東蘭也心安理得，任由秋子去服侍了。

「我剛才在伊田先生的讀書間裡看到他沒有完成的『中國白話文』手稿，忽然想把它拿回家，繼續把它完成，不知道你會不會反對？秋子樣。」在吃飯的空檔裡，東蘭突然心血來潮開口說道。

秋子聽了，把碗筷放在桌上，兩隻眼睛睜得大大的，萬分驚訝地說：

「反對？哪裡的話，我正求之不得呢，我恨不得你早日把它拿回去，好好把它完成，也讓地下的伊田先生高興哪。」

說著，說著，突然秋子若有所思地沉默了一會兒，然後雙手輕輕一拍，叫起來：

「啊！對了，我家裡還有半瓶酒，我就去拿來，讓先生喝。」

「哦，秋子樣，請不用客氣，你知道我從來不喝酒。」東蘭連忙搖著手微笑地說道。

「但這不是普通的燒酒，江樣，這是很淡薄的甜酒，叫做『養命酒』，是日本頂出名的好酒哪，喝了絕不會傷害身體的，是從前伊田先生特別叫人從日本帶來台灣的，說喝了會延年益壽，他不甘一下把它喝完，所以半年才喝了半瓶，還留下半瓶放著實在可惜，不如我去拿來，你把它喝光吧。」

東蘭還繼續搖手婉謝，可是秋子卻不顧他了，逕自起身，到廚房去端來了那瓶窄頸闊肚的「養命酒」，以及另一隻黑漆紅裡的淺底木杯，往東蘭的桌前一放，隨後把酒瓶一斜，給他斟起酒來。

東蘭雙手捧著酒杯，閉目一嚐，果然是清淡的，不甚有酒精的味道，倒還甘甘的有些甜味，便張了口，把那整杯呑到肚子裡去了。

「你知道這『養命酒』是怎麼釀造的嗎？江樣，聽伊田先生告訴我說，釀造這種酒所用的水，絕不是普通地下的井水，而是富士山上的礦水，可能是富士山頂上的千年白雪融化之後流到地底，再經過不知幾百年才又噴到地面的礦水，也難怪這種酒既純潔又清涼，喝了會延年益壽哪。」秋子說。

「你這叫我憶起從前在日本唸書的一件事來，記得我第一次跟幾位日本同學到京都的『清水寺』去遊歷，那『清水寺』旁有一股清泉從山上流下來，所有遊客都用竹杓去盛那泉水來喝，那日本同學就告訴我，每喝一杯『清水寺』的泉水，就會延長十年的壽命。」東蘭回憶地說。

「那『清水寺』的泉水一杯才增加十年的壽命，但這富士山泉水釀的酒豈止增加十年？恐怕五十年一百年都有哪？所以江樣，你要多喝，讓我再給你斟一杯吧。」秋子笑著說，又探身欠腰爲東蘭斟了一滿杯「養命酒」。

「單單我多養五十年的壽命也不好，如果只有我養命，而不見你養命，我也感到不安，所以你也喝一杯吧，來，你再去拿杯子來，換我替你斟一杯。」東蘭笑著說，似乎有了幾分醉意。

「江樣，你知道，我們女人家不好喝酒……」秋子撒嬌地說。

「好！如果你不好喝酒，我也不好再喝了。」東蘭說，忽然變得嚴肅起來。

「江樣，你眞的非要我陪你喝不可？」秋子扭揑了半晌，終於說道。

東蘭默默地凝視著她，慢慢地點點頭……

「好吧，你既然堅持，我只好答應你了，不過不必再去拿杯子，就用你的杯子，你先把它喝了，再斟給我好嗎？」秋子說。

東蘭於是把面前的那杯酒一飲而盡，隨後把酒杯推到秋子的面前，提起了酒瓶，爲秋子斟了一杯「養命酒」，看著秋子婀娜多姿地捧起酒杯，緩緩飲了下去，他們兩人才又開始挾菜，繼續用起晚餐來……

那屋外的雨一直淅瀝淅瀝下個沒停，晚飯已吃過很久了，而且飯後的熱茶也已經變冷了，那雨仍然綿綿地下著，沒有歇息的跡象。東蘭一直望著那窗外漆黑的夜空，輕鎖眉宇，沉默不語，秋子似乎看出了東蘭的心思，便開口柔聲問道：

「江樣，雨還是這麼大，你有急事回去嗎？」

「倒也沒有什麼急事，只是這雨連下這麼久了，還沒有停雨的意思，看了不但心煩，也覺得十分無聊。」東蘭仍然望著窗外說。

「你既然覺得無聊，不如我去燒熱水，你就在這裡洗澡，也許等你洗完澡，雨也停了，你以爲如何，江樣……」

東蘭沒有回答，只輕輕地笑了起來，秋子看他並沒有反對的表示，也就從他他米霍地立起，到洗澡間準備熱水去了。

半個鐘頭後，秋子走進客廳來說浴池的水燒熱了，便引了東蘭走進浴室，那方形的浴池是用白瓷磚砌成的，一端還用綠琉璃片塑成了一小座富士山，浴水在富士山下蒸蒸熱騰著，像是從山中噴出來的一池硫磺礦水，在浴室的更衣處秋子早爲東蘭準備了乾淨的內衣，還有一件有褶紋的家居和服給東蘭浴後之用，東蘭想，這些衣服便是伊田先生早日穿用的吧……

東蘭已在浴池裡浸了有好一會，正感全身舒暢，熱汗掛額，突然那浴室的紙門輕輕地開了，秋子低著頭彎腰閃了進來，一見到東蘭睜大眼瞪著她，秋子便溫婉幽柔地對他說：

「江樣，我怕隔一會兒水冷了，所以趁水熱的時候也來浸一浸，從前伊田先生在時，我們便都如此的……」

秋子用一條白色毛巾包住她的日本髮髻，從腰以下用一條紫色浴巾隨意裹著，但她的胸部卻全然裸裎了，露出一雙象牙雕的乳峰，在她柔步寸移走向浴池的當兒，像一對無聲的鐘，左右搖曳著……

當秋子來到池邊，她先把一隻雪般的小腿伸進水裡，背對著東蘭，任浴巾小心地卸落在池外，然後另一隻小腿也伸了進來，徐徐讓水淹到腰際，才轉身正對著東蘭，東蘭這才看清她那一雙粉紅色的乳頭，像兩朵盛開的櫻花，輕輕地落到水裡，霎時，那一雙豐韻的乳峰，便在水面漂浮起來，任性地游向兩邊去……

洗完了澡後，雨仍繼續地下著，東蘭獨自坐在客廳的藤椅上，也許浴後困倦，又加上酒酣醉醺，他闔起眼，不覺打起瞌睡來。秋子走進客廳，看見他在輕睡，也不敢吵醒他，逕自去睡房安枕舖被，直等到他深夜半醒起來，才走近來細聲對他說：

「江樣，已經這麼晚了，而且雨還沒停，不如就在這裡過夜吧，你的枕被我都已經爲你準備好了……」

東蘭立起來，也許醉意未消，倒有些頭重腳輕，身子不覺東倒西歪起來，秋子連忙過來扶他，帶他到睡房，服侍他躺了下來，才關燈，扣門，回到她自己的睡房去。

也眞奇怪，剛才睡意那麼濃，但眞正躺下來想睡，卻又睡意全消，東蘭就這樣輾轉反側，一直不能入眠，他想起躺在醫院的陳芸、想起回到波羅汶的兩個孩子、然後想起今天與秋子那奇異的共浴，一切只緣那不停的梅雨，假如不是這梅雨，假如不是這梅雨……

突然聽到一聲雷鳴，同時那紙門上閃了一片白光，在那白光之中，東蘭瞥見了一幢人影，他立刻翻開被，直坐起來，厲聲地喊叫一聲：

「誰？」

「是我……江樣……」秋子的聲音輕柔地回答著。

然後，聽見她悄悄地推開紙門，幽靈般地閃進來，又悄悄地關上紙門，披著一肩長髮，挪了近來，東蘭在黝黑之中隱約看她抱著一團什麼，還沒問，秋子已又開口說話了：

「我在隔壁聽見你反覆睡不著，想是我給你準備的舊枕頭太硬了，所以拿了一個軟些的新枕頭來給你……」

她一邊說著，一邊在東蘭跟前半跪下來，東蘭默默地伸手過去，想接枕頭，不意觸及她那隔著薄紗的乳頭，頓時，那乳頭悄然挺堅起來，東蘭正想把手抽回，卻不料被秋子的雙手握住，按在那溫熱柔軟的乳溝裡，慢慢地，她無聲無息，全身偎了過來，像棉花般地斜倒在她帶來的枕頭上，而東蘭也按捺不住，便勇敢地把另一隻手也伸過去，緊緊地把半裸的秋子擁進懷裡……

當那陣旋風驟雨終於過去，而東蘭與秋子也躺回各自的枕頭，閉目喘息，這才又聽見那淅瀝的雨聲，那悲悽愁慘的雨聲，一直呢喃個不停，彷彿一百年一千年也還要繼續下去似地……

也不知道怎麼，秋子忽然雙手掩面，嗚咽地抽泣起來，東蘭側過身去，伸手想扳開秋子的手，驚訝萬分地問道：

「秋子樣，怎麼了？是不是我傷了你？」

秋子仍然掩著面，搖搖頭，從啼泣聲中回答道：

「沒有……你沒有傷我……你只給我快樂……太多的快樂……」

「快樂又怎麼突然哭了呢？」東蘭說，終於扳開了秋子掩面的手。

「我哭……我哭……江樣，是因爲我想到我們的快樂不會太長久了……」

東蘭輕輕地歎了一口氣，用指尖去拭秋子的眼淚，然後溫柔地安慰她說：

「我會的，當陳芸從醫院回來之後，我仍然會抽身來看你的……」

「江樣，我不是指這些，我是指在京都的弟弟……」

「你在京都的弟弟？他怎麼樣？」

「我從來都不曾跟你說過，江樣，我這唯一的弟弟，自小就患了脊椎結核，已經開過幾次刀，我父親很愛他，甚至割過臀上的幾片骨頭給他裝在脊椎上，可是自從幾年前，我父母過世之後，他就十分孤獨，伊田先生在時，他就一直叫我回去照顧他，自從伊田先生死後，就催得更緊，每個月都來信，看我沒能回去，更託從京都來的人親自帶了口信，還請他們對我說明他的苦況，懇求我回日本去，那帶蘋果來的就是我弟弟所託的人……」

「那麼你已決定要回日本去了？」東蘭心平氣和地問。

「江樣，假如你有這樣一位可憐的弟弟，而你又是一位有良心的女人家，你說你會怎麼做？」

「我會像你一樣，決定回京都去。」

「所以我才說我們的快樂不會太長久了，是不是？江樣……」

東蘭也沒回答，他只伸手，再度把秋子抱在懷裡，讓她枕在他的胳彎上，任她盡情地抽泣。

這一夜的雨，始終也沒有停過，一直連綿不斷，點滴到天明………

十

陳芸從新竹醫院抱了嬰孩回到家後的一個月，秋子也搭了一艘叫「朝顏」的郵輪回到日本的京都去。

秋子在台灣的朋友本來就不多，而來送行的更沒有幾個，這一天，在基隆的碼頭上，東蘭和陳芸便跟其他僅有的幾位朋友，擠在人堆裡與秋子話別，秋子噙著眼淚，一一與來送行的朋友握別，當她握住東蘭的手時，她沉默了一段長久的時候，卻一句話也說不出來，就在這時，那船上的汽笛突然短鳴了三聲，告訴船客，船不久要開駛，聽了那汽笛聲，秋子抬起頭來，用晶瑩的淚眼瞅住東蘭，不覺抽泣起來，也不顧在旁的陳芸和其他朋友，猛然前來把東蘭抱住，而東蘭也順勢把她擁在懷裡……

「一到京都就要寫信來，好嗎？」東蘭低下頭來，俯在秋子的耳朵上說。

秋子一直都把頭埋在東蘭的胸裡，也沒回答，只頻頻地點頭……

「將來若回台灣，務必來我們家住，好嗎？」東蘭又說。

秋子又點點頭，然後才止了抽泣，緩緩將頭抬起，柔柔地說：

「而你，將來若來日本，也務必到京都來玩……」

秋子登上郵輪的扶梯，已走了一半，才突然返身來跟陳芸揮手，陳芸也舉手來跟她揮別。秋子一到船上，便在那簇簇擁擁的船客中消失了，東蘭與陳芸在船舷的那一排螞蟻般的人叢中尋找，始終也沒能再找到秋子，不久輪船長鳴三聲，船便自碼頭滑開，駛向基隆的港外去了。

「芸，讓我們走吧，現在就回新竹去。」

東蘭淡淡地說，便牽了陳芸的手，穿過熙攘往來的人流，走向基隆的火車站………

第十六章 支那之夜

一

從上海旅行回來，丘雅信與彭英就暫時住進許秀英在艋舺的老房子，看到小別了三個月的女兒，許秀英顯得非常快樂，時常在飯後閒聊的時候對雅信說：

「你敢知影？雅信，你頂回去日本讀書的時陣，厝邊隔壁的人講眞多話，即回您去中國的時陣，厝邊隔壁的人也講眞多話，但是頂回我心頭在在，即回我心頭就𣍐在丫，恐驚❶……恐驚……」

「到底恐驚什麼？」雅信說。

「恐驚您一去就沒轉來丫。」

「嗳呀！阿娘，你哪會安倪想，爲什麼頂回人講你心頭都在在，即回人講心頭就𣍐在？」

「當然的啊，頂回是你家己一個人，即回有翁在身軀邊，你沒聽見俗語話列講？『翁親某親，老婆仔抛車輪』，我恐驚您一下去中國，就加我台灣即個老婆仔𣍐記得丫。」

❶恐驚：台語，音(khiong-kiä)，意(恐怕)。

聽了這話，坐在旁邊讀「台灣民報」的彭英便哈哈大笑起來，於是放下了報紙，笑著對許秀英說：

「阿娘，你抵才列講俗語話，我也欲來講兩句仔俗語話，你敢不曾聽見人講什麼『三色人講五色話』？什麼『十嘴九腳膾』？你明明知影厝邊隔壁的人列黑白講，阿你復耳孔輕黑白聽。」

許秀英聽聽，想到自己的輕信，不覺莞爾微笑起來，坐在她對面的雅信也隨她笑了一陣，但似乎興猶未盡，笑完了，便又問她說。

「阿娘，阿娘，你列講厝邊隔壁講眞多話，阿偲到底是講一割什麼？」

「講什麼哦？」許秀英搔搔頭，沉吟了半晌：「講『無采生一個查某子，飼到肥肥白白，復讀到做醫生，去給人偷拐去丫，絕對一去膾轉來丫啦。』」

「阿娘，你講話哪會講到即倪歹聽？」雅信皺著眉說。

「是偲講的，不是我講的啊。」

許秀英說罷，三個人不覺又大笑了好一陣，久久才止。

丘雅信一住進她母親的老屋，就對她說是暫時回來居住的，眼看雅信的肚子一日大似一日，而且又沒有搬家之意，有一天，許秀英便問雅信說：

「雅信，我看你的腹肚都直欲順月丫，不知僑厝你欲復住外久嚄？」

「我不是早就加你講過？我暫時住一下而而，子生了後，我就欲搬去台中開業。」雅信說。

「安倪講起來，你不就欲在僑厝生子？」

「本來就是安倪啊，阿娘，否我欲去嘟生？」

「膾使！膾使！你沒聽見人列講？『嫁出的查某子若像潑出的水，有給伊轉來做客，沒給伊轉來生子』，不是阿娘沒疼你，實在是沒人安倪做法，你敢不知影『做粿掩人的嘴都掩𣍐密』？早前你去日本也給人講，即回你去中國也給人講，即馬我哪會使復給你在厝裡生子？伓不就復講到全艋舺的人攏知影了了，我想你猶是去租一間厝，在外口生較妥當。」

雅信看看許秀英語氣堅定，無法違拗的樣子，也只好跟彭英商量，在老屋的附近租了一個小房子，等待臨盆之日。這期間，許秀英倒也盡了母親的義務，幾乎每天都往那小房子去看雅信，帶許多滋補的東西去給她吃。

臨盆的陣痛終於來臨，彭英連忙去雇了一輛黑頭仔車，把雅信送到大稻埕的「馬偕病院」，那生產是太快也太順利了，還沒等接生醫生與護士來幫助，一個女嬰已呱呱落地了，彭英見了，好高興，他給她起了個名字叫「彭亭」。

二

孩子才生下一個月，雅信和彭英，連著由日本帶來的雪子，便來台中，在台中公園附近，向林獻堂的近親租下了一間大厝，經過一番翻修與整頓，正式開業做起婦產科醫生來。

雅信嫌孩子太小，自己做醫生沒能照顧，便去請了一個姆媽專門看顧彭亭，另外又請了一位下女專門煮飯，醫生的業務由雅信和雪子擔當，而帳目出入及公文事項則由彭英掌管，一時家庭十分融洽，而業務也蒸蒸日上，不到兩年，醫院已經有了許多固定的患者，而雅信也有了一筆相當可觀的儲蓄，也就在這一年，雅信又生了一個孩子，因爲是男孩，彭英給他取名叫「彭立」，於是雅信又得去請來第二個姆媽，而醫院方面，只雪子一個護士已不能斡旋，雅信只好又去請兩個護士來幫忙照顧病人。

這一年的夏天，台中有了一次五級地震，那醫院大厝的椽子咿呀咿呀響個不住，不知有多少塊紅瓦從那古厝的屋頂掉到地上來，地震過後，雅信精神甫定，突然記起幾年前自己親眼目睹的「屯仔腳大地震」來，覺得這租來的古厝最不耐地震，萬一整個房子塌下來，壓死自己事小，壓死病人如何賠得了？想了又想，就在這天吃晚飯的時候，雅信就對彭英說：

「彭英，你看倆即馬患者已經獪少，病院已經有基礎，身軀邊也有粒積❷一割，而且復已經有兩個細漢囝仔，我想倆著搬來別位，看欲租一間較好的厝抑是家己起一間攏會使，即間古厝已經眞舊丫，萬一若大地動，抵仔好有患者列倆病院內面，加人垈死看欲安怎就好？」

「是啊，我早就列想丫，不過若是復去加人租一間，倆又復著整修設備，不知欲用外多錢咧，而且一旦欲復搬厝，一切又復沒了了去，我想倆寧可家己來起一間病院，我都閒閒，會使做監工，阿你獪曉復繼續在即間開業，等病院起好才全部搬來去。」彭英說。

「你安倪講起來也是眞著，不過你想倆的病院不知起在啲較好嚄？」

聽了雅信的話，彭英躊躇了片刻，想了好一陣子，終於開口說：

「你會記得倆初來台中的時陣，行出台中火車站，在車站邊仔有一大片空地，種眞多樹仔，環境清幽，空氣復好，我想彼丫若來起一間醫生館，絕對眞好才著。」

「但是欲起厝就愛先問地，你敢知影彼塊地是什麼人的？」

「彼塊地算起來是這台中上好的地，彼丫附近住的攏是日本人，我想彼塊地也屬日本人的才著，因爲一割好地早就給伊買了了丫。」

❷粒積：台語，音(liap-chek)，意(一點一滴儲存)。

「既然安俔，你也𣍐曉先去探聽看覓，若是倆的人的，你直接加伊問價數，直接佮伊講；若是日本人的，我才佮你鬥陣來去講，俔即割日本人對醫生眞尊重，我若去，代誌就加眞好講才著。」雅信說。

彭英第二天便跑去查問，附近的日本人告訴他說，那塊地是一個叫「松島」的日本人擁有的，他原來是日本「龜甲萬豆油」派在台灣的代理商，身邊頗有幾個錢，在台中火車站附近買了不少地。

聽彭英回來報告後，雅信果然跟彭英一起，當晚就去登門造訪松島先生，松島先生見是醫生要向他買地建醫院之用，便笑逐顏開地說：

「不是我不願把地賣給『本島人』，實在是一般『本島人』都很髒，而這附近住的又都是『內地人』，你們也知道『內地人』都有『清潔癖』，我若把地賣給『本島人』，這些『內地人』大家都要起來說話了。不過話說回來，我看你們兩位都是到『內地』念過大學的，一定很清潔，而醫生又是救人的，醫院更非乾淨不可，所以你們如果要買那塊地，我可以放心賣給你們，這些『內地人』不但不會出來說話，相信還十分歡迎你們來蓋醫院呢。」

既已答應把地賣給雅信，價錢也不太有什麼問題，於是當場把一切說妥了，第二天便去請律師辦理轉讓地權的法律事宜了。

把地買下之後，彭英便去請人來設計醫院款式，以便破土開建。在等待房屋設計師把設計藍圖畫來的期間，有一晚，雅信突然心血來潮，對彭英說：

「彭英，倆既然在家己的地起家己的厝，我想講孤起一間細間病院實在打損❸，不如復擴充起較大間的，不但起病院，又復設一間產婆學校，一來替病人生產，二來復會使給學生實習，一兼二顧，敢不是較好？」

彭英聽了也覺得十分有道理，便去找那房屋設計師，請他除了醫院之外，另外又設計一間「產婆學校」，那設計師果然應命，不久把設計圖送來，彭英和雅信看了都十分滿意，沒幾日，水泥匠也請了，木匠也請了，工人都叫好，於是開工建築，這其間雅信專心一意在原來的醫院助人生產，而彭英則天天在醫院與工地兩地來回奔跑，既盡了一個丈夫的責任，同時也盡了一個監工的責任。

經過六個月辛苦興建，一幢兩層的紅磚鋼筋水泥大樓終於在台中火車站旁矗立起來了，這幢美麗開闊的大樓，包括一間大講堂以便教學之用，兩排大宿舍給學生住宿，一個診療廳，三廊病房給病人生產及開刀之用。雅信與彭英沉思了幾日，終於給這幢大樓起名叫「清信醫院——附設清信產婆學校」。

雅信是一位虔誠的基督徒，爲了表示對上帝的感謝，她在醫院大樓裡面闢了幾間空房，專門供給路過台中的外國或本國的牧師與宣教士免費住用。很多放假到日月潭度假的外國教會工作人員都在這醫院大樓駐步留宿，不止「長老會」的傳教人員，連「浸信會」、「宣道會」的教士也住過這裡，甚至連「天主教」的神父與修女也在醫院大樓過夜。

三

「清信醫院」的病患大都是台中附近的農家村婦，但因爲雅信的技術高明，間或也有城裡的

---

❸打損：台語，音(phah-sng)，意(可惜)。

富家妻妾來醫院生產，生產的收費視病人的家庭經濟情況而定，因此富者多收，貧者少收，而赤貧者則一文不收。但赤貧的農人雖然沒能付錢，他們事後都拿了許多鄉下的農產品來送給雅信做禮物，而且非常感謝她，至於那些有錢人家，他們總認爲雅信收費太貴，所以都咬緊牙根付了錢，以後便返身不顧。

「清信醫院」的「附設清信產婆學校」每期一年，每半年收三十個學生，每年的兩期六十個學生食宿都在醫院裡，爲了讓學生實習方便，雅信便在台中附近張貼廣告，慈善免費爲窮人生產，凡來醫院生產的貧苦產婦，除了由雅信本人助產，又指派了兩位產婆學生在旁特別照顧，並同時實習助產與產後撫育嬰兒，產婦免費住院一個禮拜，出院之日，醫院還附送給嬰兒兩套嬰衫及一打「鷹標」的煉奶，因此，許多貧苦的農婦聞聲都爭先恐後來「清信醫院」生產，不久醫院的病床便有人滿之患，可是，產婦仍源源不絕，到了最後，雅信在不得已的狀況之下，也只好帶了產婆學生，親自到產婦的農家去爲她們助產，教她們如何爲嬰兒洗澡了。

有一天，「清信醫院」的門口停了一台牛車，雅信、雪子和幾個產婆學生都跑出來看，奇怪那隻牛車坦蕩蕩大路不走，偏偏要停在醫院的門口？只見那牛車上載了一家族人，衣衫襤褸，赤足裸背，一共有七、八個孩子，那駕車的是一個五十多歲的農夫，長短不齊的灰布褲管，帶一頂斗笠，咬一截煙屁股，那牛車上躺著一個憂愁滿面的農婦，頂著一個大肚子，要臨盆生產的樣子，那車後則是一大堆炊具與食具，鍋、鼎、爐、扇、碗、筷、匙、碟，樣樣俱備……

那農夫看見有人從醫院裡跑出來看他們那隻牛車，他便輕捷地從車上跳下來，先把那煙屁股猛抽了三、四口，等到煙火燃到他的手指了，才依依不捨地將煙蒂扔在地上，用赤粗的大足踩了幾下，然後脫了斗笠走過來，笑對眾產婆學生說：

「俑即間敢不是什麼『清信病院』咧？」

「不是『清信病院』，是『清信醫院』。」有一個學生回答。

「著啦，著啦，是『清信醫院』才著，阿俑即間『清信醫院』敢有一位醫生叫做『丘仔信』咧？」那農夫又說。

「不是『丘仔信』，是『丘雅信』。」那原來說話的學生又回答道，然後指著立在一旁的雅信對他說：「你實在足無禮哦，是院長呢，伊就是啦。」

聽了那學生的話，那農夫忙轉過身來，對著雅信走近兩步，欠身地說：

「眞失禮嚄，先生啊，阿俑都做田人嚜，不訓字啦，即耳聽彼耳出，什麼代誌，攏也膾記得了了。」

「沒關係，沒關係，阿你找我欲創什麼？是不是您查某人有安怎？」雅信關懷地說，瞥了牛車上的農婦一眼。

那農夫順著雅信的眼光，回頭指著那農婦，側臉對雅信說：

「阿彼個都阮牽的啦，都講直欲生丫嚜，叫產婆來生，產婆摸摸咧，頭殼晃晃咧，講嬰仔胎位沒正，恐驚歹生生膾出來，才叫我送伊來即丫給你生嚜。」

「阿您是由嘟來的？」雅信問。

「都由大里來的啊。」

「大里哦？彼倪遠？阿用牛車著拖外久？」

「足足半工囑，先生啊。」

雅信搖搖頭，對那農夫的長途跋涉十分感動，她轉眼去望那偌大笨重的牛車，又瞥見了那車上的一堆孩子，於是說道：

「阿你載您某來就好，哪著規家攏載載來？」

「彼個產婆加我講，阮牽的若一下入院就入得一禮拜，阮牽的若住在這病院，我也著住在伊的身軀邊，阿彼囝仔住在厝裡不就遂飫飫死，所以才加偲載載來，你沒看得我連碗盤飯缸也帶帶來？」

雅信看那牛車上的孕婦一臉痛苦的表情，雙手抱住隆起的大肚在呻吟，也不再去理那農夫，即刻命那幾個產婆學生去把那孕婦扶進診療所，經過一番檢查之後，果然證實胎兒確實是胎位倒錯，頭上腳下，是無法從自然產道生出來了，況且胎水已流了不少，再量量血壓，已經比正常人低了，可能血也流了一些，非立刻開刀剖腹生產不可。

雅信命雪子和其他的護士把那孕婦推進開刀房去，而她自己也雙手消毒，又戴上橡皮手套，走進開刀房去。那農夫問了問在旁的產婆學生，聽說醫生要替他太太開刀，也跟著走進開刀房，而那七、八個大小孩子見他們父親進了開刀房，也一個個躡手躡足溜了進去……

那幾個護士已七手八腳忙著準備開刀用的刀剪鑷夾，沒有空閒去留意那農夫，卻不料他悄悄地走到他太太的床邊，從懷裡掏出了一個用金紙小心摺疊的小包，打開了，就想往他太太的口裡倒，剛好被雅信撞進來看見了，大聲叫了一聲：

「你創什麼欲給伊吃？」

「香灰啦，就是倆台中『寶覺禪寺』釋迦佛祖的香灰啦，我來的時都有去抽籤問釋迦佛祖，講欲送阮牽的來『清信醫院』給您生敢好？伊佛祖講沒要緊啦，做我送來，只是叫我提一包佛祖的香灰來，等欲生進前給阮牽的吃，一切就會順事，平安沒代誌。」那農夫徐徐地說。

雅信歎了一口氣，任由那農夫把那包香灰倒在那孕婦的口裡，他又要了一杯水，給那孕婦啜了一口，看看一切就緒，才滿意地離開那孕婦的病床。雅信目送那農夫退去，轉身才發現那七、八個孩子，在開刀房的門口，擠成一堆，張著恐懼的老鼠眼，在偷看那護士洗刀剪……雅信突然無法忍耐，大吼一聲：

「這是開刀的所在！沒路用的人攏加我出出去!!!」

那七、八個孩子中，有幾個被雅信的吼聲嚇哭了，一堆人便魚貫跑出了開刀房，雅信於是才走近孕婦的病床，一轉身，卻又看見那農夫不知什麼時候又溜進來，楞楞地立在那裡，看見雅信在望他，便輕輕地對她彎腰作揖……

「你沒代誌，留在即丫欲創什麼？」雅信皺眉道。

那農夫聽了雅信的話，又彎腰對她作一下揖，吞吞吐吐地回答道：

「人阮莊腳❹，查某人若生子，查甫人攏也企在身驅邊，萬一查某人若欲死，也才有通加查甫人交代幾句話咧。」

雅信見那農夫憨直得可愛，實在對他也沒有什麼辦法，只好搖頭聳肩一陣，開始為那孕婦打麻醉針……

手術已進行了半個小時，因為是腹部開刀，那病床的白被單早沾了許多血，比平常由自然產道產出的多得多，等嬰孩由子宮裡抱出來，那四周濺了更多血，雅信、雪子和幾個護士，大家正忙著替產婦止血、縫口，替嬰孩通氣、洗垢……卻不料忽然聽到「古通」一聲，大家回頭看時，

❹莊腳：台語，意(鄉下)。

方發現原來那農夫竟然暈倒在水泥地上，臉色死灰，而且四肢發抖……

雅信把手上的止血夾交由身邊的雪子，叫她繼續爲產婦止血，自己則脫了血淋淋的橡皮手套，忙跑過來，翻看農夫的眼睛，替他按脈，一面皺眉咕噥自語著：

「早就叫伊不通看，偏偏仔欲看，若好好看也好，偏偏仔加俑暈倒，我顧一個病人都已經眞夠額丫，哪有彼割腳手通顧兩個病人？」

因爲那農夫瞳孔還緊得很，而且脈搏依然跳著，只是比平常慢了一些，大概也不怎麼礙事，也就叫身旁的護士協助，把他扛到另外一張病床上，將他的腳墊高，讓他的頭部降低，使他身體的血液流回到腦裡，果然，不到三分鐘，那農夫便醒了過來，翻身就想從床上下來，雅信卻急忙伸手把他止住，用一種略帶怒氣的權威口吻說：

「你做你加我倒咧，你若起來會隨時復暈落去！」然後轉成比較溫和的口氣說：「拜託一下嘍，請你暫時好好倒列這病床頂，等彼旁您某的代誌創煞，你才爬起來。」

那農夫知道自己闖了禍，給人增添太多的麻煩，只好乖乖聽話地躺在雅信指給他的病床上，連翻身也不敢翻，連咳嗽也不敢咳了。

雅信既然把農夫處理妥當，便又戴上橡皮手套，回過來繼續替那產婦做剛才沒有做完的事，於是專心一致，手輕腳快，再過半小時，便把那產婦大小巨細的事情都做完了，才叫護士把她推到手術房外的一廊病房去，已經快走出手術室了，雅信才瞥見那農夫還躺在原來的病床上，一動也不動，兩隻眼睛滾滾地望住她，她也自覺得好笑，隨意向那農夫順手一揮，只見那農夫一個翻身，一雙赤腳一踩在地上，便掩面溜到門外去了。

那農婦在「清信醫院」的病房住了一個禮拜，而這期間，那農夫連著七、八個孩子便在病房外的走廊上住了一個禮拜，他們煮也在那裡、吃也在那裡、睡也在那裡，那走廊彷彿變成了他們的家。等七天過後，那農婦開刀傷口癒合了，他們才抱著新添的嬰孩離開醫院，他們不付一分錢，而且照例收了雅信送給那嬰孩的兩套嬰衫和一打「鷹標」的煉奶，他們百般地向雅信表示感謝之後，全家才又坐上那原來的牛車回到大里去。

三個月後，雅信意外見到那農夫又駛那隻牛車帶了全家子八、九口的人來，那農婦已不像上回來時那般愁眉苦臉抱著肚子了，這回倒是笑逐顏開抱著懷裡三個月大白晰乳肥的嬰兒，他們帶來了四隻雞、五隻鴨、六條草魚、十籃蔬菜——包括韮菜、芹菜、迦藍菜、高麗菜、竹筍、茭白筍……對雅信說：

「即割莊腳阮家己的粗俗物，一點仔意思而而，欲答謝你頂回對阮牽的的照顧。」

「這哪會使？我都沒欲收您的錢，若收您即割禮物，不遂顛倒收比別人較多錢，𣍐使！𣍐使！您提轉去好啦。」雅信笑著說。

「物件都提來丫，哪有復提轉去的道理？你先生若不收，安倪對阮就沒相疼痛丫，後擺阮牽的若復大腹肚，阮也不敢復來給你生。」那農夫堅持地說。

雅信看看那農夫出言至誠，又加上他的太太抱著嬰兒在旁說項，也只好收下，叫醫院裡的廚師出來將禮物提了進去。

那農夫眼看那送來的雞鴨青菜都已收拾乾淨，已經向雅信告辭想走了，忽然被他的太太拉到一旁，耳語了幾句，他才又走回來，擺頭搔耳了一番，低頭對著雅信囁嚅地說：

「先生啊，想欲加你拜託一項代誌，不知你肯否？」

「什麼代誌，做你講。」雅信親切地說。

「想講欲愛你身軀頂的一粒鈕仔，不知你肯否？」農夫說。

「我身軀頂的一粒鈕仔？」雅信垂頭去望她白色醫生衫上的鈕扣疑惑地說：「鈕仔欲創什麼？」

「頂界❺啊……你遂𫝛記得？……阮囝仔走入去開刀房，給你喚一下，遂去驚著，暗時𫝛睏咧，規暗含眠❻，哭父哭母，叫司公❼來giang也𫝛好，講著愛你身軀頂的一粒鈕仔提轉去煮，煮煞的湯給佲飲，佲才會好……」

雅信聽了，也覺得好玩，只管搖了一會頭，使用日本話對身旁的雪子說：

「雪子樣，他們要我身上的一顆鈕扣，拿回去當藥給小孩吃以便收驚呢，請你進去替我拿一把剪刀來。」

雪子張大兩隻眼睛表示不信的樣子，但仍然聽命走進醫院，不一會便拿了一把剪指甲用的小剪子來，遞給雅信，雅信便從她的醫生衫上剪了一顆鈕扣下來，交給那農夫，那農夫雙手恭恭敬敬地收了，謝了雅信一番走下來，卻不料他太太又把他拉到一旁，又對他耳語了幾句，於是那農夫便又擺頭搔耳地踱了回來，囁嚅地對雅信說：

「先生啊，阮牽的講一粒鈕仔沒夠，著三粒才有夠……」

「爲什麼哪著三粒？」雅信迷惑地問。

「阿都上煞尾❽彼三個囝仔攏驚著，一個一粒，三個總共著愛三粒才有夠……」

❺頂界：台語，意（上次，上回）。
❻含眠：台語，音（ham-bin），意（夢囈）。
❼司公：台語，音（sai-kong），意（道士）。

「你若欲，我規排鈕仔攏給您也沒要緊！」雅信開玩笑地說，雖然如此，她還是又剪了兩粒鈕扣交給那農夫。

那農夫拿得了三顆鈕扣，兩夫婦便對雅信千謝萬謝了一番，上了牛車，一家子八、九口便又上路，回大里鄉下去了。

「清信醫院」才開業不久，院譽便遠播四方，更因爲附設了「產婆學校」，每年畢業六十個產婆，不到幾年，便有兩、三百個產婆遍佈台灣的各個城鎮，充滿在官廳設立的公共醫院及衛生機構，於是最後連東京的日本政府也聲聞雅信的社會醫務事業了，就在開業的第三年，雅信收到了兩封來自東京的公文與賜金。其中的一封寫道：

私立清信產院

茲右方符合本會賜金之趣旨為助成其兒童保護事業

特賜參百圓

昭和七年二月十一日

恩賜財團慶福會會長伯爵清浦奎吾（慶福會印）

另一封公文是來自「日本皇后」的，因爲不便由皇后親自發書，乃由「宮內省」代發，其文如下：

❽上煞尾：台語，意(最下面)。

私立清信產院
為獎勵貴方之善良事業特下賜金一封
昭和七年二月十一日
宮內省（宮內省官印）

那封信裡的獎金是兩百圓。

以後接連著五年，每年總在二月十一日，宮內省照例送來一封同樣的公文，同樣是來自「日本皇后」，同樣又附了另一封信，那信內同樣是獎金兩百圓。

四

「清信醫院」既然座落在台中火車站的旁邊，因爲地當要衝，一些雅信舊時的同窗故友，每每經過台中，都下了車，特別來拜訪醫院，同雅信聊天敘舊。這些訪客當中，也有很多是彭英在日本留學時代的同學，所以彭英也每每下樓來陪雅信他們聊天，這其中包括在「新竹中學」當英語教師的江東蘭，以及在整個台灣島當巡迴牧師的關馬西，本來彭英天生就不是喜愛聊天的人，但既然是舊友也還有些耐性聽別人聊，唯獨對關馬西，他就完全失去耐性，一聽他來，不是躲到二樓的書房看書叫護士對關馬西說他不在家，就是乾脆沒等關馬西來到客廳之前就先從後門溜出去了。

這一天，彭英剛好與「台灣民報社」的一些朋友有約，要在台中公園對面的一家飯店吃飯，正在客廳穿戴，照鏡子打領帶的時候，忽然外面的護士進來通報說：

「關牧師來囉！」

彭英眉宇一皺，叫那護士請關牧師在醫院等候室稍微等待，他自己跑到屋裡，對躺在沙發正在假寐休息的雅信說：

「喂，緊起來哦！您彼猜朋友復來ㄚ！你趕緊去加伊接待，我沒閒，我欲來去佮『民報社』的一割朋友吃暗飯，眞晚才會轉來。」

說罷，彭英逕自走向醫院的大門，經過醫院等候室時，見關馬西獨自一個人坐在長條椅上在唸一本袖珍黑皮聖經，他聽到彭英的腳步聲，便抬頭來，想向彭英打招呼，但彭英卻搶先對他先說了：

「我沒閒了嘍，阮丘的才陪你啦，伊列後面，直欲出來ㄚ。」

彭英一邊說一邊走，還沒等關馬西回答，他已經跨過門限，走出醫院不見了。

彭英走了之後，不到一刻，雅信便來到醫院的等候室，關馬西一見她來，便把聖經往口袋一放，笑嘻嘻地從長條椅子站起來，雅信往他全身打量了一回，見他頭髮不梳，鬍子也不刮，一身白衫也不知穿了幾個月不洗了，領口、袖口，汗漬污垢，像特別滾了一圈黑邊似地，更糟的是他衣衫下裾又掉了兩粒鈕扣，微微地把個黑肚臍給洩露了出來，雅信覺得他喜氣依然，邋遢照舊，不禁連搖了三回頭，歎了幾口氣，無可奈何地對他說：

「關牧師啊，你即領衫是穿外久ㄚ？鈕仔復落到直欲了ㄚ，緊，緊，你緊褪落來給我內面的看護婦加你洗洗咧，順續叫伊鈕仔加你綻綻❾咧，看你穿即款出去傳道，人看著你的肚臍也退三

---

❾綻：台語，音(thī)，意(縫，如「綻衫」，「綻鈕」)。

步，哪敢復聽你的道理？」

關馬西低頭一看，才看到他露出的肚臍，一手把肚臍掩了，一手去捉捉頭皮，也禁不住笑了起來，笑了一陣才囁嚅地說：

「不過我沒帶衫來欲安怎？」

「彼哪有什麼關係？你做你褪落來，我才提阮彭英的衫借你穿。」

於是雅信便去拿來彭英的衣衫叫關馬西換了，把他的髒衣服拿去叫護士洗了，見關馬西仍然一身污垢，便乾脆叫護士燒了水，叫他去洗澡，然後這個晚上便留他下來吃晚飯。

因爲彭英到外面跟朋友吃飯去了，這晚飯桌上除了雅信和關馬西，便只有雪子和兩個小孩——彭亭和彭立了。雪子哄著兩個小孩，很快便吃完飯離開飯桌到後廳去了，留下雅信和關馬西還慢慢嚼著飯，邊吃邊談。這晚關馬西談興仍然跟往日一樣，從天南談到地北，把每個朋友和每個教會的教友通通都談遍了，差不多只是他一個人在談，雅信只偶爾應他一聲，其餘的時間只聽著，默默地微笑……

「你敢知？有一個尤牧師，頂擺在屯仔腳的『傳道所』傳道的啊，伊即馬已經換去在『淡水長老教堂』主持禮拜。」關馬西不經意地說。

「你講尤牧師？伊敢不是有一對雙生仔查某子，其中一個在大地動的時陣去給厝垈死？」雅信驚訝地問道。

「是啊，是啊，阿你哪會知？」

「哪會不知，大地動的時陣，我都在屯仔腳做醫生，猶復住在尤牧師怹厝咧，彼個死去的雙生仔查某子叫做『娟娟』，另外一個叫做『妙妙』，安怎？你敢有見過怹一家人？」

「哪會沒？頂禮拜都才去淡水巡迴，也才在偲淡水教會講道，給尤牧師偲接待一暗，開講⑩開到兩三點才睏。」

「阿你敢有看著妙妙？伊已經外大漢丫？」雅信關心地問。

「都已經眞大漢丫，到我的胸坎，聽牧師娘講伊即馬列讀『淡水女學』囉。」關馬西說。

「有影否？」雅信會心微笑起來：「阿您彼暗敢有開講什麼？」

「都黑白講嘍，都講牧師娘加⑪伊牧師四歲，但是爲什麼偲哪會結婚呢？原來牧師偲老爸早死，偲老母來給牧師娘偲厝倩煮飯，牧師細漢，只有是踮老母來牧師娘偲厝做囝仔工，一旁才努力讀書，本來伊牧師娘是將牧師當做小弟仔看待，等牧師大漢，復去淡水佮馬偕學習傳道轉來，遂漸漸發生感情，雖然別人來厝裡講親戚⑫，但是伊攏沒恆意，只有恆意牧師，最後牧師娘的老母也沒辦法，才答應偲兩人去結婚。」關馬西一邊滔滔不絕地說，一邊口沫到處飛濺著。

「都著呣，偲即對翁仔某⑬的鬥陣實在眞心色。」雅信微笑地說。

「這猶沒心色，猶復一件代誌猶較心色，牧師伊家己在講，講伊出世沒外久的時陣，險險就去給偲老母加伊捏死。」

「險險去給伊偲老母捏死？這是安怎講？」雅信大感迷惑地說：「若阮查某人出世會給人捏死，我都差一點仔就去給阮老母加我捏死，阿伊牧師是查甫人，爲什麼偲老母哪欲加伊捏死？」

---

⑩開講：台語，意(聊天)。
⑪加：台語，意(多出)。
⑫講親戚：台語，音(kong-chhin-chiä)，意(說親)。
⑬翁仔某：台語，音(ang-a-bo)，意(夫妻)。

「你也不知？原來牧師出世彼當時，俔莊腳四界，攏也是土匪，不時來莊裡搶，若孤搶猶是好哦，搶了攏也復刣人放火才甘願走，所以人若聽著土匪欲來搶，攏也驚到四腳奇奇震，大家相招走去山邊的洞內匿。彼一回土匪復來搶，牧師才出世沒三個月，俔老母抱伊佮人走入去洞內匿，大家聽見洞外土匪仔的馬聲，攏恬淒淒⑭，不敢哼一聲，孤牧師伊一個嬰仔𣍐慣習洞內的黑暗，直直哭，哭𣍐恬，別人叫俔老母加伊的嘴掩咧，𣍐使出聲，阿伊的嘴給人掩咧𣍐喘氣，哭猶較大聲，結果為了救大家的性命，別人才叫俔老母加伊捏給伊斷氣，給伊死，俔老母不得已也誠實聽別人的話伸手向伊的頷頸仔欲加伊捏死，忽然間有什麼趖⑮來伊的手頂，詳細一下摸，摸著一隻狗蟻⑯，才去摸牧師的身軀，伊規身軀也攏是狗蟻，原來牧師的頭殼去抵著洞內的狗蟻巢，狗蟻趖來伊身軀頂加伊咬，較加也哭𣍐恬。」

關馬西說罷，哈哈大笑起來，雅信也陪他笑了一陣，然後才納悶地說：

「若查某嬰仔給人捏死，彼已經聽過無數擺丫，若查甫嬰仔講欲給人捏死，這猶是頭一擺的，阿好家在俔老母欲捏死伊的時陣抵仔好去摸著一隻狗蟻，否俑『淡水長老教堂』都遂減一個牧師。」

說完了，雅信與關馬西沉默了一會，兩人又相視而笑了。關馬西終於安靜下來，他向雅信提議做一下祈禱，以便感謝上帝賜給他們今晚這頓豐富的晚餐、有趣的談話、以及幾十年前讓尤牧師的母親要捏死尤牧師時摸到一隻螞蟻……雅信終是一位虔誠的教徒，雖然覺得時間與地點不十

⑭恬淒淒：台語，音(tiam-chhï-chhï)，意(靜悄悄)。
⑮趖：台語，音(so)，意(爬行)。
⑯狗蟻：台語，音(kau-hia)，意(螞蟻)。

分恰當，看在關馬西的「巡迴牧師」的份上，也不便表示反對，於是他們兩人便在桌旁跪了下來，關馬西還從口袋摸出了他那本袖珍黑皮的聖經，唸唸有詞地祈禱起來：

「侑在天頂的父，主耶穌基督……」

五

關馬西吃過晚飯後，又留在客廳裡繼續跟丘雅信聊天不肯走，一直聊到天十分黑了，便聽見彭英從外面回來，還帶了三個朋友。彭英見到關馬西還坐在客廳裡，十分驚訝地說：

「關牧師你猶未走？」

「阿都開講講到當趣味⑰。」關馬西還看不太清楚彭英後面的三個朋友，便問道：「阿你遐轉來的是三位什麼大人？」

關馬西說著的時候，雅信已經從沙發上優雅地站了起來，微微跟那三位朋友點頭，彭英便順勢反身對那三位朋友說：

「來，我加您介紹，這是我的牽手，丘雅信，」彭英說著，對其中的一個人調侃地說：「其實詹渭水先生，你是阮的『媒人婆仔』，是你早前介紹阮的，不免我復再加你介紹丫。」

「著哦，著哦，雖然是『媒人婆仔』，也著復介紹，否久也遂獪記得。」

詹渭水開玩笑地說，引得大家都捧腹而笑了。

然後彭英指著一位面貌瘦削，帶一副無邊眼鏡的朋友，對雅信和關馬西說：

⑰當趣味：台語，意(興味正濃)。

「即位是陳欣先生，是美國『哥倫比亞大學』留學轉來的，即馬在『台灣信託局』做副總裁。」

再後，彭英又指著另一位圓臉方額，留一小撮山羊鬍，帶一雙黑框眼鏡的朋友，對他們說：

「即位是李喜先生，日本『京都大學』畢業，即馬是㑮台中『四方醫院』的院長。」

「旦⑱你也漫講『院長』！」李喜抗議地說：「『醫生』就『醫生』，講到什麼『院長』？若欲算『院長』，即丫猶多咧，不但我這『四方醫院』的『院長』，㑮猶復有『大安醫院』的『院長』，猶復有『清信醫院』的『院長』兼『產婆學校』的『校長』咧哦。」

李喜說到最後的一句，把目光往雅信身上一瞥，引得她笑，更引得大家都開懷大笑了。

大家在客廳裡坐定下來，雪子也從屋裡端了熱茶出來，大家便零零散散品茶一番，等剛才那歡笑的氣氛逐漸散去，屋子悄然肅穆起來，詹渭水才開口對大家說：

「不知您大家有聽見講沒？今日台灣總督府下令將鴉片合法化，吃鴉片的人，官廳發給偲『鴉片牌』，會使自由向保正⑲買鴉片。」

聽了這番話，大家為之一怔，特別是李喜和雅信這兩位醫生，更是震驚得厲害，把個眼睛睜得大大的，眼球幾乎要暴跳出來。

「安倪官廳不𣍐輸列賣毒？鼓勵人吃鴉片！」雅信開口說。

「但是准買鴉片的只是㑮台灣人，偲日本人猶是禁止吃鴉片，所以毒著是孤㑮台灣人，不是

---

⑱旦：台語(tā)，意(虛字，有「拜託」，「算了吧」之意)。

⑲保正：日本時代「保甲制度」之官銜，等同戰後的里長。

俍日本人。」詹渭水說。

「通世界的人也知影鴉片是毒品，對人的身體十分傷害，阿俍官廳哪敢下即偌命令，欲向其他文明國家安怎交代？」默默不作聲的陳欣終於說。

「照伊官廳講的是眞好聽，理由是俑台灣人吃鴉片的尙過多，若欲給大家地下吃鴉片、地下買賣鴉片，不如公開允准俍吃、公開登記名冊，以後較好控制。」詹渭水說。

「官廳禁止人吃鴉片就彼倪多人吃，阿官廳若允准人吃鴉片，不就復較多人吃，俑子子孫孫的健康看欲安怎？」雅信悲戚地說。

「這便是俑應暗來即丫討論的目的。」詹渭水歸結地說。

大家面面相覷，陷入深沉的靜默之中……

在手中摩挲著那一本袖珍聖經的關馬西終於打破沉默對詹渭水說：

「詹先生，你是『台灣文化協會』的會長，復是『台灣民眾黨』的頭的，你訬的代誌攏比阮較多，爲了阻止俍日本官廳來毒化俑的台灣同胞，你想敢有什麼好計策？」

「有是有啦，」詹渭水點點頭說：「照我所知的是俍日本官廳有參加國際聯盟的『國際禁煙組織』，這禁煙組織的規定是『參加禁煙組織的國家，一旦簽約了後就鱠使復增加鴉片食者的人數』，現在官廳公然給人鴉片牌，顯然是公開增加鴉片食者的人數，照道理總督府是鱠使安倪做的，阿俍既然安倪做，俑就會使代表俑台灣四百萬同胞打電報，向日內瓦國際聯盟總部控告日本官廳違反禁煙的簽約。」

大家聽罷，都欣然同意，李喜甚至興奮地站立起來，拍掌贊成。

「但是電報不就愛匿名打？」彭英問道。

「國際機關沒相信匿名的電報，這表示彼電報沒人負責任，所以𣍐使用匿名打。」較有國際常識的陳欣愼重的說。

「阿否欲用什麼名義打？」關馬西焦慮地問道。

「我想欲用『台灣民眾黨常務委員詹渭水』的名義打，您想安怎款？」詹渭水微笑地問大家說。

「用你的名義打？阿總督府知影不就馬上復加你掠起來？」關馬西萬分關懷地說。

「我看是𣍐啦，」詹渭水笑文文地回答：「就是欲防伊加我掠去，不才復加『台灣民眾黨』的名義，因爲用『台灣民眾黨』的名義，就表示倚台灣四百萬的同胞列做我的後盾，不才會使大膽佮伊日本官廳爭取到底。講是安倪啦，但是伊官廳若認眞欲加倚掠，阿倚也是沒辦法，只有是欲掠就給伊掠。」

聽了詹渭水正義凜然的話，整個客廳響起了一片讚美的唏噓聲，雪子又端了一壺熱茶進來，依次爲每個人倒了熱茶，等她走進後廳，大家便又零零落落地端起茶杯喝起茶來。

喝了一口熱茶之後的陳欣看大家已恢復了原來那嚴肅的氣氛，便開口對詹渭水說：

「既然欲打電報，我想就愈早打愈好，詹先生，你想電文欲寫什麼？你做你講，我即馬就替你擬英文稿。」

詹渭水看見陳欣從懷裡掏出了記事本，又旋開了一支鋼筆，靜靜凝望著他，等待著，詹渭水才抬頭仰望了一會天花板，低下頭來慢慢地說：

「國際聯盟總會禁煙組織公鑒：台灣日本當局即將准許增加吸食鴉片人數，懇請貴會禁止日本政府此種毒化台灣人民的政策。台灣民眾黨常務委員詹渭水。」

陳欣還在書寫英文稿的時候，彭英就等不及問詹渭水說：

「詹先生，你明仔再欲去打電報的時陣，敢不是需要人佮你做陣去？」

「一個保鑣就好，通⑳替我看頭看尾，萬一發生意外，也才有人轉來通報。」詹渭水說。

「若是安倪，我明仔再佮你做陣來去！」彭英堅定地說。

陳欣終於把英文的電文寫好了，首先交給詹渭水過目，然後在場的人依次傳閱，關馬西是最後一個閱讀的，當他讀畢，便把電文稿交還給詹渭水，回身對大家繞視了一圈，又面對詹渭水，說道：

「來，詹先生，我想欲領導大家來祈禱，祈禱上帝給倆即張反對吃鴉片的電報會得通安全給國際聯盟收著。」

詹渭水依著關馬西的話垂下頭來，大家看詹渭水垂頭，也只好跟著垂下頭，眼看大家都垂齊了，關馬西才慢條斯理地整整衣裝，把手按在那本袖珍的聖經上，唸唸有詞地祈禱起來：

「倆在天頂的父，主耶穌基督……」

六

第二天早上，詹渭水和彭英坐了北上的火車，從台中出發，將近中午的時候才到台北。他們草草在車站旁邊的一家日本料理店吃了一頓午飯，走了一段大街，來到「北門」前面的那一幢「電信郵便局」的三角大樓，他們走進了那寬敞的大門，來到那國際電信部份的櫃台前，詹渭水

---

⑳通：台語，音(thang)，意(可以)。

見那櫃台後有三個日本電報員，在用電報機收發電報，這三個日本人都是年輕小伙子，年紀大約在二十五歲左右，就在那三個日本人後面有一張大事務桌子，坐著一個四十幾歲的日本人，這人留光頭，戴一雙圓形黑框的深度近視眼鏡，鼻子一撮又濃又黑的卓別林髭，他看起來精明能幹，精力充沛，詹渭水仔細注意他，才發現原來是這國際電報部門的主管兼檢查員，每張發到外國去的英文電報，都由那些年輕的電報員先拿去讓他過目才發出去。

「看扮勢㉑，俑即通電報艙使即馬就發出去。」詹渭水低聲對彭英說。

「爲什麼？」彭英張口結舌地問。

「你有看得坐在大塊桌仔彼個日本人否？所有的電文攏伊列檢查，俑即張恐驚到伊的桌頂就著鼎㉒。」詹渭水說。

「安倪欲安怎？」

「才看覓，才看覓……」

詹渭水拍拍彭英的肩膀輕輕地說，然後招彭英走離那櫃台，踱到那「郵便局」的大廳來，那大廳裡熙攘往來摩肩擦踵都是來郵局寄信或拿信的，個個都是忙碌的陌生人，不但沒有人點頭，更不見有人打招呼，難得在大廳的一個角落，看見一個六十多歲的清掃夫在忙著掃地板上的紙屑和煙蒂，這人一頭白髮，一把山羊鬍，穿一襲黑色的台灣衫與台灣褲……詹渭水眼睛一亮，向彭英招手，兩人便往那清掃夫走來，詹渭水開口向他搭訕起來：

㉑扮勢：台語，音(pan-se)，意(樣子)。

㉒著鼎：台語，音(tiau-tiä)，意(停滯不前)。

「阿伯仔，你安倪掃地眞沒閒嘎？」

那老人抬起頭來，發現竟然有台灣人那麼親切對他說話，喜上眉頭，驟然眼睛烱烱發出光亮，高興地回答說：

「總是安倪，每工攏也由早起七點人猶未來掃起，掃到暗時九點人攏轉去了了，二十外年來攏也安倪。」

「哦，哦，阿伯仔，你在這郵便局已經做即倪久丫，即內面的職員你也攏訂透透丫？」詹渭水問。

「什麼才職員？連即內面的所有官員，無論是大粒抑小粒，我攏也訂到有春，伊幾點出勤，幾點下勤，伊厝住在嘟，有幾個某幾個子，我攏也知影。」那老人說，得意地微笑起來，伸手去口袋摸了一根紙煙，啣在口裡，又去找火柴，卻不意掉在地上，詹渭水忙爲他撿起來，爲他點火，等他吸燃了，便對詹渭水點頭致謝，說：「眞多謝，即馬老囉，有時細項物件落在土腳，看𫝆清楚，摸來摸去摸攏沒，哈，哈，哈……」

「有一項代誌想欲請教你……」詹渭水說，回頭目指那電信局的櫃台，又把目光收回來對住那老人，說：「你想所有欲打去外國的英文電報，敢攏著愛經過後面彼個日本主管檢查才會使？」

「著哦，攏也著愛經過伊檢查才會通過，你敢知？伊是北署特別派來的高級官員，伊若沒檢查，伊規日坐在彼丫欲創啥？」那老人說。

「阿敢有辦法打一通電報，免經過彼主管檢查？」詹渭水皺著眉自言自語地說。

「哪有彼倪好孔的？每通電報攏也著愛經過伊檢查。」那老人歸結地說，猛然吸了一口煙。

詹渭水與彭英悶悶走離那老人，來到大門口，呆望著那環繞北門行駛，像螞蟻般的汽車與腳踏車，深深地歎氣，正躊躇著不知如何是好……沒想到那老人遠遠從大廳的那角半跑地急步走了過來，興高采烈地叫道：

「先生啊！先生啊！有丫啦，我想著辦法丫！」

詹渭水急急轉過身去，見是那清掃的老人，連忙問道：

「阿伯仔，你想著什麼辦法？」

「阮這電信局每日是下暗八點下勤，」那老人氣喘地說：「但是我知影伊彼主管住在士林，每日著去台北驛趕彼八點十分的火車，由這電信局行到台北驛十分哪趕會到？所以伊每日攏七點五十分就先下勤去趕火車，您若七點五十分來電信局，彼陣仔彼電報員猶未下勤，伊就會使加你發電報，阿你的電報不就免經過彼主管檢查。」

「啊！讚!!!」詹渭水與彭英異口同聲地叫道，幾乎想拍掌叫絕起來，隨後詹渭水伸手掏出皮夾，抽了一張十元大鈔，遞給那老人，笑道：「老阿伯，抵才你加我說多謝，即馬換我加你說多謝，即張十塊你提去買菸，祝你老康健。」

他們兩人辭別那老人，走出了「電信郵便局」，彭英便問詹渭水道：

「旦倆規下晡欲創什麼？」

詹渭水看看腕錶，仰天舒了一口長氣，回答道：

「眞罕得有通『偷得浮生半日閒』，眞久沒看電影丫，阿遂𫟛曉來去電影館看一齣電影？」

「欲去嘟看什麼電影？」

「我中晝在料理仔店吃飯的時陣，有看見報紙的廣告，『國際館』兩點半列搬『丹下左膳』

第一集，即丫離『國際館』沒外遠，倆來去『國際館』看『丹下左膳』，你想安怎？」詹渭水說。

彭英點頭同意，於是他們兩人繞過北門的圓環，穿過從萬華到台北的鐵路柵門，然後沿著那大彎的鐵路，悠閒地邁向西門町的「國際館」去。

那「國際館」的電影，因爲是下午早場的電影，所以並沒有很多人來看，觀眾只有三、四成，都坐在戲院的正中央，前座與後座都空空如也。詹渭水與彭英進了電影院，也不去跟人湊熱鬧，只選後座一個冷靜的角落，坐了下來，也不認眞去看銀幕上那日本「時代武士」的劇情，只閉目養神，兩個人都默默無語。

半小時後，詹渭水張開了眼睛，轉變一下坐的姿勢，忽然輕聲自言自語起來：

「今日來即丫看電影，給我想見兩年前我也來過『世界館』看一遍電影，想著彼遍電影我就愛笑，嘻，嘻，嘻，嘻……」

「頂一遍電影有什麼通好笑？」彭英低聲問道。

「哪會沒好笑？你敢知影？彼遍電影是一個日本刑事請的，伊不但出錢請我看電影，復出錢去買『ラムネ㉓』來請我，對我十分好禮，款待我膾輸干若祖公咧。」詹渭水悠然地說。

聽了這話，彭英直坐起來，把耳朵更向詹渭水挪近，好奇地問：

「到底是什麼代誌，伊刑事哪欲請你？」

「你也遂不知？都彼陣仔『台灣文化協會』佮『台灣民眾黨』當列活動，侶官廳眞知我每日兩位攏列走，來來往往，十分沒閒，所以『北署』不但每日攏派兩個高等刑事坐在我台北的『大

㉓ラムネ：英語日譯（lemonade），意（檸檬汽水）。

安醫院』加我監視，我若出門，偲也復派另外一個高等刑事專門列踮我，我去到嘟伊踮到嘟，獪輸褲帶結相黏，一時都沒法度通離開伊，伊就直直加我踮，行路也踮，坐巴士也踮，去旅館也踮，連去便所也踮，踮到實在眞煩。有一工，我實在給伊踮到眞倦丫，想欲歇睏一下，我便越頭加彼高等刑事損手㉔，叫伊來，加伊講：『刑事大人，我給你踮到眞倦丫，我也知影你踮我也踮到眞倦丫，倆不如做陣來去看一齣電影歇睏一下，你敢知影這附近有什麼電影館？』伊聽著我的話，不但眞歡喜，復對我表示十分的感謝，眞緊就遐我去附近的『世界館』看電影，不但加我出戲票，復買『ラムネ』請我。」

「這誠實生耳孔不曾聽過。」彭英徐徐地說。

「彼刑事在電影館的時陣復加我講：『詹先生，你著愛了解，我吃人的頭路，沒聽人的命令獪使，所以每日跟隨你行，我足足跟隨你已經有一年外，每日攏眞緊張，驚踮沒著你，轉去著給人摑耳屎㉕，今日是我一年來上快活上輕鬆的一日，希望你以後較捷看電影，我不但每場攏加你出戲票，我錢貼你也願意……』」詹渭水說。

「哦，哦……所以你以後才會定定看電影。」彭英半開玩笑地說。

「定定看電影？是啊，我十年來，總共看過兩齣電影，一齣是佮高等刑事，一齣是佮彭英先生。」

說完了話，詹渭水和彭英兩人都掩嘴低聲地笑了起來。

㉔損手：台語，音(iet-chhiu)，意(揮手)。

㉕摑耳屎：台語，意(摑耳光)。

詹渭水和彭英看完了「丹下左膳」，又在西門町市場裡吃過了點心，來到北門「電信郵便局」的時候是七點四十五分，他們等在大門口，遙遠守望著電信部門櫃台後面的那日本主管，他們看見他七點五十分不到，已經從椅子站起來在整理他的公事包，然後五十分一到便提著枴杖，戴上禮帽，派頭十足地走出了櫃台，那三個電報員立即站起來，閃在一旁，向他欠身鞠躬，送他走出來，詹渭水和彭英等他走來大門口，與他們兩人擦肩而過，才悄然踱向電信部的櫃台去。

等詹渭水和彭英來到櫃台前，那其中的兩個電報員也開始收拾桌上的電報公文，準備回家了，只剩下靠近櫃台的那一位最年輕的電報員，還俯首在抄寫帳單，詹渭水便向這個電報員打招呼，他停下了筆立起來，挪到櫃台前來，說道：

「有什麼事情嗎？」

「我有一封電文想拜託你替我打到日內瓦去。」詹渭水說，一面從懷裡掏出了陳欣寫的那封英文電文。

「眞不湊巧，我們的主管先生剛下勤回去了。」那年輕的電報員說，眺望一下大門口，又回頭過來說：「你早來一步就好了，請你明天再來吧！」

「但是我這電報十分緊急，今天非打不可。」詹渭水懇切地說。

「十分緊急嗎？你這封到底是什麼樣的電報？」

那電報員說著，伸手來接詹渭水的英文電文看了老半天，也不明白電文裡說的是什麼？抬頭想去找那另外兩個電報員來看，才發現他們都已經走了，正一邊皺眉，一邊咕噥著，詹渭水看在眼裡，馬上補上一句話：

「這不過是普通電報，只是時間上十分緊急，所以才請你幫個大忙，現在就請你替我打出去。」

那電報員躊躇了半晌，終於吸了一口大氣，坐下來，準備要打了，詹渭水和彭英也舒了一口氣，正面面相覷，喜上眉梢，不意那電報員又突然轉過頭來，問詹渭水說：

「你是不是想知道對方有沒有收到你的電報？」

「當然想知道，只是要如何才能知道？」詹渭水說。

「你可以多花幾塊錢打雙掛號的電報，因爲這種電報是有回單的。」

「好吧，那麼就請你替我打雙掛號的電報吧。」詹渭水慨然地說。

「只是有一點，」那電報員補充道：「你的回單今天不能領了，我打完你這電報已經太晚了，你明天再來領吧。」

「那沒有關係，那沒有關係。」詹渭水坦然地說。

聽見那電報機開始滴滴答答地向日內瓦發出電報，詹渭水拉著彭英的手，走到大窗邊的木條椅，輕輕鬆鬆地坐了下來，這時，窗外已經萬家燈火，夜市也開始熱鬧了。

過了一個禮拜，詹渭水與彭英打電報給國際聯盟「國際禁煙組織」的事情終於給日本官廳探知了，於是在做爲官廳喉舌的「台灣日日新報」上刊出了一條大新聞，標題是：「台灣民眾黨非法僞電國際聯盟控告日本政府」，第二天，台北「北署」就傳訊詹渭水與彭英，詹渭水對打電報一事坦然承認，只是強調電報是代表全台灣四百萬同胞打的，而且絕對不是秘密的「僞電」，因爲那電報是公然經由日本政府管轄的台北「電信局」打的，警署裡的偵訊刑事聽了，也就沒可奈何地把他們兩人放了。詹渭水從「北署」回來之後，不但沒有停止爲禁絕鴉片的公開活動，尙且又和彭英合寫了一篇「萬言書」，繼續向國際聯盟控訴日本在台灣的鴉片政策，他們爲了萬全之計，將這「萬言書」除了經由台灣郵局直寄日內瓦的國際聯盟總部，他們還託請從美國留學歸來又在中國大陸遊歷過相當時日的王朝琴帶到上海去寄。

收到了詹渭水的這通電報及「萬言書」，國際聯盟決定派一個三人調查小組來台灣調查。台灣民眾黨的人士聽說這三人調查團已首途來台灣，等不及他們來到，便拍了一通電報到船上表示衷心的歡迎，然後等到這調查團來到台北，民眾黨便派詹渭水和林獻堂做代表，在台北火車站前的「鐵道飯店」設宴盛大歡迎。在國際聯盟調查團與台灣民眾黨開會期間，民眾黨人士還發動全台灣的醫生，叫大家打電報給在台北的調查團，表示堅決反對日本官廳的鴉片政策，然後再敦請調查團用國際聯盟的名義向日本官廳提出干涉。這同時，日本官方的「台灣日日新報」與代表人民的「台灣民報」也展開了激烈的論戰，「台灣日日新報」謾罵台灣民眾黨爲「非國民」，而「台灣民報」也反過來指責日本人的鴉片政策爲「非人道」，至於在旁的日本御用報紙「昭和新聞」則撰寫社論，爲官廳辯護說：「政府發給台灣人鴉片證，並不是爲了增加稅收，而是爲了調查吸食者的人數。」

然而，沒過多久，日本官廳在世界輿論攻訐之下，終於不得不答應爲台灣的鴉片吸食者戒煙，他們首先將台北醫生林清月的醫院改建爲台灣第一所戒除鴉片醫院，名之爲「更生院」，並請第一位在日本東京獲得醫學博士的台灣人——杜聰明先生首任醫院的院長。

七

台灣總督府爲了鴉片事件被「台灣民眾黨」逼得十分尷尬，終於老羞成怒，於第二年下令將「台灣民眾黨」加以解散。

台灣的日警警務局長在解散「台灣民眾黨」的公開聲明上做了如下的表示：

台灣總督府曾於昭和二年六月三日，取締「台灣民衆黨」的前身「台灣民黨」，其後該黨以穩健分子為中心，並在政綱及宣言不復強調「民族運動」之下，遂於同年七月十日以「台灣民衆黨」名稱結社。

該黨穩健分子本欲提高本島住民的政治地位，鞏固經濟，改善社會，以謀全島住民的福祉。未幾該黨的指導權竟為急進份子所把持，因循「台灣民黨」的故態，出「反母國」、「反官廳」的態度，致使穩健份子相繼脱黨。當局雖時加善導，卻不見反省，最近又修改政綱，更暴露其不良意圖。察「台灣民衆黨」向來之行動及此次修改之政綱，可清楚看出其一貫指導精神，均在「反對總督統治」、「要求民族自決」，如此妨害「內台融和」、違背「本島統治」方針的結社，斷難容許，結社自由固應尊重，但對於妨害安寧秩序的團體，宜俟嚴正法規的執行，固不待論——這正是取締「台灣民衆黨」的理由。

總督府在取締「台灣民眾黨」的同時，也逮捕了「民眾黨」的一些重要幹部，等這些幹部被釋放後，他們陸續北上，與詹渭水謀議，計劃再組舊黨，但如何組織，要以何種面目出現才算合法，而此後的政綱將如何修正以掩日本官廳的耳目，眾議紛紛沒有定旨。這樣，在台灣政治的一時沉寂與暗淡之下，詹渭水整日鬱鬱寡歡，而終致生起病來……

詹渭水的病症初時自己診斷是感冒發熱，起初也沒有特別注意，等兩個禮拜過去了，熱度卻未見減退，詹渭水經詹夫人的規勸，才勉強答應住進「台北醫院」。住院第三天，彭英便從台中趕來台北，當他到「台北醫院」的病房看詹渭水時，只見他已蓄了半寸沒修的鬍鬚，雖然臉色清濤而蒼白，雙眼卻仍然烱烱有神，他見到彭英，便拉住他的手微笑地開口對他說：

「我的病看起來是腸仔病，看扮勢四禮拜就會好，大概眞久沒去住『別莊』丫，所以才來這『病院』做交替。」

可是這病卻不如開始想的那樣樂觀，在詹渭水住院後的一個禮拜，經過幾番詳細檢查，才確定他的病原來是「惡性傷寒」，這時病勢已呈險惡狀態，藥物也不再產生效果，整個台灣島上的民主運動人士聞訊都紛紛趕來「台北醫院」，彭英便與這些朋友分班看守病房，除了値班的時間外，便是在醫院的迴廊或草地上徘徊，以致徹夜未眠，眷眷不忍離院。

但一切努力皆屬無效，詹渭水終於在「台北醫院」病逝了，死時才滿四十歲，因爲他死於「法定傳染病」的傷寒症，所以不得不即刻付諸火葬。他逝世的當天下午四點半，就被送往「三板橋火葬場」火葬，出發的時候黑雲低垂，突然閃了幾聲雷電，轉瞬之間，驟雨便傾盆而下，彭英同其他由各地集合而來的一千多位送葬的人，也不顧滂沱的大雨，仍然冒雨前進，直跟著靈柩到達火葬場，在火葬場的儀堂裡舉行臨時告別式，然後將詹渭水火葬。他們將詹渭水的骨灰由詹夫人帶回「大安醫院」，安置在詹氏的靈堂裡，彭英看見在那靈堂之中橫懸著一面白幛，用遒勁的大毛筆墨掃著「忠魂沖漢室」五個大字。

兩個禮拜後，詹渭水的「正式告別式」經葬儀委員會的決定，在台北「永樂市場」後的「永樂座」劇院舉行，儀式的形式是「大眾葬」。

彭英和丘雅信特別從台中趕來參加，而其他像關馬西、李喜、陳欣……等一些平日深交的朋友，也從各地來台北弔唁，至於林獻堂、謝培火……等一些知名的志士就更不必說了。這一天早上七點不到，「永樂座」正前的那條碎石道路的兩旁已排滿了一百多幅輓聯，三、四十枝吊旋，和八、九十圈白菊花環。彭英和雅信一走進「永樂座」裡面安置的會場，遠遠便望見掛在舞台靈壇上的詹渭水的遺像，仍然是那副冷霜傲骨正義凜然的臉容，令雅信回憶起他們在「大安醫院」第一次相見的情景來。這時，那靈堂前已坐了不少人，大家都垂頭靜思，偶爾抬頭見到熟人也只目示不宣，狀至嚴肅而哀傷，彭英領著雅信也跟著前面的人坐到關馬西旁邊的空位上去。

雅信凝視著詹渭水的遺像好一會，便往遺像的兩旁巡視過去，首先入目的是兩幅白布縱聯，寫道：

精神不死
遺訓猶存

然後在遺像上方又掛了兩幅橫聯，寫道：

解放鬥將
大衆干城

好像爲了這葬儀是「大衆葬」，或爲了表示詹渭水的功業屬於台灣「大衆」，他們還用「大衆」兩字做爲聯首，在劇院裡的那兩根紅色大柱上掛了三十尺長的一對大輓聯，寫道：

大義受大名生據大安作陣營死埋大直大夢誰先覺
衆民歸民望功憑衆志以成城力排衆難衆醉君獨醒

那壇上除了這些輓聯，更有各個民間團體吊唁的花環，都在昨天的夜間，整齊排列布置好的，一切一切顯示莊嚴肅穆的氣象，使人在哀怨之中生起說不出的景仰之思來。

坐在雅信隔壁的關馬西一邊摸索著口袋，一邊倒過頭來，在雅信的耳旁輕聲地說：

「其實猶有一割眞重要的話沒寫放在這靈壇頂頭。」

「什麼重要的話？」雅信問。

「詹渭水伊欲死進前交待落來的遺囑，這遺囑有羅萬俥、杜聰明一割人簽字作證，但是伊官廳禁止倆在葬儀式發表。」

「阿你敢知影伊在遺囑內面講什麼？」彭英也湊過來小聲問道。

「我早起有由杜聰明彼丫抄一份來，您欲看提去看。」關馬西說著，把手裡一張摺縐的筆記小紙遞給雅信。

雅信把那摺縐的小紙拿來放在膝上搵平了，於是彭英和她兩人才仔細讀了關馬西用鉛筆抄寫的潦草的字：

台灣革命運動，已進入第三期，台灣人的勝利，已經迫在眉睫，凡我青年同志，務須努力奮鬥，而舊同志，亦應加倍團結，積極的援助青年同志，努力爲同胞求解放，是所至囑。

彭英讀畢詹渭水的遺囑，抬起頭來焦急地問關馬西說：

「阿獪使發表欲安怎?」

「哪有安怎?總是等伊埋葬了後，才將這刻在伊的墓牌頂啊。」關馬西聳聳肩，輕鬆地回答。

正式的告別式是在八點三十分開始，到八點的時候，會場內外已人山人海，簇簇擁擁，擠得水洩不通。那儀式在莊嚴與哀戚的氣氛中進行，先由司儀宣讀主要的弔詞，他讀完了之後才宣佈其他沒能宣讀的弔文及弔電有二百餘件之多，有來自東京的、有來自大連的、有來自上海的、有來自廈門和廣州的……隨後，詹渭水的一家人，由詹夫人帶領，披麻帶孝，立在靈壇的兩旁，頻頻向上前弔唁的人垂頭答禮。

雅信和彭英也隨著前排的人走上靈壇，只聽見一個身材粗壯的四十歲男人用宏亮的高嗓叫道：「一鞠躬!」他們兩人同時彎腰鞠躬，「再鞠躬!」他們又彎腰鞠躬，「三鞠躬!」他們再彎腰鞠躬。然後他們又側身向詹夫人欠身致哀，等詹夫人回了禮，他們才轉身走下靈壇，這時正逢著關馬西，一板正經嘴唇緊閉地跟在其他的兩個中年人，一排三人走上靈壇準備向詹渭水鞠躬致哀……

「大眾葬」的行列於上午十時三十分由「永樂座」開始出發，隊伍的前頭由一面巨長的白布大靈旗引導，那潔白的旗上用毛筆黑字寫著：「故　詹渭水先生之台灣大眾葬葬儀」，在那長旗後面依序是一隊隊的哀樂、吊軸、輓聯、花環、靈車、葬儀委員會、護衛工友總聯盟、舊同志、工友總聯盟……最後才是一般送葬的民眾，總共約有五千多人，各行各業，各形各色，四人一排，並列而行，每個人的左臂都黑一色掛著喪環。那供著詹渭水骨灰的靈車由葬儀委員會的人員簇擁著前進，由八十名工友青年團的團員前後護衛著，再由另外八十名青年團的團員督陣而行。在行列進行之中，日本當局深怕引發事端，特別派出百名的武裝警，由「北署」署長親自指揮，沿途警戒取締，而工友總聯盟爲了表示送葬的誠意，也自己派了一百二十名的糾察隊員，手持白旗，整理行列，因此那隊伍雖然蜿蜒漫長，卻也秩序井然，除了沿途吸引無數圍觀的民眾，倒也不曾發生任何意外的事故。

那葬儀的行列緩緩前行，由「永樂座」出來，便往北折入那叫「宮前大通」的三線大道口，當那行列走上「明治大橋」，正面迎著「圓山」上面的「台灣神社」時，天空突然濃陰密佈，不久竟然下起雨來，彷佛坐鎮在「圓山」之上的已故能久親王的神明也被詹渭水的一片愛台灣的赤誠之心感動得簌簌掉淚了。儘管風雨交加，那些送葬的人卻泰然自若，表現至誠，沒有人半途而退，仍然跟著靈車繼續前進。他們一共走了三個多小時，一直跟到大直山上，眼看詹渭水的骨灰安然入土，才悄悄走下山來，一場台灣有史以來空前未有的「大眾葬」，便如此在肅穆與哀怨的氣氛中結束了。

八

自從在台北參加了詹渭水的「大眾葬」回到台中之後，彭英便一直落寞寡歡，鬱鬱不樂，往時他鎮日都在「清信醫院」裡管理巨細事務，現在他開始早出晚歸，天天與「台灣民報」的記者朋友吃喝玩樂，藉以忘卻自己的憂愁了。

在這些記者朋友之中，有幾個是經常沒有錢使用的，於是在酩酊酒醉之後，免不了開口向彭英借錢，起始彭英還掏出錢包多少給他們一些，但這些朋友卻食髓知味愈借愈多，最後只好拒絕不借了，可是這些朋友卻不肯罷休，惹得彭英只好翻臉正經地說：

「實在是落袋仔空空丫，您沒必要復向我借錢丫。」

「騙猾的！一間病院彼倪大間，病人復彼倪多，哪會講沒錢？」這些朋友中的一個說。

「但是彼錢是丘某人的錢，不是我彭某人的錢。」彭英說。

「人遂不知影您某的錢攏也是你列掌管的，『龜腳龜內肉』，伊的錢不是你的錢？不借就不借，哪著講即款霜冷話？」這些朋友中的另一個說。

彭英不想回答，默默端起一隻酒杯，把剩餘的酒一口倒進肚子裡。

這些朋友中的第三個人看見彭英不說話，爲了引他再開口，便冷笑地揶揄他說：

「唉呀，您彼先生娘安倪哪好意思？俑查甫人應該著愛獨立做俑家己的事業，哪需要去加查某人管醫生館、去加伊管賬簿？」

彭英往酒桌上一拍，從座中立起，大聲說道：

「這沒必要你管！我彭某人佮阮某的代誌佮您一點仔關係都沒！」

他憤憤走出了酒家，一路上百感交集，他發覺他的自尊心從來都沒受過如此重大的打擊……在丘雅信這方面，她也逐漸感覺她的丈夫變了，從前對她總是溫存體貼的，現在卻變得冷冰冰的，恍若是外人。他經常不在家是不用說的了，即使回家也總是很晚才回的，而且總是醉醺醺的，必得從門口把他扶進來，否則他連走路都要跌倒……

「先生娘啊，您先生轉來抑未？」經常有些朋友的太太會上醫院來問。

「猶未啊，透早就出門，即俔晚ㄚ猶未轉來。」雅信回答說。

「阮先生到即馬也猶未轉來，又復佮您先生鬥陣去飲酒ㄚ，唉……」

「您敢知影去嘟一間酒家飲酒？」雅信問。

「我都才欲來問你咧，你敢知影？先生娘……」

於是雅信便同那太太叫了手車，通台中的酒家一家一家地問，最後終於問到了一家，那酒家的老闆回答說：

「有啊，您彭先生佮一大堆人由八點飲酒飲到十一點，總共飲去一百外矸酒，即馬都攏轉去ㄚ。」

於是雅信便與那太太想轉身回家，卻被那老闆叫住：

「請等咧，先生娘，即ㄚ有您彭先生的帳單，攏有伊的簽字，不知你會使付阮𣍐？」

那老闆一面說，一面招呼叫那掌櫃找來三、四張帳單，遞給雅信，雅信接來看了，都是日期不同的酒帳，果然每張都有彭英親手的簽字，她突然感到一陣心酸，淚都想掉下來，心想好好的一個男人怎麼會變到這步田地？但她還是咬住牙根，鎮定地回答那老闆：

「我雖然有欲付，但是即馬身軀也沒彼俔多錢，若欲，您明仔再才提即割帳單來我『清信醫院』，我才叫出納付給您。」

雅信於是又坐那手車獨自一個人回到「清信醫院」，才在醫院門口下車，便聽見一個護士高聲喊叫著：

「先生娘，先生轉來ㄚ！復飲酒飲到醉顛顛哦！」

雅信聽到了，覺得十分尷尬，臉脹得緋紅，低頭避開了那護士的眼光，默默穿過醫院的迴廊，到了二樓的梯口，便聽見孩子的哭泣聲，她飛步推門跑進客廳，看見那七歲的彭亭與五歲的彭立都跪在磨石地板上，面對面在揉眼睛，抑住喉管，悶聲抽泣，而彭英則抓了一大把戒尺，坐在小孩面前的沙發上，正對住他們兩個孩子，怒目而視……

那兩個孩子一見到雅信，便哇地一聲，大聲哭了出來，都想立起身跑向母親這邊來，卻被彭英粗聲喝止：

「什麼人敢加我振動？就打給伊死！」

嚇得那兩個孩子又恐懼地跪了下去，只側過臉來向他們母親求救……雅信急步走了過去，只見那兩個孩子臂上腿上一龍一龍紫紅的尺痕，看得她直叫心痛，也不敢表示出來，只淡淡地問彭英道：

「阿是什麼代誌？哪著加囝仔打到即倪厲害？」

彭英一面揮舞著手中的戒尺一面粗起脖子回答道：

「彼個大漢查某，看我一下入門就想欲走，我加伊叫咧，叫伊唱歌給我聽，講我愛聽伊唱歌，伊兩腳企㉖齊齊，死都不唱……阿即個細漢查甫，我入門的時陣，伊列桌頂排『七巧板』，伊看著我也想欲走，我叫伊獪使走，排『七巧板』給我看，我愛看伊排，但是伊面仔青筍筍，手仔拉拉掣，死都不排……我火發㉗才舉尺加伋打，叫伋跪在土腳，等到伋唱歌排七巧才會使爬起來。」

㉖企：台語，音(khia)，意(站立)。
㉗火發：台語，意(發火，生氣)。

「你這是什麼教育法？」雅信激動起來說：「人老爸是會曉疼囝仔，會曉褒囝仔，阿你什麼都獪曉，規工攏沒在厝裡，阿若轉來就是飲到醉顛顛，青面狂目，大人看著也驚，何必講囝仔？較加偲看一下，就欲走去匿，你復叫偲唱歌排七巧，若沒驚到昏倒落就眞恭禧丫哦，欲嘟生彼氣力通唱歌排七巧？」

「阿你的意思不就講攏我不著？我沒才調㉘通教子？」彭英用戒尺反指著自己說。

「我沒講你不著，也沒講你獪使教子，我的意思只是講倆人若欲教子，著先檢討家己，是不是盡到做老爸的義務？」雅信說。

「會使！你講我規工在外口沒盡到做老爸的義務，阿我問你咧，你規日在病院敢有盡到做老母的義務？」

「我雖然規工攏在病院，但是彼是爲著病人不得已的，阿你規工在外口花天酒地，四界去加人賒賬㉙欠人酒錢，才來給人向您某討錢，你問你的良心，這是爲著什麼？」雅信說著，兩道眼淚禁不住迸發了出來。

彭英自知無理找不到話好回答，卻又無處發洩心裡的悶氣，便喟然大歎一聲，把手中的戒尺往地上狠狠一摔，邁到外面去了。雅信見他走後，一把將兩個孩子抱在懷裡，母子三人悲傷地哭作一團……

有一個傍晚，有人用手車載了一個臨盆的孕婦來生產，雅信跟她檢查過後，知道已經破水，

㉘沒才調：台語，音(bo-chai-tiau)，意(沒本事，沒能力)。
㉙賒賬：台語，音(sia-siau)，意(賒賬，欠錢)。

而且又流了不少血，孕婦已經半昏迷狀態，更糟的是嬰兒胎位不正，無論如何也無法自然生產，非得剖腹生產不可，可是一時醫院裡沒有存血，而且孕婦脈搏又微弱，怕會發生危險，便叫人把那孕婦急送到「台中醫院」的急救室，雅信自己也答應了孕婦家人的要求，陪那孕婦同車而去。

果然不出雅信所料，她們一進急救室，那裡的醫生便斷定母嬰兩人都處在生命緊急的狀態下，於是由幾個醫生決定，立刻將那孕婦剖腹取嬰，請雅信在床側協助幫忙開刀，但不幸那嬰兒久置腹中，在母體裡已不能呼吸，出了母體，怎麼打怎麼搖也不能救活，更不幸的是那產婦剖腹之後，又發生了血崩現象，血流不止，急救了兩個多小時，也終於隨著那嬰兒離開人間……

雅信十分沮喪，她帶一肚子沉鬱，悄悄離開了那堆圍著病床哀號的產婦家屬，她叫了一輛手車坐回家，走進客廳慵懶地往沙發上坐下來，才發現她那醫生的白衫上濺了五、六塊產婦的血，仔細檢視自己的手腕，在那橡皮手套沒遮蓋住的地方也留下不少血跡，都已蒸乾變黑了，於是她只好立起來，脫下那沾血的衣服，洗了一身血，已覺得全身耗竭，便無力地癱瘓在床上，朦朧地睡了……

半夜，她被弄醒了，睜開模糊的眼睛，才發覺彭英側躺在同一張床上，滿口酒臭，伸一隻手來撫摸她的乳峰，試圖解開她的襯衣，想跟她做愛……霎時，那血淋淋躺在病床上的產婦、以及棄置在床邊那蒼白的死嬰幽然浮現在她的眼前，她想作嘔，於是把彭英的手挪開，翻過身睡到床的一邊，可是彭英卻不放鬆，他又伸過手來想把她的身體扳回去……

「拜託……若欲後暗啦嚄……漫應暗啦……」雅信懇求地對彭英說。

「爲什麼哪著愛等到後暗？哪會𣍐使應暗？」彭英生氣地說。

「我應暗心情沒好……」

「哪會心情沒好？你敢是列嫌我飲酒？」

雅信搖搖頭，表示並不是因爲彭英喝酒的關係，可是彭英卻不相信，叫道：

「你根本就佮我沒感情！對外人講起來是我的某，但是你在嘟盡著做某的義務？」

雅信經不起彭英這一激將，終於把這一晚發生的整個慘劇都說了，說完了才問彭英道：

「你想看覓，一個人都才金金㉚看兩個人斷氣，身軀都猶抹伊的血，想欲流目灑都𣍐赴㉛丫，哪有心情通復做別項代誌？」

沒想到彭英聽了這話，不但不息怒，反而暴跳起來，把幾年來悶在心裡的話都吐出來了：

「嘟一個醫生不是每工在看人斷氣、每工抹病人的血？若因爲安倪就免佮翁免佮某做陣，醫生早就沒子沒孫丫囉！爲什麼早前都𣍐心情䆀即馬才心情䆀？啊，你免講啦，我心內知知咧啦！你已經對我沒感情丫啦，阿實在講起來，我對你也沒什麼感情通講丫啦！」

「你哪會使黑白枉屈人？應暗確實是心情沒好，不才會請你後暗，哪會牽拖㉜什麼我對你沒感情？」雅信激動起來說。

「看咧！看咧！我講你對我沒感情就是對我沒感情，若否哪會發生倆應暗即款代誌？好啦，既然都沒感情丫，我也沒欲復向望㉝丫啦，所以你請，我應暗也沒欲睏在即個眠床丫啦！」

彭英說罷，從床上縱身跳起，披上睡袍，一逕往門口邁出去，任雅信在後面怎麼喊也不停下

㉚金金：台語，意(眼睜睜)。

㉛𣍐赴：台語，音(boe-hu)，意(來不及)。

㉜牽拖：台語，音(khan-thoa)，意(牽涉，藉口)。

㉝向望：台語，音(ng-bang)，意(願望，希望，期盼)。

半個腳步。雅信眼看著彭英的背影消失在黝黑的梯口，想起職業女性難能將職業與家庭兼顧的悲劇，一時黯然神傷，兩道熱淚脫眶而出，突然抱住枕頭痛哭起來。

就在彭英與雅信夫妻感情逐漸破裂的同時，日本刑事對彭英的盯梢卻日愈加緊起來了。有一天，一位彭英朋友的太太來「清信醫院」竊竊地對雅信說：

「噯唷，先生娘啊，你敢知影您彭先生若來阮厝，彼探偵刑事也題來阮厝，著等到伊走了後，彼探偵刑事才欲走，不知是什麼代誌嘆？」

「我也不知是什麼代誌。」雅信也只好假裝不知，唯唯諾諾地說。

又有一次，彭英坐了一部黑頭車回來「清信醫院」，他付了車錢，等那司機把車開走之後半個鐘頭，那同一個司機又把車子轉了一個圈開回來，走進「清信醫院」，偷偷地告訴彭英說：

「我偷來加你講，我抵才載你轉來的時陣，有一個歹人也倩一台車列腳脽後題倫。」

「你哪會知影？」彭英好奇地問道。

「我哪會不知影？彼個司機是我的好朋友，伊偷加我講，我才特別轉來通知你，你著愛細膩哦。」那司機誠懇善意地說。

「你敢知影你想的彼個『歹人』是什麼人？」彭英調侃地問道。

「是什麼人？你敢訓伊？」

「是倫『北署』的高等刑事啦！」

彭英說罷自我解嘲地大笑起來，弄得那好心的司機目瞪口呆，踉蹌地離開了「清信醫院」。

不但那些日本刑事日夜跟蹤彭英，以後連彭英沒有外出而呆在家裡的時候，他們也常常來「清信醫院」閒坐監視，常常一坐就是一整天，一個走了，又換一個新的來，弄得整個醫院的護士和病人人心惶惶，雞犬不寧，終於使得彭英感到十分內疚。於是有一個晚上，當夜闌人靜，只有彭英與雅信單獨兩個人在樓上的臥房時，他深謀遠慮地對她說：

「雅信……我想我猶是來去走較妥當哦……你想安怎款？」

雅信默默沒有回答，她只深情地用她那對大眼睛望彭英一眼，又垂下頭來，深深地歎息，其實她老早已在等待他今晚對她說這句話了，只是沒想到這一天會來得這麼快。

「你看，刑事每工都坐在𠊎厝，我去到嘟，伊就跕到嘟，我想入去籠仔內是早慢的代誌，不如趁猶未發生代誌進前，先來去走較妥當。」

「你想欲走？但是你欲走去嘟？」雅信問道。

「走來去中國啊，我彼丫人面眞熟，我先來去，等我地基打在，有事業，有厝，才叫您來！」彭英胸有成竹地說。

幾天悄悄地過去了，彭英都足不出戶，整日躲在二樓上沉思默想，有一天，他拿他從大學以來都沒停止過的幾本日記放火燒了，他不但燒了心愛的日記，也同時把一疊又一疊幾年來與一些政治朋友來往的信也燒了，然後晚飯過後，他把兩個孩子叫到面前，對他們端詳良久，問那個大的女孩說：

「阿亭，你幾歲丫？」

彭亭一向怕父親怕慣了，也不敢細問，便直接回答說：

「七歲。」

「阿立，阿你幾歲丫？」彭英轉向那小的男孩問。

「五歲。阿爸你哪遂𣍐記得？」彭立天眞地反問道。

彭英不知怎麼回答，只好搔搔頭，深深歎息起來……

彭亭和彭立在客廳裡玩耍了好一會，便想回他們的睡房去睡覺了，彭英卻把他們叫住，對他們說：

「來，來，來，來給阿爸量一下身軀，看您外大漢丫。」

他先叫彭亭在牆壁前站直，用一支紅筆往壁上與她頭頂等高的地方畫了一條紅線，寫「彭亭」兩個字，又註了年月日，彭亭只眼眨眨地望著父親怪異的行止卻不敢問。過後彭英又叫彭立在牆壁前站直，又畫了紅線，也照樣在紅線旁寫了「彭立」與年月日……彭立不等他父親寫完便歪過頭來問他道：

「阿爸，你寫這欲創什麼？」

「安倪不才會記得您外大漢。」彭英淡淡地說。

兩個孩子走出客廳，在樓梯口遇見了由樓下病房走上來的雅信，彭立一見母親，便把她拉到一旁，湊到她耳朵上，輕聲地說：

「阿爸應暗誠怪的哦，伊問阮幾歲復加阮量身軀呢。」

「敢有影？」雅信側過頭去問彭亭說。

彭亭不敢回答，僅微微地點點頭，表示她弟弟並沒有說錯。

「阿娘，阿娘，阿爸應暗是不是復飲燒酒？」彭立又把母親拉下來細聲地問。

「囝仔人不通黑白講……緊去睏！緊去睏！」

把兩個孩子遣走之後，雅信躡足走進客廳，她看見彭英坐在一張單人的沙發椅子，一雙眼睛失神地望著窗外漆黑的夜空，右手的手指在椅旁的小几上輕彈著，發出單調而無奈的聲響……

雅信腳底的擦地聲終於驚動了彭英，他緩緩地轉過臉來望她，默默無語，雅信悄悄在他面前坐下來，也是默默無語，兩人啞然相對好久，雅信終於打破沉默，平靜地問道：

「你已經決定欲走丫？」

「是……應暗。」彭英平靜地回答。

整個晚上，他們兩人都不再說第二句話。

這晚子夜時分，彭英翻牆走了，他不敢走前門，也不敢走後門，怕前後門都有日本高等刑事監視著，他走時什麼東西也沒帶，只帶了一小包隨身的內衣褲，一本「甘地傳」，還有雅信臨時塞在他口袋裡的幾張大鈔。

九

自從彭英離家出走到中國之後，整整兩年，雅信都沒有他的音信，這其間雅信繼續經營她的「清信醫院」和附設的「產婆學校」，而兩個孩子在雪子日夜照顧下也漸漸長大了，由於長久不見父親，這兩個孩子也就把他的形影給忘了，倒是雅信對先生卻無論怎麼也不能忘懷，特別是當她勞累了一天，傍晚偷閒在醫院前面的人行道散步的時候，抬頭望見那巍峨的紅磚水泥大樓，回憶當年蓋這醫院彭英到處奔波辛苦監工的那段往事，她便悵然心酸，無端興起一陣長歎。

難得兩年之後，彭英終於從中國來了信，也附了照片，對雅信說他在上海與朋友合資開一家漁業公司，在那裡不但與舊時的大學同學來往，更會見了幾個「台灣民報」派到大陸的記者……再過半年，彭英從北京來了信，說他決定在北京住下來，打算找機會做生意……然後再收了他一封信，以後便消息杳然，雖然雅信去了幾封信，但始終也沒再收到他的回信。

一個夜裡，雅信獨自一個人在她的臥房裡睡覺，突然從夢中驚醒，她發現有一個人影投射在臥房隔間的毛玻璃上，那人影幢幢綽綽，欲行又止，終於停在臥房門口。雅信私忖，這大概是醫院的守夜護士，因爲醫房裡病人臨危病重，臨時跑來二樓的臥房找她，看她睡著，一時又躊躇沒敢敲門叫醒她……這麼想著，雅信不覺脫口喊道：

「啥人？」

沒想到那人影一聽見人聲，拔腿便逃，雅信這才大吃一驚，狂呼道：

「噯唷！賊仔哦——！」

雅信一邊狂叫，一邊衝出臥房，想叫醒那五、六個睡在客廳的女護士起來壯膽，可是儘管她撕心裂肺喊破了喉管，那些護士也沒有個動靜，只更縮作一團躲到棉被裡去，這時她才想起在隔房睡覺的彭亭與彭立，於是趕緊跑進房間去看，原來她們姊弟兩人也被賊鬧醒了，兩人本來是分床而睡的，現在卻同在一張床上，臉色死灰，合抱在一起發抖，一看到雅信，才哇地一聲哭將起來，都來抱雅信，而雅信也將兩個孩子摟在懷裡，想起全家都是小孩和女人，竟然沒有一個男人，才弄得這般倉惶失措，假如彭英在家裡該多好，眼望著懷裡兩個沒了父親的孩子，耳聽著她們不停在啜泣，不覺自己的眼淚也簌簌地掉了下來。

雅信把全樓的電燈打得通亮，又叫護士陪著巡視了全樓的門窗，都重關加門了之後，才打發護士回床睡覺，可是彭亭與彭立一直都不敢再回房去睡，頻頻央求雅信陪她們睡，雅信也沒可奈何，只好到她們房間，擠到她們的床與她們同睡，已躺了好久，那兩個孩子許是恐懼的關係，一直都沒能閉眼，於是雅信便與她們談起話來，雅信問她們道：

「您看，阿爸沒在賊仔不才敢來倆厝，我來去中國彼所在叫阿爸轉來好否？賊仔若來您也較膾驚。」

那較小的彭立滾動著兩顆含淚的眼珠，天眞地默默對雅信點頭，可是那較大的彭亭卻噤若寒蟬，低頭陷入沉思之中，經雅信再三垂詢，她才囁嚅地開口說道：

「不過……」

「不過安怎？你做你講。」雅信催促她說。

「不過……阿爸轉來我也驚……」

「戇囝仔，阿爸有什麼通驚？」

「伊會飲燒酒，阿飲燒酒了後會加人打嘱……」

雅信聽了女兒彭亭的話，憶起那一夜彭英罰她們跪地打她們的情景，想到此刻這女兒「苛父猛於賊」的恐懼心理，不覺心中一酸，把她們擁到懷裡，眼淚又像滾珠般的掉下來了。

有一天，雅信在產婦的病房巡視，雪子從門診室跑來，對雅信說：

「雅信樣，有一位醫生要找你，他說是從中國來的呢。」

「從中國來的？」雅信驚訝地問道，即刻聯想起在中國北京的彭英來，連忙接著說：「他在哪裡？怎麼不趕快請他進來？」

雅信說著，三步做兩步跑，跟著雪子來到候診室，見到一個四十多歲的男人，肥胖的身體，圓渾如滿月的白臉上斯文地掛一雙金絲邊眼鏡，他一見到雅信，立刻從木條椅子立了起來，左手還提著醫生常用的黑皮包，伸出右手想來握雅信的手，卻料不到雅信愣在那裡，一時記不起到底這面前的醫生是誰……

「你敢是……」雅信遲疑的自語道。

「我何醫生啦，你敢𣍐認得我？」對方那男人溫文親切地笑道。

「啊，原來是你，失禮，失禮，會記得幾年前，你在上海介紹我去加一個好額人撿嬰仔，你彼陣仔猶沒即倪福相，即馬不但福相，而且無邊的目鏡復換了一個金絲邊的目鏡，不才𣍐認得，何醫生，實在眞失禮！」

何醫生無言，只哈哈大笑一陣，便與雅信握了手，完了，雅信便請他到二樓上的客廳來坐，這時雪子也已泡了茶端進客廳裡來了。

何醫生喝了一口茶，把茶杯放在茶几上，便開始與雅信談起話來，他談起幾年前雅信到上海因懷孕而不得不提早折回台灣的往事，不覺莞爾微笑起來，雅信也陪他笑了一會，突然又想起她在上海爲人生產的事來，因而問何醫生道：

「彼郭秋香一家人敢猶住在上海偲古早住的所在？」

「偲早就轉去新加坡丫。」何醫生回答。

「你頂擺敢不是講偲愛住在上海，爲什麼哪欲搬轉去新加坡？」

「你也遂不知？自從東北發生『九一八事變』了後，上海人心就開始列亂丫，第二年復發生『一二八事變』，日本軍佮中國十九路軍在上海相戰，上海復較亂，同年三月初一『滿州國』復一下成立，上海就猶復較歹企起，一割南洋來的好額人攏也行李款一下復坐船轉去偲南洋丫。」

「哦，哦，所以何醫生你才佮人轉來台灣。」雅信點頭猜測地說。

「不是！不是！」何醫生極力搖頭自我解嘲地說：「我都不是好額人，哪著踮人款行李走？我不過多年沒轉來台灣，所以才特別轉來台南看一割親戚朋友，我在上海的羅漢腳病人猶多咧，我沒來去看顧偲哪會使？我今日是特別撥工來拜訪你，復過兩工我就欲坐船轉來去上海丫。」

雅信聽罷，想起彭英的事，遲疑了半晌，終於呑呑吐吐地對何醫生說：

「實在眞失禮，佮你講即丫久，猶沒加你提起阮彭先生的代誌，伊即馬沒在厝裡，伊……即馬在中國的北京……」

「彼我知，彼我知，就是爲著伊我今日才特別來。」何醫生胸有成竹地說。

聽了何醫生的話，雅信的一雙眼睛睜得烏溜圓滾地，忙湊近何醫生，幾乎伸手想抓住他的雙手，迫不及待地問道：

「你知影伊在北京？你在中國的時陣敢有佮伊見過面？」

「伊在上海的時陣，有來找我，阮有見過一兩遍面，以後伊去北京了後就沒復再見面。」

「阿你敢知影伊在上海的情況安怎？何醫生……」雅信懇求地問道。

「有，孤知影伊在上海佮人合資做生理，一割錢去給人騙了了。」

「猶復咧？何醫生……」

「猶復……嘶……」何醫生望著天花板沉吟半晌，才接下去說：「猶復有聽得一割朋友列傳說，講伊愛著一個搬京戲的花旦，也敢有一點仔感情，所以等這戲團轉去北京了後，沒外久伊也蹓伊去北京。」

雅信聽了何醫生的話，不但心裡難過，也因爲在何醫生面前，不覺尷尬而臉紅起來，爲了遮紅閉羞，雅信忙坐回原來的座位，低頭端起茶來啜了一口，側頭去望窗外的落葉。

「彭先生敢有定定寫批轉來？」何醫生小心翼翼地問道。

「伊在上海的時陣有定定寫批轉來，伊初到北京有來過兩張批，以後幾若年就攏沒收著伊的批，寫批去也攏退回，講彼個人已經搬走丫……」雅信黯然神傷地說。

何醫生看看手錶，提著他那黑色手皮包緩緩立了起來，似乎有告辭之意，雅信也隨他立起，捉住最後的機會又問他道：

「何醫生，你敢有阮彭先生最近的消息？」

「沒咧……」何醫生搖搖頭同情地說。

「你敢沒朋友在北京？敢會使拜託偲稍加我探聽一下？」

「有是有啦，但是也沒定定列通批來往，我即回轉來去上海了後才寫批去北京叫偲探聽彭先生的下落，若有消息我才寫批通知你。」

雅信當場感謝了何醫生一番，然後送他走出「清信醫院」的門口。

此後，雅信天天都在盼望何醫生打聽的消息，果然不到一個月，雅信便收到何醫生由上海打來的一通電報，雅信匆匆把電報拆開來看，那電文寫道：

雅信女士：

彭英在北京就職『日本滿州鐵路』總裁之秘書，現在得惡性馬拉利亞，病危，請即與總裁直接連絡，萬速火急。

何醫生

雅信想了一夜，她決定趕赴北京去料理彭英的一切，是凶是吉，未能預卜，但終究他還是她的丈夫，她還深深愛著他……

第二天早晨，雅信於是打了一通電報到北京給「日本滿州鐵路」總裁：

總裁先生：

我夫彭英在貴處榮當秘書，聞他近得惡性馬拉利亞，病危，盼您勞駕送他入官立病院救治，一切費用，容我近日到達北京再由我負責，萬一病情惡化，不治死亡，務請暫時惠予冰凍，待我到達再由我處理後事，千萬拜託。

丘雅信醫生

打完了電報，雅信又到「外事課」辦理護照，然後去日本輪船公司買了到天津來回的船票，回家把醫院的事務交代給雪子，又吩咐她請人好好照顧兩個孩子，於第三天，順手帶了幾罐專治馬拉利亞的奎寧注射藥，到基隆上船離開了台灣。

十

雅信坐的日本郵船先在上海停了一天，然後再經黃海，繞過山東半島，彎入渤海，進了大沽口，沿白河上溯，在天津下了船，過後便搭上江寧鐵路的火車到北京。

從北京火車站下了車，雅信便叫了一輛站前列隊等候客人的手車，把她載到「日本滿州鐵路」的辦公大樓去。到達大樓，雅信仰頭一望，看見一面日本國旗和另一面滿洲國旗昂然在樓頂飄揚。這時那日本總裁剛好不在，她便問了在那裡工作的日本職員有關彭英的事，那職員彷彿早就等待她來似地，一經她提及她丈夫的名字，便立刻回答她說：

「我們總裁早已經吩咐，說如果他不在時你來了，就叫我們轉告你，你在電報上託他的事情，他都盡心替你辦了，你先生現在就在『協和醫院』裡面，這是北京最好的醫院，普通病人是不容易進去的，你現在就趕快去吧！」

雅信當面謝了那職員，便又叫了一輛手車，一路趕到「協和醫院」來。這醫院一概是四樓大廈，病房櫛比相連，與台北的「大學醫院」實無二致，差的只是這西式的大樓房頂，一律都是飛簷紅瓦，看起來多了一種中國古典建築的風味。

進得大門，在詢問處查出了彭英的病房號碼，便一逕往那三樓的病房直奔而來。這是兩人一室的二等病房，靠門口的病人是一個六十歲的老人，這不是彭英，而靠窗口面向窗外的一個病人只看到他佝僂嶢峋的背影，卻見不到臉，於是雅信躡足挨了近去，探頭一看，果然是彭英，她輕喊了他一聲，卻不見回應，又喊了一聲，仍沒有回應，這才仔細往他身上打量起來，只見他一臉黃疸的病容，全身發抖，伸手去摸他的額，才知道他正發高燒，半閉著眼睛，在朦朧之中不省人事。

有一位中年護士見雅信行跡怪異，便走進來，問她道：

「你是誰？」

「我是他太太……」雅信用半生不熟的北京話回答，手指著昏睡中的彭英。

「嗳喲，你還是他太太哪！他入院以來就沒半個人來探他，我們還當他是光棍兒，無親無戚哪！」

雅信不願打斷那護士的好奇，便任由那護士把她從頭上打量到腳下，見她終於滿足了，才正經地問她說：

「他昏睡已經多久了？」

「大概已經有一個禮拜了吧，一直都沒再醒過來。」

「請你把他的病情詳細告訴我好嗎？我自己是醫生，我剛剛才從台灣趕來的。」

聽了這話，那護士眼睛睜得更大，張口更把雅信打量了一番，才換成一副認眞的表情說：

「開始入院時他只喊頭痛，肚子痛，身體一陣冷一陣熱，他說別的醫生已診斷過是瘧疾，我們再給他檢查血液，果然是瘧疾，所以我們便給他吃奎寧片，但他始終也不見好轉，病情逐漸加重，於是開始嘔吐，又加上黃疸，而且寒熱的頻率愈來愈高，最後昏睡不醒了。我們已盡了最大能力，正不知道以後該怎麼辦，幸好你來了。」

雅信可以意識到那護士的「幸好你來」是「幸好你來辦理後事」的意味，她皺起眉頭，有些埋怨地回問那護士說：

「你們知道奎寧片只有預防瘧疾的功效，一旦發了病就功效低微，你們怎麼不給他注射奎寧針呢？」

「嗳喲！你怎麼知道我們不給他注射奎寧針呢？不瞞你說，我們的奎寧針早用完了，藥庫裡沒能補充，我們現在只剩下奎寧片而已。」

「還好我從台灣帶了一些來，我可以自己給他注射嗎？」雅信說。

那護士把雅信帶去見彭英的主治醫師，雅信與那醫師對談了好一會，又把身上的醫生證件讓對方檢視了，終於得到許可，才爲彭英注射奎寧針。

從這天開始，雅信便天天守在彭英的床邊，每隔六小時就爲他注射一針奎寧針，白天幫那些護士看護彭英，夜裡就鋪草蓆躺在彭英的病床下睡覺。過了三、四天，果然看見彭英的病情有了起色，他開始翻開眼皮來凝視雅信，滿臉迷惑的表情，但仍不能言語，合起眼皮又沉睡下去。一直到一個禮拜過後，彭英更加清醒了，有一回，他目不轉睛的瞪了雅信好久好久，終於用一種深洞裡的低微之聲沙啞地說：

「雅……信……姐……，眞……多……謝………」

他說的時候，眼眶慢慢盈滿了淚水，晶晶瑩瑩的，突然從高凸的顴骨兩邊滾了下來，雅信也一時覺得有梗在喉，卻不顧自己，只掏了手帕，往前去拭彭英的眼淚。

往後的一天裡，雅信告訴彭英許多台灣的事，兩個孩子長大了，家裡遭了賊偷，她等了他幾年的信，怎麼到了北京之後就不回信了？爲什麼搬了家也不再通知她一聲？好在何醫生到台灣時去看她，才託他打聽他的下落，假如不是如此，現在恐怕連他得了瘧疾死在北京她們都還不知道呢……

彭英只靜靜地聽著這一切，也許是病弱無力的關係，總不曾回答一句，只在雅信敘述完了之後，用他那沙啞的聲音重複地說：

「眞多謝……雅信姐仔……眞多謝………」

彭英說的時候是一副眞切感動的表情，雅信看了，連自己也連帶感動起來了。

這一天，雅信才有心境注意彭英的病情之外的事情，她突然發覺他的衣服實在太髒了，大概是入院太匆促，一時少帶衣服來病院，於是雅信便向彭英要了鑰匙，又經他詳細畫圖指示他住的地方，才首次辭別了他，往他的住房來提乾淨的衣物。

彭英住在「崇文門大街」旁的小胡同裡，雅信坐的手車便沿著「西長安街」一路向東跑來，才過「南海公園」的綠地樹林不久，那「紫禁城」外的「天安門」便巍然在眼前出現了。這時正是黃昏時分，那紅磚城壁在落日餘暉裡像火一般地燒，那城門的兩角坐鎮著四隻雄壯白獅，城門之上疊起多孔的箭樓，樓上的兩重黃金屋簷直插雲霄……

穿過「西單牌樓」，又穿過「東單牌樓」，沿著兩旁綠蔭的「東長安街」走幾段路，再向南拐彎，那連通「內城」與「外城」的「崇文門」已經在望了。手車一從「崇文門」的城門穿過，眼前便是商店毗連熱鬧異常的「崇文門大街」，雅信發現不但有不少日本人在街上走，更有日本的「料理店」、「和服店」、「木器店」、「鐘錶店」、「唱片店」……零落其間，都懸著日本旗與滿洲旗，儼然有「小東京」的模樣。彭英的住處便是從那間日本「唱片店」旁邊的小胡同走進去的，從那「唱片店」經過時，那店前的擴音器正在唱著日本流行歌曲……

彭英租的是古老中國四合院的一個廂房，進了那兩隻石獅護衛的大宅門，便見那石板舖地的大庭院，拐過了幾株柳樹與桃樹，便來到那廂房的石階前，雅信才拿出鑰匙想開門上的銅鎖，便聽見有腳步聲從庭院的另一端走出來，抬頭看時，見到一對日本服飾的中年夫婦對著她走來，雅信正想同他們打招呼，卻見他們轉了彎便從大宅門走出去。雅信在心底思忖著，大概這幢昔日王府的四合院主人不住了，才分租給一些來北京暫住的外地人，因爲租客錯綜複雜，大家見面無語就不足爲怪了，一邊這麼想著，一邊開了鎖推門進去。

才進了門，一股腐臭的朽味便撲鼻而來，雅信掩著鼻子極目在房裡張望，見那房角的菜櫥小門微啓著，便走過去打開來，才發現櫥裡有幾盤剩菜餘羹，都因日久沒有人處理而長了寸許的青霉，雅信忙將那盤碗拿到房外的垃圾筒倒掉了。又進得門，把那層槅子白紗窗都打開了，讓房裡的空氣流通了好久，她才靜下來尋找彭英放在衣櫥裡的乾淨衣物。要拿去醫院給彭英替換的衣服不久也整理妥當了，雅信這才有心情巡視這廂房裡的一切佈置與裝飾……

那廂房的一方置了一張竹床，床上堆起如山的日文和中文的報紙，床邊是一排書架，零亂雜擺著法律和政治的中日文書籍，從前在福州的旅途中葉惠如送的那本「甘地傳」也夾在那排書中，只是書上一層厚厚的灰塵，顯然他來北京後就沒再翻過。就在書架對過靠窗的地方有一張書桌，桌上除了紙筆橡皮之外，還有缺齒的舊梳子和裂痕的小圓鏡，雅信不知覺拿起那面破鏡起來端詳，照到自己風霜的臉，想起彭英每天照著那面破鏡梳頭和刮鬍鬚時的孤伶的影子，心裡不期然昇起了一股淡淡的酸楚……

雅信撫摸著那面破鏡，信手把鏡翻轉過來，才發現鏡後是一張黑白的照片，顯然是刻意嵌進玻璃的，而那玻璃則是完好無痕的，照片裡是一個京劇的花旦，頭頂戴著花簪步搖，兩綹長鬢，柳眉櫻唇，一襲撒牡丹的黑綢戲袍，胸前懸一塊對蝙玉墜，輕盈涵永地歪坐在一張鋪絨墊的竹椅上，似乎在向觀者脈脈傳情。雅信幽然憶起何醫生在台灣告訴過她的話，她於是移步到槅子窗下，更把照片拿到光線明亮的地方仔細端詳，她那麼聚精會神地凝視著，幾乎停止了呼吸，然後把照片放下，閉了眼睛，深深歎息起來……

這時，雅信才聽見胡同口那家「唱片店」的歌聲，從那柳樹與桃樹的枝椏之間清晰地飄進窗裡來，唱著這陣子正在日本各地流行的「滿洲姑娘」：

儂是十六滿洲娘，
　初春三月融雪裡，
　迎春花開芬芳時，
欲嫁鄰村王先生，
王先生，請等待……

銅鑼大鼓迎熱鬧，
花飾馬車路上搖，
面上害羞心歡喜，
夢迴洞房花燭夕，
王先生，請等待……

白雪冰雹與冷風，
俄羅境外盡情吹，
母已爲儂縫新裝，
滿洲之春快飛來，
王先生，請等待……

十一

把彭英的衣服與日用的細物用大巾包好，雅信便提著那包巾從大宅的獅子大門出來，往胡同口走去。接近胡同口的時候，雅信發現一個賣餛飩的小販，把一擔子煮餛飩的熱鍋和另一擔子的麵粉碗碟平行放在狹窄的路邊，自己則斜倚在那條下彎的扁擔上休息，雅信只覺得詫異，這胡同裡既不見人，而那小販也不喊賣，叫誰來買他的餛飩?心裡納悶著，也只悄悄與那小販相錯而過，閃過那熱鍋擔子時，只見那鍋滾熱的沸水，她的眼鏡蒙著拂面的蒸氣，頓時視線都模糊起來，稍走了幾步才又見著胡同的路，她慢慢往那胡同口走去。

走出了胡同，才踏上「崇文門大街」，便聽見五、六聲劈啪的爆炸聲，不知從哪裡傳到耳裡，彷彿是爆竹的聲響，霎時，從七、八家遠的日本「料理店」闖出了一個中國服裝的青年，手握一把短槍亡命地對住雅信迎面奔來，他臉色鐵青，髮如亂刺，與雅信擦身而過，奔入雅信走出來的胡同裡，跑到那餛飩小販之前，腳步稍稍放慢了下來，驀然，一個靈捷的手勢，把短槍丟進那沸騰的熱鍋裡，拔腿更向胡同的深底跑去，轉過彎，不見了。

雅信目擊這一切，驚得目瞪口呆，一時不知如何是好。只見那剛才還立著休息的小販，安穩地挑起了扁擔，往胡同口走出來，大大方方地從雅信的身邊走過，擔子一搖一擺地對住「料理店」的相反方向蹣跚而去。

這時，那「料理店」的門外早已圍了一道好奇的人牆，雅信不得不經由他們的背後走過，她隱約聽見人們在竊竊私語著，有一個在店裡獨酌的日本特務被中國的地下工作人員槍殺了，至於殺者是誰？被殺者又是誰？大家可就不得而知了。正混亂著，突然，一部日本軍車從「崇文門」的方向急馳開到了，立時從車上躍出了十幾個日本兵，都戴著鋼盔，長槍上了刺刀，幾聲吆喝，把那「料理店」前的人群嚇散了，幾個兵衝進「料理店」，其餘的兵封鎖住店門，有一兩個閒人對其中較高級的一個兵低語著，並手指那青年逃去的胡同，那高級的兵便指揮他身旁的五、六個兵，追進胡同裡，雅信也隨眾人回頭去張望，這才發覺連那餛飩小販的人影也不見了。

這晚，雅信回到「協和醫院」的時候，夜已十分深了，走進彭英的病房時，早已過病房熄燈時分，她發現不但隔床的病人已經倒臥而眠，連彭英也深深睡著了，於是雅信也不便吵醒彭英，便在彭英的床下鋪了草蓆，和衣而睡了。

第二天雅信很晚才醒來，睜開眼，發現彭英已坐在病床上，默默凝望著她，她揉揉眼睛，先對他微笑一下，他也回她一個微笑，關懷地問她說：

「雅信姐仔，阿你昨暗哪會彼倪晚才轉來？我料做你迷路，去給土匪仔綁票丫。」

「迷路？我才膾迷路，攏是你住的出來彼條什麼『崇文門大街』，開始來一車日本兵，以後規條街攏是日本兵，忽然間戒嚴膾通，叫手車也沒路用，才溫溫仔行偏邊路，不才彼倪晚才轉來到醫院，看你都已經在睏丫，才不敢吵你。」雅信回答。

「阿是發生什麼大代誌？哪會規條街攏戒嚴？」彭英驟然坐直了身子睜著兩隻大眼睛說。

「聽得講，有一個日本人在你彼巷口的日本料理店飲酒，一個中國人舉槍加伊打死。」

「阿彼個人敢有掠著？」彭英焦急地問。

「沒啊，彼個人都由你彼條巷仔走入去，等彼日本兵趕到，連人影都沒看得丫。」

聽了雅信的話，彭英才舒了一口氣，又鬆懈地把背靠回病床的鐵架，仰起臉，閉起雙眼，深深地喘息。

雅信看彭英好久都不再說話，她倒意猶未盡，一時好奇心起便問彭英說：

「彭英……北京過去敢曾發生即款代誌？」

「過去不但發生過，而且時常發生，」彭英不自覺地點點頭說：「彼給人刺殺的攏是一割有勢力的日本人佮爲伊日本工作的中國人。」

聽了彭英最後的話，雅信若有所思地沉默了好久，終於開口，小心翼翼地問彭英說：

「彭英……倆爲什麼哪著吃伊日本人的頭路？……尤其做伊『滿洲鐵路』總裁的秘書？……」

「噯呀，這眞歹講啦，阿若講起來，你也眞歹了解啦。」彭英眉宇一皺，十分不耐煩地說：

「倆漫復講這啦！」

說罷，彭英把頭一甩，去望窗外的白雲，也不再理會坐在蓆上的雅信。

兩、三天來，彭英的健康大大恢復，他發熱與發冷的頻率已大爲減低，他已不再頭痛和盜汗，他臉上黃疸的病色也逐漸消失了。爲了促進他更快痊癒，雅信不但繼續給他注射台灣帶來的奎寧針，她還鼓勵他到病院的迴廊上散步運動，這期間，雅信都隨侍在旁，陪他散步與閒聊。

有一個下午，當雅信又扶著彭英在那迴廊散步的時候，她們發現那迴廊的盡頭不知怎麼站了幾個護士，對著窗外佇立觀望，彭英一時好奇，也拉著雅信往那窗口緩步挪了過去，她們終於也同那些護士擠在窗邊外望，那樓下的大馬路上正有一長列的大學生在遊行，每個大學都有每個大學的旗幟，其中有「北京大學」、「燕京大學」、「清華大學」、「輔仁大學」……而由那清一色的「北平女師」殿後。那些男的大學生有的穿長袍，有的穿西裝，而那些女的大學生則一律是上襖短裙，頭上是劉海與耳髻，腳下是白襪與黑鞋，他們高舉著反日標語，或手揮著中國國旗。其中有一個軍裝綁腿的學生十分引人注目，他靈活健壯，手拿一支擴聲筒，在隊伍的前後來回奔跑著，指揮這指揮那，不時把擴聲筒湊到嘴上，對著那長列的隊伍大聲吼叫：

「支援馬占山東北義勇軍抗日——！」

於是那隊伍裡的男女大學生便舉起標語和國旗雜七錯八地跟隨著高呼：

「支援馬占山東北義勇軍抗日……！」

「聯合國民軍與共產軍協力抗日——！」

「聯合國民軍與共產軍協力抗日……！」

「反對妥協政策——！」

「反對妥協政策……！」

「徹底抵制日貨——！」

「徹底抵制日貨……！」

「收回旅順大連——！」

「收回旅順大連……！」

「收回南滿鐵路——！」

「收回南滿鐵路……！」

…………………………

…………………………

那幾個護士因爲職務在身早已離開了窗口，只留下彭英與雅信還繼續看那窗下的遊行，那長龍似的隊伍漸行漸遠，他們的呼聲也愈變愈小，而終於不再聽見了，這時雅信才若有所憶地開口對彭英說：

「今日這遊行給我想起彼遍您在東京的遊行。」

「嘟一遍？」彭英說，精神抖擻起來。

「彼一遍啊，詹渭水爲了什麼『台灣議會……』的代誌特別去東京，您大家在東京驛前等伊，然後大家在皇宮附近遊行，向『國會議事堂』行去……」

「彼遍你也有參加？」彭英詫異問道。

「沒，我沒參加，」雅信搖頭說：「我孤企在路邊看您遊行，我不但有看著詹渭水，也有看著謝培火、李呈祿、葉惠如……阿你、關馬西佮林仲秋都行在個後面。」

彭英聽完雅信的話，望著天邊的幾朵棉花雲，深深地歎了一口長氣，無可奈何地搖了一會頭，自言自語地說：

「久囉，眞久囉，已經是十外年前的代誌丫，即馬不但大家攏分散，連林仲秋、詹渭水也死眞多年囉。」

然後，他們兩人就靜立在窗邊，陷入長久的沉默裡。

在剛才學生遊行時的許多口號之中，有一句口號特別在雅信的記憶裡留下深刻的印象，那便是「收回南滿鐵路」一句，不知怎麼，這句口號又在雅信的耳裡悠悠響起，於是她便打破沉默，輕輕問彭英說：

「彭英……你講你敢絕對著愛吃個『滿洲鐵路』的頭路？……你敢矆換別款頭路？……」

「嗳呀！我早就叫你漫復講這，你復講！」彭英暴跳如雷地說。

雅信沒再說話，她看彭英立久有些累了，便示意扶他回他的病房去，他也沒有反對，便任由她扶著，一步一步走回他的病房。雅信協助他躺回病床，這時那隔床的病人剛好出去，整間病房只剩下他們兩個，那氣氛十分和祥，彭英彷彿又恢復了幾天前病弱時的謙卑，用一雙燐燐的眼光注視了雅信好久，才用一種極端溫柔的聲音對雅信說：

「雅信姐仔，你復外久就欲轉去台灣？」

「算起來著復三工，船票列台灣的時陣就訂好丫，而且病院沒人顧，f使離開尙久。」雅信說。

「彼我知影，」彭英說：「只是你欲轉去進前，我有一句話想欲加你講……我想我f得通復轉去台灣丫……」

雅信沒有回答，只是默默點頭，表示她多少已有了預感。

「所以……」彭英接下去說：「你若轉去台灣，你會使開始找人，看著適當的對象，會使復嫁……」

聽到彭英最後的話，雅信猛然抬起頭來，盯住彭英，幾乎要把他看穿透，激動地說：

「你是不是即丫已經有一個花旦才講即款話？」

「你哪會知？……」彭英半撐起身子，驚訝地問。

「在台灣的時陣，何醫生已經加我提起，我沒啥欲相信，幾工前，在你的房間看著伊的像，我才完全了解。」雅信激動稍平，一句一句地說。

彭英一臉愧疚的表情，躺回病床，望著那石灰天花板，一句也沒再回答。

三天後，雅信終於離開了「協和醫院」，彭英一直送她到樓下醫院的大門口，頻頻地對她說：

「多謝了嘍，雅信姐仔，多謝你來救我一條命………」

十二

因爲天津人地生疏，又怕誤了船期，雅信提早一天搭了江寧鐵路的火車來到天津。天津的火車東站在白河北岸的俄國租界裡，走出了車站，便看見一道橫跨白河能自動開閉讓船從橋下通過的「萬國橋」，雅信隨著行人走過那道鐵橋，橋的南岸便是法國租界了。

雅信漫無目的地在法國租界溜躂，想就近找一家旅館過夜，以便明天到碼頭搭日本郵船回台灣，可是又不知道哪裡有旅館可住，不期然聽見身後來了一輛架線電車，穩健慢行，一邊走還一邊噹噹響著鈴，雅信便讓路給那電車走過，不料那電車竟然在不遠的街角停下來了，有人下車，另有人上車，雅信想道，反正路既不熟，語言又不十分通，與其走路瀏覽，何不坐車遊街，便趁電車還沒開動之前，也跟著人上了車。

天津原是沒有電車的，自從八國聯軍中國吃了敗仗，外國爲了懲罰中國，乃命令中國將天津原有的城牆都拆廢了，鋪成大路，兼設了電車軌道，因此這電車便沿著城牆的故址行走，只是坐上這環繞故城的電車，一個人便幾乎可以把整個天津一覽無遺地看遍了。雅信坐的電車由法國租界出發，不久便來到日本租界，穿過日本租界的「秋山街」，沿著「旭街」向北走，沒料到這「旭街」原來是天津的日本「銀座」，不但日本的各種商店集中於此，連許多中國高官富豪也都搬了財產匿居於此。雅信無意之間，遠遠看見街道的廣告牌上有「菊屋旅館」的字樣，便把眼睛睜開了，等電車駛近那旅館的門前，果然望見門內的櫃台坐了一個著和服的日本婦人，沒有問題這是一家日本旅館，雅信話既可通，而旅館又比較安全，她決定等電車繞回來，就在這裡下車，住在這「菊屋旅館」過夜了。

那電車走完了「旭街」，穿過「福島街」便進入了英租界，在英租界裡足足繞了方城一周，才又回到原來的方向，走回日本租界，雅信果然在「菊屋旅館」之前下了電車，進得旅館的大門，與那著和服的婦人用日本話寒暄了幾句，問了房租的價錢，便拿了一把鑰匙，找到樓上一間靠窗的房間，進了門，放下行李，開始休息。

傍晚的時候，雅信在旅館裡吃過一頓日本晚餐，洗完了澡，因爲一個人無聊，便穿了便裝，又到街上溜躂起來。她沿著「旭街」向東走，這街也像北京的「崇文門大街」一般，滿街走的都是日本人，街兩邊都是書寫日文的日本商店，才走了兩段街，迎面看到一間西洋格式的大戲院，名叫「朝日劇場」，也不知是慶祝什麼日本大節日，戲院門前張燈結彩，面街的大楹柱上還交叉地掛了兩面大國旗——大紅的旭日旗和五色的滿洲旗，可能時間還未到，戲院前雖然還冷冷清清，可是戲院門裡已經可以見到幾個司閽和管理的人在來往布置準備了。

走完「旭街」，雅信向左拐進「秋山街」，才走三段街，便來到白河的碼頭了。這白河並不寬，不過像台北的淡水河一樣大小而已，倒是比淡水河熱鬧得多，碼頭上泊著成串的舢舨、帆船，更有幾隻大型的商船，兩、三隻汽艇在河中上下溯游著，碼頭上立著不少穿黑衫的苦力，大聲叫嚷著。

那白河的河濱有一塊綠地草坪，用鐵欄圍住，間隔著一盞盞煤氣燈，燈下是木條長椅，有石砌小徑相通，供人休息又讓人散步，儼然是小型的河濱公園，雅信向那公園踱了過去。

雖然已近黃昏，但天還亮著，煤氣燈還沒有人來點，那木條長椅上處處是出來散心的人，東一簇西一堆，看不到一張空閒的。有一個做完了一天工的苦力，提著一只鳥籠在小徑上悠閒漫步，有兩個老人一邊抽著水煙袋，一邊歪在長椅的兩端下象棋，幾個青年，赤腳立著觀棋。遠一些的椅子坐著一個光頭油面的中年人，一襲長袍，一雙包鞋，把胡琴擱在左膝的毛巾上，歪著頭，陶醉地拉著琴，坐在他的對面是一位二十多歲的女戲子或藝人，正和著琴聲在練習京腔。更遠一些，雅信看到一個十二、三歲的小姑娘在賣紅綉枕，那小姑娘打著一條辮子，額前一片瀏海，還垂著兩綹烏亮的鬢髮，甚是別緻，甚是好看，特別她又長著一雙逗人的杏眼，兩片抹紅的櫻唇，耳懸玉墜，腕掛銀環，更把雅信迷得不忍把眼睛移開他處，只有當她看到那小姑娘的一雙纏腳綠絨小鞋時，她才喟然而歎，爲她可憐起來。

等雅信決定要回「菊屋旅館」的時候，天已經全黑，白河上連船影也看不到了，這時那河濱公園的煤氣燈才點亮起來，明晃晃的，像一顆顆紫色透明的水晶。

雅信沿著原來的「秋山街」走回去，當她拐入「旭街」的時候，那街燈也通明了，夜遊的人更是熱鬧，另有一番不同白日的活潑景象。那「朝日劇場」的街前，停了一長列各式各樣的黑色轎車，而且還陸續有車駛到門口，讓車裡的人下車進入劇場，顯然都是日本在天津的重要人物，不然那門口不會如此森嚴戒備，站著幾十個日本憲兵與守衛。雅信好奇，便蹭到那戲院門口不遠的地方，剛好有一位日本紳士從一部轎車走出來，他似乎是一位高級文官，因爲他一身燙挺的燕尾服，一頂黑呢洋式禮帽，手戴白手套，眼掛無邊的眼鏡，他回身牽了一位穿和服的盛妝婦人從車裡出來，又到車門抱了一位五、六歲的日本小女孩出車，輕盈地把她放到地上來，那小女孩大大引起雅信的注意，她剪著日本式的女兒髮，穿一襲掛帶的摺裙洋裝，白襪黑鞋，眼睛玲瓏，一雙白晰肥胖的小手臂抱住一個幾乎要與她等高的東洋娃娃……這很顯然是一幅日本式的「全家福」，父母親帶了唯一的掌上明珠來參加這多人的盛會。緊跟在他們的後面，又來了幾部轎車，從車裡跳出了幾個威風凜凜的日本高級武官，有陸軍的、也有海軍的，都穿了發亮的長靴或皮鞋，腰懸長武士刀或短海軍劍，胸前一律掛滿彩色奪目的勳章，一個個雄氣萬丈地跨進「朝日劇場」的大門去。

雅信實在是走得太累了，所以一回到「菊屋旅館」的房間，就倒在床鋪懵懵睡去，也不知睡了幾個小時，她突然從夢裡被窗外的鬧聲吵醒，她揉揉眼睛，拉開那窗帘往外看，那整條「旭街」的行人向四方逃散開去，街角的一輛電車不知怎麼停駛了，靜靜停在軌道上，幾部救火車和救護車猛搖著警鈴，對住「朝日劇場」的方向狂駛而去。不久又來了十幾部卡車，載了滿滿武裝齊備的日本兵，也奔向同一方向，不到幾分鐘，便把整條「旭街」戒嚴起來了，整條「旭街」的熱鬧頓時變爲一片愁悶的闃靜，只偶爾被載傷患離場的救護車聲打破。

雅信在心裡狐疑，莫非這「旭街」的什麼日本「料理店」又發生了北京「崇文門大街」類似的行刺案？但見那大規模的武裝行動以及那來去頻繁的救火車與救護車卻又好像不是，只潛在意識感覺這回可能比上回那次更嚴重更兇猛而已……

雅信靜望了相當一段時候，她突然覺得口渴起來，便拉鈴向旅館的掌櫃要一壺熱茶。五分鐘後，那穿和服的日本婦人端了茶盤進來，茶盤裡放著一只日本白瓷茶壺，兩只粗瓷茶杯，她一臉凝結持重的表情，放下茶盤就要帶門走出房間。雅信把她叫住，忍不住問她道：

「外面到底發生了什麼事情？女中樣。」

「你不知道？」對方萬分驚愕地回答：「敵人在『朝日劇場』裡放了炸彈爆炸了，夫人，好慘哦！一定死傷了好多人哪！」

那女人出去後，雅信茫然坐在椅上望著窗外的夜空，她憶起了戲院門前的那幅「全家福」，特別是那抱娃娃的可愛女孩，戲院那麼多人，炸彈也只能炸傷局部的幾個人，她想她一定躲過這不幸的噩運吧……

她等那熱茶冷卻了，才記起自己的口渴，於是飲了半杯冷茶，躺下想睡，卻又不能成眠，窗外風呼呼地叫，「旭街」日本兵的戒嚴整夜繼續著，一直到天明。

第二天早上九點雅信起來整理行李時，昨夜街上的日本兵已都撤除不見了，「旭街」又恢復往日熱鬧的景象，彷彿昨夜的慘劇沒發生一般。雅信收拾好一切，便提行李走下樓來，那穿和服的日本女掌櫃正在櫃台後面看天津發行的日文晨報，一直等到雅信靠近櫃台前，她才從晨報抬起頭來。

雅信把房間的鑰匙還給那女掌櫃，又付她一天的房租，正打算離開旅館，忽然那女掌櫃指著桌上的日文晨報，對雅信說：

「夫人，你知道嗎？昨晚『朝日劇場』的那顆定時炸彈炸死了十五個，傷了三十八個，都是我們日本人，好可憐哪！你知道誰把炸彈帶進劇場嗎？說來眞是可惡極了，原來是我們領事家裡雇用的一個支那女傭，知道領事全家要到『朝日劇場』，臨時把一個裝有定時炸彈的日本娃娃送給領事五歲的小女兒，叫她帶到劇場去玩，結果那些負責檢查的憲兵不疑有他，也就讓她帶進劇場。現在憲兵已經把那女傭逮捕了，問了她，連她自己也不知道，原來那娃娃是她的一個遠親弟兄叫她轉送給領事的女兒的，那弟兄據調查說跟支那的反日秘密組織有關，可是等憲兵搜到他家，他已經逃得無影無蹤了。」

雅信聽了女掌櫃一個人連珠般的獨語，眼前浮現了那日本小女孩的影像來，她兩眼玲瓏，白襪黑鞋，摺裙洋裝，白晰的雙臂，抱住那齊身的東洋娃娃，她好可愛哦，可是一霎眼，她已粉身碎骨，連一寸皮膚也找不到了，雅信思忖著，那小女孩何其無辜？她年紀那麼輕，連「日本人」和「中國人」的意義都還來不及了解，現在已成了這兩種人戰爭的犧牲品，她彷彿聽到那小女孩臨死的那一聲痛苦的哀號，彷彿看到她血肉模糊肚腸暴裂的小身軀，於是一股令人作嘔的感覺由胃部昇到喉嚨，眼前一黑，頭也頓時暈眩起來……

「夫人，你怎麼啦？趕快請坐下來，讓我去倒一杯熱茶。」

在一片漆黑之中，雅信耳朵還清晰地聽見那女掌櫃親切的聲音，等她摸到櫃台一端的一張方椅子坐下來，眼前才逐漸明晰起來，已見那女掌櫃一扭一扭地端了一杯騰騰的熱茶來了……

雅信早了三個鐘頭到碼頭，那回台灣的日本郵輪在傍晚時分才離開天津，沿著白河駛向大沽口，當那郵輪進入渤海的時候，夜幕已開始降臨，西方的天邊一片瑰麗的晚霞，那晚霞由橘黃化爲血紅，又由血紅化爲魚白，最後由魚白化爲藏青，等整個蒼穹都化成一片藏青，千星萬斗都倏地跳躍起來了。

雅信耐不住艙房的悶熱，她一直都在甲板的走道徘徊著，那走道每個角落的擴音器不時奏出音樂，時而是西洋古典音樂，時而是日本流行歌曲，有一回還奏出了那令人盪氣迴腸由李香蘭唱的「支那之夜」。

有一個坐在甲板藤椅上的日本人，一直都在注意雅信，他年約三十五，一身白色西裝，一雙塗粉的白鞋，高貴斯文的臉上架著一對金邊眼鏡，他手攤著一本精裝厚皮的英文書，從傍晚的夕暉到夜晚的燈下，一直都聚精會神地閱讀著，可是每回雅信從他跟前走過，他便把目光從書本移向她，不但面對著凝視她，還尾隨著她的背影，直到她的影子在走道的盡頭消失不見。

夜更深了，可是卻風平浪靜，一輪團圓的明月從東邊的海上昇起，雅信立在船頭的甲板上望月，她驀然憶起上回從上海回台灣的旅程，那回也是這般風平浪靜，也是同樣的明月，彭英與她同船作伴，他還對她說：「唉呀，即回你嘟欲生子，𣍐得通去北京，後回我才邀你來去北京，彼陣仔倆才來去大大𨑨迌一下！」想不到這回她自己來了北京，可是他不但沒能帶她到京城各處大大遊歷一番，反而勸她回台灣開始找人，去找適當的對象，以便改嫁……想到這裡，她心頭突然一陣辛酸，不覺嗚咽抽泣，眼淚也不覺滾了下來……

「夫人，你在哭泣？」

身後有一個男人的聲音輕細溫柔地說，雅信猛然轉過頭來，原來是整個傍晚一直都用目光跟隨她的那個日本人，想到私下悲泣竟被陌生人撞見，而且連他走到身邊都還不覺察，雅信一時臉紅到耳根，尷尬到了極點，好在那月光是朦朧的，對方大概還不至於看見。因爲不便與陌生男子在寂寞的地方獨處，雅信便低著頭，默默地經由那日本人的旁邊走過，一逕走到船尾去，才發覺擴音器又在播放由李香蘭那金雀般的美妙歌喉唱出的「支那之夜」：

支那之夜喲，支那之夜……
江邊明燈，紫色夜空，
出航風帆，夢幻之舟，
啊，那難忘的胡琴之聲，
支那之夜喲，如夢之夜……

支那之夜喲，支那之夜……
柳條窗邊，藍燈搖曳，
紅漆鳥籠，支那姑娘，
啊，那難遣的愛情之歌，
支那之夜喲，如夢之夜……

支那之夜喲，支那之夜……
待君之夜，欄干雨濕，

花落片片，脂紅消褪，
啊，與君此別往事縫綣，
支那之夜喲，如夢之夜……

第十七章　團圓

一

自從周福生到福州把長孫「周明德」從兒子媳婦手中接回來台灣養育，不覺七、八年已經過去了。當初言明說好是暫時把明德帶回來台灣與阿公阿媽同住一陣子，等姚倩生下第二個孩子，而且在南洋安定下來，才讓明德到南洋他父母的身邊。可是時間到了，周福生與謝甜卻已經同明德生了祖孫的深情，不用說周福生不肯放明德去南洋，連明德自己也不肯離開阿公阿媽了。就這樣，周台生和姚倩在南洋生了一個兒子叫「周明圓」，又生了第三個兒子叫「周明勇」，開始還寫信來想接明德去，以後他們自己生意忙了，又多了兩個兒子需要照顧，也就顧不得明德，才不再寫信來要明德去，因此周福生和謝甜也就放心地把明德撫養下來，明德也就把祖父母當成父母，而周福生和謝甜更是把明德看成「煞尾仔子❶」，百般疼惜與愛憐了。

這時，周福生不但把龍山寺邊原有的木器店擴大成爲兩間店面的大木器行，更在「新起街」的巷子裡買下一幢老朽的古厝，拆下來重建了一間木器工廠，請來了十幾個福州同鄉做工人，專

---

❶煞尾仔子：台語，音(soa-be-a-kiă)，意(最小的兒子)。

門製作傢俱來供應艋舺一帶居民的需用。由於周福生功夫精湛，價格又實在，不久便贏得了艋舺第一大傢俱行的美名，不但艋舺一帶的人都來向周福生的木器行買傢俱，遠至大稻埕與大龍峒也有人來向他訂做了。這使得周福生的名字傳遍遐邇，差不多在北部那些不願入日本國籍而仍持著大陸「中華民國」護照的「華僑」，都知道他的大名與豪爽的性格，也因此在他們成立「台灣中華會館」的華僑組織之後，便選了他做會長，並且還連任了幾任，這是頗令周福生拍胸驕傲的事情。

可是令周福生感到比這更驕傲的，倒是周明德這個長孫，他從小不但聰明伶俐，更具有非凡的語言才能，在家裡與祖母謝甜說福佬話，跟著周福生到木器工廠便跟那些福州工人學福州話，五歲不到便能說得一套流利的福州話，這令周福生樂開了，於是「台灣中華會館」帶他去，「台灣福州同鄉會」也帶他去，每每見到那些懂福佬話的老福州人，便當面用福佬話考明德說：

「明哥，『台灣中華會館』福州話安怎講？」

明德用福州話把「台灣中華會館」說了，於是周福生得意地摸了明德幾下頭。

下一回在「台灣福州同鄉會」遇到剛來台灣還不大會說福佬話的年輕福州人，便當面用福州話考明德說：

「明哥，『台灣福州同鄉會』福佬話怎麼說？」

明德用福佬話把「台灣福州同鄉會」說了，於是周福生又得意地摸了明德一會頭。

在旁的「剃頭光」微笑地對周福生說：

「福哥，我看你明哥跟你台生小時一般聰明呢。」

周福生聽了，並不言語，只一味開心地笑著。

「怎麼才跟他老爸一般聰明？我看啊，福哥，他比他老爸聰明十倍有過呢！」立在另一旁的「磨刀利」鏗鏘地說。

這更加令周福生開心十倍，他笑得兩隻眼睛只剩下一條細縫。

二

由於台灣人的父母逐漸重視子女的教育，紛紛把孩子送進公學校念書，原設在艋舺的「龍山公學校」已有人滿之患，日本政府才又在「龍山寺」兩段街遠的地方，開闢了空地，又蓋了另一間學校，名叫「老松公學校」，周明德從一年級開始便是在這新建的「老松公學校」上學的。

周福生對明德這身邊長孫的疼愛，是「龍山寺」一帶的人有口皆碑的，從明德進了「老松公學校」，一連三年，每天早晨都是周福生親自帶他上學的，因爲深怕他被路上的車輛撞傷，每天傍晚也都是周福生到門口去帶他回家的。中午學校規定學生在校裡吃便當，周福生怕明德吃冷飯，所以每天中午，他把木器行的生意一放，提著謝甜小心弄好的熱便當來學校給明德吃，至於便當裡滷蛋紅蝦一類明德愛吃的菜餚就更不必說了。在明德與其他同學吃著便當的時候，周福生一逕都斜倚在教室窗口瞇著眼睛微笑地看著，一股歡喜不由自主地從心中昇起，一直等明德吃完了便當，他才又拎著空便當盒子開心地走回家去。

連著三年，周福生對明德的鍾愛有增無減，明德倒也習慣成了自然，久了也無知無覺了，可是他的同學卻開始恥笑揶揄他了，對他說：

「膾見羞，讀到三年ㄚ，猶著給您阿公遨來遨去，膾輸干若三歲嬰仔咧，人三歲嬰仔也免安倪。」

明德滿臉通紅起來，他有生以來感到受阿公的過份疼愛是一種羞恥，於是第二天早晨，當周福生又想帶他上公學校的時候，他便央求周福生說：

「阿公，你免趣我去公學校ㄚ啦，我家己來去就好。」

「明哥，阿你若給車撞著抑是給歹人拐去欲安怎？」周福生關懷地說。

「阿公，我已經三年ㄚ，阮全班的同學沒人去給車撞著，也沒人去給歹人拐去，伊攏也家己來公學校，家己轉去厝裡，也沒人列給人趣，你免復趣我啦。」

「不過我看你家己一個人去公學校膾放心。」周福生說。

「別人會放心你就膾放心？」明德呶起嘴說，站在路上不走了。

周福生看明德執拗而且在生氣的樣子，便讓步地說道：

「好，好，明德，阿公漫復趣你，給你家己去，但是你行路著愛細膩哦，行到十字路口就雙旁看看咧才通行過，有聽抑否？」

明德點點頭，說了一聲「知影啦！」便跑步對著「老松公學校」奔去，在後頭的周福生卻是放心不下，也快步跟著過去，不料明德沒跑幾步卻突然停了下來，猛回頭看見周福生在後面尾隨，便皺起眉頭，跺腳蹬踮，大叫一聲：

「阿——公——！」

「好，好，阿公漫趣，阿公漫趣。」

周福生順從地說著，隨即轉身閃到路旁的一根電線杆後面，他便一直躲在那電線杆的陰影裡，目送明德的小身子消失在那叫人驚心動魄的十字路口……

三

周台生與姚倩在馬尼拉華人麕集的「王兵街」開了一家瓷器五金雜貨店，在開頭的七、八年，因爲生意還在打基礎，加之兩個小孩明圓與明勇還小，沒能離開馬尼拉，但終究他還是保持「日本籍」的「台灣人」，甚至兩個小孩出生也是去馬尼拉的日本大使館報戶口，所以也落了個「日本籍」的「台灣人」，最後連姚倩也因爲嫁了「台灣人」而改隸成爲「日本籍」。

由於思念寄養在台灣的大兒子明德，又因爲身邊的兩個孩子也大了，而且經濟也寬裕了不少，周台生便決定舉家坐船回台省親，看看父母，也見見兒子，於是便在明德小學三年級的時候，首次回到艋舺來。既已回來過一次，以後每隔一、兩年也都回來一次，每次都住三個禮拜，這才使明德有了認識自己父母和兄弟的機會，但因爲與祖父母住慣了，又讓他們兩個老人家寵慣了，明德對父母總如姨父母一般，總覺得沒有祖父母那麼親切自如，在父母面前總覺得陌生與隔離，而對明圓與明勇兩個弟弟，更像是來自外國的朋友，好奇與好玩有之，親熱與熟稔則沒有。

對於明德的疏離感，敏感而又有獨斷力的姚倩是深深覺得出來的，她跟周台生私下商議，明德既然是自己的兒子，將來終究需要到馬尼拉與他們團圓，只是看祖父母與長孫子那麼相依爲命，又加上明德還在求學之中，不便驟然轉換學校，便決定讓他在台灣完成小學與中學教育，等他中學畢業之後，再叫他到馬尼拉來幫忙店務或繼續上進，到時再說。既然已經胸有成竹，姚倩便叫周台生把他們將來的計劃當做他的意思，由他向周福生提出，周福生初聽之下，固然有些拂意，但想及當初把明德帶回來台灣養育原也說是暫時性的，並沒有要把他永遠留在台灣的意思，現在知道周台生終於要把他帶去馬尼拉，心裡雖然不愉快，但還是不得不唯唯諾諾地答應了。好在明德還小，離他中學畢業還有那麼長的一段日子，誰說這中間會有什麼變卦呢，反正「時到時擔當」，到時再看事辦事了。也正因爲有這種計數，所以每回周台生和姚倩回台灣的幾個禮拜裡，公婆與兒媳之間的感情，也從來都沒起過任何漣漪，大家歡樂聚首，又歡樂分離，幾年都這般風平浪靜地度過了。

時間也過得很快，彷彿才幾眨眼，明德也快小學畢業了。這「老松公學校」有一慣例，學生每到畢業之前，都有一次盛重的「畢業旅行」，這「畢業旅行」不比四年級時的「東部旅行」或五年級的「南部旅行」，那都是在台灣島上的「島內旅行」，而這卻是上日本去的「內地旅行」，行程包括九州、四國、本州以及北海道，遊歷的名勝古蹟則包括東京的「皇居公園」與「上野公園」、日光的「東照宮」與「華嚴瀧」、鎌倉的「大銅佛像」、京都的「金閣寺」與「銀閣寺」、大阪與熊本的「古城」、奈良的「大佛」與「鹿園」……都是在歷史與地理課本上震古鑠今的名字，對沒上過日本本土的小學生具足了吸引力，當然明德也沒能例外，一聽見先生這麼說，老早已神魂顚倒心遊夢迴了。

因爲這長途的畢業旅行需時一個多月，旅行的地方又那麼廣，自然費用也就不在少數了，照先生說的大約是兩百圓，這當然不是每位家長所能負擔的，先生也早已心裡有數，所以幾個月前就先發通知單通知家長，請家長先做考慮，然後去或不去，再請學生來回先生。

這一天，明德把通知單興高采烈地帶回家，一等到周福生自木器工廠回來吃晚飯的時候，便把通知單交給了周福生，對他說：

「阿公，這是學校的通知單，欲給我去日本畢業旅行的。」

周福生把通知單接來一看，見滿張紙除了幾個漢字，都是日本的「平假名」字體，便把通知單遞還給明德，說道：

「明德，你知影阿公孤訊漢文，不訊即偌彎彎曲曲的土蚓仔字，你也解釋一下給阿公聽看覓。」

明德笑了起來，便正襟危坐地把那通知單上的日文用台灣話翻譯道：

「就是講——學校欲趣六年的畢業生去日本畢業旅行，欲去九州、本州、四國、北海道……眞多所在，大約是四十五工，全部的旅費是兩百塊。欲參加的學生兩個月前著代先❷報名，因爲著愛先訂旅館，所以著愛先納訂金五十塊，春的一百五十塊欲旅行進前一禮拜交齊。」

明德說罷，抬頭望周福生，卻見他低頭沉思，默默不語。坐在旁邊替他們祖孫添飯的謝甜卻禁不住他們之間的沉默，不經意開口問道：

「欲去到彼倪遠旅行？阿是啥人欲趣您去咧。」

「哪有啥人？總是阮的級任先生啊。」明德回答。

「欲去日本敢是著愛坐船過海咧？彼敢不是眞危險咧？」謝甜皺著眉頭問。

「阿公當時去福州趣我來台灣不是坐船？阮阿爸阿母由南洋轉來台灣不是坐船？我即馬欲坐也是仝款船，您都獪危險，我哪會危險？」

「但是您阿公您老爸老母偲攏大人，有代誌會曉照顧家己，你猶囝仔細漢，萬一船沉，看你欲安怎救家己咧？」

「唉呀，阿媽，你哪會串想就是歹代誌，開嘴沒好話。」明德有些惱怒地埋怨，轉向依然沉

---

❷著代先：台語，意(得事先)。

思的周福生，換成一種懇求的口吻對他說：「阿公你想安怎？給我去了嘜。」

「這並不是著愛彼倪急的代誌，這慢慢才講，大家先來吃飯啦！」周福生說罷，往孤椅頭仔上翹起一條腿，舉起一雙箸，開始吃起飯來。

整個晚上，明德老跟隨在周福生的身邊，央求他答應讓他上日本去旅行，可是周福生卻老是深思遠慮閉口不語，經不起明德苦苦纏繞之後，才嘆息地回答：

「唉，明哥，欲去日本不是小可代誌，你也給阿公想一暗才加你講。」

這一晚，周福生果然好好想了一夜，等第二天起床想跟明德細談，明德已經揹了書包上學去了，於是周福生只好等了一天，等明德傍晚回來吃飯的時候，才開口對他說：

「明哥，阿公問你一項代誌，阿公若給你去日本畢業旅行，阿公敢會使佮你做陣去？」

明德聽了，一時目瞪口呆，不知如何回答，在一旁又開始添飯的謝甜，看出了這種僵局，爲了緩和場面，便插嘴附和周福生道：

「著啊，您阿公是時常列坐船出外的人，伊若佮你做陣去日本，不但伊放心，阿媽也較會吃會睏咧。」

「繪使的啦！」明德搖頭說道：「『畢業旅行』明明規定是欲給畢業生去的旅行，哪有阿公佮人做陣去的？繪使的啦？」

「但是你沒問您先生，哪會知影繪使的？好否？明哥？你明仔再去學校才問伊看覓。」周福生說。

「阿公，通學校都沒人安倪做的，就算阮先生講會使，我也會給全班的同學笑死！」明德固執地搖頭說，嘆息起來。

飯桌不再有人說話了，大家開始默默用飯，菜餚彷彿失去了平時的美味，只是爲了打發這鬱悶的時刻，才囫圇吞下肚子的。

「阿公，你是不是驚我船沉落去沒人通救?」明德吃了一半飯，忽然又忍不住地問。

「阿公才沒列驚你船沉落去沒人通救，偲這日本船阿公不知坐過幾回丫，設備好，有衛生，復有救生船，十分的安全。就像您阿媽所講的，我孤繪放心而而，你自出世到即馬大漢，眞罕得出門，即回一去就是個半月，萬一若破病抑是發生什麼代誌，看阿公欲安怎加您父母交代?阿公若會使佮你做陣去，阿公就給你去。」

周福生說得十分嚴肅，也非常堅決，這是明德很少見過的，他想祖父大概不可能會改變他的意見了，他感到十分失望，於是把剩下的兩口飯草草往嘴裡扒，把碗箸一甩，跑到屋外去了。

明德在街道上漫無目的地躑躅著，不覺蹭到龍山寺來，看見寺前廣場的一角有五、六個少年家在擲骰子玩「拾八」，大家圍住一只破碗，蹲在地上，每個人的面前都堆起污漬褶皺的鈔票。

明德望他們賭了好一會，忽然有一個念頭昇到他的頭上，錢哪，一切都是因爲錢，祖父之所以不讓他去日本畢業旅行，是因爲吝嗇拿不出錢的緣故，他想要跟他一起去旅行，那根本是一個藉口，他明知道那是不可能的事，他也不想向他哀求了……他最後的結論是寫一封信到馬尼拉去給他父母，把畢業旅行的詳細情形告訴他們，請求他們直接寄錢來給他當旅費，一旦收到了父母的錢，祖父就沒有不答應的理由了。

既已下定了決心，明德便飛快跑回家來，有生以來第一次跟他父母寫信。父母在菲律賓的住址都寫好好的，就放在佛桌頂那尊觀音菩薩金身的後面，他伸手就拿到了，他把住址抄在信上，第二天早上上學之前，跑到街口的那間小郵局，買了郵票沾口水貼好，偷偷地將它寄了出去。

自從把信投寄出去之後，明德便天天在盼望他父母從馬尼拉寄來的回信，每天下午一回到家裡就先問他祖母有沒有他的信，然後在門裡門外尋找了一番，怕那些郵差把信塞在門縫間隙以致沒有人看到。謝甜被他問多了便自然起了疑心，問他是誰的信，明德起先不願說，但後來經不起謝甜的一再追問，只好對她透露了，並求她代守秘密，不必向祖父提起。因爲愛孫心切，謝甜也就答應了，而且還每天主動在郵差送信的時間坐在門口爲他等信。

也眞是非常不巧，有一天近午的時候，謝甜才被鄰居叫出去閒話家常，而周福生又剛好從木器工廠巡視回家，迎頭遇到一個登門的郵差交給他一封從菲律賓寄來的信，信封上寫的正是「周福生」他的大名，他自然欣喜收下了。以往周台生和姚倩也偶爾寫信來給他，不過那都是每回要回台灣來度假省親的時候才寫來通知他的，因此這回收到信，便直覺意識到兒子媳婦又要回台灣來了，沒想到把信封撕開來，便從封口飄出了兩張百圓的日本大鈔，周福生忙蹲下把鈔票自地上撿起，一邊展開信紙讀起媳婦姚倩寫來的信。

那信先把明德要到日本畢業旅行以及他向他們要錢做旅費的事重述了一番，接著便說他們沒有反對他去的意思，因此才特別去馬尼拉的日本銀行換了兩百圓日幣來給他做旅費，只是明德還小，他們不放心他管錢的事，所以不敢把錢直接寄給他，而把錢寄給周福生，請他斟酌處理，務使明德達到日本旅行的願望。

讀完了信，周福生躊躇了半日，他之不答應明德去日本旅行，倒不是因爲金錢的問題，實在是太疼這長孫，怕他在日本旅途上發生意外，完全是爲了他安全的緣故。因此，他把兩百圓連同信紙又放進信封裡，悄悄地把整封信鎖在他精心自製的檀木枕頭裡，也不向謝甜與明德露一點聲色，彷彿什麼事也不曾發生過一般。

三個月過去了，明德頹喪到了極點，特別是目送大多數的同學興高采烈提箱帶篋地坐了船出海上日本，當他們在日本度著夢般的美麗日子時，他還得跟幾個因付不起旅費而被留下來的窮苦學生天天到學校，在那人去樓空的寂寞教室裡自習，讀些先生規定的無聊書本，做些多餘枯燥的習題。每每在自習之餘，明德便望著窗外，咬起鉛筆，感嘆自己命薄，父母不在身邊，孤身寄養祖父籬下，祖父捨不得錢讓他去旅行，父母也吝嗇不讓他去，甚至連信也不回，他淚水盈眶，滿腔委屈，忍不住偷偷抽泣，暗暗怨起父母來。

四

從「老松公學校」畢業之後，周明德隨著幾個想繼續升學的同學去報考「台北一中」與「台北二中」的入學考試，但放榜的結果，兩間中學都落榜了。原來「台北一中」是純粹日本子弟學校，只爲了「插花」才允許每班插一、兩個台灣學生，因此考不進「台北一中」本來就是意料中事。至於「台北二中」則是日本人與台灣人各佔一半，可是竟然考不進去，倒使明德十分意外。正在失意徬徨的時候，有一位由新竹來「老松公學校」寄讀的同學告訴明德，說「新竹中學」因爲這年颱風過境吹倒了幾幢校舍，爲了把校舍修好，也就比台北的幾家中學遲了一個半月招考新生，問他有沒有興趣到新竹去報名，可以跟他一起去，考試的期間還可以暫時在他家住幾日。

明德回家把這同學的意思告訴了周福生，周福生頗躊躇了半天，如果明德考取了「新竹中學」，他就必須到新竹住讀，這樣遠離台北，沒能天天見孫，會使他們公婆兩人感到十分寂寞的。可是如果不讓他去新竹考試，這時台北已沒有中學好考，爲了等待明年重考，必得白白在家裡荒廢一年，也不是周福生所願的。就這樣審之再三，最後終於答應讓明德的那位同學先南下去爲他報名，等考試的前一天，周福生才打點行李，公孫兩人坐了火車來到新竹，在「新竹中學」的附近找了旅社住了一夜，第二天陪明德去參加考試，而周福生就在校園裡的大榕樹下靜坐了一天，等明德考完了，當夜坐了夜車又趕回台北來。

不到一個月，「新竹中學」的通知來了，明德考取了，他忙去帶他南下報考那同學的家裡探問，才知對方竟然沒取，令明德懊喪了一陣子，但既然考上了，雖是孤單，還是得去。一個月後，周福生爲明德準備日常用物，更仔細爲他打點行李，扛了行李陪他坐車再到「新竹中學」，巡視了明德要住的學校宿舍，看看四周環境十分妥當，最後對他又叮嚀再三，叫他要好好唸書，別跟同學打架，才又坐了火車回到台北來。

自從來到「新竹中學」唸書，匆匆三年已過，明德倒也聽從了祖父的吩咐，除了寒暑假北上回台北度假，其餘在學校的日子，他都用功讀書，從來也沒跟同學吵嘴，而打架就更不必說了。在課業方面，明德對文科方面較有興趣，特別是英文一科，自從一位叫「江東蘭」的教師當了他們的導師而又親自教他的英文，他的英文就突飛猛進，這一方面固然要歸功他自己的興趣，另一方面則是江東蘭教師的諄諄善導。由於明德英文成績優越，江東蘭也就對他另眼看待，除了課業之外，他對他的生活起居也處處關心，這令明德感激不盡，所以除了對一般教師的尊重之外，明德更對江東蘭產生了無限的敬愛。

在明德的班裡，有一半是日本人，其餘的才是台灣人和幾個高麗人。在這些學生當中，日本人與其他人的界線十分分明，也不易結成朋友，於是剩下的人也就不得不結成親密的朋友，與明德特別深交的有兩人，一個是高麗人叫「金大成」，另一個是客家人叫「吳幸男」。金大成是在日本福岡出生的，他父親本來是從高麗到日本福岡大鐵廠做工的工人，金大成出生的那年剛好發生東京大地震，死傷千萬，有幾個心懷亡國恨的高麗人又趁機投了幾把火，使東京的火災更加漫延開來，引起日本全國公憤，就在那陣全面排韓的氣燄之中，金大成的父親才舉家逃到台灣來，那時新竹正在開闢飛機場，於是便在飛機場修護廠裡當了一名技工，全家也就在新竹定居下來。至於吳幸男，他是湖口人，他的父親被徵去做日本軍伕，剛好遇上在中國連續爆發的幾個大事變，便被日本軍方派到華北一帶的戰場去服役了，家裡只剩下母親和吳幸男兩個兄弟，這兩個兄弟中，哥哥不愛讀書，公學校一畢業便偷坐了郵船上日本去跟人做學徒，做起生意來了，做弟弟的吳幸男則很愛讀書，所以考取了「新竹中學」，與母親相依爲命。當他在學校住宿的期間，幾乎每個月都上新竹來探望他一次。

無論從外表或內裡看起來，金大成與吳幸男都是一個非常鮮明的對比，金大成體格健壯，滿身肌肉，是運動的好手，舉凡單槓、雙槓、柔道、劍道、跳遠、跳箱、游泳、賽跑……無一不精，無一不善；而吳幸男剛好相反，因爲天生蕭條瘦弱，對於這一切競技運動，無一精善，根本就望而生畏，欲避之而不及。可是說到對文學的愛好，金大成可就遠遠落在吳幸男之後了，吳幸男不但對大正昭和時代的日本作家與文學作品如數家珍，小小年紀就已經會作和歌與俳句，並且時常投到「學友雜誌」上發表。明德在這兩方面剛好都介於兩個朋友之間，體格是不胖不瘦，不高不矮，柔道與劍道喜愛有之，特長則無，文學方面，他也很喜歡念日本詩歌與小說，但寫和歌與俳句拿去發表則連夢也沒做過，倒是有一異於兩人之處，便是他的英文能力遠在他們之上，因此每遇英文疑難之處，他們兩人就不得不來向明德求救。

五

自從「蘆溝橋事變」，中國與日本正式宣戰以後，台灣總督府便通令全島禁止所有漢文報紙，解散「台灣地方自治聯盟」，與這同時並行的，是積極推動「皇民化運動」與宣揚「忠君愛國思想」，更爲了展開嚴格的軍事教育，每個中學以上的學校，都派了一位軍事教官來督導與訓練學生。

「新竹中學」派來的教官是一位陸軍少佐，這人年約三十五，出門一律穿他那一套國防色的呢布軍裝，一頂船形吐舌的戰鬥帽，一雙長統烏亮的馬靴，他雙肩掛著四線一星的黃金紅底肩章，左腰的皮帶上懸一支弧形的武士刀，氣宇軒昂，走起路來威風凜凜，叫人不敢逼視。這少佐除了早晚集合高年級的學生在操場操練之外，平時每禮拜還在教室裡給每班學生上一節思想教育，他不但自己講課，爲了顯示他的博聞強記，更歡迎學生發問，特別是有關政治與軍事的問題，由他即興作答。他的答話有一點異於其他中學教師的地方，便是往往把報章雜誌的愛國言論毫無選擇地套用在平常的口語上，甚至書本上的全部形容詞也一字不漏地從嘴裡和盤托出，誇張乖戾，幾乎到達令人起雞皮疙瘩的地步，而少佐卻面不改色地說下去。開始時，學生都不習慣，幾堂下來大家也只好習以爲常，有時見少佐說得慷慨激昂，學生便禮貌地爲他鼓掌助興，於是少佐便伸直了脖子，挺出了胸膛，更起勁地說了下去。

有一天，又是例行的軍訓課，少佐教官拎著一冊點名簿，掛著他的武士刀，踢著他的長靴，戈登戈登正步走進了周明德的教室，學生鞠躬行禮，又整齊坐下之後，少佐才把戰鬥帽往講桌一擱，開始一個個依著桌子的順序點起名來。

周明德的名字早點過了，金大成的名字也點過了，當輪到吳幸男的名字時，明德預期著「吳幸男」三個字，卻不料少佐竟神秘地把點名的速度驟然減慢下來，然後用一種異乎尋常幾乎是恭敬有禮的聲調，一個字一個字緩緩地唸了出來：

「高——橋——幸——男——」

霎時，全班五十顆頭都轉向幸男的方向，一百隻眼睛同時投射在他的面上，卻見他垂著頭，滿臉通紅，黏膠似地難得掙脫了椅子，嫋然起立，依然盯著自己的桌面，無力地回了一聲「哈……咿……」，一骨碌又坐了下去。整個教室唏噓起來，學生們面面相覷，正當他們交頭接耳，想輕聲細語的時候，不料少佐卻用宏雷的聲音對幸男說道：

「高橋樣！當了堂堂正正的大日本帝國『皇民』有什麼可以怕羞的？應該學我……」少佐赳然立正，把那雙馬靴踢個猛響，繼續道：「勇敢說一聲『哈咿』！」

幸男經少佐這一激勵，也只好重新立起，抬頭望住少佐，用比原先大一點的聲音回了一聲「哈咿」，才無聲地坐回椅子去。少佐點點頭，似乎是滿意了，便又依次把沒點完的學生繼續點了下去。

少佐終於把全班學生的名都點完了，他把點名簿砰然一合，推到講桌的一角，開始講課：

「諸位同學，剛才我只叫了『高橋幸男』的名字，諸位就瞠目結舌大驚小怪，好像是一件十分稀奇的事，其實這並不是一件大不了的事，諸位可知道『皇民化運動』已經在本島如火如荼展開了嗎？如果諸位知道，諸位也就不會如此，諸位既然如此，今天就以『皇民化運動』做爲第一個講題吧。」

少佐稍停片刻，用鷲鷹般的目光把全班掃射一遍，繼續講下去：

「諸位，有人完全知道『皇民化運動』的內容與意義的嗎？知道的請舉手……好！沒有人完全知道，就讓我告訴諸位吧！『皇民化運動』是大日本帝國給本島人最大的恩典，請問諸位，世界上有哪一個國家給他的殖民地人民以他本國公民同等權利與榮譽的嗎？沒有！從來都沒有！只有『大日本帝國』給本島人以日本內地人同等權利與榮譽！那麼這『皇民化運動』的內容是什麼呢？首先也是最重要的是本島人改日本姓，比如原來姓『許』的可以改姓『大山』，原來姓『陳』的可以改姓『新島』，此外『田中』、『山本』、『小林』、『平野』……等等，任本島人自由選擇。其次是本島人燒毀他們迷信的祖宗神牌，改奉日本皇祖『天照大神』的神位。再次是本島婦女改梳日本女人的『大髮髻』，改穿日本女人的『簡單服』。最後是本島人的家庭不再說『台語』，完全改說『日語』，這叫『國語家庭』。只要能做到這幾點，任何本島人就自然而然成爲『大日本帝國』堂堂正正的『皇民』，享有日本人同等的待遇，接受日本人同樣的配給，與日本人一律平等。高橋幸男便是這『皇民化運動』的現成實例，他的家庭是本島人的典型模範，現在請諸位給他鼓掌恭賀！」

整個教室頓時掌聲雷動，令高橋幸男低頭垂眼，臉紅到耳根。

少佐結束了「皇民化運動」的講題後，接著便以「蘆溝橋事變」做爲話題中心，根據歷史淵源，闡述日本不得不進軍中國，不得不反對英美西方的理由。講了一大段後，他終於停下來，請學生發問，由他回答。

「請問少佐，明治維新以來，我們日本一向崇尙西洋文明，一向向西洋學習，爲什麼我們要突然反對西洋的一切呢？」一個日本學生起立問道。

「問得好！爲什麼我們日本要反對西洋的一切？」少佐重複地說，然後堅定地回答：「諸位知不知道？個人主義是國家的蛀蟲，爲天皇盡忠是皇民神聖的職責。可是這些西洋思想到底賜給我們什麼呢？所有今天日本政治上、社會上的各種罪惡，都是由於忽略根基、注意小節、缺乏判斷能力、無能完全消化的結果，而導致這結果的原因是自明治時代以來，日本輸入的歐美思想和制度，不但輸入得太多，也輸入得太快。西洋的議會給了我們什麼？不過使日本皇民之間的神聖鏈鎖解體而已。西洋的選舉和政黨給了我們什麼？不過阻撓日本走向『萬世一系』理想政治的康莊大道而已。西洋的思想和制度必須廢止！只要它存在一天，日本優美的傳統和文化便一日走向絕滅的死路！」

「請問教官，我們日本爲什麼退出『國際聯盟』？理由在哪裡？」另有一位日本學生問道。

「理由很簡單！這都是英、美兩國的陰謀，想破壞世界的和平。爲什麼呢？首先他們在昭和五年的『倫敦裁軍會議』上提出了英國美國日本三國海軍『五、五、三』的噸位比率，這比率是不合理的，因爲他們兩國早已建立了強大的海軍，而我們的海軍才開始建立，依照這個比率，日本海軍將無法保衛我們的海防，更不必說去維持太平洋上的和平了，這是極其簡單的道理。而當時的濱口內閣總理大臣竟然加以簽署，接受了這個不合理的提案，使日本蒙受『奇恥大辱』，也難怪他在東京車站被一位愛國青年刺死，實在是他罪有應得！」少佐小停片刻，深吸了一口氣，又激昂地說下去：「尤有進者，在『滿洲國』成立之後，許多國家都先後加以承認，唯獨美國拒絕承認它是獨立自主的國家，譭謗日本違反國際協定，而且還唆使國際聯盟派遣英國的來頓(Lytton)組團來『滿洲國』調查，他們的調查報告裡指責日本的不是，而國際聯盟竟然以四十二票對一票同意來頓的指責，只有我們日本反對，國際聯盟既然如此愚昧無知昏慵無能，我們日本除了退出這個盜賊集團之外已沒有他路可走。諸位！講完了這話之後，我想引述我們國防大臣荒木大將明智的一段話：『在東方建立和平是日本神聖的任務，而國際聯盟竟然不尊重日本這任務，從「滿洲國事件」顯示出來整個世界都與日本爲敵，總有一日我們要叫整個世界看看，來看我們日本究竟爲世界做了多少貢獻！』」

整個教室掌聲四起，群情激亢，少佐頻頻點頭，左手緊握在武士刀的刀把上，目光烱烱，掃射四方。

掌聲終於安靜下來，才有第三個日本學生立起來問：

「少佐教官，新近近衛文磨內閣總理大臣發表了『建立東亞新秩序』的聲明，可否請您給我們做詳細的解釋？」

「當然可以！所有東亞的戰禍與動亂都肇始於西方的白人，諸位舉目共見，北方的露西亞、南方的美國、英國、法國、荷蘭，整個東亞被西方白人蠶食殆盡，連我們日本本土也岌岌可危，唯一能夠維持東亞和平的便是將這些白人自整個東亞驅逐出去，其方法首在近衛內閣總理所發表的——『建立東亞新秩序』的聲明，這個聲明的內容究竟說了什麼呢？就是在日本的領導之下，促成日本、支那、滿洲國在政治、經濟、軍事、文化活動的互助與合作，以避免整個東亞的人民變爲西方白人的奴隸！」

整個教室又再次掌聲雷動，這時正好下課鐘響了，少佐挾了點名簿，在學生起立鞠躬之下，踢著正步昂然走出教室……

六

明德、幸男和大成三個人各有一部腳踏車，他們最樂意的消遣便是星期假日騎著腳踏車到新竹附近的南寮海濱或青草湖去郊遊，而夏日的傍晚，也幾乎天天都騎車來新竹公園聊天與乘涼，一直等到夜幕低垂快見不到人影了，才騎回中學的宿舍去做功課。

這個傍晚，在吃過晚飯之後，他們三人又騎腳踏車逛了一會新竹街道，最後又來到新竹公園的一株茂密的茄苳樹下乘涼。他們三人用通用的日語談了一會今天少佐教官慷慨激昂的演講，討論了「蘆溝橋事變」之後中日宣戰對他們將來學業的影響，最後話題轉到「皇民化運動」，明德突然轉頭來問幸男說：

「幸男，你是幾時變做『皇民』的？」

經明德這麼一問，幸男雖然又露出羞赧之色，只是沒有白天在眾人前面那麼難堪與尷尬，他淡淡地回答：

「前天我才接到母親轉來湖口警察署的通知，他們大概也寄了一份給學校，所以少佐才會知道。」

「是你父親的意思要你們做『皇民』嗎？」明德繼續問。

「不是，他現在去支那出征，怎麼會？」幸男皺眉搖頭回答。

「那麼是你自己的意思？」

「也不是……」幸男這回更猛烈地搖頭。

「那麼到底是誰的意思呢？」在旁邊一直沉默的金大成終於忍不住開口問道。

「是……我母親的意思。」幸男囁嚅地說。

「是你母親要你做『皇民』的？」明德驚叫起來，問道：「這怎麼可能？人家『國語家庭』得在家裡說『日語』，你母親會說『日語』嗎？」

「她……不會，但她……每天都在努力學『日語』。」幸男說。

明德和大成搖頭歎息了一會，大成終於又說道：

「通常只可能父親要一家人做『皇民』的，而你說是你母親的意思，這就奇了，必有什麼不尋常的原因，她才會如此做，喂……幸男……我不知道到底應該叫你『吳幸男』還是『高橋幸男』……你何不說來聽聽？」

「我倒更感興趣你的『日本姓』是怎麼選來的？『田中』、『山本』、『小林』、『平野』都不選，偏偏選了個『高橋』。」明德說。

「你們的問題是不容易用一兩句話可以解釋清楚的，你們如果有興趣，我倒想說個故事。」幸男微笑地回答。

「故事也好，什麼也好，請說吧。」大成和明德異口同聲地說。

聽了這話，幸男嚥下兩口口水，一邊用腳去打轉腳踏車的踏板，一邊慢條斯理地說了起來：

「你們大概都聽過新竹附近一帶的所謂『新竹八景』吧？其中有一景就叫『鳳山落照』，『鳳山落照』的地點究竟在哪裡呢？如果你們坐火車從台北來新竹，一路經過楊梅、富岡、湖口、新豐……快到新竹的時候，要經過一座高架鐵橋叫『鳳山鐵橋』，這橋下流著湍急的大水叫『鳳山溪』，那『鳳山落照』就指鳳山溪口的落日而言的。不知道你們有沒有注意到？火車過了新豐，兩旁都是蒼翠起伏的丘陵，當火車漸漸走近鳳山溪谷，它走下一個大斜坡，向左邊繞了一個大彎，突然『新竹台地』在眼前展現開來，鳳山溪從東邊那青色的中央山脈一路蜿蜒奔流傾入西邊藍色的大海，那景色眞是動人，特別是有著雲朵的黃昏，萬道金光，染紅了天邊，海光霞色，交互輝映，更是美得叫人目瞪口呆，只好把它形諸筆墨，詠成詩歌，而成了『新竹八景』之一。

我們還是回到『鳳山鐵橋』來吧，這座鐵橋高高架在溪流之上，沒有橋拱保護，橋上只有一雙平行的鐵軌，爲了修護工人的方便，才在鐵軌一旁另舖了一道狹窄的木板小道。我小的時候，曾經聽說有一個大膽的男孩跟朋友打賭，想騎腳踏車經過鐵橋上的木板道到達對岸，這男孩的腳踏車技巧倒是令人敬佩的。果然他也騎過了半條鐵橋，幾乎要成功地到達對岸，不幸從山上突然來了一陣急風，把他吹得在橋上左右搖晃起來，最後人和車都墜落橋下，隨著滾滾的溪水流到大海去。」

「怎麼？這就是你要說的故事？我看這跟你的『改姓』一點關係也沒有！」明德不耐地啐道。

「想聽故事就得耐心一點，明德君，這只是起頭，眞正的故事還沒開始呢。」

幸男笑說，又嚥了一口口水，把靜止的腳踏車踏板又重新旋動起來，正正經經地又開始說了下去：

「大概是我們目前這天皇剛剛即位的昭和元年吧，有一天下午，在這『鳳山鐵橋』上發生了一件不可思議的奇事。在這奇事發生之前，新竹已經連下了十幾天五月的梅雨，天空一直籠罩著厚厚的烏雲，鳳山溪的溪水高漲，翻滾著蛟龍的巨浪，彷佛連鐵橋的橋墩也想吞噬一般，就在這陰雨霏霏的午後，有一列客車由台北急急開向新竹來，這列客車由一隻簇新有力的火車頭拖著，緊隨在火車頭後面的是一節二等車廂，跟在這二等車廂後面的才是五、六節三等車廂。這時，在那僅有的二等車廂的絨布沙發椅上只稀稀疏疏地坐著十來個衣冠楚楚的日本人，舒舒服服地看著報紙或抽著煙斗，而那幾節三等車廂的木條椅上不但坐滿台灣鄉下人，連那走道上也站滿了小販與農夫，大家把車廂擠得水洩不通，幾乎連呼吸的空間也沒有了。

就在這列火車來到『鳳山鐵橋』之前的湖口小火車站時，有兩位乘客上了火車，一位是日本產科醫生，另一位是臨盆待產的鄉下農婦，就在這一刻，那日本醫生正安坐在二等車廂裡望著窗外那一帶丘陵陰鬱的景色，而那農婦就歪在三等車廂的木條椅子，咬牙切齒忍受著割腹的陣痛。

原來這日本醫生是在新竹開業的唯一產科醫生，他年紀已經六十開外了，卻天生一副少有的慈悲臉容，就在這天早晨，他接到一通長途電話，說湖口有一位農婦難產，當地那鄉下的助產士無法替她接生，請他火急來湖口幫忙接生。通常日本醫生是不輕易勞駕去救一位台灣的鄉下農婦的，可是這日本醫生就是一肚子好心腸，他掛了電話之後，便搭了第一班北上的火車來湖口看這位農婦，檢查之下，發現她的病情不是他可以就地處理的，必須帶回新竹的醫院才有足夠的設備可以安全替她接生，因此他便親自扶了這農婦從湖口上了這列火車。

火車從湖口開了差不多半個小時，已過了新豐，開始駛下鳳山溪谷前的那段大斜坡，由於速度急驟加速又拐著那個大彎，火車的車輪突然嘰嘰吱吱地怪叫起來，彷彿是隔壁三等車廂那位農婦痛苦的呻吟，引得這年老善良的日本醫生一時心神不寧，於是忍不住從那安適的座位站起，返身走向後一節擁擠的三等車廂，想探望那可憐的農婦……就在這醫生跨過銜接那兩部車廂的腳踏鐵板，踩上那三等車廂的欄杆過道時，由於車速過快加上鐵軌雨濕，那火車頭連同第一節的二等車廂便從那醫生的腳跟摔出了鐵軌，掉進『鳳山鐵橋』下那洶湧的溪水，流到大海去了。

那火車頭和那節二等車廂，事後在離溪口不遠的海灘從沙裡撈起，車廂裡連一具日本人的屍體都找不到了。至於那五、六節三等車廂裡的台灣人，當時都安安穩穩地停在『鳳山鐵橋』上，等另一隻火車頭來把他們的車廂拖到對岸的新竹去。就在這個晚上，那日本醫生終於爲那農婦安全接生，生下一個可愛的小男孩。

這日本醫生就因爲一時的善心而逃了一場滅頂的大難，而這農婦也因爲這日本醫生的慈悲而得免死於難產，至於這小男孩更是他們兩人的恩賜，否則也不至於活到今天，講這故事給你們兩位聽了。」

幸男說完了故事，帶著三分神秘的表情對明德和大成微笑，而後兩者被那故事的眞情所感動，一時說不出話來，過了老半晌，大成才終於打破沉默點頭道：

「嗯，嗯……你母親就因爲這日本醫生救了你們母子兩人的命才決心要做『皇民』的。」

幸男並不回答，只繼續含蘊地微笑。

「我倒想問你一句，」明德也終於開口問幸男道：「這位好心的日本醫生叫什麼名字？」

「叫『高橋善一』。」幸男答道。

「哦！原來他叫『高橋善一』？也難怪你改姓『高橋』叫『高橋幸男』了！」

明德說畢，三個人同時開懷大笑起來，這時天已幾乎全黑了，他們才跨上腳踏車，蹣跚地騎回「新竹中學」的宿舍來。

七

「新竹中學」的鬼木校長在學生圈子裡有一個地下綽號叫「生番校長」，這是因爲他當校長十幾年以來，一向主張用鐵硬手段對付學生，不但在教務會議上對每位教學或級任的先生極力宣揚，而且還身體力行，見到不良的學生就拳打腳踢，至於怒聲苛責就更不必提了。這剛好與江東蘭的教育觀念大相逕庭，東蘭對學生一向以善字做爲出發點，遇到越軌的學生從來也不願加以體罰，只把他們叫到辦公室來，好心相勸，諄諄善誘，使學生自己知道過錯而自動走上正軌。每每看見東蘭那麼大的耐心去教育學生，鬼木校長便會暴跳如雷，對東蘭大聲怒叱：

「江先生，你這不行！你對學生太仁慈了，一定要鐵硬！必要時，一定要體罰！否則整個學校就要造反了！」

東蘭聽了鬼木校長的訓話，總是默默隱忍，不加以回答。

不知道是不是與體質有關係，鬼木校長天生就是怪戾的脾氣，隨著歲月的增添與形容的枯槁，他愈變愈暴躁了，特別自從「蘆溝橋事變」以來，他變得更加敏感易怒，彷彿劍拔弩張，隨時遇到任何不適意的事，就有一觸即發之勢。

有一天，在朝會訓話的時候，那立在木架講台上的鬼木校長，突然心血來潮提起他極力推行的「皇民化運動」，隨著情緒激昂起來，幾乎是語無倫次地用這題目發了一大段議論之後，他更口沫四濺手舞腳跺地對著講台下兩千多個師生說道：

「自從『總督府』通令全島推行『皇民化運動』，本校也積極響應這偉大明智的運動，幾個月努力下來，本校數以百計的『本島人』都踴躍改姓名做了『皇民』，特別是本校四、五十位教職員，無論上至校長下至校工，各個都有光榮的『日本姓』，唯獨一位『本島先生』，至今還不願改成『日本姓』，雖經我三番五次直接間接的勸說，他仍然固執要用他那不登大雅的『支那姓』，我不必對大家說，你們大家也知道這一位便是『江東蘭先生』！」

鬼木校長的訓話戛然而止，全校幾千隻眼同時轉向江東蘭的身上，而他則立在他那級任班隊伍的右前方，昂首直視，沒有半點動靜。鬼木校長喘了幾口氣，繼續激動地說了下去：

「各位同學，在這個全國上下同心協力與支那作戰的非常時候，『江先生』拒絕參與『皇民化運動』，是明白的『非國民』行爲！而做爲教育學生的『師表』，這更是『不愛國』行爲！說得更正確一點，這根本就是『叛國』行爲！『江先生』與他同輩的『本島先生』相比不必說，就與他所擔任的班級學生相比，他也應該感到慚愧，譬如他班裡的一位叫『高橋幸男』的『本島學生』，他就是本校第一個改姓而做『皇民』的，而他的先生竟然不如他，這不但是『江先生』本人的羞恥！更是我們『新竹中學』全校兩千多位師生的羞恥！」

鬼木校長又在台上上氣不接下氣地喘息，而台下的東蘭依舊保持他原來昂首直視的姿勢，鬼木校長瘦骨嶙峋的形骸與「枯藤、老樹、昏鴉」這句子形成的聯想突然又在東蘭的腦海裡湧現。就在東蘭的左後方，周明德偷偷地用肘去碰高橋幸男的肘，令後者臉紅到耳根，而就在他們的後排，有兩個日本學生——一個叫「野口」，另一個叫「武田」——正在嬉戲貪玩，低聲說話，並且用揹在背後的手絞扭角鬥著……

「那兩個『江先生』班裡蠢動的學生是誰？站到講台前面來！」

突然鬼木校長在講台上吼道，把他那枯枝般的手臂直往東蘭班級的隊伍指來。隊伍裡的說話聲立刻止了，卻是沒有任何動靜。鬼木校長在台上等了幾秒鐘，又怒吼了一聲，仍是沒有動靜，忽地，他從那高台上一躍而下，落地時扭了左腳踝，跪了一下，卻又奮力站直起來，一拐一拐地衝到隊伍來，一把捉住野口的領口，另一把擒住武田的袖子，拉拉扯扯，把兩個學生拖到講台下前面，左右開弓，給每個學生摑了七、八個耳光，又提起腳來往他們大腿猛蹬，蹬得兩人七歪八斜，倒在地上，又爬了起來……

鬼木校長一直踢打到腳瘦手麻才止，然後顫巍巍地援著木梯又爬到講台上去，想再繼續訓話，卻已經沒有一絲力氣，於是把手一揮，沙啞地叫一聲：「解散……」彎腰駝背從台上走下來。

這一天，東蘭心緒紊亂已極，頭腦暴脹欲裂，他不知道他是如何教完這天的英文的，好難得挨到傍晚下完課，他才遠離了教室，遠離了辦公室，獨自一個人沿著操場西邊的那一列榕樹漫步，不知不覺踱到那條由山上蜿蜒流下的小溪邊，那溪水潺潺低吟著，就像往日一般無二，就在小溪的彎處，貯了一潭靜水，也不知幾時竟孵了一池蝌蚪，都靜靜地附著在池邊，偶爾才見一兩隻蝌蚪，擺著細小的尾巴，扭著斗大的肚腹，笨拙地從池的這邊游到池的那邊。東蘭一時把鬼木校長的事給忘淨了，蹲在池邊端詳起那一池蝌蚪來，順手拾起溪旁的一根枯枝，輕輕扔向池裡去，卻見大半數蝌蚪受這一震動，都往那水面的枯枝游來，依附在枝上，茫然無知地隨那枯枝漂向急流，轉瞬不見了，東蘭禁不住搖頭歎息起來……

「想不到你還有這份閒情出來野外欣賞風景！」

有人在東蘭的背後說，東蘭急遽轉過頭來，才發現原來是松下先生。這松下先生與東蘭一樣是「新竹中學」的英文教師，或許是所學與興趣相同的關係，平時談話也比較投機，是全校那四十幾個日本教師中對東蘭最了解最同情的一位。

東蘭見是松下先生，緊張的情緒才一時鬆懈下來，勉強裝出一副笑容，回道：

「要不然怎麼樣？難道從此就不再欣賞自然風景？」

松下先生也隨著東蘭半蹲在池邊望了一會那池裡的蝌蚪，感慨地說：

「其實鬼木校長今天朝會的時候，大可不必發那麼大的脾氣，他未免太小題大作了。」

「你可知道他這脾氣是對誰發的？松下先生，是對我發的，可是野口和武田卻遭了池魚之殃，只因爲我是他們的級任先生。」東蘭說。

「不過他們兩個人也太不檢點了。」松下先生說，沉吟了半晌，換成一種眞摯的口氣說道：「我倒想誠心地問你一句話，江先生，你對於鬼木校長今天對你的態度有何感想？」

「感想？有什麼感想？他一向對我就是如此，我已經麻木也十分習慣了，只是有一點我可以坦白告訴你，松下先生，他愈是這樣強迫我更改姓名，我愈覺得我原來的姓名十分可愛，愈是不願更改。」東蘭堅毅地說，不覺把兩隻拳頭握緊了。

「我十分了解你的心情，江先生，不但你們『本島人』，即使有些『內地人』也認爲『改姓名』是十分荒唐的事，特別是在教育機構裡面，這只是表面工作，一點意義也沒有，只有底下的爪牙才假意認眞，恐怕連上面發令的人也不把它當成一回事。前幾天我還在一本雜誌上讀到討論『皇民化運動』的文章，記得有一位作者寫道：『表面推行這種運動，一點也無助於多數的大眾，除非能誠心誠意平等對待，否則兩種種族與文化絕不可能融合爲一。』他說得眞對，我完全同意，這是我們當今融合教育的一大危機。」

松下先生滔滔不絕地說，東蘭瞅著眼睛望他，感動到了極點，從來也不曾聽人說這麼坦誠的眞話，而這話竟然出自一個日本人之口，他滿懷謝意，幾乎想立起來去擁抱松下先生，卻見松下先生不經意撿起一粒石卵，想往那半池蝌蚪丟，東蘭眼靈手快，忙把松下先生手裡的石卵攔住，扔到地上，回頭對那半池蝌蚪迅速一瞥，說道：

「別驚動牠們，讓牠們安靜吧。」

說罷，順手拍拍松下先生的肩膀，兩人都立了起來，對著操場走去。

「你好像對生靈很慈悲呢，江先生。」松下先生微笑地說。

「你可不是嗎？松下先生。」東蘭回答說。

於是兩人啞然相對，突然開懷大笑起來……

此後，東蘭過了一個月平靜的日子，不料在這月的月終，他得了一次嚴重的傷風，頭昏腦脹，喉嚨失聲，根本無法到學校上課，於是請假在家，休養了幾日，才慢慢好了起來。

回到中學的那天，一進辦公室，便見鬼木校長一臉冷峻的表情，連招呼也不打就閃身而過，而其他的幾位先生也都藉故遠離他的桌子，似乎是避嫌不敢與他交談，只有松下先生依然如故，隔著桌子笑臉跟他點頭，離開辦公室的時候，還故意繞過他的桌邊，低聲對他說：

「下午有話相談。」

說罷，裝成若無其事的樣子從門口走出去。

東蘭十分納悶，料想在他生病的期間，學校不知發生了什麼與他有關的大事，而從辦公室所有先生的詭譎行爲看來，這事對他似乎是凶多吉少，他一時焦慮起來，卻又無可奈何，仍然拖著沒完全恢復的弱身子，勉強到教室去上課，難得挨過了疲勞的一天，等下完課，已見松下先生在教室門口等他，他趕忙走過去，迫不及待地問道：

「到底發生了什麼事？」

「暫且不必問，先到小溪散步再說。」松下先生回答道。

於是兩個人便循著操場西邊的榕樹小徑，慢慢又走到那汩汩不停的小溪邊，松下背著雙手望了一會溪水，才轉過頭來對東蘭說：

「你不在學校的時候，鬼木校長召開了一次臨時教務會議，我不得不偷來告訴你。」

東蘭豎起了耳朵，目不轉睛地盯住松下先生，只是不開口，等著松下先生繼續說下去……

「討論的事項主要還是他一貫強調的『皇民化運動』。」松下先生說。

「這個題目我不知道已經聽他說過幾次了，是不是有什麼新的？」東蘭說。

「只有一點是新的，那跟你很有關係，江先生。」

「那是什麼？」東蘭問道，心裡忐忑起來。

「根據鬼木校長的說法——他要爲『新竹中學』樹立一個目標，使全校師生姓名純一『日本化』，爲了達到這個目標，他不惜將不改姓的師生遣往其他學校。」

東蘭猛然愣了一下，幾乎停止了呼吸，慢慢又恢復了正常，心跳也緩和下來，淡淡地說：

「松下先生，他這目標的主要對象是我，所謂『師生』，其實只是指『教師』，『學生』不過是陪襯而已。」

說到這裡，東蘭突然淒苦地冷笑起來，彎身拾起一塊長苔的破磚，丟向溪中，濺起一團水花，又繼續冷笑……

松下先生眼睜睜瞪著東蘭，爲他這意外的行徑感到萬分驚訝，詫異地問道：

「江先生，你到底怎麼啦？從來都沒見過你笑得這般厲害。」

「我在笑……」東蘭望著天邊回憶地說：「我在笑……當我第一天來到『新竹中學』，你知道鬼木校長對我說什麼嗎？他說：『江東蘭先生，你眞正是博學多聞的人哪，這「新竹中學」有你來當英文教師，眞正是我們全校師生的榮幸哪！』而他今天竟然樹立了一個目標，要把我遣往其他學校，你覺得好笑不好笑？哈，哈，哈……哈，哈，哈……哈，哈，哈……」

東蘭又繼續冷笑個不止，連松下先生也遏阻不了他，只得硬牽住他的手，把他拖回學校去。

這天回到家裡，東蘭橫眉直眼，悶聲不響，一吃飽晚飯，也不像往日到後院澆水、前院賞蘭，一逕把自己關在書房裡，並且吩咐陳芸不許任何人進來吵他。陳芸本是伶俐知輕重的妻子，傍晚一見丈夫的臉色早猜著一半，現在再聽他這麼鄭重吩咐，便明白一定有極度拂意的事發生在她丈夫身上，也不敢問，只遵命把河清和眞寧兩個已經上公學校的孩子趕到他們各自的讀書間，叫他們用功寫字，不許出來。另外又哄著最愛溜到書房找她父親撒嬌逗玩的小女兒眞靜早些上床睡覺，然後自己才泡了清茶，削了木瓜，一併用茶盤端著，悄悄挪進書房，把熱茶與木瓜放在書桌前，退了幾步，找了書房角落的一隻座蒲團來坐，靜靜地凝望東蘭……

東蘭在陳芸進來的時候曾經側臉瞥了她一下，過後又恢復他原來盤坐的姿勢，繼續仰視牆壁的那一片空白，他的書桌或榻榻米上一本書也沒有，可見他整晚都不曾看書，一直都是面壁冥想著什麼……

陳芸既不言語，也不願驚動東蘭，只一味地坐在那裡，一味地凝望他，終於聽見東蘭深深地歎了一口氣，一把抓起那已經變冷的茶杯，一飲而盡，將茶杯放回茶盤後，才把一雙無神的目光轉向陳芸的身上來……

「鬼木校長打算把我遣往別的學校去。」東蘭陰沉地說。

「爲什麼？……」

「因爲我不願更改姓名去做他們的『皇民』。」

陳芸把頭垂下，去望座蒲團右角一大朵褶折的百合……

「有時忍不住，眞想跑過去，當眾跟他理論，可是坐下來想想，這又有什麼用呢？學校掌在人手中，先生都是他同黨，你孤掌難鳴，不過自取其辱而已，何況爲人師表，必得維持尊嚴，也只好忍氣吞聲，忍耐下去，唉……」

在東蘭自言自語的當兒，陳芸抬起頭來直瞅著東蘭，全神貫注地聆聽著，一當他把話說完，她又把頭垂下，伸手撫弄那座蒲團的百合，想把花兒的褶痕抆平……

「我有一個『早稻田』的同學，他畢了業就到北京去教書，早幾年還曾寫信來，叫我也去那裡教書，我現在眞的很想去，只可惜那裡又發生戰爭。」

東蘭說罷，開始要切木瓜，陳芸連忙從座蒲團一躍而起，碎步走來靈巧地替東蘭切了，眼看他嚼起木瓜，才在他身邊屈膝跪坐下來。

「你記不記得『木谷博士』？在『早稻田』教我『英國詩選』的那位教授？我曾經跟你提起過……」東蘭吞下木瓜，轉頭問陳芸說。

陳芸沒有出聲，只脈脈頷首做答。

「他前幾個月才寫了一封信到學校來給我，問我想不想到琉球的『那霸學院』去教英文？那裡有一個教授缺，如果我想去，他願意給我推荐。怎麼樣？你想不想去？」

「你去哪裡，我就跟你到哪裡……」陳芸順意柔情地說。

東蘭又深深地歎了一口氣，搖搖頭說：

「只可惜那學院是在小島上，只怕你們母子太寂寞了，何況那小島依舊在日本人的統治之下，與台灣沒有兩樣，又何必去？」

東蘭說罷，又仰頭去望牆壁的那片空白……

以後連著幾日，東蘭老是在書房的榻榻米上盤坐著，對住那堵白牆冥想，什麼心思都沒有了，連平日愛讀的文學書籍也不翻不看了。有一日，覺得那堵牆太空太白了，應該添些東西才好，爲了配合他此刻的心境，他於是叫人做了一個黑匾，刻了「百忍堂」三個斗大的金字，懸在牆上，日夜瞻仰。過了幾日，他開始覺得只有「百忍堂」三個字，實在太單調了，便自己磨硯揮毫，寫了一行日文名言，叫人裱了，掛在那「百忍堂」黑匾的下方，誰一踏進書房，便立刻映入他的眼裡，那行字是用草書寫的，寫得遒勁有力，道是：

不平は言わない❸

鬼木校長大概只是爲了逼東蘭就範，才故意在教務會議上揚言要把不改姓名的師生遣往其他學校，使會議上的先生們把風聲透露給他，其實鬼木校長恐怕沒有眞意也沒有權力如此做，所以儘管東蘭胸有成竹準備就戮，倒也不見刀斧落下來，只是東蘭日復一日，倍感孤獨、落寞寡歡，終至憂鬱失眠，對人生失去了興趣。直到有一天，無意之間，在一本攤開的「禪骨禪肉」的古冊裡，瞥見一則寓言，他的生命才有了轉機，那則寓言寫道：

佛陀有一次對他的徒眾說了如下一則寓言。

有一天，一個人在荒野遇到了一隻老虎，於是他拚命逃奔，但那隻老虎卻緊追不捨。他終於跑到一處懸崖的邊緣，便循著一條枯藤，攀援而下，懸在半空中搖盪。他抬頭仰望，見那隻老虎還在向他咆哮，低頭下望，不意又見另一隻老虎張著血盆大口在地上對他怒吼。這令他驚懼萬分，顫抖不已，因爲他只有這一條枯藤可以繫攀。就在此時，又有一隻白鼠和另一隻黑鼠，正一點一點地嚙啃那條枯藤，但他忽見眼前不遠處有

❸不平は言わない：漢譯，意(不平不必說)。

一粒鮮紅的草莓，於是他一手攀藤，用另一手去採那粒草莓。他將草莓送入口中，嚐了一下，那味道好美啊！

東蘭拍掌叫絕，深有所悟，從此又恢復往昔的習慣，整日忘情於文學，而且開始喝起酒來。

八

「新竹中學」自從創校以來，便以一對一的比例兼收日本學生與台灣學生，這個比例並不意味新竹廳內日本學生與台灣學生應考的正常比例，其實日本人與台灣人相比起來，少之又少，只爲了提高日本學生的名額，鬼木校長將台灣學生特別過濾，只允許與日本人相同的數目讓他們入學。儘管如此，因爲行之有素，而且雙方數目也相當平衡，所以十幾年來，倒也相安無事，沒有什麼重大的摩擦事件發生。可是自從「七七事變」發生以來，鬼木校長卻一改以往的慣例，把日本學生與台灣學生的入學比例改爲二與一之比，由於在量上佔了優勢，又加上對中國的戰爭燃起對台灣人的連帶仇視，一些日本學生便驕橫暴戾起來，對台灣學生百般凌辱欺侮，少數的台灣學生也警覺起來，常常受不了氣，便還以顏色，於是雙方吵架群毆的事件，迭出無窮，鬧得校內校外雞犬不寧。對於這類事件的處理，鬼木校長自不必說，即使連多數的先生，因爲都是日本人，也都不顧是非，一味偏袒他們日本學生，使得台灣學生火上加油，有時也就不顧死活，拚命與他們一決雌雄了。

可是在諸多偏心的日本先生當中，除了松下先生之外，倒也出了另一個大平先生，這大平先生是剛從日本來任體育教師的小伙子，年紀大約二十五左右，生得滿面紅光，熊肩虎背，他經常笑口常開，與學生打成一片，既愛說故事，也愛說笑話，完全沒有一般日本先生的氣燄與威勢，因此很得學生的歡心，尤其贏得台灣學生的敬愛，原因是他為人公正，對日本學生或台灣學生一視同仁。

無論是柔道、劍道、跳箱……各樣體育項目，大平先生無所不教，但他最偏愛的卻是日本一千年留傳下來的國技——「相撲」，「新竹中學」的體育課程一向缺少這項目，這叫大平先生十分驚訝，因此他一進「新竹中學」不久，便設立了一個相撲競技場，然後幾乎是每一節體育課，大平先生總愛對學生講解這個日本傳統的運動項目。

有一天的體育課，大平先生把周明德的這班學生帶到新開設的相撲競技場來，那場的中央一塊沙地，用蔴繩圍了一個直徑十五尺的大圓圈、大平先生叫學生圍坐在圓圈周圍，他自己便立在圓中央，對大家講起課來：

「『相撲』是日本獨一無二的傳統優良的競技運動，這種運動的規則十分簡單，就是兩位比賽的選手，只許著兜巾和腰帶，各立在圓圈之內，抓住對方的腰帶，設法把對方推出圓圈，抱出圓圈，或將對方摔倒在地上。凡是被對方推出或抱出了圓圈，或是兩足以外的任何一部分身體在圈內著地，都算是輸。這比賽的勝負當然決定在你的體重和臂力，但最重要還是決定在你的機智和技巧，往往兩個比賽者在圓圈裡牴角推移了老半天，只一個敏捷的動作，勝負就決定了！」

大平先生停了一會，見每個學生都興趣盎然，睁大眼睛在諦聽，感到十分滿意，於是自信地點點頭，又繼續說了下去：

「我剛才說的只是『相撲』的比賽規則，這沒有什麼意思，可能你們想知道一些內地相撲職業選手的實際比賽情況，現在我就再補充一下。所謂相撲職業選手都是在全國各地挑選出來，集中加以專業訓練，這些選手本來身體就很健壯，又特別給他們吃極富營養的食物，所以個個都長得肥大武頓，都有兩、三百斤的重量。在全日本共有五間相撲的『國技館』，分散在全國各地，這些相撲選手便一年到頭，分別到各地的『國技館』比賽，最後的決賽才在東京那間最大的『國技館』舉行。這比賽的儀式一律遵行古禮，那裁判穿著一件古式和服，戴一頂烏紗帽，穿一雙白色足袋，手把著一支黑色芭蕉扇，在圓圈之內來回跑動，決定雙方的勝負。相撲的選手分很多等級，最高級叫『橫綱』，第二級叫『大關』，第三級叫『關脇』，以下還有其他等級的名目。所有選手每一年大賽之後，勝的就晉級，輸的就降級，愈是高級的選手，愈有人服侍他，舉凡穿衣、梳髮、洗腳、擦背……都由下級的選手來服務。因此一旦當了選手，便只能晉級不能降級了，否則原先由別人來替他洗腳擦背，以後反而要爲別人洗腳擦背了。」

全班學生聽了，亂成一團，都開心笑了，大平先生見了，也樂不可支，自己也陪學生大笑起來。

「大平先生——」在座的武田立起來大聲地叫道：「你一定知道很多著名的相撲選手，你可不可以說些他們有趣的故事？」

「歷史上著名的相撲選手何止幾百？他們每個人的故事幾乎都是一部有趣的傳奇，要說哪裡說得完？」大平先生說，沉思了半晌，忽地把頭猛然一點，雙手一拍，得意地叫道：「好！如果你們大家想聽，我就說最近的『橫綱』——『山葉杉』的故事好了！山葉杉眞是日本相撲界的奇才，他長得並不十分肥大，可是他臂力過人，而且動作靈捷無比，自從被人甄選當了選手之後，不到三年的工夫，就由最下級的選手，一再晉升，最後由『關脇』而『大關』，再由『大關』而坐上『橫綱』的寶座。奇的倒不是山葉杉在很短的期間坐上『橫綱』的寶座，其實歷史上也有幾個昇得比他快的，可是像他以後連續坐了七年寶座可就空前未有了，但更有趣的是他前年一結婚，就被摔得落花流水，不但失了『橫綱』的寶座，連其次的『大關』和『關脇』都保不住，這令他感到奇恥大辱，於是去年他就隔離了新婚的太太，一個人退隱到深山森林裡去修鍊，一整年全不露面，也不出來參加比賽，到了今年才從山裡出現，參加了大賽，終於又把『橫綱』奪了回來，從此宣佈退休，不再參加比賽了。」

大家默不做聲，直等到大平先生把故事說完，一時大家才爲山葉杉感慨唏噓起來，還在大家歎息未平之際，野口卻打破氣氛，半蹲在地上說：

「大平先生，大平先生，原先山葉杉一直都由別人來替他洗腳擦背，怎麼一結了婚，就得去爲別人洗腳擦背呢？」

大平先生聽了這話，首先捧腹大笑起來，看了所有學生也都神秘地在下面笑，大平先生才忍住笑聲，一半正經一半玩笑地回答道：

「這你們都還太小，現在不懂，將來大了自然就懂。」

沒等大平先生把話說完，武田已經立起來搶著說：

「我們現在已經懂了！」

說完，師生都笑成一團，把個相撲競技場的屋頂幾乎都要掀掉了。

從這一天開始，大平先生差不多每節體育課，都教明德這班的學生一些相撲的基本動作，等他們熟習了，便領他們到相撲競技場上來眞正練習相撲。這相撲對明德本來就十分新鮮，又加上大平先生諄諄善導，使明德發生了濃厚興趣，於是便時常同金大成互相研究，有時甚至還相邀到沙堆上較量與琢磨，不久技術果然勇猛精進，成績也幾乎與金大成不分軒輊了。

這個學期快結束之前，爲了展覽他的教學成果，大平先生聯合了他教的幾班同年級學生，在相撲競技場舉行了一次「相撲大賽」，到時請了全校的師生，來競技場觀賽。爲了表示這比賽的隆重，大平先生親自去訂做了三條優勝的綬帶：黑色的帶上繡了「橫綱」兩個大字，棕色的帶上繡了「大關」兩字，另外白色的帶上才繡了「關脇」兩字，以便授給得勝的學生。因爲是「新竹中學」有史以來的首次「相撲比賽」，所以盛況空前，儼然有正式職業相撲大賽之勢，看的人十分熱烈，比賽的學生也十分賣力。裁判由大平先生親自擔任，他鐵面無私，公平執扇，他在蔴繩圓圈裡來往跳躍，汗水大粒小粒地流，聽著比賽學生的氣喘聲，和著圈外觀眾的喝采聲，感到無限的滿足與快樂。

這場「相撲大賽」的結果，前三名優勝者都被明德一班裡的學生囊括殆盡了，金大成、武田、明德依序得了第一、第二、第三名，結果由鬼木校長走上來給他們三個掛勝利的綬帶。金大成掛上了黑色的「橫綱」帶，武田掛了棕色的「大關」帶，而明德則掛了白色的「關脇」帶。全場掌聲如雷，貫耳欲聾，大成與明德都面露喜色，唯武田卻帶著忌妒之色，不時用不屑的眼光去乜大成胸前繡著「橫綱」的黑帶。

就在這場相撲大賽過後一個禮拜，明德、大成和幸男三個人又騎了腳踏車來新竹街閒逛，不期然又騎進了新竹公園，在樹叢與花徑之間踏了幾圈之後，便把腳踏車停在幽徑邊的草地上，三個人都往池邊的大石上坐下來。那石縫之間長了幾叢青嫩的三葉草，他們三人各拔了一把，好玩地鬥了一會三葉草，把拉斷的葉子都扔進池裡，抬頭去望那池中心的睡蓮和幾隻在蓮葉之間悠游的水鴨。

驀然，一陣嬉笑與輪聲從樹叢之間傳來，才不久，便有兩部腳踏車從幽徑飛馳而過，仔細看，才知道原來竟是野口與武田那兩位日本學生。他們兩人也同時瞥見了明德三人，只見他們兩人的臉色立刻變沉了，嬉笑之聲也戛然而止，都斜著眼睛往明德他們瞄一眼，踩著他們的腳踏車往前馳去。明德三人只目送走他們似鬼的影子，也不再去顧他們，又回過頭去望那戲水的鴨子，並且開始閒聊起來。

也不知幾時，野口與武田繞完了池塘一周，又回到原處，兩人都不再騎車，都推著車子，幽靈般地走近了池旁，歪在傾斜的車架上，野口挑釁地直對著幸男說：

「喂！『猴子樣』！別自以爲改了『高橋』就眞的變做日本人哪！還差得遠呢，別忘記無論你怎麼改，到底還是本島產的『台灣猴』哪！」

幸男這邊啞口無言，野口那邊咧口大笑起來，笑得把腳踏車來回搖晃，叫人難忍，但更令人氣憤的是野口竟還用口哨吹起「桃太郎」的曲子──那家喻戶曉敘說桃太郎如何用飯團誘使猴子跟他一起去打鬼的童謠……

野口把「桃太郎」吹完了，見這邊沒有反應，似乎覺得有些掃興，於是他退下去，改由武田登場，他更往他們三人挪近，挑了大成，直對著他的臉，衝口便道：

「喂！『高麗蔘』！也別以爲你相撲得了最優勝就眞的變做日本的『橫綱』了，大不了也算個高麗的『橫綱』，你終究也不過是高麗產的『菜蔘』，有什麼了不起？呸！」

大成咬牙切齒，雙眼直瞪，兩手緊握，直使手指的骨節達達地鳴響，卻還是忍耐著，讓拳頭放鬆了。武田也想學野口哼一些曲子來揶揄對方，「桃太郎」似乎不合大成的身分，搜索枯腸一番，找不到什麼曲子可哼，只好放棄了，於是冷笑了幾聲，閉嘴對大成斜乜幾眼，也覺得沒趣，兩個人推著車子，跨上座騎去了。

已經不見野口和武田的影子了，大成突然發了一陣狂勁，將腳下的所有三葉草，幾把拔光了，猛力丟到池裡去，抬頭見那幾隻水鴨游到池邊來，呱呱地發出叫人心煩的聲音，大成便去拾了一塊瓦片，擲向那群鴨子，擊中了一隻，從水裡躍出空中，於是其餘的鴨子也都跟著那隻撲翅飛到池的另一邊去了。

等那股鴨風平息了，而池塘的水波也靜止下來，大成才深深地吸了一口長氣，感慨萬千地說：

「聽我父親說，自從『日韓合併』以來，我們高麗人就沒有好日子過。日本人對高麗人的歧視是我們日常生活的一部分，在一般社會裡，日本人的薪水是高麗人的三倍，日本人要當皇軍，高麗人也一樣得當皇軍，但日本兵卻永遠把高麗兵看低一等，對他們說：『喂！把正步踢好，別以爲你們就是日本人哪！』就跟武田剛才對我說的完全一樣。」

明德和幸男面面相覷，他們從來都沒聽過大成發出這樣的不平之鳴，這還是同學幾年來的第一遭，所以特別感到驚訝，默默地呆望著他。

「我們高麗學生在學校都要讀『國體本義』，每天都要聽明治天皇的『教育敕語』，而所有高麗人都得到日本神社參拜，都得像鸚鵡學語，用日本話宣誓說：『我們是大日本帝國的臣民，我們要爲天皇陛下盡忠……』」大成說。

「但我們台灣學生現在還不是要讀『國體本義』，也要聽明治天皇的『教育敕語』？」幸男疑惑地說。

「哦，但是還有一些分別，因爲台灣早高麗十五年併入日本，所以他們對台灣人還算客氣一些，高麗晚十五年才併入日本，所以他們對高麗人就不客氣了，要比對台灣人凶惡十倍！我沒聽過有台灣婦女被調到軍中去的，可是他們就把大批的高麗婦女強徵到滿洲去慰勞『關東軍』，這是最可惡的了！」大成憤憤地說，又握緊了兩隻拳頭。

三個人又議論了一會，氣都還未平息，忽然又聽見車輪聲，野口和武田快車從池邊馳過，一邊還側過頭來大聲鬼叫：「台灣猴！」「高麗蔘！」……使得大成再也按捺不住，便從石上一躍而起，推動腳踏車，縱身一跳，騎上座位，踩緊踏板，對著野口和武田飛馳而去……

野口和武田見大成單騎追來，來勢凶猛，便知大事不妙，也加快踏板，向前逃遁，可是大成卻跟住落後的武田，緊追不放，他們在叢藪矮樹之間追逐了好一陣子，終於大成與武田之間的距離漸漸拉近了，等到只剩半隻車身的距離，大成再輕身一躍，像隻猛虎似地直撲武田的脊背，兩人立時自車上翻落下來，在地上打了兩滾，武田才勉強爬起半個身，已經先立起的大成便往他的左頰揮了一拳，武田晃了一下，眼前一陣暈眩，才稍微清醒，右頰便又挨了另外一拳，於是往後朝天仰倒在地上，大成仍不放手，又往他身上猛撲了過來，武田奮力掙扎，與大成扭打成一團。兩人在地上翻滾了一會，大成終於騎在武田的背上，一手卡住他的脖子，另一手把他的左臂由裡往外扭轉過來，痛得武田在胯下哀號呻吟，像隻被手掌鎮壓的螃蟹，只見蟹足舞蹈，不見蟹身移動……

野口繞了一個圈子又回來了，他下了車，正想來解武田的圍，不料明德與幸男也騎車及時趕到，野口眼看明德得過相撲「關脇」，而且自己又寡不敵眾，只好立在旁邊袖手觀戰，不敢輕易插足……

有一陣，大成的右手鬆弛了一下，武田便歪過頭來，只見他滿嘴沙土與枯草，嗯嗯地哀求道：

「金……大……成，饒……了……我……吧……」

「看你再敢叫我『高麗蔘』不敢！」大成罵道，又一掌把武田的整張臉壓在沙裡。

「不……敢……了，不……敢……了……」武田含著沙悶聲地說。

大成這才慢慢自武田的背上立起，跨步而立，雙手插腰，看武田從地上爬起，用上臂拭了拭臉上的沙土，悻悻地推著腳踏車，隨在野口的後頭狼狽走了。

從此以後，大成他們三人過了一段相當平靜的日子，無論他們騎車往哪裡去，再也聽不到「台灣猴」與「高麗蔘」的叫聲，原來野口和武田見到他們，老遠老遠就避開了。

可是才不過三個月，大成的父親因為轉調到高雄船廠去做工，大成也就隨他父母離開新竹往高雄去了，於是明德與幸男便頓時感到孤單起來。

九

為了配合戰時的需要，「新竹中學」的學生除了在校中接受軍事訓練，暑假期間還得到香山的海邊露營，並且沿著海岸挖掘壕溝，以鍛鍊學生的體力與耐力。在野外訓練期間，班級導師一律要隨班露營，監督學生的生活與行動，只允許他們幾天才回家一次去探望家屬。

這一天傍晚，東蘭監督了一整天學生的挖溝之後，拖著疲憊與汗臭的身子，回到新竹家裡，難得好好洗了一次熱水澡，讀了一晚書，第二天早上，便又趕回香山海邊的營地來。

東蘭才在自己營帳的臨時桌子前坐下來，便見周明德走進帳門，忸怩地站在他的面前，似乎想說什麼，卻又不敢說，於是東蘭只好開口問他說：

「明德，有什麼事情嗎？你儘管說。」

「江先生，昨天夜裡你不在的時候，高橋幸男挨他們日本學生打，流了一鼻子血，好像打得很重的樣子。」

「是誰打的？」東蘭心裡一怔，立起來說。

「武田和野口兩個。」

「又是他們兩個！」東蘭拍桌子說：「現在幸男在哪裡？」

「在他的營帳裡。」明德說。

東蘭跟隨明德來到幸男的營帳，帳裡的其他學生都起床去漱口洗臉了，唯獨幸男還猥瑟在帆布軍床上，蓋一張國防色的軍毯，還在朦朧的夢中，東蘭發現他面目曲腫，這裡一塊青，那裡一塊紫，鼻血雖然止了，卻還留著兩道乾黑的血溝。

明德想喚醒幸男，東蘭不忍，想讓他多休息一會，便伸手阻擋了明德，正想回身走出營帳，卻不小心踢到床腳，幸男猛烈一個翻身，下意識做出一個防禦的姿勢，睜開眼看清是東蘭和明德，才鬆弛下來，綻開了痛苦的微笑，輕叫一聲：

「江先生……」

「你傷得很重嗎?幸男——」東蘭悲憫地問，低下頭仔細去審視幸男的傷，搖起頭來：「嘖，嘖，嘖，看打成這個樣子，所爲何來?」

幸男默默地面對著東蘭，一語不發，他似乎有爬起來的意圖，東蘭忙把他按下，溫柔地對他說道：

「你還得休息，我等一下再去跟教官說，叫他給你半天病假，想出來下午再出來好了，我現在得去找武田和野口兩個人，非問個清楚不可!」

步出幸男的帳篷，東蘭逕自往武田與野口的帳篷走來，走了幾十步路，來到帳門口，遠遠看見武田和野口兩人洗完了臉，正捧著臉盆與牙刷邊談邊走回來，他們似乎也瞥見了東蘭，便停了腳，有驚怯之色。東蘭對他們招手，於是他們只得姍姍地走了過來，三個人都進了營帳，東蘭先叫他們把漱具收好，自己去把帳門放下，都在軍床上坐下來了，才問他們說：

「武田、野口，你們老實告訴我，爲什麼把幸男打得頭破血流，傷得早上都爬不起來？」

武田和野口你看看我，我看看你，用舌去舔嘴唇，一時沒敢回答，最後武田用肘去碰野口的肘，促他說話，後者才鼓起勇氣，開口回答道：

「都是高橋幸男不好，是他先惹事，我們才打他。」

「爲什麼他不好？他怎麼惹事？你說來讓我聽聽，野口君。」東蘭追問說。

「昨天晚上，大概是深夜的樣子，我和武田已經入睡了，有人把臭溝的污泥丟進我們的帳篷，害我們無法睡覺。」

野口停了半晌，似乎在回憶裡搜索著，這同時，有一個念頭閃過東蘭的腦海，準是一些台灣學生爲了報復平時受日本學生的侮辱，才做出這種夜襲的勾當。

「我們突然醒來，衝出帳門口去查看，看見三、四個影子向四面跑掉，從後面看，其中一個就是高橋幸男。」野口說。

東蘭聽著，往帳裡的地上巡視了一回，果然看見幾塊污黑的泥巴還留在床腳底下，而且還聞得到稀微的臭味，他同意地點起頭，相信了野口的話。

「只是有一點，野口君，你剛才說你是在深夜中醒來的？」東蘭問。

野口與武田兩個人都劇烈地點頭……

「昨天是陰曆初二，所以天上沒有月亮，而你又說是在深夜，那麼帳篷外面一定十分黑暗，你說你看見三、四個影子，這我相信，因爲至少你可以從他們的跑步聲判斷出來，可是你怎麼能夠認出其中一個便是高橋幸男呢？你解釋給我聽聽看！」東蘭說，開始有些生氣的顏色。

野口與武田咬著嘴唇，把頭垂下了，一句也不敢再回答。於是東蘭繼續說下去：

「學校當局不是明文禁止你們同學之間打架嗎？即使高橋幸男眞的那樣惡作劇，你們來告訴我一聲就好，我自然會重重處罰他，又何必兩個人合起來打他一個？而且打得那麼厲害，流了那麼多鼻血，連床都爬不起來。」

眼看野口和武田默認了他們的罪過，東蘭也不體罰他們，只嚴厲地訓了他們一頓，然後對他們講起「人類應該互愛」的道理……

這事之後，東蘭平靜地過了兩個月，暑假結束了，新的學期又開始，班裡的學生又回到學校來上課。

有一個禮拜六，東蘭的英語課裡少了幾個人，其中包括幸男、武田、野口以及其他幾個平時好動的學生，東蘭便問明德他們到哪裡去？明德回答說不知道，他遂問了另外的學生，他們也給了東蘭同樣的回答，這令東蘭十分納悶，於是下課後便到他們的宿舍去查看，也不見他們臥病在床，只好揣度他們大概溜課回家也說不定，這種事情以前也曾發生過，所以東蘭也不再追究，猜想下個禮拜他們就會回來學校，便離開學校回到家裡來。

這一夜也沒有事情發生，第二天，東蘭在自己的花園裡剪枝翻土，從早上一直忙到傍晚，便完全把學生們缺席上課的事給忘了。晚飯後，坐在「百忍堂」的書房獨自看書，猝然聽到一陣急烈的敲門聲，陳芸奔出去開門，過不了一分鐘，書房的紙門打開了，陳芸領了兩位客人出現在門口，其中一個是周明德，後面跟著另一個四十歲左右的陌生婦人，一身日式洋服，一臉清濤，態度斯文有禮。

東蘭對陳芸揮一下手，陳芸便會意地退了出去，然後他才對明德和那婦人招手，請他們走進書房，這時東蘭才注意到那婦人臉上的蒼白與焦慮之色，一雙眼睛飢渴地盯住東蘭。至於明德，他卻被白壁上的那三個「百忍堂」的大金字以及那匾下的那一行「不平は言わない」草書吸引住了。

「江先生，我的兒子高橋幸男不見了……」那婦人不等東蘭開口便自動用純熟的日語先說了。

「眞的嗎？你怎麼會知道？高橋夫人？」東蘭驚異萬分地問。

「過去只要幸男不回湖口，我每個禮拜日都來學校看他。今天我照往日來宿舍看他，見他不在，問了他的同學和舍監，也說好幾天不見他了，他既不在學校，又沒回家，我眞十分擔心，所以才請周明德君帶我來見你，想問你知不知道幸男到底哪裡去了？……」高橋夫人憂戚滿面絮絮地說。

「高橋夫人，你這句話其實也正是我想要問你的，」東蘭搖搖頭十分不安地說：「到底幸男到哪裡去了？說實在話，我不知道，我還在奇怪上禮拜六他跟其他幾位同學爲什麼沒來上課呢。」

說罷，東蘭轉過頭去望明德，似乎想從他的臉上獲得一些幸男的消息，只是明德兩手一攤，聳一聳肩，一臉空白的表情。於是東蘭便從書桌站了起來，用一種果決的語調對高橋夫人說：

「有什麼事情發生了，不然這個孩子絕不會如此荒廢學業，我想我們現在就到校長宿舍去，相信他一定會有一些消息。」

東蘭走到玄關，陳芸早等在那裡來爲他披大衣，爲他提鞋子。出了大門口，東蘭叫了兩部人力車，一部他自己坐，另一部叫高橋夫人坐了，叫明德自己回學校宿舍，而他與高橋夫人則趕到鬼木校長的官舍裡來。

走進校長官舍的大門，由女中引他們兩人到客廳，只見鬼木校長早已在客廳裡，背手垂頭，來回踱步。東蘭指著高橋夫人遲疑地對校長說：

「鬼木校長，這位是高橋夫人，爲了她的兒子高橋幸男特地來拜見你。」

鬼木校長停了腳步，抬起頭來對高橋夫人瞅一眼，對東蘭不耐煩地揮揮手，說道：

「我知道！我知道！他們現在都在新竹警察署裡，我剛才接到電話，幸男、武田、野口……幾個學生，大部分都是你班裡的學生！」

東蘭怔得啞口無言，而高橋夫人則面呈死灰，低下頭去，眼角慢慢盈滿淚水，而鬼木校長又繼續在客廳裡踱步……

鬼木校長終於在那口圓窗之前止了步，望著窗外隱約的樹影，深深歎了一口氣，遽然返過身來，對東蘭說：

「江先生，你知不知道？幸男寫了一封信給他在日本的哥哥，批評我們學校裡的日本人，又說他想逃離這塊污臭骯髒的土地……江先生，他用了『污臭』和『骯髒』來形容我們！」

說罷，鬼木校長又轉回身去望窗外的樹影，一邊歎息，一邊頻頻搖起頭來。東蘭則出了一身冷汗，沒想到幸男如此天眞，竟然不知道在戰爭的非常時期，一切對內對外的信件都必須經過警察署的嚴密檢查。他不意回頭，發現高橋夫人用手帕掩面在抽泣……

從鬼木校長的官舍出來，東蘭與高橋夫人又馳車到「新竹警察署」來，那當值的巡查，約三十歲左右，大概是剛從日本新調上任的，還沒有沾染殖民地的官僚氣息，東蘭對他問及幸男的事情，他一臉和氣，直接了當便回答說：

「高橋幸男嗎？有，他就在我們署裡，他是個很乖的學生，可能是現在署裡這群中最乖的一個。」

高橋夫人在東蘭的背後偷偷地望著那巡查，豎著耳朵傾注地聽著，那巡查好奇地瞧了她一眼，東蘭忙爲她介紹了，說是高橋幸男的母親，那巡查同情地點點頭，又轉向東蘭，對他說：

「這類日本學生和台灣學生之間的衝突每個學校都有，但是我看啊，你們『新竹中學』恐怕是全島最厲害的一個了。他們打架的事件數都數不清，根據我們這裡的記錄，他們在公園裡打過、在火車站的倉庫後面打過、在城隍廟邊打過、在南寮海水浴場打過、在清草湖旁打過……所有這些打鬥如果不是我們事先獲得通報，而事後又妥善處理，後果就不堪設想了。現在這些肇事的頭子都暫時拘留在我們這裡，我已經給他們一頓教訓，特別是那幾個日本學生的頭子……高橋幸男？沒騙你，他是個乖孩子，這裡面最乖的一個。」

「巡查先生，」東蘭指著高橋夫人說：「高橋幸男的母親十分憂慮她兒子這次不幸事件，您是不是可以讓她見見她的兒子？」

「哦，那沒問題！」那巡查慨然回答說，憐憫地瞥高橋夫人一眼，回過頭來對東蘭說：「坦白而言，高橋幸男還是這打鬥事件的被害者呢。」

東蘭望著那巡查的背影隱入通往牢房的走廊裡，爲他那公正的熱忱，以及不輕易提起幸男寫信批評日本人的事，油然對他生起一片感激之情來。

不到片刻，幸男從那走廊的陰暗處走了出來，後面跟著那好心的巡查，他來到他母親的跟前，沉沉地垂著頭，沒敢望他的母親，而她卻牢牢地盯了他好一會，然後輕輕地說：

「幸男，你怎麼搞的？你怎麼做了這種傻事？你父親出征之前對你說了什麼？他不是告訴你要好好念書做一個好學生嗎？他叫你千萬不要跟同學打架……你想想看，他有沒有這樣說過？」

「媽媽，我什麼事也沒有做，眞的，什麼也沒有。」幸男抬起頭來，鎮靜地說。

「什麼？你說沒有？你還撒謊！你到底在給你哥哥的信裡寫了什麼？」高橋夫人問道。

「我只寫了一些事實，媽媽，我說的都是眞話。你根本不知道我們受多少苦，他們日本學生整天罵我們，欺負我們，打我們……」幸男說著，開始激動起來。

「這樣寫了又有什麼用？你應該要忍耐，我不懂你爲什麼不能忍耐，幸男……」高橋夫人說。

「我……不……能……，媽媽，誰能忍受得了？」幸男說，哭泣起來。

「你父親怎麼告訴你的？無論遇到什麼事情，你一定要學習忍耐，怎麼不記得了？想想他現在在支那前線受多少苦，他都能忍耐，你爲什麼不能忍耐？……」

她說著，一隻手伸到皮包裡，找出了手帕往眼睛擦淚，她想再說，可是聲音卻在喉裡哽住了。母子就這樣默默而立，相對而泣，東蘭不忍再看，把視線從他們母子的身上引開去……

那巡查看了這情景，似乎略有所動，東蘭於是上前一步，懇求他說：

「巡查先生，你是不是可以放他自由？你既然說他在這裡是很乖而且又是被害者，何況他的母親又在這裡，她可以向你保證她兒子以後不再做這種傻事。」

那巡查躊躇了半晌，終於點頭說道：

「當然可以，我十分了解他。」

聽了這話，高橋夫人哭傷的眼睛突然明亮起來，對巡查鞠躬，再三感謝他，不到幾分鐘，她便攜著兒子的手走出了警察署的石階。至於武田與野口兩個學生，東蘭在臨去之前也曾詢查說他們是群毆的禍首，所以必須多在署裡拘留幾天，才可以讓他們回去。

這一夜，把幸男送回「新竹中學」的學生宿舍後，高橋夫人才安心地回湖口去。第二天早上，東蘭爲了幸男寫信批評學校日本人的事情，親自來帶他往校長室向鬼木校長道歉。鬼木校長因爲幸男改日本姓做了「皇民」，又曾經在全校的師生前面褒獎過他，不便在東蘭面前發脾氣，遂強自隱忍，化怒爲笑，拍拍幸男的背，鼓勵他說：

「高橋幸男，乖乖做個好學生！」

卻不料幸男甩開了鬼木校長的手，反唇相譏地回答說：

「校長先生，你這句話應該對那些日本學生講，不止單單對我講。」

「爲什麼？」鬼木校長的臉色猝然鐵青，驚訝地說。

「他們太野了，整天欺負我們，命令我們向他們敬禮，罵我們『猴子，猴子，猴子……』」

「但你們不是也罵他們『狗仔』和『四腳』嗎？」鬼木校長說，開始發起脾氣來了。

幸男倔強不屈地說。

「當然，」幸男有力地點了一下頭：「因爲他們先罵我們，我們才回罵他們……但是校長先生，他們如何欺負我們，你一概都不曉得。」

「姆，姆，是這樣子嗎？」鬼木校長若有所思地說：「只是你不必跟他們打架……」

「當然我不想打架！」幸男打斷鬼木校長說：「可是誰忍受得了？我死也要跟他們拚！」

「爲什麼？」鬼木校長目瞪口呆地說，全身氣得打起顫來。

「因爲——我恨日本人！我恨日本人!!我恨日本人!!!」

說罷，幸男拔腿往校長室外跑，在門口甩脫了一雙鞋子，但仍然赤足跑過運動場，跑出了學校的大門。

從這天開始，高橋幸男就不再回到「新竹中學」來，他也沒回湖口去，好久之後，東蘭才從明德的口裡得知，幸男已偷搭輪船，跑到日本去了。

十

自從金大成搬到高雄之後，周明德便感到十分孤獨，而現在高橋幸男又離開了「新竹中學」，他就更加形單影隻落寞寡歡了，班裡雖然還有一些台灣同學，但不是志趣不投，便是個性不合，因此也難能結成好友，至於班上的日本同學，就更不必提了，他們對他不但不以朋友相待，反而樂見他成了離群之鳥，而把他當做圍獵的對象，這種心理表現在武田與野口的行爲上，比其他日本學生更甚十倍以上。

有一天早上，第三節課下課後的休息時間裡，明德因多做了筆記，所以比別人遲些離開教室，待他從座位起立，想到外面活動的時候，教室門口已立了五、六個日本學生，堵住門口，在閒聊說笑。明德走近他們，客氣地請他們讓路，其中兩人倒也移到一旁讓出空間給明德走過，明德急著離開他們，不意踢到武田故意伸出來的一隻腿，於是栽了一個跟斗，滾到地上去了，五、六個日本學生齊聲哄笑起來。

明德慢慢自地上爬起來，撫著額頭上凸腫的磕傷，怒視那些笑口大開東倒西歪的日本學生，只見野口從中走了出來，左手插腰，右手揮指，用一副造作的官腔對明德斥道：

「喂！猴子，小心點兒哪！怎麼只會爬樹不會走路啦？」

明德的臉上一陣緋紅，見他們又笑得前仆後仰，更氣得轉紅成紫，於是脖子變粗，雙手握緊，台灣話不覺脫口而出：

「無人情的『四腳狗』！台灣米攏給您吃了了！」

「你用台語說什麼？」野口逼著問。

「我說——」明德改用日語重複地說：「忘恩負義的『四腳狗』！台灣全島的米都被你們吃光光！」

聽了這話，野口便衝上來，扭住明德的胸領，出拳就打，而明德也不甘示弱，提起野口的腰，一個右迴旋，把他摔倒在地上，兩人便在教室門口揪打，一寸一寸滾到走廊上，不但原來的日本學生圍住觀戰，連操場上的一些台灣學生也跑來助陣，大家七手八腳，呼聲震天……

明德與野口正打得難分難解，忽然有一位日本先生從走廊經過，才把他們兩人喊停了，野口一手摩挲著掉了鈕扣的衣襟，一邊橫指著明德對那先生說：

「他罵我們日本人是『四腳狗』，說我們把他們台灣米都吃光。」

那先生瞠目結舌，表示不能相信台灣學生竟敢用這般火辣的字眼來侮辱日本人，便把野口與明德都帶到校長室，不久督學叫來了、教頭叫來了、少佐教官也叫來了，大家你一句我一句輪番追查明德說：

「你罵日本人是『四腳狗』，這是誰教你說的？」

明德頑強地咬緊牙根，堅不作答，只愣愣地把頭垂下，死盯住水泥地上一顆磨光的黑石子……

「你說我們日本人把台灣米都吃光，眞是膽大妄爲，這又是誰教你說的？」

明德仍然紋風不動，屹如鐵人，任誰過問，也不開口回答，令鬼木校長氣忿到極點，無可奈何地在校長室裡團團亂轉……

野口不到十分鐘便被放出來了，但明德卻繼續被關在校長室裡，受人查問。第四節課已經下課了，他還沒能出來，甚至午飯也沒得出來吃，一直關在裡面，關了一整個下午。

這一天傍晚學校放學之後，鬼木校長臨時召開緊急校務會議，會議就在大辦公廳舉行，全校教職員都參加了，當然江東蘭也不例外。

坐在桌首的鬼木校長首先立起來，對大家報告上午明德和野口兩位學生在校打架的事情，然後說這次打架起因於一個台灣學生對所有在台日本人的唾面侮辱，徵詢在會的先生教導們要如何來懲罰這個頑劣不馴的台灣學生。

聽了鬼木校長的雷雨之論，大家面面相覷，卻不敢輕發一言，於是鬼木校長便聲色俱厲地站起來說：

「我認爲像周明德這種品性不端的學生，除了『即刻開除』之外，實在別無其他更合適的處罰辦法！因爲他用『日本人把台灣米吃光』這種沒有天良的話來污衊我們日本人，眞是太可惡了！所以我主張『即刻開除』，贊成的先生請舉手。」

所有在座的人都舉手表示贊成，只有兩位不曾舉手，這兩位便是東蘭與松下先生。

鬼木校長看見竟然還有兩位先生反對他的主張，顯得有些尷尬，便稍稍鬆弛了臉上緊繃的橫肉，改成一種較溫和的態度，對東蘭和松下先生望望，然後開口先問松下先生說：

「那麼，松下先生，請問你爲什麼不贊成我的處罰辦法？」

「這不過是一場小孩子的吵架，只爲了這麼一點小事而開除一個學生，這未免太小題大作了，大可不必如此。」松下先生簡潔有力地回答。

鬼木校長的臉色泛紅起來，十分難堪的樣子，爲了遮掩他的失態，隨即又轉向東蘭，務使全場的注意力都集中在他身上，他問東蘭說：

「那麼你呢？江東蘭先生，我們想恭聽你的意見。」

東蘭也感覺整個會議室的幾十隻眼睛都投身在他的臉上，他沉吟了半晌，深深地吸了一口氣，然後立起來，義正辭嚴地回答道：

「正如松下先生剛才說的，這只是小孩的爭吵，又不是什麼多嚴重的大事，如果只爲了這種小事就去開除一個學生，我們豈不是要被外人笑話？不錯，周同學說了一些不當的話，可是教他改正錯誤導他步入正途不正是我們教育者的責任？……」

東蘭還沒把話說完，鬼木校長便往桌上猛力一拍，跳起來，大聲吼道：

「夠了！我們學校又不是『感化院』，我們不必要這種義務！」

於是周明德的開除就當場裁定通過了，鬼木校長回到校長室，親自把這校方的決定通知還在室內禁閉的明德，命他回他的宿舍收拾行李，吃過晚飯就可以離開學校。

這個晚上，東蘭盤坐在他的書房裡，滿腔悲憤，卻又無法可想，只鬱鬱地望著窗外無星的夜空，長吁短歎……

有人在敲門，陳芸急步走出去開門，帶了一位客人進來，當書房的紙門打開時，明德的影子在門口出現，他十分頹喪，背有些佝僂，突然老了五、六歲，沒等東蘭開口，他便打破沉默地說：

「江先生，我特地來向你告辭。」

「請進，請進，讓我們談談再走。」東蘭非常親切地說。

於是明德走了進來，舒緩地在東蘭的跟前跪坐下來，他抬起頭，那「百忍堂」三個斗大的金字在眼前映現，他沿著那匾額把視線順溜下來，又看到那幅草書，便在心裡默念道：「不平は言わない」……

陳芸把兩杯熱茶端進來，放下茶盤又退了出去，順手把紙門關了，好讓東蘭和明德有單獨對談的機會。可是好久之後，東蘭仍然不知要如何起頭，而明德則一直默默等待著，等待四、五年來江先生今夜要給他上的「最後一課」……

「驕者必亡，他們是不會長久的……」難得迸出了這句話，東蘭卻又頓住了，不知如何接續下去。

明德傾聽著，緊閉著嘴唇，良久才會心地點兩下頭……

「只要你有大志，將來總有一天，他們必定會刮目相看的，現在時間還沒到，只好讓我們暫時忍耐。」東蘭堅決有力地說。

明德聽到最後「忍耐」兩個字，不自覺抬頭去瞥了壁上的「百忍堂」一眼，東蘭也回頭去望了一下，臉上的陰翳彷彿倏然散開了一些，便改成一種和祥的口吻絮絮地說了起來：

「你曾不曾聽過『赤穗四十七士』的故事？這故事我初次聽到是在『早稻田大學』念書的時候，我當時就十分感動，以後還深深影響了我人生的態度。」

東蘭停了片刻，啜了一口茶，清清喉嚨，又接下去說：

「在十八世紀的初年，日本還是封侯割據的時候，有一位城主叫『淺野』，有另一位城主叫『吉良』，他們兩人一向就是仇視敵對互不相讓。有一天，在京都朝廷群臣進見『幕府將軍』的時候，吉良就借了機會，在群臣面前譏刺淺野不懂廷禮，使他尷尬到無地自容，遂拔了刀想殺吉良，經朝廷衛士阻擋，才把淺野制服下來。日本的朝廷一向有一條禁令，進見的臣子雖然可以帶刀，但卻嚴禁拔刀出鞘，現在淺野既已犯禁，於是就被幕府將軍賜死切腹，死在京都。

當淺野的屍首被人運回他的城裡，在他屋簷下奉養的四十七位武士，因為失去了主人，便頓成了無主的『浪人』，這四十七個浪人知悉他們的主人是如何因奸讒而死，便在淺野的墓前，集體歃血發誓，必殺吉良，爲主報仇。

可是在吉良的城府裡，也不是不知道那四十七浪人的企圖的，所以不但加強了自己城府的戒備，還時時派遣探卒到淺野的城裡去偵探四十七浪人的動態，這四十七浪人也知道，如果倉促去報仇，必不能成事，只好假裝意志消沉，日夜沉溺酒色之中，甚至讓他們最貴重的武士刀鏽爛也不顧。

他們一直耐心裝瘋等待，想待機而動，可是就有幾個年輕心急的浪人，終於耐不住久待，有一天便來到妓院找他們浪人的頭子，他正喝得醉醺醺，甚至在跟藝妓揮扇歌舞。這幾個浪人十分憤慨，一時大怒，想拔刀殺他，可是那頭子卻十分鎮定，喝令將他們嚇止，叫藝妓拿來墨硯，用毛筆在自己的左掌上寫了一個大「忍」字，在他們面前，將左掌展開讓那幾個浪人看，就這樣不發一言，令那幾個年輕的浪人服服貼貼，把刀插回刀鞘，邊跪邊磕地退出妓院。

過了兩年，等吉良城府的戒備終於鬆懈下來，也不見探卒來偵察了，這四十七浪人才選了一個雪後的月夜，攻進了吉良的城府，喚醒正在夢中的吉良，命他切腹自殺，可是吉良不肯，他們只好砍了他的頭，攜回淺野的城裡，將吉良的首級放在淺野的墓前祭拜。那幕府將軍聞訊，便派了大隊的官兵，想來搜捕他們，可是等官兵一到，這勇敢的四十七浪人早都在他們主人的墓前切腹自盡了。」

東蘭說完，整個書房頓然陷入悲壯而肅穆的氣氛之中，他們面面相對，恍惚有一種神秘的默契在交相對流，只是兩人都不再說話，讓時間悄悄在冥想與歎息之中流逝……

明德終於看了一下腕錶，做了一個手勢，表示他應該走了，東蘭也不再留他，於是兩人不約而同地自他他米立起，想往書房門口走去，東蘭突然看明德立定腳步，在注視背後壁上的什麼，於是他也回頭順著明德的視線望去，他瞥見一隻壁虎，剛好爬在「百忍堂」那幅匾額的「忍」字上，嘴巴一張一合，卻是寂然沒有聲響，東蘭的嘴角不覺泛出了一絲笑痕，不經意地說：

「我有一位遠親在虎尾糖廠工作，有一年我到南部巡迴教學，順便到虎尾去看他，夜裡睡覺的時候，發現壁虎在牆壁上叫，我有些驚訝，我那位遠親便笑對我說：『你們北部的壁虎不會叫，只有我們南部的壁虎才會叫！』我當時有些不相信，因爲從來也沒去注意它，後來回到北部我才仔細去觀察，果然我們北部的壁虎都不會叫。」

他送明德走到玄關，當明德在玄關下穿好了鞋，提了行李準備走出去，他拍了拍他的肩膀，深沉地對他說：

「記住我今晚告訴你的話，也許你現在還不懂，等你將來長大了，就會完全明白。」

目送明德走出了玄關，又關好了門，東蘭返身想走回書房，驀然，壁虎的形象又在眼前浮現，所以一走進書房，便抬頭去望那「百忍堂」的匾，可是那隻壁虎已遍尋不著，只留下一節尾巴，在榻榻米上卜卜跳……

十二

自周明德從「新竹中學」被鬼木校長開除回到了艋舺，便百般無聊地賦閒起來，周福生眼看愛孫沮喪，自己心疼都來不及，當然更不必說忍心責備他，只在祖孫三個人圍桌吃飯的時候，用福州話咒幾聲日本人便了，內心倒反而有幾分團聚的歡喜。

說來也算是明德的幸運，就在他離開新竹前去向江東蘭告辭之後的兩個禮拜，陳芸的二哥陳新因爲公務經過新竹的時候，順便下車去看他的妹妹一家人，晚飯之後江東蘭遂無意之間提起明德不幸事件，爲他喟歎惋惜了一番，沒想到陳新卻問他說，何不叫明德轉到「開南中學」來繼續完成他的學業？他自己現在已昇到教頭，而校長又是個和善的日本人，只要他愼重推薦，學校當局大概會同情收容，更何況明德家住艋舺，而「開南中學」既然在台北，這樣對他的上學豈不更加方便？

東蘭與陳芸兩人聽了，都好高興，便在陳新臨走之際，慇懃拜託他主持這件事，務使明德這學年順利完成中學的學業才好，陳新滿口答應，回到艋舺的老家。果然不負東蘭之託，他第二天便親自去訪明德，說明了來意，叫他向「開南中學」提出申請，他自然會從中協助。明德與阿公阿媽聽了，自然萬分興奮，忙照陳新的提議辦了。不到三天，入學的通知單便寄來了，於是明德的學生制服才脫下來都還不曾洗乾，又得重新把它穿戴起來，日日到東門附近的「開南中學」上課了。

就這樣，明德平平安安地過了一年，終於從「開南中學」畢業了。畢業之後便寫信去菲律賓告訴他的父母，而他們從那邊也即刻回信，叫他到菲律賓跟他們全家團圓。這邊周福生兩公婆一知道明德有意要去菲律賓，便鬱鬱不樂，一個寵愛的長孫，從出生吃奶帶到十八歲成人，突然要離開身邊，而且一去不返，自是心疼不忍，於是百般阻擾，想盡辦法不讓他去。可是明德此時正是反抗心最強烈的青春期，祖父母的勸說哪裡肯依，更加之中學剛畢業，一時也不易找到職業，正在百無聊賴的時候，能漂洋過海到異國去與家人團聚，這簡直是美夢的實現，哪裡有逗留在台灣的道理。於是選定了日期，買好了船票，毅然決然扛起行李，告別了周福生和謝甜，滿懷憧憬，奔到基隆的碼頭搭了船駛向南洋去。

從基隆到菲律賓的馬尼拉，明德坐的是五千噸的日本船，船上台灣人不多，大部分都是日本人，零零星星還有幾個皮膚黝黑的馬來種人和皮膚白皙的美國人。那海上的距離雖不甚遠，也許「黑潮」逆流的關係，船開了四夜五天才到目的地。在這段漫長的旅程上，明德始終也沒跟陌生人交談，無論在飯廳吃飯，在船艙睡覺，或在甲板上散步，他都獨來獨往，旁若無人。其實像這樣的大旅行，在他的人生還是初次，整天觀海，看日落，看月出，已夠他興奮了，也沒有必要在船上再去交朋友，更何況坐船的人大部分都是上了年紀的中年人，像他這樣年輕單純的人，幾乎唯獨僅有，即使接近他的年紀的也只有四個二十出頭的青年，看他們的穿著是日本人，面貌也像日本人，可是，整個旅程上，都幾乎圍坐在甲板的涼椅上用撲克牌賭博，仔細聽他們爭吵說話，嘰哩咕嚕嘰哩咕嚕，似是日本話，卻又聽不懂半句的意思，令明德大感驚奇，想不到同是日本人，竟還有那麼多種全然不同的話，遂搖搖頭，又往甲板的另一頭踽踽獨行起來。

船一駛近呂宋的海域，風景便旖旎多變起來，先是那朦朧的島影揭起了縵紗，逐漸明朗起來，然後那蔥翠的山嶺遮斷了碧空，像隻綠鱉對住船漂游過來。這南海的海岸確實與台灣的海岸截然不同，雖然都是以絨似的熱帶闊葉林做背景，但褐色如焚的沙灘上是清一色的椰子樹，在朝暉裡斜倚苗條的腰肢，在微風中散著長髮婆娑起舞，似乎伸出雙手在歡迎每個船上的乘客，明德還沒上岸，已先被這南國的情調著迷了。可是更叫他感到新奇的卻還在後頭呢，等到船快近「馬尼拉灣」時，他又看見了十幾隻在海裡打魚的漁船，這船與台灣的渡船並無二致，卻在船肚的兩頭多了兩根浮桿以輔助船在浪裡的平衡，但船上一律都掛著四角風帆，用各種顏色的碎布補綴而成，像是老祖母的棉被，在風中鼓動，很是鮮麗好看，那海岸一簇一簇都是漁夫的茅屋，用竹子從海水中高架起來，看去就像在水上漂游的細腳蜘蛛。

船在「巴丹半島」(Bataan Peninsula)」的南端向東繞了一個大彎，然後從半島尖端與「可里奇多島(Gorregidor Island)」中間的海峽穿過，一時所有的船客都走到甲板右舷來觀望這塊海中巨岩，那岩上有西班牙人遺留下來的礮台與大礮，這時正由美國海軍駐守著，礮台的塔尖飄揚著美國的星條旗。

船一過了可里奇多島，馬尼拉灣便在眼前擴展開來，右首是那有名的「卡威特海岬(Cavite Cape)」，毗連著那海岬便是馬尼拉大城了，那城市的樓房如棋子般慢慢明顯起來，那條把馬尼拉割成南北兩區的「波夕河(Pasig River)」也隱隱可見了。當船逐漸駛向波夕河南岸的碼頭，岸上的景物更加鮮明如畫了，那最著名的「雷沙公園(Rizal Park)」就在前方凸伸到海灣之中，公園四周都是馬尼拉最高聳的大旅館，公園的左邊是「馬尼拉古城(Intramuros)」，更左邊隱在碼頭背後的是西班牙人四百年前建築的「聖地牙哥古堡(Fort Santiago)」，在古樹之中掩映，看不十分清楚。

船靠碼頭，明德在船上等了一個多鐘頭，才隨著旅客迤邐走下扶梯，進了碼頭海關的關防大樓，排隊等候海關官員的檢查。

可能是馬尼拉氣候惱人的關係，那些辦事人員個個都是懶洋洋的，工作進行得十分緩慢，等了兩個多鐘頭了，除了讓在隊伍最前頭的那幾個美國人和菲律賓人先行離開，餘下的日本人或其他國人則煞費時間，一個個都詳細查問，雖然最後還是讓行，可是快到明德的時候，窗外已經漆黑，室內已經黃燈齊亮了。

排在明德之前的剛好是船上那四個聚賭的青年。明德好久以來便注意到那位坐在桌前的海關官員，他是三十上下的菲律賓人，瘦削的身材，鴨子飲水似的長頸子，右食指上一只鑲翠玉的大金戒子，不時用英語或菲律賓土語同乘客交談，遇到日本人旅客便叫一個日本人與菲律賓人混合臉形的助手來當通譯。當那海關官員用英語與代表那四位的一個青年說不通，那助手便偎近來用日語問他們，結果他們竟然操著流利的日語回答，這叫明德大大感到驚奇。

那菲律賓官員盤問了四位青年老半天，一次又一次詳查他們的護照和證件，一直頻頻大搖其頭，明德便知道他們的情況多少不妙了，果然等候了良久，終於把他們四人叫到一邊，回首喚了一位身後的海關警察過來，領他們步入一條小甬道，關了門不見了。

明德的番號終於輪到了，他向前走了兩步，下意識地躬身向那菲律賓官員點一下頭，只見他不耐煩瞟了明德一眼，伸出右手的食指與中指，做剪刀交割之狀，明德即刻會意，把懷裡的日本護照呈遞到他的桌上去。那官員熟稔地翻了幾頁護照，也猜出明德只會說日語，不會說英語，便返身用一根食指把那通譯勾了過來，用菲律賓的塔加洛(Tagalog)土語同那通譯說了幾句話，那通譯便開口用日語問明德說：

「你來菲律賓想找誰？」

「找我父親，他叫『周台生』。」明德回答，心裡開始緊張起來。

「他住在菲律賓的哪裡？」

「就在馬尼拉。」

「你有沒有什麼證件？這護照上都沒有寫。」

明德忙蹲下來，打開他那只黑色的牛皮箱，從箱裡搜出了幾封他父親從馬尼拉寄給他的信，那信封有周台生的英文名字和英文住址，他把信遞給那通譯，那通譯望了一眼，把它轉遞給那官員，兩人對話了一會，那通譯才用日語繼續說：

「但這只是信，不是證件，信誰都可以寫，我們需要官方的證件，你有沒有？」

明德的心突然沉了下去，他從台灣帶來足以表明他身分的便只有這護照和父親的來信，現在已經來到馬尼拉，難道就因爲沒有證件就叫他再回台灣去？正在焦急萬分，卻又無法可施，突然聽見有人在叫：「明德！明德！」原來周台生越過了那警察守圍的欄杆，走進這海關檢查站來幫他兒子說話。明德一時鬆了一口大氣，便立在檢查站的這邊，聽他的父親用不十分純正的英語直接與那菲律賓官員說話。明德的英語聽力雖不十分好，但因爲過去一向就打好英文的基礎，雖然一時不能全懂，倒也可以捕捉七、八分的意思。

「這是你兒子嗎？」

「是我的兒子。」

「他要來馬尼拉住多久？」

「我住多久他就跟我住多久？」

「但是他只有這本護照，沒有其他證件，我們不能隨便讓他入境。」

「是不是有其他變通辦法？」

「那是你的事情，不是我的事情，不必問我，你自己去想辦法弄證件來！」

「但是其他的日本人也只有一冊護照，沒有其他證件啊，他們怎麼可以入境？」

「那是因爲他們是純正的『日本人』，我們對他們十分信任，但你看你兒子的護照，他出生在台灣，只不過是日本籍的『台灣人』，我們不能把他當做『日本人』看待！」

周台生又與菲律賓人議論了一番，可是明德已經心煩意亂，再也沒能聽進去，只愣在那裡，呆呆地凝視地上那只還沒鎖好的黑色牛皮箱，似乎心底昇起了一些念頭，可是又不能明顯地確定那是什麼。

「明德！」明德聽見父親用台灣話在對他呼喊，才驚醒過來，見他父親一臉沮喪的表情，對他聳聳肩，無可奈何地對他說：「你暫時在即丫過一暗，我應暗才去找人，明仔再才復來。」

周台生還想說，那原來站崗的海關警察已經走過來把他推到欄杆外頭去了。才見周台生離去，那警察便又回到明德的身邊，用英語命他說：「跟我來！」明德提起皮箱，跟在他後頭走進剛才那四位青年走進去的甬道，開了兩道門，又拐了幾個彎，便來到一排鐵檻的牢房，那警察從腰裡找出了一把大鑰匙，開了一欄鐵門，對明德說：「進去！」明德提著皮箱就想跨進牢裡，卻被警察攔止，張口對他說：「行李不能拿進去，我們替你保管！」就在這一刻，明德才第一次注意到那警察有一對鑲金的大門牙，標準馬來族那種塌鼻翹唇的土色的臉。

那警察沉重刺耳地鎖了門走了，明德才在牆壁的一個角落疲憊地往地上坐下來，抬起頭，才發現原來那四個青年也在同一個監牢，露齒在對他微笑，似乎在向他表示歡迎之意。他一時好奇心起，便打著日語問他們道：

「你們是從哪裡來的？」

「那霸。」他們其中一個也用日語回答。

「那霸在哪裡啊？」

「你不知道？就在琉球大島上啊。」他們之中的另一個得意地回答。

「哦，哦，哦……」

明德點頭吟哦了一下，突然覺得興趣索然，不願跟他們繼續交談下去，便抬頭去望牆上唯一的一口小窗，即使是一個小孩都鑽不出去的老鼠窗，依然還是用寸把粗的鐵檻密密封住，連黑夜的星光也幾乎透不進來。他覺得無聊，便又低下頭去望那四個琉球來的青年，他們正用琉球話在交談，他想他們大概也是因爲「日本籍的琉球人」的關係，才被關到這監牢來吧？

那四個琉球人不久便臥在地舖呼呼大睡了，明德一夜都沒曾合眼，有一陣子，月光硬是探進了監牢，照亮了明德的半邊臉，讓他憶起高橋幸男、金大成、武田、野口……一些往日的同學來，然後野口的臉孔逐漸顯明起來，也恍惚聽見了他那譏諷的聲音在說：「喂！『猴子樣』，別以爲改了『日本姓』就眞的變做『日本人』……那還差得遠呢……」想著，慢慢兩顆淚珠沿著面頰滴了下來。

第二天，周台生一早就到日本領事館去了，拿到了領事館寫給他的證明文件，又怕單是證明不夠份量，還請了領事館裡的一位日本朋友同道，半路又去買了兩打雪茄當伴手，坐了黑頭汽車，趕到海關辦事處來，可是時間才九點，官員還沒來上班，一直等到十點，才看官員來到，於是才見那幾個海關警察慨慨把欄柵木門打開來。

等明德被昨天那位警察提到海關辦公室的時候，周台生正彎腰在跟那長頸的海關官員禮貌對話，立在一旁的日本領事館員也在替他說項，那官員似乎還做猶豫之態，只見周台生把那兩打雪茄悄悄往辦公桌上一推，說了幾句客套話，便見那官員神態爲之一變，雖然故意把視線轉向他處，以免去接觸那桌上的禮物，但終於頻頻點起頭來，對周台生開始又說又笑，拿起鐵印往明德的護照一蓋，明德便意識到他可以入境了。

正想隨周台生走出那境內的圍欄，明德才想起皮箱還被海關保管著，便又踅了回來，對那長頭官員用手指畫了皮箱的形狀，那官員立刻會意，回頭對那看守監牢的警察揮一揮手，叫明德跟在他後頭去，周台生怕事會有異，也隨在明德的身後走到海關行李收管處。

只見那警察獨自一個人走進行李間，叫明德在櫃台外面等著，他緩步走進隔室不見了，過不了一分鐘，便走出來，雙手空空的，隔著櫃台用簡單的英語問明德說：

「是方的還是圓的？」

「是方的。」明德回答，心裡在想行李哪裡還有圓的？這人問的也未免太奇了。

那警察不耐煩地瞪了明德一眼，又慢步走到隔室去，不到一分鐘，又走出來，仍然是雙手空空的，問明德道：

「什麼顏色？」

「黑色的，牛皮做的。」

「我只問你什麼顏色；並沒問你什麼皮做的！」那警察悶悶地說，似乎有些惱怒的樣子。

他不屑地用眼白瞥明德一眼，轉了身正想走進去，卻被身後的周台生喚住，他往櫃台挪近一步，從懷裡掏出了一張菲律賓鈔票，按在櫃台上面，親暱地對那警察說：

「好兄弟，謝謝你替我兒子找行李，他小孩子初次出國，什麼也不懂。」

只見那警察咧口微笑了，明德又注意到那一對黃金的大門牙。這下他比方才慇懃多了，他隨即快步走進隔室，不到二十秒，便從裡面急步而出，來到櫃台前，往櫃台底下橫目一掃，突然拍掌大叫起來：

「啊！原來在這裡！」

隨著，敏捷一提，便輕易把明德的那只黑色牛皮箱撩在櫃台的上面了。

周台生提著明德的行李，與他走出了海關大門口，那位領事館裡的日本友人以爲事情又出了岔，還好心地等在門口，周台生便往前謝了他一番，叫路邊一輛黑頭車送他走了，然後想再叫一輛，卻是看不到，只看到街對面停著一輛西班牙式的雙座小馬車，於是周台生便回頭對明德說：

「否倆來去坐馬車！這你在台灣不曾坐過。」

說罷，周台生一手提行李，另一手牽著明德的手，左觀右顧，等路上沒車輛了，才跨著大步橫過街，對著那輛馬車走去。

十二

馬尼拉的「中國城」在波夕河的北岸，從南碼頭的海關出發，沿著「聖地牙哥古堡」與「馬尼拉古城」之間的馬路走到盡頭，越過波夕河上的「瓊斯橋(Jones Bridge)」，就在橋頭之下有一條西班牙名字的小街叫「王兵街(Escolta Street)」，人一走進這條窄狹而擁擠的小街，氣氛立刻煥然一變，於是便意識到他已置身在古色古香的中國城裡了。

在西班牙統治時期的四百年裡，這王兵街曾經是馬尼拉最富裕最繁榮的商業中心，由於近代建築的逐漸擴張，這商業區已經慢慢萎縮而式微了，可是過去殖民地時代的輝煌與壯觀仍然是不可掩沒的。這街到處可見精工細雕的大木門和玲瓏鏤刻的小桃窗，每個陽台都護著美麗花紋的鐵欄柵，每塊紅磚和每片綠瓦都閃耀著帝王的榮光，只是牆上的青苔和屋脊的蘆葦告訴人，京華已逝，不復年少了。

儘管現代的商業區已轉到波夕河的南岸，這舊日的小街仍有它引人之處，因此每個外國觀光客或本地的市民也都喜歡來這地方閒逛，於是滿街上，不但可以看到華人、日本人與菲律賓土人，更可以看見許多西洋人以及西菲、華菲與日菲的混血種人，大家在那條狹巷，你擠我攘，或進中國餐館嚐新，或立在中國銀樓櫥窗前觀賞銀器與玉雕，或站在中國藥店玻璃櫃前驚奇虎鞭與熊掌，還可以在街角看到抽籤算命的，或瞎子按摩的，然後猛然抬頭，在那些店鋪二樓頂上竟還設有針灸院與國術館。

周台生與姚倩經營的五金店便座落在這條熱鬧的王兵街上，這店裡除了零售五金，還兼售玻璃、塑膠、瓷器、陶器……大部份是從日本進口的，夫婦兩人便輪流在樓下看店，那店的上面是一層低矮的騎樓，原來一家四口便住在騎樓上，自從周明德來了，又添了一人而成五口，住處雖然擠了一些，但店鋪卻多一個人看顧，使姚倩清閒了不少，剩出了許多時間可以到樓上做些家事，特別是十八年來，全家第一次在自己屋簷下團圓，而且此後要長久相聚在一起，更使姚倩樂開了，於是百般對明德表示關懷，把多年來的思子之情一下子傾洩了。至於明德，初到異國十分興奮，又加上初嚐母愛十分溫馨，也就一股腦兒把台灣的祖父母忘記了，就在這樣突從天降的家庭氣氛下，他過了一段相當快樂相當和祥的日子。

因爲自古從中國移民到菲律賓的，大都是從漳州、泉州以及廈門來的，所以在王兵街一帶的華人也就以閩南語互相通話，這對明德而言，眞是莫大的方便。但是因爲姚倩只會說福州話，所以在家裡，上自周台生，下至明德、明圓、明勇三個兄弟，也只好遷就母親說福州話了，好在明德在台灣的時候，早跟周福生工廠裡的福州工人學會了福州話，現在倒也能駕輕就熟，無論在家裡或到街外，兩種語言都應付自如，通行無阻。

明德、明圓與明勇都是隔年兄弟，每個人只差一歲，所以當明德從「開南中學」畢業來馬尼拉，明圓正是高三，明勇正是高二。明圓長得眉清目秀，聰明穎慧，因爲書唸得很好，自小就最得母親的疼愛，他不但在「南洋中學」的華語學校唸中文，同時也到馬尼拉的「美國學校」唸英文，甚至夜裡周台生還叫他到日本朋友家裡補習日文。至於小弟明勇，則生得粗枝大葉，從小就愛遊耍、愛讀雜書，可是見到功課就討厭，所以父母也不想逼他，只隨他到「中正中學」的華語學校唸唸中文便了。明德才初到馬尼拉，姚倩看他日日看管五金店，夜裡十分無聊，又因爲菲律賓在美國管轄之下，全國通行的「國語」是英語，雖然他在台灣學過英語，但聽寫兩方面離實際應用的程度還相差甚遠，便慫恿他到附近的夜間補習班去補習英文，明德本來就對英文特別喜好，難得有這麼好的英文學習環境，就一口答應下來，從此便夾著英文課本和英文字典夜夜去上學，認眞跟純正的美國先生學起英文來。

有一個假日，周台生的五金店關門休息一天，明勇見明德躲在騎樓的窗口唸英文，心中難熬，便對明德說：

「看你這麼拚老命唸書，心裡就爲你難過，你來了馬尼拉這麼久了，除了這條王兵街，什麼地方也沒去過，像瞎眼雞似的，有什麼意思？把書放下來吧！我帶你去逛逛馬尼拉一些有趣的地方！」

明德還在猶豫，不知唸英文好還是跟明勇去逛街好，在旁的周台生立即贊成他跟好玩的小弟出去見見世面，順便從荷包裡掏出了幾張鈔票給他們兩個兄弟，把他們從五金店送出門來。

明勇帶著明德走完了王兵街，沿著波夕河岸南下，沒多久便來到「奇寶(Quiapo)」的市場，這是波夕河北岸的另一個市集，來這裡的大部份是馬尼拉中下階級的市民，這市場除了人多嘈雜之外，倒也沒有什麼奇特處，只是到處是「鬥雞場」，而每個鬥雞場都圍著重重的人牆，喊聲此起彼落，震耳欲聾，大大挑起明德的好奇心，於是明德便找一個鬥雞場，偎在人群的外圍墊腳觀望起來。

只見在沙土地上圍了一圈木籬，有兩個赤足的菲律賓土人，各抱著一隻雄雞，一隻是白的，另一隻是赤的，立在兩邊，那中間又立了一個帶帽著鞋一身白色厤紗的華人，像是仲裁者，當他把手舉起，那兩個土人便把雞挪近，兩雞還未接觸，已經衝冠蹬足，躍躍欲鬥之勢了。這時圍在木籬外面的人便雙雙對賭起來，不但左右相賭，同時也跟前後相賭，甚至也有隔著鬥雞場伸指對賭的，就像大的拍賣場一般，等人人都跟周圍的人賭定了，大家才又定下心來回顧那對鬥雞。卻見那華人把手一放，號令一下，那兩個土人便把手一鬆，那兩隻雞便縱身相鬥起來。那雞在木籬裡拚命格鬥，人就在籬外叫嚷助陣，雞鬥得頭破血流，而人則喊得撕心裂肺，一直等到那赤雞被那白雞啄得血肉模糊，奄奄待斃，那仲裁的華人才走上來判那白雞鬥贏，這時人聲才靜止下來，於是賭徒開始各掏腰包，當場把賭債付清，然後抽起香煙，等待另一對鬥雞上場。

明德與明勇從鬥雞場走了出來，明德心神甫定，便問明勇道：

「這些鬥雞是從哪裡來的？怎麼鬥得這麼狠？」

「剛才那兩隻鬥雞都是土雞，哪算得了狠？從外國運來的鬥雞才狠呢！如果這些看鬥雞的人還看不過癮，那雞主便在雞腳上綁刀按叉，那樣鬥起來就更加刺激了！」明勇回答說。

「我倒十分奇怪，這些人竟敢在街上公開賭博。」明德說：「如果在台灣，早被警察捉到牢裡去了。」

「被警察捉到牢裡去？這裡才不會！只要不欺騙，不耍賴，警察不但不捉，而且還鼓勵人賭。你知道爲什麼嗎？如果人人都來市場看鬥雞賭博，就沒時間去殺人放火，而警察也就落得清閒無事了。」

明勇說罷，兩人相望，哈哈大笑了一陣。隨後明德又問：

「我看這些賭徒倒賭得鑾紳士的嘛！只口說手指就算數，也沒見到人『吃番雞卵』，賭贏拿錢，賭輸了不認帳。」

「你別小看這些市場小販，他們是很講究榮譽的，如果誰敢這樣，只要有過一次，那麼他一生就休想再來這市場亮相了！」

從這市場橫過街，便是馬尼拉著名的「奇寶教堂(Quiapo Church)」，在這教堂外頭四周的廣場上都是一些流動小販，把東西擺在地上或靠在牆上，有草藥、聖母像、耶穌像、十字架、護身符、蠟燭、日曆、木雕、勳章，甚至還兼售彩券，琳瑯滿目，美不勝收。

明德與明勇隨著信徒走進那十七世紀的古老教堂，那堂裡幽暗而潮濕，卻到處是人，摩肩擦踵，水洩不通。有一個老婦就在人潮之中，跪地爬行，爬過那長長的走廊，每爬一步就垂下頭來熱烈禱告一番。另有一個抱著嬰孩的少婦拿手帕去抹了抹牆兩旁幾尊聖徒石像，嘴裡唸唸有辭，唸完了先自己吻那手帕，然後才拿來擦擦嬰孩的額頭，小心摺好，塞進起伏的胸懷裡。

「這沒什麼好看，最奇特的還是堂裡面的『黑耶穌』。」明勇說。

「什麼『黑耶穌』？」明德迷惑地問。

「閒話少說，進去看就知道！」

明勇說著，一邊牽著明德的手，從人牆的隙縫之間左閃右躲，一直鑽到十字堂後的聖壇來，明德把頭一抬，看見聖壇上面跪著與人身一般大小的硬木耶穌雕像，面色漆黑，卻戴一頂黃金芒冠，穿一襲縷金的紅袍，肩上揹著一支墨黑的大十字架，一副悲天憫人的神情，更流露耶穌當年揹十字架走過耶路撒冷的街道赴骷髏地受刑時淒愴的意味，不禁令明德幽然生敬，深深歎息起來。

「每年正月初九，所有馬尼拉的人都湧來這教堂把這黑耶穌同黑十字架抬出去遊街，男人赤腳爭先來拖黑耶穌的花車，人人手擎蠟燭，都想擠近花車攀到車上來吻他的腳，吻不到就吻他的袍也好，通街百巷，人山人海，眞是熱鬧！」明勇在明德的身邊得意地說。

從黑耶穌的教堂走出來，明德還一直爲黑耶穌稱奇，明勇便笑著回他說：

「這『奇寶教堂』雖奇，還沒有另一間我們華人主持的『聖仙公教堂』來得奇。」

「我們華人也有當神父主持天主教堂的嗎？」明德問道。

「你說他神父他卻不是，說他不是他卻又尊奉耶穌，他的教堂不是天主堂，卻是無所不包的雜菜麵教堂，我怎麼說你也不相信，你自己看了就會知道。」

「這教堂在哪裡？聽你說，我心倒癢起來，現在就帶我去看。」明德興致勃勃地說。

於是明勇便帶明德坐上電車來到馬尼拉北邊「東多區(Tondo)」，方下了電車，便遠遠看得見那座落十字路口的「聖仙公教堂」。這教堂的內外一律是水泥磨石，與近代的中國廟堂沒有什麼差別，那正堂有斑紋大理石圓桌，桌上供著鮮花、紅燭，還有敬果、茶盤，甚至於黃緞流蘇的三角形令旗。圓桌後面更有一張長方桌，桌前圍著「八仙過海」的錦繡紅采。那聖壇牆壁是清淨的白大理石，石上用整齊的楷書鐫了一牆貼金的詩句，就在那牆前豎了二十五支像是白燭的擎柱，每根柱上都有一尊布袋戲翁大的小神像，或坐或立，一律鍍金，金碧輝煌，十分好看，明德一時看得目瞪口呆，說不出話來了。

「你知不知道這些神像一個個代表誰？」明勇問明德道。

明德瞥了明勇一眼，搖了搖頭，才把那二十五尊神像重新仔細打量起來……

「這二十五尊神像除了耶穌、釋迦牟尼、穆罕默德、所羅亞斯德……幾種大宗教的神，還有其他天公、土地公、關公、包公、觀音菩薩、地藏菩薩、彌勒佛、阿彌陀佛……反正我也說不清，你自己看就知道了。」明勇說。

明德這才努力地認那些小神像，終於一個個被他認了出來，不禁感歎地說：

「是哪裡來的靈感？把世界上的各種神明都集中在一堂。」

「說起來也許你不相信，這主持原是一位姓蘇的華人醫生，聽說有一天從土星來了一個仙童，告訴他要蓋一間教堂，把世界諸神融合在一堂，大家和平相處，不要再爲各種宗教的差異而爭吵，於是他眞的照仙童的話蓋了這教堂，請了這二十五位神明來住在一起。蘇醫生品德好，學問又好，在馬尼拉的華人圈裡很受尊敬，所以他的話沒有人不信。」

明德沉吟了半晌，開始讀那牆壁上的金箔詩文……

「你知道嗎？我小時候最愛來這間教堂了，不是爲了來這裡聽經做禮拜什麼的，只爲了愛看這許多小神像，叫我想起台灣的布袋戲，我一直對台灣的布袋戲念念不忘。」明勇自言自語地說。

從「聖仙公教堂」走出來，他們又坐上電車回到南邊來，過了波夕河南岸的「馬尼拉古城」，這古城是三百年前西班牙人爲了防禦塔加洛土人的攻擊，才叫改信天主教的土人建成的，高兩丈，用石塊層層疊起，外面加蓋石灰，因為年代已久，那石灰已經剝落，暴露了斑駁腐蝕的石塊，只是威嚴依舊，令人幽思。

那古城裡有一座菲律賓最古老的「馬尼拉天主堂(Manila Catheral)」，是一五七一年始建的，幾歷颱風、地震與戰火的多少滄桑，仍然屹立無恙，那堂前的幾尊從義大利運來的神像依然對來堂裡做彌撒的信徒撒布慈愛的光輝。

看畢「馬尼拉天主堂」，明德與明勇又來參觀離天主堂一段街的「聖奧古斯丁教堂(San Agustin Church)」。這教堂沒有前面那天主堂的雄偉與華麗，卻是教堂門前坐鎮著兩頭用花岡石雕成的巨獅，似乎與教堂的肅穆與莊嚴不配稱，終於令明德迷惑地說：

「只見過廟寺前的石獅，沒見過教堂前的石獅，這還是生平第一次看到的。」

「你還不知道當年建教堂的時候，找不到西洋石匠，只好找中國石匠，結果聖徒雕不成只好雕石獅，叫東洋的石獅來守護西洋的基督，雖然不倫不類，倒也別具風格呢！」明勇笑著說。

「在台灣什麼都是紅磚建的，城也是紅磚，廟也是紅磚；在馬尼拉剛好相反，什麼都是石頭建的，城也是石頭，教堂也是石頭，我看這馬尼拉周圍都是平原，哪裡來這麼多石頭？」

「你只知道『有錢能使鬼推磨』，就不知道『有教能使人搬石頭』。原來當年那些西班牙教士把土人改宗信天主之後，就規定信徒每個禮拜天來望彌撒的時候，每家都得奉獻一塊大石頭，於是這些土人就每個禮拜到老遠的山上去搬一塊石頭，隨後還得替教士蓋教堂砌城牆。」

「聖地牙哥古堡」在「馬尼拉古城」的最北端，原是古城最早建築的一部份，剛好在波夕河的河口，是守波夕河用的，也是西班牙人最初在馬尼拉一帶平原的根據地。一共有三幢圓穹窗戶的二樓長房，其中一幢是砲樓，有一排砲眼與幾尊古老的大砲，其他兩幢是軍官的辦公室與屯兵的營房，因爲幾百年廢用，白牆已經剝落，滿生蒼苔了，只因爲具有非凡的歷史價值，才被人保存下來，供後人觀瞻。明勇指著屯兵樓房的一間牢房對明德說：

「荷西·雷沙(José Rizal)醫生從前就被關在這間牢裡，他那一首最著名的長詩——『永別(Ultimo Adios)』也是在這裡寫的，就在他被西班牙人拖出去槍決的前一個晚上寫的。」

「你在說什麼『荷西·雷沙』？什麼『永別』？」明德驚訝地問。

「哦，這說來話長，過一會兒再慢慢對你說，現在只管好好參觀吧！」明勇說，拖著明德走出那幢營房。

在那三幢營房之間是一大片綠茵草地，剪得絨絨舒適地，也難怪那麼多情侶在上面踏青說愛，更有幾個畫家坐在草上展筆繪畫。那院子的每個角隅幾乎都有銅像或紀念碑文，廣場的一頭有個專演塔加洛語發音的劇院，另一頭展覽著歷史古物，包括三百年前的老馬車和一百年前的火車頭。

明勇與明德在聖地牙哥古堡逗留了一個小時之後，便出了城，沿著那條叫Bonifacio Drive的海濱大道向南走，這條路原來是林蔭大道，路邊的人行道更是綠樹成蔭、花蝶紛飛，一邊欣賞著海，一邊悠閒漫步，甚是叫人心曠神怡、百念俱忘。

「我們現在往哪裡去？」明德突然問道。

「就往『雷沙公園(Rizal Park)』去，那地方從前不是公園，卻是刑場，判死刑的奸商巨盜都在那裡公開處刑，雷沙也在那裡處刑，我們現在走的正是當年他要去赴刑所走的路。」明勇深沉地說。

明德聽了，幽然感動起來，便央求明勇說：

「你剛才答應我，要說雷沙的故事給我聽，你為什麼不現在就說？」

「我本來就打算在這段路上才說的！」

明勇說著，一面望著馬尼拉海灣口的可里奇多小島與南方卡威特海岬的小山，一面散步著對明德敘述了雷沙的故事：

「你大概曉得西班牙著名的大航海家麥哲倫，他在繞了地球大半圈快回到西班牙時，在菲律賓南部一個叫Cebu的島上被土人殺死了。在他死後大約五十年，才有另一位西班牙貴族率領了四條西班牙船來征服菲律賓，正式把菲律賓併為西班牙國王的殖民地。

第一批隨菲律賓總督來傳教的西班牙教士確實為土人做了許多善事，他們為土人爭取了不少權利，為他們向殖民地政府請命，免得被政府剝削，又到處設立學校教育土人，教導他們從事農業生產，正因為有開始的這許多賢明的教士，大部分土人才心甘情願接受洗禮，使天主教在菲律賓紮了根。

可是好的教士就止乎開始的那一批，以後來的教士就愈變愈壞了，他們不是真正熱衷傳教的傳教士，而是一批又一批低能惡劣的無賴，在西班牙本土鬼混不下去了，才越洋跑到菲律賓，假借聖職來行騙人勒索的勾當，他們嗜權如命，貪婪無饜，不久他們的權勢也就駕乎總督之上，而且幾乎百分之九十的菲律賓土地與財富都歸在他們教會的名下。於是怨聲載道，人民開始起來反抗教士的專制與跋扈，而這些反抗的領導人物大部分是出自菲律賓少數新起的富農家庭，他們才有餘錢送他們的子弟到西班牙人為西班牙子弟在馬尼拉設立的『聖多瑪大學(Santo Tomas University)』念書，有的甚至還送他們到西班牙本土『馬德里大學』留學，這些年輕的學生便用西班牙人教育他們的自由思想，向西班牙人對他們同胞的不合理統治開始探問起來。

在這些領導人物當中，有一個最著名最叫菲律賓人敬愛的，他就是荷西·雷沙。雷沙於一八六一年生在馬尼拉南邊的一個小村莊，他的血統有一半是華人，一半是塔加洛人，還有一點日本人。他是詩人、小說家、農學家、博物學家、醫生、畫家、雕刻家。他精通菲律賓的好幾種方言，以及其他像西班牙文、英文、法文、德文、俄文、日文……等等。在他歐洲留學的期間，感慨他家鄉的政治現狀，利用課餘用西班牙文寫了一本長篇小說叫『別碰我(Noli Me Tangere)』暴露西班牙殖民地官吏的腐敗與貪污，諷刺西班牙教士的蠻橫與醜態，令西班牙在地的政府和教會痛心疾首，立刻把它列爲禁書，禁止菲律賓人看，反而變成了每個菲律賓學生必讀的地下讀物。不但如此，他又繼續在歐洲寫了第二本長篇小說叫『叛逆份子(El Filibusterismo)』，描寫西班牙人的殘暴與菲律賓人的痛苦，這本又被列爲禁書更不必提了。

其實就像那時歐洲留學的大多數菲律賓留學生，雷沙只希望菲律賓的政治能經由和平改革而不是武力革命，他並不要求菲律賓從西班牙的手裡獨立起來。可是殖民地政府和教會仍然對他不能容忍，所以他從歐洲回到菲律賓沒多久，他們就把他逮捕，也不經審判就把他放逐到南方民答那俄(Mindanao)島的一個叫Dapitan的小村，他就在那荒僻的地方設立醫院治療土人的眼疾，創立學校教導土人學生，過著與世隔絕的隱居生活。

就這樣過了四年安寧的日子之後，西班牙在地球另一邊的殖民地古巴突然爆發了革命，這同時菲律賓本地的革命運動也積極展開起來，雷沙向菲律賓總督請求志願到古巴當軍醫爲西班牙軍隊服務，總督答應了，於是雷沙便登上一隻西班牙船，打算開往西班牙再換船到古巴去。沒想到船一到西班牙，他就被他們拘留起來，被關進另一條運軍隊要來鎮壓菲律賓革命的西班牙船回到馬尼拉，下到聖地牙哥古堡的監牢裡。

雷沙在聖地牙哥監牢裡關了一個多月，由西班牙軍事法庭審問他，雖然他力辯與革命活動毫無關係，甚至還表明他堅決反對暴力活動，他最後仍然以『領導叛亂』的罪名被西班牙人判了死刑，在馬尼拉灣的公共刑場槍決。他死時方三十五歲，時間是一八九六年，剛好是日本割據台灣的隔一年。」

明勇說畢，兩個人都沉默了半晌，最後明德憤憤不平地說道：

「這眞是大冤枉啊，難道在他審判期間，沒有人站出來爲他辯白或聲援？」

「想替他辯白聲援的何止幾船人？有好多歐洲的醫生和學者都打電報向馬德里的西班牙政府抗議求赦，甚至雷沙的一個德國有名的學者朋友還懇求德國政府出面干涉，但一切都沒有用處。聽說當時的西班牙總理受到這許多國際壓力還想給雷沙緩刑，可是那個攝政皇后卻聽信教士的讒言，非把雷沙置死不可，因爲他們恨他入骨，所以皇后也只好下令執行不赦了。」

「教士原是最講求寬恕博愛的，怎麼竟然這麼殘酷記仇呢？」

「對菲律賓的西班牙教士而言，殘酷記仇是家常便飯，沒有什麼値得大驚小怪的。記得有一位菲律賓朋友告訴我，他的曾祖父跟他那教區『神父』有過嫌隙，剛好在那『神父』到別區巡視的時候死了，等那『神父』巡視回來，發現他的曾祖父埋在教區的公墓，他就叫人把他曾祖父從公墓挖出來，說他是異教徒，把他扔到河裡去。還有另一位菲律賓朋友對我說，他的外祖母年輕時長得很漂亮，有一個『神父』向她求愛遭她拒絕，後來那『神父』就控告她『背教不掛念珠』，叫人把她捉起來，用竹片剝她的指甲。」明勇淡淡地說。

「雷沙公園」是一大片長方形的草坪，被兩條小路切成三塊草地，最外頭的一塊凸伸入海灣呈半月形，這裡三面環海，空氣舒暢，是散步運動的好地方，每天清晨都有華人來這裡打太極拳、日本人來做軟體操、西洋人來慢跑。那中間最大的一塊草地，一旁有「中國花園」和「日本花園」，而一旁是「國立圖書館」的白色大廈，而那草地的中心才是軒昂磅礡大氣凜然的「雷沙紀念碑」。

那「雷沙紀念碑」全由白色大理石堆砌而成，底層是一塊大平台，由鐵鍊與雕欄圍繞，中間矗起一座錐形小高台，一座埃及的尖石方碑直指蒼穹，就在那碑下雕塑著雷沙的立姿銅像，手抱著一本書，側身遙望馬尼拉灣，兩邊由兩位繆司女神伴護著，都蹲身低頭做沉思哀怨之狀。在那小高台的正前方有一塊銅碑刻著雷沙的小傳，而背後有幾塊銅碑刻著「永別」這首名詩的西班牙原文，以及其他英文、法文、德文的譯文。

明德讀畢雷沙的英文小傳，又轉到石碑後面來讀標明「Last Farewell」的那一首「永別」的英文譯詩，因爲詩文很長，而且又有不少生字，所以沒能十分了解，正躊躇間，身後的明勇已來拉他，把他拉到平台不遠的地方，有一塊方形大理石嵌在地上，明勇就指著腳下那塊大理石，對明德說：

「雷沙就立在這個地方被人槍決。」

明德望著那塊被風吹雨打的石頭發出無限感慨，回頭瞥見那埃及方碑，不禁問明勇道：

「雷沙既然死在這裡，爲什麼不把那紀念碑造在這裡而故意造在那裡呢？」

「你有所不知，」明勇回答道，轉身遙指著海岸南方的卡威特海岬，繼續說：「早在雷沙死前二十多年，在科威特造船廠裡的一群菲律賓兵士起來革命，也殺死了幾個西班牙軍官，結果西班牙總督全面搜捕菲律賓人，其中包括三位無辜的菲律賓教士，總督硬指這三位教士領導叛變，把他們三人都判了死刑，拖到這裡來處絞刑，那紀念碑底下就是他們被絞死的地方。」

明德和明勇在雷沙公園留戀忘返，一直等到夕陽沉落到可里奇多島外的南海裡，他們才悻悻然走回波夕河北岸的王兵街來。

十三

因為小弟明勇性情豪爽喜歡交遊，明德與他一見如故，不久便產生了深篤的兄弟之情，可是大弟明圓則孤僻冷峻拒人於千里之外，雖然相處也有三個月之久，仍然把明德視做外人，不肯與他親近，這些明德當然也看在眼裡，只是外來客人，環境生疏，一時不便多說而已。

然而這兄弟間的齟齬，不但不逐日消減，反而與日俱增，慢慢地，明德也對明圓產生反感了。首先他就看不順眼明圓的矯揉虛榮與酷愛面子，他頭髮不梳洗抹油不敢見人，不穿白麻西裝不打紅色領帶不敢去上學。自己家裡開五金店，卻又恥於讓人知道是五金店的兒子，每晨出門上學之前總在店門口東張西望，等街上沒人了，才敢一溜煙飛跑出去，而每晚放學回來，總在街對面徜徉流連，非等同學都走遠不見了，才敢一溜煙跑進五金店來。最叫明德氣憤塡膺的莫過於明圓只要在家，一向都小姐似地躲到騎樓上去念他的書，從來也不敢在五金店鋪露面，更不用說下來接替明德看店了。如果僅僅到此也好，可是明圓卻因為學業成績優越而倨傲矜持起來，他不但不把明德當兄長看待，他甚至把他當成雇來的一字不識的土人粗工一般卑視，不屑與他交談，出門不願與他走在一起，這對於受過「絕對敬上」那種日本傳統教育的明德而言，簡直是晴天霹靂，無法容忍，於是他處心積慮，決定總有一天要好好把大弟教訓一頓。

對於明德與明圓之間的不和，周台生察言觀色也多少知道一些，只是他一向懼內，學識也沒有姚倩與明圓好，從來就被他們母子排拒在圈外，日子一久，也就養成了「潔身自好」的性情，不管天下大事，只求白天把五金店開好，夜裡沒事就把洞簫往懷裡一抱，兀自溜到王兵街的「雅樂社」，同其他華僑奏樂取樂閒聊南北去了。至於姚倩，她可能還不知情，因爲自從明德來幫忙看店之後，她幾乎整天都在騎樓上做家事，一有空閒，也都在讀小說，哪裡有心注意其他？明德打心底明白，只有姚倩和明圓他們母子才屬同一國人，姚倩溺愛明圓，而明圓也懂得如何奉承，知她輕重，不但在她面前裝得百依百順，更從他那個「南洋中學」的圖書館，借了一本又一本魯迅、巴金、茅盾和老舍的小說，拿回來給姚倩看，讓她看得心花怒放，把他當成三個之中最孝順的兒子。

明德對明圓的驕縱自傲實在不能再容忍下去了，於是每天在大家共進晚餐，明圓在姚倩面前高談闊論的時候，就故意向他頂嘴唱反調來發洩胸中的悶氣。

有一個晚上，明圓又像往常在飯桌上炫耀他就讀的美國學校師資多齊全設備多完美，明德聽了心裡已經在起疙瘩，只是還忍著不肯吭聲，可是接著又聽明圓極口稱讚美國的政府多民主美國的人民多友善……明德終於爆發起來了，衝著口回明圓說道：

「我看『民主』只行在他們國內，『友善』只對他們自己；對於菲律賓，美國既『不民主』也『不友善』，跟從前的西班牙完全一樣，並不值得你大力稱讚！」

「怎麼會跟西班牙完全一樣？你到底知不知道菲律賓的歷史？」明圓驚訝地說，兩隻眼睛大大睜著。

「才剛剛讀過，恐怕記憶還比你新鮮一些。」明德冷峭地說。

「如果讀過菲律賓歷史，你拿什麼來把美國和西班牙混在一起？」

「從前西班牙把菲律賓當成殖民地，現在美國也把菲律賓當成殖民地；從前西班牙派了一個總督來統治菲律賓，現在美國也派了一個總督來統治菲律賓，只是不再叫『總督』而改名叫『行政長官』，其實換湯不換藥，無論是『總督』還是『行政長官』，幹的還不是爲他本國的利益來榨取殖民地的財富與血汗！」明德有力地說，脖子粗了起來。

「你這樣說完全不對，」明圓抗議地說：「當初美國打敗了西班牙接管菲律賓的時候，就有意讓菲律賓將來獨立成爲自己的國家，只是他們認爲菲律賓還沒有能力自治所以才暫時託管。往後四十年，菲律賓的政治慢慢有了進步，他們先選了自己的下院議員，以後又選了上院議員，在一九三四年國會通過了一條法案，讓菲律賓自己制訂憲法，憲法制訂後十年，讓菲律賓獨立，這憲法已在一九三六年制訂好了，現在也已經過了四年了，再六年，等一九四六年菲律賓就可以完全獨立了，而其實今天的菲律賓，自己管理自己的立法、行政、經濟、海關、教育……也差不多等於是獨立的國家了。」

「說是『獨立』，可是外交卻握在美國人手裡，國防也握在美國人手裡，甚至船一進馬尼拉灣，抬頭一看，可里奇多島的礮台上飄的就是美國的星條旗。」明德反譏地說。

就這樣，兩兄弟辯論著，一個百般爲美國辯護，一個百般攻訐美國，兩人爭得面紅耳赤，誰也不讓誰，終於叫姚倩忍受不住，便把一雙筷子用力往桌上一擲，轉頭來對明德斥道：

「明德，你爲什麼要跟弟弟爭？做大哥的讓弟弟幾分到底給誰欺負啦？」

明德一看母親爲明圓袒護，便火上添油，用一種從來未有的叛逆口吻回他母親說：

「但他從來都不把我當大哥看待，我爲什麼要讓他？況且這又不是讓不讓的問題，這是眞不眞的問題，一個人總不能唸了美國學校，就說美國什麼都好，連美國月亮也比較圓，美國大便也比較香……」

「別再說下去啦！明德！」姚倩厲聲罵道，明德從來都沒見她如此暴怒過，只聽見她繼續罵下去：「一向這家裡是和和氣氣的，連一隻蚊子聲也沒有，自從你來了，就天下大亂，吵得屋頂都要飛掉，幾時才能像從前安安靜靜地吃一頓飯？告訴我！明德！」

那不涉入家庭之爭的明勇早已丟下碗筷下樓往屋外跑了，而周台生卻繼續嚼著飯，彷彿什麼也沒發生一般，明德垂下頭來，咬緊牙根，決定以後如果有所爭，也不願在偏袒一邊的母親面前頂了。

過不了幾天，在另一個晚飯的桌上，當全家五個人正在用飯，明圓突然興高采烈地對姚倩說：「媽，我們『南洋中學』的導師今天做了一次調查，問高三畢業後要投考大學的有多少，結果三分之二的人都想考大學，只有三分之一的人唸完高中就算了。」

明德在旁聽了，頭沉了下去，而姚倩則眼睛亮了起來，滿面笑容，問明圓說：

「你有沒有告訴你的老師說你要考大學？」

「當然有，而且導師還問每個學生將來要投考的科系，我告訴他說我喜歡理工，將來希望當一個土木工程師。」明圓說。

「你決定要考哪一個大學？最好在馬尼拉附近，別去考外地的大學，你離開家到外地住，我總放心不下。」姚倩說。

「這個我還沒做最後的決定，不過今天導師倒給我們說了一些馬尼拉附近大學的情況，他說馬尼拉附近有幾間大學，其中『聖多瑪大學』同『菲律賓大學』最好，但最大而又最著名的還是數『聖多瑪大學』，你知道嗎？媽，這大學是一六六一年設立的，不但是亞洲的第一間大學，甚至還比美國的『哈佛大學』早設了二十五年。導師說我的成績那麼好，進『聖多瑪大學』一點也沒有問題！」明圓沾沾自得地說。

「就是嘛，能進要儘量進，」姚倩笑盈盈地說：「你知道，明圓，我們全家都只進到中學，能進大學我看只有你一個了，不但要大學畢業，將來你有本事，要到美國去留學，爸媽也都讓你去……」

明德本來一直隱忍著，聽到姚倩說到這裡，再也忍不下去了，便把尚未吃完的碗筷一扔，奔下樓梯，開了店門，跑到王兵街上去。

明德沿著王兵街毫無目的地漫步著，他胸膛起伏，百感交集，想起自己從台灣來菲律賓原來是爲了當五金店看店的粗工，哪裡是爲了「團聚」？母親全心全意只貫注在「寶貝」明圓的身上，何曾留意到他？對於他，一聲大學都沒提起，可是對於明圓，不但大學一提再提，甚至大學都還沒入門，已經在爲他遙遠的留學鋪路，她不愛的就踩在腳下，得意的就捧到天上，這樣算公平嗎？他突然憶起小學畢業旅行的往事，然後恍然大悟當時爲什麼沒收到父母的旅費甚至連回音也沒有的原因了，原來就是不肯爲離身的明德花一分錢，卻心甘情願把整個財產花在身邊的明圓的大學和留學上，寧見大兒子來菲律賓給全家做牛做馬，就是一心一意要把二兒子送到美國去留學，母親之偏心何至於此呢？而父親又爲什麼這般庸弱無能，沒能仗義執言，說幾句公平話？他開始埋怨母親，看不起父親，對明圓則氣恨交加，只有小弟明勇給他一點點的溫暖。

他來到王兵街的路盡頭，那裡有兩幢兩百年前的老房子被拆了，剛清理出一塊空地，而屋主又沒錢立刻蓋房子，於是聰明的生意人便動了腦筋，臨時在空地上搭起圍籬，設了一個鬥雞場，此刻正燈光輝煌，人聲喧雜，大家圍觀鬥雞而忘了其他，明德爲了排遣無聊，也慢慢偎了過去……

安寧的日子又過了幾天，一天傍晚，晚飯已經吃過了，明德還下來看五金店，他已經整整看了一天，因爲這晚在英文的補習夜校有一場考試，他想提早到學校在考前再溫習一下英文，看見明圓頭髮梳得整齊油光，穿得一身熨挺的白西裝，在店門口對外窺視，準備出門，明德向前對他開口說：

「明圓，我今晚學校要考試，想早去半個鐘頭，拜託你在店裡給我看幾分鐘，爸就要下來關店窗了。」

「你叫我看店？我不要！」明圓始則驚訝，次則堅決地回答說。

「一生才拜託你這麼一次，爲什麼不肯？」

「你爲什麼不去叫明勇？」

「我不知道已經叫過他幾次了，他都肯幫忙，現在他已經出去，才不得已叫你，你還是第一次，爲什麼不肯？」

「我不管，我又不是看店的。」

「哦？你生來就是『吃便便穿美美』唸書的，而別人生來就是『粗腳粗手做牛做馬』看店的？美國人把黑奴運到美國去做工，你是不是也把我當做奴隸從台灣運來菲律賓給你們看店的，哼？」

明德一邊說，一邊青筋暴出，全臉紫脹起來，往明圓邁進了一步，厲聲命令道：

「我叫你看店你就給我看店！看你敢給我跑出去一步！」

明圓眼看明德來勢洶洶，已完全失了一向容忍的常態，拔腿就想往街上奔去，卻早被明德察覺出來，於是早他一步，搶先揪住他的後領把他強拉回來。明圓被拖住逃脫不得，便反過身也伸手來扭明德的胸襟，另一手握住拳頭就往明德的下腹擂了過來，明德被擂了幾拳之後，更是怒氣衝天，便把明圓雙手捺住，右腳前伸半步，一個橫腰左旋的柔道姿勢，就把明圓摔在地上，明德並不放鬆，他等明圓四腳朝天仰臥的當兒，趁勢騎在他的肚子，左右開弓，狠狠摑了他幾下耳光，痛得他連呼救命，在明德的胯下猛力掙扎……

周台生聞聲，首先從騎樓奔了下來，看見兩個兄弟在扭打，一時失了主意，不知如何是好，忙又奔上騎樓把姚倩喊了下來。姚倩三步作兩步跳地下得樓來，發現明德騎在明圓的身上，雙手又把明圓的雙拳按在地上，只見明圓兩隻甩脫了皮鞋的腳在空中亂蹬，她大為憤怒，一個劍步衝了過去，一把將明德推開，另一把將明圓自地上拉了起來，明圓滿頭油髮都沾了沙塵、全身西裝七裂八脫自不必說，兩個粉頰更印了明德的五龍掌痕，鮮紅欲滴，彷彿是浮雕的珊瑚，特別叫她心疼肝裂，一邊拂掉明圓頭上的沙塵，一邊回過頭對明德怒吼咆哮道：

「明德你這畜生！你這外來雞狠過本地雞，直把家裡當成鬥雞場，只恨不把你弟弟啄死才甘心！看你把他打成這個稀爛相，叫他出門怎麼去見人？自從他出生長到現在，我一根汗毛都沒曾給他碰過，而你竟膽敢把他打到這步田地，你要打就連我也一起打吧，一併把我們母子一塊打死，也落得家裡清靜，由你獨大，你這畜生，你這兇狠的外來雞！……」

姚倩罵著，眼淚不覺縱橫起來，便扶著蹣跚的明圓上樓去了。這其間明德坐在店裡的一只圓凳上垂頭喘息，而周台生則只管到店門口，把店窗板一塊一塊地關好了，對明德既不責備也不安慰一聲，悄悄地到騎樓上去，不到一會又下樓來，明德抬起頭來，見他父親把洞簫挾在腋下，趨身彎腰，一聲不響地從那店鋪的小門溜了出去。

這一晚，明德的英文夜校不但沒能早到，他反倒遲了，他考得十分壞。考完了試，他不像往日急急回王兵街去，他沿著波夕河岸踽踽獨行，然後找偏僻無人的河灣，坐在冰涼的石頭上，面河沉思起來。本來迢迢從台灣來這陌生的菲律賓與家人團聚，他想應該受到特別的優待與愛護，沒想到竟然被母親虐待與奚落，那也算了，但至少在他被人冷漠的時候，父親總該站到他一邊來為他說幾句話，但他卻始終那麼怯懦怕事，一聲也不敢哼。他想以前在台灣艋舺的老家時，祖父祖母多麼愛他疼他，把他當成家裡的「龍珠」，那老家多麼溫暖多麼和氣，與這新家的冷酷與暴戾何其天淵之別？他不禁哽咽起來……

明德在河邊坐了很久，一輪明月從河面冉冉昇起，往河上撒下無數粼粼的波光，一年來的憧憬，便像那波光千絲萬斷，隨那河水漂向海裡去……

有一個巡河的夜警，已經巡過那河灣幾回，每回都看見明德老坐在原來的石頭上，遂起了疑心，對他走了過來。

「喂，年輕人，你整個晚上老坐在這個地方做什麼？」那夜警問明德道。

「想家……」

明德轉過頭來回夜警說，月光柔柔地描出了他的側臉，夜警發現他的兩眶淚水，瑩瑩地反射著月光……

十四

從這天開始，明德發誓，不再動明圓一根汗毛，也不再罵他一句，甚至不再跟他計斤較兩，決心把全部精神放在自己在菲律賓頗感缺陷的英文上。

他不但不再對明圓說話，母親對明圓的溺愛也視若無睹，他甚至對家裡的其他人也很少開口，對父親和母親也恍若旁人。他開始每天趁天還沒亮就起床，用冷水澆身之後，就在馬尼拉清晨無人的街上跑起步來。他每晨從王兵街出發，向南跑過波夕河上的「瓊斯橋」，彎進「聖地牙哥古堡」與「馬尼拉古城」之間的馬路，拐入那條「Bonifacio Drive」的海濱大道，就循著這大道，迎著拂面的海風，一直跑到「雷沙公園」裡來，這時天剛發亮，他在公園裡做了在中學每晨都做的體操，然後往「雷沙紀念碑」的石階坐下來唸英文或背英文生字，一直唸到太陽從地平線上昇，他才循著原路跑回王兵街，一回到家裡，街上已經人來人往熱鬧起來，而周台生也早已把店窗門戶打開了，於是明德一言不發，開始看顧五金店。中午的時候明德有一段休息時間，他爲了鍛鍊身體，每天都在這空檔趴在騎樓的地磚上做七、八十下的伏地挺身，然後下午又看了四小時店，晚上去英文夜校唸英文，回到家裡來猶孜孜矻矻唸到深夜一、兩點鐘才肯躺下來歇息。

明德發現如果想精通英文，只唸夜校講授的課本還不夠，必須多唸一些英文的課外讀物才可，因爲「國立圖書館」就在「雷沙公園」裡面，於是就趁每天晨跑早操之便，到圖書館借書出來讀。

因爲天天仰望雷沙風采翩翩的雕像，又聽過明勇當初告訴他雷沙一生的傳奇故事，便對雷沙大感興趣，於是首先就去借了他寫的「別碰我」和「叛逆份子」兩本長篇小說來讀，讀完了小說，開始讀他的傳記，第一本是「菲律賓的愛國者與殉道者——雷沙」，第二本是「馬來宗族的榮光」，第三本是Bernard Reines寫的「一個民族英雄(A People's Hero, Rizal of The Philippines)」，這最後一本傳記寫得十分動人，文字又極其優美，具有散文的抒情味，又兼具小說的戲劇性，讀得明德廢寢忘食，讚不絕口。

這一天早晨，明德又帶了那本「一個民族英雄」跑到「雷沙公園」，他草草做完了體操，便又坐在雷沙紀念碑的石階上，展開書來讀，這之前他幾乎把整本書都讀完了，就只剩下這題叫「二十四小時可活」的最後一章。他讀的時候，心忐忑著，手捏冷汗，帶一份驚懼與悲憤的情緒，讀了下面一大段文字：

雷沙最後想見的訪客只有他的家人，可是男人不許來訪，只有女人才許來，見面的時候，每次同時兩個。

當他看到他那消瘦而憔悴的母親，他的心沉了下去。就像往日一般，他屈身吻她的手，這便是那守衛准許的僅有的接觸，不許擁抱，也不許握手，只怕她們會把讓他自殺的東西偷遞給他，所有女人與他交談之際都得離他三尺之遠，那守衛什麼都看清楚還不夠，甚至還靠近來留意聽他們在說什麼。

他給每個人一點東西留做紀念，他送給母親一張簽了字的紙片，送給幾個姐姐宗教的書和牢裡畫的幾張畫片，送給七歲的外甥女袋錶、錶鍊和腰上的皮帶，給他的妹妹Trinidad他送了一件最珍貴的禮物，在他對她說了「我要把我的酒精燈送給你，」之後，他壓低了聲音，用守衛聽不懂的英語加了另一句「那裡面有些東西。」那所謂的「東西」經Trinidad事後發現，原來便是他前夜偷寫的名詩「永別」。

雷沙的肘反綁著，就像幾天前上軍事法庭一般，他步出了監牢，面上雖然還罩著牢裡的陰鬱與蒼白，可是雙眼卻是明亮的，態度穩健而沉著，應和著莊嚴的鼓聲，這「死亡之進軍」就這樣開始了。走在他左手的是一位神父，在他右手的是另一位神父，他擎著一支十字架，在他的後面是他的法庭辯護士，在他前面是那位鼓手和另一位喇叭手，而在這小隊伍的四面則圍著戒備森嚴的西班牙衛兵。

從「聖地牙哥古堡」到「海濱公共刑場」的路程差不多一哩，雷沙便啓程開始走上他人生這最後的一哩路。在他的右邊，馬尼拉海灣在曙光下泛白，晨間的空氣那麼清澄，他可以十分清楚地看到可里奇多島上的碉堡以及南方卡威特的海岬，那路的兩旁立著許多圍觀的人，有的還加入他們的隊伍要去刑場，這些大都是西班牙人，只有少數幾個菲律賓人。有一群他在Dapitan放逐時的學生也夾雜在人群裡面，他們滿眼眶都是淚水。偶爾雷沙也抬起頭來望那沿途的人群，那裡面很少是他熟習的臉孔，因爲他的大部份朋友不是下獄就是到山林裡藏匿起來了。

「我們就在往『骷髏地』去的路上，」雷沙對他身旁的神父說：「到底我受的苦很少，主耶穌受的苦才多呢，他們把他釘在十字架上，但只消幾秒鐘，幾顆子彈就可以結束我的痛苦。」

遙望著馬尼拉灣，雷沙說道：「父啊，看這多美的早晨！可里奇多小島和卡威特海岬都看得清清楚楚！不知多少像這樣的清晨，我帶我的情人Leono來這海邊漫步談心。」

「來日的清晨將更加美麗。」那神父回答道。

「你說什麼？我的父……」雷沙問著，可是一個守衛岔了進來，談話就此打斷。

「海濱公共刑場」充滿了佳節盛會的熱鬧氣氛，所有在菲律賓島上的西班牙上流人物都坐了馬車來這刑場，這其中有教士、官吏、貴族，以及他們衣飾華麗的太太和小姐們，他們快樂地互相問候寒暄，選擇有利的觀察行刑角度，有的甚至在草地上或馬車裡舉行他們的慶祝派對。

西班牙的其他中下階層的人也都徒步走來刑場，快活地等待這個膽敢沖犯西班牙王冠「忘恩負義」「萬惡不赦」的馬來族人的死刑。遠遠畏縮成一小團才看得見幾張菲律賓人的臉，他們垂頭喪氣，滿眼血絲，等著來看這位最受他們敬愛的偉大族人的最後一瞥。

刑場的中央是一塊空曠的方地，三面圍著士兵，一面對著海，就在這空地，他們要執行雷沙的死刑。爲了怕臨時有人來營救，一隊砲兵和大砲隨時戒備防範著。甚至一個樂隊也在那裡等候著，以便犯人倒下的時候演奏西班牙國歌來慶祝這勝利光輝的一日。

七點前一刻，雷沙和衛兵來到刑場，他把空地的四周掃視一遍，發現那些西班牙人、菲律賓人，以及那一大堆兵士都不安地等待著，二十四年前那三位菲律賓教士爲卡威特兵變，而在同一刑場受絞殉國的記憶幽然在眼前浮現，就在這當兒，他長久以來一直保持的鎮定突然動搖了，死亡的恐懼第一次攫住他，使他說出了一生都沒曾說過的虛弱之語：

「啊，我的父，死是多麼可怕啊！人要受多大痛苦啊！父啊，我衷心寬恕所有人！對誰我都沒有怨恨，相信我啊，我尊敬的父……」

只過了片刻，那恐懼的痙攣就過去了，鐵一般的意志又令他恢復了原有的鎮定，他有力地跟他的神父與辯護士握別，然後吻了另一位神父手擎的十字架。

執行槍決的八位槍手已排成一列各就各位了，這是一隊西班牙屬下的菲律賓兵士，是爲了給菲律賓人最大的羞辱，才故意選他們出來執行他們最憎惡的任務，可是又怕他們臨刑逃脫，所以在刑場的四周又密密列了幾排手執毛瑟槍的西班牙兵士，下令有任何沒能執行軍令的菲律賓兵士，一概格殺勿論。

當雷沙來到那方場的中央，他要求那槍手的西班牙領隊讓他面向槍手接受他的死刑。

「這不可以，」那領隊回答：「我的命令是要射擊你的背部。」

「可是我從來也沒有背叛過我的國家或西班牙。」

「我的職務是服從我受到的命令。」那領隊重複地回答。

「也好，那麼你要怎麼射就怎麼射吧。」雷沙說。

他提出了兩個最後的要求，第一，那領隊應指示那些槍手，射他的心，別射他的頭；第二，允許他立著，別叫他跪著接受死刑。這兩個要求那領隊都答應了。

雷沙於是轉身向海，背對著那刑場，他拒絕帶眼罩，他慢慢把頭抬起，仰望那漸次發白的天空，在這生命的最後一刻，他似乎依舊保持著一生伴隨著他的鎮靜。

爲了塡寫雷沙的官方死亡記錄，一位西班牙軍醫走到雷沙的面前，他驚於他無比的冷靜，禮貌地請求他讓他測他的脈搏，雷沙將反綁的手臂盡可能地伸直以便那軍醫按脈。

「正常，同道，你的脈搏十分正常。」那軍醫對雷沙說，過後走回原來軍官的行列去。

雷沙沒有回答，他絞扭著右手，指向他的背心，提醒那些槍手應該射擊的部位，然後悄然凝望著天空。那領隊口令一出，八支槍同時齊響……

雷沙搖擺了兩下，開始向前仆倒下去，即使在這臨終的一刻，他仍牢握著鐵般的意志，他盡了極大的努力，扭轉軀體，使背平躺在地上，面向菲律賓的太陽，溘然而逝。

那時刻是早晨七點零三分，雷沙活了三十五年六個月零十一天。

既已目睹雷沙倒下死亡，所有在場的西班牙人都狂歡雀躍起來了，「西班牙萬歲！」的歡呼夾雜著喝采的笑聲，此起彼落，貴婦們揮著手絹，交手擁抱，相互慶祝。那一直都沉默的軍樂隊終於奏出了西班牙的國歌——「卡地進行曲」。這忘恩負義的菲律賓「土人」終於死了，這膽敢在小說裡把西班牙人惡意醜化挖苦揶揄的「土人」終於死了，再沒比這更好的消息，無疑的，正如那軍事檢察官在法庭上宣稱過的，只要這「叛徒」一死，菲律賓即將永遠爲西班牙所有。

還不到兩年，在馬尼拉上空飄揚了近四百年的西班牙國旗終於降落下來，於是菲律賓的歷史就此翻開了嶄新的一頁。

明德合起書來，坐在那石階，彌望那一片開始泛藍的大海，興起無限的慨歎，想著雷沙臨終的時候，看到的最後一眼也是這同樣泛藍的大海吧？他立了起來，也不知是不是讀書過久的關係，突然雙眼一黑，頭腦暈眩起來，於是趕忙扶住雷沙紀念碑，讓血液慢慢流回腦部，才見景物又明晳起來。他不自覺仰望著雷沙的古銅像，繞石碑走了半圈，不期然瞥見了用不同國文字鐫刻的雷沙名詩——「永別」，他找到這首詩的英譯銅碑，第一次開始認眞地，噙著眼淚，吟完了全詩：

永別

別了，祖國，艷陽之土，

南海之珠，失去的樂園，
我樂於把這凋零之軀獻給你，
即使再年輕，再健壯，再幸福，
我仍然毫不憐惜，把它獻給你。

在無情的沙場，激烈的戰鬥，
有人把生命捐棄，既不猶豫也不在意，
葬身之所豈有分別？在香杉在月桂在百合之下，
在絞台在原野，在刀槍或殉道的途上，
只要爲了國家爲了鄉土，它都一般無二。

我要在東方破曉的清晨死去，
正當那旭日的光明衝破長夜的黑暗，
如果曙光無色，就拿我的血去漂染，
任你灑潑整個蒼穹，
把它染成一片瑰麗的鮮紅。

當生命之頁在眼前展開，我做過夢，
當青春之火在心中點燃，我做過夢，

夢見可愛的臉，啊，你這南海之珠，
不再悲傷，不再憔悴，
眉頭無結，眼眶無淚。

我愛之夢，我生之慾，
在悲泣，爲你這即將高飛的靈魂，
在歡唱，因你終將遠離這多愁的囂塵，
爲國而死，不正是你日夜所望？
然後躲在她的懷裡，安然無恙。

有朝一日，在我墓地的草上，
看見一枝羞放的花朵，
請把它擁到唇邊深深吻我，
也許我久臥墓穴，周身發抖，
讓我的眉梢感受你的輕觸，你的熱呼。

讓月光撫我無底創傷，
讓晨曦著我金色衣衫，
讓微風飄送飲泣悲歎。

若有鳥兒棲在十字架上，
讓牠爲我低吟，如對國殤。
讓太陽把霧氣提昇上蒼，
使夜幕在墳地重重下降，
讓善人來墓旁喟我不遇，
然後在靜夜爲我默默懇乞，
求你，我的祖國，讓我在天國安息。

哀禱吧，爲那些不幸早逝的故友，
爲那些滿身傷痕的活人，
爲那些因兒女悲慟的母親，
爲那些寡婦孤兒，那些受刑逼供的罪人，
然後爲你自己的救贖而祈禱。

然後對著蒼穹傾訴我遲來的抗議，
因爲長夜漫漫只有屍身可依，
請別吵我清睡與深沉的神秘。
也許你會聽見聖頌在周遭悠揚，
這是我啊，祖國，我在對你歌唱。

當我的墳墓已被人遺忘，
既無十字架，也不見碑坊，
讓犂犂過，讓鍬翻過，
在我的骨灰被風吹散之前，
將它撒播，覆蓋大地。

然後隱入無形我不在意，
當我飛過高山越過大海，
驚歎空間的浩瀚與時間的無際，
我將帶著光明與色彩，
傳播我的信心，我的愛。

我敬愛的祖國啊，令我憂傷的祖國，
我熱愛的菲律賓啊，請聽我最後的驪歌，
我把一切都獻給你——我的父母以及我的兄弟，
因爲我將去之國，沒有暴君也沒有奴隸，
那兒親善和睦，一切統於上帝。

別了，從破碎的心底我呼喚祢，
別了，被蹂躪的朋友自我的孩提，
感謝祢，我的上帝，我走完了人生的勞途，
也感謝祢，我的導師，你照明了我的路，
永別了，人類我愛，只在寂滅才有安息。

十五

在雷沙紀念碑的那一次頭昏目眩，明德以爲是突發的偶然事件，後來才發現不是，原來竟是長期積鬱與過度用功的結果，一種「神經衰弱」加上「心意消沉」的徵兆。

自從那回與明圓打架而挨母親怒罵，明德因受了太大的刺激，便奮發不再虛耗時間，專心一意想充實自己，把自己後天的缺陷彌補過來。因爲用功苦讀，既消耗精神又減少睡眠時間，於是年輕無知的明德便決定用日本式的體力鍛鍊來補足，沒想到事與願違，他愈是瘋狂運動，身體卻愈是衰竭，精神愈見恍惚，白天無法看店，晚上無法唸書，夜裡睡不成眠，因爲陰鬱消沉，乃至食而無味，於是四肢無力，最後遂虛弱到連騎樓也爬不上去。

其實早在明德發病之前，周台生就預知會有現在的後果，因此，每晨天還沒亮聽見明德步下樓梯到後院古井去澆冷水的時候，他也悄悄跟到樓下，在古井邊佇立良久，然後用台灣話關懷地對他說：

「明德……你不通每工安倪，身體是會打歹去哦。」

明德只輕蠛地瞥他父親一眼，只把他的話當是耳邊風，故意更猛烈地往自己的頭上肩上澆冷水。

每天中午看見明德爬上騎樓去做七、八十下的伏地挺身，周台生也悄悄地尾隨到樓上，立在樓梯口等待，等他運動之中停下來喘息的當兒，又用台灣話憂慮地對他說：

「明德……即款燒熱天，樓頂本底就千若列烘雞，你復即倪激烈運動，你是會著暑❹哦，你也聽人講一下。」

明德聽了，頭連回也不回，爲了使他父親更加難過，他就更瘋癲地做起伏地挺身，一口氣做完了八十下還不肯罷休，還繼續拚命做下去，一直做到兩膝跪下，全身癱瘓在磚地上才止。

周台生眼看明德對他表現的反抗態度，不勸還好，愈勸愈壞，以後也就不再勸他，任由他去了。

對於這一切，不必周台生告訴她，姚倩多少也知道在心底，自從那一回罵明德「畜生」、「外來雞」之後，明德就完完全全變了一個人，對她雖然還溫文有禮，沒有像對他父親的那種叛逆之態，但是初到馬尼拉時的那種興奮的親情已一掃而光，取而代之的則是一副全然的冷漠與疏遠，彷彿是暫寄籬下的過路人。明德竟然這般敏感，這是姚倩萬萬也意想不到的，早知道如此，她也不至於用這馬尼拉慣用的罵人俗語來責備他了，但錯已鑄下去，現在的問題便是如何收拾殘局，即使無法恢復原來的母子之情，但至少也得想辦法叫他不要再自我摧殘，把個好端端的身體糟蹋了才好。

---

❹著暑：台語，音(tio-soa)，意(中暑)。

於是有一天在晚飯的桌上，等明圓、明勇先吃完走下樓去，只剩下父母與明德三人單獨的時候，姚倩便開口對明德說：

「明德，爲什麼幾個月來都不見你的笑容？」

明德垂下頭來，一語不發。

「好久沒聽你說話了，爲什麼不說幾句讓媽媽聽聽？」姚倩又說。

明德只搖了搖頭，仍是一語不發。

「你當初來的時候好愉快啊，怎麼現在這麼不愉快呢？」姚倩說，然後改成一副親暱的口吻輕聲地問：「是不是想台灣的家？如果你想回台灣，我跟你爸就買船票讓你回去。」

明德猛然抬起頭來，爲了自己的心思被母親看穿而臉紅起來，可是如果這麼輕易就拿了船票回台灣，這簡直是屈辱的投降行爲，是明德萬萬也不能忍受的，他強自抑制這種弱者的慾望，硬是要在惡劣的環境下支撐到底，因此，他便開口回答他母親說：

「沒有，我一點也不想，我只想把英文唸好而已。」

姚倩與周台生面面相覷，交互歎了一口長氣，也就不再說下去了。

可是姚倩卻覺得這種情況不能任其自然發展下去，特別是當明德米飯不思、爬不上樓梯、整日躺在樓上昏睡的時候，她更大大緊張起來，於是私下跟周台生計議了半日，一天下午，夫婦兩人便偎近明德的床邊，凝望著他那蒼白的病容好一會，溫柔地對他說：

「明德，我跟你爸商議過了，你這樣再拖下去是不行的啦，我們一定得想出一個辦法才行。」

明德只瞟了他母親一眼，默默地把目光移到天花板上。

「只有兩條路好走，看你要不要聽人的話去看醫生，或者就坐船回台灣。」姚倩說。

「我不要看醫生！」明德把目光從天花板上斜劈下來，堅決地說：「我沒生病，這只是累而已，休息幾天就好了。」

「也好，你既然不去看醫生，我們就讓你回台灣，你儘管口說沒生病，可是據我看你卻生著『思鄉病』，從中國來南洋的人剛開始大家都害過這種病。」

一聽姚倩提起「思鄉病」，一股羞恥的情緒昇上心頭，於是明德便倏地自床上半坐而起，更加堅決地說：

「我——絕——對——不——回——台——灣！」

「你既不看醫生也不回台灣，你的路都絕了，你到底要怎麼辦，明德……」姚倩說，眼眶紅了起來。

只見明德又無力地躺回床上，雙手交叉在塌陷無肉的胸上，側頭去望窗外，窗外煙囪林立，家家正昇起炊煙，烏煙瘴氣，氤氳一片，間或有幾縷青煙溜進了騎樓，嗆得明德幾乎透不過氣來。

周台生先看明德嗆氣，突然靈犀一通，於是等明德又恢復了正常呼吸，他便笑逐顏開地對他們母子兩人說：

「在我看來，明德還不至走到絕路，除了那兩條路，還有另外一條路我剛剛才想到，我有一個日本朋友在『碧瑤』的山上開溫泉旅社，這『碧瑤』就像台灣的『北投』和『草山』，空氣新鮮，樹蔭清涼，許多美國總督和菲律賓大官夏天都到那裡去避暑，明德就到那旅社住一陣子，好好休養，把身體養好了再下山來，到時你要做什麼都讓你自由。」

對於這第三條路，姚倩是滿口贊同的，明德卻是經過了一番躊躇之後才勉強答應了，於是當下三個人同意，第二天就由周台生親自帶明德坐車到碧瑤去，把明德親手交代給他的日本朋友之後，再讓明德獨自留在山上休養。

這個決定在晚飯全家同桌的時候，姚倩也對明圓和明勇兩兄弟公佈了，明圓聽了，彷彿無動於衷的樣子，可是明勇卻眨眨眼睛，不時側開去偷望明德，好像有許多心裡話等著對他說卻又找不到機會說的樣子。難得晚飯過後，看明德回到他自己的房間，開始整理衣物打包書籍的時候，明勇便藉口要幫忙明德捆行李，溜進了他的房間來。

明勇果然幫了明德很大的忙，因爲明德病中無力，所以一切費力的捆綁工作都由明勇代勞了，兩兄弟就這樣七手八腳忙碌了一個小時，當一切收拾妥當，兩人便往床上坐下來休息，他們默默對視了一會，明勇便突然打開話匣子，細聲問道：

「明德，長久以來我心裡就有很多話想問你，看你一直生病，怕沒有心情回答我，所以也沒問，可是你明天就要到碧瑤山上養病去了，而且一去又不知道幾時才會回來，不如現在就問你，免得老悶在心裡，放不下來。」

「你說說看。」明德笑道。

「我們『中正中學』的老師對我們說，前年日本軍攻進南京的時候，殺了十萬中國人，這會是眞的嗎？」明勇問道。

明德的笑容遽然消逝了，他的表情嚴肅起來，眼瞼半垂著，緩緩回答道：

「這我一點也不知道，那時我還在中學，台灣的報紙只報導『皇軍激戰』和『南京陷落』的消息，殺了十萬中國人的事一點也不知道。」

「你知道嗎？他們把老百姓排成一列，也不分老幼一律用機關槍掃射，或把活人綁在柱子上當靶子練習劈刺，如果人太多了，就把他們用繩子捆成一堆，澆煤油放火燒死，而他們自己就在旁邊看。」

明德不再回答，只靜靜地聽著。

「他們殺俘虜都是先叫俘虜自己挖坑，然後跪在坑前由他們用武士刀砍頭，聽說士兵還比賽砍頭，砍愈多就愈光榮，結果每個兵士都砍幾十幾百，砍到雙手無力才停止，你想這是眞的嗎？」

明德低頭望著紅磚地，不敢抬頭面對明勇，深深地歎息。

「我不相信還有人竟然殘忍到這種地步！」明勇咬牙切齒繼續說：「聽說有一個日本下士參加過『南京大屠殺』，以後他調到別的部隊，他就到處向這部隊的兵士誇耀他在南京的時候，在街上遇到一個中國孕婦，他就跟同伴幾個人打賭那孕婦肚子裡的嬰孩到底是男的還是女的，他們下了賭注，就當街把那孕婦推倒在地上，用刺刀剖開她的肚皮，挑出肚子裡的嬰孩以決定他們的輸贏……明德，你相信不相信？世界上還有這種萬惡不赦的日本人！」

明勇握著拳頭往床堵猛搥了一下，霍地自床上起立，邁著大步走出了房間，而明德忙了一個晚上，已經十分疲勞，便順勢往床上橫躺下來，腦裡亂成一團，也終於渾渾噩噩地睡了。

第二天一早，周台生便替明德提了那只黑色牛皮箱，而明德自己則抱了一大包書和零用細碎的小提包，父子兩人告別了姚倩，叫了黑頭仔車來到馬尼拉大火車站，從馬尼拉搭了北上的火車，坐了五、六小時，在靠海的一個叫Fabian的城市下車，轉上去碧瑤的山中巴士，三小時後便到碧瑤了。在這段旅程上，明德首次看到菲律賓的山脈與田野，那青翠山脈以及稻田上的水牛與農夫，幾與台灣並無二致，只是少了箬笠和簑衣而已，在貧瘠的山谷也一樣是層層的梯田和朵朵茅屋，有一個特點是明德在台灣絕沒見過的，就是每個村鎮必有天主教堂，教堂之旁的公墓一律是櫛比林立的白色十字架，而每個市政廳前幾乎都有一尊雷沙的雕像，有銅像、有大理石像、有水泥像、有著漆的木像，或拿著書斜立遠眺，或坐在桌上燈旁寫詩……

碧瑤隱藏在呂宋北部中央山脈的山中，海拔一千五百公尺，因爲地高氣爽，松林遍地，從二十世紀初年美國人開發以來，就變成了菲律賓的避暑勝地，幾代的美國總督也都在這裡蓋有官舍，夏天甚至移到山中來辦公，所以不到幾年就變成了馬尼拉之外菲律賓最著名的「夏都」。

明德和周台生坐了巴士，一進那碧瑤的谷地，便被那一片如絨的廣大松林懾住了，眼看著那一波波搖曳的松濤，微風把一陣陣松脂的清香飄送到巴士裡來。進得了碧瑤，走到那條叫 Session Road 的起伏主要街道上，看那熙攘來往的遊客，以及兩旁彩色琳瑯的商店，有書店、麵包店、照相館、中國餐館、印度市場、咖啡小店、古董店、土產店、電影院和食品雜貨店……一時把明德驚得目瞪口呆，幾乎不敢相信在這窮山深壑的僻壤之地竟能尋到這「世外桃源」。

周台生的日本朋友所開設的溫泉旅館不在碧瑤的熱鬧市街，卻在市郊的一個叫「雅心溫泉(Asin Hot Springs)」附近，雖然離市街有幾十分鐘的路程，但因爲環境幽美，古松蒼翠，別是一個天地，確是修心養身的絕佳居處，特別是那旅館的名字又題做「松浪旅社」，眞是名副其實，才見面就給明德十分的好感。

周台生帶明德來見「松浪旅社」的日本老闆，那老闆知道來意，免不了表示一番熱烈的歡迎，當下就找了一間較僻靜的房間請明德安頓下來，準備好毛巾和肥皂請他們自便去洗溫泉浴，當晚還特別擺了一席日本料理請他們父子，大家寒暄話舊了一個晚上，當夜周台生就與明德同房睡下。第二天早上，周台生對明德再三叮囑之後，便搭來時的巴士下山回馬尼拉去了。

明德在碧瑤的「松浪旅社」前後住了一個多月，這是他一生以來最閒散無慮的日子，每天除了在旅社附近的松林漫步，就是到溫泉的源頭去觀霧，不然就沿著涓涓的溪水，散步到碧瑤的街頭來。街上的那一家書店有英文的報紙雜誌以及文學書籍，特別吸引他去，在書店翻書翻累了，他就踱步來到「本漢公園(Burnham Park)」，這公園綠草如茵，幽徑蜿蜒，湖光帆影，柳岸成蔭，明德便坐在湖邊的柳樹下，或展書細讀，或仰望浮雲，感歎人生的奧秘……

有一回，不顧身體的羸弱，他硬是爬到附近的「聖多瑪山(Mt. Santo Tomas)」的山頂去看風景。從那嶙峋風蝕的山頂下瞰，望得見層層疊次的山脊擁著閃閃如鱗的梯田，在那山下平緩的綠地邊緣描著白色彎曲的海岸，他就在那裡坐著，欣賞那南海的落日美景，一直等到天色變黑，山風驟冷，他才搭了別人的最後一部便車，下山回「松浪旅社」休息。

碧瑤的空氣與風景並沒治好明德的病，相反的，倒因爲山居的孤寂與無聊而使他的病更加沉重起來，這時他才發覺他的一切身病原來都是心病引起的，這麼好的養病環境，都治不好他消沉陰鬱的心病，回到王兵街那樣污濁的環境加上對母親和明圓的嘔氣，就更別想病會有什麼進展了，想來想去，在這菲律賓的異邦，無論如何總是前途茫茫，死路一條，他又開始回想台灣艋舺的那個溫暖的老家，祖父祖母日夜的寵愛與關懷，他再也顧不得屈辱不屈辱的問題，他突然決定回台灣去了。

決心既定，第二天一早就捆好衣物行李，扛了一大堆沒念完的書本，告辭了「松浪旅社」的日本老闆，坐了巴士下山，又轉搭火車一路趕回馬尼拉來。

坐了整整一天的車子，終於在黃昏的時分回到馬尼拉火車站，明德拖著疲倦的身子走出月台，在那擁擠的候車廳蹣跚地走著，被那沉重的行李和如磚的書籍鎮壓，走不到幾步就停下來喘氣。有一回，就在他立著的時候，無意間瞥見那候車廳靠大門的一邊，臨時搭了一條長桌，桌前懸著一塊白布橫條，用粗大的毛筆寫著：「中正中學支援中國抗日宣傳大隊」幾個黑色的漢字，下面附著相對的一排英文字，那長桌上置著幾個尺把高的捐獻箱，另幾只花籃，盛滿月桂和百合之類的白色花朵，桌後面立著一、兩位老師模樣的大人正在招呼桌前佇立的旅客，另有四、五個學生坐在桌角休息。

明德一時好奇，便往那長桌邁了過去，一近那長桌才發現那桌上除了捐獻箱和花籃，更平擺著十來張日本軍隊在中國大陸殘忍暴行的黑白照片，有日本兵高舉武士刀將砍中國人頭顱的、有日本兵用刺刀直刺中國青年胸膛的、有日本兵在坑邊圍觀坑底狼藉中國屍首的……各色各樣，血淋淋，慘不忍睹，看得明德膽顫心寒，頭暈目眩。

正當明德扶住桌邊以防跌倒之際，突然聽見熟稔的聲音親切地叫道：

「明德！你幾時回來的？」

明德慌忙轉頭一看，原來是明勇，他穿一襲潔白的校服，胸前掛一只花籃，籃中一方盒的獻金匣子，笑顏大開的直望住明德，明德這才注意到就在這同時，有五、六個明勇同齡的高中生也紛紛掛著花籃回到宣傳站來，大家陸續把獻金匣子交給桌後面的老師，把花籃交由另一批在座的學生，開始由他們到處兜售義賣去了。

明德看明勇把花籃從胸前卸下放在長桌上，才笑著回答他說：

「昨晚在碧瑤山上突然覺得太無聊了，所以今天一早就坐車回馬尼拉來。」

「眞的？我也正好要回家，你稍等我一會兒，我替你扛行李！」

明勇說罷，便拐到長桌後面跟他的老師比手劃腳說了幾句話，然後走回來，一手提起明德放在地上的那只黑色牛皮箱，另一手拎起那一大包書，只叫明德揹著隨身的小提包，輕輕鬆鬆地跟在後頭走。他們在火車站大門口叫了一部黑頭車，把行李雜物都放在後車廂之後，兩個兄弟便坐在車子的後座，親熱地聊了起來。

「你幾時才開始來這火車站賣花的？」明德問明勇道。

「在你到碧瑤之前早就開始賣了，其實不獨我賣，我們學校的高中生，一半以上都來賣。我們是輪班的，每個人一天規定賣幾小時，時間一到就換班賣。」

「每天都來賣嗎？明勇……」

「沒有，平常都在學校裡讀書，只有星期假日才來火車站賣。其實這不過是我們『宣傳大隊』的一部分活動，有時我們還在街上遊行，到處去演講。」明勇得意地說。

「怎麼這些我都不知道？」

「還讓你知道呢！」明勇調侃地說，突然轉成十分嚴肅的表情，繼續說：「其實當初開始遊行的時候，是曾經跟爸爸偷偷講過的，可是你知道他怎麼反應？他說：『你快別這樣出去亂闖！要知道你們兩個兄弟雖然都在馬尼拉出生，卻是到此地日本大使館報出生的，所以都是日本籍，不但你們是日本籍，連你媽媽嫁了我也改隸日本籍，我們全家都是日本籍，你還出去遊行抗日，看闖出禍來叫全家怎麼辦？』」

「結果呢？」明德迫不及待地問。

「結果以後有什麼活動我誰也不說了，我依舊遊行，依舊演講，依舊賣花，誰也改變不了我。」明勇輕鬆地說著，吹起口哨來。

明德望著明勇，心中昇起了無限的敬意，他從來都沒想到這個外表率直粗獷的小弟，內心竟然這般奔放剛毅，而且擇善固執，始終貫一，不禁爲自己感到慚愧。

沉默持續了片刻，忽然剛才那照片裡日本兵暴行的影像悄悄地在腦海裡湧現，於是明德不期然開口問明勇說：

「那些中國人好慘，想不到日本軍還讓記者拍照片……」

「哪個記者敢去拍照片？」明勇打斷明德說：「還不是他們自己日本兵爲了取樂拍的，但在當地又找不到日本照相館，只好拿到上海的中國照相館沖洗，那些中國照相師私下把原版拷貝下來，輾轉相傳，最後才由外國傳教士收集偷帶到海外來。」

「哦，哦，原來如此。」明德恍然大悟地說。

「所以你現在才相信日本兵多殘忍！」明勇首肯地問道。

明德沒有回答，只側頭去望窗外，搖頭歎息起來，而這時汽車已開進了狹窄熱鬧的王兵街，速度驟然減慢下來，明勇搶著這最後的一刻叮嚀明德說：

「我今天在車裡跟你講的話，回到家裡誰也不能說。」

明德點點頭。

「一言爲定？」

「一言爲定！」

兩兄弟面對著面，會心地微笑起來……

十六

自從台灣來到菲律賓，明德前前後後在馬尼拉住了一年，在這一年裡菲律賓境內儘管和平安寧，可是境外卻風雲詭譎，世局急轉直下，令人惴惴不安。

首先是德國在希特勒的領導之下併呑了奧地利，然後在一個安靜的早晨，突然下令衝過國界攻擊波蘭，第二天英國和法國同時對德國發出最後通牒，要求德軍自波蘭境內撤退，德國不聽，繼續轟炸華沙，第三天早晨英國和法國同時對德國宣戰，歐洲頓時陷入一片混亂，第二次大戰就在第一次大戰結束後二十年揭開了序幕。

其次是日軍在中國大陸戰場的擴展，本來自「七七事變」中國遷都重慶以來，不到一年之間日軍已佔據了華北的各大城市，這一年來更向長江上游推進，於是又攻陷了武漢和南昌，爲了策應華中區的作戰，日軍同時把戰局往南推展，陸續攻陷了廈門、汕頭和廣州，最後一舉而佔領整個海南島。由於佔領區的過分廣大，加上中國軍的連連反擊，日軍到這時已經殘喘難息，疲於奔命，遂同意由汪精衛在南京組織「中央政府」，繼承「國民政府」的法統，以「三民主義」爲建國原則，以「青天白日滿地紅」爲國旗，只是在雙方密約的限制之下，「中央政府」必須接受日本派遣的顧問，而且允許日軍在華北及蒙疆各地駐屯，因爲處處須聽命於東京的日本政府，遂落成了日本的傀儡政府，與東北的「滿洲國」幾無二致。

對於日本在亞洲的軍事擴張，自始美國就在密切注意，「滿洲國」成立之初，美國就對日本的領土野心表示不滿，等到日軍佔領了華北，發生了「南京大屠殺」，美國群情譁然，遂憤而與日本廢止商約，禁止美商把原油及廢鐵的軍事原料運銷日本，期對日本施加經濟壓力，務使其尊重中國的主權獨立與領土完整，沒想到日本不但不稍事收斂，反而變本加厲，脅迫法國讓日本在河內設立空軍基地，並允許日軍在安南全境的通行權。日本把勢力積極向東南亞伸張，爲了對抗美國的制衡，日本更毅然決然加入了「日德意三國軸心同盟」，於是太平洋西岸便陰雲密佈，大有山雨欲來風滿樓之勢了。

對於日本意圖染指菲律賓的野心，菲律賓人的警覺還是最近的事，原來日本東京本部早已從馬尼拉的日本使館人員獲悉菲律賓軍事薄弱而且毫無心理準備，日本只計劃用滲透、遊說和賄賂來達到控制的目的，因此幾年來，日本便鼓勵人民向菲律賓移民。幾百年來，菲律賓的移民主要以華人爲大宗，不料這一年，日本來的移民破天荒首次超過了華人，而且在菲律賓政府發現這可怕事實之前，日本已在菲律賓全境立下了基礎，僅在民答那俄島上的達法俄(Davao)一省，日本移民佔總人口不過十分之一，但他們卻擁有了全省三分之二的可耕地，付了幾乎全省一半的稅，差不多百分之八十進達法俄港口的貨船都來自日本。短短五年裡面，日本在菲的人口就增加了一倍，到達三萬之數，而且對菲律賓的經濟直接構成了重大的威脅，於是菲律賓政府在驚恐之餘，才開始限制日本移民入境的數目，而民間反日的情緒也同時逐漸高漲起來了。

也就是因爲這個緣故，所以當這一晚明德從碧瑤回來，在晚飯桌上告訴周台生和姚倩說他決定回台灣的時候，姚倩才回答他說：

「明德，不是爸媽要故意留你，假如一個月前你說要回台灣，第二天我們就買船票讓你回去，可是近一個月來局勢大變，你大概也知道，往日只有在地華僑在反日，現在連在地菲律賓人也在反日了，我們拿的又都是日本護照，戰爭沒來，我們恐怕會受到逼害，戰爭若眞來了，我們就更沒有好日子過，我們當年來菲律賓，原是爲了這裡安定，賺錢容易，現在這兩樣都沒了，我們還住在這裡做什麼？所以好久以來我就跟你爸商量好了，打算把這五金店轉讓，把店裡的貨都賣清，然後接你一同跟我們回到中國去，沒想到你卻早些回來了，又說你要回台灣去，我也不想阻擾你，只是看你這麼虛弱，而且還病著，讓你一個人坐四、五天船回台灣，我實在不放心，不如在家稍等一兩個月，等我們把店貨都了結乾淨了，再大家同一條船先回福州，到了福州再讓你自己回台灣，如何？」

明德原是歸心似箭，急於想回台灣去的，可是聽了母親這番深思遠慮的大道理，又感到她對自己的關懷，也只好點頭頷首，默默同意了。可是坐在明德旁邊的明勇卻眉有疑結，囁嚅問他母親道：

「我們同一條船回福州，明德回台灣去，我們又往哪裡去？難道就住在福州？」

姚倩笑了起來，說道：

「福州是媽媽的故鄉，出來這麼多年了，回去只是順道去看看，哪是久居的地方？所以到福州之後，就到上海去。」

「到上海去？爲什麼？」明勇鍥而不捨地問。

「第一爲了你爸可以在那裡做生意，第二爲了明圓可以在那裡唸『聖約翰大學』，這大學的英文是全中國出名的好，明圓的一肚子英文在那裡才有用武之地。」姚倩絮絮地說。

「如果要住在上海，那我不去！」明勇堅決地說，叫全家大感意外。

「勇兒，爲什麼你不願住在上海？」坐在姚倩旁的周台生終於打破緘默問道。

「上海是淪陷區，受日本管，我不去！」明勇說。

「但現在汪精衛已經成立『中央政府』，我們自己管自己，哪裡還受日本管？」周台生辯道。

「那都是假的，一切都掌握在日本人手裡，所謂『中央政府』根本就是『傀儡政府』，實際上都是日本人在管，日本人管的地方我不去，要去你們跟明圓去！」

「你不去？那麼你要去哪裡？」姚倩忍不住插進來問道。

「我什麼地方也不去，我就留在菲律賓！」明勇胸有成竹地說。

「留在菲律賓你要吃誰？住誰？明勇你還太小，你非跟我們一起去不可！」姚倩命令道。

明勇見他母親變了臉，顯然已經動怒，也就不願再跟她理論，便安靜下來，把剩下的幾粒飯胡亂扒完，就離席溜下樓梯，開了店門，消失在王兵街的人海之中。

往後的一個多月裡，一切都照姚倩的計劃順利進行，還不到半個月，房子及店面就已經跟買主成交，然後又花了半個月把店裡的全部貨物廉價售罄，最後用半個月的時間辦完了一切財物手續並變賣傢俱細物等。在這其間，三個兄弟之中，明圓最是歡顏悅色，天天期盼往上海之日早些來到，明德則是一種鬆懈安適的心情，等待重返台灣故土，只有明勇鬱鬱不樂，還好對於未來去上海之後如何安頓的周詳計劃他都不再提出任何異議，而且還十分順從地聽任姚倩的指使整理他自己的一切書籍衣物，叫他們兩個夫婦大大放下心上的一顆石頭。

要坐船離開馬尼拉的那天，姚倩把十幾年來都收藏的那件蟬翼透風的白花旗袍又拿出來穿，襯著腳底那一雙白蝶的半酒跟鞋，頓然使她年輕了不少。周台生父子四個人本來說好，一律要穿白麻紗西裝、白皮鞋、打紅蝴蝶結，偏偏明勇臨時變卦，卻穿了一身中正中學的學生制服，踩一雙黑皮鞋，不結領帶，這令姚倩氣了一陣，叫明勇換西裝，但他固執，硬是不肯換，說他穿不慣西裝，特別是船上四、五天航程，他寧可穿穿慣了的學生制服比較舒服。周台生眼看姚倩拗小兒子不過，也怕母子嘔氣出了岔子，忙挺身出來打圓場，對姚倩勸說道：

「兒子要跟我們回去就好了，管他穿什麼衣服，他要穿學生制服就任他穿去，船上又不是一兩天的事，說不定學生制服到時髒了，他自己就會去換西裝，何必老跟他鬥氣？」

姚倩聽了周台生的話，也就不再去看明勇的那一身學生制服，心裡因此平息不少，轉頭瞥見明德腳上那雙穿舊了的白皮鞋與腕上他自台灣帶來的日本老手錶，突然靈機一動，便對周台生說：

「我看明德這雙皮鞋已經舊了，他的手錶也太老了，這一去，又不知道幾年才能再見面，他來這一年，也沒買什麼大東西給他，我說不如趁我們離開之前，你帶他上街去買一雙新鞋和一只新錶，也算做送給他的一點紀念。至於明圓和明勇的，我們到上海再買，只怕上海的東西要比馬尼拉多得多。」

於是就在姚倩和其他兩個兒子再重新檢點行李皮箱之際，周台生便帶著明德上王兵街的鞋店買了一雙美國的牛皮紅鞋，又在鐘錶店買了一只二十七石的瑞士手錶，這兩樣禮物都是由明德自己挑選的，當他提著回家的時候，心裡感到無限的歡喜。

周台生全家提早在開船之前兩小時就上船，既已把行李細物安頓妥當，全家便走出船艙，想在甲板上溜躂，呼吸新鮮空氣，獨獨明勇不願跟大家出來，偏躲在艙房裡，靠在那口尺許的小圓窗，讀著一本克羅塞維茲(Clausewitz)的「戰爭論」……

「明勇，你也跟大家一起出來散散步，船上到處去看看，書怕看不完？船開了，時間多得是。」姚倩皺起眉來對明勇道。

「要去你們自己去，我不去，我書正看得有趣。」明勇說，頭連抬也不抬一下，揮了揮手，又去翻新頁。

姚倩的腮子暴漲起來，幾乎要破口罵人了，周台生連忙上來勸解她說：

「好了，好了，別去理他，他跟我們上船已經夠好了。」說著，周台生一邊挽著姚倩，一邊回過頭對那兩兄弟說：「明德、明圓，大家跟媽媽一起去散步。」

他們四個人在那隻六千噸的大船上姍姍散起步來，走了差不多半小時，才把全船繞了一周，最後來到船上的飯廳，記起忙了一整天，連中飯也沒時間吃，現在閒了，才忽然感到飢腸轆轆起來，於是便進了飯廳，坐下來想點菜來吃，卻又想起明勇來，周台生只得從椅子站起來，對姚倩說：

「你且先點菜，我去叫明勇就回來。」

說罷，周台生便離開了飯廳，回到他們的艙房，只見明勇仍倚在窗口，還全神貫注地看著他的書，於是他悄悄地躡了過去，輕輕地拍拍明勇的肩膀，溫柔地對他：

「勇兒，看書也別這麼認眞，會傷眼哦……走，走，我們一起去吃飯，媽媽在飯廳裡等我們呢。」

「你先去，這一章只剩下幾頁，看完了我就去。」明勇說，仍是眼睛不離書頁，只揮一揮手，叫他父親先去。

周台生搖頭歎息了一會，便返身走出艙房，在踩過門限的當兒，還回頭來叮嚀道：

「要快點來哦，否則媽媽等久了又要生氣。」

「就去，就去。」明勇依順地說，又揮了兩下手。

周台生回到飯廳的時候，菜已經擺滿了一桌，姚倩見明勇沒跟著父親來，心中就開始發火，想站起來自己去叫明勇，還是讓周台生把她拉下來，勸慰了一番，才稍微息怒，大家開始用飯。

已經吃了二十分鐘的飯，還不見明勇來，姚倩終於暴怒起來，把掌往桌子一拍，又想立起，仍然又被周台生拉下來，對她說：

「何必動怒呢？你知道明勇今天心情不好，所以才怠慢一些，要要孩子脾氣罷了，船一開就好了。」然後轉頭對明圓說：「明圓，別勞媽媽去叫他，你去叫他快點來，菜冷了。」

明圓應了一聲去了，過不了一會，跑著回來，一臉蒼白，滿頭冷汗，吃吃地說道：

「明勇不在艙裡！」

聽了這話，周台生從椅子跳了起來，明德頓時目瞪口呆，而姚倩則直挺挺地釘死在椅子上，木然恍若一尊石像。

周台生狂奔來到艙房，果然不見明勇的影子，尋遍了床鋪，尋遍了廁所，找不到，在四周的甲板尋覓，依然找不到，最後來到登船的梯口，見到一位查船票的二副，便焦急地問他說：

「你有看見一個孩子下船沒有？」

「一個孩子？一個十七、八歲的青年吧？」那二副歪著頭回說。

「是是……你有沒有看見？」

「穿學生制服還拿一本書？」

「是是……你看見了？」

「他十分鐘前才下船，我本來不讓他下，但他說有件行李忘記在碼頭上，我只好讓他下，叫他快回船，因爲再過一小時就要開船了。」

「他是我兒子，我現在就去找他！」

周台生說著，也顧不得那二副在身後對他吩咐什麼，便衝下船梯，在碼頭附近到處尋找起來，找了好一陣，也沒有什麼著落，思忖也許明勇把什麼忘在家裡也說不定，便雇了一輛黑頭車，急急往王兵街飛馳而來，回到家裡，那店門正敞開著，新來的屋主正在樓下清掃洗刷，周台生便問了他，曾不曾見他的兒子回家，那人回答說沒有，周台生不肯相信，爬到騎樓上，每個房間都找了幾遍，只見一片寂然的空洞，連一隻蚊子的影子也沒有。

當周台生頹然回到碼頭的時候，船上的汽笛已在嗚嗚地鳴響，那二副焦灼地在船梯口等待，見到周台生，忙欣悅地對他招呼，下了一半船梯來牽他上船。周台生才上到甲板，那船梯便轆轆上昇，再聽見兩聲汽笛的長鳴，船也就慢慢移開了碼頭，開向大海去。

在往後這四天航程之中，周台生一家人，個個都垂頭喪氣，無精打彩，特別是姚倩，她更是天天以淚洗面，食不下嚥，睡不成眠，船到福州的時候，她彷彿年老了十歲。

本來打算全家榮歸故里，在福州住一陣子，清掃祖墳，拜謁親朋，現在明勇突然在回鄉前夕跳船而去，姚倩便頓然掃了興，也覺得沒能面對親朋，所以只悄悄躲在娘家，誰也不見。就這樣，在福州只待了幾日，終於下定決心提早到上海去了。

姚倩和周台生在去上海的前一日，來碼頭送明德上船。這一天，明德穿上那雙在馬尼拉買的紅色新鞋，又戴上那只瑞士新錶，提著他那只黑色皮箱，告別了父母。姚倩才丟了小兒子，眼見這大兒子又要離開回台灣，想起此別不知幾年才能再見面，不覺心頭又是一陣酸楚，眼淚又禁不住潸潸地落了下來。明德在甲板上遙見母親在拭淚，自己也抑鬱了起來，一年的團聚只落得今日悲淒的離散，不覺眼眶也模糊起來，忙掏出了手帕，假裝跟碼頭上的父母揮別，另一隻手才偷偷去拭淚，船不知不覺中駛向台灣海峽去。

船在海上行駛了一晝夜便回到基隆港，下錨停在港灣裡，等待海關官員上船來檢查護照入境等，乘客已經在甲板上排隊等了兩個多小時了，官員還在艙裡跟船長討論些什麼，隊伍一點動靜也沒有，明德實在是等煩了，這時基隆的天氣又忽然變冷，刮著凜冽的海風，久曝在甲板上，只穿菲律賓的夏裝，他不覺瑟瑟打起顫來。

忽見一隻撐櫓的舢舨在大船不遠處搖盪，好像在招攬客人的模樣，剛好那船舷又有一副繩梯，於是明德便向那舟子招手，那舢舨果然搖了過來，這同時明德也就援梯而下，等那舢舨靠近來，他就一躍而上，命那舟子搖到岸上去。

明德一上岸，就往碼頭邊的成衣店去買了一件毛線衣，當場套在西裝裡面，身子頓時暖和起來。他看見路邊攤子有人在賣「拆仔麵」，已經一年沒吃過，又加上肚子飢餓，口涎立刻流了出來，也就偎了過去，叫了一碗香噴渾熱的「拆仔麵」，狼吞虎嚥，不覺精神抖擻起來；又回到岸邊，叫了另一隻舢舨駛回大船去。

當舢舨慢慢搖近大船的時候，明德驀然聽見有人在船上用日本話大喊：

「又回來了！又回來了！」

明德抬頭一看，看見三個水上警察靠在船舷，對他指指劃劃，好像十分緊張的樣子，明德也不明究裡，只是私下有些狐疑，還是援著船梯爬到船上去，那三個水上警察立刻圍了上來，其中一個留著卓別林髭較年長的警察衝口用日本話問他道：

「你到哪裡去？」

「我只到碼頭上走走，甲板上又冷又餓，所以上岸去買一件毛衣，又吃了一碗麵。」明德坦承地回答。

那警察聽了，似乎不肯相信，搖了一會頭，又問道：

「你的行李呢？」

「在我的艙房裡。」

他們要檢查明德的行李，於是明德便帶他們到他的艙房，把皮箱打開任由他們檢查，那年長的警察翻了老半天也翻不到什麼可疑的物件，似乎有些失望，忽然看到明德腳上的那一雙新鞋，便問道：

「你這雙鞋子在哪裡買的？」

「在馬尼拉買的。」

「嗯，嗯，眞漂亮哪。」

「你這只手錶呢？」

那警察又瞥見明德手上的錶，便又問道：

「也是在馬尼拉買的，這兩樣都是我父母送給我的紀念品。」

「眞的嗎？嗯，嗯，這錶眞精緻哪。」那警察頷首羡慕地說。

明德看著那警察的表情，忽然憶起一年前初到馬尼拉時那兩位海關人員類似的表情來，只是他下定決心，即使這日本海關警察想要這錶，他誓死也不願給他，因爲這是他父母送他的貴重禮物，絕對不能送給任何人。

明德這樣私忖著，無意之間聽到立在艙外的那兩位警察的竊竊私語……

「不可能是spy❺，看他那麼單純又坦白。」

「如果是spy，離船走了就走了，又何必再回來？」

他們終於讓明德去排隊等候辦理入境手續，其實這時已剩下沒幾個人，所以不一會兒，明德便辦好了登記手續，提著行李等待上岸了。

明德搭了火車從基隆回到台北，又在台北轉了火車來到艋舺，回到艋舺的老家時已經是黃昏時分，剛好周福生和謝甜都坐在客廳裡話家常，明德一見到阿公阿媽，便把皮箱往地上一扔，抱住他們兩個老人家失聲慟哭起來……

「啊，明哥，你是給人苦毒❻是否？哪會瘦到春一身軀骨頭？」周福生疼惜地說。

明德沒能回答，只一逕委曲地哭著……

「啊，天即倪暗丫，我著緊來去煮飯。」謝甜說，返身想往廚房去。

「免去煮丫啦，難得明哥由海外轉來，倆來去龍山寺口吃一頓粗飽粗飽，看伊欲吃啥，做伊講！」周福生鏗鏘有力地說。

十七

明德回到艋舺後，足足休養了兩個月，因爲驟然抽去了「明圓」這個芥蒂，心情也就逐漸開朗，胃口也大開，於是白天吃飽，夜裡睡足，閒時又有阿公阿媽的聊天與關照，兩個月後便幾乎又恢復往日的健康，有時覺得無聊，便又認眞唸起自己喜愛的英文來了。

在馬尼拉時，沒有機會騎腳踏車，回到艋舺，等書唸累了，明德便又騎上他從前的那部腳踏

---

❺spy：英語，意(間諜)。
❻苦毒：台語，意(虐待)。

車到處兜風溜躂。有一回逛完了「新公園」，無意間來到「開南中學」的門口，突然心血來潮想見見以前的先生，於是便下了車，推車進去「開南中學」的校門口，對著辦公室走去。

在辦公室裡，第一個碰見的便是陳新教頭，他非常高興地接明德進去他的特別辦公室坐，叫小使端了兩杯茶來，一邊喝茶，一邊閒聊起來。

「所以你在菲律賓住了一年？」聽了明德的簡敘，陳新教頭點頭重複道：「那麼你對菲律賓的印象如何？」

「除了對他們的國父雷沙先生十分敬仰之外，其他的印象並不怎麼好。」

「有什麼不好？」

「首先他們的海關人員貪污十分厲害，我去的第一天就被關了一個晚上。」

「爲什麼被關？」陳新教頭皺起眉頭不解地說。

「他們說我只是日本籍的『台灣人』，而不是純正的『日本人』，其實這只是部分理由，最大理由還是我沒有送紅包，這是我絕對不肯幹的。」

明德於是敘述了他被監禁到釋放的前後故事給陳新聽，聽得他連連搖頭歎息起來。過了一會，陳新轉了話題問道：

「你剛才說，你在菲律賓整整一年，白天幫助父親看店，晚上就上夜校唸英文，那麼你回來台灣之後，現在在做什麼呢？」

「也沒有什麼可做，還不是跟在菲律賓時一樣，天天唸英文，只是在菲律賓時，白天工作，夜裡才唸，而現在不但夜裡照唸，連白天也唸。」

陳新聽到這裡突然拍了一聲響掌，叫道：

「唉，太巧了！我們中學有一位英文先生因爲胃潰瘍到大學病院開刀，要住院一個月，我就不知要到哪裡去找人來代他的課，你來得正好，我請問你，你能不能代一個月的英文課？」

「爲什麼不能？我實在閒得無聊，正想找些事來做，只是不知道校長的意思怎麼樣？」

「校長？他是個好好先生，不必跟他商量，只通知他一聲就行，那麼你明天就開始來上課！」陳新最後說。

明德高興地踩著腳踏車回家，把這好消息告訴了周福生和謝甜，讓他們兩位公婆也跟他分享了一夜的快樂，等第二天一早，明德便踩著腳踏車，開始在「開南中學」當起英文老師來了。

由於明德在馬尼拉夜校跟美國來的教師學了純正的英語發音，加上一年來自己的苦修與博覽英文書籍，更兼自海外帶回來的豐富生活經驗，竟使他變成了全中學最受歡迎的英文先生，受到高年級學生的百般愛戴，一個月下來，正當學生們依依不捨，不願明德離開學校的當兒，忽然傳來了消息，說原來的那位英文先生因爲病情比當初想像的嚴重，開刀之後醫生囑咐需要更長的休養，終於向學校辭去教職，於是明德也就堂堂正正地當起了開南中學的正式英文先生了。

此後整整一年之間，明德的生活大致沒有什麼變化，白天來中學教英文，晚上回家唸自己愛唸的書，唯一生活起了一點波瀾便是，有一個禮拜天，他來清靜無人的學校辦公室唸書，當他從大門口走出的時候，無意間聽見一陣和悅的歌聲從斜對面的一家長老會教堂傳出來，一時他被一種不可名狀的力量吸引著，便走進了那教堂，坐在最後一排的木條椅上，聽那教堂的一位年長白髮的日本牧師講道，他感到一年來從未有過的安寧，他愛聽他們的聖歌，也愛隨著他們唱，他以後便每個禮拜都來這教堂做禮拜，並且不久之後，還領洗做了基督徒。

因爲思念「新竹中學」江東蘭先生過去栽培之情，又感謝他的夫人陳芸當初介紹他來開南中學完成學業，使他有了今日這一份稱心的職位，明德不但平時與他們以書信來往，更不時親身南下，到新竹來拜謁江氏夫婦，向他們報導近況，敘述到菲律賓的種種，還向江先生請教英文的教學經驗，使江東蘭十分高興，慶幸自己教出了一位高材，一生的英文教育事業終於找到傳薪之人。

也就在這同一年間，在台中經營「清信醫院」兼「附設產婆學校」的丘雅信替人做媒並且參加了兩次隆重的婚禮。

第一次是爲了她自己的親妹丘雅足的婚禮。原來雅足自小就跟母親許秀英廝守在一起，從雅信到日本留學，到她來台中開業，雅足從來都沒離開過許秀英的身邊。從高女畢業之後，眼看雅信當了醫生，自己雖沒能跟齊親姐，但終於在台北唸了一間護士學校，在台北醫院當了一名護士。因爲長得沒有親姐清秀，又加上靦腆不善交際，終身大事一直沒有媒人來提，已經三十出過了頭，婚姻還茫茫沒有著落，這令許秀英十分著急，於是才逼雅信隨時留意，替親妹物色郎君。雅信就此在朋友病患之間到處打聽，不到半年終於找到一位合適的男子，這人年紀已經四十，在「台南一中」教了二十年歷史，也是屬於內向的男人，所以才遲到這把年紀還沒婚娶。雅信於是親自到台南去相親，人才相貌倒也相當，與雅足十分相配，幾經往返折衝，終於爲雅足促成大事。雅足既嫁到台南，便在台南醫院找到一份護士的工作，從此許秀英又多了一處踏腳的地方，長些時候住在自己艋舺的老家，寂寞時想雅信，就往台中雅信的家裡住，住膩了，又往台南來雅足家住，再膩了，便又北上回艋舺來。

其次雅信是爲了周明德的婚禮。這話說來也是蹊蹺有趣，原來雅信每回自台中來艋舺看她的母親，她總順便又彎到淡水探望在「淡水長老教會」傳教的尤牧師和尤牧師娘，然後再去看仍在

「淡水女學」執教的金姑娘和銀姑娘。這陣子，從前在屯仔腳還是小學生的尤妙妙，不但唸完了淡水公學校，也唸完了金姑娘當校長的「淡水女學」，已經長得亭亭玉立，儼然是待字閨中的大姑娘了，雅信見了她，總愛打趣地問她道：「安怎？已經有對象抑沒？阿姨加你做媒人，好否？」聽見這話，尤妙妙便羞得無處藏躲，而尤牧師娘卻在旁一板正經地說：「講實的啦，若有妥當的人，也加阮報一個，上好是基督徒，若眞正沒，其他也沒要緊。」自此，雅信便把這事惦記在心裡。

有一個偶然的機緣，爲了一位病患，雅信遠途到新竹往診，看完了病人，路過「新竹中學」，突然想起舊時在東京留學的同學江東蘭在這學校教書，便信步走進校門，來辦公室看看東蘭，東蘭十分高興，難得見到久別的老同學，便請她稍在新竹逗留，當晚請她到家裡吃飯，與陳芸三人共聚歡敘，十分盡興，話題不覺轉到東蘭的學生周明德身上，當雅信得知明德現在在「開南中學」教英文，而且又是新入教的基督徒，尤妙妙的影子倏地浮在心上，雅信綻開了笑容，打斷東蘭的話柄，對他說道：「你以爲如何？我來給你的學生做媒。你說他是教友，在菲律賓受到相當大的刺激，需要人安慰，我這裡剛好有一位女孩子，她不但是教友，她父親還是『淡水長老教會』的牧師，她剛從『淡水女學』畢業，是最懂得如何安慰人的了，我眞想把她介紹給你的學生。」東蘭只閉嘴微笑，不表意見，在旁的陳芸則熱烈附和地說：「台灣有句俗語說：『做成一件好代，較好吃三年清菜』，我想媒人我們兩人分頭做，你去說女方，我來說男方，到時說成了，媒人錢兩人公家趁。」雅信同意了，於是過沒幾天便與陳芸兩人同時到淡水與艋舺分頭說媒去了。

尤牧師夫婦本來就恨不得有明德這般合意的女婿，所以雅信一旦來說，便滿口答應了。至於周福生公婆兩人，因爲知道明德的心病還沒完全恢復，早些時候不但贊成他去信教以找心靈寄託，現在聽陳芸來說媒，更樂得娶個孫媳婦來家裡服侍愛孫，安慰明德固然重要，如果能因此爲周家生個曾孫，來爲他們單薄的門戶增添人丁與光彩，則更爲他們所期待，所以也就連忙起身作揖，感謝陳芸一番，盼她早日促成這件親事。

因爲明德和妙妙兩個男女當事者都沒有意見，這門婚姻也就在雙方家長的同意下締結成功了，尤牧師只提了一個特別要求，就是希望婚禮用基督教儀式在「淡水長老教堂」他自己的教會舉行，這點周福生十分隨和，沒有異議地同意了。婚禮訂在一個禮拜天的下午舉行，儀式之後，就在教堂旁邊的牧師家裡，設了幾桌喜筵招待來參加婚禮的親戚和朋友。

到了這一日，除了尤牧師和周福生男女兩家的幾位近親，還另外來了一些至好朋友，包括關馬西、丘雅信、江東蘭、陳芸、陳新、金姑娘和銀姑娘……等等。婚禮照預定在下午兩點開始，因爲尤牧師自己是女方家長不便主持儀式，乃改由關馬西來主持，而婚禮進行中的音樂一概由銀姑娘司琴伴奏，婚禮在十分莊嚴肅穆的氣氛下順利完成。

因爲離傍晚喜筵開桌還有一段相當的時間，親家和客人便三五成群，各自圍成一圈閒聊起來。尤牧師、關馬西、周福生和陳新幾個人圍坐在教堂後院的藤椅上天南地北地交談著，而尤牧師娘則帶著謝甜、陳芸和銀姑娘來到她家裡的客廳細說女人的家事，並叫尤妙妙去泡甜茶來敬奉客人，至於金姑娘則領著對教育關心備至的江東蘭與周明德來參觀她掌持的「淡水女學」，由丘雅信作陪，在旁幫金姑娘解說，還不時追述小時在這學校宿讀時學生們與金姑娘銀姑娘之間發生的許多趣事，引得大夥兒莞爾微笑起來。

參觀完了「淡水女學」，金姑娘又帶他們來看隔壁的「牛津學堂」以及堂前的那一大片花園，然後順路走下那幾段石階，不期然來到淡水河畔的沙灘上。金姑娘在這四人中最高，她走在最前頭，而雅信最矮，殿在最後，那沙灘鬆軟難行，雅信必須半跑才能跟得上隊伍，終於令她氣急起來，對著前頭的金姑娘抱怨地說：

「金姑娘，你也行較慢咧，你都明知人孤有一雙鴨母腳，行路蹩一下蹩一下，哪有親像你彼白鴿鷥腳，行路若列飛。」

金姑娘遽然住了腳，回過頭來自我解嘲地說：

「我東時有一雙白鴿鷥腳，連我也遂嬒記得。」

說得四個人都笑了起來，於是不再像剛才那般跨著大步，大家都改成寸步，在那河邊姍姍漫步起來。

其實，這不是河邊漫步的時光，那濃密的雲層懨懨地壓在頭上，透不出一絲可愛的陽光，連河對岸的觀音山也藏在雲裡，只剩下一團幢幢的陰影，那淡水河口正在漲潮，細碎的波浪一陣陣打到岸上，冷風朔朔地吹著，不但地上的螃蟹都躲進沙洞，連天上的麻雀也不見蹤影，只見幾隻白鷗，挺直插天的雙翼，在空中與風相頡頏，愈是大風愈飛得高，飛上九霄，沒入雲中……

「周明德先生，」金姑娘對走在身旁的明德說：「聽講沒外久以前，你才由菲律賓轉來，阿你對伲人情風俗的感想不知安怎款嘜？」

「並沒外好，我去頭一工就去給伲關起來。」明德搖頭回道。

「阿你給伲關外久？」金姑娘萬分關切地問，兩隻眼睛睜得大大的。

「關一暗。」明德說。

「關一暗而而？安倪伲猶有夠客氣，我沒外久以前才給官廳關一禮拜。」金姑娘淡淡地說。

這話引起大家的好奇，於是雅信與江東蘭也從後面跟上來，央求金姑娘把話說下去，於是她便繼續地說：

「彼一日，尤牧師在禮拜堂做禮拜，我在禮拜堂後面主持『主日學』，忽然間有一個學生來堂後問我：『姑娘，姑娘，想欲問你一個問題，到底是上帝較大抑是天皇較大？』我也沒想講是安怎，就回答伊：『當然也是上帝較大，因爲上帝創造天地，雖然天皇管百姓，伊也猶受上帝管。』想膾到原來這學生是日本刑事派來問我的，所以我『主日學』教煞，一下出教堂，伊就加我掠去關在派出所內，連續加我關一禮拜，每工等到半暝才加我叫起來問，用電火❼加我照，問到第二工天欲光丫才放我復轉去籠仔內，連相續一禮拜，沒一工歇睏。」

「阿伲到底是問你什麼？金姑娘。」明德問道。

「哪有什麼？總是問我是不是列反對日本官廳，我加伲講我沒列反對日本官廳，我孤來台灣列傳教，伲一個刑事就大聲講：『免講啦！我攏知影！您即割外國的傳道士宣教師，表面上列傳教，其實攏也在做spy，您料做官廳不知哦？你復等一下，沒外久就欲加您趕趕轉去！』你看，沒外久我就欲給人趕轉去加拿大丫。」

聽完了金姑娘的話，大家一陣唏噓，特別是雅信，想到金姑娘和銀姑娘來這淡水已經三十年了，已經把台灣看成她們的故鄉，突然要被人趕回已經陌生的加拿大去，不禁爲她們難過起來。

這時，山坡上淡水教堂的晚鐘在悠悠地響了，大家不約而同地轉頭去望那聳立的紅磚鐘樓，金姑娘笑逐顏開，對大家說：

❼電火：台語，意(電燈)。

「眞可惜，即偌黑陰天鐘聲傳膾遠，若是好天，不但會傳到對面彼八里，你猶會聽見由觀音山傳倒轉來的回聲。」

金姑娘才說完，突然看見海面幾道閃光，隨著幾聲震耳欲聾的巨雷，天上也同時撒下一陣驟雨，金姑娘牽著雅信的手首先爬上那往教堂去的階梯，明德和東蘭緊跟在後頭，也對著教堂的方向走去。

當他們回到尤牧師家裡時，喜筵的冷盤已經上桌，幾張圓桌也齊齊坐滿了客人，只留下了四個座位在等他們。一當他們四人在各自的位子坐定下來，關馬西牧師便舉起雙手，閉起眼睛，開始爲大家做筵前的祈禱：

「倆在天頂的父，主耶穌基督……」

沙

第一章　學生簽證第一號

一

自從樺山資紀當了第一任台灣總督以來，一般而言，在台灣的日本官廳警員儘管對沒有知識的下階層台灣人百般凌辱和欺負，可是對受過教育的知識份子以及有錢的鄉紳耆老卻仍然十分尊重，特別是對在台灣傳教的西洋教士，更是優禮有加，敬若天神。這說來也不是沒有原因的，原來日本佔領台灣的施政初期，那些協助日本官廳推行統治的便是這些台灣的知識份子與鄉紳耆老，至於對西洋教士的優禮，則是受到明治維新以來對歐美文明的一貫崇拜遺風所致。

然而這種日本官廳與台灣知識份子以及西洋教士之間的「蜜月」不久便告一個段落，自從那第一批受了完全日本教育的台灣留學生，接受歐風美雨的影響，首先在東京舉旗遊行，向日本要求「民主」與「自由」之後，在台灣的日本官廳便開始對所有的知識份子猜忌敵視起來，不巧的是，這其中有不少知識份子皈依了基督教，不免與外國教會與教士有所瓜葛，因此教會也就受此牽連，與反日的台灣人一併歸入日本官廳圍剿監視的對象。

日本官廳對付台灣知識份子的辦法，除了加強監視之外，便是嚴格禁止集會演講，往日像「台灣文化協會」那種大集會是不必說了，即使幾個人的小會議，也得事先到警察署報備，時間、地點、確實人數以及目的都得詳細列表存查，否則一律依「間諜謀叛」案件處理。

對於教堂每禮拜日的集合，日本官廳也派便衣刑事來教堂監視，任何反日或反天皇的言論都在取締之列。他們爲了宣傳「日本神道」，一邊壓制基督教的講道，另一邊將「神道」積極向社會民眾推廣，叫百姓把天皇當天神來崇拜，命令家家戶戶去買天皇的木盒神龕來放在佛桌之上，規定他們要供以白磁麻糍，每晨敬以清酒與鮮花，遇到「天皇祭」或「皇靈祭」，更須掛旗結綵，感恩膜拜，尤甚於「上帝」或「釋迦」。有任何百姓沒能順從這命令的，輕則罰金，重則拘留下監。所有教會的徒眾開始都十分反對這些無理的措施，但凜於日本警察的淫威，終於連自己也不得不供奉天皇的神位，虛心假意拜起天皇來了。

話說離「清信醫院」五、六段街有一間長老會教堂，雅信既是一位基督徒，自從在台中開業以來，每逢禮拜日就到教堂做禮拜。這教堂與別的教堂不同之處是除了牧師是加拿大人，連兩位在教堂幫忙的女宣道師也是加拿大人，雅信本來就是世家教徒，加上本身是醫生又懂英語，很得牧師的好感與信任，特別是那兩位姑娘，更是把雅信當成姐妹，對她傾心相向，無所不談。

這一陣子，每回到教堂做禮拜，則見那兩位姑娘臉色蒼白，無精打采，往日面頰上蘋果的紅暈一掃而光，彷彿有說不出的苦衷隱在心裡。

有一天，做完禮拜，眼看人去堂空，只剩下雅信和那兩位姑娘，雅信也與她們握手，正要踏出教堂，突然好奇地用英語問她們說：

「姑娘，我好久以來就注意到你們的臉色很白，好像沒吃飽的樣子，難道你們有什麼困難嗎？我希望我能夠幫你們忙。」

兩位姑娘交換了一眼，原本蒼白的臉不覺羞紅起來，其中一位姑娘微笑地回答：

「怎麼被你猜中了?莫怪你眞的是位好醫生，我們確實是吃不飽，才顯得沒有精神。」

「怎麼搞的?以前不是吃得飽飽的嗎?怎麼突然飢荒起來了呢?」雅信進一步問。

「丘醫生，你難道不知道?我們是從加拿大來的，原本吃的就跟你們台灣人不一樣，你們三餐米飯，我們三餐麵包，你們愛喝米乳，我們愛喝牛奶，你們泡茶，我們泡咖啡，本來對鮮奶、奶粉、麵粉和糖，我們需要的就比你們多得多，自從食物配給以來，日本官廳不但沒能把這些食物配給給我們，甚至想到市面去買都買不到，只得跟著大家吃米飯，因爲吃不習慣，所以才沒有精神，像飢荒一般。」另一位姑娘說。

「噢，原來你們的問題就是爲了這個?那倒容易解決。」雅信笑道：「我的醫院經常都有二、三十個病人，平時醫院去買食物都不必受到配給的限制，因爲病人特別需要營養品，像鮮奶啊，奶粉啊，麵粉啊，總是要買就有得買，隨時都有剩餘，你們需要就派人來醫院拿好了。」

「白拿怎麼好?我們就向你買好了。」

「也不必說向我買了，就算我的一點奉獻好了，反正連牧師算在內，你們也不過三個人，三個人能吃多少?有時病人不吃倒掉的還比這多呢。請不必客氣，過會兒就派人來拿吧。」雅信誠懇地說。

兩位姑娘聽了，喜不自勝，忙走上前來擁吻雅信，向她熱烈感謝了一番，目送她離開教堂，便跑到教堂裡面，把這大好消息告訴牧師去了。

從這天開始，那教堂的兩位姑娘每晨都來「清信醫院」拿三瓶鮮奶。因爲怕洩漏機密，他們不敢派教堂的雜役來，都親自來醫院，把奶瓶夾在大衣腋下帶回教堂去。不到幾天，雅信更把剩餘的奶粉、麵粉和糖送給她們，因爲怕拿多了會叫路人疑心，所以每回都只拿紙包，放在手提袋裡帶回去，有時雅信嫌麻煩，乾脆把寫有「清信醫院」字樣的麵粉袋也一併連同半袋麵粉叫兩位姑娘提回去。

雅信這樣暗中對加拿大傳教士的接濟，因爲沒有人知道，倒也過了一段相當久的安寧日子。可是有一天，一個日本人闖進醫院，天打雷劈地說要找丘醫生，雅信沒等護士來報，已自己從診察室衝了出來，眼看是一個粗黑的日本警察，氣勢洶洶，一臉橫肉，已知事情不妙，再往外頭的候診室一探，發現長老會教堂的那兩位姑娘，躲在陰暗的角落，垂頭喪氣，默默相對，她更打心底暗暗叫苦起來了。

那警察看到雅信那一身白衫穿著，又看她架一副無邊的眼鏡，已猜著她是這醫院的院主，也不減低他的洶勢，衝口便道：

「你就是丘醫生嗎？來，來，來，我問你！你們醫院爲什麼在私賣總督府下令配給的物品？」

「我沒有私賣配給物品啊。」雅信裝做無知地說。

「還抵賴說沒有！那麼請問這是誰私賣出去的？」警察說著，從後邊的大褲袋掏出了一捲細白布，展開來竟是一只倒空的麵粉袋，上面還用墨筆寫著「清信醫院」與醫院的地址。

「這是我們醫院的麵粉袋，我不曾把麵粉賣給她們，」雅信瞥了候診室的那兩位姑娘一眼，又說下去：「只是因爲她們這些西洋人需要麵粉做麵包，現在非常時期外面又買不到，我們醫院給病人吃完多少總會剩下一些，我看她們怪可憐，所以才連同麵粉袋也一併送給她們。」

「非常時期，大家配給都不夠，你們醫院竟還有剩餘，而且還偷送給我們的『敵人』……」說到「敵人」兩字，警察回頭去瞟了兩位姑娘一眼：「你也未免太同情『敵人』了，看我把這件事報告上去，叫上面下令不准你們醫院自由購買，以後也跟外面的百姓一樣按人配給！」

那警察把麵粉袋摺好，又放進後褲袋裡去，摸了摸腰胯的短劍，又向雅信威脅了一番，才昂然走出醫院。眼看那警察跨出醫院的門限，那兩位姑娘才踉蹌奔到雅信的面前，抓住她的手臂，百般地向她說對不起，因爲沒抄小路，儘走大路，才不小心被警察懷疑，跟蹤到教堂，在門縫窺伺，一當她們把麵粉倒進埋藏的甕裡，那警察才闖進廚房，當場查獲麵粉與麵粉袋，本來她們還想隱瞞，不願牽連雅信，但警察一看到袋上的墨筆字，也就不再多問她們，只命她們跟他到醫院裡來。

「現在怎麼辦呢？丘醫生……」那其中的一位姑娘愁眉苦臉猛搖著雅信的手說。

「說實在話，我也不知道怎麼辦才好，只有等待那警察去發落了。」雅信說，看見兩位姑娘眼眶盈滿淚水，萬分後悔的表情，於是她鎮靜地安慰她們道：「兩位姑娘，你們也不必太過意不去，我想大概也不會有什麼大不了的事情，讓我們私下禱告上帝求祂保佑吧。」

二

雅信焦慮等待那道「按病人配給」的命令下到醫院來，可是等了一兩個月，那警察的恫嚇終因執行上的困難而幸好沒有實現，倒是由於這事件起了肇端，醫院的候診室開始又像彭英出走那年一樣，總有刑事來閒坐監視，他們輪班接替，老是用那副猜疑的臉孔對住每個來診的病患和醫院裡的每位護士，令她們坐立不安，心驚肉跳。

久而久之，那些刑事終於開始找雅信盤問她跟長老教會的事情來……

「丘醫生，你到底跟這些西洋傳教士有什麼關係？」有一天，一位狐眼猴肩的刑事走進無人的診察室來問雅信道。

「也沒有什麼特別的關係，他們是從加拿大來的傳教士，我是從我外祖父以來就信了基督教，他們在這台中的長老教會傳福音，而我則遵從我的教規，每禮拜日到他們的教堂聽道而已。」雅信回答道。

「絕對不可能這麼簡單，你跟他們一定有什麼特別的關係，否則你們不會這樣親密。」

「假如說我跟他們有什麼特別的關係，那是因爲我是『淡水女學』那個長老會的教會學校卒業的，我的老師就有兩位是加拿大的女宣道師，因爲我了解她們的生活習慣，所以也間接同情這裡的西洋傳教士，特別是那兩位可憐的女宣道師，看她們吃不慣配給的米飯而面黃肌瘦，才把醫院病人吃剩的麵粉送給她們做麵包。」雅信滔滔地說。

「我不是指這些，我是指某一種秘密的關係……」

「什麼秘密的關係？我不太了解，警察先生。」雅信皺眉地問。

「比如說他們向你打聽日本軍方消息之類的……」刑事故作神秘地說。

「警察先生，你知道我是產科醫生，我關心的只是婦女生產之類的，對於軍方的什麼消息，我從來也沒有時間去注意，特別我又是一個女人，他們能向我打聽到什麼，要打聽，儘管有許多別人可以去打聽，也不必找到我頭上來，其實他們只一心一意在傳教。」

那刑事聽了獰笑起來，放低聲調，坦直地對雅信說：

「丘醫生，你可知道？很多敵人就是派傳教士來當spy的，他們固然『一心一意』在傳教，同時也『一心一意』在打聽我們的軍事消息啊。」

因爲對「傳教士」向雅信問不出一個所以然，那刑事便改變方向，追問起彭英的蹤跡來了……

「喂，醫生樣，你先生彭英現在在哪裡呢？」

「在中國。」雅信簡截回道。

「在中國我們老早已經有記錄了，我問的是在中國的哪裡啊！」

「我也不知道他現在在中國的哪裡，我只知道幾年前他在北京，那時他生了大病，我趕到北京去看護他，從北京回來我就不知道了。」

「你沒有跟他通信嗎？」

「通信是通過，只是後來沒再收到他的回信，寄去的信老是原封退回，信上不是蓋『查無此址』就是蓋『查無此人』，打去的電報也一樣退回，試了幾次都一樣，以後就不再試了。」

「是這樣子嗎？」刑事懷疑地點點頭：「是不是因爲你先生在從事反對日本的活動，你才不敢說眞話？」

「我說的句句是眞話，沒有半句假話，我可以對著十字架發誓。」

「那樣就好了，那樣就好了。」那刑事終於轉變口氣，半瞇著眼睛假意地說，反身走回候診室去。

此後那刑事雖然不再查問有關教會和彭英的事，他們對雅信的監視可不因此鬆懈下來，反而亦步亦趨，更加嚴密地跟蹤起她來了。

就在這一陣子，由大陸飛來的中國空軍轟炸台灣的消息，像野火般地在島上各處傳遍開來了。他們空襲台灣的第一顆炸彈是在新竹上空投下的，其後台北和基隆的天空也相繼見到畫有「青天白日徽」的機影，空襲警報響遍了荒山僻野，於是台灣島上才開始人心惶惶，首次嚐到戰爭的滋味了。

爲了應付中國空軍的襲擊，防護工作在全島積極展開起來，首先是官廳下令所有工廠都把房頂和煙囪漆成褐綠相間的保護色，所有高樓大廈的巨窗都蓋以黑帘以防玻璃的反光，而家家戶戶的小窗則一律張貼紙條以防炸彈暴風震裂的玻璃碎片傷及眼膚。隔鄰厝邊則組成「防衛團」以便空襲之下守望相助，轟炸之後救火救傷，每個市區還由地區的醫生和護士組織了「醫務隊」，醫護中心就駐在區內的公學校裡，準備到時急救傷亡。最後，警察還通令每家都得挖築一個防空壕，一聞空襲警報就一家攜老協幼躲到防空壕裡。

由於戰爭的逐漸逼近，「清信醫院」的病人與「附設產婆學校」的學生也逐年減少，本來一年兩期的六十個學生，只剩下單單一期的三十人，最近又謠傳前線日本兵士傷亡慘重，需要大量的護士到野戰醫院去服務，因爲戰地困苦，只能徵召年輕健壯的護士去，實在找不到志願的護士，於是警察只好到全國的護士學校強迫徵調學生，雅信的「產婆學校」的學生自然不能例外，學生個個都怕上前線去送死，於是學生的人數銳減，多數半途退學，不到一年，只剩下不到十個，學校和醫院已經到達停滯非關門不可的地步了。

如果只把學校和醫院關閉就能安靜過日子也好，偏偏警察和刑事來醫院監視的次數卻更加頻繁，而且態度日益粗暴，不但令雅信的兩個孩子與雪子驚懼不安，甚至連她自己也無法再忍受下去了。正在這樣絕路逢壁的時候，突然想起住在美國波士頓的那一對「福士特」夫婦來。十幾年前，當雅信還在「台北醫院」當醫生的時候，福士特夫人請她看過她的糖尿病，等他們一家人回去美國後，有好一陣子，雅信還充當他們公司在台的代理，以後儘管不再見面，但每年聖誕節，照例都有聖誕卡片來往，互相祝福，互報近況，去年的卡片，不但報了他們全家平安，還提說他們的獨女愛麗絲進了「哈佛大學」的藥學系。雅信想，「哈佛大學」的醫學院既然那麼著名，何不就去那裡念一些新的醫學課程，進修進修，最重要是借這留學的機會，避避此刻戰爭的風頭，過兩年，等她修得了學位，那時台灣已經風平浪靜，再回來把學得的新進醫術貢獻給台灣。

事情既已決定，雅信便寫了一封信去給福士特夫婦，告訴他們，她有意離開台灣到「哈佛大學」的醫學院去進修，請他們代向校方詢問，學費要多少錢，每年食宿費要多少錢，如何辦理入學手續等等。回信很快就來了，是福士特夫人親筆寫的，內容如下：

親愛的丘醫生：

接獲來信，知悉你要來「哈佛大學」進修，我們全家都非常高興。我立刻叫愛麗絲到她的大學去爲你打聽消息，以你的資歷，一切都毫無問題，請即刻將你的資料文件掛號寄來，收到了，就立刻爲你辦理入學手續。

請不要爲此間的學費和食宿費掛慮，你的學費一概由我們替你負擔，請不必客氣，這是我們的榮幸，因爲你救了我的命。至於食宿，你根本不用到大學去住，我們家離大學很近，走路也可以到，你就住在我們家裡，跟我們一起吃飯。我們房子有許多空房，你來了就可以搬進去，我們全家都熱切盼望你早日來臨。

你眞誠的　福士特夫人

讀完了福士特夫人的來信，雅信大喜過望，當夜就把「東京女子醫科大學」的成績單以及「台北醫院」的服務證明準備妥當，第二天就把它們掛號寄給福士特先生。果然不到兩個多月便又收到福士特夫人的回信，信裡附了「哈佛大學」給她的一張「入學許可證」，福士特夫人就叫雅信憑那「入學許可證」到台北的「美國領事館」申請入境簽證。

既已收到「哈佛大學」的「入學許可證」，雅信才決定把她的計劃向雪子透露，所以這晚把醫院工作做完，等到夜深人靜的時候，雅信才把雪子叫到自己的房間來，開誠布公地細聲對她說：

「雪子樣，這一年來我們醫院的業務自不必說，那警察刑事也把我們監視得全家日夜不得安寧，我們大人還可勉強忍受，但長此下去，對彭亭和彭立兩個孩子的心理必會產生不良的影響，所以我想了想，終於決定到美國去進修兩年，這其間，我想把兩個孩子安頓在日本上學，請你代爲照顧，你們的生活費我自會替你們事先安排好，等兩年後天下太平，我們再一起回到台灣來，不知道你覺得如何？」

「爲了避開這些可厭的人，你去美國唸書，而我帶孩子去日本上學，我看是再好不過了，只是姑娘樣，你對我們的醫院和學校如何處置？」雪子問道。

「這你不用擔心，雪子樣，我們既然決定要離開台灣，留著這醫院和學校也沒有用處，反而多了一層牽掛，不如等待產婆學校的學期告終，連同醫院的病人也出清了，就貼廣告把它變賣出去，只要身邊留一點錢，不怕將來蓋不起另一家新的醫院和學校，是不是？雪子樣。」

雪子點頭同意了，於是當下兩個人便又開始說起計劃的第二個步驟來。

三

雅信拿了「哈佛大學」的「入學許可證」與福士特夫人的在美生活擔保信，向台灣總督府外務課申請到美國留學進修的護照，因爲理由正當，這護照不久便發了下來。接著雅信又拿了同樣的這兩件證明連同護照，親自到台北的美國領事館要求入境簽證，那領事親自跟她面談，見她的「入學許可證」發自美國最著名的大學，而她又說得一口通順的英語，便當下替她簽了證，一直送她到門口，跟她握手，祝她一帆風順，學業成功。

一切赴美的手續既已辦理妥當，雅信便照計劃把「產婆學校」按期結束，醫院也停止收容病人，只在變賣醫院的期間，還接受來院掛號臨診的輕微病患而已。雅信的全盤計劃是先把在台的產業全部處理清楚，然後再帶兩個孩子與雪子到日本，把孩子的住處及學校安頓好了，自己才由東京搭定期的郵輪赴美。可是事與願違，可能是戰爭期間，大家手頭拮据，已經廣告了幾個月，就是沒有人前來問津，正在進退維谷無法可施的當兒，雅信卻又遇到一件不幸的意外……

有一天，雅信在診察室正在檢查一位女病人，忽然雪子從室外跑進來，說有一位西洋男人來醫院，手裡拿一封信，不會說日語，只用英語跟她比手劃腳，顯然有急事要找醫院院長的模樣，雪子與他說不通，只好跑進來向雅信求救。雅信心裡納罕，這醫院本是婦產科醫院，怎麼會闖進一位男病患，特別又是西洋人？就暫時把那病人放下，走出診察室。

來到外面的候診室，便看見一位身材魁梧的西洋人從木條椅霍地立起，迎面走到雅信跟前來，這人高有六尺半，年約四十五，一身黑呢樸素的西裝，由於脖子上那圈雪白閉口的硬領子，雅信便知他是從事聖職的牧師了，他左掌握有一封信，右掌捧住右腮子，雅信覺得奇怪，仔細看時，才發現他右腮腫脹，襯著一下巴鬍椿的青紫，活像半顆八月的西瓜。

「你就是丘醫生嗎？我猜……」那陌生洋人衝口就用英語問雅信說。

雅信不便輕易回答他，只帶著一臉狐疑的表情，對他默默點頭。

「這裡有一封信，你讀了就知道。」那人說著，有力地把手裡的那封信遞給雅信。

雅信把信接了過來，見那信封上面用英文寫著：「丘雅信醫生」幾個字，打開了信，那信裡也是用英文書寫，寫道：

親愛的丘雅信醫生：

這位是辛格頓(Singleton)牧師，我特別把他介紹給你，他是長老會在蘇格蘭本堂的牧師，巡視世界各地的長老會，剛好下榻寒舍，不幸患牙痛，在彰化這裡找不到牙醫，聞台中有位日本牙醫名叫「中村」，不但醫術高明，且略通英語，能與牧師相通，煩請貴院護士領他至中村牙醫處就醫如何？不盡感激。

彰化長老教會牧師　史蒂文生

這史蒂文生牧師雅信只跟他有過一面之緣，兩年前他曾經從彰化來台中的長老教會客座講過一次道，他雖然是英國人，但說得一口流利帶南部土腔的台灣話，禮拜後喝茶的時候，久仰雅信在醫學界的大名，又知道她會說英語，便直接用帶有倫敦腔的道地英語跟她攀談起來，談得十分盡興，十分愉快，從此也就不曾再見面了。想著這段往事，又把視線從信上移到辛格頓牧師斗大的右腮子，不覺可憐起他來，便轉身對立在旁邊目瞪口呆的雪子說：

「這西洋人牙痛，想找中村齒科醫生，你知道他的醫院就在我們附近，沒有幾段路遠，你就帶他到中村齒科去吧，雪子樣。」

雪子點頭應諾，然後雅信才轉頭回去，指著雪子用英語對辛格頓牧師說：

「你跟她去。」

辛格頓牧師對雅信感謝再三，才跟隨在雪子的後面走出候診室，眼看他們在醫院大門消失不見了，雅信才把信摺好，不經意地往那白衫口袋裡一塞，急步走回診察室繼續看那沒看完的女病人。

雪子二十分鐘就回來了，這時那女病人也走了，雪子告訴雅信說，辛格頓牧師與中村醫生一見面，發現跟他用英語說得通，便笑逐顏開，不覺捧住右腮的手也放了下來，彷彿牙齒一下不痛了。聽得雅信也微笑起來，不久也就把辛格頓牧師的事忘了。

沒想到才過了一天，有一位刑事帶了兩個警察上醫院來，那刑事狐眼猴肩，就是經常來候診室閒坐監視的那一位，他見了雅信，劈頭就對她說：

「你不能到美國去了，你把護照拿回來，外務課已經把它取消了！」

「爲什麼取消我的護照？」雅信措手不及疑惑萬分地問。

「因爲你牽涉到辛格頓這外國人，你知道他是誰？我們已經查出來了，原來是第一次大戰時英國炸彈投手，他此番來台灣，必有特別的任務，我倒想問問你，你到底跟他通了什麼秘密？」那刑事狡獪地問。

「哪有什麼秘密？總共他不過跟我說了兩句話，而我也只對他說了一句話，叫他跟我的一位護士到中村齒科去，因爲他牙痛，在彰化找不到牙醫，所以史蒂文生牧師才介紹他來找我，拜託我派一個護士領他去看中村醫生。」雅信說。

「這我們都已經調查清楚了，只是還有一件秘密文件，辛格頓親自交給你的，現在藏到哪裡去了？」

「什麼秘密文件？不過一封普普通通的介紹信，你要就拿去。」雅信說著，順手從白衫口袋掏出那封摺皺的信，一把遞與那刑事。

那刑事接了信，看到是用英文寫的，因爲一字不通，便小心翼翼地摺好放進他的口袋，搓了幾下手，又對雅信說：

「丘醫生，既然有一件秘密文件，必然還有其他秘密文件，都是跟外國人秘密交往的，何不也一併提交出來？」那刑事說。

「就只辛格頓這一封，其他沒有了。」雅信回說。

「我不相信！」

「你若不相信，那又叫我怎麼辦？」雅信說，有些慍怒。

「你如果不自己交出來，我們只好不客氣搜查你的房子了。」

「要搜你們就去搜吧！」雅信生氣地說，逕自走到候診室，雙手交疊在胸前，一屁股往木條椅子坐下去。

「很對不起啊，丘醫生。」刑事反身對雅信微微欠身鞠躬，轉對那兩個警察使了一個眼色，補充了一句：「從診察室開始！」

那兩個警察馴從地跟了刑事進了診察室，從事務桌子的抽屜開始搜起來，接著是病人的檔案、雜誌書櫃、文件保險箱等等，舉凡藏信可疑之處，都翻箱倒櫃，一一查過了，這猶不足，還魚貫到二樓的客廳和房間去抄查，驚得雪子和兩個小孩都相率狂奔下來，全身顫抖，像落井的老鼠，較大的彭亭還抓著雅信的手腕，問她說：

「媽媽，這警察跑到樓上做什麼呢？」

雅信只皺眉蹙額，手指著木條椅，回答她說：

「你恬恬加我坐在這椅仔，免復問，你即馬猶細漢，加你講你也不知。」

刑事和兩個警察搜了兩個多小時，終於空手走下樓梯，悻悻然想走出醫院，那兩個警察已踏出門檻了，在後的刑事卻突然停了腳步，反轉身來，對雅信說：

「對了，差點忘記。」那刑事說著，順手從口袋裡掏出一本藍皮小冊，捏住一端，像捏一疊鈔票，對住雅信揮了兩下：「你的護照我們已經找到了，就收回去，請不必再勞駕了！」

說罷，又斜嘴獰笑一陣，走了出去。

「姑娘樣，你的護照被他們收回去怎麼辦呢？是不是去美國念書就去不成了呢？」看那刑事出去之後，雪子憂戚地問雅信說。

「我心很亂，一時也不知道怎麼辦才好，但這不重要，現在最重要的是如何把房子收拾乾淨，你看，好好的房子被他們翻成垃圾間！」雅信鎮定地說。

說完了，雅信先吩咐彭亭和彭立兩個孩子好好在候診室坐著，不許到處亂跑，然後她與雪子分頭，一個上樓去，一個到診察室，把一地淩亂狼藉的文書又重新開始收拾起來。

這一晚雅信沉思了一夜，第二天早上才破曉就把雪子叫醒，對她說：

「雪子樣，我昨晚想了一晚，終於想出了一個辦法來，這台灣總督府的外事課既然派刑事來把我的護照收回去，再向他們申請已經是不可能的事，但我倒可以到東京再去試試看，只是美國的入境簽證是在台北的領事館辦的，檔案都在這裡，如果領事願意把全部檔案移送到東京的美國大使館，等我在東京申請到護照後再去簽證，一切問題就解決了。」

「姑娘樣說得十分有道理，那麼請問你幾時要到台北的美國領事館去？」

「雪子樣，問題就在這裡了，你也知道刑事整天都盯住我，我不但不敢再到美國領事館去，甚至連打電話或寫信給他們也不敢，唯有你才能幫我的忙。」

「我嗎？姑娘樣，我也不會說英語，叫我怎麼去跟領事講？」

「即使你會說英語，我也不會叫你直接到領事館去，因爲連你出門恐怕也有人跟住。但你倒無妨到淡水去找『淡水女學』的校長金姑娘，她雖然是外國人，但她也會說日語，把詳細情形告訴她，請她到台北的美國領事館向領事轉達我的意思，他們同是外國人，到領事館進進出出，較少引起刑事的注意。這一切我也不想叫你帶信，怕被刑事搜到危險，你就用口傳，刑事若問你，你就說不知道，既然沒有憑據，他們也拿我們沒有辦法。」雅信說。

雪子點頭答應了，於是便去換了衣裝，雅信給她來回的車錢，一早便搭了火車到台北，再轉車去淡水見金姑娘，照雅信的話對她說了一番，看金姑娘允諾之後，又坐了火車，當夜趕回台中來。

金姑娘果然慇懃，得了雪子口信的第二天就坐車來台北的美國領事館，從領事館出來，一分鐘也不浪費，就直接來台北火車站，搭南下的快車直達台中，進了「清信醫院」就拉著雅信悄悄地上了二樓，關好了客廳的門，低聲用英語對雅信說：

「那美國領事答應要把你的檔案移送到東京的大使館去，你到了那裡隨時都可以去簽證。」

「眞的嗎？實在太謝謝你了，金姑娘。」雅信十分感激地說。

「那領事對你的印象十分好，他對你的處境十分同情，還說什麼，請到了『哈佛大學』的入學許可，如果只爲一點意外而沒能去，實在太可惜。」

「眞的嗎？那領事也實在太有人情味了。」雅信說，不覺莞爾。

「好了，就只這些，也不必多說了，只還有一句，若到了美國，請來信聯絡，說不定我不久也會被趕回加拿大去，那時就由我寫信跟你聯絡了。」金姑娘說著，幽默地閉起一隻眼睛。

兩人相對，會心地笑了……

金姑娘回淡水後，雅信頗躊躇了幾天，終於有一天晚上，她來到雪子的臥房，偎到她的棉被裡，躺在她的身邊，對她耳語道：

「雪子樣，我原本計劃把醫院賣了，再全家一起坐船到東京去，現在可不行了，如果全家一起出走，怕會引起刑事的懷疑，何況這醫院老沒辦法處理，也不知要拖到幾時才有個結果，我倒心想一策，你先帶孩子去東京，找到住處就送她們上學，這誰也不會過問，待我慢慢把這醫院處理清楚，然後我再自己一個人去，如果他們問我，我也好找個藉口，說是到東京去看我的孩子。」

雪子想了想，也認爲這辦法十分妥善，絕對是萬無一失的了。即日雅信就買了船票，與雪子整理好孩子遠行的行李衣物，過了三天，就目送雪子帶著兩個孩子離開了「清信醫院」。果然她們沒有引起任何嫌疑，一路平安到達基隆，搭上船，一帆風順地到了東京。

在台中，雅信既然不能把所有產業一起賣出，她就改變了主意，打算把它全部出租，但仍然沒有來租的對象，只有一對新婚的內科醫生來探問，他剛畢業不久，經濟短絀，一時蓋不起自己的醫院，才來向雅信租，因爲新開業病人不多，他既不需要「產婆學校」的偌大宿舍和禮堂，更不需要那三幢病房，他只想租雅信的診察室，也只付得起這診察室的房租而已。最後雅信實在無法可施，也只好把診察室租給這個醫生，把學校宿舍與病房都鎖了起來，將鑰匙自己留了一副打算送到艋舺她的母親許秀英保存，而將另一副交給醫生保管，以備緊急火災或其他之用，言明租期兩年，美國回來時把醫院交還給她。

既已把不動產處理完畢，雅信便收拾好重要文件與身邊細物，第二天一早，就坐北上的火車到台北的艋舺來與許秀英辭別，完了又提著大小兩包行李來台北火車站，準備到基隆去搭日本的郵船，正慶幸一路平安無事，終於要逃離虎口，不意有一個年輕的刑事對她走來，後面還跟著一個穿制服佩白劍的警察。這刑事在台中時，雅信從未謀面，倒是一臉斯文，來到雅信面前微微向她點個頭，彬彬有禮地問她說：

「你可是台中的丘雅信醫生嗎？」

雅信大吃一驚，知道對方是負著使命來的，既然無法脫逃了，就乾脆裝得持重大方，鎮靜地回答他說：

「是啊，我就是丘醫生，有什麼指教嗎？」

那刑事沒意料雅信會如此沉著鎮定，自己反而不好意思微笑起來，客氣地說道：

「也沒有什麼，只想問問你此番要上哪兒去？」

「我要到基隆搭船上東京去。」

「丘醫生可要上美國去嗎？」

「先生，你替我想想，外事課早把我的護照收回去了，我沒有了護照，又如何到美國去呢？」

「哦，哦，哦……」那刑事因自覺唐突而臉紅起來，可是不到一刻又恢復長久訓練出來的鎮定，轉了口氣說：「丘醫生既然不能到美國，此去東京不知有何貴幹？」

「我有兩個孩子在東京唸書，我叫朋友替我照顧，但我老放不下心，所以特地想到東京去看看。」

「眞的嗎？」那刑事說，臉上還是那副懷疑的表情：「你的行李提包是不是可以讓我們看看？」

「你要查就請便吧。」雅信十分合作地回答。

這時附近已圍了一圈好奇的旅客，那刑事似乎感覺不太方便，便向那背後的警察揮一下手，兩人便提著雅信的大小行李，直向站長室裡去，雅信跟著他們兩人，也走向站長室裡來。

那刑事與警察在火車站長的事務桌上，各把行李打開，分別搜查行李裡面的文書與細物，開始時，查得非常仔細非常認眞，翻了好一會工夫，仍然沒有什麼收穫，突然那警察搜出了夾層裡面的四、五張照相硬紙，上面用毛筆寫了幾行正楷的漢字與片假名，他立刻把它們遞給那刑事，那刑事望了幾眼，皺起眉頭，一副迷惑不解的表情，側頭過來問雅信道：

「丘醫生，這『宮內省』給你醫院的獎狀是爲了什麼事情發的？」

「你還不知道？爲了我免費爲貧窮婦女生產發給我的，是『皇后』託『宮內省』發的，每年賞我兩百元獎金，連續賞了五年。」雅信說。

「哦，哦，哦……」那刑事突然對雅信肅然起敬，親自恭恭敬敬地將那四、五張獎狀放回行李的夾層。

過後，只草草再望了那些細物兩眼，便命那警察把兩只行李都重新裝好闔合，交還給雅信，對她欠身鞠躬，親切說道：

「丘醫生，很對不起，打擾了你，現在已經沒事，你可以上車了，祝你一路平安。」

雅信回謝了他，去買車票，提了行李，進了柵欄，走到候車的月台去。

四

雅信在基隆碼頭搭上一隻叫「夕顏」的郵船，因爲戰爭時期，船班減少，所以船客十分擁擠，不但客艙人滿，連底層甲板也鋪了不少臨時帆布床位，讓後來買不到艙房的乘客使用。

「夕顏」正如她的船名一樣，是黃昏才開駛、離開基隆碼頭的，船才在大海上加足速度，破浪前進，天已經暗了下來，雅信正想躺在自己的床上歇息，不料擴音器竟突然響了起來，有一個男子的聲音在大聲廣播有重要的事情要公佈，請所有旅客即刻到那船裡最大的飯廳來。雅信慵懶地從床上爬起，走出艙房，那甲板走道上上下下也都是旅客，都齊向飯廳集合，雅信只顧在心中納悶，坐了那麼多次船，從來也沒曾被水手如此呼喚過，有事在擴音器上公佈就好，又何必叫大家往飯廳集合呢？這樣想著，已跟隨著群眾來到密不透風的飯廳了。

在那飯廳的入口，立著三、四位水手，分發給每個進來的旅客，一個人一件木栓縫成的救生衣，雅信也領了一件，走到飯廳的中間去。

等差不多所有旅客都到齊了，便有一位較年長的船員，一身白潔制服，一頂白頂黑舌帽，一雙玳瑁框眼鏡，像是大副的樣子，立在飯廳前的高台上，用十分嚴肅的口氣，對大家說道：

「因爲是戰爭時期，除了海上的風浪，我們還有更大的威脅，就是來自支那大陸的敵艦。我們的船是郵船，沒有特別的防禦裝備，所以我們隨時都處在受敵人魚雷攻擊的狀態之下。我們希望這船能平安到達『內地』，但我們不能大意，仍得防患未然，萬一有任何變故，大家都要穿戴自己的救生衣，聽候船長指揮行動，但又恐大家一時慌亂，沒能穿戴救生衣，所以現在特別在大家面前示範，也請大家就地練習。」

說罷，便有一個水手提了一件救生衣跳到台上，在眾目注視之下，爲大家示範穿戴，而那年長的船員在旁指點說明，並叫大家如法穿戴，雅信也跟大家一起學習穿戴，等大家都試會了，那船員便囑咐每人把分發到的救生衣隨身帶回去，於是一聲解散令下，每位船客便拎著救生衣回各自的艙房或床位去了。

這一夜，海上倒是風平浪靜，雅信一整晚都睡得很好，第二天睜開眼睛，朝陽已從圓窗斜照到艙裡來，她連忙起身梳洗，到飯廳進了早餐，然後在甲板上踱步，依在船舷看隨船盤飛的海鷗，一個上午也就安靜地過去了。

中午吃過午飯後，雅信回到艙裡歇息，想睡個午覺，但艙裡氣悶，也不能合眼，在床上翻了幾下，又下床，穿了外套，溜到甲板上來，不意在甲板靠船頭的一端，遇到兩對中年夫婦，在說台灣話，雅信感到十分親切，便偎了過去，先自我介紹一下，跟他們攀談起來，一時解了寂寞與心悶，時間也很快地打發過去了。

大家東扯西聊，正談得高興，突然，離他們七、八步遠的兩位高等女學生驚叫了起來，她們靠著船舷，左手遮眼，右手指天，其中一位還尖聲叫道：

「看哪！飛行機，飛行機，飛行機……」

雅信隨那兩位女學生所指的方向望去，看見北面的藍空浮著幾朵美麗的蕈雲，從其中一朵雲傘，鑽出了兩架飛機，像兩隻螞蟻，向南面爬行，有意無意對著船的方向蠕近。雅信私忖，天空上的日本飛機也不知見過多少，老早已經司空見慣，何足這般大驚小怪的，正想繼續與那兩對台灣夫婦閒聊下去，卻不料聽見一聲飛機急降的哀鳴，由低而高，像一把銳利的尖刀，切割人的咽喉與肺腑，待雅信猛轉身，她瞥見一架飛機已從天上俯衝而下，那機翼畫著「青天白日徽」，斜刺飛過船頂，在船頭的右方扔下一顆炸彈，沖起滔天的水柱，才在船上撒下一甲板水珠，便又聽見第二聲急降的哀鳴，就在這時，船上的警鈴大作，擴音器瘋狂呼道：

「敵機空襲！速回艙房！尋找掩護！穿救生衣！……」

話還沒講完，那第二架飛機又俯衝下來，在船頭的左方扔下另一顆炸彈，又是一根滔天的水柱，另一陣如雨的水珠……

雅信也顧不得那兩對台灣夫婦，抱著頭連走帶跑奔到她的艙房，穿起那件救生衣，跪在床頭，全身發抖，開始閉目祈禱，還沒能念完半節禱告辭，便聽見一陣機關炮的掃射聲，停了一會，又聽見另一陣掃射聲，那鐵板叮噹作響，彷彿天崩地裂，船就要粉碎一般……

那兩架中國戰鬥機顯然是從福州或杭州起飛，在東海一帶的大陸沿海上空巡邏的，剛好從北面飛回基地，不料遇到「夕顏」這日本郵輪，才將每架飛機僅僅攜帶的一粒炸彈投下，看見不中，在天空繞了一轉，又回來掃射了一番，大概覺得沒能奏功，兩機也就相隨飛向福州或杭州去了，儘管那飛機攻擊「夕顏」的兩匝以及攻擊後離去的這段時間是這麼短暫，但對一生都沒有空襲經驗的雅信而言，卻長若千日，好難得終於等到那擴音器對全船宣佈：「敵機離去！空襲解除！」，她才顫巍巍自地板援床立了起來，開門走出艙房，看見白漆的鐵牆上到處是芝麻般的炮彈孔，玻璃橫割碎裂，滿甲板是彈殼與破片，走完了全船，幸好都沒發現任何傷亡，所有船員與旅客都互相稱慶，一場虛驚終於過去了，那大副更是開懷地對每位旅客表示，大難不沉，他們這隻郵輪準定可以平安到達神戶了。

五

這隻「夕顏」的郵輪儘管如那大副意料的，終於平安駛抵神戶，可是在開進那平靜的「瀨戶內海」之前的兩個晝夜，海上突然起了大風，驚濤駭浪幾乎把郵船吞進海中，船裡的乘客左右搖晃，沒得片刻的安寧，雅信也跟其他乘客一樣暈起船來，不但食不下嚥，而且反胃嘔吐，隨著，舊疾復發，又害起了「哮龜病」來，咻咻氣喘，幾次都要窒息死去的樣子，難得一路忍受到神戶的碼頭，已經病弱憔悴，幾乎不成人形了。

從神戶到東京還有兩天的車程，可是雅信連坐火車的氣力都沒有了。一上了神戶的碼頭，她便就近找了一家普通旅館，拋下衣箱行李，就躺在床上休息，爲了免得雪子的焦慮，她託旅館的掌櫃爲她打了一通電報給雪子，請她不必來東京火車站等她，她自己身有小恙，想在神戶稍做休息，可能兩三天，一旦病體恢復，她就會搭火車到東京去，不必再來火車站接她了。

雅信在神戶的旅館一連休息了三天，也去看了在地的日本醫生，服了藥，呼吸逐日好轉，第三天夜裡，經過一陣劇烈的咳嗽，終於吐了一大盆黏滯的濃痰，隨即心胸舒展，呼吸也完全通暢，才好好睡了一夜長覺，隔日早晨便提著行李，搭上火車，一路趕到東京來。

第二天火車到達東京站時天已全黑了，雅信走出車站，雇了一輛計程汽車，把雪子寫給她的住址告訴那司機，那計程汽車便往「新宿」的地區駛來，汽車才在一幢半舊的小型宿舍停下來，便有一顆女人的頭探出窗子，只聽一聲驚喜的叫聲，接著便是雪子那熟稔的聲音在呼喊孩子：「彭亭！彭立！媽媽樣來了唷！」雪子才說完，那宿舍的木門便咕嚕一聲滑開了，兩個孩子，穿著日本和服，踩著高跟木屐飛奔出來，想提雅信的大提箱卻是提不動，兩人只好去合提那小手提箱，最後才由雪子出來提那只大提箱，看雅信付了車資，四個人才浩浩蕩蕩走進了那宿舍門裡去。

進了玄關，上了他他米，雅信和雪子跪坐下來熱烈寒暄自不必說。隨後雪子去燒了「風呂水」給雅信洗塵，這其間，她又去煮飯、燒菜，準備「味噌湯」，等雅信洗完風呂，穿上舒服的家居便服，食桌上早有熱騰可口的晚飯在等她了。

這一夜，等彭亭和彭立兩個孩子都上了鋪蓋棉被睡了，雅信和雪子還相對談了一夜，雅信告訴雪子，她在離開台灣前如何又受到刑事和警察的騷擾，在船上如何受到中國飛機的轟炸，以及如何遇到風浪哮喘病復發而不得不在神戶逗留休息。而雪子則告訴雅信，她如何找遍了東京才在新宿地區租到這幢老房子，如何打聽附近鄰居，才終於把十四歲的彭亭送到著名的「惠泉女子中學校」就讀，又如何費盡了口舌才叫蜚聲的「朝星天主中學」的校長免試收了十二歲的彭立做學生。兩人就這樣談個沒完，一直談到深夜，才不得不躺下，懵然睡去。

第二天早晨，雅信還在半睡的朦朧之中，忽然被一聲震耳的拉門聲吵醒了，她揉揉眼睛，望望窗外，那天上的浮雲已經大白，時間大概不早了，卻是仍覺得慵懶，還想合眼繼續假寐，不意聽到一個陌生女人的聲音從玄關傳進來：

「早哇，雪子樣，你準備好了沒有？」

「就好了，就好了，我換好『モンぺ』就去。」雪子回答。

「兩個孩子都出去了嗎？」

「早送他們上學去了。」

「怎麼？你們家幾時來了客人？」

「不是『客人』，是『主人』哪，就是兩個孩子的媽媽啊！」

「呃！就是你告訴我的那位台灣出名的女醫生嗎？怎麼？她起床了沒有？也叫她一起出來『ラジオ體操』啊。」那女人提高嗓子說。

「噓……她還在睡哪，別吵醒她，她從台灣坐了五天船到神戶，又從神戶趕了兩天火車來東京，昨天又跟我聊到半夜，實在夠累了，哪裡醒得來，還是讓她好好睡吧。」

雅信聽了雪子和那陌生女人走出去，隨後又是那震耳的關門聲，她不知不覺又合起眼睡下了。可是好像沒睡多久，便從那窗子的隙縫傳進來縹緲的樂聲，那是一種旋律簡單節奏鮮明的進行曲，就像在幼稚園裡教小孩子唱的，雅信再也睡不下，便半坐起來，傾聽那音樂一會，覺得十分新奇，也不知那樂聲是從哪裡來的，爲了要探個究竟，便立起來走到窗邊，把玻璃窗打開來，只見那巷口是一個小公園，公園用矮竹籬圍著，公園門口放了一只椅子，椅子上置一個半圓形的收音機，那進行曲便是從這收音機的擴音器傳出來的，在收音機前的那一片草地上，有五、六十位婦女，隔著等距離，排成整齊的隊伍，跟著進行曲的節奏在做體操。有一位臉容姣好體態柔美的中年婦人，立在隊伍前面，示範領導。在那紛紜眾多的婦女中，雅信終於尋到了雪子，她像其他婦女一樣，穿了那一身叫「モンペ」的鼠灰素服，寬鬆臃肥如一隻燈籠，全不像她往日的那一身潔白的護士裝，看去就像初到大城的鄉下女人。

雪子進門時，順便拾起丟在門前的「朝日新聞」走進來，才在玄關脫了木屐，便瞥見雅信坐在客間的他他米上對她笑臉相迎，雪子也笑了起來，對雅信說：

「姑娘樣，你幾時起來的？我以爲你要睡到午間才醒呢。」

「起來好久了，我一直在窗邊看你們做『ラジオ體操』。」

「眞的？那怎麼不下來跟大家一起做呢？這些人都是附近『鄰居團組』的，大家都相識得很。」

「我沒有『モンペ』，你叫我穿什麼去跟你們做體操？」雅信說。

雪子聽了，才自覺唐突，於是兩人相對，突然笑出聲來……

「看你穿起『モンペ』，十足像個鄉下農婦，倒想問問你，這衣服是幾時做的？」

「我一搬來這裡，這『鄰居團組』的婦女就來訪問，就把『モンペ』發給我了，對我解說，這是官廳的政策，要人人節約，不但鼓勵女人穿簡單輕便的『モンペ』，還叫大家把和服和洋裝都收起來，不能塗胭脂抹口紅，而且不能燙頭髮，要剪成學生樣的短髮，我在台灣燙的頭髮還一直留著，不忍去剪，不過等長了，不能再燙，也只好去剪了。諾！這是今天的報紙，你拿去看吧，讓我來煮早飯，你大概餓了吧？姑娘樣。」

雅信從雪子的手裡接了「朝日新聞」，展開想讀，在那報紙的首頁，赫然出現了一條大新聞，用特大號鉛字印著，那標題是：

日本加入日德義三國軸心同盟

雅信一時跪直起來，挪正眼鏡，對好焦距，一邊打顫，一邊讀起那標題下面字體較小的內容來：

我日本已於昨日（九月二十七日）正式在柏林與德意志及義大利簽約締結同盟，旨

在歐洲與東亞建立新秩序，以維持世界之永久和平。

此約之條款申明，今後十年之間，日德義任何一國，若受到非目前歐洲或東亞交戰國之外的國家攻擊時，同盟國有義務援之以手，協力加以反擊。

依此條約，日本承認德義兩國在歐洲之宗主權，而該兩國亦相對承認日本在東亞之宗主權。

日本外務省發言人稱，此約並不意味日本改變對美國的既有態度，對雙方友好關係的建立，日本政府尚未完全放棄希望……

那廚房裡的飯鍋已在沸沸地響，飯香也瀰漫到客間裡來，雪子想趁飯還未煮熟之間的空檔整理一下客間的雜物，瞥見雅信讀報讀得那麼出神，連手裡的報紙也抖擻地顫個不住，遂停在她身旁問道：

「姑娘樣，是什麼壞消息？看你臉色好青啊。」

「你自己拿去看……」雅信說著，把報紙遞給雪子，轉頭對著窗外，搖頭歎息起來。

雪子接了報紙，讀了大標題，又繼續讀了下文，突然停下來，抬頭問雅信道：

「姑娘樣，這報紙上說『非目前歐洲或東亞交戰國之外的國家』，到底是指哪個國家呢？」

「除了美國還有什麼國家？我想日本主要是爲了對抗美國才加入這『日德義三國同盟』的。」

「這樣說來，姑娘樣美國還去得成嗎？」雪子皺眉地問。

「我就是這樣想啊，現在台灣已回不去，如果美國又去不成，看要怎麼辦才好？」雅信無奈地說，又深深地歎了一口氣。

突然鍋蓋翻落的聲音從廚房傳出來，雪子把報紙往雅信懷裡一扔，往廚房飛奔過去，雅信便又端起報紙，重新念了下去，那第二頁的頁首印著「浪費是我們的敵人」的標題，內容是從十月一日開始，全國汽油要施行嚴格配給，東京從午夜一點到清晨五點要實施交通管制，如非緊急需要，絕對禁止任何車輛在街上行駛，不但如此，政府還指派愛國婦女團體，若有市民無端浪費汽油駕車到市內紅燈區者，將其姓名及車號記下，送往警察局，依法查辦懲罰。除了這汽油配給的大消息外，雅信還讀了另外日本軍隊在中國各地轉戰的零星消息……

六

日本處理國際事務的「外務省」座落在東京「皇宮」的南邊，剛好介於「國會議事堂」與「日比谷公園」的中間。吃過了雪子準備的早餐，又整理了一些必要的證件，雅信便坐了地下電車，從「新宿」站一路坐到「霞關」站下車，爬了一段階梯來到地面，那幢「外務省」的白色大廈已巍然出現在眼前。

踏進了「外務省」大廈，發現那詢問處的櫃台前早已排了一條長龍，每個站隊的人，都面帶焦急之色，耐心地等待他的輪番。越過那櫃台，所有的辦事人員，似乎頭髮也來不及梳齊，領帶也顧不得打好，個個都忙於接電話讀公文，爲了想節省時間，連辦公桌與辦公桌的短距離也以跑代步，絕棄閒言，整個辦公室突然加速，快做一團，就像默片電影裡的人物一般。雅信偎了過去，也跟其他人排起隊來……

等了一個鐘頭，才終於輪到雅信的番，她走到櫃台前，那台後一個三十歲左右的辦事員便趕在她未開口之先，就迫不及待地問她道：

「有什麼重要的事要辦嗎？夫人。」

「我想辦理護照，因爲我想到美國去……」

那辦事員先翻眼白瞪了雅信一眼，還沒等她把話說完，就中途打斷她，搶著說：

「對不起，夫人，關於護照的事情，我怕暫時沒法替你辦理，你知道，爲了我們加入『三國軸心同盟』，這兩天外務省的人都動員，在處理國外來往的電報，十分忙碌，暫時分不出人手來爲人辦理出國護照，如果眞的想辦，請你過一陣子再來吧。」那辦事員說罷，便揮手請雅信離開，還等不及她走，便提高嗓子機械地叫著：「好了，下一位！」

從「外務省」大廈走出來，雅信心情十分沉鬱，本來到東京就是爲了申請護照，現在卻因國際政局的變動而暫時沒能申請，可是這「暫時」要拖多久呢？如果局勢沒能好轉，是不是就這樣一直拖延下去？想著，想著，已經來到橫在大廈前的一條清靜的馬路前，她兩邊望望，左邊的盡頭便是那用防火岩砌成的「國會議事堂」，右邊的盡頭則是樹木茂然的「日比谷公園」，因爲茫然不知做什麼，她便轉向右手，漫無目的地對著公園走去。

已經是深秋，公園裡少有遊客，只見滿徑枯黃的落葉，那樹皮、那岩石，都濕漉漉的，蒙著一層暮秋的愁慘與蕭瑟，那樹幹重生交疊，化成了一片幽森的陰影，連那樹上的天空也烏雲低垂，透不出一絲晴空的藍意，雅信正像這頹廢的秋園，一時萬念俱灰，遂在一只濕冷的木條椅上坐下來，深深地歎息。

這公園確像是大海中的避風港，那園外喧囂的車聲，園裡一點也聽不見，而平時的麻雀也消聲斂影不見蹤跡，難得這般深谷的幽靜，才聽得見噴泉的水聲，隱約從那一排梧桐後面的水池傳來，驀然雅信被幾聲鶴唳驚起，抬頭望見兩隻白鶴從那水池騰空而昇，飛向高處去，卻不知從哪裡的樹叢飛來了三、四隻烏鴉，斜落在路邊的竹籬上，與雅信默然相對，叫雅信鎖起眉梢，把視線移向那沙土鋪成的幽徑，在那幽徑盡端的小橋前頭，有一位中年園丁在掃梧桐的落葉。

雅信對那園丁正望得出神，不知幾時，從幽徑的另一端走來了一位牽狗的遊人，等他走近了，雅信才發現原來是位戴墨鏡的盲人，他年約七十，一頭雪般的白髮，身體瘦削得像十二歲的小孩，裹在一襲黑色的和服裡，他提一根黑漆的藤杖，踩一雙過高的木屐，牽著一隻黑背的德國狼犬，由那狗領路，在幽徑上悠遊漫步。

有一隻黃色的土狗在小橋上出現，那德國狼犬豎耳鎮足發威了一陣，猛然掙脫了那老人，拖著皮帶對住那土狗箭一般地狂奔飛去，在那橋上與那土狗鬥狠撕咬起來，讓老人在後面連呼狗名，一邊踉蹌向前頭直追過去，才追不到幾步，卻踢到路旁的界石，往地上栽了一個跟斗，爬起身來，跪在沙土上到處摸他的枴杖。

雅信趕快跑了過去，把那老人扶起，領他坐在路邊的木條椅上，想去爲他尋回拋落的枴杖和黑眼鏡，但他強勁地抓住她的手，歇斯底里地喃喃地說：

「我的狗……我的狗……拜託你去給我牽回來好嗎？」

「老先生，我是女人哪，而且很怕狗，我不敢……」雅信回答說：「你還是坐著，讓我先去找回你的枴杖和眼鏡吧。」

雅信去把枴杖和眼鏡都找了回來，交給那老人，而那老人卻依然懇求雅信去找回他的狗，雅信只搖搖頭歎息，不意間瞥見那老人的膝蓋擦破了皮，正在流血，她連忙對他說：

「老先生，你膝頭有傷，你自己還不知道哪，我是醫生，讓我先替你敷傷，狗過會兒再叫人去找不慢哪。」

說罷，雅信半跪在地上，打開了皮包，拿出隨時都放在皮包裡面急救用的棉花與紗布，替那老人止血包紮了，待一切完畢，從地上立起，剛才在掃落葉的園丁已把狼犬牽了回來，將皮帶交到老人手裡，盈盈地笑對他說：

「要小心哪，老伯伯，公園裡近來野狗多著呢，怎麼趕也趕不盡。」

那老人撫摸著狼犬的頭，喜形於色，連番向雅信與那園丁感謝了，便從椅子立了起來，任那狼犬拖著，繼續往前散起步來。

剛才有好一會雅信把自己完全忘了，現在眼見那老人與狗走遠了，她才又拾回自己，「我要怎麼辦呢？我要怎麼辦呢？」她又開始自言自問。在園裡坐了幾乎一個上午，實在已經太久了，突然無聊起來，便慵懶地拾起皮包，蹣跚地邁向「日比谷公園」的側門來。

出了公園的門，便是東京著名的「有樂町」，路的右邊屹立著那間「帝國大旅社」的宏偉建築，路的左邊是毗連的兩間戲院，一間是以歌舞團表演蜚聲全日本的「寶塚劇場」，也就是雅信二十年前聽「千人大合唱」的地方，現在已經息演了，才看不到什麼廣告，而另一間則是名叫「日本劇場」的電影院，那巨幅廣告上畫著中國的長城，城樓上飄揚著驕傲的日本旗，在那彈痕纍纍的城牆上立著幾排日本兵，都雙手高舉上刺刀的長槍，張口在高呼，旁邊的一行日文補註道：「大日本帝國萬歲！」

從「有樂町」穿過一條架空的鐵路，便來到東京最熱鬧的「銀座」，這整條大街似乎沒改往昔的繁榮與盛況，兩邊人行道上依舊熙熙攘攘，男的都穿西裝，女的不是洋裝就是古色的和服，仍然是那麼逍遙，那麼悠閒。可是雅信抬頭看時，猛然發覺原來每家商店的二樓都懸起國旗，是日本的「日丸旗」、德國的「卐字旗」和義大利的「田字旗」，一律三旗串聯，在風中飄揚。當雅信走到那叫「三愛百貨店」的廊下，她發現除了那頭上照例的日德義三面國旗，有人更在地上臨時用朱漆與藍漆畫了一大幅美國的「星條旗」，任行人往回踩踏，那幾十顆紙貼的白星，因亂腳踢蹴，已四散碎裂，隨風飄到街尾去了。

跨過「三愛百貨店」的馬路，迎面便是東京最大的「三越百貨店」，雅信看見公司那三角街面的大門前圍著許多人，佇立著不知在看什麼，她不經意地偎了過去。門左邊的人群當中是一個可愛的中學女生，打著一雙辮子，白衫黑裙的學生制服，她手捧著彩帶，請每個過路的人在帶上縫一針，差不多上前去縫的都是婦人，以穿和服的中年婦人最多，有一位鄉下打扮的矮小老婦也擠在人堆裡，問那女學生說：

「姑娘樣，你叫這麼多人給你縫這塊紅布做什麼的啊？」

「老伯母，你不知道嗎？」那女學生說，腮子上露出了兩凹迷人的小酒窩：「這就是『千針帶』啊，叫每個人縫一針，縫完了一千針就送去給前線的戰士，裹在身上可以避邪，子彈就不會打穿哪。」

「這不就是我們鄉下所說的『護身符』嗎？來，也讓我來縫一針。」那老婦人說著，擠開了人，也上前在紅彩帶上縫了一針。

雅信離開了原先這堆人，走到大門右邊的另一堆人來，這群人當中則是一個中學男生，帶一頂黑舌帽，一套金色排鈕的學生服，他平舉一面日本旗，用毛筆沾墨給人在旗上寫字，這些寫字的清一色是男人，特別是老年男子居多，脫下禮帽，把枴杖掛在左臂彎上，提起毛筆，千篇一律在國旗的空白寫下「力」字，那字形雖然大小不一，輕重不均，卻整齊排列著，莊敬而壯觀，也不必再經人解說，雅信便立即在心裡頭忖道：

「這大概就是報上所說的『萬力旗』吧？把它送到前線，叫兵士端著，去衝鋒陷陣，壯他們的膽子用的。」

雅信沒有心思進「三越百貨店」，她只隨著行人茫然地往前走，走了三段街，迎面看見街角上空懸著一幅直立的大廣告牌，寫道：「銀座大舞廳」，這舞廳設在商店的底層，有一道階梯通到舞廳的地下室，那階前此刻冷清清的，顯然沒有開張的跡象，倒是那梯口的廣告玻璃窗裡面貼了一張海報，用綠色的墨汁在白紙上寫著：

茲為節約緣故，本舞廳奉命於九月三十日子夜關閉。為感謝顧客過去一向對本廳熱烈愛護，特於三十日晚，敬備茶點，免費招待，歡迎攜侶光臨，共舞最後一曲「螢の光」。

七

爲了等候「外務省」這陣忙碌過後再去申請護照，其後連著幾日，雅信每天一等兩個孩子上學，便獨自在街上徜徉，漫無目標地坐車，到處遊覽觀賞，以打發這段無聊而漫長的時間。

幾乎每天，每條大街小巷都可看見「鄰居團組」在舉行「防空演習」，由一位年長的男人用傳聲筒指揮著，所有家居的婦女都穿燈籠衣衫，戴棉花頭罩，或在路上列成橫隊，或架雲梯上下相接，將水桶一桶一桶地傳送到失火的房子或屋頂，將火撲滅。有時在十字路口放了幾枚催淚彈與煙幕彈，於是這些婦女便戴上防毒面具，揹起擔架，去救護偽裝的傷患，她們動作的熟練與敏捷，雅信自認不會輸給她「清信醫院」裡那些多年經驗的護士。

日本全國上下的男人都得參加軍事訓練，這雅信在台灣早已知道，但來到東京她才知道連那些國家優養肥頭大肚的「相撲力士」也得穿戴特大號的軍裝與軍帽，列隊出操，這已令她感到相當意外，可是最令她驚愕的是有一天她來到那著名的「淺草觀音寺」，見那寺前「五重塔」下的石鋪廣場上，全寺內的和尚也在做軍事操練，有一位佩長刀的中級陸軍軍官，立在寺前朱漆的樓梯上發號施令，那梯下三排和尚，儘管照舊剃著光頭，穿著袈裟，卻是破例揹起步槍，腰掛刺刀，腳纏綁腿，在石板地上踢著正步，宛然像勇猛的軍人一般。

東京的大街道上經常有隊伍遊行，雅信在這幾天裡就遇過四次遊行，第一次是「新兵團入伍」遊行，第二次是「東京大中學生」遊行，第三次是「東京勞動組合」遊行，這三次都是男人，可是第四次卻是「東京愛國婦人會」遊行，因爲是女人，所以特別引起雅信注目，這隊伍全由年輕婦女組成，她們一律穿著白色寬袖的工作袍，頭打白帶，腳踩白鞋，斜胸橫掛「愛國婦人會」的標誌，整個隊伍由一個舉刀的陸軍軍官率領著，大家跟隨著他的號令，或正步、或跑步、或前瞻、或右看，整齊劃一，鏗鏘有力，似乎不落鬚眉。

有一天，陰雨霏霏，雅信走在「北丸公園」附近的「靖國大道」上，她發現所有汽車在接近「靖國神社」的時候，都把速度減慢下來，然後在神社的大門前完全停止，向神社示敬幾秒，才把車慢慢開走。不但汽車，連路過的行人，也每每在大門前木然靜立，對神社鞠躬致敬，才繼續走他的路。雅信悄然走進神社的大門，從這大門有一條石板鋪成的大路，直通樹林裡的神社，那神社是一間無漆的木造建築，用長滿銅綠的金屬瓦覆蓋著，神社的門上用一大幅白帷半掩著，帷上有四朵大圓菊徽表示是與日皇相關的，就在神社門前，矗立著一座「开」字形的「鳥居」，那是用台灣運去的大檜木架成的，像是忠貞的衛士，守護著這棟明治以來日本陣亡戰士的歸靈之所。

走近神社的時候，雅信才意外在「鳥居」兩邊凋零的櫻花樹下看見兩群靜坐的日本人，大部分是中年以上的婦女，都穿著黑色的和服，挨身跪在鋪於碎石的地毯上，個個撐著黑傘，默默祈禱，這氣氛如此哀傷而凄楚，感動得雅信周身流過一陣顫抖，腳步也不知不覺停止下來，於是垂頭恭立，也跟著大家哀禱起來。

有一位在場巡視的中年警察從雅信身旁慢步走過，雅信將他攔住，很有禮貌地問他說：

「請問您警察先生，今天可是什麼特別的祭日？不然來這神社祈禱的人怎麼會這麼多。」

「今天並不是特別的祭日，這一向天天都有這麼多人來神社祈禱，是因爲下雨人才少些，平時要比這多多呢。」那警察回答道，然後用一雙銳利的目光把雅信全身上下打量了一番，頻頻點起頭來，繼續說：「我想你是外地初來東京的旅客吧？」

因爲被這警察無意猜中一半，雅信不覺臉紅了一陣，也不想回對方的問話，只側過臉對著那群跪在地上的婦女望了一會，獨自搖頭歎息起來：

「看看這許多寡婦和寡母，實在令人傷心。」

「其實來這裡祈禱的也並不全是陣亡戰士的家屬，有些現在在戰場打仗的，他們的妻子和母親也來這裡求他們的平安，大部份兵士在出征之前也都來這裡祈禱過，因爲所有陣亡戰士，一經天皇陛下入祀神社，他們就變成神明，幾乎與天皇陛下居於同等地位，受人尊敬和信仰。」那警察滔滔不絕地向雅信解釋說。

「天皇陛下經常來這神社致祭嗎？」雅信問道。

「上個月才來主祭過，你一定不敢相信，夫人，截至目前為止，經天皇陛下入祀神社的陣亡軍官已經有一萬零三百三十四位，其他陣亡兵士就更不可計數了，這些都是在支那戰場上陣亡的。」那警察嚴肅地說。

雅信聽罷，兩年前在北京目睹的料理店槍擊日人以及在天津親聞的戲院爆炸的景象驀然在眼前呈現，她頓時噤若寒蟬，悄然從那警察的身邊走開了去。

另有一天，雅信逛完了「銀座」，走到濱港的「入船町」來，無意中來到「聖瑪格麗特女學」的校門口，昔日在這女學寄讀時的那段辛苦與甜蜜的回憶不覺又在眼前浮現，她頗想再看看往時的校園與樹木，不知現在已經變成什麼樣子了？心頭悸動著，腳也隨著跨進那道熟如故友的校門。

進得了學校，雅信便懷著一股思舊之幽情，悠閒地到處蹓躂起來，似乎景物依舊，白色的校舍一點也沒有改變，只有操場的那一排楓樹不知幾時爬高了一層樓，才教雅信恍悟歲月的流逝，這時楓葉已變得血一般紅，因驟風而飄零，沓然紛至落滿一地。

雅信沿著教室的走廊漫步，聽著學生的朗誦從窗口傳來，心中興起千萬感慨，突然在走廊的拐角出現了一位西洋老婦人，一頭仙鶴的白髮，一雙透明的眼鏡，一襲古式長裾的茶色洋裝，緩緩對著雅信走來，她們兩人在目光交會的一剎那，都猝然像觸電一般，停了腳步，然後快步迎了上來，兩人先面面相對，那老婦人又斜著頭把雅信全身打量一番，才迸出驚喜之聲，用日語叫道：

「你不是考上『東京女子醫科大學』的那一位丘雅信嗎？」

聽了那老婦人的聲音，雅信本來模糊的黑白記憶彷彿突然著了色彩，於是也以同樣驚喜的聲音，回問那老婦人說：

「你可不是德姑娘校長嗎？」

不必回答，德姑娘上前一步，一把將雅信擁到懷裡，在她的腮上投下無數熱吻，過後又退後半步，再把雅信仔細端詳，似乎非把她看個飽絕不肯放鬆，雅信也頻頻回望她，見她精神矍鑠，雙目烱烱，直透人的靈魂，只是一頭黑髮變成一頭白髮，粉紅的額上增添了智慧的皺紋，這便是昔日帶她們去「貧民窟」、教她們「知福」的德姑娘，還在想著，卻又被她擁抱了……

德姑娘把雅信領到她的校長室來，吩咐小使去泡茶，兩人遂又親熱地交談起來。

「德姑娘，我從前做學生的時候，你已經是校長，現在還在當校長嗎？」雅信問道。

「是啊，不然要當什麼？難道校長頂上還有比校長更高的什麼『長』嗎？」

德姑娘用帶洋腔的日語幽默地回答，兩人相對笑了起來。

雅信望了一下窗外，卻見光禿的楓枝上只剩幾片寂寞的紅葉，突然剎地一聲，又掉了一片……雅信深深吸了一口氣，感歎地說：

「我離開學校已經二十年了，時間過得眞快，還記得在學校的時候，你帶我們到『貧民窟』去，那是我第一次看到的，印象十分深刻，現在還忘不了。」

「眞的嗎？那我倒忘了，因爲我照例每年都帶新生去一次，所以你那一次也就沒有特別的印象，倒是有一件事情你叫我念念不忘，記不記得有一年『世界主日學大會』在東京舉行？他們需要諳熟英語的女學生做『榮譽女招待』，他們寫信來學校問我要，但我在學校裡遍找就是找不到會說流利英語的女學生，那時你已從這裡畢業到『女子醫科大學』去唸書了，我只好回信給他們推荐你去，你終於去了，他們十分滿意你的服務，事後還特別寫信來向我感謝一番呢。」

德姑娘回憶著，不覺莞爾微笑起來，雅信也跟著她笑了，之後說道：

「我當然記得那次大會，清清楚楚的，彷彿像昨天一般，幸虧你推荐我去參加，否則就沒有機會聽到『千人大合唱』了，韓德爾的『哈利路亞』和貝多芬的『快樂頌』是我在那次大合唱裡首次聽到的，眞太令人感動了。」

「不會有了，那次『世界主日學大會』在東京舉行，在日本是第一次，同時也是最後一次，以後我想是不會再有了。」德姑娘搖頭歎息地說。

「爲什麼呢？德姑娘……」

「你記不記得二十年前『世界主日學大會』在東京舉行的時候，日本政府還沒有推行『神道』，二十年來卻大大推行起來了，當年他們對基督教縱使不贊成，卻還十分容忍，可是現在可公開大加排斥了，他們認爲基督徒是反神道的，信了上帝就不再信天皇，所以非將教會嚴密管制不可。信樣啊，你絕不會了解現在我們傳教工作是多麼困難，就連『聖瑪格麗特女學』的教育工作也非常不易呢。」

「這我十分了解，德姑娘，就是我從前在台灣畢業的『淡水女學』也發生過同樣的困難，那學校的校長叫『金姑娘』，她是加拿大來的宣教師，她就曾經告訴過我類似的情況，說起來你不會相信，她還曾經爲了回答一個學生的宗教問題而被警察關了一個禮拜呢。」

「這是怎麼回事呢？你何不告訴我聽聽。」德姑娘好奇地說。

於是雅信便將因爲學生問「到底上帝較大還是天皇較大」的問題而導致金姑娘被關的事情原原本本說給德姑娘聽，只見德姑娘的一雙藍色的眼睛在那凸透的老花鏡片後面瑩瑩發光，她一語不發，只頻頻頷首，似乎對金姑娘的不幸遭遇表示無限同情，一直等到雅信把故事說完，她才深深歎了一口氣，十分感慨地說：

「唉呀！類似這種事情，我們學校不知已經發生了多少次，最近又發生了一次，只是我沒曾被關，倒是一位學生因此被開除了。」

這回輪到雅信發出好奇的眼光，期待德姑娘把故事說出，德姑娘也心會其意，不待雅信發問就自動開口說了：

「你知道，信樣，我們『聖瑪格麗特女學』因爲是女學校，所以沒有一般學校的軍事教官，不過他們倒派了特別訓練過的『修身先生』來學校向女學生灌輸忠君愛國的思想，鼓勵她們畢了業就早些結婚多生男兒，好將來爲天皇盡忠替國家爭光。有一天，一位『修身先生』向女學生講解天皇的家系，他就根據『神道』的說法，說起『天照大神』的歷史來，有一位認眞的女學生就站起來問那『修身先生』說：『先生，先生，神道說，我們的天皇是萬世一系，從天照大神傳下來的，但神道只說天照大神是女的，卻沒記載她跟誰結婚，不知道她沒有丈夫怎麼會生下以後的天皇呢？』」德姑娘一口氣說了，開始喘息。

「結果呢？那『修身先生』怎麼回答？」雅信迫不及待地問。

「結果那『修身先生』什麼也沒有回答，他走到那女學生的面前，給她摑了三記耳光，把她拖到校長室來見我，說那女學生犯了『不敬』大罪，要我把那女學生開除，我說事情不必那麼急，我再慢慢處罰她，但他卻說事情很急，堅持非立刻把她開除不可，否則他要把這件事直接告到上司去，不但那女學生，恐怕連學校也會牽連在內，說我們學校失職，教育出這種反『神道』的學生來。這『修身先生』非常固執，一點也不仁慈，最後我不得已，只得依他將那可憐的女學生開除了。」德姑娘說完了，不覺又長吁短嘆起來，一臉懊悔無奈的表情。

小使端進兩杯熱茶，德姑娘招呼雅信飲茶，隔了一會，德姑娘轉了話題，問雅信道：

「啊，說了這麼多話，竟忘了問你一聲，你在台灣好好的，怎麼這回突然跑來東京呢？必定是有很重要的事情吧？我想……」

聽德姑娘說她在台灣「好好的」，雅信一時如鯁在喉，實在無言以對，也不想去辨正，只對著她的問話，輕描淡寫地回答說：

「德姑娘，我這回來東京有很重要的事情倒是眞的，我本來就要到貴國的『哈佛大學』去念書了，可是我在台灣申請的護照不知怎麼又被台灣官廳收回去了，既然在台灣拿不到護照，我只好來東京直接向『外務省』申請，可是這幾天爲了『三國軸心同盟』的事情，『外務省』的辦事員都很忙，叫我等些日子再去申請，我不知這一等要等多久。」雅信說罷，無可奈何地歎息起來。

「是這樣子嗎？」德姑娘同情地說，用手抹抹額，突然叫了起來：「我想起來了！你有一個同學叫『美智子』，她先生就在『外務省』裡工作，你何不請他幫幫忙？」

「美智子？她不是同我一樣已經畢業二十年了嗎？這麼久她還跟你有聯絡？」雅信萬分詫異地說。

「怎麼會沒有？」德姑娘笑道：「她先生叫『橫山樣』，他是外交系畢業的，三年前他被調到舊金山的日本領事館工作，美智子事先就帶他來請教我美國生活起居的一切事情，他留在美國的三年期間，美智子經常就拿她先生的信來跟我討論他在美國的許多生活細節，我還特地寫信給在舊金山一帶的朋友，叫他們去拜訪橫山樣，以免他在美國一個人太孤獨，橫山樣大概很感動，所以今年夏天一回到東京，就帶美智子一起來學校感謝我，送了我好多禮物。」

「眞是這樣嗎？那麼如果說是德姑娘介紹我去的，請他幫一點小忙，橫山樣大概不會拒絕才對。」雅信說。

「這還用說？其實根本不用我介紹，單憑你是她太太的同窗去拜訪他們，他就不會拒絕了。」

「你可有美智子的地址？德姑娘……」

「豈止地址，連她家的電話號碼都有，你且坐著，我先去替你打通電話，看橫山樣在不在？」

說罷，德姑娘走到校長室一端的牆壁上去搖電話，只聽她跟對方寒暄了幾句，就提起雅信的名字與她遇到的小困難，完了就把話筒遞給雅信，說美智子在電話線的另一端，想直接跟她說話。雅信接了話筒，便聽見美智子驚喜萬分的聲音，然後才說橫山現在正在外務省上班，而且要等很晚才能回家，怕雅信不方便，提議明天再到她家去，因爲明天是禮拜日，他非在家裡不可。

「那眞太好了，美智子樣，你可把你家的住址告訴我？」雅信說。

「雅信樣，你老遠從台灣來東京，路又不熟，哪能勞你駕讓你找路？倒是你把你現在的住址告訴我，明天早上就親自去帶你。」

雅信覺得不好意思，推辭了一陣，可是美智子卻堅持要如此，最後雅信只好謝了她一番，把住址給了她，然後跟德姑娘道別，滿懷希望，搭了地下電車回到新宿來。

八

第二天早上，美智子果然如約來新宿帶雅信，幾經轉車，終於來到「澀谷區」的橫山官舍。

進得官舍的鐵柵門，才上了玄關，已見橫山穿著一襲灰色的家居和服從讀書間迎了出來，和雅信點頭爲禮，領她走進了洋式的客間，頷首請美智子去泡茶，於是主客兩人便在相對的沙發上坐了下來。

橫山年約四十歲，面肉白淨細緻，兩道粗眉往兩鬢斜掛，一雙標準日本細瞇的眼睛，懸膽的鼻樑上架起一對無邊眼鏡，堅毅的薄唇上蓄一撮齊平的短髭，他舉止溫文，而且彬彬有禮，一臉外交官世故與幹練的表情，還沒交談，已叫雅信完全折服。

「聽德姑娘校長說，丘醫生榮獲美國『哈佛大學』醫學院的入學許可證，來東京想辦理護照到美國去研究。容我問一聲，在台灣的『總督府』不也有『外務課』嗎？在台灣辦豈不比較方便？怎麼特地長途跋涉來東京辦呢？」橫山微笑問道，態度萬分客氣。

雅信先是搖頭歎息了一會，才把辛格敦意外事件的始末詳詳細細對橫山先生敘說了一遍，最後歸結地說：

「唉！眞的是中國諺語所謂的『天有不測風雲』，已經萬事就緒，只待上船而已，卻無緣無故闖進來一個『辛格敦』，把全盤計劃破壞了，否則我今天也不用來府上打擾了。」

「不客氣，不客氣，請丘醫生千萬不要再說這種話。」橫山說，仍然是一貫笑盈盈的表情，稍停了一會，又繼續說：「據我看，倒也不全是辛格敦的錯，這些台灣警察濫用職權也要負大半的責任。其實你講的這些警察專橫跋扈的情形，我們這裡也多少風聞過，就不知道一些原本善良溫順的人，一派到台灣或朝鮮去當公職，就耀武揚威欺凌當地的百姓，完完全全叫人沒料想到，若在日本本土，他們就不敢那樣胡爲亂作了……丘醫生，你說是不是？」

橫山說最後一句話時，側臉對雅信點了一下詢問的頭，他的眼睛似乎向雅信表示一種無言的歉意，令雅信不得不點頭回答，表示同意了。

美智子終於用茶盤捧了三杯熱茶出來，小心翼翼地在橫山先生與雅信沙發前各放了一杯，然後才端自己的一杯去坐在角落的一張沙發上，陪他們談話。

「關於你要辦理護照的事情，丘醫生……」橫山吹了杯上的茶葉，喝了一口茶後說道：「我雖然在『外務省』工作，但『護照課』不在我直屬管轄之下，不過我有同事在那裡，而且又在我的隔壁室，你明天就把整理齊全的證件帶來『外務省』，請詢問處的人帶你來找我，我再把你介紹給那位同事，你放心好了，我想大概不會有什麼問題的。」

雅信聽罷，連連感謝了橫山一番，卻見他又喝了一口茶後，收斂起原有的笑顏，變得嚴肅起來，用一種凝重的口吻說道：

「要到美國去，護照固然重要，但更重要的是隨身攜帶的美金匯款，不知丘醫生辦理了沒有？」

「還沒辦理，只是我從台灣帶了一筆錢來，準備留一部分給我的兒女做爲在東京的教育費和生活費，把另外部分帶到美國去，我想足夠我一兩年用。」雅信說。

「丘醫生，問題不在於你到美國時有沒有足夠錢可用，而在於我們政府允許你匯多少錢去。你知道，我們現在跟支那交戰，而跟美國的關係又愈來愈壞，全國正處心積慮在節約儲蓄，當然對外匯的管制也就非常嚴格了。據我所知，除了從日本到美國大約兩百塊美金的船費，你最多只准許帶五百塊美金的匯款去，即使這五百塊美金，你仍需要到『大藏省』領得匯款許可單，否則銀行是不會給你兌換美金的，你要知道，在你上船出發之前，還得在關口受『大藏省』的人檢查。你護照的事情，我『護照課』裡有朋友，當然不會有問題，但『大藏省』我卻沒有朋友，所以匯款一事我恐怕就無能為力了。」

聽橫山這麼一說，雅信頓然面露憂色，不知如何是好，橫山也機敏眼利，立刻看出來，連忙安慰雅信說：

「英文裡有一句名言：『Expect the best but prepare the worst』，我想丘醫生聽過吧？我之所以告訴你這些，只是讓你了解一下最壞的情況，但我們卻不必停留在那裡，我們總希望比較好的結果，不是嗎？總之，你暫時別去理會匯款的事情，反正辦理護照至少也需要四、五天的工夫，在這段時間裡，我們總可以想出辦法來啊。」

雅信頻頻點頭，同意橫山的話，於是才化憂為喜，轉了話題，開始與一直沉默的美智子暢敘當年在「聖瑪格麗特女學」時的學生生活，任由橫山在一旁品茶，瞇著眼睛斯文地笑。

第二天一早，雅信又來到「外務省」的大樓，那詢問處的窗口換了一個中年婦人，一臉粉紅，十分親切的樣子。雅信走到窗口，跟她說她想找橫山樣，是橫山樣約她來找他的，那中年婦人即刻禮貌地打開了窗口旁的一道柵欄，讓雅信進去，隨後叫了身後一個高女畢業模樣的小使，低頭對她耳語了幾句，便見那打辮子的小使對雅信招手，請她隨她走到內室去。

來到一個寬敞的私人辦公室時，雅信看見橫山一身筆挺的西裝，一條藍底撒白點的領帶，在跟人打電話，他一見到雅信，便將電話迅即掛斷，從大座椅上立起，走出來歡迎雅信，先把那小使打發走了，然後高興地對雅信說：

「我剛才就在跟北島樣通話呢，他就是我昨天跟你提過的朋友，在『護照課』裡，我稍稍把你的情況向他透了風，他回答說沒有問題。來，我們現在就一起去！」

雅信跟隨橫山走了一條長長的通道，又穿了幾道側門，走進了一間大辦公廳，這裡桌椅縱橫排列，人聲嘈雜喧囂，橫山把雅信帶到一張辦公桌前面，對一個伏案抄錄文書的人溫柔地說：

「北島樣，這就是我跟你提過的丘雅信醫生，現在就交給你了，希望你特別照料。」

「沒問題，沒問題，橫山樣，我一定盡力幫忙。」

那桌上的人抬起頭來回橫山說，雅信這才發現他掛一對深度黑框的近視眼鏡，兩頰都是青春痘遺下來的窟窿，像月亮的地圖，只是一臉和善，叫人覺得十分可親。

橫山走了之後，北島才轉向雅信，問了她許多她要辦理護照的原因與細節，雅信都一一回答了，北島一直都習慣性地點著頭，他頓了一下，想了一會，然後又問雅信說：

「那麼，你把所需的證件都帶來了嗎？」

「我不知道在東京辦護照還需要什麼特別證件，反正我把台灣的證件全部帶來了。」

雅信說著，一邊打開了手提包，把「哈佛大學」的入學許可證和福士特夫人的生活保證信都翻出來，放在北島的辦公桌上。北島把入學許可證和信都拿到鼻尖嗅了嗅，放回桌上，說：

「證件就只有這些嗎？還有別的沒有？」

「還需要什麼別的？我這裡還有一些其他的。」

雅信說，又從手提包翻出了「東京女子醫科大學」的畢業證書和「清信醫院」的醫生證明，都放在桌上讓北島審查。

「沒有別的了嗎？丘醫生。」北島審查完了又說。

「讓我找找看……」

雅信說道，翻遍了手提包，一直翻到最裡層，終於翻出了日本皇后令「宮內省」頒發給她的那五張印在照相紙上的獎狀，雅信也一併交到北島的手裡讓他看。北島看了一會，彷彿不相信自己的眼睛似地，脫下眼鏡，擦亮鏡片，又仔細看了一會，抬起頭來，萬分詫異地問雅信道：

「這是『皇后陛下』頒發給您的獎狀？」

雅信點點頭。

「連續五年，獎勵您的產科醫院對貧苦婦女熱心的服務？」

雅信又點點頭。

「丘醫生，這樣夠了，不必再別的了，我立刻替您辦！」北島堅決有力地說。

果然沒叫雅信再等候，北島隨即從抽屜拿出一張護照申請表格叫雅信在一旁的空桌上塡寫，而他自己又開始伏案去抄寫剛才沒抄完的文書了。

九

雅信的護照是在她與北島見面後的第四天領到的，能拿到護照固然是件高興的事情，可是接下來的美金匯款的問題卻又叫她感到茫茫然，因爲這種世局緊迫的時候，想領一本護照都得拜三託四的，更何況把日本錢外匯到美國去，其困難是可想而知的了。但護照起碼還有橫山的人事關係可以打通，至於匯款，橫山已言明在先，他沒有朋友在「大藏省」，所以這條路也斷了，即使再硬著頭皮去找他幫忙，也不一定會有什麼結果，那麼她要去找誰呢？她已經離開日本那麼久了，朋友早已東奔西跑不剩一個了，可是她無論如何努力尋找，最後還是回到了美智子。算了吧，她想道，儘管不會有什麼結果，但美智子起碼還是最靠近目標的通路，雖然她的丈夫沒有「大藏省」的朋友，但起碼他會指示她如何去接近那些朋友，這天才禮拜五，過兩天，等禮拜日再去登門拜訪，先把護照拿到的消息告訴他們，那時再看事辦事吧。既已這樣決定下來，雅信便寬心了許多，於是步下「外務省」大廈的石階，一路輕鬆地往「日比谷公園」的方向走去。

雅信在「日比谷公園」坐了一會，因爲前幾天才來過一回，景物依舊，沒有變化，頓覺得膩煩起來，突然「上野公園」的念頭閃過腦際，那公園比這公園大而且熱鬧，算算也二十年沒見過了，不知現在已成了什麼樣子，心裡想著，腳也不知不覺立了起來，遂邁出了「日比谷公園」的小門，往那地下電車站的入口梯走了過去。

半個小時後，雅信走出了「上野」地下電車站，越過大路，在那「上野公園」石柱前佇立片刻，然後才爬了那一百級石階。她在石階的最後一級扶欄喘息良久，才帶著一份「懷舊」的心情蹣跚蹭入了公園。

因爲已經入冬，滿園的櫻樹不但不見櫻花，連葉子也掉盡了，只剩嶙峋的枯枝，垂死般地伸向陰霾的天空。不知是戰爭還是冬天的關係，往日的熱鬧景象已湮滅殆盡，園裡只見古稀的老人零落枯坐在長條椅上，獨伴椅端打盹的鴿子。「上野動物園」的鐵門深鎖著，大概是怕中國飛機來轟炸，叫毒蛇猛獸給逃出鐵柵去傷人，所以把所有動物都疏遷到山上去了。雅信一直踱到公園的盡頭，始見到幾株蒼松，這裡才有一點公園本來的綠意，在那綠叢之中一塊不顯著的小空地，立著「野口英世」的立姿銅像，這位世界著名的日本細菌學家，留一頭西洋鬈髮，穿一襲醫生實驗衫，右手高舉一支試管，雙目投注在試管中看不見的細菌。雅信頓感親切，遂在銅像前駐足，抬頭仰望野口醫生的英姿，想著他瀟灑多彩的一生，以及最後在非洲死於他自己熱衷研究的黃熱病的悲劇，禁不住感慨繫之，歎息起來。

在公園繞了一圈，雅信最後又回到公園的入口處，往左邊的小徑一拐，來到西鄉隆盛銅像前面的草地，她也覺得累了，便在一張無人的長條椅上坐下來休息。

雅信凝望著那銅像，西鄉隆盛依然鎖眉屹立，二十年的歲月一點也沒在他的臉上留下些微的痕跡，倒是銅像的四周不知幾時圍起漆黑的鐵欄，使人覺得守戒森嚴不可親近了。儘管如此，見了銅像烱眼怒唇的堅決表情，仍然叫雅信想起刻在銅像背後的那一首叫「偶感」的漢詩，雖然沒有文學才能，但憑她醫生特有的記憶力，還能在心底誦起那豪壯的詩句來，道是：「幾歷辛酸志始堅，丈夫玉碎恥瓦全，我家遺法人知否？不為兒孫買美田。」才誦完這首詩，不知怎麼，幽然在眼前浮現一片藍色大海，一饅小丘從海中昇起，丘上到處是白色十字架，有幾根十字架不是缺了頭就是斷了臂，彷彿是被雷劈了一般，於是耳裡響起了那熟稔的聲音：「彼墓底的外國人，在生的時陣想欲做大代誌，但努力一生，未得達成，伊就死去，死去了後才叫伊的親人將伊墓頂的十字架敲斷，用這來表示伊沒達著人生的目的，含恨在九泉地下……」聽到這裡，雅信突然驚起，這不是彭英初次帶她到中國蜜月旅行時，立在鼓浪嶼的山上對她說的話嗎？這些景象怎麼會驀然在眼前出現呢？會不會是心電感應？難道彭英死了嗎？她搖頭不敢再想下去，抬起眼睛仰望天空，在那陰沉的烏雲之中，瞥見一株嵯峨的櫻樹，有一只「達摩」形貌的風箏倒懸在樹梢，於冷風裡飄搖，不時用禿頭去頂撞禿枝，發出淒涼空洞的聲響……

有一對年輕的夫婦牽著一個三歲大的小女孩往雅信這邊走來。那男的著一身國防色的陸軍裝，戴一頂船形戰鬥帽，踩一雙軍靴，右手拎一只摺合式的照相機，默默不語。那女的著一襲紫地白鶴的和服，一對白足袋小腳拖著一雙高板木屐，她清梳淡抹，面帶淺淺的憂鬱。只有那小女孩是活潑快樂的，她一身洋裝，走在父母的夾縫之間，左手由母親牽著，右手還抱著一個幾乎與她等高的洋娃娃，因為穿一雙新的兔子鞋，舉步艱難，不時左撇右拐，跌倒在地上，又被母親自地上拉起來。

雅信一時被那可愛的小女孩吸引住了，目光也就跟隨著他們游移到西鄉隆盛的方向去，只見他們在銅像前站定了，那男的望望銅像，回頭對那女的說：

「我想你跟眞子就在這裡拍張照吧，就以西鄉先生的銅像做背景，好帶到前線去，誰看了也知道是在『上野公園』裡拍的。」

那女的不發一語，只頷首順從，就地半蹲下來，斜抱著小女孩，而那小女孩則合抱著那以希臘小愛神邱比德做模型的洋娃娃，面向她父親，讓他拍照。

那父親拍完了照後走到那母女跟前，而她們也從草地上立起，突然那父親又心血來潮，對他的妻子說：

「對了，只拍你們母女一起的照片，就沒拍過眞子單獨的照片，何不就在這裡拍一張，好帶到前線去，可以拿出來對人說：『瞧，這是我的獨生女兒，就在我出征前拍的。』」

那妻子又不發一語，只點頭答應，便教那小女孩立在草地上不要動，而她自己則退到她先生的背後，半跪下來，在他對準鏡頭等待拍照的當兒，百般遙遠哄那小女孩，想擒抓她的注意力，把面朝向鏡頭來，沒料一隻翡翠羽毛的鴿子，踏著紅足，大搖大擺從小女孩的跟前走過，往一株櫻樹走去，立時逗起了小女孩的興趣，也顧不得父母的呼喚，仍雙手合抱住洋娃娃，划開了不穩的碎步，東歪西斜地追向鴿子去，等快追到鴿子了，她便伸出一隻小手想抓鴿子，鴿子急步往前逃了，小女孩也加快腳步，不意踢到櫻花的樹根，踉蹌仆倒了，嚎啕大哭起來，把洋娃娃扔到樹的另一旁。

那母親拔腿跑了過去，把小女孩抱在懷裡，甜言兒語地哄著，而那父親也暫時把照相機撇下，跑到櫻樹，將地上的洋娃娃拾起，回頭才發現那女兒的額頭腫了一個大蕾，不但淤青，還破皮出血，便又走回櫻樹，猛力蹬了那樹根幾下，哄著抱在妻子懷裡的女兒叫說：

「把你打死！打死！打死！都是你這壞東西，才使我們的眞子頭破血流，打死！打死！打死！……」

隨後那父親回來撿起草地上的照相機，另一手倒提著洋娃娃，小女兒的單獨照也不拍了，就走向公園的出口去，那妻子抱著女兒在後面默默跟隨著。

雅信望著那一家子三人的背影消失在石階口，又在椅上對著西鄉隆盛的銅像凝視起來，半晌，忽然聽見嘈雜的人聲從近處傳來，定睛看時，才發現幽徑對面的另一塊草坪上，有幾個老人圍住一張木條椅不知在看什麼，由於他們驚慌失措的動態，雅信潛意識立刻就預感到必有未可輕忽的事情發生了，於是縱身自椅子立起，划開大步，直往那老人堆走去。

來到那人堆，才知道原來有一位男人倒在椅下的草地上，臉色蒼白，不省人事。那男人年紀大約五十五左右，穿一套舊毛織淺黑色西裝，頸部緊緊地打著一條藍底白斜紋的領帶，據在旁的老人透露，那男人原來好端端地坐在椅上欣賞園裡的風景，卻不知怎地，連呼也不呼一聲，就突然栽到椅下，等雅信來到，他的手腳已開始抽搐，做出顯然無法控制的扭曲動作，雅信排開眾人，在那中年人的身邊半跪下來，伸手去翻他的眼瞼，只見眼白，眼往上吊著，雅信這才注意到他口吐白沫，牙齒上下打顫，喘息急促，而且不時發出囈語……

「夫人，這位可是你的什麼人嗎？」一位留白鬍拄枴杖的老人囁嚅問道。

雅信回望了他一眼，搖頭回道：

「不是，我只是醫生，剛才坐在對面，看見了，才走過來看看。」

「哦，哦，原來是醫生……」另一位黑鬍的老人點頭說道：「御醫生樣，你看他病得怎樣？

生命會發生危險嗎？」

「不會的，」雅信搖頭果斷地說：「這是『羊癲癇』，發作一陣就好了，只是請你們大家站開一些，讓他呼吸新鮮空氣。」

那四周的老人果然十分馴從，都往後退了幾步，於是雅信便雙手鬆開了那中年人的領帶，又解開了襯衫領口的三粒鈕扣，使他容易呼吸，因怕他咬斷舌頭，便掏出自己的手帕，捲成春捲塞在他的牙齒之間，任他去咬，然後才將他翻成側身，又用自己的皮包當枕，墊高他的頭，讓他口沫外流，不阻氣管，以保呼吸通暢，既已做完了應做的一切，雅信才休息下來，在旁靜觀等待……

果然不到十分鐘的工夫，那中年人的抽筋由強轉弱，由頻變疏，漸漸地呼吸恢復了正常，臉孔也增加了血色，最後終於睜開了眼睛，驚異地繞視周圍的人，慢慢自地上坐起，才發現嘴裡塞著手帕，忙從嘴上拿掉，用袖子擦乾嘴角的口沫，喃喃自語地說：

「到底發生了什麼事情？……」

「你還不知道？你害了『羊癲癇』，突然倒在這裡，你眞幸運呢，虧得這位御醫生樣救了你。」那黑鬍老人說，指著雅信。

這時雅信已從地上立起，那中年人便仰頭對著她頻頻點頭感謝一番，大概是爲了在公共場所昏倒叫眾人看見，又是由一位女人救起，那中年人不覺尷尬地臉紅起來，一手遮胸，一手掩臉，自地上爬起，低著頭推開人牆，急步走向公園的另一端去。

雅信在「上野公園」又坐了一會，然後走下公園的石階，直往「上野」地下電車站來坐往新宿方面開駛的地下電車。這班電車乘客不多，車廂裡到處是空位，雅信選了一個靠窗的空位坐下來，電車不到三分鐘便開始移動了。

其實地下隧道只是一片漆黑，遠遠才有一盞熒熒的電燈，窗外並沒有什麼可看，只有在電車時而停下的時候，才看見車站燈光通明，月台上人來人往，這時才有一點熱鬧的氣息。當電車在第二站停下來，雅信正望著窗外的一張以富士山作背景的「富士膠卷」的廣告時，有一位男人走來坐到對面的座位上，雅信也不特別去留意，只繼續欣賞窗外那幅富士山的美麗雪景，卻不意聽見那男人彬彬有禮地開口對她說：

「御醫生樣，剛才在公園裡給您搭救，十分感謝哪，假如不是您在場，我現在眞不知要成什麼樣子哪。」

猛回頭，雅信發現原來對面的乘客竟然是「上野公園」那位羊癲癇發作的中年人，這時，他已經扣好襯衫的鈕扣，重新打好領帶，上下齊整，完全是一副紳士的模樣。見他啓唇微笑，雅信也愉快地笑了，回道：

「那沒有什麼，只是我剛好在旁邊，看大家圍著你驚得什麼似地，卻又不知要怎麼辦才好？」

「啊，這羊癲癇實在拿它沒辦法，」那中年人搖頭歎息起來，一臉沒可奈何的表情：「已經好多年沒發作了，今天偏偏在那麼多人的面前發作，實在不好意思哪。」

「呃，那沒有什麼，」雅信安慰他說：「世人誰個沒病？只是在不同時候發作罷了，我是做醫生的，對這點十分了解。」

那中年人一直同意地點著頭，一雙眼睛充滿了感激之情。稍停片刻，他才又開口問道：

「御醫生樣，可問您的病院在哪裡？將來有空也好親自到病院拜謝。」

「是啊，護照雖然已經拿到，可是還不知道幾時才能動身去，也許去不成也說不定。」雅信歎息地說。

「要到美國去唸書？那可眞難呢，特別在這個時候。」那中年人萬分驚訝地說。

「我只是路過東京要到美國去唸書。」

「那麼，御醫生樣此番來東京有何貴幹？」

「我的病院不在這裡，在台灣。」

「發生什麼問題嗎？御醫生樣……」那中年人十分關切地問道。

於是雅信把找不到熟人到「大藏省」取得許可證以便換取美金匯款的事情說給那中年人聽，沒想到他霍地雙掌往膝蓋一拍，開懷笑起來說：

「哈！這有什麼問題？現任的大藏大臣是我們山形縣同鄉，而且又是我小學同窗，時常見面，我寫張便條給你拿去見他，保證一切順利！」

世上哪裡有這麼巧的事？雅信詫異著，幾乎不敢相信自己的耳朵，大概這位中年人因她救了他，覺得過意不去，才說大話來哄她吧？因此她也不願有所表示，只順意地點點頭，對他微笑。沒想到那中年人竟然伸手從西裝袋內掏出了一雙玳瑁邊的老花眼鏡，往鼻樑一架，又到另一個內袋摸出了一張名片，煞有介事地用一支自來水筆在名片的背面寫了起來……

那中年人寫了幾個字，停下來，滾動眼珠，從眼鏡框上直視雅信，問道：

「御醫生樣，請問您的尊姓大名？」

雅信把自己的名字告訴了那中年人，便見他又將眼珠滾下，透過凸透鏡片，又開始寫了起來。不到三分鐘已經寫好了，他拿起名片，自己唸唸有辭地讀了一遍，然後才得意地遞給雅信。

雅信笑著接了那名片，翻到正面，見那上面印著幾行鉛字：

山形縣第一中學校長

白 鳥 清 一

接下去是地址與電話號碼。

雅信這才信服地瞟了那中年人一眼，見他滿臉泛紅，盪漾著笑意，她才又把名片翻到背面，見那上面用硬朗的字跡寫著：

大藏大臣結城豐太郎男爵明鑒：

弟有一善良醫生，丘氏雅信，擬赴美深造，因匯款一事，略有困難，特介紹與兄，望吾兄高抬貴手，惠與協助，無任感激。

白鳥清一　手字

雅信才讀完，便聽見地下電車的鈴聲大作，電車慢慢開進了東京總站，乘客都紛紛起立，準備換坐支線的電車去了。白鳥清一校長也從座位站起來，整整領帶與衣襟，笑對雅信說：

「您就拿這名片去見大藏大臣，丘醫生樣，保證一切順利！」

雅信衷心對他表示感謝，跟他揮手作別，見他跟隨其他乘客挪出了車廂，消失在月台上熙攘往來的人海裡。

十

第二天，雅信帶了白鳥清一的名片，也帶了現鈔，往「大藏省」大樓來。這「大藏省」大樓，也與「外務省」大樓一樣聚集在「皇宮」南邊的「霞關區」，就在「外務省」往南一段街的距離。

一進「大藏省」大樓，只見辦公室裡的辦事員，個個都衣裝齊楚，伏案認眞辦公，不知是不是沒有人來辦理匯款的緣故，匯款部的詢問處竟不見服務人員。離那詢問口不遠的一張辦公桌有一位三十歲左右的男士在抄寫文書，雅信便偎了過去，對那男士說：

「請問您這位先生，這裡可有什麼人可以幫忙一下？」

「你要做什麼？」那男士抬起頭來，皺起眉宇，不耐煩地說。

「我想要見大藏大臣……」

「要見大藏大臣？」那男士像觸電般地直坐起來，用幾乎不敢相信的聲調問道。

雅信沉著地點點頭，打開手提包，將白鳥清一的名片遞了過去，那男士仍坐在靠背椅上，半歪了身子，伸長手來接名片，看了看名片的正面，又讀了讀背面的字，猝然從椅子跳起來，挺直軀幹，畢恭畢敬地對雅信鞠了一躬，親切地說道：

「大藏大臣現在正在會議中，請問奧樣有什麼重大的事情，儘管吩咐，我們一定照辦。」

「其實不過一點小事情，我要到美國『哈佛大學』去唸書，護照已經辦好了，只差兌換美金匯票，我聽說外國匯款必須先有貴省的許可證，否則銀行不肯辦理，我就是爲這事情來請您們幫忙。」

「這沒有問題，請交代給我，我立刻爲您辦理。」那男士肯定地說。

雅信於是把所需證件與護照都交給那男士，不到十分鐘，他一手拿證件，另一手拿一張蓋有「大藏省」方印的小紙來，一起遞給雅信，對她說：

「這是您需要的匯款許可證，請您收下，『三井銀行』就在隔壁，您拿了去，他們就會換給您。」

雅信謝了他，看他仍直挺挺地立著，不等雅信走出大門口，就不敢回到他的座位去。

果如「大藏省」那位男士說的，出了「大藏省」的大門，轉個角便見到「三井銀行」的一排大字，雅信便走進這高窗大柱的銀行，才挨近大理石的櫃台，便有一位二十歲的銀行小姐靠了近來，笑問雅信，能爲她做什麼？雅信問她說：

「請問小姐，想兌換五百塊美金的匯票，需要多少錢的日幣？」

「需要一千兩百二十五元的日幣，但首先你必須到『大藏省』領得匯款許可證才可以兌換。」

「許可證我已經領到了，這就是……」雅信說著，把許可證從手提包拿出來給那銀行小姐看，順便開始點算所需的日幣。

那小姐一邊點算雅信交給她的日幣，一邊側過頭來問她說：

「奧樣換這五百塊美金的匯票可要做什麼呢？」

「我要隨身帶到美國去，我要到美國的『哈佛大學』去唸書。」雅信回說。

那櫃台附近的幾個銀行事務員聽說雅信隻身一個女人要赴遙遠的美國念書，都大感驚奇，於是競相走告，都圍到雅信的跟前問長問短，用敬羨的目光望她。

那原先的銀行小姐終於把五百塊美金的匯票連同匯票的許可證交給雅信，叫她收著，等出關時給「大藏省」的人員檢查，末了，又贈給她一面鍍金的卡片，用凸字鐫著「鵬程萬里」四個漢字。那銀行小姐還從櫃台走出來，一直陪雅信走到銀行大門，雙手掩膝，對她彎腰鞠躬，見她走下了階梯，才返身走進門裡去。

美國大使館就在毗鄰的「虎門區」，從「三井銀行」越過一條大馬路，再往南走兩段街就到了。既然日本方面萬事都已辦妥，而且護照又在身上，雅信便決定順便把美國入境簽證也一齊辦了，省得他日再走一趟。

走進美國兵守衛森嚴的鐵柵門，迎頭看見一大面「星條旗」懸在大使館前白漆的旗桿上，因為沒有一點風，那旗沒精打采地垂掛著。雅信踏進了使館的大門，便有一位使館雇用的日本男人迎了過來，問雅信有何貴幹，雅信把護照交由他看，說要辦理赴美簽證，那日本人叫雅信稍等一下，他拿了護照就返身直往裡面的一間辦公室去，不到一刻，便見一位高頭大馬的四十歲美國人跟著那日本人走出來，他手裡拿著那日本人交給他的護照，急步來到櫃台前，劈頭就用英語問雅信道：

「你就是丘雅信醫生嗎？」

雅信一時感到萬分驚愕，忙著點點頭用英語回答他說：「是。」

「眞高興見到你！」那美國人從櫃台裡伸手過來握雅信的手，綻開了笑顏，繼續說：「我們等你等久了，還以為你失蹤呢，正想登尋人啓事找你。」

隨後那美國人打開了櫃台欄門，請雅信進去，領她走向他的私人辦公室，當雅信來到門前，她在門上瞥見了一行英文，上面有「一等秘書」的字樣。

那秘書先請雅信坐在一張舒服的單人沙發上，他才自己往他的靠背扶手椅坐下來，點起一根煙斗猛抽了兩口，把煙往天花板吐了，才對雅信說：

「好了，你現在已萬事具備，只欠上船到『哈佛大學』去唸書了吧？」

雅信點點頭，一直感到有些怕羞，不太敢在外國大男人面前說話。

「恭賀你！」那秘書說，換成另一種嚴肅的口氣說下去：「其實你由台北領事館轉來的卷宗，我們三個月前就收到了，你的遭遇我們十分了解，而你的簽證我們更樂意幫忙。你知道嗎？這整整一年來，我們儘忙一些令我們沮喪的工作，像你這種簽證簡直太少了，我們倒希望有更多的日本學生到我們美國去唸書，只有這樣才能促進兩國國民之間的互相了解。」

雅信根本不必再把證件呈給那秘書看，因爲在那卷宗裡明明寫好，簽證早已給了她，只是在東京重簽一次而已，因此在那秘書的辦公室談完後不到十分鐘，雅信已拿到那秘書親簽的簽證，在護照上除了大使館的鐵圖章，另蓋了一行字，道是：「一九四〇年度學生簽證第一號」，那秘書還親自護送雅信到使館門口，又伸出手來跟她握別，對她說：

「祝你一路順風！研究成功！」

步出了美國大使館，想起剛才那秘書向她提及「只欠上船」的話來，雅信便順路拐到離大使館不遠的「銀座」鬧區，找到「日本郵船會社」，買到一張由橫濱直航舊金山的船票，因爲近期赴美的旅客十分稀少，空艙很多，雅信很容易就買到最近一班定期客船的船票，雅信算算，離出航的日期還有五天，在這難得的五天，她儘可以坐下來靜靜休息，與兩個孩子好好消磨剩餘的時光，或做些隨時想做的事情。

第二天是禮拜日，雅信想到橫山和美智子都會在家，早起去附近的蛋糕店買了一盒蛋糕，攜到橫山的公館，登門來拜謝他們，也順便向他們告辭。當橫山聽到雅信不但領到了護照，甚至連匯款也已經辦好，他大爲驚奇，說道：

「你會領到護照是在我意料之中，但你連匯款也辦好卻是我萬萬也意想不到的，這一向我還在爲你尋找『大藏省』的熟人呢，到底你有什麼朋友這麼神通廣大啊？」

於是雅信便把在「上野公園」救白鳥清一到在地下電車又遇到他的事情全部說給橫山和美智子聽，使得橫山嘖嘖稱讚起來：

「應得！應得！像你這樣好心應得這樣好報！」

「只是只能換五百塊美金，怎麼夠一兩年的費用？」雅信輕輕地喟歎道。

「夠是不太夠，可是國難時期，實在也是沒有辦法的啊。我倒忽然想到一計，不如你到『銀座』的『松屋百貨店』，去買幾疋日本花綢和幾幅日本絹畫，裝一個箱子當隨身行李運去美國，就在熟人朋友圈裡變賣，不也等於多帶了幾百塊美金的匯款嗎？」橫山說。

「他們美國人會買這些東西嗎？」雅信半信半疑地問。

「那還用說？不但會買，只怕還來搶呢！上回我去舊金山就職，臨時買了一疋花綢和兩幅絹畫去送那裡的美國朋友，他們的隔壁鄰居見了都喜歡得不得了，叫我下回回來再多帶一些去賣，可惜我回來後就不能再去了。」橫山遺憾地說。

雅信果然聽了橫山先生的話，從他的公館告辭出來後，直赴「銀座」的「松屋百貨店」買了不少日本花綢和日本絹畫，回來叫雪子捆綁，也裝了滿滿行李一箱。隨後忽然想起忘記向德姑娘校長告辭，又去買了另一盒蛋糕，拿到「聖瑪格麗特女學」去向她銘謝與辭別。

其後整整三天，只要彭亭和彭立一放學回來，雅信便帶著她們姐弟兩人連同雪子一起，去東京的幾個著名的公園去漫遊，去「銀座」的幾家大百貨店買她們最愛穿的衣服鞋子，去「森永糖果店」買她們最愛吃的牛奶糖，最後一天又帶全家到「三愛百貨店」頂樓的大餐廳吃了一頓豐盛的西餐。

雅信在啓程的前一夜，把所有留下來的金錢都交由雪子保管，然後三拜四託請她好好看顧與教育兩個孩子，這些雪子都滿口誠悅地答應了下來。

登船的這一天，只有雪子與兩個孩子來橫濱碼頭送行，雅信和雪子兩人都紅著眼眶，相對無語，卻見兩個孩子穿著漂亮的新衣和新鞋，嘴上嚼著「森永牛奶糖」，一點也不識離愁，恍如一次快樂的郊遊，一逕無憂無慮地嬉笑著，雅信看了，不禁感懷傷心，滴下眼淚。

「怎麼呢？姑娘樣，我不是答應要好好照顧他們了嗎？爲什麼你還不放心？」

「我不是爲那，雪子樣……」雅信搖搖頭說：「你看她們倆，媽媽要離開她們了，還不懂得悲傷。」

「姑娘樣，如果她們懂得悲傷，現在就揪住你的裙子，哭著不讓你走，你還捨得離開她們嗎？」雪子俯在雅信的耳朵輕聲地說。

雅信點點頭，也以雪子的話爲是，便拭了眼淚，對雪子勉強裝出了笑容，隨著其他旅客爬上郵船的長梯，還頻頻回頭，與雪子揮手作別。

那太平洋並不太平，開始的幾天，波浪洶湧，船身擺盪得厲害，雅信感覺要沉到海底去了，過了一個禮拜，海面才開始恢復平靜，船也安穩地駛向太平洋的彼岸。整個航程中，雅信懷著「希望」與「恐懼」雙重複雜的心情，一個嶄新的世界在眼前展開了，那裡有學術的光明，卻沒有政治的黑暗，只是那裡一片渺茫與陌生，不知充滿多少荊棘與陷坑。

第二章　石落坑集中營

一

那「日本郵船會社」的越洋郵輪，中途都不曾在任何港口停泊，從橫濱直駛舊金山，足足在太平洋上航行了兩個禮拜，才在一個陽光和麗的下午，駛近了美國西部加利福尼亞州那平直的海岸。

當那一列青翠的「海岸山脈(Coast Ranges)」在水平線出現，所有的船客都紛紛走到甲板上來，丘雅信也跟著大家扶在船舷上，迎著陸地吹來的柔風，眺望逐漸逼近的海岸。傍晚時分，船終於靠近「金門灣」，只見那連綿的青山猝然在灣口斷裂了，留下一道「金門海峽」來，那海峽便由「舊金山半島」與「馬林半島」南北挾峙，因著北面「Bonita海岬」與南面「Lobos海岬」兩座白色燈塔的引導，使船徐緩而平穩地駛進了「金門海峽」。

那海峽由寬變窄，而海水也由深藍轉成淺綠，水路的兩旁羅列著對海砲台，砲台上是一排排守軍的兵營。猛抬頭，一條棗紅的弔橋高懸在海峽的最窄處，以她那美麗柔和的曲線，招引初來美洲的遠洋船客，這便是那蜚聲世界的「金門大橋」，當船從橋底駛過，全船旅客個個凝神閉氣，頭隨橋旋，驚歎於那工程的浩大與雄壯。

船一過了「金門大橋」，「金門灣」便像個大湖泊在眼前展現開來，在那碧玉的綠水上漂浮著幾粒島嶼，像大小不齊的青螺，與波光掩映成趣，襯在柏克來(Berkeley)與奧克蘭(Oakland)兩個小鎮之間，背負著谷地後面那遙遠成黛的西來內華達(Sierra Nevada)迤邐的山脈。

有一位穿白色制服的日本水手站在船頭，指著那面前的島嶼，在跟圍繞著他的船客說著什麼，雅信一時好奇，也偎了過去，只聽見那水手像敘述熟習的老故事，對大家絮絮地說：

「有沒有看到最左邊有一座燈塔的大島?那島叫做『天使(Angel)島』，那島環境幽美，確是像天使居住的地方。在『天使島』右邊有一個尖細的小島，也有一座燈塔，叫著『阿卡雷(Alcatraz)島』，你們可別小看這尖細的小島，那島上建的是美國最著名的監獄，關的都是美國最凶惡最危險的囚犯，與隔鄰的『天使島』恰成對比，所以照理說，應該叫『魔鬼島』才對。」

那水手笑了，引得四周的船客也跟著笑了起來，那水手繼續說：

「現在再看『魔鬼島』右邊的中型島，這島從前叫『山羊(Goat)島』，毫無疑問的，大概當初西班牙航海家第一次來到這『金門灣』時便在那島上發現山羊的緣故吧，可是自從美國在西海岸建立了『太平洋艦隊』，他們就以這島做爲太平洋海軍基地，可能覺得『山羊島』沒有價値，所以才改名叫『金銀(Treasure)島』。」

雅信順著那水手手指的方向望去，果見那「金銀島」前泊著一排美國軍艦，島上的山坡上搭建了秩序井然的海軍軍營，正望得出神，突然一聲氣鳴震盪了全船，眼見一艘龐大的軍艦，飄著彩麗的「星條旗」，吐著濃密的黑煙，昂然挺進，與郵船對錯而過，出得「金門海峽」，一直對著落日的方向，乘風破浪，駛進了茫茫的太平洋……

二

船在「金門灣」內下了錨，經美國檢疫人員上船來檢驗，然後才起錨，沿右岸繞了一個大彎，櫛比如鬟的碼頭便在眼前橫列開來，那碼頭後面是陡斜的山坡，坡上是棋盤縱橫的街道，盤間大樓林立，爭高鬥奇，一毯子往坡頂的山崗斜鋪上去。

船靠碼頭之後，船客各自提著行李走向扶梯口去，船長、大副、二副，排成一列立在扶梯前面與船客揮手道別，雅信也隨著其他船客迂緩前行，忽然瞥見剛才那位對船客說明「金門灣」內各個島嶼歷史的日本水手，他在跟雅信揮別，雅信也回了他，對他微笑，不意他因此迎了上來，好意幫她提一只行李，掂了掂，調侃地笑道：

「怎麼這麼輕？難道你把日本的羽毛也運來美國不成？」

「你猜得也差不多，水手先生，其實那裡面只是一些日本花綢和日本絹畫。」雅信說。

「這是怎麼回事？奧樣，你竟帶了整箱子日本綢和日本畫來美國做什麼？」那水手十分訝異地說。

「不說你也不知道，我來美國不像一般人是來旅行的，我是來唸書的，因為不能帶足夠的錢，才帶了這箱子日本綢和日本畫，打算找機會賣了充當生活費用。」

「哦，哦，原來如此。」那水手頷首道：「這麼說，你在美國可沒有親戚吧？」

「朋友都沒有，還談什麼親戚呢。」雅信搖頭說。

「那你下了船怎麼打算？」

「我最後的目的地是波士頓的『哈佛大學』，那在美國的東岸，聽說坐火車要坐好幾個禮拜才能到，途中疲勞是不必說的了，我又有氣喘病，是最怕煤煙的，何況又剛坐完這越洋的大船，暈船都還沒恢復過來，所以下了船，打算先在這舊金山附近找家旅館休息幾天，再啓程坐火車到東岸去。」雅信說。

「我看這舊金山人種錯綜複雜，治安也不太好，不知你已訂下旅館沒有？奧樣，來這外地找旅館可要小心哪，千萬別找上黑店去！」

「這美國也有黑店嗎？看我沒叫人訂旅館，不知道怎麼辦才好？」雅信焦慮地說。

「你既然還沒訂旅館，我就建議你去住『YWCA』的旅館吧，這種旅館美洲每個城市都有，純爲服務性質，所以價錢很公道，因爲只許女人租，所以不怕旅館裡有娼妓、酒鬼、賭徒什麼的，對於你，再沒比這更合適的住處了。」

那日本水手一邊說，一邊已跟著雅信來到扶梯口，於是便把那只手提箱交還給雅信，見他揮手在向她作別，雅信提著兩只行李，分不出手來，只好對他點頭，既表示感謝也同時跟他作別，一步一步往那傾斜的扶梯走下來。

從那掛著一只巨形圓鐘的「渡輪大樓(Ferry Building)」走出來，雅信看見路中停了幾輛電車，待乘客上車後，便噹噹響起銅鈴往四方開了去。雅信因一時不知往何處去，也不敢隨便上電車，便愣在路旁發呆，忽然一部計程汽車從對街開來，停在雅信的面前，一位年約五十歲的白髮司機從駕駛座探出頭來，問她道：

「夫人，要到旅館嗎？」

雅信一時不知如何回答，隨便給他點了一下頭，那司機便開門出了駕駛座，繞到後面打開車廂，逕自把雅信的兩只大行李放進廂裡，隨手開啓後門請她進車，一切就緒，便把車開向前去。

開了有一段街，見行人已不像「渡輪大樓」前那樣擁擠，才把車開慢下來，側著頭問雅信道：

「夫人，要到哪家旅館？」

「YWCA……」雅信囁嚅地說。

「這舊金山一共有兩家YWCA的旅館，請問你到底哪一家？」

雅信瞟了一眼駕駛座前的車程表，那表上的里數飛快地增加著，而車費的錢數也隨著一字一字地跳動，讓雅信感到十分不安，想起手提包裡就只那麼一點美金，虛擲不得，能省一分錢就省一分，於是便回問道：

「不知最近的是哪一家？」

「最近的就是『中國城』附近的那一家。」

「也好，就到『中國城』附近的YWCA吧。」雅信說，舒了一口氣。

三

在「中國城」區YWCA的旅館住下的第二日，雅信整整睡了一天，這一天舊金山的天氣也像雅信的心境一樣，從早到晚整天都罩著濃霧，迷迷茫茫地，偶爾走在旅館的走廊上，地還是一會兒上昇一會兒下沉，彷彿還在船上的甲板一般。

從第三日起，雅信才開始恢復正常，於是三餐才下來一樓的餐廳吃飯。那餐廳十分寬敞，臨街有落地窗，吃完了飯，雅信總愛坐在窗前的沙發上，觀賞窗外的街景。

那整條「中國街」筆直而傾斜，流瀉到海裡，街的中線是那吃力往上細蠕慢爬的電車，兩旁螞蟻般的汽車紛紛把它趕過，頑驁地搶到它的軌道上。那街兩邊的建築一律是中國式的綠瓦與飛簷，連那街燈也鑄得像中國宮燈，而電話亭更蓋得像中國亭榭。一街子搭的都是直行大字漢文的商店廣告，下面才襯一橫行小字英文，廣告牌下的人行道上，人來人往，交流如織，沒有停息的時候。

有一位中年女侍，在午餐過後休息的時間，端了一杯咖啡來雅信旁邊的沙發閒坐，看雅信一個人在窗前獨坐，於是啜了一口咖啡，自動開口對她說：

「夫人，這是你第一次來舊金山吧？看你整天枯坐在旅館裡，怎麼不到處去看看呢？」

聽了這女侍的話，首先衝到雅信腦裡的念頭便是手提包裡短缺的美金，因爲不想拂對方的一片好意，只好漫不經心地回答道：

「我一個人不知道要到哪裡去玩。」

「這還不簡單！」那女侍說，更加慇懃起來：「這舊金山玩的地方可多呢，遠的不必說，近的就有『金門公園(Golden Gate Park)』，這公園裡面有運動場，有博物館，有科學院，有荷蘭風車，更有你們東方風味的『日本茶苑(Japanese Tea Garden)』，這茶苑裡有你們那種可愛的木橋、石燈、鳥居、五重塔，是我最愛逛的地方。」

那女侍說著，對雅信瞇眼一笑，一臉討好雅信的神情。無疑的，她把雅信當成日本人，雅信也不想說明，只對她啓唇回笑一下，又聽她繼續說下去：

「再來便是『林肯公園(Lincoln Park)』，這公園森林茂密，面對著太平洋，可以在海灘上散步，遙望海邊的『海豹岩(Seal Rocks)』，那岩石本來就像海豹，有時倒也眞有幾隻海豹來岩上遊戲，吸引更多的遊客。」

「你說的這兩個公園到底多遠？走路是不是可以到？」雅信竟也好奇地問。

「走路當然可以走得到，不過巴士和電車方便，又何必走路呢？」

「可是我不像你們在地人，搭車轉車都沒問題，我就怕迷失，走不回旅館。」

「那你就乾脆叫計程汽車載你去好了，把你送到公園門口，也不必勞你分心。」那女侍說，又啜了一口咖啡。

雅信無言以對，只對她苦笑了一下，轉頭又去望窗外的街景。

那女侍喝完了咖啡，端著空杯走回廚房之後，雅信倒也心裡癢了起來，儘管「金門公園」和「林肯公園」得花錢沒能去逛，但樓下既是「中國街」，何不就近兜風，各處看看，豈不比關在旅館裡好多？想罷，便起身回房，披了外套，下得樓來，投入擁擠熱鬧的人流裡。

那整條「中國街」左逢右源都是中國餐館與中國雜貨店，另有鮮魚店與生肉店夾雜其間。雅信走過一家中藥店，見店裡一個十歲中國小孩赤足踩著輪磨在研藥，一陣當歸香從店中飄到街上來，緊鄰這中藥店便是一家中國燒臘店，玻璃窗裡懸著半邊全身烤豬與幾隻燒鴨，一個肥腦圓肚的中國肉販揮著大刀在砧板上斬一隻小雞，那原先的當歸香立即換成香噴噴的烤肉香。走完了整條街，店裡的店員一律是面善的華人，雅信在心底私下質疑，怎麼只見到華裔的男人，卻鮮見華裔的女人？

這街段突然在一處騰出了一個大空間，原來是在鬧區裡特意開闢出來的一個小公園，那公園的樹木草地不多，倒有一座中國亭閣和幾條石椅，在園裡閒散的都是一些老耄的華人，留著山羊白鬍，穿著過時的西裝和皮鞋，抽著水煙袋，蹲在石椅的兩端鬥紙牌或下象棋。

那街尾聾起一塊小高地叫「電報丘(Telegraph Hill)」，高地的頂上砌了一座聳天的石塔叫

「可依塔(Goit Tower)」，雅信遙遠就被那石塔吸引住了，便不知不覺邁往小丘，來到丘底沒有直路好走，只好拐彎，沿著繞丘的公路，迂迴螺旋，最後才慢慢爬到丘頂上來。

那丘頂是一個平台廣場，場的中心屹立一尊哥倫布的戎裝銅像，著披風，佩長劍，遙望著廣邈的金門灣，那銅像後面有一段階梯，爬完了階梯便是那摩天的「可依塔」。有幾個遊客把汽車停在銅像前的停車場，援階走進「可依塔」，坐電梯到塔頂去瞭望海景，雅信也跟隨他們，到臨風的塔頂上來。

從那塔頂的城堞下望，整個金門灣一覽無遺盡收在眼底，那岸邊的船塢觸鬚般地輻射到灣裡，那灣水泛著湛藍，在太陽下粼粼發光，那近處舊金山與奧克蘭之間的五環弔橋先由「渡輪大樓」的右方連到灣裡的「金銀島」，再由「金銀島」接到對岸的奧克蘭，那遠處的「金門橋」靜靜地守在灣口，因籠罩著輕霧，已不見弧形的鐵索，只剩下那兩根入雲的橋柱，如兩個木立的衛士。在兩橋之間的海灣上，船形點點，帆影片片，輕蠕慢移，隻隻都拖著一彎柳細的白尾。

雅信在「可依塔」上躑躅了半個鐘頭，把金門灣裡的每寸美景都看飽了，才依依不捨地乘電梯下來，因爲嫌那繞山的公路迂迴遙遠，便抄了陡坡小路走下山來，沒想到這小路的兩旁，盡是窮家陋戶，窗門破裂不修，屋瓦風飛不補。斜刺衝出了兩個八歲的黑人男孩，在盲目地追逐，與雅信撞個滿懷，才立定腳步，仰頭張口凝視了她一會，又相隨跑到屋後去。雅信心底打了一個寒顫，船上那日本水手的警告在耳中響起，她本想轉回頭去，可是眼看那中國街就在腳下，再走一段就可以到達，她終於鼓足了勇氣，繼續朝山腳走下來。

前頭有一株老橡樹，濃密的枝葉幾乎把整個路面都遮蓋起來。才從樹蔭底下走出來，雅信猛然發現三個黑人青年聚在一家破戶前面，三個人只穿著污垢的汗衫，露出粗黑的臂膀，其中兩個對坐在石階上，共飲一瓶啤酒，第三個歪著身子懶在階旁的鐵柵上，嘴唇叼著半支煙。那坐在中間的黑人首先瞥見雅信，啓開他的大嘴，暴出一排白牙，笑將起來，高舉手中的啤酒，用嗄啞的低音喊道：

「嘿！夫人，來乾一杯！」

雅信垂下頭，半跑往前急走，沒料那鐵柵上的黑人漫然翻了一個身，擎起嘴上的那半支煙，調侃地叫道：

「不然，就來抽一支吧！」

雅信開步向前跑，這時，那坐在另一角的黑人忽地從階上縱身跳到路中，用戲謔的聲調在雅信的背後嚷道：

「再不然，就來跳一曲吧！」

嚷罷，便自個兒在路上跳起踢踏舞來，叫那屋前的兩個黑人捧腹笑成一團……

雅信沒命地往山下狂奔下來，踏上了中國街尚不肯止步，頻頻回頭去探那三個黑人有沒有跟蹤而來，一直閃進了YWCA旅館的大門才安下心來，可是呼吸還是喘急，心還是蹦跳的。

迎面走來了那善心的中年女侍，她見了雅信，大驚失色，叫道：

「怎麼你臉色這麼蒼白？到底發生了什麼事情？」

「沒有……沒有什麼事情……」雅信猛烈搖頭回答，然後過了一會，等她稍微鎮靜，她才又補了一句：「只是有一件事想告訴你……我打算明早就搭火車到波士頓去了。」

四

雅信自舊金山搭了火車，一路經過內華達州、猶大州、外俄明州……越過了洛磯山，跨過了密蘇里河與密西西比河，到了第三天晚上終於來到密西根湖畔的芝加哥城。在這橫跨美洲的長途旅程上，雅信時時爬到最後一節火車的展望台上去欣賞沿途的風景，她平生第一次看到美國的崇山峻谷，廣袤的草原，千畝的麥田，萬眾的牛馬，以及煙囪林立廠房櫛比的浩大工業，這一切無不叫她嘖嘖稱奇，深深驚歎。但是有一件事令她耿耿於懷，她發覺每個火車站的行李挑夫一律是成年的黑人，而火車上服侍旅客茶水與打掃地上紙屑的則是清一色十來歲的黑人小孩，他們無論大小，都穿著黑色的制服，頭戴紅帽，儘管勞碌吃重，卻受盡了白人旅客的蔑視與氣使，這倒令雅信暗暗同情起黑人來。

那火車在芝加哥城停了三個小時，大部份的人都下車了，另一些人兩兩三三登上車來，各就窗口的位子坐下了，或吃起零食菓品，或展開報紙來讀。

等火車開動，才有一對中年夫婦走進雅信的車廂，因爲遲來找不到全空的座位，便找到雅信的位子，在她的對面安頓下來。雅信移動了身子讓他們走過，那男的大約五十歲左右，熊肩虎背，長得十分粗壯，卻戴一頂插孔雀彩羽的呢帽，歪歪斜斜的，似乎與他的身分不太對稱，他沒顧身後跟隨的女人，先往靠窗的外座猛力一坐，脫下呢帽，摸起他那氣球般的禿頭來。

那女人等那中年人坐定後，才悄悄地在他身邊安坐下來，對雅信溫柔一笑。她也同那中年人一般年紀，卻與他不成比例的瘦小纖細，待坐穩身子，才慢條斯理從手提包裡挑出一副圓形針黹，攤在膝上，小心安上一對老花眼鏡，開始在三隻半成的暹邏貓上刺繡起來。

陽光從窗外照到車廂裡來，也許太刺眼了，那對座的中年人終於又把呢帽戴上，半遮眼睛，不久竟呼呼打起鼾來，那女人都不曾再與雅信交換眼色，一逕努力垂頭刺繡著。

那中年人大約睡了半個鐘頭，突然嗆了幾聲，猛地醒了，他重新把呢帽摘下，摸了兩三下頭皮，對雅信友善地點了點頭，不自覺地跟她搭訕起來：

「夫人，可問你是從哪裡上車的？」

「舊金山。」雅信禮貌地回說。

「San Francisco? S—A—N F—R—A—N—C—I—S—C—O?」

雅信連連點頭，不覺啓嘴笑了。

「我跟我太太是從紐約來芝加哥的，現在又要從芝加哥回紐約去，你知道紐約嗎?N—E—W Y—O—R—K 。」

雅信又連忙點頭，更開心地微笑著。

「請問夫人，你可住在San Francisco?」隔了一會，那中年人又問。

「不是，我是從台灣來的。」

「是不是日本?J—A—P—A—N?」那中年人皺著眉頭問道。

「也可以說是日本，因爲台灣現在是日本管的。」雅信尷尬地說，然後換成另一種口氣：「也許你聽說過，台灣是一個海島，從前西班牙人叫它做『Formosa』，意思是『美麗之島』。」

「哦，哦，哦，我曾經聽過。」那中年人開懷笑了起來：「其實我們也同你一樣，住在一個島上，叫 Long Island(長島)，L—O—N—G I—S—L—A—N—D，你知道?屬於紐約的一部分。」

那女人大概覺得老是由她先生跟雅信說話不太適宜，似乎有插嘴的必要，便放了手上的針線，笑對雅信說道：

「我跟喬治是來看我們女兒的，本來就怕她跑遠，所以才把她嫁給紐約的一位老師，沒想到不過兩年，就搬到老遠的芝加哥來，還好她每年聖誕節都全家回紐約來過聖誕，而我們則在這秋天時節來看她們，跟她們住幾天。」

「是她要來看女兒，卻硬拉我跟她來，其實女兒嫁出去就嫁出去了，有什麼好看？如果讓她們母女自由聊天，聊個一年半載也沒得完，而我三天可就住膩了，整天沒事，只好看密西根湖，喝湖上的北風。」

喬治說罷，歎息起來，只見他太太用肘輕輕拃他，示意他實在不該對生人說這種話，而她自己則因爲尷尬而臉紅到耳根。

大家一時沒話好說，便一起去望窗外那慢移的景色，望了好一會，突然聽見喬治太太驚叫起來，雅信忙轉過頭來看她，見她把針黹抖落一地，滿身到處拂個不住……

「又是什麼？又是什麼？」喬治急問道。

「螞蟻！你沒看見？螞蟻！」喬治夫人回說，全身衣裙仍然抖個不住。

喬治難得花了九牛二虎之力，才勉強把他太太鎮壓下來，往她全身尋了半天，才在她的袖子裡抓到一隻螞蟻，輕巧地彈向窗外去，回過頭來對雅信說：

「我太太怕的東西很多，螞蟻、蜘蛛、蒼蠅、蟑螂、蜜蜂、蝴蝶、老鼠與蛇，不但這些，連登山下海也怕，你說吧！唯一不怕的就是先生，否則我們早就離婚了，哈！哈！哈！」

雅信聽了，也跟著笑了起來，回頭瞥見喬治太太又在用肘拃他的先生，臉色也更加緋紅了。

等這一陣笑謔過後，喬治才恢復原來正經的態度，問起雅信來：

「夫人此番搭這火車，敢問要到哪裡去?」

「波士頓。」雅信回說。

「Boston? B—O—S—T—O—N?」

雅信點點頭。

「去旅行?」

「不是，去做學生。」

雅信說，於是把到「哈佛大學」唸醫學的計劃原原本本對喬治夫婦說了一遍。喬治拍起掌來說道：

「啊!若是這樣，你非經過紐約不可，何必急著去波士頓?在紐約停幾天，就住到我們『長島』家裡，不但可以帶你上紐約到處逛，還可以帶你去看『世界博覽會』，你知道?World Fair，W—O—R—L—D F—A—I—R，這博覽會難得在紐約開，本來去年就結束了，因爲太受歡迎，今年才重開，沒剩下幾天了，機會難得，你一定得去看!」

雅信想了想，頗有去看「世界博覽會」的意思，只是想起福士特一家人，又使她猶豫起來，便回喬治說：

「想倒是很想去，只因爲跟朋友已經約好，叫她們在波士頓車站等我，這下卻在紐約下車，她們接不到我，不知要如何著急。」

「這還不簡單!到了紐約，你就跟我們一起下車，我立刻就到火車站的電話亭打長途電話去爲你說明，你放心好了，一切由我代辦!」喬治拍胸說道。

雅信仍然躊躇不決，可是經不起喬治太太在旁慫恿邀請，終於勉強答應了下來。

五

喬治果然不食言，一下火車，便在火車站裡的電話亭打了一通長途電話給波士頓的福士特一家人，把雅信要留在紐約看「世界博覽會」的事情跟他們說了，完了，便幫她提行李來到火車站前，早有他們家的一個黑人老僕開車來車站迎候，待那老僕把一切行李安放停當，便發動車子，載他們三人穿過「林肯海底隧道」來到「曼哈旦島」上，再越過「皇后海上鐵橋」來到「長島」上的「皇后區」，離開了熱鬧市區，直往「長島」東邊人煙稀疏的郊區來。

原來喬治早先是一位鄉下教師，教了半輩子書，突然厭倦了，便半退休下來，在這「長島」買下幾十畝地，叫跟隨他一生的黑人老僕與他一起耕起田來，因爲已經有了一些儲蓄，生活不成問題，所以這農事原也是消遣的，並不怎麼認眞，興來就自己揮馬下田，興盡了就叫那老僕代耕，自己不是看書，便是陪太太到芝加哥看女兒度假去了。因此，汽車一停，雅信便首先看見一個大莊園，一間三角屋頂的木造房掩在一片茂盛的蘋果林裡，林的右邊是一塊牧場，養著幾十頭栗馬，繫在馬脖子下的銅鈴在叮噹地響，林後才是農地，麥子已經收割，一壟壟麥桿秋田閒對著天上的白雲，等待冬雪的來臨。

進得那木造房，才把行李收拾妥當，那老僕便去準備咖啡，雅信發現房子四面牆壁儘是刺繡的圖畫，都用鏡框嵌好，整齊對稱地懸掛著。喬治太太拉住雅信，一幅一幅爲她詳細解說，讓她連連搖頭，讚不絕口。

「看你繡了這麼多畫，你是幾時就開始繡的？」雅信情不自禁地問喬治太太道。

「很早很早。」

喬治太太說，可是還沒等她說完，歪在長沙發上的喬治便插進來說：

「早在我跟她戀愛之前就開始繡了，可能也是她繡得一手好畫，我才決定跟她結婚的。」

雅信瞟了喬治一眼，又回過頭來望喬治太太，見她婀娜地笑著，臉又緋紅起來了。

她們兩人欣賞繡畫欣賞了好一會，終於叫喬治不耐煩起來，便倏地自長沙發立起，也來拉雅信，對她說：

「我太太的寶藏看過了，也應該看看我的寶藏，下來，我要讓你好好瞧瞧！」

喬治領雅信走下地下室，在地下室的一個密閉小房間裡，雅信發現滿牆掛著半百個時鐘，有單擺的、有懸錘的、有彈簧的、有旋轉的，各式各樣，琳瑯滿目，每隻鐘都努力走動著，滴答競鳴，閉起眼睛，彷彿林中落雨一般，看得雅信瞠目結舌，不知如何說起。

「我教了三十年書，桃李滿天下，他們都知道我愛時鐘，到哪裡看到沒人要的古老破鐘，就抱來送給我，我都一個個把它們修理好，補孔裝面，重新油漆，看著它們一個個恢復生命，好不快樂！」喬治眉飛色舞，得意地對雅信說。

「這許多鐘，只拴一次發條就把你累死了，更何況修理呢？」雅信說。

「夫人你有所不知，人生樂趣就在其中啊！」喬治回說，又開心地笑了起來。

當晚雅信便在喬治的木房裡過夜，第二天一早，喬治親自駕車，他們夫婦兩人便帶雅信去看「世界博覽會」了。

這一九四〇年「世界博覽會」的會址設在「長島」南端「皇后區」的「翠草公園(Flushing Meadow Park)」，博覽會的主題是「明日世界(The World of Tomorrow)」，因爲它展覽了幾種人類有史以來最重要的科學發明，包括電視機、尼龍絲襪與冷氣機……等等，這一切都叫雅信大開眼界，歎爲觀止。看完了展覽，喬治夫婦又帶她去遊園中的植物園、溜冰場與科學館，一直遊到黃昏，盡興而歸。

看完了「世界博覽會」的第二天，喬治夫婦又驅車領雅信到「曼哈旦」紐約鬧區遊逛，然後把汽車停在島南端「巴德里公園(Battery Park)」附近的停車場，搭上輪渡，駛向「紐約灣」裡的「自由島」來。

船開了二十分鐘，那「自由島」已遙遙在望了。船還沒靠岸，遊客已迫不及待跑到甲板，憑欄仰望那島上「自由女神」的巨座雕像，雅信也沒能例外，望見那希臘女神著一身披肩的長袍，縐摺而飄逸地垂落到雕像的石台上，她那豐盈的右手擎起一支火炬，而左手則握住一塊刻字的牌板，她頭戴星芒的冠冕，腳踩啓開的鐐銬，一臉優美而肅穆的神情，遙望紐約港入口的方向，讓雅信在心中昇起一縷思慕自由之幽情。

喬治也來到船欄，自動在雅信的耳邊向她說：

「大家只知道她叫『自由女神』，其實眞正的名字是『自由光照世界(Liberty Enlightening the World)』，L—I—B—E—R—T—Y E—N—L—I—G—H—T—E—N—I—N—G T—H—E W—O—R—L—D，你有沒有看到她右手拿的火炬，那代表自由之光，她腳踩的鐐銬，那代表被人推翻的暴政，她左手拿的牌板代表美國的『獨立宣言』，因爲那上面刻的就是獨立宣言的發佈日期——一七七六年七月四日。」

喬治如數家珍地敘說著，雅信儘管頻頻點頭，她的視線卻沒有一刻從那美麗銅綠的神像移開過，她是整個魂魄都融化在一片讚美之聲中了。

船靠「自由島」的碼頭，遊客便上了岸，沿石鋪的人行道，登上那星形平台，喬治太太因爲怕登高，便選在一棵松樹下，拿出隨時都帶在身邊的針黹，又開始繡起她那幅三隻暹邏貓的繡畫來，讓喬治先生一個人帶雅信坐電梯登上神像腳底的石砌座台，在那座台上的石欄上觀望四周碧波萬頃的紐約灣，當雅信正凝注於那浩瀚灣水和灣上的船隻時，喬治又自動湊近她的身邊，對她說：

「夫人啊，你知道我們頭上這女神是用三百塊銅片組合而成的嗎?原來法國的一位歷史家Laboulaye 首先提議造個紀念物來象徵美國獲得的『自由』，於是便叫他的朋友 Bartholdi 雕塑女神銅像，再由埃飛爾(Eiffel)設計銅像裡面的支柱，你知道這埃飛爾是誰?正是『巴黎第一次世界博覽會』時設計『埃飛爾鐵塔』的那位著名的建築家。他們不但把神像用銅鑄好，並且還選了這『自由島』做爲女神奠基的地方，用法國人民的名義，把神像贈給美國政府，在一八八五年，分裝兩百十四包箱，由法國船運送到紐約來，先把神像重新組合豎立在小島的座台上，才於第二年十月二十八日，在兩國代表面前，正式揭開了『自由女神』的面幕，讓全世界的人永遠瞻仰。」

在座台的石欄飽覽了灣景之後，喬治又領雅信攀登那女神像裡的螺旋梯，這旋梯由女神的腳底一直通達五十公尺高的頭頂，因爲遊客擁擠，拳踵相接，時時得停在梯上休息喘氣，有一回喬治便回過頭來對雅信道：

「你仔細瞧這女神體內的支架和旋梯，都是埃飛爾一手設計出來的，Eiffel，E—I—F—F—E—L，你知道嗎?」

費了九牛二虎之力，像蝸牛爬了二十分鐘，才終於爬到女神的頭頂，這裡有個封玻璃的觀望台，從那玻璃對外展望，那海灣變小了，而外海也更呈球狀向外彎曲了。喬治指著更高的那支女神高擎的火炬，對雅信說：

「夜裡那火炬上有十四盞水銀燈，用一萬四千瓦的燈光向四面照射，正是『自由光照世界』哪！」

過了一會，當雅信轉到海灣裡「曼哈旦」的方向時，她看見那地上高樓林立，直刺雲端，有一巨樓更出類拔萃，不但刺破雲層，而且一枝獨秀，高聳在雲層之上，不禁叫雅信感到萬分驚訝。喬治看在眼裡，露出微笑，昂然對她說道：

「你知道那座高樓有多高？三百八十一公尺，是世界最高的摩天樓，就叫『帝國大樓』，你難道沒曾聽過？ Empire State Building，E—M—P—I—R—E S—T—A—T—E B—U—I—L—D—I—N—G，我們過會兒就到那樓頂去！」

從自由女神的螺旋梯攀援下到座台，又從座台坐了電梯下到平地，喬治和雅信又尋著在松樹下刺繡的喬治太太，三個人便上了輪渡駛回曼哈旦的碼頭。沒料船還在半途，已淅瀝淅瀝下起雨來，頭頂濃陰密佈，海上千瘡百孔，曼哈旦島上的樓宇罩在雲霧之中，只在雷光閃亮的剎那，才隱約描出朦朧的身影。

他們在雨中上了岸，急步飛跑到停車場，躲在汽車裡喘息，等三人都把頭髮擦乾，喬治便恢復他那經常不減的興致，對雅信說：

「儘管下雨，我還是要帶你去登『帝國大樓』，因爲你明天就要去波士頓，這次不登，恐怕以後再沒有機會了！」

「帝國大樓」位於「紐約百老匯大街」的路邊，剛好在「曼哈旦」的「巴德里公園」與「中央公園(Central Park)」的中間，從「曼哈旦」南端開二十分鐘車子就到了。喬治先把汽車停在附近的停車場，當他們三人從汽車出來時，雨還猛烈地下個沒停。

「帝國大樓」佔據半個街段，有兩排電梯把人送上送下，喬治太太還是爲了怕登高的原因，自動尋到休憩室的長條椅坐下來，拿出那三隻暹邏貓的刺繡來刺，喬治便又領雅信坐了電梯直往大樓的樓頂昇上來。

在擁擠的電梯裡，喬治開口對雅信道：

「夫人，你知道每天在這大樓進進出出的辦公人員有多少？有兩萬五千人。每年從世界各地來這大樓參觀的遊客有多少？一百五十萬人。」

「我們這電梯一直要爬到哪裡呢？喬治先生。」雅信好奇地問。

「一直爬到第一百零二層的頂樓，三百八十一公尺，是世界最高的樓頂，你耐心等著，一眨眼就到了。」喬治笑著說。

果然沒有多久，電梯便昇到「帝國大樓」的樓頂，邁出電梯是個八面皆窗的觀望台，雅信抬頭向窗外展望，只見腳底一片雲海，頭上卻是晴空萬里，艷陽高照，亮得叫雅信睜不開眼睛。

「夫人，你道這奇也不奇？『帝國』底層雖然在雷雨之中，『帝國』上層卻依然可以享受和麗的陽光！」喬治感慨地對雅信說。

雅信聽了，默默地點點頭。

從「帝國大樓」的樓頂降到樓底，當喬治他們三人走出大門時，雨依舊在下，才在人行道上走了十幾步，驀然，從天空掉下來一隻燕子，在厚牆腳下朝天翻著白肚，劇烈抽搐著，雙目因痛苦而緊閉，從打歪的喙邊微微淌出一絲血。雅信驚呆駐足，露出一臉悲憫的表情，喬治見了，走回來安慰她說：

「夫人，這牆下經常有撞樓的死燕子，實在算不了什麼。記得有一年，紐約起了大霧，接連一個禮拜不散，事後發現撞死了幾萬隻燕子，堆積如山，用卡車載了幾天才完。」

雅信若有所思地點點頭，帶著幾分敬意繞過那已經安靜的燕子，默默地跟在喬治夫婦的後頭往前走。

雅信在喬治的莊園又過了一夜，第三天早上夫婦兩人才把雅信載到紐約火車站，把她送進往波士頓的車廂後，夫婦兩人便在月台上等待火車開動，雅信從車廂把頭探出窗外，跟他們說著離別的話，只見喬治夫人還不忘一邊說話，一邊刺她那幅三隻邋遢貓的繡畫，叫喬治看得不耐煩起來，便側頭罵她說：

「你刺也刺差不多點兒，火車都快開了，還刺啊刺地，連一聲再見也不說！」

「就是啊，我就急著開車之前把畫繡成，送給夫人做禮物。」

喬治太太說著，又努力刺了幾針，終於快活地叫了一聲：「好了！」把繡畫交由喬治，轉遞給窗裡的雅信。

才把繡畫接在手中，雅信便聽見汽笛鳴了三聲，火車也就慢慢開動起來了，等她再把頭探到窗外，喬治夫婦的身影已愈來愈小，但仍舊在原來的月台上，繼續對她揮手作別，雅信一時滿腹感激之情，懊悔這麼遲才知道喬治太太原來要把繡畫送給她，早知如此，她就可以把行李中的日本絹畫送一幅給他們，但現在無論如何已經來不及了。

六

火車到波士頓，雅信提了行李蹣跚走出月台，還沒到柵欄的出口，已見福士特夫人在柵外，蹬起腳來揮她的手帕，一等雅信出了柵門，便親熱地握住她的雙手，歇斯底里地尖叫道：

「噢！我的達令，我的達令，你終於來了！你知道，你是我的醫生，我的救命恩人，你害我等得好苦啊！怎麼不直接就來波士頓？還半途停在紐約那鬼地方，眞擔心你迷了路，再不就被歹徒綁票了呢！」

然後是一陣熱烈的擁抱，福士特夫人在雅信的兩頰印了無數親吻，吻得雅信呼吸不過來。

在福士特夫人的身後，立著福士特先生，十五年不見，他的頭髮已經全部禿光了，頭皮紅而且亮，嘴上蓄起短髭，如不是跟福士特夫人同來，她幾乎認不出是他了。他溫文而含蓄，手拿一支煙斗，對雅信默默地微笑，依然是昔日在台灣當貿易代辦時的那副紳士的風度。

有一位年輕少婦，長得亭亭玉立，偎在福士特旁邊，似乎怕羞不敢靠近來，福士特夫人便把雅信拉了過去，對那少婦說：

「愛麗絲，記不記得？這就是你小時候在台灣的那位 Doctor Auntie 啊！怎麼第一回見面害羞，現在還依舊害羞呢？」

愛麗絲優雅地對雅信欠欠身，臉不覺泛紅起來，而雅信則連連搖頭，感歎道：

「認不得，認不得，眞的完完全全認不得了！想想當年還是黃毛小丫頭，轉眼已是美麗的少婦，如不是看見孩子長大，還不知自己老呢！」

雅信說著，跟福士特夫人相對而笑了。

福士特一家人住在波士頓西南邊「海德公園(Hyde Park)」的郊區，離「哈佛大學」醫學院只有二十分鐘的車程，這一帶環境幽雅，住的都是高官巨商的富裕人家，每個院子自成一個公園，每幢房子便是一座雕刻，福士特的房子更不能例外，一進那扇巴羅克式的花紋鐵柵，便見那橢圓形的噴水池，繞過池邊兩旁的石砌走道，便是那兩層的紅磚大廈，那白漆的屋頂由六根大理石的哥林多式希臘白柱撐住，柱下由兩列一人高的翠綠龍柏維護著，整幢大廈前面是一大片如茵的草地，向四面鋪展，直達院子周圍的橡樹根底，這建築的古典與氣象的宏偉，頓時怔得雅信目瞪口呆，不知如何是好。

福士特夫人把大廈裡的一間最寬敞的臥房騰出來給雅信使用，不但那被單枕頭是新買的，連那沙發臥床和繡花背椅也是整套新購的，害得雅信難以消受，坐立不安。轉了一個身子，才發現落地窗邊一架大梳妝枱，枱上一只長頸白瓷花瓶，瓶上插了三朵綠葉紅玫瑰，那半身桃花鏡子前整齊排著二、三十瓶化妝品，有眼青、畫眉、胭脂、口紅、白粉、面霜，更有各國出品標頭不一的香水，紅黃橙綠，琳琳瑯瑯，不免叫雅信憶起從前在上海那個請她拾子的郭秋香來。

福士特夫人把臥房裡的每樣器物都一一為雅信詳細解說了，雅信當面表示無限的感激，可是福士特夫人卻仍覺得意猶未盡，還在臨睡之前對雅信說：

「你若需要什麼？儘管說，不必客氣，要像自家人，因為你是我的醫生，我的救命恩人……」

然後吻了雅信道晚安，彎身抱起依偎在門口的一隻乳白長毛的波斯貓，走到樓下去。

第二天早晨醒來，那隻波斯貓已不知在何時來到雅信的床前，她伸手撫了牠幾下，然後起床移步到落地窗前，她望見露台下的院子裡，福士特夫人正在指揮兩個園丁清理草坪與樹木，她一襲束腰及膝的紅天鵝絨洋裝，一頭蓋耳的短型燙髮，兩只袖子滾著白色花邊，從肘處露出一雙渾圓白皙的手臂，在空中矯健揮舞著，她那簡捷有力的話語，隱約傳到窗裡來……

早餐福士特夫人親自下廚為雅信準備，福士特先生已去上班，而愛麗絲也早去哈佛醫學院上課，只剩下福士特夫人與雅信單獨用餐，等福士特夫人跟雅信寒暄了一陣之後，雅信終於開口問道：

「看你好像沒有佣人的樣子，福士特夫人。」

「我不喜歡佣人，看她們動作慢吞吞的，做的又不能令人滿意，我寧可自己來，這整幢房子，除了那外頭的院子非叫園丁不可，一切都是我親自動手。還要不要再來一杯咖啡？丘醫生。」

吃完了早餐，雅信想立起來幫福士特夫人洗杯盤，福士特夫人阻止她說：

「你給我好好坐著，你是我的醫生，我的客人，怎麼能讓你動手？還是讓我自己來！」

雅信只好安靜地坐看福士特夫人洗杯盤，福士特夫人一邊洗一邊側過頭來跟雅信閒聊，她看福士特夫人梳得一頭勻亮如雲的秀髮，兩隻玲瓏如珠的大眼睛，配上兩片櫻紅的弓唇，眞是嫵媚高貴極了，當她洗杯收盤時，動作敏捷，當她洗完後在廳堂走路時，健步如飛，當她說話時，有條有理，如此精靈能幹的西洋婦人，能內能外，能屈能伸，敬業愛群，而無一句怨言，一時叫雅信佩服得五體投地，暗暗稱奇歎息起來。

福士特夫人領雅信到客廳裡坐，才說了幾句話，雅信便問她道：

「福士特夫人，你幾時帶我到『哈佛大學』去？」

「你何必那麼急呢？丘醫生，你從老遠的地方來，你還是先休息幾天再說。」福士特夫人回答道，然後皺起眉頭，換成另一種口吻說道：「丘醫生，你站起來讓我瞧瞧！」

雅信依言從沙發上立了起來，由福士特夫人歪著頭端詳去。

「請你轉個身讓我再瞧瞧！」福士特夫人又說。

雅信果然轉了半圈，把背部叫福士特夫人瞧去。

「丘醫生，你的裙子實在太長了，土里土氣，我先給你改短再說！至於你的頭髮，我猜你已經幾年沒燙了吧？也該燙了。現在我就先改你的裙子，等裙子改好了，就帶你去燙頭髮！」

說罷，福士特夫人就叫雅信把行李箱裡的幾件裙子都拿出來，拿把大剪刀，把每件裙子都剪短了三寸，然後搬出了自家的縫紉機，親自踩輪，車起新剪的裙邊，只見輪飛手舞，車針扎扎，不到一個小時，雅信的幾件裙子都已改短而成美國的款式，眼看雅信穿起來合適而沒有了土氣，福士特夫人便又開車帶雅信上燙髮院燙髮去了。

等雅信燙好了頭髮，福士特夫人又帶她到市街上的百貨公司去爲她添購鞋襪手帕襯衣內裙等女人的日常用品，更親自爲她選購一件流行的圓領翻袖淺紅套裙，最後又替她挑選了一頂同色的女帽，爲她戴在新燙的頭髮上。

福士特夫人非常體貼，知人輕重，她知道雅信還沒從長途旅行的疲勞中恢復過來，所以每每吃完三餐後就叫她回臥房去休息或小睡，從第二天開始，每晚逼她九點就上床早睡。福士特夫人似乎有雅信來她家作客而引爲無上的光榮，雅信常常在半睡朦朧中聽見福士特夫人與朋友在電話上的對話聲，她彷彿把雅信的光臨向波士頓的每家主婦都通知遍了。

「我有一位救命恩人來啦！一位華人醫生……」

「是啊！是啊！一位醫生，還是一位女醫生呢……」

「怎麼沒有？是你沒看到而已，我才不騙你，我的糖尿病就是她替我醫的啊……」

「她不但會說她們自己的話，她還會說我們的英語呢！……」

「可以啊，隨時都可以來，我家你又不是不曾來，但最好多叫幾個來，要來就同時一起來……」

然後，有一天下午，雅信在臥房裡午寐的當兒，福士特夫人來敲門，在門縫上說：

「起來啊，丘醫生，人家來看你啦！」

雅信整好衣衫，走下樓來，便見那客廳裡坐了七、八個中年婦人，個個衣飾齊楚，端莊大方，一時把十幾隻好奇的眼睛都往雅信投射過來，害得她停在梯口，躑躅不前，福士特夫人早迎了過來，一手牽著雅信，一手伸向那些婦人，把雅信介紹給她們說：

「這便是丘雅信女士，我的醫生，我的救命恩人，當年如果沒有她，今天我恐怕就不能跟大家在此共聚一堂了。華人在美國本來就不多，在我們這東海岸的波士頓則更少，而大家今天能見到華人女人，特別像丘女士這樣一位精明的女醫生，可說是諸位三生之幸啦！」

說罷，福士特夫人就把雅信牽到客廳，於是那些婦人便把雅信圍在核心，像看珍禽一般，把她從頭打量到腳，然後又七嘴八舌用英語跟她攀談起來，雅信對答如流令她們感到驚訝，而她知識的豐富則更令她們折服。

「丘醫生，聽說中國人很多很多，世界上差不多四個人中就有一個中國人，這是眞的嗎？」一位掛珍珠項鍊的婦人問雅信道。

雅信含蓄地點點頭，含蓄地微笑著。

「有人說中國女人懷胎三個月孩子就生出來，所以人口才會那麼多，這也是眞的囉？」另一位帶珊瑚耳環的婦人問道。

雅信搖搖頭，禁不住笑出了聲，衆人聽了，也都爲了那婦人的憨直而笑得前俯後仰。

福士特夫人煮熱了咖啡，爲每位婦人倒了一杯咖啡，等大家都喝了一口之後，閒話便又重新開始，只見一位在座中最臃肥的婦人清了清嗓子，對大家說道：

「說起這些來美洲的華人，倒令我想起一個笑話來，大家都知道，早期來的華人，都是來築鐵路的勞工，十分苦，幾百個人在一個蒸汽船的底艙，往往還沒上岸就死去大半，可是等這首批華人在美洲定居下來，有了商店住宅之後，便開始申請兒子來，這些第二批的華人，有郵船可坐，比他們父親舒服多了，唯一遺憾就是不會說英語。就有這麼一個年輕華人，他什麼食物都不知怎麼說，唯有在出發前臨時向人學了一句『milk』，結果你們猜怎麼樣？整整一個月的航程，一日三餐，人家問他吃什麼，他都說『milk』，整整喝了一個月『milk』，幾乎全船的『milk』都被他一個人喝光了，他還是依然要喝『milk』，『milk』，『milk』……」

大家聽了，溫和地笑了一陣，便有一位瘦削的婦人接下去說道：

「這笑話固然可笑，卻並不怎麼好笑，我說一個好笑的讓大家笑笑！這也是一個年輕的華人，已上岸有幾個月了，略學了一些英語，也勉強可以跟美國人通話了，身邊又有幾個錢，一天便到一家西餐館想嚐嚐沒曾吃過的西餐，可是菜單一翻開來，沒有一樣看懂，卻又硬要面子裝懂，便大派地隨便點了一樣菜，等男侍把菜端了出來，竟是三塊麵包夾乳酪，這是華人最討厭的東西，所以一口也不吃，便往四周觀望起來，恰好隔座一個美國人在吃一隻烤子雞，吃得津津有味，卻害得這個華人飢腸轆轆，乾流口水。他實在想問問隔座的美國人那烤子雞如何個點法，可是爲了面子問題又不肯屈尊下問，只好在那裡等著，有了，終於被他等到了！原來那美國人吃完了一隻烤子雞，便又對男侍招手，對他說了一聲：『One more』，不到五分鐘，那男侍便又端給那美國人另一隻香噴噴的烤子雞。原來這烤子雞的菜名就叫『One more』，他得意起來，便招手把那男侍叫來，向他點了一道『One more』，不到兩分鐘，眼見那男侍把菜端來，不是想吃的烤子雞，竟然又是討厭的三塊麵包夾乳酪，把他氣得發了火，便敲了桌子大罵那男侍說：『你們眞混蛋！欺人太甚！同樣點一道『One more』的菜，給你們美國人燒雞，就偏給我們華人麵包跟肥皀！』」

這果眞是個好笑話，笑得大家前俯後仰，不能呼吸，特別是那位胖婦人笑得臉色變白，眼睛上弔，還得勞福士特夫人跑去拿薄荷冰來塗她的鼻孔，她才慢慢恢復常態，卻又忍不住繼續偷笑。

所有婦人都與雅信談得十分暢快，出門回家的時候，都親暱地跟她握手吻別，對她說：

「幾時也來我們家坐坐？讓我們開懷暢談。」

「那還不簡單！」福士特夫人搶著回答道：「每位就請丘醫生到你們家吃一頓晚餐就行了！」

果然如福士特夫人所提議，從這天開始，整整一個禮拜，天天都有人輪流來邀請雅信去吃晚餐。

七

雅信來到波士頓一個禮拜以後，福士特夫人才帶她到「哈佛大學」醫學院去見婦產科主任教授歐文博士(Dr. Irwin)。她們走進辦公室的時候，歐文博士還沒到，於是便在候客的沙發椅上等候起來，卻見那打扮入時的年輕秘書不但不辦公，竟然在辦公小桌上排起撲克牌，在做算命的遊戲，令雅信大感驚訝，便低聲偷問身旁的福士特夫人道：

「你看那秘書，怎麼敢在辦公室公然玩紙牌呢？」

福士特夫人笑指那牆壁上的時鐘回雅信道：

「現在八點半還不到，沒到正式的辦公時刻，她何必浪費時間白做工？」

福士特夫人說完不久，鈴聲大作，還沒等鈴聲響畢，那秘書早把撲克牌收拾乾淨，剎那之間，已正襟危坐打起字來了。

歐文博士踏進辦公室，福士特夫人一把雅信介紹給他就走了，將雅信留下來跟歐文博士單獨對談。歐文博士約有六十歲的年紀，頭髮已經全部銀白，帶一對無邊近視眼鏡，說話溫柔安詳，待人彬彬有禮，一開始就令雅信感到十分自在。雅信有意無意之間對歐文博士表示，實在是事不得已，已經這麼大把年紀了，還來煩他收她做學生，歐文博士立即笑答她道：

「哪裡的話，從各國來我們大學的見習醫生可多著呢，豈只你一個，而且大部分年紀都比你大，倒是只有你一個女士是眞的，這正是我們引以爲榮的地方啊！」

歐文博士所言不虛，等他把雅信帶進他的課堂，便立即證實了他的話，因爲在堂裡的椅子上，坐的都是四十歲上下的醫生學生，有二、三十個，頭髮皮膚，各色各樣，不一而足，顯然都是從世界各個角落聞大學之名來求教見習的，歐文博士對大家都非常親切，諄諄善誘，彷彿把他們當成自己的子女一般。

因爲是班上唯一的女醫生，不但所有男醫生都對雅信非常尊敬，連歐文博士也特別對她愛護有加，體貼入微，每回帶學生去醫院或實驗室參觀，必躬親開門讓雅信第一個進門，然後他才領其他男學生魚貫而入。在走廊行走的時候，也都伸手請雅信走在男人的前頭，然後喝咖啡或進午餐的時候，也都首先把杯盤遞給她先用。凡此種種「優先」的風俗禮節，都叫雅信萬分驚訝，不知所措，久久才習慣下來，於是暗地裡偷偷地對自己說：

「唉！來到美洲才知影做查某人眞有價値，死也甘願丫！」

福士特家裡共有三部汽車，福士特先生上班開一部，愛麗絲上大學開一部，而福士特夫人每天去買菜、去打網球或去參加婦女茶會也開一部，雅信既然與愛麗絲同在「哈佛大學」的醫學院上課，於是福士特夫人便叫愛麗絲每天早上載她一起去大學，傍晚再約好時間地點，又載她回家裡來。對於早上隨愛麗絲開車上學，雅信倒也十分願意，可是每天傍晚相約同歸，由於下課時間不一定同時，雅信覺得不但麻煩愛麗絲太甚，自己也不十分方便，特別來到新地方，總喜歡獨自到處遊逛，她更不願意來回都坐別人的汽車而失了觀光的自由，所以每天下午下完了課，她就坐不同路的巴士，邊玩邊看回到福士特的家裡來。

波士頓的巴士座位既寬，乘客又少，與台灣擁擠的巴士相較，簡直是一種高級的享受，所以雅信最愛坐在巴士上，欣賞窗外的街景，即使巴士內的美國情調與奇風異俗也十分引起她的好奇與興趣。

有一天，雅信又照例坐著巴士遊街看風景，把視線從窗外移向窗裡，她發現坐在她前座的一位七十多歲的白髮老太婆，戴上一只老花眼鏡，撚一支橡皮鉛筆，全神貫注在做報紙剪下的拼字遊戲，隔著甬道在那老太婆的右手雙人座上是一對情侶，差不多十七、八歲左右，正摟腰摸臀，卿卿我我，做出各色閨房親暱的動作，害得雅信座邊的一個十二歲的小女孩，張著水汪汪的一對眼珠子，目不轉睛地斜視著他們，尖細的小舌不時伸出來舔紅潤的嘴唇。

看了這幕情景，雅信也不覺爲那對情侶感到臉紅，便把目光從他們的背移到巴士的車頂，見窗櫺上兩排空隙都釘滿各類廣告，琳瑯滿目，美不勝收，她閒來無事，便一幅一幅讀了下去，其中有一幅，畫著一隻手，食指指著雅信，下面一行英文字寫道：

廣告有效嗎？閣下現在就在看廣告！

下面是另一行廣告社的小字，這種爲廣告而做的廣告，雅信一生也沒曾見過，確實叫她感到新奇，不覺莞爾而笑了。

雅信繼續看了兩幅商業廣告，倒沒覺什麼，可是第三幅卻是波士頓市衛生局的「性病廣告」，不免叫雅信心爲之一震，於是正襟危坐，睜大眼睛，戰戰兢兢地恭讀起來：

問：性病如何得到的？
答：與有性病的人性交得到的。
問：有性病的人是否可以從表面看出？
答：不可能。
問：什麼人可能染有性病？
答：與多數其他異性性交的人很可能染有性病。
問：得了性病之後自己知不知道？
答：不知道，只能經由醫生檢查才能知道。
問：性病能痊癒嗎？
答：可以，但必須由醫生治療才能痊癒。
問：性病不治療後果如何？

答：十分嚴重，輕則失明，重則死亡。

讀完了「性病廣告」，雅信舒了一口長氣，低頭往斜對面的那對情侶投了一瞥，轉頭向窗外，又開始欣賞波士頓旖旎的街景來。

沒多久，雅信就把巴士坐熟了，因爲看的老是巴士路線兩旁的街道，日久也就膩了，便開始自己走路，徒步逛街了。可是波士頓街道複雜，又多的是三角街頭，不易辨識，所以老愛迷路。有一天，實在走不回原路了，雅信便問一位人行道上匆忙行路的男人說：

「請問您這位紳士，這裡到最近的巴士站如何走？」

「你往東走兩段，轉向北走一段，再往西走一段，就是巴士站了！」

「我是外地來的，請問您，哪邊是東哪邊是西？」

「你難道不知道太陽從哪邊昇上來、往哪邊落下去？」那男人有些不耐煩地說。

「先生啊，今天是陰天，我如何知道太陽在那邊呢？」雅信也有些憤怒地反問道。

那男士搖了一會頭，逕自走他的路，雅信實在沒法，只好往街角的電話亭打電話給福士特夫人，把她迷路的地點告訴福士特夫人，不到十分鐘，便見福士特夫人開車來路邊接她了。

「丘醫生啊，你怎麼逛街逛到迷路了呢？」福士特夫人一邊按著駕駛盤，一邊笑盈盈地問雅信道。

「眞虧你們波士頓這麼豐富的街道，三角街頭那麼多，而且個個都是加油站，個個都是雜貨店，怎麼認也認不清，教人如何不迷路？」

雅信埋怨地咕噥著，又引得福士特夫人開心地笑了。

八

雅信來波士頓已經三個月了，她在「哈佛大學」醫學院已修完了一學期的課，在福士特先生的家裡跟他們全家度了一個快樂的聖誕節，可是當新年一過，正月來臨的時候，她無端愁悶起來，而頭痛和哮喘又接踵而來，她開始想起丟在日本的兩個孩子，以及在台灣的母親與妹妹，她拿不定主意在哈佛醫學院繼續把書唸下去了。

令雅信愁悶的原因，除了異鄉客居，主要的還是波士頓的冬天比起東京更覺漫長更覺寒冷，深冬之際，日照時間特別短，傍晚五點不到就已經天黑，早上九點了天還沒亮，本來這已經叫人心悶，又加上福士特的大廈全用煤氣生熱，整個月門窗緊閉，沒透一絲新鮮的空氣，更叫雅信難以呼吸，遂害起頭痛病來。有時實在忍受不下去了，便悄悄溜回自己的臥房，偷偷把雪窗打開一條隙縫，讓房間內外的空氣互相對流，這時，福士特夫人總是跑進臥房來，眉鎖嘴噘，搖手對雅信連呼道：

「No！No！No！外面很冷，別把窗子打開，冷氣會跑進來！」

因爲寄人籬下，不便把自己的頭痛表出，雅信只好依著福士特夫人的意思，趕快把窗關好，繼續忍耐氣悶引起的頭痛，甚至頭痛導致的夜間失眠。

福士特一家三人，一早就各奔東西，一整天沒得見面，只到晚上回家始得共圍一桌，晚餐之後，照例又圍坐在壁爐前的沙發上，每人暢述一天的見聞。因爲這圍爐家常，福士特先生一向十分重視，既已把雅信當成自家人，每天的圍爐，她當然也就不得缺席例外，對於福士特家的天倫之樂，本來雅信也是樂於參與共享，只是福士特先生一向手不離煙斗，而福士特夫人與愛麗絲母女也不落鬚眉，競相點起紙煙，互吐煙圈，把一個偌大的客廳噴得氤氳一片，如在五里霧中，而雅信久蟄的哮喘病又像幽靈復現了。

這一陣子，波士頓的報紙天天有大西洋彼岸的大號新聞，原來歐洲戰況急轉直下，自從英軍從法國海港頓克爾克(Dunkerque)撤退，不久德軍就進入巴黎，法國第一次世界大戰的老英雄貝當元帥(Petain)出來同德軍簽訂停戰條約，允許德軍佔領大部分法國領土，這時邱吉爾已取代張伯倫做英國的首相，決心對德抵抗到底，幾個歐洲淪亡的國家，紛紛在倫敦成立流亡政府，這些國家有波蘭、捷克斯拉夫、挪威、荷蘭、比利時，以及最近才淪亡的法國。

福士特在晚上圍爐家常的時候，往往會將最近在歐洲的戰況轉述給大家聽，福士特夫人聽了，總不免熄煙歎氣，而雅信則想起也處在戰爭狀況下的日本與台灣，不免又爲寄留在東京的彭亭與彭立而感到心酸，於是眼眶脹紅，涔涔滴下淚來。

「啊，丘醫生，你哭什麼？這美洲安安全全的，戰爭只是歐洲的事！」福士特夫人安慰雅信道。

「不是，我是在煩惱我的兩個孩子，他們在日本，那裡也發生戰爭。」雅信垂頭喪氣地說。

福士特夫人聽了，立即改變另一種口氣，不斷去安慰雅信道：

「唉呀，多少人去外國，現在也發生戰爭，幾千幾萬呢，還不都是人家的孩子，孩子總歸是孩子，遇著了，也沒辦法，還是不要去煩惱。」

令雅信沒能在「哈佛大學」醫學院繼續唸下去的原因，除了愁悶之外，再有便是金錢的問題。由於日本的限制外匯，雅信無法帶足夠的錢來美國，不但學費要仰賴福士特一家人，連日常的零用也得由他們接濟，這使雅信十分過意不去，儘管福士特一家很有錢，而且從來不計較雅信的費用。究竟雅信做過半生的醫生，又是一家大病院的院主與產婆學校的校長，一向用錢灑脫，隨時都有盈餘，卻落得今日捉襟見肘，處處都得向別人伸長手，叫她委屈尷尬到了極點，她決定不再花福士特一家的錢，如果想繼續唸書，也得半工半讀，先找一點臨時工作，等身邊有了一點儲蓄，再回學校讀書不慢。既已下了決心，雅信便開始注意醫學院佈告欄上的徵人廣告來。

有一天，雅信終於看到了一則徵求臨時助理醫生的廣告，工作期間是半年，六個月的薪水雅信計算下來，支付兩年的學費與生活費還綽綽有餘，雅信這一天高高興興地回到福士特的家，晚餐過後，才在壁爐前坐定下來，她便把這大好消息對大家透露了，她原以為大家會跟她一樣興高采烈，沒想到福士特夫人聽了，便立刻整裙挺背，變得非常嚴肅，輕聲地問雅信道：

「丘醫生，你缺錢用是不是？你需要多少，儘管說，不必客氣，因為我早已對你說過，你是我的醫生，我的救命恩人。」

「不是，福士特夫人，不是……」雅信搖搖頭說：「你們不知道我在台灣是工作慣了，一時不工作，全心全意念書，實在十分難過，所以才想半工半讀，或至少工作一段時間，再回來讀書，也許會更有精神。」

福士特夫人一時不知如何是好，於是沉默了。只見愛麗絲若有所思地愛撫懷裡的波斯貓，而福士特先生則猛抽煙斗，努力把最後一口抽完了，將煙灰敲在煙灰缸，把煙斗收進口袋裡，抬頭凝視了雅信好一會，最後才莊重地問她道：

「請問丘醫生，如果你去工作半年，你這半年的總收入能有多少？」

「大概足夠我兩年的教育費與生活費……不過這不重要，主要的是我想改變一下生活環境。」雅信回答道。

「嗯，嗯……」福士特先生頷首同意道，卻又補問了一句：「請問丘醫生，你那工作的地點是在哪裡呢？」

「廣告上說是Chesterfield，Massachusetts。」雅信回道。

「Chesterfield，Chesterfield，Chesterfield……」福士特先生從沙發立起，在壁爐前踱步，一邊摸出了煙斗，敲他的掌心，倏然叫道：「啊！丘醫生，你知道Chesterfield 在哪裡嗎？在Massachusetts州的西部，離波士頓三小時的車程，一個很偏僻的鄉下小鎮。」

雅信一時愣住了，一雙眼睛睜睜地望著福士特先生，沉默無語，只見福士特先生慢條斯理地把菸草裝在煙斗上，彎了半身，借壁爐的火焰點燃手中的煙斗，猛抽了兩口，才徐徐說道：

「丘醫生，這種鄉下醫生的工作，連男人都不去，何況你一個女人家？你想多辛苦就有多辛苦，整整幾百方哩可能就只有你這麼一個醫生，平常許多病人來診所看病還是小事，遇到緊急，還得勞駕你親自開車去出診，那鄉下公路，往往開上幾小時不見一點人煙，萬一在路上汽車拋錨怎麼辦？如果是夏天還好，起碼還可以坐在路邊等過路的農夫來拖你的汽車，如果是冬天，還等不到農夫來救你，你早已凍死在雪中，許多鄉下人就是這樣凍死的，每年照例總聽到好幾個。」

聽完了福士特先生這一大段話，福士特夫人順勢接下去說：

「丘醫生啊，我看這種鄉下醫生的工作，絕不是你能夠勝任的，你還是聽我的話，好好把書念下去，錢的事情，不用憂慮，需要多少，我們就給你多少，只消你說一聲便了，因爲我早就告訴你，你是我的醫生，我的救命恩人，哪裡有使你委屈的道理？」

福士特先生和愛麗絲都同意地點點頭，他們一家三人同時向雅信表露親切的微笑。

福士特一家人愈是體貼關愛，雅信愈是不能釋然於懷，她繼續又尋找了好一陣子工作。

就在這樣生活與情緒猶豫不定的當兒，雅信突然接到金姑娘從加拿大多倫多寄來的一封信。原來自從來到波士頓在福士特家裡定居下來，雅信就一直跟台灣的金姑娘保持書信聯絡，金姑娘在信裡說台灣的情況十分惡劣，由於日本與美國外交關係的逐日交惡，所有加拿大長老會在台灣的傳教士也受到株連，一個個被趕回加拿大來。雅信才記得一個多月沒收到金姑娘的信，這回收到，她已經回到多倫多來了！雅信驚喜萬分，因爲從金姑娘的來信，不但得知她跟她相離只是咫尺之遙，而且又得知許多往日在台灣的教會朋友也都聚集在多倫多，那數目何止幾百？絕非波士頓僅只福士特一家三人可比，最後金姑娘在信尾寫道：

來吧，請來多倫多一趟，這裡「長老教堂婦女傳道會(Women's Missionary of the Presbyterian Mission Board)」急於想看你，因爲你是長老會在台灣五十年培育出來的唯一花果，請你務必要來，讓大家看看，移民關卡的事情，我們會好好爲你安排，你來往及停留期間的一切費用由我們全部負擔，如果你願意，我們更歡迎你來跟我們同住教會的「傳道之家(Mission Home)」……

雅信好久以來正苦於無能改變生活環境，金姑娘的這封邀請信來得正是時候，這是離開福士特家的最好口實，因此她便把信交由福士特夫人看，並且向她表示去意，福士特夫人明知雅信此去難能再回波士頓繼續唸書，千方百計想把她挽留，但是雅信去意已堅，再也容不得人勸說，最後福士特夫人也只好同意她去多倫多一遊，只盼望她在多倫多短居之後，再南來波士頓唸書，這雅信當然欣然同意了。

雅信離開波士頓之日，福士特先生與愛麗絲都已經出門，由福士特夫人開車送她上火車站去。福士特夫人幫雅信把行李提包放在汽車後車廂安置妥當，兩人進了車座，福士特夫人便倒開汽車，從車房徐徐退到院子的水泥道上，她幽然把汽車煞住，目光被什麼吸引住了，雅信覺得奇怪，也順著她目光的方向望去，見那二樓露台上蹲著兩隻貓，一隻是福士特家的乳白色波斯貓，另一隻不知是誰家的金黃色暹邏貓，兩貓相對，一在窗內，一在窗外……

福士特夫人搖頭歎息起來，而雅信則低頭默默無語。

九

雅信在離開福士特家的前兩天，便已跟多倫多的金姑娘聯絡過，雙方約好時間，雅信由波士頓坐火車到美國邊界的「尼加拉瀑布(Niagara Falls)」站，到時金姑娘也由多倫多趕來「尼加拉瀑布」，過美國境來火車站接她回加拿大去。那火車得開五小時方能到「尼加拉瀑布」，下午一點會到火車站，她們兩人就約在一點會面。

在波士頓火車站的剪票口，福士特夫人免不了又跟雅信擁吻話別了一番，再三叮囑她，若在多倫多玩累了，歡迎她再回波士頓來，雅信一一答應了，兩人拿出手絹擦了一陣眼淚，終於不得不揮著淚濕的手絹，依依不捨地離別了。

雅信半提半拖著行李，隨著旅客走了幾段天橋和月台，最後來到一座長廊的月台，月台的一邊停著一列客車，火車頭的煙囪正冒著白煙，還嘶嘶低叫，那車頭的一個白人車夫正一鍬一鍬把黑煤鍬進火爐裡去。雅信忖度這列火車便是往尼加拉瀑布去的了，便尋著一節車廂的入口，提起腳便想爬梯上去，沒想到被一個戴紅帽的黑人站夫擋了下來，伸手要看她的車票，雅信放下行李，把車票從袋裡翻出遞了給他，他只瞟了一眼，便指向月台另一邊沒有火車頭的另一列客車，對她說：

「你要到尼加拉瀑布不是上這列火車，對面那一列才是！」

雅信收回車票，謝了那黑人一番便提著行李走到月台的另一邊來，因爲前後都沒接火車頭，看去怪寂寞的，車廂裡也不見幾個人影，拉了幾道車門也都拉不開，連連走了幾節車廂，走到最後一節，才發現門是開的，便爬了上去，見那整條甬道是溼濕的，座下都十分乾淨，顯然是剛清潔打掃過的，她便選了一張靠窗的位子坐下來，回頭繞視了一轉，車廂竟然不見其他乘客，她心裡著了一點慌，好在一刻之後，便有旅客陸續走進車廂，她才開始安心下來。

雅信獨自在空位上坐了十來分鐘，忽聞汽笛嗚嗚，逐漸向車尾移近，然後款郎幾聲，把她震得前俯後仰，待她把頭探到窗外，便見到一隻火車頭已接在列車的另一端，立刻又聽見三聲汽笛長鳴，一列火車便截成兩段，那火車頭吃重地把幾節車廂拖開了去，那嗚聲與輪聲漸行漸遠，最後完全聽不見，只剩雅信坐的那節車廂還留在原處，悄悄沒有動靜。

乘客愈來愈多了，雅信斜對面的座位上原本坐著一位三十多歲的紳士，帶一副夾鼻單仁眼鏡在看波士頓晨報，可能是光線不夠的緣故，移到雅信的對面來，斯文地向她鞠了半躬，問她可否坐在她正對面的窗下，雅信連忙點頭，只心底暗笑西洋紳士太多禮了，那座位本來就空著，要坐就坐，根本就不必請求她的同意啊。這麼想著，那紳士已在窗下坐定，又把晨報展開來讀。

忽然又聽見另一隻火車頭嗚嗚狂鳴，從另一頭駛向車廂，就往雅信的車廂猛撞一下鈎住了，不久又鳴了三響，整個車廂便向前蠕動起來，這時雅信方見對座的紳士放下報紙，舉起腕錶敏捷地瞟了一眼，點了三下頭，滿意火車準時開動，便又翻起報，聚精會神地讀了下去。

因為無事可做，雅信一路都望著窗外，欣賞鐵路沿途的風景，這時春天又臨大地，原野呈現一片欣欣的綠意，不是樹林便是菓園，偶爾會出現幾塊牧場，牛羊芻草，飛馬揚塵，很是叫人心曠神怡，但雅信愛看那路旁整齊羅列的田畦，不見台灣的水稻，只見吐穗的玉蜀黍、伏地的馬鈴薯、和爬桿的葡萄，那公路邊一律植有闊葉林，有橡樹、有楓樹、有楊柳，但最多是鋸齒葉的榆樹……

那火車絕不像台灣處處停車，差不多半個小時才有可能停車一次，火車已開了約有一個多小時了，這時雅信對面的紳士才把報紙全部看完，便摘下夾鼻眼鏡，伸伸懶腰，對雅信微笑一下，不經意地問她道：

「夫人，要不要看一下報紙？」

雅信搖頭謝了他，臉微微泛紅起來，卻見那紳士接下去問道：

「這長途火車，不看報紙殺殺時間，可眞是無聊呢。」

雅信不便表示異議，也只好點點頭表示同意。

「不知夫人要在哪個中站下車？」那紳士又問。

「我不在中站下車，我一直要坐到終站才下車。」雅信回答道。

那紳士眉飛色舞起來，快活地拍一下掌心，叫道：

「哈！那我們可是『同道』了，我也要到Portland才下車！」

雅信不覺一怔，坐直了身子，睜著一雙大眼，焦急地問：

「你這位先生，你說要到Portland才下車，而不是到Niagara Falls才下車，那麼請問，這列火車到底往Portland還是往Niagara Falls?」

「怎麼？夫人以爲是往Niagara Falls去？當然是往Portland去的啊，因爲我每個禮拜都坐一趟，都坐爛了，不知幾百次，連這路旁的每棵樹我都認得出來。」

雅信面色變得鐵青，全身顫抖起來，口裡喃喃說道：

「都是車站的那個紅帽子給我指錯了火車，看這下怎麼辦？我原是要到Niagara Falls去的啊……」

那紳士不必問也已經看出了雅信著急的緣由，便一本正經，安慰起她來：

「請夫人不必慌張，依我看，不是那些站夫指錯火車，是你乘錯了車廂，這車廂原是跟另一節車廂相連的，兩節從中間分開，一節開往Niagara Falls，一節開往Portland，夫人如果坐另一節就對了，但即使如此，也大可不必慌張，讓我們靜下來，看看有什麼辦法可想。」

說畢，那紳士舉起腕錶，望了一下時間，鎮定地說道：

「我們的火車才開一小時十分鐘，再過十分鐘就在Portsmouth停車，你可以在那裡下車，剛好搭得上回波士頓去的一列南下火車，等你到了波士頓再轉Niagara Falls的火車就行了，只是這回要小心坐對車廂，可千萬別再跟我『同道』了！」

那紳士最後的幽默令雅信的心情緩和了不少，她連忙感謝他一番。她開始整理行李，準備一停站就下車，那紳士也扔下報紙幫她把行李提到門口，雅信跟在他的後頭，暗自慶幸遇到這樣一位善良的美國紳士。

火車在Portsmouth停下來，從車廂下了幾位乘客，大家都陸續走出車站，只留下雅信一個人在月台上等南下的列車。那候車室廣播機的聲音一陣陣傳到月台上來，叫雅信驀然想起在尼加拉瀑布站等她的金姑娘來，她不禁焦慮萬分，看金姑娘在車站等不到人怎麼辦，她靜下心來想了一會，便提起行李往站長室走去。

有一位白髮的中年男子坐在站長室的辦公桌上在抄寫公文之類，由他的制服與神情雅信便猜出是站長本人了，就在站長的斜對面有一個年輕的電訊員戴了一副耳機在打電報。雅信對著站長走近，站長抬起頭來，問雅信有何貴幹？雅信把誤坐火車的故事向他敘述了一遍，然後問他說：

「我是不是可以借你的電話，打一通長途電話給尼加拉瀑布的站長，費用我願意付給你。」

「夫人，你知道我們Portsmouth是小站，沒有直通Niagara Falls的電話線，叫接線生轉接十分麻煩而且浪費時間，我建議你不如打電報去，也一樣可以接到，時間也不會比電話慢……不過，我倒想問問你到底打電話給那裡的站長做什麼？」站長說。

「因爲我約一位朋友在下午一點來車站接我，我想拜託站長在廣播機上廣播，叫她晚些再來。」

「好辦法！虧你想得出！」那站長讚賞地說，對雅信更加客氣起來：「那麼你就打電報去好了。」

那站長給雅信估計了一下，她大約會比原定的時刻晚三小時到達尼加拉瀑布，所以雅信就可以約金姑娘下午四點再來車站接她。計議既定，站長便把雅信的事交託給旁邊的電訊員，那電訊員便問雅信道：

「請問你想請Niagara Falls的站長在廣播機上講什麼話？」

「他可以這樣講：『金姑娘請注意！請速到站長室來！丘醫生有話代轉！』」雅信從容地回答說。

「請問你要站長代你轉話的內容是什麼？」

「內容可以這樣說：『因故誤車，遲三小時，準下午四時到達。』」雅信說。

那電訊員又把話筆錄下去，拿起來快讀一遍，便低頭操作電報機，滴答了一陣子，把電報打出去，末了，說一聲：「成了！」便開始與雅信算起電報費用來。付了電報費，雅信走出站長室，又回到月台來等南下的火車，這時她才有心情觀察車站附近的景物，有一隻麻雀在一部冷火車頭的大煙囪上啾啾地叫……

十

雅信搭了從Portland南下的火車，到了波士頓下車，又轉搭西行往尼加拉瀑布的火車，終於在下午四點到站。在火車離瀑布兩三里外的時候，雅信便在窗口聽到朦朧的水聲，等下了火車，走在月台上，那水聲更變成了野獸的巨吼，牢牢把整個車站籠罩住，連旅客說話的聲音也被壓得幾乎聽不太清楚，雖然還看不到瀑布，但早已被它的聲威懾服了。

雅信提著行李姍姍地跟在旅客的後面，月台還沒走到盡頭，已經發現金姑娘鶴立雞群在對她揮手了，她看見金姑娘拉長脖子張開大口，耳朵也同時聽到她那熟稔的聲音，夾在嚨嚨的水聲中，用台灣話叫道：

「丘雅信！丘雅信！……」

儘管與那如雷的瀑布相比，金姑娘的聲音微弱有若蚊鳴，但終究那是半年來雅信沒曾聽過的鄉音啊，所以聽起來特別感到親切，禁不住身心雀躍，三步做兩步走，加速奔向柵欄門口去。

「金姑娘，你有接著我的電報抑沒？」雅信興奮地問金姑娘道。

「哪會沒？就是聽著放送頭❶列放送，不才去站長室看你——的電報，才知影你——四點才會到，想欲轉去多倫多，往回著愛兩點鐘久，不如在這瀑布附近旋旋❷，順續看光景。」金姑娘快活回答道。

金姑娘輕而易舉地拎起雅信的兩箱行李，伐開大步就往火車站的大門走，雅信儘管無物一身輕，仍得邊走邊跑才能跟得上金姑娘，因爲久不聞台灣的消息，便迫不及待地問金姑娘說：

「不知長老教會的傳教師猶幾個留在台灣嚄？」

「攏也轉來加拿大丫，我——是上煞尾個，若不是用槍尾刀加我——強押，我——也甘願死列台灣沒想欲轉來。」金姑娘堅毅地說。

「阿你轉來的時陣敢有人來送你？」

「哪會沒？幾若牛車咧哦！尤牧師佮牧師娘、周明德佮尤妙妙、淡水女學佮淡水教會一行人，連彼『羅漢腳牧師』闘仔馬西也來基隆送我，一旁佮我損手，一旁猶列挲腹肚咧哦。」

金姑娘說著，回過頭來望雅信，兩人忍不住笑了起來，雅信這才發現金姑娘兩個眼角深溝的魚尾紋，她的半個後腦杓子也幾乎全是白髮，才半年不見竟然變得如此劇烈，雅信暗暗惴度，這半年裡金姑娘在台灣想必受了相當的一番苦惱與折磨吧。

「安倪銀姑娘也轉來丫？」雅信停了一會接下去問。

「講著銀姑娘，轉來是轉來丫，但即馬規日攏也列栽古董，自從三個月前中風以後，半身就獪振動，連話也遂獪曉講，出門著人扶，三頓著人飼，噯呀！實——在——眞可憐！」金姑娘搖

---

❶放送頭：台語，意(擴音器)。

❷旋旋：台語，音(se-se)，意(轉轉)。

頭歎息說。

「伊即馬在嘟？敢也轉來多倫多？」

「沒，伊——小弟換去在溫哥華(Vancouver)做牧師，所以伊——落船就留在溫哥華伊——小弟彼丫，給伊——妗仔❸照顧。」金姑娘說。

走出火車站，不久便來到那連通美加兩國的「霓虹橋(Rainbow Bridge)」，這條水泥拱橋由北而南跨過尼加拉河，位於尼加拉瀑布的下游，兩國的國界就從橋樑的中點畫過，因爲南面加拿大境內的橋上仍有工事在進行，所以加拿大海關臨時在美國的這邊橋頭設立檢查站，凡到加拿大去的旅客，一律在北岸驗關，才讓他們上「霓虹橋」進入加拿大境內。

在驗關的時候，雅信一句話也沒說，全由金姑娘一個人去跟那中年灰髭的海關員辦理交涉。因爲多倫多長老會早已向這海關上司照會過，而且西洋人一向對宗教團體與傳教人士懷著十分的敬意，又加上金姑娘一再向那官員提及雅信是加拿大長老會在台灣「五十年培育出來的花果」，竟使得對方連連點頭，面露光采之色，於是雅信的行李連打開也不必，只翻開她的護照，蓋了一個入境地點日期的鐵印，然後簽了一個字，便招呼雅信過關，還客氣地替她提行李，對她笑說：「歡迎到我們加拿大來！」讓雅信感到無限的溫暖與舒暢，彷彿回到故鄉一般。

步出海關的門限，雅信禁不住對金姑娘稱讚起加拿大海關的親切與友善，然後說：

「實在眞簡單，記得半年前在舊金山入美國境的時陣，彼美國海關將我的兩腳行李抄復抄，抄去眞厲害。」

❸妗仔：台語，音(kim-a)，意(弟媳婦)。

「噯呀！彼攏也是生分人才會加你——彫古董，若是熟識人攏也信信採採❹。」金姑娘說。

雅信停下腳步，睜著大眼瞪了金姑娘好一會，爲她流暢而典雅的台語而驚得說不出話來，連連搖頭讚歎一番，歆羨地對金姑娘說：

「金姑娘啊，不知是我半年沒講台灣話的關係，我感覺你的台灣話講起眞好，比阮台灣人猶較好，什麼『栽古董』，『彫古董』……連我都膾曉講，阿你是佮啥人學的？」

金姑娘張開大口，得意地大笑一會，滿臉笑得紫紅，回答道：

「是啊，是啊，我——列台灣都住直欲三十年丫，台灣話哪會講輸你？就是台灣話講尙多，英語遂膾記得了了，即回轉來多倫多，給我彼兩個外甥仔笑到欲死去，定定都對我講：『阿姨，阿姨，你的英語攏是台語發音，一點仔都沒像英語！』所以我——講一句，伊——就加我——改一句，膾輸干若三歲囝仔咧，又復開始學話，哈，哈，哈，哈……」

雅信見金姑娘笑得那麼開心，也陪著她暢懷大笑起來。

有幾部計程汽車停在「霓虹橋」的橋頭招攬生意，因爲有兩箱行李，而且過了霓虹橋到加拿大境內的巴士站還有一段路，金姑娘便叫了一部車子，那車夫把行李往後車廂放好，開門讓她們兩人進車子裡去。車子開動起來，才開上橋不遠，雅信便發現滿天細雨，汽車的玻璃窗都沾滿雨滴，茫茫一片，車夫打亮前燈，擋風玻璃上的撥雨器同時擺動起來。

「這不是眞雨，是霧雨，因尼加拉瀑布濺起的水花形成的。」爲了禮貌關係，金姑娘在車夫面前用英語對雅信說。

❹信信採採：台語，音(chhin-chhin-chhai-chhai)，意(隨隨便便)。

「通常都如此嗎？」雅信也用英語問金姑娘說。

那車夫轉過頭來，以一種專家的口吻，笑向雅信插嘴道：

「要看風向，如果風往上游吹，就沒有雨。」

雅信同意地點點頭，只見那愛說話的中年車夫從反射鏡瞥見雅信對他點頭，更挑起話興，繼續說了下去：

「可惜今天陰天，如果出太陽，而風又往上游吹，你現在就可以看到彩虹掛在河上，美麗極了！」

金姑娘與雅信兩人同時發出一陣唏嘘，都為沒能看到尼加拉河上的彩虹而感到惋惜。

「是不是因為這河上的彩虹，所以才把這橋起名叫『霓虹橋』？」雅信心血來潮，好奇地問。

「也許是吧，也許是吧，」那車夫說：「這點我也不十分清楚，我只知道這橋今年年初才開通，從前這裡有一座橋，不叫『霓虹橋』，叫『蜜月橋(Honeymoon Bridge)』，不過她已經到河底去度蜜月了！」

金姑娘和雅信哄然大笑起來，那車夫見客人開懷，也樂不可支，於是吹起口哨，為大家助興。

為了要讓雅信觀賞這尼加拉瀑布的世界奇景，金姑娘一旦把雅信的兩只行李鎖進巴士站的出租保險櫃，便領她來河邊的觀望台觀瀑。那瀑布分成左右兩簾，左邊是「美國瀑(American Falls)」，右邊是加拿大的「馬蹄瀑(Horseshoe Falls)」，中間由「山羊島(Goat Island)」隔開。那半圓形的「馬蹄瀑」如一道月窗紗帘，掛在翠玉般的懸崖上，瀑布上游的水呈灰白色，一波一波打到絕壁邊緣，突然像千軍萬馬，奔瀉而下，在崖底龍騰蛟滾，沖起漫天的白霧，吹向下游去。有隻白鷗在驚濤駭浪的上空，迎風招展，悠遊慢移，顯得十分寧靜，十分安詳。與這「馬蹄瀑」相較，那「美國瀑」就顯得平淡無奇，瀑布既小且直，瀑下還堆起無數亂石，錯落坎坷，無甚可看，好在有那弧線的「霓虹橋」做背景，才稍稍添補了瀑布的美觀。

飽覽了瀑布的美景，金姑娘又帶雅信沿著環河公路往下游走，走過「霓虹橋」的橋頭，不久就來到另一座橋叫「漩渦急流橋(Whirlpool Rapids Bridge)」，這橋會有這樣的名字是因爲橋下有無數的漩渦與急流，把下游沖刷浸蝕而成了尼加拉河的「大峽谷(The Great Gorge)」，離橋頭不遠處築有一幢石砌小堡叫「漩渦急流樓」，樓前一行廣告寫著「大峽谷遊覽(Great Gorge Trip)」的字樣，金姑娘見有幾個遊客走進小堡，她也拉著雅信跟著進去。

金姑娘用加拿大幣買了兩張門票，兩人坐了三分鐘電梯又走了五分鐘地洞，來到「大峽谷」的谷底，沿著谷底的水邊有一條蜿蜒的棧道，是供遊客漫步觀湍之用。金姑娘與雅信往前走了一段路，見那谷深水急，層層跌落，奇岩怪石，白沫飛濺，山洪如雷，天崩地裂，走不到一刻，已經頭暈目眩，髮濕衣漉，於是半路踅回，急步往地洞門口走去。

回到地洞，想不到竟然有一個展覽室，名叫「尼加拉蠻夫(Niagara Daredevil)」，展覽著各種各類精心設計的圓舟遊艇，是一百多年來一些不怕死的勇夫駕著向這深谷的激流挑戰用的，每隻船的說明上都記載那船與船主的歷史，有的平安登岸，但多的是被激流吞噬。

不但有人駕舟向這激流挑戰，甚至也有人冒險游泳與激流對抗，雅信看到一塊銅牌，刻著下面的字：

韋伯上校(Captain Webb)，這蜚聲英國的游泳名手，曾企圖游此激流，卻不幸溺死於此。

離這銅牌沒幾步，另有一塊木牌，牌上既有文字又有圖畫，那文字寫道：

霧中少女

根據印地安人的傳說，從前為了祈求來年五穀豐收，每年都在這激流犧牲一位處女，以便向河神獻祭。

有位酋長之女，因不忍見部落的處女哀號痛哭，遂自告奮勇，駕一葉扁舟，在酋長與其他人衆目睽睽之下，隨流而下，在霧裡香消玉殞。

讀了這牌文，已令雅信感動，再看那圖畫，更叫雅信鼻酸，因爲那圖畫繪著一位印地安少女，衣裝錦簇，打著一雙辮子，手執櫓槁，立在獨木舟上，那舟在激流中往左傾斜，那少女也因此搖搖墜墜，再一瞬就要掉到河底去了。

雅信與金姑娘在尼加拉瀑布附近一直遊到天黑，等興盡了，才搭夜間的直達巴士回到多倫多來。

十二

加拿大長老教會的總會設在多倫多，其他還有許多分會分佈到加拿大各地，教會的格局大同小異，教堂一律用紅磚砌成，中央是彩色大窗的本堂，旁邊聳立一幢方形鐘樓，樓頂的四面都有一對並立的桃窗，把鐘聲往八方傳開去。雅信第一眼看到多倫多總會的教堂，便覺得面善，似曾相識，原來與淡水的長老教堂幾乎同一款式，只是更高更大而已。

金姑娘領著雅信參觀教堂的內部，撲鼻雅信就嗅到一股古朽的木香，走在走廊上便聽到吱吱的木響，進了禮拜本堂，迎面就見到那排鍍金的管風琴並列在那半圓粉白的穹窿之下，那穹窿的尖頂懸了兩面旗，一面是安大略的省旗，另一面是英國的米字旗，雖已頹然褪色，卻仍發散著移民拓荒的古色與古香。就在那管風琴正前面聳起一座牧師的講台，台前四排唱詩班座位，那中央面對聖壇是一排風琴琴鍵，然後兩旁才是一排皮面高背的長老座椅。那聽眾席一律是長條橡木硬椅，呈半開扇形，對著牧師的講台集中，那席間有幾條甬道通向聖壇，因鋪著地毯，走時聽不見一點聲響。

因爲不是禮拜日，所以本堂空無一人，只悄悄地充滿著肅穆與莊嚴的氣氛。金姑娘指著那牧師講台，對雅信說：

「馬偕博士就是在即丫接受聖職開始做牧師的，一個月後伊就離開加拿大去台灣傳道，伊彼陣仔才二十七歲，時間是主後一千八百七十一年，離即馬已經是七十年以前的代誌丫。」

雅信聽著，默默點頭，禁不住從心底生出一股思古之幽情，驀然把頭一抬，皺眉蹙額，記起了什麼，便來碰金姑娘的肘，對她說：

「金姑娘，金姑娘，你猶會記得我細漢在『淡水女學』的時陣，有一遍你叫我寫英文批給一個加拿大人，伊也佮馬偕牧師仝款叫做『馬偕』，伊接著我的批眞歡喜，不但回我的批，復送我聖誕禮物佮一張二十塊美金的匯票給我……你敢猶會記得𣍐？」

「哪會𣍐記得？我——逐項❺也記到清清楚楚。」金姑娘瞇起眼睛笑文文地回答。

「阿彼加拿大人即馬不知安怎款嚄？」雅信問道。

「雅信啊，你——𣍐記得彼已經是三十年前的代誌ㄚ，伊彼陣都八十歲ㄚ，若活到即馬不就百幾歲ㄚ！」金姑娘叫說。

雅信點頭歎息起來，才恍然大悟青春不再，自己也已經是四十出頭的中年婦女了。

緊接而來的禮拜天，當教會的教友們都帶眷攜友舉家來教堂做禮拜，金姑娘也帶了雅信來本堂，把她介紹給大家。主客雙方都高興到了極點，對那些教友而言，他們祖父曾經捐錢到台灣蓋教堂、學校與醫院，今天終於親眼見到這五十年後的第一顆花果，哪個不是額上添光、喜形於色？對雅信而言，她則是因爲在教堂見到那許多新知與故舊，大家都那麼熱忱問候，暫時把鬱積在心頭的旅憂與鄉愁一股腦兒忘記了。

雅信發覺她新識的牧師與長老之間，普遍都對台灣懷抱著無可名狀的鄉情，一提及台灣與馬偕，無不眉飛色舞，耳熟能詳，彷彿都曾在那島上住過，而對馬偕的傳教精神則是由衷感佩，有口皆碑。凡此一切，都令雅信感到自由自在，恍若海外倦遊，終於又回到淡水一般。

在教堂的執事當中，有一位對雅信特別表示關懷，她便是馬茉莉女醫生(Dr. McMurich)，年

❺逐項：台語，音(tak-hang)，意(每樣)。

紀大約五十左右，說話精確，動作敏捷，雙眼奕奕有神，充滿智慧之光，經金姑娘在旁透露，雅信才知道原來她就是「長老教堂婦女傳道會」的主席，曾受那位「不愛江山愛美人」不久之前才遜位的英王愛德華八世賜封的女醫，因爲她的「婦女傳道會」早答應在雅信留加期間要負擔她的住宿與旅費，而她自己竟然又是雅信的醫師同道，也難怪她們一見如故，談話投機，彷彿已經結交了幾十年的老友。

這天，做完了禮拜，教友們照例在禮拜堂後的聚會堂用茶點咖啡，馬茉莉醫生把雅信拉到人靜的角落，兩人開懷暢談起來，談了好一會，馬茉莉醫生忽問雅信道：

「聽金姑娘說，你在哈佛大學的醫學院唸書，那可是美洲數一數二的醫學院呢，我眞爲你高興！」

「可是——，馬茉莉醫生，我已不在那裡唸了。」雅信臉色微紅，幾分尷尬地說。

「眞的？你沒有對我說假吧，我猜。那麼，你此後做何打算？」

「我想回台灣去。」

「沒有的事！」馬茉莉醫生堅決地說：「你那麼辛苦從老遠的地方來，怎麼可以只呆幾個月又空手回去？不行！不行！丘醫生，你一定得學些東西才可以回去，否則實在太可惜了！」

雅信有一大堆話藏在心底，只因馬茉莉醫生才第一天見面，不便向她披露，卻又不願拂她的好意，只好默默無語，強顏作笑。只見馬茉莉醫生雙手合抱在胸前，用中指輕敲蘋果腮子，沉思了一會，忽然把頭一抬，叫道：

「有了！有了！丘醫生，我替你想出一個好主意，你既然不想在『哈佛大學』唸，不如就在這裡『多倫多大學』唸吧，這個大學的醫學院也是頂出名的，教授我都認識，只消去跟他們說一聲，保證沒有問題，你在大學的費用就由我們『婦女傳道會』爲你負擔。」爲了引起雅信更高的興趣，馬茉莉醫生換成了另一種委婉的口氣說：「你知道嗎？丘醫生，那個因發現了胰島素而獲得諾貝爾醫學獎的班丁醫生(Dr. Banting)就是這『多倫多大學』的醫學院畢業的！」

接著，在往後的兩個月間，金姑娘每天帶雅信去拜訪多倫多附近的教會朋友，有一回還遠到北部的渥太華(Ottawa)去看金姑娘的妹妹與在那裡教會當牧師的妹婿，並見了那兩個笑金姑娘「英語用台語發音」的外甥。至於每個禮拜日，幾乎都有不同的長老教會來邀請金姑娘與雅信去做見證，現身說法對教友說明台灣的情形，但最重要的還是他們大家想一睹雅信這「長老教會在台灣五十年培育出來的唯一花果」的丰采。

等兩個月後，雅信又回到多倫多，馬茉莉醫生早已給雅信在「多倫多大學」的醫學院註冊，雅信一時難於推辭，也只好隨便選了一科「公共衛生」來唸。馬茉莉醫生爲了要讓雅信安心唸書，把她安頓在教會設立的「傳道之家」，「婦女傳道會」除了負擔她的學費，還每個月發給她七十五塊加幣，其中五十塊付給「傳道之家」的食宿費，剩下二十五塊零用，整天不叫她做任何事情，只叫她到大學的醫學院好好唸書。

這種重做學生的單調日子差不多過了兩個月，這期間因金姑娘也同住在「傳道之家」，閒時有她做伴談心，倒也不覺無聊。可是不久，金姑娘有重職在身，被調到東部的夢翠娥(Montreal)服務去了。金姑娘一走，雅信又頓感寂寞，於是過去在波士頓所感到的憂鬱又襲上心頭，牢牢盤纏，不肯離去。

除了這內心的孤寂，外界的情勢更令雅信憂心忡忡，無法沉下心來唸書。原來幾個月來，美日的關係急轉直下，報紙上每天見到的都是美日兩國緊急會議的消息，日本駐美的野村大使與美國國務卿赫爾(Hull)兩人在華盛頓首府談判不成，由日本天皇親派的來栖特使又專程來華盛頓參加談判，但無論官員代表如何努力，雙方的距離卻是愈來愈遠，大有山雨欲來風滿樓之勢。然後有一天，雅信還在報紙上讀到一則消息，報導舊金山的美國碼頭工人集體罷工，拒絕爲一隻滿載絲綢的日本貨船卸貨，要求那隻船把貨原裝運回日本去，於是大家議論紛紛，都感到美日戰爭已經間不容髮，可能一觸即發了。

這一晚，雅信心焦如焚，輾轉反側，竟然失眠，她想了整整一夜，如果戰爭是不可避免，要死也要死在故鄉，豈可死在異域？反正她是醫生，醫生的目的是醫人，書唸再多也還是醫人，那麼她在外國浪費時間有什麼意思？她突然不想再唸下去了，她下了最大的決心，決定回台灣去。

第二天早上，她不再回「多倫多大學」的醫學院去，她直赴馬茉莉醫生的診所，把她的決定告訴她。馬茉莉醫生大感驚訝，叫道：

「唉呀！丘醫生，你千辛萬苦從那麼遠的地方來，回去怎麼好？何況我聽金姑娘說現在台灣眞危險，只怕回去日本人把你打死也說不定。」

「要死也要死在一起，不要母親死在這裡，兒子死在那裡就不好了，特別是我自己的老母親，一直都沒有通信，她年紀不小了，不知道身體怎麼樣？我非回去不可！」雅信堅定地說。

馬茉莉醫生又苦勸了雅信一番，始終也無法改變雅信的鐵志，終於轉了口氣說：

「好吧，你若決心想回去就回去吧，只是讓我先寫信給溫哥華的一位女教友，告訴她你要回日本去，請她來火車站接你，先替你訂好船票，在等船期間好好招待你。」

雅信爲馬茉莉醫生的臨機應變與周密安排佩服得五體投地，當場向她表示，並且熱烈地感謝了她一番。

三天後，雅信又提了她那兩箱行李，搭了加拿大橫跨洲際火車，從多倫多出發，由東而西，一路開向太平洋岸的溫哥華來。

因爲已經踏上回台灣的歸途，到美洲一年來的憂心與愁腸完全拋諸九霄雲外，雅信突然感到心曠神怡，身輕如燕，飛向台灣去。一路上，雅信都靠著車窗看窗外的風景，其實這時已秋過冬至，加拿大的草原一片枯黃，沉沉地沒有一點生氣，不過這絲毫也沒能減低雅信的興致。

有一回把視線從窗外移到窗內，雅信才發現，不知幾時，她的身邊坐了一位年輕修女，她全身黑紗，頭罩黑巾，只在額上留了一條白帶，幾綹金髮溜到帶外，她長睫高鼻，杏眼櫻唇，正凝神注目，在讀膝上的一本黑皮燙金的聖經。坐在同排靠在修女之外的是一位彪形大漢，鬈曲頭髮，棕蓑短鬍，穿一件牛皮夾克，踩一雙馬革靴子，一副加拿大農夫的打扮，他正抽著一支紙煙，在對天花板吐煙圈。在雅信的正對面坐著一位年輕嫵媚的婦人，她正側過身來爲她那三歲的女兒梳理辮子，那女孩高凸的額頭，丁豆翹鼻，一雙藍而圓滾的眼睛，配上一對彎弓嘴唇，活像櫥窗展覽的丘比洋娃娃，可愛極了，害得雅信的視線一逕被她吸引住，久久沒能從她的臉上移開。

那女孩一直都靜靜地躲在她媽媽的懷裡任她梳理辮子，睜著那雙大眼睛偷偷盯著她對面的修女，一旦她媽媽把她的辮子打好，她便反身蹬起小腳，把她媽媽的脖子拉下來，附在她的耳朵上，偷指那修女，害羞地說：

「She is pretty……」

那修女抬起頭來，蒼白而沒有表情的臉泛起一陣紅暈，她文文地笑了。

「左邊這位 Lady 呢？Darling。」那年輕的媽媽指著雅信，故意用兒語問那女孩。

那小女孩又把她媽媽的脖子拉下來，側眼偷望雅信，悄悄對她耳語道：

「She is pretty……」

雅信聽了，也禁不住笑了。

「右邊這位Gentleman呢?-Darling。」那媽媽笑指著那農夫說。

那小女孩搖搖頭，退到她媽媽的懷裡去，一邊咬住下唇，一邊用那雙水汪汪的眼睛瞪那農夫。那農夫覺得有趣，一腳把紙煙踩熄，蹲下他那粗塊的身子，往那女孩靠近半步，溫柔地逗她說：

「Are you my friend?」

「No!」

「How come?」

「You are too BIG!」

那農夫無可奈何地聳聳肩，抓了幾下頭，坐回他的椅子去。雅信、修女與那媽媽見了，都開心地笑了。

那火車開了好一陣子，終於在一個丘陵上的小火車站戛然停下來，那母女和那位修女也湊巧同時下車，雅信從車窗望那年輕的婦人提著兩口大行李，而那年輕的修女只拎著一隻手提包，把那本聖經夾在左腋下，騰出一隻手來牽那可愛的小女孩，跟在那婦人後頭，她們一起走向車站的柵欄口去。

才出柵欄口，便有一位英俊的男子跑上來把那小女孩從修女的手中抱了去，又把那婦人擁在懷裡，三個人相互熱吻了一陣子，那男子才把女孩放到地上給那婦人牽，自己輕鬆地提起那兩口行李，三個人快活地走向一部停在站前的汽車，不一會兒就發動馬達，開向鄉間的泥土路，消失在車後揚起的黃沙裡。

那修女沒有人來接，她走出車站，便孤伶伶直往站前的一座小山爬上去，那小山的頂端聳立著一幢天主教堂，有兩座鐘樓直探雲霄，一道階梯用古銅欄杆護著，由山下蜿蜒爬到山頂，那山頂教堂的一旁看得見一塊墓地，滿是十字架的墓碑，有白的、黑的、紅的、棕的……紛紜雜沓，橫臥其間。這景緻肅穆而幽美，特別是那高聳的天主堂，俯瞰山下那一望無際的田野，使人覺得能清靜住在那山上，與塵世隔絕，是多麼令人神往夢迴的事。

汽笛嗚嗚嗚了幾聲，火車又慢慢開動起來，這時，那修女已爬到半山腰，左手提著手提包，右手抱著聖經，一步一步吃力地往上爬。雅信的目光一直都不曾離開那修女，她愈接近教堂，火車也愈離得遠，等她爬到山頂，只剩下一個小黑點，再一瞬，便什麼也不見了。

十二

雅信坐了CPR(Canadian Pacific Railway)的火車，經過加拿大西部遼闊的大草原，越過那嵯峨崢嶸的洛磯山，於第四天傍晚終於來到瀕臨太平洋岸的溫哥華。下了火車，來到火車站的大廳，才發覺這大廳不但供火車乘客之用，也同時供海洋船客之用，原來溫哥華郵船的碼頭就在火車站的外頭，所有橫渡太平洋到亞洲的郵輪都泊在碼頭上，而遠洋的船客便首先在這大廳集中，然後才登船往各處漂洋的。

正因爲同時充當郵輪的總站，所以那候客廳的建築與裝潢就非尋常車站可比了，它的地板是磨石的，圖案美麗，光可鑑人，那寬敞的長方形大廳，由四排希臘愛奧尼式的白柱圍繞，撐起白灰方格的天花板，在天花板與柱頂之間的牆壁上，繪著一幅幅洛磯山的風景畫，大廳兩頭入口的牆頂各嵌有羅馬字的大鐘，告訴旅客出入的時間。因爲穹高堂奧，迴聲嫋嫋，人聲此起彼落，卻是模糊不清，唯有女人的高跟皮鞋，格格敲打，響徹全廳。

在車站的一角有一個YWCA的服務櫃檯，檯前有幾張供人休憩用的木條椅，有幾位旅客把行李放在地上，歪在椅子上歇息，一個穿白袍的中年女清潔婦在行李之間洗刷地板，雅信站得有些累了，便往那長條椅挪了過去。

才在木條椅上坐下來，雅信便聽見一個女人的聲音，問道：

「你是丘醫生嗎？」

雅信連忙抬起頭來，在她跟前立著一位修長的女人，年約三十五，一襲鼬灰色的緊身衣裙，斜戴一頂罩面網的黑帽，帽邊插一朵白薔薇，粉頸繫一條紅絲絹，一雙黑玉耳墜配上兩抹櫻紅嘴唇，無論表情或顏色，一切都齊齊楚楚，恰到好處，第一眼就給雅信一種精明伶俐的深刻印象。

雅信隨即回答說：

「是啊，我就是丘醫生，請問你是哪位？」

「我是顏小姐(Miss Yeandle)，眞高興見到你！丘醫生。」

顏小姐說著，同時把細長的手突伸到雅信面前，雅信慌忙從木條椅立起，禮貌地跟她握手，被她那冷冰的手緊緊握住，握得幾乎都痛了起來，顏小姐才徐徐鬆手，開始去幫雅信提地上的行李。

顏小姐領雅信步出車站，她的那部一九三六年的福特黑頭車就停在離大門不遠的路旁，打開車門，放好行李，她指司機右邊的位子叫雅信就座，於是發動了引擎，汽車便往溫哥華西邊面臨

「英國灣(English Bay)」的Kitsilano區開駛起來。

因爲一直都專心開車，所以顏小姐好久都沒說話，雅信也只好沉默地坐著，張大眼睛瀏覽溫哥華古英國風的街景，突然顏小姐開口對雅信說道：

「對了，丘醫生，你的船票我已經爲你買好了，馬茉莉醫生從多倫多寄了信和支票來，當天我就去買了，船是預定十二月十五日開航的，由溫哥華直航橫濱，所以你在溫哥華大約有十天的停留時間，不知你在這十天裡面做何打算？」

「我也不知道要做什麼好，顏小姐，不過請你不必麻煩，把我放在家裡或哪裡都好。」雅信說。

「我是幼稚園的老師，每天早上都要去給小孩子上課，沒有空，下午回家後，倒有時間可以陪你，這溫哥華有大學、圖書館、醫院。看你要上哪裡，我就用車子帶你去。」

「隨你便好了，把我帶到哪裡都可以，只是千萬不必太麻煩才好。」雅信十分客氣地說。

顏小姐的家是一幢木造平房，一進門就看見小客廳裡的火爐燃著熊熊的火焰，屋裡的桌椅擺得井然有序，刀叉杯盤都擦得光亮如鏡，窗帘桌巾也洗得一塵不染。那爐前的一張單人老沙發坐著一位七十多歲的老人，下巴拄一支枴杖，目不轉睛地望著爐中的火焰，其旁坐著一位同齡的老嫗，聽到門響就想立起來開門，卻爲了陪伴那老人，只好坐在原椅，斜立著身子歡迎客人。顏小姐把他們介紹給雅信說：

「這是我父母，他們跟我同住，幫我看家。」

雅信忙跟那對老夫婦點頭作禮，那雀瘦的顏母露出溫暖的微笑，點頭回禮，而那龍鍾的顏父則一動不動，繼續望那火爐，那爐子偶爾爆出了幾顆小火星。

雅信在顏小姐家住了兩天，第一天是禮拜五，顏小姐去幼稚園後，她一直都在家裡休息，這天下午，顏小姐晚回家，所以也就沒有出去，第二天是禮拜六，因爲幼稚園不上課，顏小姐便用汽車帶雅信去逛了溫哥華的海岸與碼頭，到了傍晚才回家，臨睡前吩咐雅信說：

「明天早一點起來梳洗，我帶你上我們這裡『西點長老教堂(West Point Presbyterian Church)』，我已經把你的故事告訴了教友，他們都很想見見你。」

第二天早晨，雅信果然遵囑，很早就起床梳洗，穿上福士特夫人在波士頓特別爲她選購的那件淺紅的套裙與同色的女帽，坐在客廳靜候。眞難得這天顏父也換了西裝，打上蝴蝶領結，戴了一頂舊呢帽，依舊提他的枴杖，由盛裝的顏母挽著，早先坐到汽車的後座去。顏小姐也一身高貴的打扮，等雅信在前座右邊的位子坐定，她就戴上白絲手套，小心翼翼地發動起車子來。

因爲是禮拜天，大部份人家都還在夢中，所以整條街是靜悄悄的。朝陽還隱在曉霧裡，只見那兩排古老的楓樹，光禿嶙峋，只剩枝頂的幾片殘葉，在冷風中搖顫。

那教堂座落在一個寧靜的街角，四面環繞著枯乾的草木，那本堂比淡水教堂還小，牆壁粉刷著石灰，看來蒼白而帶著一份莫名的憂鬱，那用飛柱撐起的鐘樓，每邊只有單獨的小桃形窗，而且還用百葉窗帘遮住，彷佛怕那鐘聲被人聽見似地，這一切都令雅信感到陌生而怪異。

好在進了教堂，氣氛爲之一變，那正壇側面的一口大桃形窗用彩色玻璃嵌著耶穌像，左手提一明燈，右手高指天空，而相對的另一口大桃形窗也嵌著一張耶穌像，左手舉權杖，右手抱羔羊。那用香杉木片嵌成的地板打著蠟，中間的甬道則鋪著紅毯。那講壇的木桌上擺一束黃菊花，栽在金光閃亮的銅盆裡，木桌的兩邊放著四個奉獻的木盤，唱詩班的坐椅擺在正壇的一側，前面放了一架中型風琴，因爲離禮拜的時間尚早，所以壇上冷清清的，還沒個人影，倒是壇下教友席上已坐了不少人，大家互相寒暄，低聲交談。

顏父因爲提著枴杖，行走不便，顏母挽著他，就在後排靠門的椅子坐了下來，顏小姐則領著雅信從中間的紅毯甬道走到前排的椅子，一時四座的教友都把目光往雅信身上投射過來，才在第三排的椅子坐下來，那些教友便屈身躡足從四面八方圍攏而來，無論男女老少，個個都衣冠楚楚，和藹可親，自動跟雅信攀談，熱烈跟她握手，使得她嘴痠手痛，但是盛情難卻，還得一一跟他們攀談，一一跟他們握手，彷彿沒得止息。

「噢，丘醫生，你是我們千里的貴賓，我們多麼歡迎你！」一個穿獺皮大衣的胖女人偎過來對雅信說，在她的左頰擁吻了一下。

「眞高興能見到你，丘醫生，聽顏小姐說，你是我們教會在台灣五十年結成的果實！」一位穿戴入時、舉止優雅的美麗太太對雅信說，握住她的手不放。

「豈只是果實？丘醫生，你根本就是上帝在台灣開放的花朵！」那太太的瀟灑英俊的先生在旁補充道。

「丘醫生，你幾時才到我們溫哥華的？」一位紅顏白髮的慈祥老婦人問雅信說。

「前天才到。」雅信回答道。

「幾時要回台灣去？」

「十二月十五日，船要先到橫濱，然後才往台灣去。」

「怎麼這麼急？丘醫生，爲什麼不在溫哥華多住幾天？」

「謝謝你的好意。」雅信微笑地回答：「不過船票顏小姐幾天前就爲我訂好了，變更不得，否則眞想多住幾天。」

「唉呀，那實在太遺憾了，丘醫生，我們都希望你能在溫哥華多住幾天，可以互相見面，你知道？我們也眞太榮幸了，能見到你這位從台灣來的女醫生。」那老婦人搖首惋惜地說。

這時，從正壇的側門，魚貫走出了唱詩班的團員，男女各半，一律藍袍白領，分成兩排，在那右側的長椅正襟危坐下來，過後，一位同樣裝扮的年輕女司琴，來到風琴前，輕輕掀開琴蓋，幽幽奏出了巴哈的風琴序樂，奏了好一會，那位六十多歲的皤髮牧師才從同一個側門走出來，他戴一副銀絲邊眼鏡，白色的圓領，一襲烏紗聖袍，脖子上環著一條綠色及膝的紳帶，左右紳帶上各繡著金色十字架。他一走出來，那琴聲便大作，等他爬了那小段樓梯，來到講壇上，樂聲就戛然而止，於是他舉起雙手，對壇下宣佈禮拜開始。

「讓我們大家來唱今天的第一首聖歌，『聖歌集』第一零五首，『萬物光明而美麗(All Things Bright and Beautiful)』。」那牧師說。

那風琴奏出了「萬物光明而美麗」的前奏，唱詩班的團員齊一站了起來，台下的教友也跟著兩兩三三陸續立起，雅信也不例外，她隨著大家拿起座前那黑皮的「聖歌集」，卻忘了牧師剛才說的首名，便抬頭去看那正面牆上的聖歌牌欄，欄下依續裝了三行數字，寫著：105、27、301，表示今天要唱的三首聖歌的首名，雅信於是翻到第一零五首的聖歌，和著那風琴的樂聲，跟大家唱起「萬物光明而美麗」來。

唱完了聖歌，琴聲止息，大家也就相繼坐了下來，牧師開始作「讚美、懺悔與赦罪」的禱告，完了，他就宣佈說：

「今天我們要讀的『啓應聖詩(Responsive Psalm)』是聖經『詩篇第二十二首』，在『聖歌集』第六百二十四頁上。」

牧師說畢，他便帶頭讀了這詩的第一行，在壇下的教友接下去讀第二行，這樣，一啓一應，一上一下，一行一行把全詩讀了下去：

我的上帝，我的上帝，祢爲什麼離棄我？（牧師）
　我哀號求助，祢爲什麼不來幫助我？（教友）
噢！我的上帝，我白天呼號，祢不回答；
　我夜間哀求，也不得安息。

然而，我不再像一個人；
　我像一條蟲，被人藐視嘲笑。
看見我的人都譏笑我，
　對我搖頭吐舌說：
「你依靠上主，祂爲什麼不來救你？
　上主若喜歡你，爲什麼不來幫助你？」

上主啊，祢使我安然出母胎，
　我嬰孩的時候，祢保護我平安。
我一出世就投靠祢；
　我一離母胎，祢就是我的上帝。

求祢不要遠離我！
　災難到了，我卻求助無門。
許多敵人像公牛包圍著我；
　他們像巴沙兇猛的公牛圍攻我。
他們像吼叫的獅子，
　張口要吞吃我！

我的精力像潑在地上的水消失。
　我的骨頭都脫了節；
我的心像蠟塊在內腹裡融化。
　我的喉嚨像塵土一樣乾枯，
舌頭黏在牙床上。
　祢把我扔在塵土中等死。

作惡的人結夥圍困我，
　像成群的惡狗困擾我。
他們撕裂了我的手腳，
　我的骨頭歷歷可數。

他們搶了我的外衣，
　又在爲我的內衣分贓。
上主啊，求祢不要遠離我！
　我的救主啊，快來救援我！
求祢救我脫離刀劍；
　求祢救我脫離那群惡狗，
求祢從這些獅子的口搶救我；
　我在這些野牛前是多麼無助啊！

牧師與教友對應把「詩篇第二十二首」唸完，牧師便對今天首次來參加禮拜的雅信表示歡迎之意，說著的當兒，不時把他那對友善而仁慈的目光向雅信的身上投射過來，令她感到無比的溫暖與自在。

接著，那牧師從講壇沿梯走了下來，來到頭兩排座席的小孩子面前，跟他們說了一個故事，並解說了這故事的涵意，顏小姐便自動由雅信身邊立起，領了那群小孩，往教堂的後廳去爲他們上「主日學」去了。

孩子們全部從側後門消失之後，牧師才又爬上講壇，對大家宣佈說：

「今天我們要讀兩段『聖經』的經文，首先要讀的是『路加福音第十章第二十五節到第三十七節，現在就請大家把『聖經』翻開來。』

雅信隨眾人拿起座前的栗皮「聖經」，翻到「路加福音」，跟著牧師沒有抑揚頓挫的單調聲音，在心底讀了起來：

有一位經學教師前來試探耶穌，說：「老師，我該做什麼才能夠得到永恆的生命呢？」

耶穌說：「聖經上說的是什麼？你是怎樣解釋的？」

那個人回答：「你要以你全部的心志、情感、毅力、和理智愛主——你的上帝，也要愛鄰人像愛自己一樣。」

耶穌對他說：「你答得對，照這樣做，就可以得到永恆的生命。」

那經學教師爲要表示自己有理，就問耶穌說：「誰是我的鄰人呢？」

耶穌說：「有一個人從耶路撒冷下耶利哥去，途中遇到了強盜。他們剝掉他的衣服，把他打個半死，丟在那裡，剛好有一個祭司從那條路下去，看見那個人，立刻走開，從另一邊過去。同樣，有一個利未人也經過那裡，他上前看看那個人，也從另一邊走開。可是有一個撒馬利亞人過路經過那個人身邊，一看見他，就動了慈心。他上前用油與酒倒在他的傷口，替他包紮，然後把他扶上自己的驢子，帶他到一家客棧，在那裡照顧他。第二天，他拿兩個銀幣，交給客棧的主人，說：『請你照顧他，等我回來經過這裡，我會付清所有的費用。』」

於是耶穌問：「依你的看法，這三個人當中，哪一個是遭遇到強盜那個人的鄰人呢？」

經學教師回答：「以仁慈待他的那個人。」

耶穌說：「那麼，你去，照樣做吧！」

「其次要讀的經文是『馬太福音第五章第三十八節到第四十八節』。」那牧師又對大家宣佈說。

於是雅信又翻到「馬太福音」，隨著牧師的聲音，讀了下去：

「你們曾聽見有這樣的教訓說：『以眼還眼，以牙還牙。』但是我，告訴你們，不要向欺負你們的人報復，假如有人打你的右臉，連左臉也讓他打吧！假如有人拉你上法庭，控告你，要你的內衣，連外衣也給他吧！假如有佔領軍的軍人強迫你替他背行李走一里路，你就爲他多走一里吧！有人向你要東西，就給他；有人向你借什麼，就借給他。」

「你們又聽見這樣的教訓說：『愛你的朋友，恨你的仇敵。』但我要告訴你們，要愛你們的仇敵，並且爲那些迫害你們的人禱告，這樣你們才可以做天父的兒女。因爲天父使太陽照好人，也同樣照壞人；降雨給行善的，也給作惡的。假如你們只愛那些愛你們的人，上帝又何必獎賞你們呢？就連稅棍也會這樣做的。假如你們只向朋友打招呼，那又有什麼不平常呢？就連異教徒也會這樣做的。你們要完全無瑕，就像你們天父完全無瑕一般。」

「感謝主讓我們讀到這寶貴的經文，願祂賜我們智慧以了解其中的眞義。」牧師結束讀經之後說：「現在請大家一起來默唸我們的『使徒信經』。」

雅信隨群眾起立，垂頭閉眼默念了「使徒信經(Apostles' Creed)」，坐下之後，唱詩班開始合唱兩曲巴哈的「聖歌謠曲(Cantata)」，會友與牧師坐著靜聽，完了，牧師才站起來講道，今天講道的題目是「上帝之愛」。

「諸位親愛的教友，我今天要闡述的主題是『上帝之愛』。一提起『上帝之愛』，大家都知道，它是很偉大，很寬容，很慈悲，很安詳。可是我若問諸位一聲，它是如何偉大？如何寬容？如何慈悲？如何安詳？諸位恐怕就不能立刻回答了。今天我正是爲了解答這問題，而來跟大家一起討論的，但在討論之前，我想請大家聽我唸一段小故事，這小故事是我前幾日無意之中讀到的，是俄國大文豪屠格涅夫在一八七六年寫的，名字叫做『小麻雀』，現在就請大家靜靜聽著。」

我打獵歸來，順著花園裡的一條路走著，我的狗在我前面跑。突然間，牠縮短了腳步，開始潛行，好像循著獸跡在尋覓什麼獵物。

我順著那條路看過去，看到一隻小麻雀，頭上長著柔軟的羽毛，頸子是黃色的。牠是從巢裡剛掉下來的，因爲風猛烈地搖撼著路旁的樺樹，那小麻雀不安地移動著，無助地拍一拍牠那羽毛未豐的小翅膀。

我的狗慢慢挨近牠，這時忽然從鄰近的樹上，衝下來一隻黑頸的老麻雀，如一塊石子般地直打到狗的鼻子上，那老麻雀顯出可怕的樣子，豎起了渾身的羽毛，做絕望的哀嗚，兩度飛向狗那牙齒閃光大而開張的嘴邊。

牠爲了救護而來，牠飛到小麻雀的前面來保護牠，但牠細弱的身體整個在做恐怖的顫慄，牠的聲音粗糲而怪誕，恐懼得暈了過去，牠奉獻了自己！

我的狗縮回身來，兀然站住，牠很清楚地知道自己的力量。

我急忙喚回我那受驚的狗，懷著滿懷的敬意走開了。

是的，請不要笑，我對這細小而英勇的鳥兒的確懷著敬意，爲了牠這種愛的衝動。

我想愛是比死和死的恐怖還奇奧，惟因爲愛，生命才能團結起來而且向前推進。

於是牧師便以那麻雀的「母愛」來比喻上帝更崇高更包涵的「上帝之愛」，可是還沒等他說下去，雅信已經眼睛模糊起來，想起寄養在東京的兩個子女，他們正像在風中掉落在路上的小麻雀，被戰火吞噬，而做母親的她卻在美洲的外國地方逍遙，沒去救援，她一時愧疚萬分，又是悲慟又是心酸，打開了手提包，從裡面抽出手絹來拭眼淚。

不知幾時牧師已講完了道，請大家立起來，合唱今天的第二首聖歌，雅信也跟大家起立，翻到第二十七首的「慈悲的上帝，恩寵的上帝(God of Mercy, God of Grace)」，隨大家唱了，一邊唱一邊偷偷把淚拭乾。

唱完第二首聖歌，大家坐了下來，牧師垂下頭，開始做「感恩祈禱」：

「榮耀的上帝，我們要感謝祢賜給我們如此眾多美好的事物：耶穌基督教給我們的愛、聖經教給我們的信、我們的團契、我們的教堂、我們的家庭、我們的學校、供給我們食物的農民與漁夫、以及供給我們服務的商人與公務人員。請接受我們衷心的感謝，噢，上帝，祢萬物的施主，不但賜給我們，也請祢賜給其他社會各階級的人，讓他們得到日夜所需。」

牧師休息一陣，以便換氣再繼續說下去，驀然，一位司門的教友急步穿過堂中甬道來到牧師的講台前，一聲不響地將一張紙條遞給牧師，又一聲不響地走回去。牧師拿起那張紙條，迅速地瞟了幾眼，神情驟變，卻勉強控制住自己，恢復原來的臉色，以一種顫抖而動人的聲調，又繼續祈禱下去：

「噢，天父，請用祢的慈悲看待我們並寬恕我們，我們並不值得祢的祝福與保佑，因爲我們並不依祢的教訓去愛我們的鄰人，去愛我們的仇敵，我們只循著我們的自私與貪婪，從事無窮無盡的搏鬥與戰爭。噢，崇高而全知的上帝，願祢賜給所有統治者智慧，以了解戰爭的無益與殘酷，讓他們明白和平才是他們百姓之福。願祢寬恕那些兵士在戰場上的殘忍與暴行，他們是被迫參戰的，請讓我們念及在家裡他們個個都是慈父、良夫、孝子、益友，只因戰爭才昧了良心而變成禽獸。父啊，我的天父，願天下的人不再用自己的觀點去看世界，而用別人的觀點去看世界，願我們的地球有如天國，沒有地域與膚色的區別，大家相處，有如兄弟姐妹，在祢的愛心之下，大家和平共處，永無戰爭。我們奉主耶穌基督的名，衷心祈禱，阿——門——」

牧師禱告完畢，領導大家默誦「主禱文(Lord's Prayer)」，完了，他對大家宣告說：

「本來今天要唱的第三首聖歌是第三百零一首的『前進!基督的尖兵(Onward! Christian Soldiers)』，現在因爲特別緣故，我請大家改唱第五百六十九首的『快樂快樂讚美您(Joyful, Joyful, We Adore Thee)』。」

風琴響起那聖歌的前奏，雅信一聽，只覺得十分耳熟，再仔細聽下去，才發覺原來就是十多年前在東京「世界主日學大會」上聽到「千人大合唱」的那最後一支貝多芬的「快樂頌」，現在竟然在回台灣前一刻再重聆昔音，也眞是太巧合的事，既然那旋律已耳濡目染，歌詞又在手上，她也就跟隨大家齊聲唱了起來：

快樂快樂讚美您，
　榮耀之主愛之神；
心如花瓣爲您開，
　頭似日葵對您抬。
消融悲愁之白雲，
　驅除憂鬱之陰影；
永恒歡樂是主恩，
　光照世界自清晨。

萬物快樂環繞您，
　天上地面披汝光；
繁星天使爲您唱，
　連綿讚美唱不斷。
森林窮谷與高山，
　芬芳草地與海洋；
善歌鳴禽與流泉，

同唱快樂頌合歡。

您既賜恩又赦免，
世人永被千古恩；
歡喜恍如井不竭，
快樂可比海洋深。
上帝天主是人父，
宇宙萬民皆弟兄；
教我兄弟相友愛，
情同手足深似海。

等大家把「快樂頌」唱完了，牧師才整整他的衣巾，清清他的喉嚨，用深井底下發出的低沉聲音，拈起剛才那紙條對大家說：

「非常對不起大家，我現在有一件驚人的消息，要向諸位宣佈。」

今天，一九四一年十二月七日，早上八點，日本空軍與海軍聯合偷襲珍珠港，東京日本軍部隨即對美國與英國宣戰。美國總統羅斯福已下令全國總動員，並召開國會緊急會議，準備公開聲明，正式對日本宣戰。

牧師的聲音戛然而止，整個教堂有一刻的死寂，然後發出了一陣唏噓，多數人垂下頭來祈禱，有一兩個婦人開始啜泣，而雅信則震駭得頭暈目眩，隨即昏了過去……

教堂裡的人都靜默無言，一個個悄悄立起，一個個低頭從雅信身旁走出去，再也沒有人跟她握手，甚至沒有人投她一瞥，一直等到所有人都走出大門，空寂的教堂只剩下雅信孤伶伶一個人，她才恍惚甦醒過來，聽見耳熟的聲音，在對她說：

「怎麼老坐在這裡？我們該回去了！」

雅信睜開眼睛，看見顏小姐立在跟前，面如木刻，一點表情也沒有。

雅信勉強從椅子撐了起來，跟在顏小姐後頭走出教堂，牧師正在門口準備關大門，他見到雅信，面露笑容，依然保持早上那一貫友善而仁慈的態度，伸過手來握雅信的手，對她說：

「謝謝你今天來參加我們的禮拜，歡迎你下禮拜再來。」

雅信謝了他，跟隨顏小姐走到她的汽車，顏父與顏母早已端坐在汽車的後座在等她們來。一旦雅信在前座坐定，顏小姐便發動引擎，把車開向家裡去。這時，曉霧已經散去，太陽昇到樹梢，照著那枝頭殘留的幾片楓葉，如血一般紅，彷彿在火中燃燒。

一路上，顏小姐都沉陷在深思遠慮之中，默默不發一語，而雅信則一直低頭垂淚，偶爾忍不住迸出一兩聲啜泣……

十三

從教堂回到家裡，雅信只感到全身無力，一直要暈倒下去，因爲一點胃口也沒有，所以中餐也沒吃，把那淺紅的套裙卸了，便往床上躺下來，又開始潸潸地流下眼淚……

顏小姐衣衫也沒換，草草吃過中餐，又開車出去了。她出去了整整一個下午，一直到了傍晚才回家準備晚餐，等她來雅信的房間，把她從朦朧中叫醒，這時窗外已一片漆黑，雅信披上家常便服，東碰西撞地來到客廳，那角落的餐桌上已刀叉齊全，全家三個人已經就桌，就只在等她一個人，顏小姐似乎面有慍色，一等雅信坐下，她便簡單說了幾句餐前祈禱，大家開始動起刀叉來。

差不多整頓晚餐，桌上都沒有人聲，只聞鋼刀鏗鏘的切肉聲，一直到餐後喝咖啡的時候，顏小姐才輕咳了兩聲，終於開口平淡地對雅信說：

「丘——，我已經到郵船公司打聽過了，因爲戰爭的關係，他們已停駛往日本的航線，所以我就把你的船票退了，順便也把船費寄還給馬茉莉醫生了。丘——，我看你目前不能回台灣去了，你必須暫時留在加拿大。」

首先是顏小姐不再叫雅信「丘醫生」而直呼她「丘」，叫雅信感到突兀與怪異，一等到她說把船費寄回多倫多，她就不寒而慄了，最後又得知她不能回台灣得留在加拿大，她驟然喉管塡滿，不覺又啜泣起來了……

「丘——，哭是一點用處也沒有的，現在重要的是你必須找一份工作！」顏小姐冷靜地說。

雅信抬起頭來，含著淚眼，只見到顏小姐扭曲模糊的面影，絕不像兩天來禮貌客氣的她。

「我要到哪裡找工作？我一生除了醫生，什麼工作也沒做過……」雅信說，全身微微地打起顫來。

「你可以在報上的分類廣告欄去找！」顏小姐冷峻地說。

雅信又低下頭來，沉默無語。顏小姐見她沒有回答，便補充地說：

「但是——如果你暫時找不到工作，那也不妨礙，我就先給你一些家裡的工作，我們把咖啡喝完就開始！」

顏小姐果然言出必行，才把咖啡飲盡，便頤使雅信跟她到客廳的火爐前，指著爐前的那幾支鐵鏟之類的工具，對她說：

「每天早上你五點就得起床，用這鐵鏟到儲藏室去鏟幾鏟鋸末來放在這火爐裡面，生火燒木頭，直到木頭燒紅了才止，否則整日家裡就冷得像冰庫，知道嗎？丘——」

雅信點點頭，於是顏小姐又叫她到客廳的另一間，指著玻璃櫥內疊著的杯盤刀叉，對她說：

「以後每天三餐的餐具都由你擺設，餐後都由你洗，必須洗得十分乾淨，肥皀水洗完一次，還得用清水沖三次，然後用白布擦拭，要擦得明亮，像鏡子可以照人才止，知道嗎？丘——」

雅信又點點頭，於是顏小姐又領她到廚房裡來，指著那炊煮用的煤氣爐，對她說：

「以後每天早餐、中餐由你準備，晚餐較麻煩，還是由我自己動手，你幫忙就是了。早餐、中餐要烘麵包、煮牛奶麥片、泡茶或咖啡，就只這些，知道嗎？丘——」

雅信默默點頭，心頭一陣酸楚，眼淚不覺又溜到眼眶邊上來了……

「今天你還是客人，不叫你收拾，你的工作明天就正式開始，現在你可以回房間去休息了！」

顏小姐說罷，對雅信一揮，便敏捷地走到餐桌收拾餐具去了，儘管雅信想去幫她收，她也不讓她動手，堅持她回房休息。雅信只好聽命回到她的房間，才把房門反關起來，兩股熱淚已簌簌滾了下來……

雅信在床上哭了一夜，也未曾睡去，第二天早上怕起來太遲，所以天還黑便起床往儲藏室去鏟鋸末，才把鋸末倒在火爐裡，正準備劃火柴起火，突然見到顏小姐幽靈般地在走廊出現，穿一襲白睡衣，頭髮亂作一團，鎖眉結額厲聲地對雅信叫道：

「丘！你知道現在什麼時候？才四點你就起來叮叮噹噹，整屋子的人都被你吵醒了，我叫你五點起來生火爐就是五點，早也不行，晚也不行，剛剛好五點，懂嗎？」

雅信點點頭，爲了怕顏小姐看不見，便低聲下氣地說了一聲：「懂……」

於是雅信又躡手躡足閃進自己的房間，躺在床上又怕睡去，只好眼睜睜地數著天花板的格子來打發時間，幾乎每一分鐘就去看一次手錶，然後五點一到，便霍地起床，到客廳生爐燒木頭去了。

顏小姐準六時起床，盥洗完畢，見餐桌還空無一物，便大喊道：

「丘！你不一邊準備早餐一邊擺刀叉，還等待何時？」

雅信聽了，慌忙從廚房裡跑出來，七手八腳，把杯子、盤子、牛油、果醬、糖、鹽……等等西餐餐具擺了一桌，又回廚房烘麵包、煎蛋、煮牛奶麥片去了。

準六點半，顏小姐搖了一只小銅鈴，於是顏母扶著顏父也在走廊出現了，他們父、母與女三個人就在餐桌坐下來，圍了餐巾，等待雅信端上來的早餐，突然雅信聽見顏小姐往桌上一拍，叱道：

「丘！你叫人用早餐，卻不擺刀叉，難道要叫我們學華人拿筷子或乾脆學印地安人用手扒不成？」

「對不住，對不住，顏小姐，我忙著廚房裡的事，一時忘了……」

雅信低聲下氣地回答，飛跑過來，小心翼翼拿來四副刀叉，在桌子的四方擺了起來，蠻以爲顏小姐應該滿意了，卻料不到她又把眉頭一皺，大聲喝道：

「丘！你刀叉是怎麼擺的？還有刀尖叉子直指人心的嗎？難道你想殺人不成？生眼睛也沒曾見過這種擺法！」

雅信忙用抖擻的手，把顏小姐面前的刀叉翻轉方向擺了正，正想爲顏父和顏母重擺，只見他們根本不拘小節，早已拿起刀子在刮牛油塗麵包了。

雅信煮著牛奶麥片，慢慢給牛奶加熱，因爲怕沉在鐵壺底下的麥片煮焦了，便用一支湯匙不時往牛奶裡攪動著，不料顏小姐見了，倏地從餐桌跳起來，把圍在胸前的餐巾往椅子一甩，奔了過來，把湯匙從雅信手中搶去，尖聲地對她吼道：

「麥片倒在牛奶裡就夠了，還攪什麼？攪了就會生水，怎麼連這點常識也不知道！」

雅信又連連對顏小姐說不是，顏小姐也不再讓她煮，她自己等在爐邊，一直等煮滾了，才連壺把牛奶麥片端到餐桌去，回頭對雅信喝令道：

「泡茶去！」

雅信開始燒茶，她先往茶壺裡倒了冷水，把它放在爐上，打開茶葉罐子，抓了一把茶葉，正想往壺裡撒，只聽見顏小姐又尖叫起來，狂奔過來把雅信的手一把抓住，罵她道：

「丘！你怎麼樣樣都這麼嫩？連茶也不知道怎麼泡法！水滾了才能放茶葉，未滾放固然不行，滾太久才放也不行，眞慚愧你是華人，茶葉還是你們祖先發現的呢！」

雅信終於把廚房的事都忙完了，才悄悄走過來坐在餐桌的空位上，這時顏氏三人已差不多用完了早餐，雅信機械地把餐巾圍到胸前，看那一桌狼藉的食物與餐具，卻是心煩胃愁，一口也吃不下，回想一個早上所受的委屈，眼淚不覺滾了下來，又怕對桌的顏小姐看見，忙垂下頭來，捧起餐巾來擦眼淚……

那善良的顏母看見雅信只靜坐不動刀叉，便好心對她說：

「醫生，吃，吃，吃……」

顏小姐見她母親那般催促，似乎十分不以爲然，便冷冷插嘴道：

「你何必強迫丘吃呢？吃得下她自動會吃，吃不下你硬灌她也沒用！」

顏小姐開車去幼稚園工作，雅信想起昨天顏小姐告訴她到報上分類廣告欄尋找工作的事情，於是便換了出外衣衫，披了大衣走出大門，在不遠的大街街角有人在叫賣報紙，她買了一份，打算找分類廣告，卻瞥見那報頭用特號大字印著醒目的標題：

美國正式對日本宣戰，太平洋戰場擴大，馬尼拉遭日軍轟炸，珍珠港死亡一千五百人，舊金山出現不明敵機，德國與意大利準備對美國宣戰……

十四

雅信不便當街看報紙，便夾著報紙一直往前走，希望找一個清靜的地方可以坐下來細讀。她走了三段街，終於發現前頭一塊三角公園，那草地還剩下一些綠意，並未全枯，錯落的幾張木條椅，因爲時間還早，不見有流浪漢的影子，這令雅信放心，於是大步往公園走去。

那公園的正中央豎起一座花崗岩磨光的碑坊，雅信走近一看，才知道是第一次世界大戰的陣亡戰士紀念碑，那正面的石頭上彫了一只月桂花圈，花圈中央的一塊銅牌鐫著兩行凸字，刻道：

IN MEMORY OF THOSE WHO GAVE THEIR LIVES
IN THE SERVICE OF OUR COUNTRY

雅信繞到石碑的後面，那另一面石頭上嵌著一塊大銅牌，牌上彫著三頂第一次大戰時英國士兵的淺底鋼盔，盔下交叉著兩把英國劍，劍下一行浮彫大字，刻道：

THEIR NAME LIVETH FOR EVERMORE

有一群鴿子在那露濕的水泥地上，和平而安詳地繞著石碑走，雅信走到碑前，鴿子就繞到碑後去，當雅信繞到碑後，鴿子又繞到碑前來。

雅信在碑前的一張椅子上坐下來，戰爭的消息令她頭痛，所以她跳過第一版的大新聞，直接就翻到分類廣告的求人欄上，那上面求人的事有千百種，但雅信估計自己的力量與才能，只找到三份合適而能勝任的工作：一份是清掃一幢公寓，一份是看護兩位老人，一份是照顧三個小孩。她打定主意去登門求職，於是就在附近的一家汽油站買了一張溫哥華的市街地圖，也不知如何坐巴士，就徒步一條街走過一條街，一路走向清掃一幢公寓的那個地址去。

這地址在溫哥華東區「中央公園(Central Park)」附近，雅信走了三個小時才走到。她爬了那兩層樓公寓的階梯，上前搖了門鈴，一個五十歲的婦人把門打開，招手叫她進去，當雅信進到公寓裡，那婦人便砰然把門一關，隨後跟了過來，雅信不敢輕慢，小心地注視著那婦人，她發覺她十分臃肥，獅臂象腿，頭綁一條綠巾，腰繞一條圍裙，正是標準的烏克蘭老婦的體態，她手拿一支掃把，走路一拐一拐，用不合文法的顫舌口音問雅信道：

「Who you want? 」

「我不是找人，我來找工作……」雅信怯怯地說。

「Work what?」

雅信怕說不清楚，於是把報紙的廣告指給那婦人看，她似乎合意，猛然點了幾下頭，粗魯地說：

「你的手！」

「我的手？」雅信疑惑地說。

「就是！你的手，我要看看你的手！」那婦人肯定地說。

雅信連忙把兩只手套都脫了，把一雙手伸給那婦人看，她不但仔細看了，還用她那樹皮一般的粗手來摸雅信綿紙一般的細手，又猛搖了一會頭，說道：

「你沒做過清掃的工作，NO! NO!」

雅信紅起臉來，強作笑顏，懇求地說：

「雖然沒有做過，但我可以試試……」

「No! No!」那婦人打斷雅信，繼續猛搖她的頭，道：「有很多地板要擦，很多廁所要清，很多窗帘要洗……你不能做，No! No! You go, Lady, We can't want you!」

那婦人一邊說，一邊把雅信推出門，砰然一聲把門關了，任那門鈴在雅信身後悠悠地響。

既然第一份工作遭到拒絕，雅信只好尋找第二份工作，這第二份看護兩位老人的地址在「中央公園」的西邊，就在「伊麗莎白皇后公園(Queen Elizabeth Park)」的稍南方。雅信又是徒步走了快兩小時，才找到一幢美麗玲瓏的平房，院子種滿松柏的常綠樹，小徑蜿蜒曲折，極富匠心，顯然這是很有教養的中上之家，雅信突然信心大增，上前拉了門鈴。

一位三十歲左右的少婦，出來開門，她眉目秀麗，氣質高貴，大概剛起床不久，還穿一襲粉紅色的睡袍，頭上滾著幾排髮捲，她笑口迎人，十分客氣地問雅信有何貴幹？

「我來應徵看護兩位老人的工作。」雅信說。

那少婦的眉頭微微一皺，把雅信從頭到腳仔細打量了一番，才禮貌地問她道：

「你有護士經驗嗎？」

一時雅信的心裡有啼笑皆非的感覺，她很想告訴對方，她不但有護士經驗，她自己還開過護士學校，不知教出了幾百幾千個護士，可是她究竟沒敢說，只屈尊俯就地點點頭，回道：

「我有豐富的護士經驗，我懂得如何看護病人或老人。」

那少婦頗躊躇了一番，終於又綻開了笑容，十分斯文有禮地對雅信說：

「我只是問問而已，不過我必須坦白告訴你，非常對不起，早你一步已經有一位護士來問過，而且我們已經答應把工作給她了，眞太感謝你的好意了。」

從那平房走出來，雅信並不灰心，她再尋找那第三份工作的地址，這照顧三個小孩的地點在北部「史坦利公園(Stanley Park)」一帶，從這裡向北走大約一個多小時可以到，她把報紙夾在腋下，戴上手套，又上了路。

雅信來到一幢雜居的公寓，找到其中一家，對了對公寓號碼，正是她想找的，於是上前想去拉鈴，卻是找不到鈴，她沒辦法，只好去敲那橫列的玻璃門。

一個四十幾歲的粗漢出來開門，他一頭濃密的鬈髮，一下巴紫青，只穿一件汗衫，一簇胸毛從領口鑽出來，有幾根已經變白了，他一見到雅信，便一臉不高興，揮起像豬毛的粗臂，開門見山就吼道：

「出去！你日本人出去！」

雅信倒退了兩步，顫抖地辯白說：

「我……不是日本人，我……是來找看小孩的工作……」

「我才不管你是日本人不是！橫豎我討厭你們所有東方人，滾！滾！快給我滾出去」

雅信大大震駭了，慌亂轉身，步下石階，腋裡的報紙掉在階下，也不敢去撿回，拚命跑離了那公寓，兩行眼淚沿著雙頰滾落下來。

雅信在陌生的街上蹣跚地走著，因爲再也沒有任何目標，這才發覺雙腿痠痛，一下子彷彿什麼力氣都沒有了，便在路邊車牌下的一隻長條椅上坐下來休息，一部部巴士都在車牌停下來，讓車裡的人下車，又載了等車的人去，雅信突然想何不搭巴士遊街？總比在車牌下喝冷風強些，便登上其次而來的巴士，也不管目的何處，只選了車後窗邊的位子坐下來，任由司機把她載到天涯海角去。

因爲車裡暖和，加上身體疲倦，雅信只覺得搖搖晃晃，不到一刻便恍恍惚惚打起盹來，似乎睡了相當一段時候，當雅信重新睜眼睛的時候，巴士上的乘客一個個下車了，那司機也從駕駛座站起來，搖動擋風玻璃上的轆轤，在轉換巴士的布碼，可是雅信仍然安坐在原來的座位上，因爲這裡不是她的目的地，她原本就沒有目的地，她等待司機重新開車，把她載到別的地方去。

可是那司機卻走到後座來，雅信抬頭望他，發現他長得很高，爲了避免碰到車頂，不得不把頭歪向一邊，她先向雅信點了一下頭，然後十分溫柔有禮地對她說：

「太太，你可以下車了。」

「爲什麼？我還不想下車啊……」雅信有些驚訝地回答道。

「但是十分對不起，你不得不下車了，」司機說，同情地微笑一下：「這裡是我們的終站，我猜……你是第一次坐這路車吧？」

雅信紅起臉來，開始挪動身子，疲乏地從那坐暖的座位立起來。從巴士走下來，迎面是一座紅磚嵌白石的大廈，那一排高窗從地上通到屋頂，窗的間隔矗起幾支希臘白柱，雅信只覺得面善，佇立想了一會，才記起原來就是她初到溫哥華時顏小姐開車來接她的CPR火車站啊。

雅信漫無目的走進車站的大門，來到那寬敞迴響的石板大廳，找到一張木條椅坐下來，抬頭對著牆頂那羅馬數字的大鐘發愣，那指針正指在三點的位置，隨即，低沉的鐘聲響了三下，這鐘才靜下來，另一端牆頂的鐘聲也跟著爭鳴起來了。

幾天前在大廳裡看到的那位中年清潔婦，仍然穿著那襲白袍，提一支抹布掃把，在旅客的空隙之間來回擦地。不期然，有一位老婦人暈倒在椅子上，那清潔婦便扔了掃把，跑過去替那老婦急救，當她甦醒過來，又扶著她往那車站的急救室去，這才叫雅信明白，原來那中年婦人不但是擦地的清潔婦，同時還是兼任車站急救的看護婦。

雅信在車站大廳閒坐了大約一個鐘頭，無聊起來，便對著側門走去，出了側門，爬了一段石階便是一塊水泥廣場，這廣場中心有一塘圓形水池，池底閃閃爍爍是人家投下的許多一分銅幣和幾枚十分銀幣。廣場四周種著幾欉矮樹，幾個閒人與老人坐在長條椅上曬太陽。廣場的邊緣圍起一道青銅欄杆，那裡面對著港灣，是給遊客觀海用的，雅信直接對著欄杆走過去。

　　雅信雙手憑欄，迎著柔和的陽光，眺起海灣的風景來，這南邊的海岸，一列觸鬚般的碼頭，零零落落泊著許多貨船，正在起卸貨物，最靠近這CPR長廊碼頭則靠著一隻寫著「SUN PRINCESS」的高級郵輪，全船玉白，只有煙囪漆藍，甚是淨潔好看，在船的兩舷各弔著兩排救生艇，從船首經艦橋與煙囪到船尾連著一條長索，索上懸著彩色鮮麗的萬國旗，在微風裡飄動。有兩隻輪渡在南岸這邊與對岸的北溫哥華之間來回行駛，驚飛了一群在海上浮沉的白鷗。那北溫哥華的房屋白卵堆疊，背負著乳峰一般的山巒，彷彿像大屯山，使雅信有如面迎八里、瀕臨淡水河口的親切之感。一隻領港汽艇，掛著黑色橡皮圈，在港內急駛，揚起兩道白波，猛鳴汽笛，那笛聲在兩岸之間往回傳遞，漸行漸遠漸低，最後消失在白鷗淒涼的叫聲裡。

　　雅信看海看得有些累了，於是反身過來背依著欄杆，她看見一個七十多歲的老人，半腮沒修的白短鬍子，戴一頂破陋的打鳥帽，著一件古舊的大衣，穿一雙沒繫鞋帶的老鞋，正跪在池邊，用一根枴杖在撈池裡的錢幣，他似乎不在意池邊的銅幣，只在乎池中心那幾枚銀幣，所以一撈又一撈，把一隻手伸得猛長，整個身子都快栽到水裡去了，才難得把銀幣撈到池邊，又得探手到水底去摸，等放到口袋裡，已經全身濕漉漉，於是絞袖甩水，甩個不住。有一位青年，也許是學藝術繪畫的，也注意到那老人古怪的行徑，一時興發，從懷裡掏出速寫本，偷偷地對著老人素描。

　　有兩個五、六歲小男孩繞著圓池互相追逐，已經跑了好幾圈了，正當那撈錢的老人，整好衣衫，持正枴杖，躑躅慢步，一蹭一蹭地想要離去，那兩個小男孩突然在老人面前煞住腳步，張口喘氣，歪著頭，瞇著眼，把老人從帽子到鞋子上下打量了一番，其中的一個冒然問那老人道：

「Can't you run?」

「I used to run, but no more……」

老人笑答道，把一隻濕冷的手伸過去，想摸那男孩的頭，可是兩個男孩同時倒退了一步，反身跑了。

不到一刻，那老人下了階梯消失了，那剛才素描的青年也離開了，而那兩個小男孩大概已回到他們的母親身邊，所以不見了影蹤，那廣場霎時變得冷清清的，雅信猛然想起了兩個遙遠的孩子，於是眼淚又不覺汨汨地滾了下來。

因為巴士的路線不熟，又不知如何問司機，雅信只好按地圖徒步走回顏小姐的家，到了家裡，天已全黑，顏家三人也早已用過晚餐，大家圍住火爐，母女兩人正閒話家常，一見雅信進門，顏小姐立即變了臉色，問她道：

「怎麼這麼晚才回來？還以為你走失了呢，晚餐原是要你幫忙的，卻一直等人忙完了才見人影。」

雅信並沒回答，也沒有胃口吃飯，逕自往自己的房間走去，而且躲在裡面沒再出來。她在房裡悶哭了一會，對自己的兩個孩子念念不忘，突然興發想看從台灣帶來的一張母子三人合照，於是打開行李，翻了一床，竟然找不到照片，無意中翻到了喬治太太臨別贈給她親刺的那幅「三隻暹邏貓」的繡畫，不自覺在燈下展開來細細品賞，一邊憶起他們在紐約對她的慇懃招待。

房門依阿一聲微響，雅信回頭一看，發現顏小姐已探進半顆頭，慢慢把門推開，身子像條青蛇似地索了進來，她一臉稀罕的微笑，溫聲柔調地對她手中的繡畫讚美起來：

「好一幅漂亮的畫！這是哪裡買的？真想也去買一幅來掛在客廳供人欣賞。」

雅信懂得顏小姐話裡的弦外之音，所以她直接了當地回答道：

「這是紐約的一對美國夫婦送我的，是那太太親手刺給我留做紀念的，所以沒能再送給別人。」

顏小姐一下子不再作聲，卻是躡足來到床邊，見那一床日本絲綢絹畫，頓時眼睛睜得滾圓，又嘖嘖稱讚起來：

「你哪裡搬來這許多財寶？難道要做生意不成？」

「不是做生意，」雅信回答道：「只因爲我來美國時沒能帶許多錢來，所以朋友才勸我帶這些輕便的絲織品，以便必要時可以變賣，當學費和生活費用，不料我書沒念成就要回去，才一路帶到溫哥華來。」

顏小姐點頭沉默了，她胸有成竹地躊躇了半晌，然後愼重其事地對雅信說：

「丘醫生，你知不知道？我們加拿大人，只要是成年，個個都寫有一張遺囑，以備萬一的需要，特別像現在這種戰爭的年頭，誰也不知道我們能活多久，遺囑總是很重要的，可不是嗎？」

雅信聽得目瞪口呆，吟哦了半晌，卻不知如何回答。

「丘醫生，不知你寫了遺囑沒有？」顏小姐進一步問道。

「還沒有……我不知怎麼寫……」

「你可以這麼寫，丘醫生，『我，某某某，乃身心健全的成年人，茲立下我的遺囑，在我死亡之後，願把我身邊遺留財物，悉數贈給某某某。』」

「說起來我身邊一點錢也沒有，就只這兩箱子東西，這還用寫嗎？」雅信疑惑地問。

「也應該寫。」顏小姐肯定地回答。

「可是我要把東西贈給誰呢？」

「贈給你最近的親人。」
「但在加拿大我一個親人也沒有啊。」
「如果那樣的話，丘醫生……」顏小姐頓了頓，清一下喉嚨：「我倒可以給你一個建議，你無妨把我的名字寫上去。」
雅信抬頭望了顏小姐一眼，低頭不語。顏小姐也不再說話，她悄悄地走出房間。
第二天中午，顏小姐帶回來一份用打字機打好的遺囑，請雅信簽字，她左思右想，卻找不到理由好推託，最後只好依了顏小姐，把遺囑簽給了她。

十五

自從初來溫哥華隨顏小姐去了一次「西點長老教堂」之後，雅信便沒再去過第二次，主要原因是那教堂裡面的教友自從宣佈了「珍珠港事變」，因爲雅信來自日本管轄的領土，他們也就下意識把她當成日本人看待，也沒有人願意去理解她是受日本人壓制被迫做日本國民的台灣人，她那一次受到的敵意與冷落已經夠了，何必再去受第二次的打擊？因此她堅決不再上溫哥華的任何教堂，只是偶爾憶起教堂那牧師友善的表情，以及臨走時真誠地邀請她再去教堂，才稍稍令她感到一絲歉疚與不安。
但這一切雅信都藏在心底，不曾對任何人洩漏，可是那和藹可親的顏母每個禮拜日就熱切地邀她跟她們同車上「西點長老教堂」，雅信不便說明，只是禮貌地婉拒，但顏母卻一再邀請，甚至已經開了車門要進入汽車，還頻頻回頭來對雅信說：
「醫生，去吧，一起上教堂去吧。」

因爲每回都這麼堅持邀請，看得顏小姐終於忍耐不住了，於是厲聲對她母親道：

「你何必強迫丘上教堂呢？如果她有信心，你用牆來擋，她自己也會越牆上教堂去；如果她沒有信心，你用麻繩來綁，她也不會去！」

說著，顏小姐把她母親推進汽車，將車門一關，踩足油門，把車一溜煙開了去，叫雅信奔回自己的房間，趴在枕頭痛哭起來。

聖誕節快到了，顏家母女爲了寫卡片與送禮物，忙得團團轉，連雅信也不能例外，她好幾天都幫著她們抄地址，貼郵票，又替顏母穿針線，縫洋娃娃送給她們親戚朋友的孩子們，令顏母十分歡喜。

聖誕夜，顏家烤了一隻大火雞，準備了好多沙拉甜點，邀了四、五對親戚與孩子們來家裡共度聖誕，這四、五對夫婦，有年老的，也有年輕的，都穿得整整齊齊，領帶首飾，琳瑯滿目，並且都帶了用花紙包的聖誕禮物來，顏小姐在門口歡顏悅色地歡迎她們，雙手接她們的禮物，歪著身子熱烈地親吻她們。

雅信等大家都在餐桌坐定，她才擠在桌角，跟隨大家用了聖誕晚餐，晚餐完畢，所有的男士都退到客廳的一角聊天，而婦女們則七手八腳，把殘盤剩碟拿去廚房，堆在水槽裡，堆得滿滿像一座山，過後，每個太太都去坐在先生旁邊，開始喝起咖啡來。

咖啡已喝過一巡，而聊天也聊過一會，顏小姐立起來，對大家拍了一聲響掌，於是男士們便搬桌挪椅，在火爐前面圍成半圈，一個個安坐下來，傳遞聖經、聖歌集與白蠟燭，等人人三樣都齊全了，顏小姐便愼重宣佈「家庭聖誕禮拜」正式開始。

顏小姐首先領頭說了聖誕禱告，然後在座的男士輪流唸聖經與合唱預先選好的聖誕歌曲。

有一位打紅領帶的年輕男士首先唸了一段「聖誕預言」的經文，他唸道：

生活在黑暗中的人，
　已經看見了火光。
以往住在死蔭的人，
　現在有光照耀他們。
上主啊，祢賜給了他們極大的喜樂，
　祢增加了他們的歡愉。
他們的喜樂正像人在收割農作物，
　正像人在分享戰利品。
因爲祢已經粉碎了他們的枷鎖，
　扭斷了抽打他們的鞭子，
折斷了壓迫者的棍子，
　正像祢從前粉碎米甸的軍隊一樣。
侵略者的靴子與染滿血跡的戰衣，
　都要被火燒掉。
有一個嬰孩爲我們而生！
　有一個兒子將賜給我們！
祂要來統治我們，

祂將被稱爲：
「奇妙的導師」，
「全能的上帝」，
「永恆的父親」，
「和平的君王」。

(以賽亞九：二～七)

那青年唸完，由顏小姐引導大家合唱起「齊來，忠實信徒(O come, All Ye Faithful)」來。當第一首聖歌唱畢，就輪到顏小姐自己唸一段「和平國土」的經文，她唸道：

大衛王朝像大樹一樣給人砍倒了，可是正像殘幹又抽嫩芽，有一位新王要從大衛的後代興起。

上主的靈要降在他身上，
賜給他智慧聰明，
賜給他謀略能力，
賜給他知識和敬畏上帝的心，
敬畏上主是他所喜悅，
他不憑外貌審判，
他不靠風聞斷案，

　他要以公道維護窮人，
他要保障孤苦無助者的權益，
　他要下令懲罰罪人，
他要處死邪惡人，
　他要以正義治理，
他要以信實施政。

豺狼和綿羊將和平相處，
　豹子跟小羊一起躺臥。
小牛和幼獅一起吃奶，
　小孩子將看管牠們。
母牛和母熊一起吃喝，
　小牛和小熊一起躺臥，
獅子要像牛一樣吃草，
　嬰孩跟毒蛇玩耍，
也不至於受傷害。
　在錫安上帝的聖山上，
沒有傷害也沒有邪惡，
　正如海洋充滿著海水，

大地將充滿對上主的認識。

（以賽亞十一：一～九）

顏小姐一唸完經文，便引導大家合唱「請來，請來，以馬內利(O Come，O Come，Emmanuel)」。接著輪到下一個穿綠裙的少婦，用粗嗄的聲音唸了一段「耶穌出生」的經文，她唸道：

耶穌基督誕生的經過是這樣的：他的母親馬利亞已經跟約瑟訂了婚，但是在成婚以前，馬利亞發現自己已經由聖靈懷了孕。她的未婚夫約瑟爲人正直，不願意公開羞辱她，卻有意思要秘密解除婚約。他正在考慮這事的時候，主的天使在夢中向他顯現，說：「大衛的後代約瑟，別怕娶馬利亞做你的妻子，因爲她是由聖靈懷孕的。她要生一個兒子，你要給他取名叫耶穌，因爲他將拯救他的子民脫離他們的罪。」

這一切事的發生是要應驗主藉著先知所說的話：「童女要懷孕生子，人要稱呼他以馬內利。」

（馬太福音一：十八～二十三）

那少婦才唸完，顏小姐就引導大家唱「在一個馬槽裡(Away in A Manger)」。聖歌唱畢，有一位笑容可掬態度溫雅的五十歲婦人，開始唸一段「天使」的經文，她一襲白綾子滾黑邊的拖地長裙，寬領上別了一朵鮮紅的玫瑰，她戴上用金鍊懸掛在胸前的老花眼鏡，慢條斯理地翻到要讀的經文，用音樂般的高音唸道：

在伯利恆的野外有些牧羊人夜間露宿，輪流看守羊群。主的天使向他顯現，主的榮光四面照射他們，他們就非常驚惶。可是那天使對他們說：「不要害怕，我有好消息告訴你們，這消息要帶給萬民極大的喜樂。今天在大衛的城裡，你們的拯救者主基督已經誕生了。你們要看見一個嬰孩，用布包著，躺在馬槽裡，那就是要給你們的記號。

忽然有一大隊天軍跟那天使一起出現，頌讚上帝說：

願榮耀歸於至高之處的上帝；

和平歸給地上他所喜愛的人。

天使離開他們回天上去的時候，牧羊人彼此說：「我們進伯利恆去，看主所告訴我們那已發生了的事。」

（路加福音二：八～十五）

唸罷，顏小姐又引吭叫大家合唱「聽那天使歌唱(Hark The Angels Sing)」。才唱完，一位蓄了一撮下巴鬍子的中年男子就自動念起最後一段「牧羊人」的經文：

於是他們急忙趕去，找到馬利亞、約瑟，和躺在馬槽裡的嬰孩。牧羊人看見以後，就把天使所說關於嬰孩的事告訴大家。聽見的人對牧羊人的話都很驚訝。馬利亞卻把這一切記牢在心裡，反覆思想。牧羊人回去，就爲了他們所聽見所看到的事讚美歌頌上帝，因爲所發生的事跟天使所告訴他們的相符。

（路加福音二：十六～二十）

那中年男子唸完，顏小姐終於從椅子立了起來，揮舞雙臂，搖腰擺臀，指揮大家合唱「初度聖誕節(The First Noel)」，唱完了，接著又叫大家唱「普天同樂(Joy to The World)」，因爲後頭這首歌，節奏輕快活潑，所以氣氛爲之一變，唱得大家東倒西歪，快樂到了極點。

顏小姐請那別玫瑰的婦人去把屋子的電燈關熄，頓時全室暗了下來，每個人都照著火爐裡的光，紅紅的半張臉，像在燒烤一般。

顏小姐道：「耶穌說：『我是世界的光。』」

眾人應道：「主是我們的光，是我們的救赦。」

顏小姐道：「耶穌說：『我像光來到這世界，凡信我的就不必再留在黑暗之中。』」

眾人應道：「奉主的名，我們要點亮我們的蠟燭，要恭祝主上帝爲我們的黑暗帶來了光明。」

於是顏小姐首先用火柴點亮了她手中的的蠟燭，又一個個爲大家接燃了他們手中的蠟燭，等到每個人的蠟燭都點燃齊明了，也不用顏小姐再起頭引導，大家不約而同地齊聲唱出那幽美動人安靜和詳的「平安夜」：

平安夜，聖誕夜，
萬暗中，光華射，
照著聖母也照著聖嬰，
多少慈祥也多少天眞，
靜享天賜安眠，

靜享天賜安眠。

平安夜，聖誕夜，
牧羊人，在曠野，
忽然看見了天上光華，
聽見天軍唱哈利路亞，
救主今夜降生，
救主今夜降生。

平安夜，聖誕夜，
雖黑暗，仍光明，
用慈祥和溫柔來護衛，
聖嬰安靜中也在甜睡，
靜享屬天平安，
靜享屬天平安。

從用完聖誕晚餐，婦女們把杯盤刀叉搬到廚房，又回到客廳做「家庭聖誕禮拜」，雅信就一直留在廚房裡洗杯盤，她沒有心情參加他們的團契，而其實也沒有人來邀她去參加，在那屋頂之下，她彷彿不存在一般。

當大家在客廳裡歡樂地誦讀經文或合唱聖歌，雅信卻獨自一個人，在廚房的水槽，一邊洗盤，一邊流淚，只是隱忍著不敢發出聲響，不時用圍裙去拭滿面淚水。一直等到大家唱起撩人心弦的「平安夜」，雅信憶起往年在台灣一家同唱這歌曲的情景，而今卻身繫異域淪爲傭婦的命運，一時悲從中來，再也按捺不住，終於迸出了哭聲，連忙用圍裙把嘴蒙住，卻是不住地繼續抽搐飲泣，不能自已。

這時在客廳裡剛唱完「平安夜」的所有客人，都聽到了從廚房裡傳出來的泣聲，所有男士似乎都裝做不聞，所有女士則面面相覷，用眼睛在互相探問到底發生了什麼事情，而顏小姐則皺起眉頭，好像有些惱怒，只有那個別玫瑰的婦人從座位起來，秉著手中的蠟燭，離開了眾人，悄悄來到廚房，她舉起蠟燭，照見還在水槽前飲泣的雅信，這當兒，雅信也抬起頭來，用一雙淚汪汪的眼睛詫異地望著眼前這位善良的婦人，似乎問她，好好在客廳歡樂，爲什麼要來廚房裡看可憐的她？

「怎麼不出來呢？出來跟大家一起唱歌啊，這盤子放著慢慢洗，等歌唱完了，大家也可以幫著洗啊，又何必那麼急呢？」那婦人溫柔地對雅信說。

雅信稍稍停止抽泣，又捧起圍裙來擦眼淚……

那婦人靜靜地望著雅信，若有所思地點點頭，突然湊到雅信的耳邊，輕聲對她耳語道：

「我叫『安琪拉(Angela)』，是顏小姐的嬸母，就住在這裡不遠，你幾時有空？來我家裡，我有話跟你說。」

「但我不知道你家在哪裡？」雅信細聲回答。

「那沒關係，我來帶你好了，明天上午如何？」安琪拉說。

「可是顏小姐……」雅信猶豫著。

「你放心好了，我會等她出了門才來帶你。」安琪拉神祕地說。

彷彿有一種默契在她們目光交會的那瞬間就建立了，也不用雅信首肯，也不用她說是，安琪拉已明白雅信已全然信賴她，於是便示意雅信脫卸圍裙，而她自己則把蠟燭從右手換到左手，然後伸了她那溫熱的右手去牽雅信，一步一步把她牽到客廳裡來。

第二天上午，安琪拉果然如約，等顏小姐一出門，她就上門來帶雅信到她家裡，她招待雅信有如親人，才坐下來喝了一口咖啡，話題就繞到顏小姐身上，安琪拉對雅信鄙夷地說：

「你怎麼跟『那種女人』也住得來？噯喲，若蛇蠍的，我知道她過去也用過一個中國女人，把人家欺負個半死，虐待得簡直不像話，我看都看不過去，我猜，你也受了不少委屈吧？丘醫生。」

雅信聽了，眼淚又盈滿眼眶，忙拿了手帕，開始拭淚……

沉默維持了片刻，雅信不想說話，所以安琪拉只好又開口說道：

「你這樣是不行的，我替你想了想，你還是不要住在『那種女人』家裡比較好，爲什麼不搬出來住呢？我可以帶你去別地方找房子。」

「可是，安琪拉，我身邊可沒有錢租房子啊。」雅信回說。

一時，驚得安琪拉目瞪口呆，把半杯咖啡舉到嘴邊，卻木然不能移動，半晌，她才不自覺地問：

「爲什麼？」

於是雅信便把沒能帶錢來美洲的故事又說了一遍，最後又說：

「多倫多的那位馬茉莉醫生因爲我就要搭船回台灣去，火車上也不必用多少錢，所以把船票的錢寄給顏小姐後，也沒給我多少零用錢，沒想到顏小姐一聽郵船停駛，就直接把全部船費都寄還給馬茉莉醫生，害得我現在窮得幾乎像個叫化子。」雅信說著，不覺又滴下淚來。

安琪拉對雅信大表同情，一邊又對顏小姐的絕情連啐了幾口，終於轉了話題說：

「這樣看來，你只有找工作一條路了。」

「我何曾不想找工作？那天就去找了三處工作，一個嫌我手太細，做不了清掃公寓的工作，另一個嫌我不是護士，看護不了兩個老人，而第三個根本一見到我是東方人，就把我轟出了門……我何曾不想找工作？但是對我來說，找工作何曾是一件容易的事？」

安琪拉一邊聽，一邊搖頭爲雅信歎息，她把滿懷的同情都傾瀉完了，除此而外，她實在也愛莫能助，只好漫不經心地說：

「慢慢看吧，慢慢看吧，天無絕人之路，我再替你想，看看有什麼辦法。」

聽安琪拉這樣說的當兒，雅信突然心血來潮，於是眼睛一亮，對安琪拉叫道：

「有了！我竟然沒曾想到？我從日本帶來了兩箱絲綢絹畫，本來是想在美國變賣做生活費的，還在身邊，不知你是否可以代我賣給這裡的鄰居朋友？」

「可以啊，怎麼不可以？你現在就去搬來！」安琪拉興高采烈地說。

於是雅信趁顏小姐不在家的時候，偷偷搬了不少日本絲綢絹畫來放在安琪拉家裡，由她向鄰居好友兜售，因爲平常安琪拉跟鄰居就有很好的交情，大家看在她的面子上，倒也買了不少去，她把賣得的錢悉數交給雅信，使雅信在一貧如洗的窘況下，終於也攢了一百多塊的荷包錢。

安琪拉不但爲雅信代賣貨品，有空還帶她到各處遊逛，解她的愁悶與孤寂，完完全全把她當成自己的骨肉一般看待，使得雅信感激到了極點，有一天不期然將她的手熱烈握住，脫口而出：

「Angela! You are really an ANGEL!」

十六

有好幾回，當雅信在溫哥華寂寥絕望的時候，她憶起了多倫多的金姑娘和馬茉莉醫生，她多想坐火車再回到多倫多去找她們，也不至於受顏小姐這般冷待與奚落，可是一盤算那遙遠的路途與昂貴的旅費，只好斷念作罷。

有一天，百無聊賴，在床上想家的時候，雅信不期然憶起二十幾年前在日本的一段往事，那時她剛到東京的「聖瑪格麗特女學」讀書，這一年剛好第一次世界大戰在歐洲爆發，有一天，那個美國校長德姑娘在課堂上跟她們談起「戰時交換船」的事情，說歐洲的國家之間有一條不成文條例，在兩國宣戰開始，各派自己國的船隻到敵國，把自己的外交人員與僑民運回本國，因爲大家都有「交換船」，所以互相約法三章，絕對不得向這種「交換船」採取任何軍事行動。

想到「交換船」的事情，雅信突然充滿了希望，於是趕快穿好外衣，只告訴在客廳裡閒坐的顏母說：「要到外面走走。」就去附近的大巴士站，買了一張全月通用一元兩角半的「巴士派司」，從此就天天坐往CPR火車站的巡迴巴士，向在那裡出入的船客探問「交換船」的消息。

每天下午，雅信照例在CPR火車站裡的木條椅上坐好幾個鐘頭，焦急等待，張望著每張在那車站大廳出現的東方臉孔，一見到了，她就滿懷信心趨前探詢，希望能從他們的口裡探出「交換船」的消息，可是每回都叫她失望，因爲這些東方人沒有一個是日本人，他們大都是已經歸化的加拿大人或美國人，不是坐船從舊金山或西雅圖來的，就是搭船想往那裡去，從來沒遇到一位要到日本或台灣去的。這樣，一天等過一天，儘管雅信天天來車站，在同一條椅子，坐一個下午，幾乎把那座位坐損了，把裙子磨光了，她依然聽不到一點一滴「交換船」的消息，於是孕育了那許久的希望，最後不得不化成一場泡影。

不知有多少回，整整一個下午，望穿秋水，連一個東方臉孔也望不到，忽然感到自己是漂到西方滄海裡的一粟，何其渺小，何其孤單，而且茫茫人海，此後又不知要漂流多久？漂往何處？猛然全身寒顫，頻頻流下眼淚。

那火車站裡兼管清潔與急救的看護婦，因爲雅信天天來車站靜坐，平時大概對她已經非常面善了，又常常看她垂頭暗泣，有一天，起於好奇心又加上同情心，遂挪到雅信的身邊，輕輕地問她說：

「你這位夫人，我看你天天來這車站，又常常坐在椅子上哭，到底是爲了什麼？我是不是可以幫你的忙？」

雅信抬起頭來，把眼淚揩乾，才發現眼前就是經常見到的那位好心而勤快的看護婦，所以也不覺陌生與尷尬，就把她來美國當實習醫生到珍珠港事變而回不了台灣的經過，以及此刻因找不到工作而窮困潦倒的情形，詳詳細細說給那看護婦聽。那看護婦聽罷，驚叫起來：

「怎麼？原來你是醫生？哪用得著煩惱！現在醫院都找不到醫生，因爲戰爭，都調到前線當軍醫去了，所以城裡都缺少醫生，只要你到醫院去探問，哪怕沒有工作讓你做！」

雅信聽了，眼睛爲之一亮，只是猶豫地自言自語說：

「就是不知道這城裡有哪些醫院可以問？」

「那還不簡單！我們這車站有緊急的病人，一律都叫救護車往『綜合醫院(General Hospital)』

送，你有沒有筆？我就把這醫院的地址抄給你好了！」

雅信打開了手提包，從中拿出紙筆，遞給那看護婦，等她寫好了地址，才又放回手提包，由衷感謝了她一番，十幾天來，第一次滿懷希望，快活地回到顏小姐的家裡來。

第二天一早，換好一套整齊的衣衫，拿了「綜合醫院」的院址，一邊走，一邊問，一路往溫哥華最大的醫院來。她一進醫院大門，就直往那門旁詢問處的櫃台走去，有一位全身潔白年輕而秀麗的護士見到她，就開顏露齒地笑問她說：

「夫人，我們能爲你做什麼嗎？」

「是……」雅信遲疑膽小地說：「我想問問你們這醫院的院長不知叫什麼名字？」

「你不知道嗎？他叫『佛立思醫生(Dr. Freeze)』，就是加拿大最著名的麻醉專家啊。」那護士有意爲佛立思醫生愼重介紹地說。

「哦，哦，哦……不知道他現在可在醫院裡嗎？」

那護士看了一下她的腕錶，回答道：

「通常他是準九點到醫院的，現在還差十分才九點，你可以在候客室的椅子等候，你有重要事要見他嗎？」

「有點重要，但不是頂重要……」雅信唯唯諾諾地說。

那護士頗爲理解地點點頭，又綻開那如花的笑容，說道：

「你就到那邊去坐吧，他來了，我再通知你。」

雅信謝了她，蹭過那磨石的大廳，往那木條椅上坐了下來。

準九點，有位頎長的紳士從醫院大門走進來，他一身黑色條紋的西裝，左胸袋上露出山形的白絹，頭戴一頂飾孔雀羽毛的呢帽，脅下夾一只黃皮公事包，右手拎一支枴杖，踩著高蹺的大步，風度翩翩地跨過大廳，直往院長的辦公室走進去。雅信看見對面那詢問處的護士往這邊投過來一眼會心的目光，她也多少猜出來這位高瘦的紳士，準定是佛立思醫生無疑的了。

才轉瞬，便見那護士隨佛立思醫生的後面走進院長室，不到兩分鐘，那護士又從院長室走出來，面帶微笑直往雅信的木條椅走來，對她說：

「我已經跟佛立思醫生說了，你有很重要的事想跟他商量，他叫你立刻就去，不能多談，只有幾分鐘的時間，因爲九點半有人要開刀，需要他去痲醉。」

雅信聽了，隨即立了起來，緊跟在那護士的後頭，走進院長室，那護士見雅信已在室中，便自動走到室外，把門輕輕反關了。

「夫人，你說你有很重要的事情想見我，可否請你簡單扼要告訴我到底是什麼事情？」佛立思醫生開門見山地說。

雅信心頭忐忑地跳著，一時猶豫不知從何說起，她看坐在面前單人沙發上的佛立思醫生，他早已把呢帽與枴杖掛在牆角的衣架上，正翹起竹竿細的長腿，雙手抱胸，雖在百忙之中，仍抓住短暫的幾秒鐘，用右手的拇指與食指悠閒地撚他唇上尖如鼠尾的鬍子，一雙濃眉下烱烱的目光，直透人的心坎。

雅信終於鼓起勇氣，把她的遭遇「簡單扼要」對佛立思醫生敘述了一遍，然後又把CPR火車站那位看護婦告訴她有關醫院缺乏醫生的話又重覆一遍，最後才眞正把她此來的目的說了出來：

「佛立思醫生，我不知道，我是不是能在貴院找到一份醫生的工作？」

佛立思醫生停止撚鬍，簡捷有力地問：

「你說你是醫生，你有沒有證件證明你是？」

「有……」雅信欣然回答道，打開攜來的卷宗袋子，拿出一張「東京女子醫科大學」的畢業證書，遞給佛立思醫生。

佛立思醫生把那用日文印就的證書瞟了一眼，立即把它遞還給雅信，問道：

「那麼，你是從日本的醫學院畢業的？」

「是啊，佛立思醫生……」雅信點頭回道。

「噢，那不行！不行！」佛立思醫生搖頭叫道，把翹起的長腿伸直，兩道濃眉皺起來，幾乎連在一起，做準備要立起來的姿勢：「我們目前正在跟日本打仗，怎麼可以請你當我們的醫生？不！絕對不行！」

「不然……不必醫生啦，讓我做實習醫生也好，我只想儲一點錢，我隨時都在等船回台灣，只要夠錢買船票，一有船，我就要回去。」

「我想想看，我想想看，我們若需要再叫你好了。」

佛立思醫生說著，老早已經從沙發站起來，先走到門口去爲雅信開門，然後禮貌地送她出門，在她身後把門關了。

雅信失望地回到顏小姐的家裡來，第二天下午，又照樣坐巴士到CPR火車站去等船與打探消息，那看護婦遠遠見她進了車站，就拖了那把洗地抹子，歡天喜地來到她面前，焦急地問她道：

「你去『綜合醫院』找工作找得如何？有沒有找到？」

雅信搖搖頭，垂下眼瞼，不敢正視那善心的看護婦，經不起對方迫切的追問，才把事情的始末向她說了一遍。那看護婦聽罷，並不氣餒，反而勇氣百倍，對雅信建議道：

「那也不用愁，你既是醫生，哪裡有走不通的路？『綜合醫院』既然不用你，那你乾脆就到『醫師公會(Medical Association)』去問問，我知道他們消息靈通，人也很好，一定可以替你想出辦法來，去吧，poor lady!」

聽那看護婦這麼一說，雅信突然又產生了信心，於是又拿出紙筆，請那看護婦替她寫下「醫師公會」的地址，彎腰鞠躬又感謝了她一番，興沖沖地回到顏小姐家裡來。

雅信平靜地睡了一夜好覺，第二天一早，又夾著那幾張證書，直往溫哥華「醫師公會」的辦公樓來，進了門向女秘書一探問，那個叫「華生醫生(Dr. Watson)」的公會主席已經在辦公室裡辦公，直叫雅信感到有些意外，經那秘書到裡面向華生醫生通報，她出來說醫生願意立刻就見她，令她喜出望外，忙整理了一下衣裝，鼓起勇氣走進華生醫生的辦公室。

華生醫生的辦公室十分寬敞，這使他坐在圓圈旋轉椅上的削瘦的身子顯得格外的瘦小。華生醫生大約有六十五歲，他的頭頂已完全禿光，只在後腦勺留下半圈銀白的細髮，他戴了一對近視與老花雙瞳的銀絲邊眼鏡，鼻下蓄一小撮銀白的短髭，胸前懸一條白金錶鍊，雅信進門的當兒，他正從背心袋裡掏出那只彫螺紋的白金袋錶，彈開錶蓋，翻下眼白，從老花鏡孔在凝視錶上的時間，一聽到雅信的腳步聲，他即刻把錶蓋一蓋，隨心應手地將袋錶往袋裡一溜，從椅子立起來，探了半個身子，越過桌子來握雅信的手，彬彬有禮地問她道：

「請問夫人此次來敝會拜訪不知有何貴幹？」

聽見這麼一位老碩而又有地位的公會主席如此親切向她問候，不覺令雅信一時臉紅了起來，卻在心裡感到無限的暖意，於是放膽將她的故事原原本本對華生醫生說了一遍，只見他頻頻點頭，不時伸手從背心掏出那只白金袋錶來掌中把玩，又習慣性地放回袋裡去。當他聽完了雅信的故事，又明白了她來此的目的，他才開始認眞地問雅信道：

「你說你當了十幾年的婦產科醫生，你有什麼憑據沒有？請拿出來讓我看看好嗎？」

雅信應了一聲「有」，就把她在日本的醫科畢業證書以及在台灣婦產醫生的開業執照證書都拿出來，遞到華生醫生的桌子上。華生醫生把那疊證明接到手裡，透過老花鏡孔，一張又一張翻著看，卻是連連搖頭，歎息地說：

「你這些日文的證明我一張也看不懂，這對我們沒有用處。」

「若是那樣的話，那麼我用英文翻譯好了。」雅信說。

「由你自己翻譯？那我們又如何知道你是一字一字照原文翻譯的？」

「你可以把我的證書和我的翻譯拿去給懂日文的加拿大人對照一下就得了，你們這裡不是有一間叫『UBC』的大學嗎？那裡面一定有教日文的教授。」

「噢，那太麻煩了， 我們從來都不曾這樣做過。」

華生醫生搖頭歎息，而雅信也無可奈何地垂下頭來，她悶了好一會，忽然抬起頭來，眼睛放出了奇異的光芒，興奮地對華生醫生說：

「如果你不相信我是醫生，那麼我就開刀給你看吧，在台灣我開過很多刀，我是很會開刀的。」

「那怎麼行？活人哪裡可以當試驗品讓你亂開刀？」華生醫生翻起眼白叫道，從近視鏡片斜視雅信。

「那怎麼辦呢？華生醫生。」雅信哀憐地感歎道。

華生醫生著實躊躇了半天，搔了不知幾回禿頭的頭皮，最後又把玩了一會袋錶，才終於想出了一個辦法來，說道：

「我看這樣好了，我讓你到屍體解剖室去當解剖助手如何？如果你喜歡的話就去。」

「也好，反正不能做什麼了，起碼比閒著無事好。」雅信說。

才聽見雅信答應去當屍體解剖助手，華生醫生又即刻皺起白眉，又搖起頭來，苦著臉說：

「嘖，不行，不行，那屍體解剖室裡全是男人，只有你一個女人，實在也不十分妥當。」華生醫生又想了一會，突然快活地叫起來：「對了！我想到一個地方，你可以去，這裡有一家天主教開的醫院，不算很大，叫做『聖文生醫院(St. Vincent Hospital)』，住院醫生最近才被調走，現在全院沒有住院醫生，你去倒很合適。只是你說你是醫生，你到底做過幾年醫生？你會些什麼？有什麼經驗？你倒說說讓我聽聽。」

看到華生醫生這麼鼎力協助，雅信大爲高興，於是她深深吸了一口氣，開始詳詳細細的說了起來：

「我做了十五年醫生，我什麼都會，而且什麼也都做過。」於是她一一細數她過去的經驗，只見華生醫生頻頻滿意地點頭，她最後結尾地說：「不但如此，我自己還開了一間助產學校，每年有五、六十位學生畢業，畢業的已有幾百個之多。」

華生醫生聽罷，眼睛充滿了光亮，笑口大開地說：

「你去試試看，我想一點問題也沒有，那醫院的主管是一位修女，叫做『凱撒琳修女(Sister Catherine)』，你可以向她說是我介紹你去的，當然我也會寫一封介紹信給她。對了！你現在忙嗎？你就到外面等等，我現在就替你寫信，叫秘書立刻打字，你可不必再跑第二趟。」

雅信走出辦公室後，華生醫生果然就提筆起草雅信的介紹信，叫秘書打了，他又過目一次，然後簽字封了口交給雅信。在雅信臨走之前又叮囑她說：

「關於你的醫生證件，就照你的辦法，由你自己先翻譯好送來，再請人驗證去。你知道，我們把你的證件送去給市政府的『公共衛生局(Public Health Department)』認可，由他們發一張許可證給你，你才可以正式執行醫生業務。」

雅信答應當天回家就把證書譯成英文，第二天連同原來證書一起送來，當場感謝了華生醫生一番，又熱烈地跟他握了一陣手，才向他辭別，走出了「醫師公會」的樓房。

既然「醫師公會」的介紹信已在手裡，雅信連一分鐘也不肯浪費，就坐巴士直往「聖文生醫院」來。這醫院果真是一家小巧玲瓏的二樓醫院，只佔一個小街段，進了那小小的正門，便見一間小候客室，室裡只有三條長椅供人坐息。雅信走向那小櫃台，告訴那中年護士說想見「凱撒琳修女」，她回雅信說「護士長」正有客人在她的辦公室裡，請她稍候幾分鐘才有可能得到她的接見，於是雅信只好坐在候客室裡等候起來。

那候客室雖小，卻是十分淨潔別緻，牆的一角放了一座木檯，檯上立著一尊苦修士的彫像，一身黑色的修士袍，左手牽一個赤足的小女孩，右手抱一個裸身的嬰兒，一雙柔和的眼睛放射出慈愛之光，就在那彫像的斜對牆上，掛有一副鏡框，框底鑲著一張薔薇的圖畫，畫中用花體字寫了三行英文字，道是：

More things are wrought by
Prayer than this world
Dreams of ......

有一位男士從半開的辦公室門走出來，那櫃台的中年護士轉過頭來向雅信使了一個眼色，示意她可以自己進去，雅信迅即從椅子立了起來，走進那半開的辦公室，只見一張橡木的老辦公桌前坐著一位全身白色護士服的五十歲女人，只有從她頭上的那頂修女帽飾與胸前的那條銀十字架項鍊才洩露了她修女的身分，即使明知雅信走進來，她仍繼續側頭用左手反鈎抄寫未完的字，一直等她全部抄完了，才抬起頭來，用深井般的目光往雅信身上投射過來，雅信這才發現她那一頭黃髮之中不勻稱地長了一叢全白的銀髮。

凱撒琳修女似乎不輕易開口，一直用嚴肅的眼光詢問雅信，於是雅信只好掏出介紹信，往前遞給她，自己先開口說：

「聽說你們這醫院缺少醫生，這封介紹信是『醫師公會』的主席華生醫生請我轉交給你的，他叫我來這裡問問看，也許有我可以效勞的地方。」

凱撒琳修女一言不發把信拆開來讀，臉色才轉爲緩和，深沉地說：

「可以啊，我們正缺少醫生，你來得正好。」

雅信大喜過望，幾乎想上前去握她的手感謝她，卻料不到對方十分現實，單刀直入問雅信道：

「你想知道你的薪水如何計算嗎？」

雅信爲雙方一見面就談錢而感到尷尬，卻也無可奈何地點了一下頭，於是凱撒琳修女便直接了當地說：

「你的薪水按照你每月的工作量計算，你能做多少就給你多少，全部賺的錢都歸你所有，你能開刀，開刀的錢就給你，你能接生，接生的錢就給你，比如說吧，你打一次點滴就給你三塊錢，你輸一次血就給你十塊錢，其他也照樣計算。」

雅信高興得幾乎要昏厥過去，她想這太好了，如果眞如對方所說，按件計算，她一下就富有了，還用擔心什麼，所以她立刻就回答說：

「凱撒琳修女，你實在太仁慈了，這樣對我實在太好了……只不知我幾時可以正式上班？」

凱撒琳修女瞟了桌上的日曆一眼，迅速回答說：

「現在已經是年終，剩下幾天不好算，不如從正月初一開始，你看如何？」

「好，就從正月初一開始！」雅信同意地說。

這一天，雅信很早就回到顏小姐的家，趁顏小姐沒回來之前，努力替她準備好一頓豐盛的晚餐，並且在餐桌上把微笑掛在嘴上，與顏小姐從容應對，聊起家常來，煥然變了一個人，竟使顏小姐大感意外，便問雅信道：

「丘，你發現了金礦不成，怎麼今晚這麼快樂？」

「有人要請我做醫生了。」雅信笑盈盈地說。

顏小姐變了顏色，把刀叉往盤上一擲，挺直了脊背，伸長了脖子叫道：

「眞的？我不相信！是誰要請你做醫生？」

「『聖文生醫院』的一個修女主管叫我去做醫生。」

「眞的⁉幾時叫你去上班？」

「從正月初一開始。」

「一九四二年的正月初一？」

雅信點點頭，似乎想起了什麼，便順口對顏小姐說：

「我恐怕要從你家搬出去了。」

「爲什麼呢？丘……」

「因爲我必須住在醫院裡。」雅信肯定地回答道。

顏小姐獨自沉吟了半晌，突然對雅信變得溫柔起來，臉上堆起笑紋，熱情地對她說：

「那麼正月初一我就開車送你去。」

「不必了，顏小姐，我今天就是坐巴士去的，那天我也打算坐巴士去。」

雅信推辭了半天，可是顏小姐卻一再堅持要親身送她去，雅信覺得顏小姐的盛意難卻，最後也只好支唔地答應了。

「有一件事想跟你建議，丘醫生，就是你的那兩件大行李暫時可以不必搬去，只帶幾件隨身換洗的衣物和手提包去就可以。」

「好啊，我本來就不想帶行李，只想帶輕便的東西去，所以一直就打算坐巴士去。」

「你不用客氣了，丘醫生，還是讓我用車子送你去。」顏小姐再次堅持地說。

用完晚餐，顏小姐說雅信已經替她做了晚餐，所以不必再洗碗盤了，由她自己洗，並且說雅信大概也累了，可以先去洗澡，早一點休息。

雅信爲了顏小姐對她態度的改變感到十分驚訝，卻是十分快活，快活到了極點。這一晚，臨睡之前，雅信恢復了三十年前在「淡水女學」讀書時代的學生習慣，在床頭跪下來，默默祈禱：

我們在天上的父：

願人都尊祢的名。
願祢的國降臨。
願祢的旨意行在地上，
如同行在天上。
賜我們每日的糧食，
免除我們欠祢的債，
如同我們免除別人欠我的債。
讓我們不受引誘，
救我們於罪惡之中。
因爲天國、權柄、榮耀，全部歸屬於祢，
直到永遠。　　　　阿門。

唸完「主禱文」，雅信又暗暗感謝了上帝一番，然後才安適地在床上躺下來。這一夜，她做了一個夢，不知道已經多久了，她一直都沒曾做過如此美麗的夢。

十七

元月初一是個大好日子，雅信早晨起床，掀開窗帘，便見晴空萬里，沒有半片白雲，推開窗戶，一股冷氣涼透心坎，還好太陽已經高照，她私忖著，大約不到中午，大地就會回春暖和了吧。

當雅信起身開始梳洗換衣，顏小姐也同時起床了，她對這天的關心與熱切似乎不下於雅信本人。她們兩人匆匆把早餐用畢，顏小姐扭身叉腰斜靠在門檻閒看雅信整理輕便的衣物，一直等她把那兩只大行李收藏妥貼，才隨在她的後頭走出大門，發動了汽車，載她往「聖文生醫院」來。

到了醫院，才發現凱撒琳修女早已在她的辦公室工作，於是也沒經護士通報，雅信與顏小姐兩人連袂走了進去。

凱撒琳修女照例歪著頭反鉤左手在抄寫東西，聽到有人進門的腳步聲，她停了筆，卻依舊緊握住筆不放，只翻起眼白瞟了來者一眼，又繼續把未完的字抄完，才眞正放下筆，抬起頭來，準備跟雅信說話，卻料不到顏小姐搶前一步，先開口對她說：

「我是顏小姐，是丘醫生的房東，聽說你們醫院想請丘做醫生，這可是眞的還是假的？」

凱撒琳修女緘默不語，只直接點了一下頭，用她那雙井深的眼睛注視顏小姐，似乎爲她的唐突而感到不悅。

「有一件事情我想讓你們有所了解，這女人是拿學生護照來的，你們知道嗎？」顏小姐緊逼著說。

凱撒琳修女一時愣住了，卻仍然緊閉她那堅定的薄唇不語，向雅信斜乜了一眼，又把目光集中到顏小姐的臉上。

「她本來預定去年十二月十五日回日本，只因爲戰爭才在溫哥華留下來，所以她現在還是學生身分，你們知道嗎？」顏小姐更向前走了半步，偏頭彎腰用力地說。

「『小姐』，你已經告訴我兩次了，請問你還想告訴我幾次？你現在可以走了。」凱撒琳修女冷冷地回答，然後轉向雅信對她說：「丘醫生，請你留下來，我有重要的話要跟你談。」

顏小姐頓覺索然無趣，把一只柔軟的手提包往腋下狠狠一挾，大步跨出辦公室，悻悻離開了「聖文生醫院」。

從這天開始，雅信就在「聖文生醫院」住定下來，醫院裡的伙食十分好，又不必再去煩煮飯與洗盤的雜務，雅信只專心一意地做住院醫生的職務。原來這醫院有一百多個病人，住院醫生卻只有雅信一個，其他的醫生只是每日定時來醫院診治一下病人，不多時就走了，再不就是每禮拜一的定時開刀，外科與麻醉幾個醫生集合在開刀房裡爲病人開刀。雅信既然是唯一的住院醫生，別的醫生所不做的事也就由她全部承擔下來，她替病人打點滴、注射、輸血、接生、開藥、檢查和急救……反正無所不做，遇到群醫開刀的日子，她也進開刀房去幫助別人開刀。她日夜工作，一天工作二十四小時，只在深夜才能偷閒得到片刻的睡眠，可是她卻工作得十分起勁，也十分快樂，特別是受到病人的信任與歡迎，更使她覺得自在，活得有意義。那些病人，特別是那些產婦與小孩，因爲血管細微，遇到粗心的男醫生，常被他們用針戳得紫青淤血，扎爛了皮膚，還沒能把針插進血管，可是自從雅信來了之後，幾乎就解了她們這痛苦的災厄，因爲靜脈注射一向就是她的拿手好戲，而且她又細心又體貼，所以凡被她注射過的人，無不感恩載道，讚不絕口，這些讚美的話最後也傳到凱撒琳修女的耳朵，竟令她也不得不對雅信另眼看待了。

自從雅信把她的證件一一自日文譯成英文送去給「醫師公會」，再由「醫師公會」轉寄給「公共衛生局」，沒過多久，她便收到「公共衛生局」的來信，說他們已經詳細檢驗過她的證件，歸結她符合他們要求的醫生資格與條件，通過准許她在醫院執行醫生業務，並且對她寫道：「你已經在我們局裡登記在案，這信便是給你的書面證明。」雅信喜出望外，把這消息與信拿去讓凱撒琳修女知曉，凱撒琳修女也替雅信高興，用左手拍拍她的肩膀，對她說：「我沒眼花，我總算沒有看錯人。」

在「聖文生醫院」的醫生當中，有一位叫「史鐵兒醫生(Dr. Steel)」的，他少雅信兩、三歲，因爲才從英國移民來加拿大不久，領略過異鄉人的孤寂與痛苦，所以一開始就十分同情雅信，對她伸出友善之手。史鐵兒醫生一頭濃密的棕髮由頭心往兩邊剖開，一雙海藍的眼睛藏在一對牙刷般的粗眉之下，他個子頂高，挺起發肥的肚腹，如女人五個月的身孕，他性情豪爽幽默，喜歡開玩笑，既愛扮鬼臉，又愛跟人捉迷藏。在咬雪茄與吸紙煙的眾醫生中，獨獨史鐵兒醫生支煙不碰，卻偏偏愛吃糖菓，像小孩似的，他口袋裡總有各色各樣的糖菓，不但經常把糖菓含在自己的口裡，而且時時會把糖菓分給雅信，偶爾甚至在她不注意的時候，把糖菓偷塞在她醫生白衫的大口袋裡，叫她感到意外的驚喜。總之他與雅信相近的年齡、相似的遊子際遇、他的不吸煙與她的哮喘病、他的同情與她的孤單，一切一切，都使他們一見如故，不到幾天便成了知己的朋友。

有一天，史鐵兒醫生遞了一顆口香糖給雅信之後，不經意地對她說：

「丘醫生啊，我們要一個禮拜不能相見了，我明天就不來這醫院臨診了。」

「這是怎麼說的啊？史鐵兒醫生，難道你要離開這醫院不成？」雅信訝異地問道。

「我要到『綜合醫院』去開刀，不瞞你說，丘醫生，我背上長了一粒瘤，痛苦得我夜裡睡不著覺，只好把它開掉。」

「爲什麼不在這醫院開刀呢？」

「我已經痛個半死，哪裡還有時間等到下禮拜一才開？況且『綜合醫院』那裡我也常去臨診看病人，醫生也熟，已經講好了，明天就去開刀，開完了，還得休息一個禮拜，我都已經跟凱撒琳修女說妥了。」

「史鐵兒醫生，如果你的瘤眞的痛得那麼厲害，又何必等到明天上『綜合醫院』去開？我現在就替你開，也少一天痛苦。」雅信說。

「你會開刀嗎？」這回輪到史鐵兒醫生驚訝地問。

「我在台灣當醫生時，最拿手的就是開刀，經我開刀的婦女不知幾千幾百呢。」雅信笑道。

「可是我不是孕婦，只怕你手術刀切深了，連我的脊髓也給切斷。」史鐵兒醫生幽默地打趣道。

「孕婦的剖腹才比你這背部的瘤危險多呢，即使把你脊髓切斷，至多只叫你半身不遂坐坐輪椅而已，可是孕婦的肚子剖深了，卻要傷及嬰兒呢，還是讓我替你開刀吧。」雅信也半開玩笑回敬史鐵兒醫生說。

「你要叫我當你的試驗品？你能叫我信任得過嗎？丘醫生……」

「開完了刀，你就信任得過了，史鐵兒醫生。」雅信充滿信心地回答。

史鐵兒醫生終於在這一天讓雅信開刀，取掉了背上的瘤，事後又縫線，縫得十分仔細妥貼，叫史鐵兒醫生沒感到一點痛苦，使他休息了兩天就恢復正常，第三天就回到「聖文生醫院」來上班了。

因爲這次手術的意外成功，使雅信在病人中受到更大的歡迎，在醫生同儕之間得到更高的尊敬，而她與史鐵兒醫生的友情則更上了一層樓。

元月的月底終於到了，這是醫院醫生與護士領薪水的日子，大家魚貫走進凱撒琳修女的辦公室，由她親自發給每個職員薪水，薪水都封在信封袋裡，袋上由凱撒琳修女親自寫了每個人的名字，雅信懷著興奮的心情領到她來美洲第一次正式的薪水，她不敢當場打開信封，只捧著信封，跑進她的診察室，把門關上了，才急急把封袋撕開，從裡面拈出了三張鈔票，仔細看了，才發現是兩張十元和一張五元。她想還有其他大鈔黏在信封底層，打開看了，竟然沒有，用力倒了半天，也不見半張掉出來。她暗笑起來，她想一定是凱撒琳修女裝錯了信封袋，不然就是放錯了錢，只記得放小鈔，而忘了放大鈔，才會有這般荒唐的事情發生，便把那二十五元又裝回原袋，帶到凱撒琳修女的辦公室來。

雅信好難得等全醫院的人都領完了薪水袋，才怯怯地蹭了進去，凱撒琳修女老早抬起頭來，似乎已知她的來意，在等她，所以雅信還沒來到她的桌前，她就先開口問她了：

「你是不是來談有關薪水的事情？丘醫生。」

雅信連點了幾下頭，把啓封的薪水袋推到凱撒琳修女的桌前，囁囁嚅嚅笑著說：

「凱撒琳修女，我想你裝錯了信封袋子……」

「我從來不裝錯信封袋子。」凱撒琳修女斬釘截鐵地說。

「不然，就是放錯了錢數……」

「我從來不放錯錢數。」

「再不然，準是計算錯誤……」

「我從來不計算錯誤。」

「這樣說起來，我這整個月的薪水只有二十五元？」雅信臉色變白，提高嗓子，不敢相信地說。

「一毫不差，丘醫生，只有二十五元。」凱撒琳修女鐵面不易，伸出左手，不慌不忙地將那信封推回到雅信的面前。

「但是你當初不是答應我按件計酬嗎？凱撒琳修女。」雅信不信服地問。

「完全正確。」

「那麼這又如何解釋呢？」

「很簡單！」凱撒琳修女道，清了兩下喉管，一板正經地說下去：「丘醫生，我當初答應你按件計酬，一點也沒錯，只是那時不知道你是學生，後來知道了你學生的身分，我就不得不改變初衷了，因爲做爲一個學生，你不能拿到全酬，我只能給你每個月七十五元的『住院學生』薪水，扣掉你在醫院的五十元住食費，剩下只有二十五元，算是你這整個月結算下來的薪水。」

「但我不是已經拿到『公共衛生局』發的醫生執照了嗎？我還拿去給你看過，凱撒琳修女……」

「那不叫『醫生執照』，只叫『醫務執行許可』，但你終究還是學生身分，你現在拿的不是學生護照嗎？」凱撒琳修女說，一副撲克的面孔。

一個月前顏小姐載她來見凱撒琳修女的那一幕叫人不愉快的情景倏然在眼前浮現，雅信太了解凱撒琳修女的倔強個性了，無論如何說也是浪費唇舌而已，她把那信封袋一把抓回，憤憤走出那冷酷的辦公室。

雅信回到她的診察室，把信封袋扔在檢驗床上，無力地坐在圓圈椅子，回想在多倫多大學唸書的時候，整天不做任何事，只唸一科「公共衛生」所拿到的錢是二十五元，現在一天二十四小時當班，開刀、注射、接生、急救……無所不做，做得如牛似馬，忙得焦頭爛額，每月拿到的也一樣是二十五元，愈想愈氣，便長吁短歎起來。

有人輕觸了一下背，從肩上遞了一顆藍色的菜燕糖給她，雅信把圓圈椅旋轉過來，見史鐵兒醫生帶一臉微笑在望她，大口袋上還露了半截薪水的信封袋。可能是看到雅信的愁容，史鐵兒醫生立刻把笑顏收斂了，露出嚴肅的表情，關懷地問道：

「怎麼搞的？丘醫生，你病了嗎？這回輪到我來給你看病。」

雅信搖搖頭，深深歎了一口氣，說道：

「凱撒琳修女這個月給了我二十五元薪水。」

「二十五元薪水？你不是在開玩笑吧？連一個看門掃地的也不止二十五元呢！」史鐵兒醫生不肯相信地說。

「你若不信，薪水袋就在檢驗床上，你拿去數數看！」雅信用下巴指向那床上的信封袋說。

史鐵兒醫生欠身伸了他的長手拿那信封袋，吹開了，把鈔票倒出來翻看了幾次，一臉驚訝，凸著兩隻大眼，叫道：

「不可相信！不可相信！」然後他轉成另一種溫和的口氣問雅信：「丘醫生，你倒跟我說說，你這個月一共做了多少工作？」

「讓我算算看……」雅信把身子坐直，望著塗石灰的天花板說：「除了每天日夜二十四小時值班，我還做了七次輸血、二十五次靜脈注射、二十次鹽水點滴、三次接生、手術了二次急性盲腸、再有一次你的背。」

「噢嚄！做了這麼多，至少醫院也得付你五百元！」

「可是凱撒琳修女才付我二十五元。」雅信淡淡地說。

史鐵兒不知已經敲了幾回床架了，他為雅信感到憤憤不平，最後叫道：

「眞是欺人太甚！這樣你不必留在這裡了，回家睡覺也比留在這裡強些！」

雅信也在心底下這麼想，所以一當史鐵兒醫生離開，她就來到凱撒琳修女的辦公室，也不客套，開門見山就對她說：

「我不想在這裡工作了，我現在就想搬出去。」

「你說的，丘醫生。」凱撒琳修女毫無表情冷冷地回答。

雅信反身就走，來到門限，不經意又回頭向凱撒琳修女投了最後一瞥，今天她一身黑色袈裟，已偏了頭又反鈎左手在寫字，一綹白髮掉在額上，胸前的銀十字架懸在半空中擺盪，她那怪異反鈎的左手再次引起雅信的注意，也不知怎麼，她驀然憶起從前在「淡水女學」，有一回跟金姑娘到海邊遠足，在礁石深孔裡見到的寄居蟹來……

十八

回到自己的診察室，雅信打了一通電話給安琪拉，也不告訴她什麼，只對她說想到她家裡坐一下，不知她上午在不在家？安琪拉有些驚奇，但答說她會在家等她，十分歡迎她去看她。

雅信收拾好簡單的衣物，捆了一個小包袱，只跟史鐵兒醫生告別，便跨出醫院那狹窄的入門。本來她想搭巴士上安琪拉的家，卻因爲氣悶而感到全身乏力，便在街頭攔了一部計程車，開向安琪拉的家裡來。

那計程車司機是一個五十歲上下的加拿大人，整個腦袋已經禿光，只剩下兩鬢白霜，卻是一臉油嫩紅光，笑口常開，十分和善的樣子。他似乎有意跟雅信談話，可是雅信卻無意啓唇，兩人就沉默地開了一段路，終於停在「赫士丁街(Hastings Street)」的十字路口，並且停在那裡，久久不能前進。

雅信只覺得有點蹊蹺，把頭伸到車窗外探視，她發現有三、四個「加拿大皇家騎警(RCMP)」，戴圓頂鑲金圈的長舌帽，穿滾白條長褲的制服，揮鞭在路口維持交通秩序，雅信再仔細看時，才看見原來有一行隊伍，清一色是日本人胖圓的臉，正橫過十字路口，才阻擾了車輛的進行。這一行散漫的隊伍，由男女老少各色各樣的日本人組成，每個人都滿面愁容，腳步遲重，背負拖車，提箱帶篋，蹣跚躑躅地往街尾的「赫士丁公園(Hastings Park)」的方向移動。

雅信屏聲息氣，瞪一雙大眼，不期然脫口自言自語地說：

「這些日本人要到哪裡去呢？」

「你不知道嗎？他們要到『赫士丁公園』去。」那司機終於找到談話的機會，欣然開口回答道。

雅信轉過頭來問那司機說：

「要去那公園做什麼？」

「你沒看到前天的『加拿大新聞(The Canadian News)』嗎？」那司機大感驚異地問。

「我這個月整天都忙著看護病人，哪有時間看報紙？」雅信搖頭說。

「你說你是醫生嗎？」那司機凸出了雙眼問道。

雅信微微點了一下頭，那司機倏地對她肅然起敬，連忙接下去說：

「前天的『加拿大新聞』登了一則廣告，是『B. C.省安全委員會(Security Commission)』下給溫哥華日本人的通令，叫他們至遲要在正月三十一日以前把一切營業處理妥當，並且隨時準備好，一接到命令，在二十四小時內就得動身遷移，先到『赫士丁公園』集合，以後再前往山裡的集中營去，這可能是第一批接到命令的日本人。」

雅信下意識地點點頭，靜靜地聽那司機滔滔地說，聽畢，才又把頭伸到窗外，這時那行隊伍已走到盡頭，強壯有勁的年輕人都已走遠了，只剩下老弱婦孺留在後頭，把隊伍無可奈何地拖延拉長。有一隻目光烱烱的愛斯基摩狗(husky)走在前頭，後面跟著兩個失明的日本人，老殘瘦弱，拄著枴杖，共拉著拴在那狗脖子上的皮帶，像一對木偶，有時跌歪，有時相撞，任那狗拖著走。那隊伍的最後一個是一位三十多歲的日本婦人，矮小佝僂的身子，卻揹著一個兩歲的胖男孩，右手抱一個紫色包袱，左手還牽著一個三歲的瘦女孩，那背上的男孩已經熟睡，閉著眼睛，任那母親把那南瓜般的腦袋左右搖晃，那女孩的右手由她母親牽著，已經跟不上她的腳步，左手猶抱住一個比自己還大的洋娃娃，突然，一個顛簸，那洋娃娃掉在路上，那女孩停步不走，可是那母親只顧看前，不管女孩的掙扎，硬是拖著她向前走，於是那女孩嚎啕大哭起來，使得一位「加拿大皇家騎警」三步做兩步奔了過去，彎了他那高大的鐵軀，撿起路上的洋娃娃，趕上前去，遞還給那淚痕滿面的小女孩。雅信把這幕情景從頭看到尾，忽然心頭一陣酸楚，滴下兩行感動的眼淚。

日本隊伍全部過街之後，成列的汽車才開始走動起來，載雅信的車子已經走了一段路，那司機幽然側過頭來，把雅信上下打量了一番，小心翼翼地問道：

「醫生，你也是日本人嗎？我猜不是吧。」

「我不是日本人，我是台灣人。」雅信搖搖頭輕輕地回答。

計程汽車一停在安琪拉家門前，安琪拉已從屋裡出來，在門前迎接雅信了，本來安琪拉是笑臉相迎的，卻見到雅信一臉陰沉，搓身先進了房子，讓安琪拉跟在後面追問道：

「你不是在『聖文生醫院』做醫生嗎？丘醫生，怎麼這個時候有空出來？」

雅信也不立即回她，只往一張安樂椅坐下來，歎息了一聲，說道：

「我醫生不做了，以後什麼時候都空得很，安琪拉。」

「到底發生了什麼事情？丘醫生。」

「他們一個月才給我二十五元的薪水！」雅信憤憤地說。

「哦……」安琪拉驚愕一下，不能再說什麼。

「所以我不想再住醫院了，才搬出來。」雅信說，又深深歎息起來。

沉默持續了相當長的時間，安琪拉才悄悄地問道：

「那麼你想再回到『那個女人』的家去住嗎？」

「不想了，只想租個房間，住下來，然後再等船回台灣去。不知道你能否幫我找個房間？要便宜的，安琪拉。」

「這還成什麼問題？就擔在我身上好了！」安琪拉慨然答應下來。

於是安琪拉就尋找報上的出租廣告，專找單人房間，而且租金最便宜的，問好附近的幾家，便去換了衣衫，穿了大衣，帶雅信跟她一家一家去看，看了一個上午，雅信終於在「綜合醫院」旁看到一個小房間，陳設與租金都合她意，遂租了下來，說好每月租金是七塊錢。

雖然身邊仍蓄有一點小錢，卻不夠長期生活費用，於是雅信又想起還放在顏小姐櫥櫃裡那兩箱日本帶來的絲綢絹畫，爲了怕打草驚蛇，不讓顏小姐知道，她就跟安琪拉約好，由她每天在顏小姐上班不在的時候到她們家裡，把剩下的東西一天一點悄悄地搬到安琪拉家，然後託安琪拉再爲她兜售，反正顏父顏母白天都在家，出出入入都不過問，任雅信從容搬運，不到一個禮拜，就把東西全部搬完，只剩下兩只空箱留在顏小姐的櫥櫃裡。

既已在租來的房間安頓下來，又把絲綢絹畫全部搬到安琪拉家請她代售，雅信又恢復一個月前賦閒的日子，開始每天下午坐巴士到CPR的車站，打聽回台灣的「交換船」的消息。

就在雅信住處的對面，有一個中學叫「愛德華王中學(King Edward High School)」，因爲每天都從中學走過，有時就不免注意起校前廣告欄的廣告來，有一天竟然意外發現一張招生的廣告，標題是「一般會話(Public Speaking)」，雅信於是仔細讀下去，原來是爲了促進外國移民的英文能力而特別在夜間開了民眾補習班，因爲是市政府辦的，所以是義務不收學費。雅信思忖，自己的英文閱讀能力雖然不差，但說話能力終究比以英文做母語的加拿大人差得不可以道里計，反正閒著無事，讀讀英文，增進英語的能力，對自己也不無益處，遂進了中學的辦公室，報名註冊了一學期，上課由三月一日開始。

報名註冊「一般會話」固然對將來有了個期待，可是離那開課的日子還有兩個禮拜，整日除了等船無事可做，雅信不覺又無聊起來，有一天竟然異想天開，「綜合醫院」既然在隔壁，何不去開刀房看人開刀？藉以打發時間，也可以學一些外國人開刀的技術。決心既下，她便走進「綜合醫院」，也不經門口護士的通報，直往佛立思醫生的院長室裡來。

佛立思醫生這時正背對著門口，坐在那可以旋轉的靠背沙發椅上，把一雙竹桿長腿擱在窗架，撚著鬍尖在望窗外。

「佛立思醫生……」雅信怯怯地叫道。

佛立思醫生鬼魅般地把椅子一轉，一雙眼睛往雅信直射過來，猶豫了半晌，初時不知她是誰，等認出了她，立即皺起眉頭，把手一揮，叫道：

「你出去！你出去！我早已跟你說過，我們在跟你們日本打仗，絕對不能請你做我們的醫生！」

雅信不但不走，而且把腳立得更穩，鎭定地回說：

「佛立思醫生，我有幾句話想對你說，我不是日本人，我是台灣人，而且我今天不是來請你讓我做醫生，只是請你允許我進你們開刀房看而已。」

「你進開刀房看做什麼？」

「也沒想做什麼，只是我整日無事可做，看人開刀容易打發時間，說不定我還可以乘機學些東西，將來回台灣去有用，你知道，我原來也是個醫生。」

佛立思醫生顯得無可奈何的樣子，因爲找不出理由拒絕，便又問道：

「只是看開刀而已？」

「只是看開刀而已，佛立思醫生。」雅信點頭肯定地說。

佛立思醫生聳聳肩，歎了一口長氣，終於說道：

「好了，好了，答應你就是了，出去叫門口的護士來，我要叫她帶你到開刀房去！」

雅信到門口去找那年輕秀麗的護士，她進了佛立思醫生的辦公室，不一會兒就走出來，滿臉堆著笑，輕柔地對雅信說：

「請跟我來。」

從這天開始，雅信一有空就來「綜合醫院」的開刀房看外科醫生開刀，因爲來久了，漸漸幾個外科醫生也認識了，又加之常常會在走廊遇見來這醫院臨診病人的史鐵兒醫生，見了面就聊一會天，吃他遞給她的糖菓，日子也就一天一天輕易地打發過去了。

快到月底之前，雅信感了一次冒，她的哮喘病又發作，她一連在自己的小房間裡躺了三天，等第四天恢復之後，才又回到「綜合醫院」想去看人開刀，可是才進醫院的大門口，那位年輕秀麗的護士就向她招手，似乎有急切的事情想跟她說，雅信也就沒頭沒腦地蹭到那護士的櫃台去，還沒等雅信問話，那護士已先開口說了：

「佛立思醫生在找你，連續好幾次命我到開刀房去叫你，你怎麼幾天都沒來？沒有你的電話地址，把佛立思醫生急死了。」

雅信聽了，立刻臉色變白，幾天沒出完的冷汗在一驚之下全發了出來，一邊用手絹指額上的汗水，一邊問道：

「找我做什麼？有什麼重要事情嗎？」

「你到他的辦公室就知道，快去！快去！」那護士催促地說。

雅信悄悄走進院長室，佛立思醫生依然像上回一樣背對著門口，不是坐在椅子撚鬍子，卻是立在窗前，不耐煩地用他多骨節的手指頭在敲窗板，聽到雅信輕微的腳步聲，馬上機敏地轉過身來，一見是她，大聲拍了一下響掌，歡喜地叫道：

「哈——！你終於從地心跑出來！找你找得好苦啊！丘醫生，想問你一句話，你是否能立刻在這醫院工作？」

這話大大出乎雅信意料之外，她愣了半晌，所有冷汗皆化成熱汗，一陣驚喜之後，才慢吞吞地問道：

「是什麼樣的工作呢？佛立思醫生。」

「住院醫生！又有三個住院醫生被軍部調走了，我們急需要你來頂替，答應了吧？丘醫生。」佛立思醫生懇求地說。

「但我已經註冊要去唸『一般會話』了，怕沒能全心全意做住院醫生。」

「唉，你的英語已經夠好了，還去唸什麼『一般會話』？那不重要，這才重要！我們給你房間住，給你三餐吃，一個月再給你一百元薪水，如何？答應了吧？丘醫生。」

雅信暗喜，這「綜合醫院」的薪水竟然有「聖文生醫院」的四倍之多，如何不叫她高興？只是她怕又重蹈凱撒琳修女的覆轍，所以便對佛立思醫生坦誠地說道：

「有一點我非事先跟你聲明不可，佛立思醫生，我現在是學生身分，因為我拿的是學生護照。」

「我才不管你是什麼身分？拿的是什麼護照？我只管需要一位醫生，如此而已，那麼你答應了？」

雅信終於默默地點了兩下頭，只聽見佛立思醫生又拍了一聲響掌，叫道：

「出去叫門口的護士來，我要叫她帶你到你的房間去！」

說罷，佛立思醫生才坐下來，翹起長腿，安閒地撚起鬍子。

十九

那年輕秀麗的護士帶雅信走了兩段迴廊，來到一幢平樓宿舍，裡面有十幾間房間，護士用鑰匙打開了一間讓雅信進去，把鑰匙放在房裡的桌上，對她說：

「這一幢是住院醫生的宿舍，每個房間都一樣，你就住這間吧。」

護士說完了就走出去，雅信把房間環顧了一番，覺得窗明几淨，床單潔白，雖然只有一桌一椅，卻收拾得清爽可愛，比那向人租的房間強多了，特別叫她高興的是床頭還裝有一架白色的電話，可以讓她跟外界通話，她隨即打了電話給安琪拉，把這大好消息告訴她，然後跪在床前，感謝上帝給她這麼好的職位，完了，她就到醫院的隔壁將她的簡單行李搬來宿舍，順便通知房東，她下月不再續租了。

這「綜合醫院」有「聖文生醫院」五倍大，平時病人有三、四百人，住院醫生雅信來時只剩下五位，三位男醫生，兩位女醫生，都是剛從醫學院畢業的年輕醫生。那三位男醫生都相當條朗魁梧，頗有醫生的氣派，所以護士們都十分尊敬，稱他們「醫生」，可是那兩位女醫生，卻是輕佻浮浪，缺少醫生的莊嚴，因此那些護士也就不叫她們醫生，而直呼她們的名字了。

這兩位女醫生實在長得平庸無奇，不用說時常跟那些男醫生打情罵俏，卻得不到他們的青睞，就連雅信看起來，也覺得沒有吸引女人之處。那叫「珠麗」的女醫生長得像條電線桿，除了佛立思院長，幾乎比所有其他男醫生都高，胸部與臀部卻是平坦無肉，右手臂上還有一尺長的燙傷疤痕，走起路來佝僂彎背，像駝鳥一般。而那叫「瑪麗」的女醫生雖然還豐胸肥臀，十足是個女人，一說起話來卻是粗厲沙啞，不下爵士樂隊裡的黑人老歌手。

因爲住院醫生需得輪値全院的夜班，來了醫院第三天，白天辛苦上完了一天班，這夜雅信還得當起値夜醫生。既然住院的病人有「聖文生醫院」的幾倍之多，每晚急救的次數也自然有「聖文生醫院」幾倍的頻繁了。在「聖文生醫院」雖然夜裡値班，但起碼還可以偷閒假寐，在這「綜合醫院」連這假寐的機會也沒有，有時還趕著同時爲幾個臨危的病人急救，從這個病房跑到另一個病房，跑到精疲力盡，累不堪言，所以儘管一禮拜才輪夜一次，可是一夜下來，幾天都恢復不過來。雅信比較起來，才發現史鐵兒醫生，在外頭開業，每天找時間來醫院臨診病人，不必輪班値夜，實在比住院醫生悠閒自在得多了。

剛開始的兩三個禮拜，住院醫生還按秩序輪番値班，雅信在不値班的晚上終究還可以得到充分的休息，可是這段時間過後，她發覺値夜的秩序紊亂了起來，往往才値過一夜，一禮拜不到又輪到她値夜，這種情況醫院當局不但沒能及時改進，反而變本加厲，在雅信不値夜的晚上，她那電話的鈴聲也頻頻作響，整夜都是護士打來的緊急叫喚，叫她趕赴病房爲病人急救。因爲夜夜勞累，沒得休息，有一天，她終於在電梯門口昏倒，由護士抬到急救室，叫別的醫生來急救。

雅信實在是忍無可忍了，有一夜，當護士打電話來叫她時，她終於開口直問對方說：

「今夜又不是我値班，你爲什麼老叫我？」

「因爲你的名字就寫在電話簿上，說有急救就叫你。」對方說。

「是誰替我寫在上面的？」

「今夜値班的住院醫生。」

「誰是今夜値班的住院醫生？」

「珠麗。」

「她今夜不値班到哪裡去了？」

「我想又跟瑪麗一起上舞廳跳舞去了。」

「什麼？她們上舞廳去跳舞，卻叫我値夜代她們爲病人急救？」

「我以爲她們事前已經跟你說妥了。」

「天曉得，她們從來也不跟我說一聲！」

雅信坐在床前搖頭歎息，而對方卻在催促著：

「丘醫生，請快些好嗎？病人不急救恐怕不行了。」

雅信無奈，只好起來披上醫生白衫，拖著沉重的腳步，開門走了出去，心中盤算著，這一晚，非跟珠麗與瑪麗兩人說個一清二楚不可。

到急救室，雅信才發現原來是一起車禍的傷患，一個七十多歲的老人喝了酒，在走過十字路口時，不見紅燈，被一輛卡車撞了，不但雙腿裂傷，而且腦也震盪了，所以全身是血，而且一直昏迷不醒。雅信一面固定他的頭部以免他腦傷加重，一面又要給他鹽水點滴以維持他的血壓，還得爲他洗傷縫皮，不時測他的心跳與呼吸，一直在旁看護，直等他的病情穩定下來，叫護士推到加護病房去，她才回到宿舍休息，她舉手看了一下腕錶，已經是深夜十二點了。

走近宿舍，她又記起珠麗與瑪麗的事來，她想她們實在太不應該了，現在早該回宿舍來了，她非立刻就去興師問罪不可。才走到珠麗的房前想去敲門，意想不到幾句樂聲從門縫溜了出來，原來那門並沒關好，雅信輕輕把門推開，看見那白被單上拋了一床黑唱片，桌上一架唱機的唱盤徐徐旋轉著，奏出慢板三步的華爾滋，珠麗與瑪麗兩人，舞裝未卸，一高一矮，交互擁抱，跟著音樂的節奏，曼然起舞，一點也沒覺察雅信的來到。

雅信佇立著注視了她們好一會，想起她們遍找不到男人的寂寞，油然對她們生起憐憫之心，也不想去打擾她們，反身帶了門，又悄悄地走出來。

雅信的求進心十分強，她一面在「綜合醫院」工作，一面也在醫院裡學了不少新的醫學知識與技術。首先是佛立思在醫院開了兩個月的「麻醉藥學」的講座，專門訓練外科醫生的麻醉知識，雅信自始至終每節必到，從不缺席。其次是每天在醫院例行的開刀，只要雅信一有閒空，她總到開刀房觀摩學習，有時護士人手缺乏，雅信甚至臨時湊數，幫外科醫生送剪刀、止血鋏之類的手術用具，因爲先意承志，不必醫生呼喚已把用具送到他們的手上，無不令醫生感到無比的方便，也就銘感在心，對雅信百般親切，時常在手術完成後，大家請她去咖啡廳喝咖啡，與她閒聊家常，將她視若親人一般，萬萬沒想到竟然引起珠麗與瑪麗的妒忌，有一天只她們三人在醫生休憩室時，珠麗便開口問雅信說：

「手術房是男醫生的事情，你女醫生爲什麼老愛跑到手術房去？」

「我只是愛看手術而已，有時也可以幫他們一點忙。」

「我看不止如此吧，丘醫生還不是想跟男醫生多鬼混。」瑪麗在旁粗嗄地說，滾動著一雙酸溜溜的眼睛。

雅信轉臉對住瑪麗，氣得嘴唇微微顫抖，終於把怒火壓住，淡淡回答道：

「瑪麗小姐，你以爲我多大年紀？跟你們兩人一樣才二十幾歲？錯了，我已經四十出頭，那些手術房的男醫生我做他們大姐都還夠格，還跟他們拋眉飛眼做什麼？請你們不必爲我妒忌，假如你們眞的如此，你們實在是妒錯了人啦。」

雅信說罷，拂袖而去，只聽見她們在她身後議論紛紛：

「她已經四十出頭？我不相信，她看起來那麼年輕！」

「你還不知道東方女人個個看起來都比我們年輕？」

二十

轉瞬之間，雅信在「綜合醫院」一住也住了三個多月了。有一天，正當她在手術室幫其他外科醫生動手術的時候，一位護士走進手術室來，悄悄走到雅信身邊，附在她的耳朵小聲對她說：

「外面有人找你，請你立刻去。」

「我正在幫醫生的忙，不能叫他等一會嗎？」雅信皺眉地說。

「不行，他們要你立刻去。」

「到底是什麼重要人物，非立刻去見不可？」

「RCMP和一位政府官員。」那護士降低聲調小心翼翼地說。

「R—C—M—P?」

雅信瞠目結舌瞪了那護士好一會，才吃吃地說，全身禁不住打起抖擻，不知闖了什麼大禍，才勞這「加拿大皇家騎警」來，心裡狐疑著，一邊脫下手術室的綠袍，隨著那護士離開了手術室。

走進會客室，一位戎裝翹楚的「皇家騎警」守在門口，雅信遠遠便看見了，她心沉了下去，臉色變得鐵青，但仍然鼓起勇氣迎上前去。她來到門口，那騎警卻對她頷首示禮，退到一邊，客氣地讓她走進去。一進會客室，一位五十多歲的紳士敏捷地從椅子上立起來，他西裝筆挺，領帶結實，一頭油光的棕髮，一下巴淨潔的鬍髭，對著雅信邁前兩步，伸出手來，輕聲細說地笑道：

「我是『安全局』的檢查長，你可是丘醫生？」

「我就是丘醫生……」雅信點了一下頭，顫巍巍地回答道。

「根據我們的資料，丘醫生是『東京女子醫科大學』畢業的，對日文想必非常精通？」

雅信又點了一下頭，心裡急著想知道這檢查首長找她到底所爲何來？

「有件事情想請你爲我們幫忙，只不知丘醫生肯還不肯？」

「你說說看……」雅信說，她看對方來意友善，慢慢放下心上的一顆石頭。

「我們溫哥華郵局裡天天有很多日文信，就是找不到一位精通日文的人來爲我們檢查，難得在我們的檔案裡找到你的資料，我今天就爲此而來。」那檢查長說。

「可是我是醫生，又是女人，怎麼好做那樣的工作？」

那檢查長笑了起來，他笑容可掬，用一種安撫的語調說：

「一個醫生又加上女人才是這種工作的最好人選，不然你到郵局來看看就知道。」

「但我這醫院的工作呢？我如何放得下？」

「那不重要，其實檢查日文信件要比醫生的工作重要得多，這醫院每月給你一百元薪水，我們給你每月一百五十元，如何？千萬請你答應下來。」那檢查長說。

「你突然向我提出這件事情，我心很亂，一時不知如何決定，請你容我考慮一天，我再回答你好嗎？」雅信說。

「本來我們就預備如此，那麼我們就等候你給我們的好消息了。」

那檢查長說罷，從懷裡摸出一張名片，上面有他的姓名地址與電話號碼，遞給雅信，又伸手跟她握了三下，離開會客室，帶著那「加拿大皇家騎警」走出大門。

雅信躊躇了半天，始終沒能決定是否答應那檢查長給她的工作，最後她去找來醫院臨診的史鐵兒醫生商量，她把事情的原委跟他說了一遍，然後說道：

「我只怕被日本政府知道，說我爲加拿大做間諜，如果被他們抓到，準要絞死無疑的。」

「可是日本政府在遙遠的太平洋那邊，他們又如何知道？更不必說抓你了，況且你若不幫這『安全局』的忙，說不定他們反誣你是日本間諜，把你下牢關起來，那才更糟呢。我看你寧可答應下來，工作也不比住院醫生重，薪水每月倒多了五十元，何樂而不爲？丘醫生。」史鐵兒醫生說，塞了一顆椰子糖到口裡去。

於是雅信就下了決心，接受這份工作，還沒等到第二天，當晚就打了電話給白天來請她的那位檢查長。

溫哥華的郵政總局設在離中國城不遠的「赫士丁大街」上，這是一幢標準的維多利亞時代的建築，大樓的門面由磨光的花崗岩砌成，配著裝飾用的希臘石柱，屋頂用銅片封蓋，因年代久遠都已生了銅綠，屋頂下正中央掛一隻羅馬數字的圓形巨鐘，那巴羅克花紋的兩隻長臂不只隨時告訴人時間，那鐘裡破鑼的鐘聲也每隔一定時間將路人從懵懂中喚醒。

郵局的裡面則是清一色大理石裝潢，正面的牆上懸一大幅英皇喬治六世的披動佩劍的戎裝立姿畫像，兩邊用半圓窗隔間的牆上則掛著一系列加拿大墾荒時期的黑白放大模糊照片，然後在大門入口兩旁最顯眼的壁上貼了海報，印了懸賞緝拿的全國十大凶惡逃犯的照片與罪狀。

就在郵局大理石櫃台後面有四、五十個郵政人員坐在紅銅燈罩的燈光下辦公，而在這辦公室最深的角落更闢了一間裡室，與外面完全隔絕，那裡面有十幾個檢查人員在檢查每天經過郵局的幾萬封信，其中男女各有，而雅信便是其中的一個，他們一早就把信分類疊好，其他人檢查英文信，而所有日文信一律送來雅信的桌上讓她檢查。

這時太平洋既已成了戰場，因為沒有往來的船隻，海上的郵件完全斷絕，自然沒有日本與加拿大之間的日文信，所有的日文信無非是加拿大境內日本人互相寄送的家信，原來加拿大政府儘管把B.C.全省的日本人暫時集中在「赫士丁公園」臨時搭成的帳棚裡，預備送往內陸深山的集中營，但因爲集中營一時還沒有營房設備，甚至連公路都還沒有築好，所以政府只把部份日本壯丁送往深山去砍樹築路與建築集中營的營房，雅信檢查的日文信便是這些壯丁與他們留在溫哥華的家人之間的家信，既然是家信，除了互相關懷與生活報導，實在沒有值得檢查的秘密可言，但爲了防患萬一，「安全局」還是寧願雇用雅信來檢查日本人的每一封信。

大概日本人也知道郵局在檢查他們的信件，所以來往的信裡除了閒話家常，遇到重要事情想託付對方的時候，也都委委蛇蛇沒敢直書，他們終於想出一套安全的辦法來傳遞信息，就像「我昨天夢見你向千田樣借了五十塊錢」，「我前天夢見你把我的大衣寄來」，「我早上夢見你把我的袋錶收藏在我祖父的木漆箱裡」……凡此種種，既然言明是「夢見」，也就不是「事實」，即使違反了政府的規定，總不致於構成罪狀。雅信見到這些日本人費盡心機想出的種種傳信的方法，不免搖頭三歎，暗暗可憐起因他們祖國的罪愆所加諸這些海外日本人的無緣災難來。

郵局裡有一項規定，不許把錢直接放在信封裡郵寄，但就是有許多愚直的日本人，冒著被郵局沒收的危險，偏偏把錢從做工的內地深山寄來溫哥華給他們的父母妻子，雅信念及他們辛辛苦苦掙來的錢，又是爲了給他們無依無靠的父母妻子，想將之沒收，於心不忍，但又不得不讓他們知道寄錢違反規定，所以每每在他們的信後，用日文偷偷地附了一筆：「請通知對方，錢不能夾在信中，會被沒收，此次特別通融，下不爲例。」

在這郵局裡檢查日文信實在是一件十分輕鬆的工作，每天按時上下班，坐在辦公室裡讀日文信，每天只消把堆在桌上的一疊信讀完，誰也不去管你，特別又不必值夜，每晚都可以得到充分的休息。這獨立辦公室裡的十幾個檢查人員，因爲與外面的郵政人員隔開，而且共負一種秘密的任務，大家都同舟共濟，互相對待尤其親切，雅信本來也跟他們相處得十分愉快，無奈那其中的男士之中，竟有三、四人終日雪茄不離嘴巴，呑雲吐霧，把個小小的辦公室燻得像炭窯一般，使得雅信整日嗆咳，休息時間不到就趕著跑到街上去呼吸新鮮空氣，不然就躲到街對面一家中國人經營的小咖啡店喘息喝咖啡。

因爲薪水高與工作容易的關係，雅信起初還忍耐著，但忍了三個月，她的哮喘病終於又舊病復發，不但白天在充滿煙霧的辦公室裡咻喘，連夜裡回到自己無煙的房間裡也咻個不住，到達氣絕斷息的地步。她知道無論如何再也幹不下去了，於是向那辦公室的主管提出辭呈，對他說：

「我實在很愛在你們這裡工作，但辦公室裡的煙我實在受不了，我氣喘病又發了，根本無法上班，而我又不能叫全辦公室裡的工作人員戒煙，我只好向你辭職了。」

「這實在是很惋惜的事，你在這裡實在工作得很好。」那主管說。

雅信聽了，偷偷咋了一下舌，還好對方不知道她不但沒沒收信裡的錢，而且還偷寫字與日本人通信息，假如知道了，對方不但不會說這種話，恐怕還要把她疑做日本間諜也說不定呢。想著這些，便向對方告辭，從那幢巨大的維多利亞美麗的大建築走了出來。

二十一

從郵政總局出來，雅信便搭了巴士直赴「綜合醫院」，一進那熟稔的醫院大門，她便直接走進院長的辦公室，佛立思正習慣性地把他那雙長腳擱在窗上，望著窗外的白雲在沉思，一邊撚他那愈來愈尖的鬍子……

聽見有人進門的腳步聲，佛立思旋風一般地轉過身來，見到是雅信，樂得張開雙臂，熱情地叫道：

「哈哈！丘醫生，歡迎你回來看老朋友，如何？在郵局裡檢查，抓到了幾隻東京跳蚤？」

「沒有，一隻也沒抓到，倒是染了一身加拿大煙病回來。」雅信笑道。

「你指的是他們的紙煙把你的老氣喘病給轟了出來？」

雅信點點頭……

「那麼你這回回來是想要醫病？」

「也想醫自己的病，也想醫別人的病，佛立思醫生。」雅信神秘地說。

「哦哦！我懂了，你要把郵局的工作辭掉，想再回醫院來做住院醫生？」

「我郵局已經辭掉了，我不但想回來做住院醫生，還想多做一些替婦女生產的工作，你知道我一向就是產科醫生。」

「行，行，行，這沒有問題，只是有一點，你不能做了醫生，過不多久又跑掉了哦。」佛立思故作詼諧地說。

「那是不得已的啊，又不是我自願，這點難道你不明白？佛立思醫生。」

佛立思醫生連忙點頭，微笑地表示他完全明白，不自覺又撚起鬍子來。

雅信於是又搬回「綜合醫院」，佛立思院長也答其所允，給她當了婦產科的專門醫生來，在往後的幾個月裡，雅信不但接生了所有醫院裡的嬰兒，而且也救活了幾個難產的產婦與畸形嬰兒，使得病患的家屬感恩載道，更叫佛立思院長頻頻讚許。

才過沒多久，一天，雅信才替一位孕婦接完了生走出接生房，一位護士來傳她，說佛立思有話跟她說，請她立刻就去。雅信來到院長室，不但見到佛立思醫生，而且還看見一位六十多歲的紳士，一頭蒼蒼的白髮，一小撮銀色上髭，手拿著一頂黑呢帽，坐在佛立思院長的對角，似乎是在等雅信，所以見到雅信進門，就從椅子立起，把呢帽換到左手，對她伸出了右手，笑道：

「你就是丘醫生吧？」

雅信莫名其妙地伸手跟對方握了一下，心頭正在狐疑這來客不知是誰？不知有何貴幹？佛立思院長已經插進來說話了：

「丘醫生，這位是我們B.C.省的移民官——雷先生，他是我多年的病家兼好友，所以在你來之前我們已經爲你的事詳細談過了。」

「我的事？難道我做了什麼不對的事？」雅信驚懼道，腦裡閃過在郵局裡爲日本人的信寫字的事。

「不是壞事，是好事。」佛立思院長笑道，轉向雷先生：「雷先生，還是由你親自向丘醫生說吧。」

雷先生首肯，於是把椅子往雅信拉近一步，眞摯誠懇地說道：

「丘醫生，事情是這樣的，在我們B.C.深山裡，有一個集中營叫『石落坑集中營（Slocan Concentration Camp）』，現在收容了大約兩千個日本人，十分遺憾，那裡一個醫生也沒有，不瞞你說，這是違反國際公法的，聽說『國際紅十字會』已經風聞，不久就要派人來營裡檢查，所以我們那裡急需要一位醫生，方才我跟佛立思醫生談的就是這件事。」說到這裡，雷先生把一雙烱烱的目光往雅信投射過來，並且牢牢攫住，一絲也不放：「丘醫生不知道肯不肯幫我們一點忙？」

「我想不能夠，因爲我才從郵局辭了職，回到這醫院來做醫生，又是做我原來的產科醫生，我很喜歡我現在這份工作，我不能去。」雅信回說。

雷先生一直微笑地望著雅信，並不因爲雅信拒絕而收歛他的笑容，只耐心地等她把話說完，才更加溫和地說：

「丘醫生，並不是我們特意要你到集中營去當醫生，實在是全B.C.找不到更合適的人選，請你想一想，整整兩千人全部是日本人，其中有些連一句英語也不會講，叫我們哪裡去找一位懂日語的加拿大醫生？沒有，眞的整個B.C.找不到一個，除了丘醫生你，實在是不得已。」

雅信默默無語，她是決心不想去的，只不知道要如何婉拒而已，因此她轉眼對著佛立思院長，心想他應該會救她於難，卻不料他竟開口替雷先生說情道：

「丘醫生，我勸你還是去吧，雷先生方才已跟我說過了，那邊薪水每月兩百元，比我們醫院多得多，何況又是幫政府的忙，爲什麼不去呢？」

雅信驚得目瞪口呆，張著大口道：

「可是佛立思醫生，你早先不是叫我別在醫院做了醫生，過不多久又跑了嗎？」

「呃，早先是早先的事，現在可又不同了，聽了雷先生的話，我倒認爲你到那裡比在這裡有用得多，丘醫生，你還是去吧。」佛立思院長苦口婆心地說。

雅信經佛立思院長這麼一說，原來的決心開始動搖了起來，但仍然十分猶豫，最後終於對雷先生說：

「這件事對我關係重大，我沒能立刻就答應，等我回家想想，過幾天我再回覆你的消息好嗎？」

雷先生也沒有辦法，只好答應雅信回家愼重考慮，他既然是佛立思院長的病家兼老友，就叫雅信把考慮的結果直接告訴佛立思院長，再由院長轉告他就行了。

第二天早上，等史鐵兒醫生來「綜合醫院」臨診病人的時候，雅信又找到他，把移民官請她去集中營當醫生以及薪水等一切細節都說給他聽了，並問他的意見如何，史鐵兒醫生欣然答道：

「可以去啊，難得有這麼一個爲政府服務的機會！」

「可是史鐵兒醫生，萬一他們把我騙到日本集中營，將我當成日本人，把我關在營裡，不讓我出來怎麼辦?」

「不會吧,加拿大政府不至於這麼沒有信用吧。」史鐵兒醫生搖頭說。

「你以為不會嗎?萬一如此,後悔就來不及了,這是唯一叫我擔心的事。」

「既然你這麼擔心,那就乾脆叫他們寫一張保證書給你,保證書裡註明你是『台灣人』,而不是『日本人』,保證六個月完了,一定讓你再回到『綜合醫院』來。」

「好啊,史鐵兒醫生,你就是一腦袋好主意,眞謝謝你哪。」雅信笑對史鐵兒醫生說。

雅信於是把她到集中營當醫生的條件告訴了佛立思院長,經佛立思院長打電話給雷移民官,轉告了雅信的意思,果然不到兩天,他們就把保證書寄來給佛立思院長,由他轉交給雅信,在把保證書遞給雅信的時候,佛立思院長撫慰地對雅信說:

「雷先生在電話中早就跟我提及你入加拿大境的時候,已在你的入境登記卡裡登記你是『台灣人』了,根本就不會再把你當成『日本人』,不過為了要讓你安心,他還是在保證書裡註明你是『台灣人』,諾!這就是了。」

二十二

「石落坑集中營」在洛磯山的西麓深山之中,與附近的其他四、五個集中營都是五十多年前遺留下來的鬼城,往昔是鋅礦與銀礦礦工聚合建成的小鎮,自從礦坑封閉,礦工離散,便只剩下空寂的酒吧、客棧、妓院、賭場,破窗落瓦,殘垣斷壁,滿天烏鴉,遍街野狼,卻不見半個人影。

因為這些鬼城地處窮山僻谷之中,交通不便,容易管制,B.C.省政府便把它們選做日本集中營的地點，早在這年春天溫哥華的日本人集中在「赫士丁公園」的時候，便派遣了一千多個日本木匠、鉛管匠和電器匠先來這些鬼城搭建營房，使其他的日本老弱婦孺長期居住之用，然後從夏天開始，便分批把日本人陸續運到各個指定的集中營來。依照B.C.省政府的規定，每個成人只准帶一百五十磅的行李，十二歲以下的小孩只准帶七十五磅的行李，一家總共不得超過一千磅，政府給每個人一元錢的膳食費，叫人自備足夠三天的食糧，以便途中與留營之需。

這一日，雅信把行李衣物收拾妥當，坐了B.C.省政府派給她的私用專車，從溫哥華出發，一路向東行駛，翻山越嶺，涉溪過橋，開了將近一個日夜的車程，終於來到一個叫「納兒孫(Nelson)」的山中小鎮，這鎮在往「石落坑集中營」的山谷入口，是最後一站有人煙的地方，街道雖短，倒也有幾家客棧與商店，甚至還有鄉間學校和一家小小的私人醫院。雅信與那專車的司機便在「納兒孫」稍事休息，並進了客棧喝了一杯咖啡。

在喝咖啡的時候，雅信從窗子裡看到街對面停了一行日本車隊，大概也是要往「石落坑集中營」去的，大約五、六十人，零零散散分坐在十來部棄用已久的木輪馬車上，那馬車一律是露天開篷的，除了圓鐵欖上坐著人，其他的空位都塞滿了家私、毛毯、草蓆與銅壺鐵鍋等一些廚房用具，有一部馬車還載著腳踩的縫衣機和黑垢的鐵爐子，一個五歲的小男孩因爲沒有座位，只好坐在他父親的膝上，他雙手合抱一只竹編的麻雀鳥籠，籠裡卻關了一隻白鴿子，車頭的那隻黑馬每一揚尾，那鴿子便驚慌起來，在竹籠裡橫衝直撞，可是無論如何展翅，也飛不出籠子，只抖落了幾片羽毛，隨風飄向天上去。

從「納兒孫」雅信又坐了兩小時的專車，沿「石落坑河」溯河而上，那河水清澈見底，兩側都是戴雪冠的高山，山下一毯子蒼翠的原始松柏與雲杉，只有那條小公路在峽谷中蜿蜒蛇行，直逼山頂。突然，柳暗花明，在眼前展開一泓如碧的湖水，司機對雅信說那就是「石落坑湖」，是「石落坑河」的發源地，山頂上的千年冰雪融化成水，由這「石落坑河」流到美國的「哥倫比亞河」，最後流到太平洋去。

「那『石落坑集中營』就在這湖的湖邊。」那司機最後道。

那集中營的瞭望塔雅信遠遠便望見了，有一位全副武裝的加拿大兵在塔上守衛著，不時用望遠鏡眺望山路的來處，一挺機關槍的槍口凶惡地對準那圍繞鐵絲網的入口。才到那入口的大門前，集中營的總監已從一幢木造的官舍走出來，他年約五十歲，一身英國探險家的裝束，還戴一頂老式的晴雨帽，笑盈盈地向雅信的專車迎了過來，他的後面跟著一位婦人，一蓬金髮梳成一朵小髻挽在頭頂，她穿一襲維多利亞式的緊胸束腰的長裙。

「你就是丘醫生吧？久違了，這是我的夫人，歡迎你來跟我們同住一屋。」那總監對雅信說，一邊把身後的婦人介紹給她。

總監說話的時候，早有三個日本少婦，從官舍走出來提雅信的行李，又魚貫走回官舍去，她們大約二十歲左右，都穿古舊的洋裝，卻是動作敏捷，健步如飛。總監望著她們的背影，側頭對雅信說：

「她們暫充我們的女僕，等你的診療所一開，她們就可以當你的護士。」

「診療所就在附近嗎？」雅信關懷地問。

「與我們的住屋只有一牆之隔，卻在同一個屋頂之下，丘醫生。」總監回說。

一進了官舍的客廳，總監夫人就去泡茶來讓大家喝，總監一邊品茶一邊對雅信道：

「我們一天有五個『茶時』，希望每到時間，你都能來跟我們一起喝茶。」

雅信禮貌地點點頭，低頭喝了一口參牛奶的綠茶，抬頭遙望窗外，見兩排木搭簡陋的營房直達森林茂密的山腳，在湖的這邊另搭起幾十個臨時帳棚，有日本婦人在帳外煮飯，另有日本男人到湖邊提水，幾個小孩在帳棚之間奔竄。那老弱婦孺都隨意穿她們愛穿的衣服，可是所有成人壯丁一律穿黑色的長衫，背後印了一個斗大的紅圓，鮮明易識，走到哪裡都看得清清楚楚。

總監已注意到雅信掃視的眼光，於是便自動開口向她解釋道：

「溫哥華的『安全署』也太急草成事漫無計劃，只知道把『赫士丁公園』裡的日本人儘快往山裡送，沒想到這裡的木匠和鉛管匠根本就來不及蓋營房給他們住，只好暫時住在帳棚裡，水也沒有，爐子也沒有，連飯都得到帳棚外煮，而且幾家人擠在一個小小帳棚裡，看了都爲他們感到難過。」

「那黑制服是『安全署』發給他們穿的嗎？」雅信問。

「是的，但只發給男人，不發給女人。」

「那制服背後的紅圓又是做什麼的？」雅信問。

「爲了衛兵容易辨認，以便做爲射擊的目標。」總監囁嚅地說，臉微微紅了起來：「這又是『安全署』的不智之舉，其實這些人都頂和順的，你叫他逃，也逃不到哪裡去，何必給他們穿制服掛紅圓？這是一種侮辱，叫我如何說呢？」

總監同情地望著那些日本男人的背影，聳了一下肩，無可奈何地搖頭歎息起來。雅信無語，又低頭喝了另一口茶，抬頭向另一個方向的窗口望出去，在一塊森林開闢出來的廣場裡，見到一間大木房，一支大煙囪往天上吐著濃濃的黑煙，白色的蒸汽由木房的頂窗冒到屋簷上，木房由中間隔開成兩間，在那扇木門前各排著兩條長龍，一條是男的，另一條是女的，或立著閒話，或歪著抽煙，卻是井然有序，耐心等候著。雅信見了，在心裡早猜出一半，便問那總監道：

「那可是大澡堂吧？」

那總監歉意地回答道：

「實在是沒有人工，不得已才給他們蓋了這間公共澡堂，所有營裡的日本人都在裡面洗澡。」然後總監搖起頭來，換成另一種口吻說：「眞沒想到日本人這麼愛洗澡，不分晴天雨天下雪下雹，一律一天洗一次澡，從前人家說日本人愛乾淨，我總不信，現在親眼看了他們，才不得不信。」

「不只愛乾淨，更可能是一天無事可做，只好來澡堂洗澡聊天打發日子。」雅信插嘴道。

「極是！極是！丘醫生，你說得極是，我怎麼一下子沒想到？」總監快活地自嘲了一番，又端起茶杯，神秘地品了一口茶。

喝完了茶，雅信問總監說要看診療室，總監便領了雅信，只繞了一個迴廊，打開一道與官舍相通的小門，便見到一個空房，裡面只擺了一張木床，兩張椅子，有一簡陋的櫥櫃，從玻璃可以見到櫃裡放了一些紗布棉花藥膏之類簡單的急救用品，其他就沒有什麼了。雅信十分訝異，總監看得出來，便自動開口道：

「這營裡有人破皮流血需要急救，都送到這裡來，由我當急救員，我太太當助手，給他們急救，還好任何小病都由他們自己解決。」

「如果有大病或急症怎麼辦呢？」雅信蹙額皺眉道。

「都叫卡車把病人送到『納兒孫』去，因爲那裡才有醫生，只是這醫生年輕沒有經驗，老愛開刀以充實經驗，任何肚子痛的，不管三七二十一，一律認爲盲腸炎，一律開刀。你知道從這裡開車兩小時才能到那裡，病人嚴重的半路早死了，不太嚴重的就要開刀，所以這些日本人一聽要往那裡送就嚇死了，寧可留在營裡等死也不肯去，害得我們眞是頭痛，好在你終於來了，眞是感謝上帝！」總監滔滔不絕地說，舒了一口長氣，對雅信感激地微笑。

雅信只點頭回應著，也沒說什麼，因爲這時她的整個心思都集中在一個念頭上，她要如何克服萬難，把這空洞的木房裝修成一間像樣的診療室。

二十三

總監夫婦兩人眞是善良而仁慈，他們不但讓雅信跟他們一起吃住，待她如上賓，在醫務開展方面也十分關懷與合作，總監不但把原來充女僕的三位日本少婦撥給她做護士，另外還派了營裡最熟巧的木匠來爲她製作一切所需的醫務用具，使雅信隨心應手，感到十分方便。

集中營醫藥醫具原就缺乏，雅信必須巧思妙想，就地取材，一步一步克服面臨的困難。首先是手術器具沒有消毒藥水，她只好在診療室裝火爐燒開水消毒。其次她自己設計手術台，叫隨身的日本木匠鋸木製作，這日本木匠既然熟練，做出來的手術台自然叫雅信感到十分滿意。有一件事叫雅信困心橫慮，幾日沒能解決，就是集中營裡有不少孕婦，隨時來診療室定時檢查與最後臨盆生產，她們需要特別的生產台，可以抬高孕婦的肢腿，以便醫生操作手術，因爲營中沒有鑄鐵工廠，所以做模成形根本就談不上，非另圖新法不可。

一天，雅信帶著那日本木匠，在營地各處巡視，想尋找可用的現成材料，雅信看見那兩排木造營房，間間都有一支鉛管煙囪，由屋裡突出來，繞過屋簷，彎了一個九十度角伸向天空。雅信突然靈機一動，停下腳步，問她身後的那個日本木匠說：

「我們倉庫裡是不是還有像那木屋上面的直角煙囪？」

「多的是哪，御醫生樣。」那木匠回說。

「那直角煙囪你有辦法沿九十度把它鋸成內外兩半嗎？」

「沒有問題，御醫生樣。」

「我就要裡面的那一半，你是不是可以用石膏敷上，使它光滑，剛好讓腳彎可以放在上面？」

「當然可以，御醫生樣。」

「這樣我們的生產台就成了！明天你就照我的話給我做兩個來，另外再替我做一個手術台，把這兩個煙囪安在台上，連你的太太也可以安心無憂來診療室生產了。」

雅信幽默地對那日本木匠說，兩人相視大笑起來。

因爲雅信別出心裁，把診療室裝備得五臟俱全，叫集中營的日本人佩服得五體投地，都說她聰明能幹，更因爲她會說日本話，醫術又好，助產更佳，而且又常常開「衛生講習會」，教他們如何保健，尙且有時還到那唯一的女澡堂跟日本婦女一起洗澡，使得他們愛她如母，敬她若神，慶幸他們能有雅信這麼好的醫生來爲他們服務，不時把自己做的糒糍與味噌湯拿來感謝她，而她自然爲嚐到久未吃到的日本料理而快樂，更爲無意間能助人於萬難之中而歡喜。

這年從聖誕節的前一天開始，「石落坑湖」一帶下了一場大雪，一直到聖誕夜還下個沒停，因爲積雪有兩尺之厚，集中營與外界的交通完全斷絕，車輛都停駛，人更不必說了，總監盤算營中的日本人絕無脫逃的可能，更顧念守衛佳節思親之情，便把平時的防衛拆了，叫所有衛兵都來官舍共度聖誕。

總監夫人烤了一隻大火雞，備了幾瓶老酒，加上幾樣拿手好菜，吃得總監和衛兵們搖首擺腰讚不絕口，當然雅信也躬逢其盛，她不但嚐了總監夫人的火雞與佳餚，而且坐在總監的右旁，輪流接受衛兵的敬酒，受到上賓的禮遇，與去年在顏小姐家的聖誕夜宴相比，直有天壤之別。

晚餐用畢，甜點也輪過，正當大家引吭高唱聖誕歡歌的時候，突然門聲大震，全廳頓時鴉雀無聲，衛兵都正襟危坐，準備隨時有所行動，只有總監夫人鎮定從椅子立起，輕身盈步走去把門打開，於是大家看見一個三十五歲的日本人，立在門外，頭上肩上撒滿雪花，一雙黑瞳的眼睛焦灼在人堆裡面尋找著，終於找到了雅信，便用帶日本腔的英語歇斯底里地叫道：

「Doctor……Doctor……」

這時雅信也已經推開了椅子，從總監身邊站起來，一邊走向門口，一邊用日語問那日本人說：

「奧樣在陣痛了嗎？小泉樣。」

「哈咿！御醫生樣……」小泉急遽地點頭：「請快一點去！紅嬰怕都快出來了！」

於是雅信返身用英語對大家宣佈說：

「這小泉先生，他太太這陣子接近產期，只不知道選在這聖誕夜臨盆，你們繼續唱歌吧，我去幫她一下就回來。」

聽了雅信的解釋，全廳的氣氛爲之鬆弛下來，才又恢復原來的歡樂之聲。不到一刻，雅信已到隔壁的診療室提了一大包接生用具出來，早叫小泉搶去代提了，總監夫人看見屋外雪深，便去找了自己的長統雪靴來借給雅信，沒想到雅信穿好大衣，套了雪靴，跨出大門，兩腳踩在及膝的溼雪中，竟陷在雪裡，連腿都拔不動，更不必說前行了。

那屋裡的幾個衛兵都看見了，於是其中的兩個便奪門而出，也不穿大衣，一逕來攙扶雅信，像夾鉗似地把她左右挾在腋下，一步一提兩步一拔，把她扶往對面那兩排木造營房，讓小泉先生抱著接生提包，在前頭引導方向。

既把雅信安全扶到其中的一個營房，那兩個衛兵揮掉頭上的雪，又回總監的官舍唱歌去了。雅信脫了大衣，迅速把那獨立營房的內部掃了一瞥，這五十坪大的小房子裡卻隔了六個鴿子間，分由六家人居住，每家從三、四人到七、八人不等，擁擠在四疊他他米上。那鴿子間沒有門，只用五花六色的舊毯與外面隔絕，在房子的中央留有一塊四坪大的空間，算是公共廚房，那裡置了一個大鐵爐，爐上一柱煙囪沿屋頂通到屋簷外，爐底正燒著松皮樹枝，爐上三只茶壺冒著白煙，一只大銅鍋子已燒了沸騰的滾水，原來小泉夫婦同房的其他婦人們早已爲產婦預備好嬰孩的洗澡水了。

雅信先將所有接生用具放進大銅鍋裡消毒了，然後脫了雪靴，翻了衣袖，掀毯挪進小泉的鴿子間裡，小泉的兩個女兒已由同房的婦人帶去照顧，小泉太太正在那潮濕陰冷的他他米上輾轉呻吟，雅信看見那瀝青黑紙裱貼的牆壁和屋頂上，到處都是沒有封密的漏孔，細碎的雪片經由那漏孔輕輕地撒在他他米上。

小泉不安地在他的鴿子間外來回踱步，其他的五間鴿子間都掀開門帘，三十幾對眼睛同時都集中在那唯一垂下的紅毯子上，大家屏聲息氣等待著，終於聽見幾聲嬰兒的哭聲，喜得小泉趕快把耳朵貼向毯子的縫隙，對裡面焦急問道：

「男的還是女的？」

「恭禧哪！『鐵砲』喲！」雅信的聲音從鴿子間洩漏出來。

於是小泉再也按捺不住，把紅毯子一掀，鑽進鴿子間裡去了……

二十四

聖誕節才過一個禮拜，緊跟著新年就來了，這才是集中營裡日本人眞正慶祝歡樂的節日。所有婦人家都把小心珍藏起來的黃豆、糯米、瓠乾、紫菜……等等都拿出來製作豆腐、糰粬、糰丸、壽司之類平時難得吃到的日本料理，並且分送給鄰居各家，當做新年交換的禮物。他們男人家則到山上砍了大堆的木柴，放到營房的鐵爐去燒，然後大家圍爐取暖，嚐新話舊，儘管在破落蒼涼的窘境之中，終究也產生了一些萬物更新的氣象。

雅信因爲替小泉夫婦接生了他們的第一個男嬰，他們歡喜得不得了，找不到機會來答謝她，便趁難得的佳節，邀她去跟他們同樂共歡，所以元旦的早晨，小泉一早便來官舍敲門，在門外鵠立等候雅信了。

雅信穿好了大衣和雪靴，跟著小泉走向他們的營房，她猛然抬頭，看見那兩排營房上的幾十支煙囪，支支都冒起濃濃的黑煙，彷彿兩行艦隊，摩肩擦踵，待命出動一般。

踏進了營房，雅信看見房裡那六家三十多個人都環繞著屋中的鐵爐，圍成一圈，見她跟著小泉進來，便讓出一張最大的木櫈來給她坐，於是每家的主婦競向雅信敬獻她們特製的日本料理，而小泉更叫他的妻子雙手捧出一碗紅豆糯米飯送到雅信面前，請她品嚐，小泉附在雅信的耳朵上笑說：

「這是我的『家內❻』爲您特製的『赤飯』，因爲紅豆稀少，僅製一碗，特別感謝您爲她接生了一個小男兒。」然後轉臉向他的妻子：「春子，是不是呢？」

春子把頭低垂，臉紅到耳根，儘管穿著一襲白底綠葉洋裝，卻是烏髮如雲，白面如玉，含羞答答，依然保留著日本新娘的韻緻。

因爲鴿子間寒冷，所以春子便進去把嬰兒也抱出來爐前取暖，婦人們一見那紅潤可愛的小臉龐，哪裡肯讓春子一人獨抱，都爭先恐後來搶抱嬰兒，又搖又哼，來逗他歡笑，就在這中間，男人們便一邊喝茶，一邊聊起到集中營以前的往事來。

「嘿！Bacon Boy，你就說說你Bacon Boy的故事來聽聽吧！」小泉對一個叫「山本」的七十歲老人說。

「這故事已經說幾百回了，還說它幹嘛？」山本搖頭笑道。

「可是御醫生樣一回也沒聽過，你就再說一回給她聽吧！」小泉說，然後轉頭對雅信會意地微笑。

山本終於把烘暖的手掌揉搓了一會，把目光往大家掃視了一圈，滔滔說了起來：

「當我十五歲來加拿大時，我十分孤單，哪裡像你們這些少年的，有父母可靠，有書可唸，我一來就到一個英國人開闢的農場當零工，做一些打雜的事情，那時我一句英語也不會說，身邊除了一本日本帶來的『和英字典』，其他英文書籍一本也沒有。我在農場裡什麼都做，其中之一便是每天早晨一起來就到豬寮去餵豬。有一天早晨，我到豬寮一看，老天啊，一頭母豬生了四頭小豬！我高興已極，想跑到屋裡去告訴我那英國的主人，卻因不懂英語，不知如何說起，正在進退維谷的時候，我突然想起日本帶來的那本『和英字典』，就跑去找了出來，翻啊翻啊，想找表

❻家內：日語，音(kanai)，意(內人)。

示小豬叫的英文字，卻是遍找不到，只找到『Bacon』，『Boy』，『Cry』三個字，我想這也行了，就跑到我主人的面前，對他說：『Bacon Boy, Cry, Hee—hee—ee, Bacon Boy!』那主人聽不懂我的意思，但看到我比手劃腳，那麼興奮，其中必有緣故，猜想一定有什麼重大的事情發生了，便跟著我到豬寮來，終於看見那四頭初生的小豬。就從這天開始，我的主人就不再叫我『山本』了，他叫我『Bacon Boy』，而其他的人也跟他叫我『Bacon Boy』了。」

山本老人說罷，搔了搔幾乎禿光的頭皮，兀自笑了起來，雅信也隨大家跟著笑了。

「輪到你了，尾添樣，說說你雞蛋的故事給御醫生樣聽聽吧！」笑好了一陣，小泉對另一個七十歲的老人說。

這位尾添老人，頭髮不禿，卻已全白，還濃密地壓住他那狹窄的前額，瞇著一線的細眼格格自笑了一會，終於開口說道：

「我來加拿大時，我父親已在加拿大住十年了，但他一直都在日本人開的木器行裡做木匠，日本話已經夠用了，所以一句英語也沒有學，我來時他當然半句也沒能教我。我來的第二天，我父親就叫我到附近一家加拿大人開的雜貨店買雞蛋，我拿錢去了，找來找去卻找不到雞蛋，那加拿大伙計看我找了老半天，便問我到底要什麼？我用日本話對他說雞蛋，他只搖搖頭，不知是什麼，最後我頭腦一轉，從地上拾起一塊石頭放在屁股上，讓它從屁股滾到地上，然後我兩臂往腋裡一夾，用兩掌學母雞做出拍翅的樣子，那伙計一下看懂了，大笑了一陣，把雞蛋賣給我，往後我學會了雞蛋的英文名字，可是去那雜貨店買雞蛋，儘管我把雞蛋的英文字說出來，所有的伙計還是故意裝成不懂，非要我把第一天的動作重新表演一次，他們才把雞蛋賣給我。」

尾添老人說完，又格格地自笑了一陣，於是大家又隨他哄笑了起來。

「關谷樣，該你了，你就說你遲大家六個月來這裡的故事讓御醫生樣聽吧！」小泉又對六十五歲左右的一位莊嚴持重的老人說。

「這故事沒有山本樣和尾添樣的故事好笑，有什麼好說的？」關谷樣推辭地說，點了煙斗，抽起煙來。

「你說嘛，就是笑太多了，笑到肚子都痛了，才想聽聽你的故事，讓肚子休息一下。」小泉懇求道。

關谷先生終於拗小泉不過，只好深深吸了一口煙，慢慢把煙從胸中吐出，說了起來：

「那時太平洋戰事已經爆發了，而我們也已經收到通令不久要遷移來這裡了，我只好把我的醬瓜店關掉，天天牽我的那隻白色小姐狗到處閒蕩。我那隻小姐狗特別愛清潔，從來不愛在家裡大便，平常都等我每天工作完了，傍晚時分牽牠出去散步時，才在沒有人的大樹下大便。才過不久，我們又收到一條通令，規定所有日本人都不得擅自走出自己的屋子，日出之後才可以到外面走動，日落之前都必得回到屋子，從日落到日出的這段時間，一律不得在外逗留，違者判刑處罰。這條通令下來的第二天早晨，就有兩個送牛奶的日本人在日出之前送牛奶被RCMP逮捕了，因為都是初犯，只給警告就放行了。這件事我當然知道，也記在心裡，警告自己要守法，如果牽狗出去閒蕩，務必在日落之前回家。可是有一天傍晚，我照例牽狗想去散步的時候，郵差送來了一封多倫多的掛號信，這是我嫁到多倫多的妹妹的來信，當然是十分重要的信，也就把它放在口袋裡，等路上有機會才要拆開來看，我照例來到我那小姐狗每日大便的大樹下，平時我都牽著皮帶，眼看牠大便的，這天因為急著看信，我就隨便把牠拴在樹枝上，就坐下來讀信，等把信讀完了，我的小姐狗卻不見了，我就到處去尋找，這裡也找不到，那裡也找不到，一路找回家，可是還沒回到家裡，就有一個RCMP來搭我的肩，說我被逮捕了，我找狗找到發了昏，就問他爲什麼，他就手指西天，告訴我說日頭已經沉了好多時候了。法庭判了我六個月監禁和苦役，因此我才晚了六個月來這裡。」

全場岑寂，只見霎動的眼睛，卻聽不到一絲笑聲，雅信歎息了一下，終於打破沉默問道：

「那隻小姐狗後來怎麼樣呢？」

「從此不再相見，御醫生樣。」關谷先生淡淡地說，又開始抽起他的煙斗來。

於是闃靜又籠罩全營房，這氣氛那麼尷尬怪異，幾乎到達令人窒息的地步，爲了打開這僵局，小泉終於轉向坐在他身邊的妻子，用一種溫存祥和的聲調對她說：

「對了，春子，今天是元旦呢，怎麼不去把你那襲和服拿出來穿給大家觀賞？」

春子搖搖頭，紅起臉來，仍然安坐不動，似乎不願在這種蒼涼的場合穿那華麗的和服。

「怎麼哪？你每年元旦都拿出來穿，何獨今年例外？快去拿出來穿！連御醫生樣也想瞧瞧呢，可不是嗎？」小泉又催促道，並且側頭來回望雅信一眼。

雅信也頗想一觀在加拿大難得一見的日本和服，也就順小泉的意思，對春子點點頭，春子見雅信也想一看，便無可推託，只好從椅子立起，隱入那紅毯子後面的鴿子間去了。

小泉眼見春子婀娜多姿的身影消失在門帘後面，便低頭俯在雅信的耳朵上悄悄對她耳語道：

「這和服是我們結婚時，她祖母特地到京都訂製，從日本寄來給她的新娘服，是全溫哥華最漂亮的一件，穿在春子身上，尤其好看，等一下你自己瞧吧！」

所有營房裡的眼睛都凝聚在那紅毯門帘上，像等待名伶出現一般，大家都止息屏氣，連煙也不敢抽，茶也不敢喝，只怕錯失良機，喪失眼福似地，可是等了好久，仍然沒有一絲動靜。

「春子，快出來嘛，大家等得都不耐煩了！」小泉忍不住，終於開口對鴿子間的裡面說。

依然沒有應聲，小泉咬著牙根，皺起眉頭，似乎有些惱怒了，倏地立了起來，返身鑽入紅毯後的鴿子間，不到半分鐘，他又悄悄鑽出來，一臉蒼白，一聲不響往原來的櫈子一坐，把手交叉在胸前，搖頭喟歎起來。

「怎麼啦？小泉先生。」雅信驚訝萬分，小心翼翼地問。

「你自己進去瞧吧，御醫生樣。」小泉沮喪地回答，又繼續搖頭歎息。

雅信於是掀帘鑽進鴿子間，發現那他他米上攤開一襲銀鼠白緞的美麗和服，從半腰以上，柔細纖巧地繡著兩隻紅頭黑足的仙鶴，卻從半腰以下，撒了無數斑斑的雨漬，透著鐵鏽的褐黃，如枯葉一般，春子悄悄跪在和服的一旁，暗暗飲泣……

二十五

這第一年的集中營生活，對所有營裡的日本人是相當艱辛而痛苦的，可是當第二年的春天來臨，隨著氣溫暖和與積雪融化，他們已經慢慢習慣那深山的環境，而陰暗的日子也逐漸開朗起來了。首先是營裡漫長而無聊的時間，容許從前靠勞力掙錢的礦工與農夫有機會學得一手工藝，於是他們搖身一變，成了木匠與電匠。有一些人從事於恢復他們日本的書法與繪畫，製作日本的陶器與漆器，更有些人浸淫在圍棋與將棋的攻守之中，從樹幹劃的棋盤與石子寫的棋子上磨研他們的棋藝。

以上是對一般出生在日本移民到加拿大的「一世」日本人而言，至於那些出生在加拿大又生長在加拿大的「二世」日本孩子，他們就更加樂不思蜀，簡直把這深山視作世外桃源，還有什麼比不再上「日文學校」學他們父親那種鴂舌拗牙的「日語」更加快活的？他們整日可以往湖裡去游泳與釣魚，到山中去採草莓與洋菇，甚至跟大人到有雪的高山掘人蔘，然後下山來組隊打棒球，組團合唱，開派對跳舞。

至於那些上了年紀的首批日本移民，因爲體衰力弱，既無年輕人的精力，也無中年人的興趣，他們就鎮日往澡堂去洗澡，浸在公共水池裡，三、五成群，讓熱水淹到脖子，在迷濛的蒸汽中閒談日本皇軍與英美聯軍在太平洋上的軍事局勢，猜測加拿大政府來日要加諸他們的政策與措施。

也就在這個時候，雅信按照契約理應逗留在「石落坑集中營」的六個月期限終於到了，因此她就把她的去意告訴了總監夫婦，他們已習慣營裡有雅信這麼一位能幹的女醫生，當然捨不得讓她驟然離去，所以多方加以挽留，可是雅信去意已堅，回答他們說：

「我一心一意就是想回台灣，留在這山裡爲人服務固然給我不少快樂，可是久留在此，即使十條『交換船』回去了，我也不知道，所以你們的好意我還是謝了。」

而集中營的日本人聽說雅信要離他們而去，開始都不肯相信，到後來確證無誤了，許多人都淌下眼淚，於是攜帶珍貴的禮物，結夥來官舍跟她話別，而雅信也感動得流了眼淚，揮淚對他們說：

「請你們替我想想，我的母親和孩子都在家裡，我得回去看他們。」

其實她是要回溫哥華去等回故鄉的「交換船」，她不敢告訴他們，她的母親在遙遠的台灣，她的兩個孩子在戰亂的日本。

終於在一個薄霧朦朧的清晨，一部政府的專車把雅信悄悄載離了山中深睡的「石落坑集中營」。

第三章 將多難

一

遠自日本偷襲珍珠港前四年開始，美國與日本之間的外交關係便因中國問題而逐日惡化。首先是美國不再續簽原來兩國間的商業條約，爲了向日本施以經濟壓力，乃減少甚至禁止廢鐵與原油對日本的運輸，更於一九四一年七月日本進軍西貢前夕，斷然凍結日本在美國的全部資金，使兩國間的外交陷入空前未有的泥沼之中。

在美國這方面，它要求日本尊重其鄰邦主權的獨立與領土的完整，特別是對中國及美國協防的菲律賓，它應該以和平的手段以達政治的目的，並保證在其管轄之下各地區經濟的平等。在日本那方面，它表示它的手段是完全和平的，絕對不會對鄰邦構成任何威脅。因此爲了避免兩國正面的衝突，日本認爲美國應該協助日本取得它所需的石油與橡膠等工業原料，並勸說中國接受它的和平條件。相對於此，美國則要求日本全部自中國撤兵，並即刻停止向東南亞進軍。對於這些要求，日本斷然拒絕，於是兩國之間的會商完全停滯，好幾個禮拜毫無展望。

這時日本的近衛總理大臣，爲了打開久困的僵局，乃於八月向美國提議，要求與羅斯福總統親自談判，後者於是提出條件，除非事前的會議能達成某種協議，否則不願與前者談判，因爲他知道，協議成功的希望是十分渺茫的。

近衛總理大臣不得已，乃於不久之後，派了來栖特使前往華盛頓，去協助日本駐美的野村大使與美國國務卿赫爾(Hull)談判，折衝撙俎，談了老半日，因爲雙方都不願讓步，所以結果比前此好不了多少。

在這同時，東京的日本軍人集團再也按捺不住，積極展開作戰計劃，以備和談一旦破裂，即刻就發動戰爭。果然如他們所料，整整一個月，一直沒能與美國達成任何協議，近衛責無旁貸，只好引咎辭職，自動下台。這是這年十月十二日的事，兩天後，東條英機便以軍人的身分，從原來的陸軍大臣擢昇爲總理大臣，他早已胸有成竹，準備孤注一戰，於是太平洋上空烏雲密佈，只待最後的雷光一擊了。

二

就在這年十一月中旬的一個下午，當江東蘭在「新竹中學」的課堂，一邊監督學生溫習英文一邊自己閱讀一本濟慈的英文詩集的時候，一個小使進來傳呼東蘭，說鬼木校長有重要的事情想跟他商討，叫他立刻就到校長室去。

東蘭一進校長室，鬼木校長便迅即把手裡的一份公文擱在桌上，從椅子裡跳起來，三步做兩步跑，親切地跑到門口來迎接東蘭，露著一臉造作的微笑，把他引到裡面的一張鋪白布的長沙發，請他坐下，然後他自己才在另一端坐了下來。東蘭心中狐疑，幾年來鬼木校長對他的態度一向是氣勢凌人蠻橫惡貫的，怎麼突然對他這般慇懃友善，竟然還肯跟他同坐在一張沙發上，這其中必有緣故，他懷著凶兆的心情靜靜等待著。

果然鬼木校長跟東蘭寒暄客套不了幾句話，就把話引入正題，徐徐地說：

「江先生，我想不說你也知道，最近國際形勢十分惡劣，恐怕不久的將來亞洲會有很大的動盪，我們日本不得不有事先的準備。諾，我今天剛接到一份緊急通知，我們的軍部下了一道命令給總督府的教育課，叫他們從全台灣島上的二十七個中學校，每個中學校選出一位英文先生到軍隊去充當譯官，服務的期間暫定是兩年。」

東蘭彷彿被雷霆一下擊昏了，一時血液凝固，全身不能動彈，好久好久才吟哦了兩聲，卻是緘口沉默著，說不出話來。

鬼木校長看見東蘭終於又恢復了常態，才飛揚眉毛，綻開獰笑，繼續說了下去：

「江先生，從你一來我們的『新竹中學』，我就覺得我們這學校有你來教英文，是我們全校師生的榮幸，果然我所料不差，你的英文能力不但是我們全校先生之冠，你又懂得幾種台灣的方言，眞是全島難得的人才，所以呢，我就從我們的多位英文先生中特別推薦了你。」

東蘭又再次吟哦了兩聲，抬起頭來瞪鬼木校長那張狐狸的長臉，他那細瞇的眼睛勾出兩抹冷嘲，他那乾裂的薄唇向上笑彎成一把刀。

「江先生，能有機會參加日本皇軍的聖戰，眞是莫大的光榮哪！」鬼木校長歪著頭濺了口水說。

東蘭倏地從沙發立起，對鬼木校長連回也不屑回，跨著大步逕自往門口走出去。

晚上回到家裡，東蘭一句話也不提，只悶悶地吃完飯，便往書房裡來，他不像往日展書閱讀，他只坐在窗口，凝望那窗外花園凋零的秋景，由朦朧化爲一片漆黑，天上既無星光也沒有月亮，只籠罩著一層濃厚的烏雲，從院子外吹進來幾陣冷風，於是那株柚子樹便蕭蕭低吟起來，不久雨點也從天空灑了下來。東蘭把視線從窗外移到窗內，抬頭瞥見白牆上那幅「忍」字燙金的黑匾額，他深深地歎息起來。

因爲看見東蘭臉色沉鬱，整整一晚，陳芸也沒敢跟他說話，等到把廚房收拾乾淨，敦促三個孩子洗澡穿衣，又哄他們上床睡覺之後，她才得空閒，泡了一壺熱茶，端了茶杯，和盤細步推門挪進東蘭的書房裡來。

東蘭把目光從那「忍」字匾額移下來，瞟了那茶盤一眼，說道：

「你拿茶來做什麼？我不喝茶！酒啦！去把周明德結婚時從淡水帶回的那瓶紅酒拿來，我要喝酒！」

陳芸不敢支唔，只溫順地點了一下頭，把茶盤端走，沒多久便把一瓶開蓋的酒瓶連同一只高腳的玻璃酒杯端了進來。東蘭不想勞煩陳芸，他一手搶了酒杯，另一手把了酒瓶，就往杯裡斟酒，仰起頭來，一飲而盡，又斟了一杯，再飲而盡，然後用手背去拭嘴唇，開始斟起第三杯來。

「今天學校裡發生了什麼事情？」陳芸悄悄地問道。

「沒有什麼！」

「那你爲什麼突然想要喝酒？」

「剩下的酒不喝，恐怕再沒機會可喝了！」東蘭說，又灌了一杯酒。

「東蘭，學校裡到底發生了什麼不愉快的事情，你跟我說好嗎？」陳芸說，一雙水汪汪的眼睛懇求地注視著東蘭。

「我最好不要說，如果非要我說，好！我就說給你聽，只是請你心裡準備，不要吃驚才好。」東蘭說，彷彿想爲陳芸壯膽，又斟了一杯，一飲而盡，然後鎮靜地說了下去：「大日本帝國不久就要擴大戰事，可能要跟說英語的國家接觸，所以軍部需要英語譯官到前線去爲軍隊服務，譯官從哪裡來？從全島的二十七個中學的英語先生中每個中學抽一個，承蒙鬼木校長的特別愛顧，他選派我去，所以我在家的日子恐怕沒有幾天了。」

陳芸聽了東蘭的話，登時臉色變成一張白紙，茫茫地注視東蘭一會，一聲不響地把頭垂下，兩行眼淚幽幽地滾落下來。

「黑石心腸的鬼木啊，我早就知道你陰險惡毒！」東蘭半帶醉意自言自語地詛咒了起來：「只爲了我不改姓名，就猜總有一天要找我算帳，諾，這一天終於來了，既可以向軍部交差，又可以拔掉眼中釘，一箭雙鵰，好不快活！」

他又酌了一杯酒，猛灌下肚，滿臉紅漲，眼睛充滿血絲，全身如鐘擺似地搖晃起來，更加語無倫次地說了下去：

「光榮啊！爲了皇軍，光榮啊！爲了聖戰……但到底爲了什麼？……只爲了報復，把人一腳踢開……你以爲我『馬鹿』不知道嗎？鬼木校長，你眞的以爲我不知道？哈，哈，哈……」

他又歪歪斜斜地想伸手去提酒瓶，卻被陳芸溫柔阻止了，說：

「東蘭，你醉了，請不要再喝……」

「醉了，醉了，醉了又何妨？……你把手給我拿開……我再醉也只這一次……我在家的日子不多了……」

陳芸不依，仍然想奪東蘭的酒瓶，使得東蘭終於暴怒起來，對她吼道：

「出去！出去！給我滾出去！……我不要你來管我醉不醉……我的日子不多了……」

陳芸拗不過東蘭的蠻力，終於屈膝跪在一邊，任東蘭自斟自飲，只雙手捧面，暗暗啜泣……

東蘭斟了滿滿一杯，突然破涕爲笑，高高擎起酒杯，對住白牆上那「忍」字匾額恭敬地說道：

「江先生……能有機會參加日本皇軍的聖戰……眞——是——莫大的光榮哪！……來我敬你一杯!!!……」

陳芸只聽見東蘭一陣狂笑，突然一聲玻璃破碎聲，她猛抬起頭來，滿他他米上是千百塊玻璃的碎片，那匾額的金箔「忍」字已潑了滿杯紅露酒，那酒液順著「忍」字的刀痕一滴滴像血一般滴了下來……

驀然，書房的紙門撕地一聲打開來，三個孩子穿著睡袍，赤著雙足，在門縫前由小而大排成一行，把萬分驚訝的目光齊往醉癲酒態的父親投射過來，陳芸沒料到這狼狽的情景竟被天眞的孩子撞見，連忙自他他米爬起來，用整個身子把門縫遮住，哄著他們往睡房去，說：

「快去睡，快去睡，這麼晚還不睡在做什麼?」

三

十一月十四、十五、十六三天，全台灣島有二十七位中學英語教師奉命來台北的台灣總督府集訓，其中二十六位教師全是日本人，只有江東蘭一位是台灣人。

集訓首由台灣總督小林躋造海軍大將開始，其次依序由外務省、內務省、大藏省、軍事參議院、參謀本部、陸軍省、海軍省，各派官員來總督府對大家勉勵與訓示，最後是由一位侍衛武官府派來的陸軍少將皇宮武官的警戒做爲結束。

在三天的受訓期間，這最後的皇宮武官的訓話給東蘭留下最深的印象，那少將武官五十上下，剃著一顆發亮的光頭，兩道削筆濃眉下閃著一雙烱烱的目光，他的鼻樑長而且高，鼻下蓄一撮修齊的短髭，他的身材挺直而魁梧，裹在一襲國防色的排鈕軍服之中，右肩懸三條黃金穗帶，左胸掛一枚天皇親授的大菊花勳章，他腳踩一雙烏亮的馬靴，左腰懸一把鯊魚皮把黃金柄頭的武士刀，跨步威風，語言鏗鏘，不時用左手緊握劍把，揮舞右拳，縱論現勢，闊談世界，最後以深谷回音做了下面的結語：

「從此刻開始，諸君已成日本皇軍之一員，一言一行皆應嚴守皇軍的紀律。此番行動，既然秘密，爲了避免敵方窺知，除了父母妻子，親戚朋友一概不得透露。從各地赴高雄集合之日，也不得有親人到車站送行。希望諸君切記服從，如有違命，一律以軍法制裁。最後祝諸君武運隆盛，鞠躬盡瘁！」

這一天離開台灣總督府，搭火車回到新竹，已經晚上十點多。吃過陳芸親自爲他準備的晚飯，再洗過澡已經深夜十二點，這時兩個夫婦才能坐下來說些臨別的話。東蘭眼看嬌細的陳芸，一向依靠他過活，等他一走，一下子要獨立負起全家四口的擔子，他突然悲從中來，眼淚滾到眼角，但終究打斷牙齒也得含血呑，墮淚一點用處也沒有，倒不如想些實際有用的事，於是他念頭一轉，便開始對陳芸說：

「軍部的命令是十一月十八日離開新竹到高雄集合，算算還剩下一天家人團聚的時間，我在想，不如我們全家明天回波羅汶去，一來跟父親辭別，二來去拜母親的墓，自從她今年三月過世造了新墓，我們都沒再回去拜墓，趁出征之前再拜一次，說不定這可能是最後一次了。」

東蘭說著，不覺哽咽起來，陳芸聽了，也不免陪他流下眼淚，流了一陣，她掏出手帕把淚拭乾，抬起頭來問東蘭說：

「明天全家回波羅汶去倒是一件很好的事情，只不知道你通知了父親沒有？萬一他跟一目少爺一早就出門，到夜裡才回來，如何是好？」

「這點我倒沒曾想到，唉！這種事來得這麼突然這麼機密，叫人措手不及，什麼辦法也沒有。」東蘭歎息道，無可奈何地搖起頭來。

「我倒想了一個辦法，明天一早你就到你的學校，直接掛個長途電話到湖口公學校找傳杏先生，他可不是還在學校裡教漢文嗎？既是你的先生，又是父親的好友，就請他代跑一程路，去告訴父親我們全家回去的意思，而這同時我就去河清的公學校向他們先生請假，眞寧和眞靜由女傭在家看著，等你的電話掛了，而河清的假也請了，我們再回家會合，一起到波羅汶去。」

東蘭聽了，不但全然同意，也爲他妻子當機立斷的處事能力讚賞不已，於是臨別的惆悵之情也稍稍減少了一些。

第二天，果然一切照陳芸的計劃進行，九點不到，已經諸事辦妥，於是一家五口便到新竹火車站搭車往湖口來，因爲不願引起無謂的悲傷，所以東蘭與陳芸就合議暫不把出征之事告訴孩子，好讓他們留下一個隨父母共歸波羅汶故鄉的美好回憶。

東蘭一家人坐了一個多鐘頭的火車，兩個大人愁思百結，相對無語，而三個孩子難得出外旅行，都貼在車窗看野外的風景，十分快樂。

從湖口火車站下車，老遠便看見一目少爺立於柵欄外面在向他們揮手了，東蘭快步迎向前去，見他一身黑色的台灣衫與台灣褲，頭戴斗笠，手掛紅竹節黑雨傘，卻赤著一雙蓮葉般的大足，他仍然矯健如昔，依舊戴那隻單片老花眼鏡，彷彿就像他初到東京尋找東蘭一般，二十年的歲月似乎沒在一目少爺的身上留下痕跡，最多只是添了幾根白髮掉了幾顆牙齒而已。他一見到東蘭，就張開缺了牙的大口笑道：

「東蘭，怎麼心花忽開，揀這時節回波羅汶來？」

東蘭四周望了望，拍拍一目少爺的肩膀，愀然地說：

「一目少爺，這回去再說。」

從湖口車站到波羅汶有一段鄉間土路，因爲沒有公共汽車行駛，所以大家只好跟著一目少爺的背後走。一目少爺健步如飛，才沒多久，大家便遠遠拋在他的後頭，使他不得不時時停在路邊，搖頭微笑地等候他們。

有一回，一目少爺瞥見了東蘭背上的眞靜，看她憔悴地環抱她父親的頸項，頭慵懶地歪在一邊，一雙無神的大眼睛睨著田野，他禁不住問東蘭說：

「眞靜幾歲啦？怎麼還叫人揹著？」

「已經四歲囉，只是一向身體弱，爬山或行路都叫我揹她。」東蘭說。

一目少爺伸了他那右手的大巴掌去握眞靜的胳膊，驚叫起來：

「嗳喲！怎麼瘦成這副模樣，像麻雀巴子？」

「就是啊，她從小就不愛吃飯，叫她吃飯，就像叫她呑鐵子一般，所以一向就瘦，特別這半年來瘦得更加厲害。」走在旁邊的陳芸插嘴說。

「依我看哪，其是生病了，你沒帶其去看醫生嗎？」一目少爺轉對陳芸說。

「哪裡沒有？新竹城內的幾位名醫差不多都看遍了，開始什麼病也沒查出來，查到最近才有一位心臟科醫生查出毛病，叫『先天性狹心症』，吃藥沒有效果，開刀又嫌太小，就這麼拖著。」陳芸說著，無奈地搖頭歎息起來。

前面走來三頭水牛，踩著熨斗大的蹄子，加博加博與東蘭一家人擦肩而過，那牛後跟著一個鄉間牧童，衣衫襤褸，手足泥巴，揚一支修竹，側頭喊了一聲：「一目少爺！」又繼續向前趕牛去。河清和眞寧都停下腳步，瞪大眼睛隨牛轉了半圈，直到水牛與牧童都走遠了，才重新踏步，跟著一目少爺往前走。

大家默默走了一段路，東蘭才又趕上一目少爺，心血來潮問他說：

「一目少爺，我父親的健康不知有沒有進步？」

一目少爺向東蘭瞟了一眼，暫時不語，然後搖了一陣頭，說道：

「東蘭，你阿爸實在不十分好，幾個月來不但沒有進步，反而退步了呢，我長其多歲，原以爲老時，其會照顧我，沒想到反而我在照顧其。」

「他實在應該去看醫生。」在旁邊走路的陳芸插嘴說。

「還不是跟眞靜一樣？我帶其到湖口去看了幾個西醫，都斷說是什麼『心臟擴大症』，也拿了藥粉回家吃，沒有用，心臟照樣亂跳，時常頭暈目暗，走不到幾步就喘得像頭水牛，所以不得不拿枴子了，常常對我說：『老了！什麼仙藥也沒用！等待時日而已！』唉！眞是家族有傳，兩個公孫拚命生心臟病，一個是『大心病』，一個是『小心病』，兩個稍微平均一下就好了，要如何說呢？」

大家又沉默下來，低頭走了另一段路，一目少爺才開口，對東蘭轉話題說：

「傳杏仙早起來通知你阿爸，聽說你全家要回來掃你阿娘的墓，你阿爸就趕快叫我磨鎌刀，又拿給我錢去店子買香燭銀紙。有一句話我偷跟你說……」一目少爺把聲音壓低下來：「其心臟不好，走路會喘，千萬別讓其爬山，若萬一……就大壞了。」

東蘭頻頻點頭說：

「一目少爺，這我知道，我會勸其留在山下，你跟我的人上崎頂就夠了。」

才說完這幾句話，猛抬頭，波羅汶的紅磚村舍已遙遙在望了。

四

時間已近中午，東蘭決定吃過午飯後才全家上崎頂拜他母親的墓。一目少爺已開始在廚房淘米燒飯，爲了讓江龍志和東蘭父子兩人能夠安靜細談，陳芸把三個孩子打發到後園的菜瓜棚去玩耍，而她自己則繫上圍裙，幫一目少爺洗菜切肉，準備起中飯來。

大概東蘭已經將奉命出征的消息透露給江龍志，陳芸發覺在吃中飯的當兒，江龍志十分凝重，始終一句話也沒有，而一目少爺也預感有重大事情要發生，所以他也未敢輕言妄動，東蘭本身則把話說完，無話可說了，飯桌上便只剩下陳芸呼喚眞靜和其他兩個較大孩子吃飯的聲音了。

在陳芸飯後洗碗的時候，一目少爺準備好一竹籃香燭銀紙，把那支剛磨利的鐮刀插在腰屁股上，又掮起一把鋤頭，招呼大家動身了。東蘭本來叫江龍志不必跟著去，只消一目少爺帶路就行了，但江龍志不聽，赤起面孔，暴粗脖子，堅持要陪他們去，於是東蘭只好隨他的意了，一夥兒便浩浩蕩蕩往崎頂的路上走，一目少爺在前，陳芸帶著河清與眞寧緊跟住他，而東蘭則揹著眞靜殿後陪江龍志慢慢地走。

江龍志手持一支黑漆藤杖，躑躅而行，不但步伐遲緩，而且走不到幾步就必須停下來，依杖小憩，東蘭也只好停步，他看他父親一臉蒼白，滿額汗珠，吁吁而喘，卻是堅忍不拔，硬是要跟他上崎頂，東蘭心頭一陣酸楚，眼角不覺模糊起來。

江龍志與東蘭在後頭實在拖太遠了，一目少爺一夥人只好在山腳的一株榕樹下等他們，眼看江龍志千拖萬喘才走完這段平路，往後更得爬另一段陡峭的山路，江龍志實在不可能再跟了，於是當江龍志來到榕樹蔭下，坐在樹根上喘氣的時候，一目少爺便偎近來，拍拍他的背，小心翼翼地對他說：

「龍哥，不是我要阻擋你上山，實在是你沒法爬上去，我看你不妨就坐在這榕樹下等我的人，我帶其的人上山就可以了。」

江龍志搖搖頭，雖不開口言語，卻是一臉剛毅的表情，不聽一目少爺的勸。

「龍哥，你若定要跟大家上山，也無不可，只是龍哥身子不好，快走不得，爬這段山路，再下得山來，不知要花上幾個時辰？東蘭今天又得趕回新竹，只怕趕不上火車，事情就大壞了，而龍哥這一上下，累壞了身子就更不用提了。」

江龍志雖然一再堅持，終於經不起東蘭和陳芸從旁規勸，再想想自己實在也沒氣脈爬完那段山路，只好不情願地答應下來，把右手一揮，催他們上崎頂去了。

他們爬了好一段崎嶇坎坷的山路，終於來到江母的墓前，陳芸把河清和眞寧安置在墓旁的石牆上歇息，而東蘭也把眞靜從背上斜放下來，讓陳芸抱去照拂，自己才往草地坐下來喘息，一目少爺倒是一分鐘也不浪費，從腰間抽出了鎌刀，砍了幾株芭蕉與蔓藤，又拿起鋤頭鋤清了墓地一帶的蘆葦與鳳尾草，方燃燭點香，讓東蘭一家大小在墓前敬拜，這同時，一目少爺又自動咬斷了銀紙上的鹹草，堆了一爐銀紙，點火柴燒了起來。

當大家拜完了墓，圍在墓前望著香燭休息的時候，東蘭無意間瞥見那山頂半箭之遠的一株相思樹，他叫大家在墓旁候他，自己悄悄地往那相思樹蹭了過去。

來到從前掩埋「小鐵拐」那隻跛足狗的墓地之前，東蘭環顧四周，那株相思樹雖然添高幾尺，但因爲山頂上風強日烈，所以葉子也始終稀疏不密，那石礫之地，又加上雨水沖刷，附近一帶也長不出野草，赤赤裸裎著，就像幾十年前一般，沒有多大的改變，因此東蘭不消多久，就找到「小鐵拐」的那塊石頭墓碑，雖然歪向一邊，卻仍留在原地，半埋在土中，東蘭在碑前蹲下來，伸手去撫那墓石，那春生刻的「鐵」字和他自己刻的「拐」字已經剝蝕不見，只剩下那最上頭的「小」字還有些痕跡，也是朦朦朧朧分辨不清了。水生、春生、秋生和他一夥兒扛「小鐵拐」那隻跛足狗來山上埋葬的往事又像清煙浮現在眼前，他垂下頭來，幽幽地歎息。

背後傳來一陣腳步聲，東蘭猛然抬頭回顧，看見河清一個人來到跟前，他對河清強作笑顏，而河清也在對他微笑。河清看見東蘭跟前的墓碑，便問東蘭道：

「爸爸，這是什麼人的墓？」

東蘭搖搖頭，一邊摸河清的腦勺子，一邊回答他說：

「這不是人的墓，是狗的墓。」

「狗的墓？狗也有墓嗎？爸爸……」

「爲什麼沒有？只要有人給牠立墓，牠就有墓。」

「這人是誰呢？爸爸……」

「就是狗的主人啊。」

「這狗的主人叫什麼名字呢？」

「叫——水生。」

「水生是誰呢？爸爸……」

「爸爸的一個很好的朋友。」

「爸爸的朋友？我怎麼不認識呢？」

「你當然不認識，」東蘭又搖搖頭說：「在你很小很小的時候，他就死了。」

「他已經死了？那麼他的墓在哪裡呢？爸爸……」

「他沒有墓。」

「爸爸，為什麼狗有墓，人反而沒有墓呢？」

東蘭又摸了三下河清的腦勺子，深深地歎了一口氣，沉沉地說：

「河清，這你現在不明白，等你將來長大了就自然會明白。」

父子兩人沉默了半晌，河清抬頭仰望天上，在那藍天與白雲之間有三隻鷂鷹在交叉盤飛，東蘭隨他的兒子望了那鷂鷹一會兒，慢慢把視線移到山腳，在那株老榕樹下，江龍志把下巴擱在藤杖上，垂頭凝望地下，東蘭搖頭歎了一口氣，眼角模糊起來。

「河清……」東蘭驀然開口對河清說，把他拉到身邊，讓他坐在他的腿上：「因為你已經上公學校，比較懂事，所以爸爸想要告訴你一件重要的事情，你答應爸爸一定不要告訴別人，也別告訴眞寧和眞靜。」

河清張著一雙圓滾的眼睛，點了一下頭，表示答應了。

「爸爸明天要出征了。」東蘭沒有表情地說。

河清愣了一下，卻是十分懂事的樣子，小心地問道：

「爸爸幾時要回來？」

「不知道，也許兩年，說不定永遠不會回來。」

河清抽抽搭搭地啜泣起來，舉起手背來擦眼淚。

「不要哭，仔細聽爸爸說，爸爸不在家的時候，要乖乖聽媽媽的話，知道嗎？」

河清點了一下頭。

「有什麼東西，千萬要讓你的兩個妹妹，特別是眞靜，她常常生病，更要替爸爸好好疼她，知道嗎？」

河清點了兩下頭。

「還有最重要的一點，在學校時，要認眞讀書，特別是漢文一科，更要加倍用功，努力研究，知道嗎？」

河清用力點了三下頭，於是東蘭把他摟進懷裡，父子兩人緊緊抱在一起。

五

十一月十八日早晨四點，天色還朦朧不清，東蘭就起來打點行李，陳芸幫他穿西裝，那家裡的女傭則起火煮粥，眞寧和眞靜還在睡覺，只有河清悄悄地來到客間，瞧他母親在爲他父親打領帶。

吃過了粥，東蘭看一下腕錶，向陳芸表示時間已到，便提了那唯一的一只手提箱，開始穿陳芸前夜爲他擦亮的黑皮鞋。

穿好皮鞋，東蘭想伸手去提手提箱，看見陳芸立在玄關上偷偷飲泣，他握住她的手，溫柔地對她說：

「請不要悲傷，這是命運。」

陳芸抑制泣聲，噙住淚珠，望著東蘭，兩人靜靜地望了一刻，東蘭才又開口對她說：

「孩子要照顧，特別是眞靜，更要小心。」

陳芸默默點頭，東蘭才放了心，用力捏她一把，又關懷地說：

「你自己的身子也要保重，三個孩子此後就全靠你一個人。」

陳芸又默默地點頭，只見河清悄悄走了近來，十分懂事地對東蘭說：

「爸爸要回來……」

東蘭於是鬆了陳芸的手，轉過來撫摸河清的頭，點頭微笑地回答：

「爸爸會回來。」

東蘭終於拎起手提箱，轉身正想走出門，倏然颯地一聲，那孩子隔間的紙門打開了，眞寧與眞靜奔了出來，還穿著睡衣，揉著眼睛，看見東蘭西裝革履，提著行李，正要離家，那貼身慣的眞靜就搶先叫了起來：

「爸爸到哪裡去？……」

「爸爸到南部旅行去。」

陳芸說著，想伸手來抱眞靜，卻意想不到，眞靜赤著足，往玄關地上縱身一跳，抱緊東蘭的雙腿不放，放聲大哭起來：

「爸爸不要去！爸爸不要去！……」

女傭出來幫陳芸拔開眞靜的雙手，東蘭才得脫身，他把心一橫，撇開臉不回望孩子，奪門走了出去，陳芸等他走了片刻，也披了外衣，跟著出去。

這時天色已逐漸明亮，陳芸跟在東蘭的後頭，相離一箭之距，既不敢拉近也不願拖遠，兩人踽踽走向新竹火車站去。

有一位每天清晨都來街上挑賣豆腐的老人正倚在扁擔上休息，他望見了東蘭，禮貌地向他招呼道：「先生勢早！」東蘭回了他一聲，繼續向前走。才過一刻，那老人又見了陳芸，又向她招呼道：「先生娘勢早！」陳芸沒回他，只微微跟他點了一下頭，趨身急步而過。那老人用驚異的眼光望著他們兩人的背影，奇怪一對平時那麼親近的夫婦同走在一條路上竟會相離如此之遙。

東蘭在火車站等車的時候，陳芸爲了避人耳目，未敢走近車站，只在站外的冷風裡孤伶悄立著，一直等到東蘭上了火車，她才走了進來，雙手把住那柵欄，與車窗裡的東蘭默默對望。然後是那三聲撕肝裂肺的汽笛，火車開始蠕動起來，只見陳芸揚起手帕跟東蘭揮別，那手帕彷彿是一隻白色的蝴蝶，翩翩起舞，愈飛愈遠，終於剩下一顆白點，最後從東蘭的視界幽然消逝了……

六

從全台灣徵召的二十七位中學英語先生，連同日本本土徵召的另一百多位英語先生陸續在高雄集合，分發了軍官制服、長統皮靴、手槍與武士刀，在高雄中學的禮堂又集訓了三天，便搭了軍艦分別駛向各自隸屬的部隊去了。

江東蘭在一夜之間由平民昇爲日本皇軍的陸軍中尉，他坐的那艘一千噸的砲艦從高雄的碼頭出發，在南海駛了三天三夜，終於停泊在海南島南方榆林港左鄰的三亞軍港的碼頭。這時三亞軍港內早已聚集了二十幾艘千噸以上的軍艦，除了戰艦、巡洋艦、潛水艇、運輸艦，更有一艘七千噸的航空母艦，像長城似地堵住那三亞的港口，那露天甲板上正停著密密麻麻的戰鬥機，在豔陽下鑠鑠發光，那細小艦橋上飄揚一面日本海軍旭日旗，那肥大的船肚上漆著「龍驤丸」三個黑色大字。

東蘭在三亞港下了船，隨同同一批來的英文譯官在三亞的日本軍營裡駐紮了一段日子，然後在十二月一日這一天，接到命令，全體譯官整裝登上「龍驤丸」這艘航空母艦，每位譯官都分配了一個軍官的艙位，既已把行裝安置就緒，這些譯官便鎭日在艦上靜候出航的命令。

在「龍驤丸」上等待的幾日是相當令東蘭感到煩躁而不安的，即使在戰爭爆發的前夕，他仍抱著極大的希望，期待從華盛頓傳來美日和談成功的消息，因此，每天在固定新聞廣播時間，他都來到艦上那飯廳的收音機前，聆聽經短波從東京轉播過來的談判消息，結果總是千篇一律，叫人失望，不管來栖特使和野村大使如何跟赫爾國務卿在華府的外交部折衝撙俎，雙方始終各不讓步，會談已膠著九個月，到達進展絕望的地步。

十二月三日的中午，聽完收音機的新聞廣播，照例又是那令人沮喪的同樣報導，東蘭百無聊賴地在甲板上踱了一回步，來到自己的艙位，想坐下來看點書，卻又無書可看，在高雄啓航時，一位軍官命令除了必須行裝，不許帶任何身外之物，於是他只好把本來想帶去的一本英國詩集也丟到海裡去，現在回想起來，實在有些懊悔不及，命令固該服從，可是有些不合人情的命令，不從也罷，何況那詩集是袖珍小本，塞在行囊底下，誰又檢查得出？否則現在也可以讀讀詩集，不必說賞心悅神，即使爲了排遣這暴風雨前晦暗的時刻，也值得冒一下危險把書偷帶出來。

東蘭躺在那艙床的軍毯，把頭枕在交握的掌心，凝望著天花板一端像海南島地圖一般的鐵鏽蝕紋，迷惘思忖著，朦朧進入午寐的夢鄉，他夢見步出了家裡的玄關，那嬌弱的小女眞靜用力抱住他的左腿，他一直沒敢回頭去看背後哭嚷的她，只顧划開腳步，努力往前走去，可是已走過那蘭花的前院，來到大門，小女的一雙手仍抱住左腿，只覺她的那雙臂膀，像麥芽糖似地愈拉愈長，愈長愈細，愈細愈弱，只是那雙手掌仍牢抱不放。驀然聽見一聲吆喝，一位日本高階將官迎面狂奔而來，他右肩三條黃金穗帶，左胸一枚大菊勳章，排鈕，馬靴，威風凜凜，他一跑到大門，就索地一聲拔出一把鯊魚皮把黃金柄頭的武士刀，東蘭瞥見那白晃晃的刀刃上雕著一條尺許的蛟龍，只見他雙手把刀慢慢高舉，淒然一聲長嘶，飛刀落下，斬斷了東蘭背後的小女的臂膀，東蘭大吃一驚，忙轉頭回看，看見小女的手臂像拉斷的蜘蛛絲，隨風飄向天空去，而他腿上的一雙手掌則無力地掉落在地上，從腕上的切口，徐徐淌出了兩股殷紅的血……

東蘭心窩一陣絞痛，隨著失聲哀號，不覺睜開眼睛，又看見天花板上那海南島的鐵鏽蝕紋，才知道原來是一場噩夢。他從床上坐了起來，揉揉惺忪的眼睛，回想夢裡的情景，奇怪爲什麼會無緣無故做起眞靜的噩夢？難道這是不祥的預兆，在警告家裡的不安或顯示海上的詭譎？他突然感到憂鬱，幾十年來從未有過的深沉濃凝的憂鬱。

東蘭從艙房出來，在那甲板的長廊徘徊，然後倚在船舷，望那一排排的戰艦，以及更遠那一重重的山巒，一直排不開心頭的愁緒，於是蹭到另一端的船舷，遙望三亞灣外那茫茫的南海，卻是愈看愈愁，幾乎想跳到海裡去。

晚飯過後，東蘭又背著手到甲板上踱步，目送落日，默別晚霞，等天幕垂下，他才又踱到飯廳的收音機前，跟其他的官兵與譯官收聽東京轉播的晚間新聞。

聽完那依然如故的談判消息，東蘭悄悄走出飯廳，漫步來到「龍驤丸」的船頭，這時天色已經全黑，海上風平浪靜，船難得像現在感覺不到一絲搖盪，一輪明月從海上昇起，滿天星斗都羞澀藏躲了去。

「沒有用！沒有用！再派十個來栖特使去美國談判也沒有用！」

一個熟稔的聲音在東蘭的背後說，東蘭轉過頭來，藉著月光，他認出原來是從「新竹高女」應召來當英語譯官的佐佐木先生。這佐佐木是日本鹿兒島縣人，來「新竹高女」已教了十幾年英語，由於在新竹同執英語教鞭，兩人早就互相認識，又加之佐佐木的一個兒子與東蘭的兒子河清在同校同班念書，由於時常參加學校的「保護者會」，佐佐木夫人與陳芸也隨著認識，這樣親上加親，他們兩家人就時常來往，變成了十分親密的朋友。

東蘭不語，只退了半步，把船舷的位置讓給佐佐木，後者跨了兩步，迎上前去，繼續說下去：

「美國太富了，我們要求供應石油、橡膠、廢鐵……之類，當然不成問題，可是他們要求我們從整個支那退出，那簡直作夢！想想我們經營支那已經十幾年了，軍部怎麼甘心就這麼輕易讓手？絕對不可能，所以沒有用！不用說再派十個特使去，再談十年也不會有結果！」

東蘭漫不經心地聽著，仍然默默不語。佐佐木側頭瞥了東蘭一眼，說道：

「怎麼不說話呢？江先生，看你無精打采，你生病嗎？」

東蘭搖搖頭，仍是不語，這更引起佐佐木的懷疑，於是進一步問：

「想家嗎？」

東蘭點了一下頭，憂心地說：

「特別想我那個小女兒……」

「可是叫『眞靜』的那個女兒？」

「正是，也不知怎麼，從今天下午就一直想念她，閉眼見到她，睜眼也見到她，爲什麼會突然如此，我不知道。」東蘭說。

「是因爲她最小，才特別鍾愛她的關係吧？」

「也不盡如此，佐佐木先生，我不說你不知道，她患了狹心症，所以特別叫我憂慮，我離家的那天，她一直抱住我的腿不放，一直對我說：『爸爸不要去！爸爸不要去！』我聽了心都要碎了，不敢再回頭望她，只跨步走出門，所以我一直就感到不安，一直有種虧欠的感覺。」東蘭歎息地說。

「唉呀，誰家不是如此？我也是一樣啊，只不知幾時才能跟家裡通信，我們的心情可能就好多了。」

「佐佐木先生，那可要到局勢安定的時候吧，就不知道要等多久？」

兩人沉默下來，望了一會夜空，歎了一會氣，佐佐木終於換了話題，問東蘭道：

「江先生，倒想問問你，依你看，他們要把我們送到哪裡去？」

東蘭沉吟了半晌，才慢慢回答道：

「你我都是應召來當英語譯官的，不用說，我們的對象不是美國人就是英國人，而這南洋一帶他們統治的地方可有香港、菲律賓、馬來亞、新加坡、婆羅洲……我們要去的地方就是其中的一個吧。」

「對！對！江先生，我也這麼想，無論如何，這場大東亞戰爭是免不了啦，只是遲早而已。」

東蘭找不到話好回答，於是兩人又沉默了，才一會兒，沒想到佐佐木左右環顧，看看沒有旁人，便捱近東蘭，把嘴靠近他的耳朵，細聲地說：

「告訴你一個秘密……山下奉文將軍就在我們這隻船上……」

「山下奉文將軍？你怎麼知道？」東蘭不覺驚叫道，側頭回望佐佐木。

「噓……不要聲張……是軍事機密，山下暫時不能露面……一個鹿兒島同鄉偷偷告訴我，他是這船的海軍大尉……所以我說這場戰爭是免不了啦，只是遲早而已……」

東蘭愣在甲板上，一時不能言語，佐佐木走離了東蘭兩步，斜依著船舷，望了一會海上的夜景，感動起來，恢復原來的聲調，對東蘭說：

「江先生，你看看，那月『眞圓』哪！而這海也『眞靜』哪！靜得叫人害怕。」

霎時，又勾起東蘭對小女兒的愁絲，他抬頭望了一會明月，眼眶慢慢盈滿淚水，爲了怕佐佐木看見，他反身背對月光，朝向那海南島上幢幢似鬼的山影……

七

第二天，十二月四日，三亞港裡的二十六隻日本戰艦在山下奉文將軍的一聲令下，都同時起錨，加足引擎的馬力，魚貫駛出了三亞灣，浩浩蕩蕩往南駛進了廣邈遼闊的南海。

這時，正是黎明漲潮的時分，朝日已從東方上昇，可是月亮尚未由西天下落，在甲板上的東蘭望見初次在艦橋上露面的山下奉文將軍，看他東望朝日，又回頭西睨月亮，因有所感，一時興起，命他身邊的副官掏出紙筆，錄下他口吟的一行十七音的俳句。

早飯過後，所有艦上的官兵每人一律分發了一本軍部印製的小手冊，那封面上用紅墨印著「機密」兩個大字，那書名叫「細讀此冊，聖戰必勝」，而東蘭這一批英語譯官，除了這機密的手冊外，軍部又特別發給他們一本「馬來語會話」與另一本「馬來語辭典」，命令他們著即在艦上開始研讀。

那「細讀此冊，聖戰必勝」機密手冊的內容，主要是用來鼓舞官兵戰鬥的士氣，兼熱帶地方有關民族風俗、生理健康、武器保養等等各類各樣的知識，因爲十分新奇，東蘭回到艙房之後，便首先閱讀起這本手冊來：

近年來在日本，我們幾乎盲目地崇拜西洋而鄙視東方，把歐洲人看成高人一等，把支那人和東亞人視做低人一級，這是有目無珠的莫大錯誤。

一旦你踏上敵人的領土，你就可以親眼觀察白種人對東方人的壓迫究竟到達什麼程度。他們在高丘或山頂蓋起華麗的別莊，俯視山下那些土人用樹葉搭成的茅舍。他們搾取亞洲人用血汗得來的錢，全部用來維持少數白人豪華奢侈的帝王生活。

經過幾世紀歐洲人的征服與剝削，這些可憐的土人已到達閹割去勢的地步。我們或可使他們重新變回男人，但只此而已，我們不能期望太多。

武器是有生命的活物，而步槍正像兵士，厭惡暑熱。當兵士休息，也要讓他的步槍休息，當兵士飲水，也應讓他的步槍喝油。

小心毒蛇。它們在深草裡或在樹枝上，注意腳踩或手放的地方，否則你就會被毒蛇咬到。如果發現毒蛇，你最好把它殺死，生吞蛇膽，煮吃蛇肉，沒有比這對強身更有益的補藥。

鳳梨和椰子，清涼可口，香甜潤喉。在山上叢林，斬下紫藤，切口吸汁，止渴奇效。

當你登陸，面臨敵人，想像你父親被人謀殺，如今來爲父尋仇，而對方正是你的殺父仇人，你應一鼓作氣將敵人殺死，如果你沒能將對方置於死地，你將終身悔恨，不得安寧。

當你在船上，還未踏上戰場，你就該寫下遺囑，剪一束頭髮和一枚指甲附在裡面，表示你隨時隨地準備赴死。高瞻遠矚總不爲過，每個兵士都應該在生前料理好他的身後事。

……………………………………………………

接連三日，整個南海風平浪靜，不見一絲暴風的跡象，然後在第四日，當馬來亞椰子林的海岸在「龍驤丸」的船頭前方若隱若現，東蘭聽到艦上收音機轉播的東京氣象：

「東京氣象預報——

東風、陣雨；東風、陣雨……」

這同樣的天氣預報在短波的收音機上連續廣播了幾次，三小時後，便聽見東條英機首相用嚴肅的聲音對日本全國宣佈對美國的戰爭：

「……西方國家企圖支配整個世界，爲了抵禦這些敵人，爲了維持東亞的安寧，我們乃不得不痛下決心，準備長期的戰爭。日本以及東亞已經到達這生死關頭，全國億萬軍民都應奮起，奉獻生命，爲帝國犧牲到底。」

東條的宣佈戛然而止，收音機隨著播出了那淒清凜然的日本軍歌「海ゆかば」

海ゆかば水漬く屍
山ゆかば草むす屍
　大君の邊にこそ死なめ
かえりみはせじ

積屍成海
堆骨成山
　效忠君皇
誓死不返

八

原來在東京的參謀作戰策略中，早已計畫由山下奉文帶領的六萬日本陸軍從海南島的三亞港出發，駛經南海，分別在泰國與馬來亞交界的克拉地峽(Kra Isthmus)東岸的三個漁港登陸。在北邊宋卡(Songkhla)與北大年(Pattani)登陸的兩支部隊橫越那寬僅一百哩的地峽，沿西岸的沿海公路南進，而在南邊加達巴魯(Kota Bharu)登陸的一支部隊則直接沿東岸的沿海公路南進，然後東西兩路人馬在馬來亞半島南面的尖端會師，聯合攻打隔著一衣帶水的新加坡。從三亞港到達卡拉地峽的海岸一千一百哩的海上距離估計約四天才可以到達，因此，載運這六萬軍隊的戰艦，爲了配合十二月八日的珍珠港偷襲，才於十二月四日早晨從海南島出發，由於天時與人算的精巧配合，山下奉文的軍隊完全按照事先的計劃，幾乎在日本攻擊珍珠港的前一個小時到達半島東岸的三個漁港。

東蘭坐的「龍驤丸」停泊在宋卡港的深水裡，他立在船舷看著從其他運輸艦駛出的登陸艇，一批一批地把日本兵送上港一邊的沙灘登陸，突然從白雲裡鑽出了二、三十架由新加坡飛來的英國皇家空軍的飛機，斜刺對著海上的軍艦俯衝轟炸，「龍驤丸」航空母艦的飛機立刻起飛上空迎戰來機。十分鐘空戰與海戰的結果，皇家飛機只剩半數飛回新加坡去，而日本戰艦也有三隻中彈，其中兩隻起火，迅速被撲滅，只有一隻傷重，沉入海中，對整個海軍分隊而言，損傷輕微，不足影響大局，而其實在皇家飛機飛遁的時候，這分隊運載的全數兩支陸軍已幾乎全部安全在沙灘登陸了。

因爲譯官只擔任翻譯的非戰鬥職務，所以東蘭與其他所有譯官都留在「龍驤丸」上，不直接參加登陸行列，他們都靠著船舷，遙望港上衝天的煙火，諦聽從陸地傳來的炮聲和機關槍聲，焦慮枯待，等了整整四、五個小時，等到岸上炮火平息，大局已定，才有一隻橡皮艇從艦上降落到海裡，東蘭攀援著艦肚的繩梯，同其他的幾個譯官與軍官下到橡皮艇上，由兩個人搖槳，徐徐划向漁港去。

那港外橫著一道大石疊成的防波堤，當橡皮艇逐漸挪近港口，東蘭才看清那堤上人頭麕集，由一排持槍上刺刀的日本兵在堤首守押著，那堆人都是手無寸鐵的百姓，有戴回帽的馬來人，有戴包頭的印度人，而大多是穿布鈕衣衫的華人，大概是村上擄來的，沒地方收容，暫時把他們集中在防波堤上。

突然，東蘭聽見一位日本軍官的一聲喝令，便見那一排日本兵齊用刺刀對著那眾多的百姓猛刺過來，每刺完一刀就用腿把人蹬下海裡去，一時嚎聲四起，人潮湧到防波堤的尖端，因爲無路可走，只好個個反身跪在堤上，對著來勢洶洶的日本兵哀哭求饒，卻是毫無用處，心窩仍然吃了迎面捅來的刺刀，身子龜縮成一團，翻跟掉落海中。有幾個識水性的跳到海裡想泅離堤岸，也有幾個受到輕傷想爬回岸上，可是那日本軍官卻叫三個日本兵扛來一挺機關槍，在防波堤上架好，對著那跳水的游手以及在岸邊的受傷者掃射，不到一刻，所有動的都靜下來，所有活的都死了，防波堤下變成一片血海。

東蘭目睹這一切，感到一生從來未有的震驚，一時愕然而停止呼吸，等他們的橡皮筏終於滑入港裡，漂游在浮屍與紅海之間，他抬頭去望那防波堤上的日本兵，他們提著染血的刺刀在跟他們打招呼，有幾個還對著他們獰笑，不知怎麼，東蘭突然想起中學時代從音樂老師美空先生學會的那支淒婉的「白白富士嶺」的日本名歌，以及她跟他們說過的那十二個爲了探望他們的老師而船沉七里海底的動人故事，於是他開始自問：

「難道當年那些純潔可愛的學生，長大了就變成今天這些殘忍凶暴的日本兵？」

他突然覺得天旋地轉起來，胃裡一陣抽搐，往橡皮筏外嘔了一海……

九

山下奉文的陸軍在克拉地峽東岸的三個漁港登陸的同一天，運送陸軍來的海軍也同時派了十七架轟炸機南來轟炸新加坡的飛機場，有幾枚炸彈意外落在市區中心，炸死了兩百多個華裔商人和幾十個在街頭站崗的錫克兵。也就在這天的日落時分，防守新加坡的一支英國艦隊從海軍碼頭開出，往北航駛想攔截卡拉地峽東岸的日本海軍，這支艦隊由四艘驅逐艦、一艘三萬兩千噸的巡洋艦和一艘三萬五千噸叫「威爾士太子」的巨型戰艦組成，這後兩艘三萬噸級的軍艦是最近東亞形勢危急，才特別遠從倫敦開來新加坡，以便向日本示威的，卻沒料到開航了兩天，便在新加坡與克拉地峽中途的海上，遇到日本飛機的襲擊，因為沒有英國皇家空軍的保護，先是中了炸彈，然後又中了水雷，整支艦隊包括那顯赫一時的「威爾士太子」戰艦一起沉到海底去了。

既已喪失了英國的空軍與海軍，新加坡便頓時孤立起來。日軍於隔年的一月三十一日佔領了整個馬來亞半島，隔岸君臨新加坡城下，新加坡城裡的軍民儘管抵抗了一陣，也終於在二月十五日開城投降了。山下奉文本來預計用一百日來征服馬來亞與新加坡，萬料不到從克拉地峽登陸到新加坡城陷才花了七十日。這新加坡的投降加之上年聖誕前夕香港的陷落，使英國在短短的兩個月內失掉了英國皇冠的兩顆東方明珠，讓日本完全控制了麻六甲海峽，開始進逼南方的蘇門答臘與爪哇。

東蘭不曾隨山下奉文親率的部隊南下去攻打新加坡，從宋卡漁港登陸，他就跟著他的大隊隊長矢野中佐，一路翻山越嶺橫過克拉地峽，到達馬來亞半島的西岸，然後沿著英國人築好的公路南下，逐城攻略，於這年年底攻陷了以多雨與多華人著名的大城——太平。

東蘭是坐軍需部隊的車子遲尖兵部隊幾天，剛好於除夕這天進太平的。早在進城之前，他就目睹無數炸毀的橋樑、坍塌的山路、以及垮圯的水庫，都是英軍和澳大利亞軍撤退時故意破壞以阻止日軍前進的，然後是被日軍炮彈轟燬的村舍和死在路旁的牛馬。進得城來，戰鬥雖已停止，可是街戰的痕跡仍處處可見，這兒是一部燒成焦炭的卡車，那兒是一台中彈開花的坦克，十字路口的堡壘前死屍橫陳堆疊，半個城的房子還在火焰裡燃燒，昇起漫天濃濁的黑煙，把斜陽與西天整個遮蓋了。

這個晚上，爲了慶祝戰爭勝利與歡度除夕的雙重意義，矢野中佐奉山下奉文的命令，在太平的陸軍總部開了登陸以來的第一次慶功宴，東蘭跟其他軍官都參加了，每位軍官都分得三包天皇特賞的「御賜菊煙」，奉命抽完了香煙不得將印有菊花皇徽的煙蒂隨意扔掉，大家暢飲了日本本土運來的「慶功米酒」，又喝了在地軍倉擄獲的英國啤酒，舉杯高唱那幾支雄壯激昂的軍歌。等到大家酒意闌珊，東倒西歪的時候，矢野中佐走來東蘭面前，見他僅杯酒沾唇，沒有一絲醉意，便對他說：

「我看這宴會上，只剩下你和我獨醒，我不想再聞這酒味，想邀你到外面散步，你可願意跟我去?中尉。」

東蘭默默頷首，立了起來，跟矢野中佐離開了總部，走到街上來。這時夜已深沉，街上寂寞無人，一輪明月懸在東邊淒清的天空上，冷風吹來一陣陣腐屍燒焦的臭味，野狗的呼嘯與烏鴉的叫喧頻頻可聞。

東蘭全身不覺感到一陣寒冷，便把雙手插進褲袋裡，而矢野中佐似乎無動於衷，帶著兒興，用他那裝馬刺的馬靴踢了地上的一個破鐵罐子，那刺耳的金屬聲驟然劃破整條街，引起遠處連聲的狗吠，更招惹樹上烏鴉的聒噪，聽了這些，矢野中佐竟開懷地笑了。

東蘭靜靜地看矢野中佐笑，一直等他笑歇了，才聽到他用一種譏誚的口吻對東蘭說：

「他們拿這城市叫『太平』。『太平』——這既不是英語也不是馬來語，是支那語。原來是這馬來亞的支那人給它起的，」說到這裡，矢野中佐突然側頭過來問東蘭說：「你可知道這些支那人爲什麼要起這個名字嗎？中尉。」

東蘭搖搖頭表示不知道，矢野中佐點點頭，似乎滿意於東蘭對這件事的無知，遂得意地說了下去：

「是這裡我們的一位日僑昨天跟我交談時無意中跟我說起的。說這城本來是一個支那城，住的都是從前來這裡當錫礦工人的支那人，你知道支那人是最愛分幫派了，幾百年來這些幫派就不斷械鬥，沒有停息的時候，最後在一八七四年才終於訂了和約，立誓不再械鬥了，就是爲了表示他們的決心，才將這城市起名叫『太平』，而且也眞的從那時起相安無事，過著太平的日子。」

東蘭望著月亮歎了一口氣，回頭去望月對面的西半天，那地平面仍然到處是沒有熄的餘燼，黑煙依然瀰漫在西邊的夜空，只因爲黑黯，才看不十分清楚。

東蘭與矢野中佐漫然走了一段街，來到一個市場的門口，這市場白天也許十分熱鬧，此刻夜半卻冷清清地不見半個人影，那入口兩旁橫七豎八斜搭了許多竹棚不必說，而市場裡面更是一廊廊的販攤子，因爲遠了，只見到一堆黝黑陰暗的影子。無意間，東蘭發現市場入口的正中央臨時搭起了一座三腳木架，架頂的圓盤盛一顆大西瓜，東蘭以爲是馬來亞的特殊風俗，一時好奇，走近想瞧個清楚，一直來到五步之遙，才發現原來是一顆人頭，剛好面迎著月光，睜著兩隻猙獰的眼睛，露出一排緊咬的白齒，陰森森，鬼幢幢，令東蘭倒抽了一口冷氣，即時全身打起寒顫來。

東蘭正想反身退走，不想矢野中佐卻迎了上來，搭著東蘭的肩膀，傲然對他說：

「一共有六顆頭，砍下來掛在城的四角和兩個市場的門口，警告他們不得反抗日本。」

「這六個人都反抗日本嗎？中佐……」東蘭疑惑地問。

「沒有，只是街頭隨意抓的。」

「既然沒有反抗日本，那麼這些馬來人到底犯了什麼罪？」

「首先，他們不是馬來人，他們都是支那人，馬來人我們想求得他們的合作，所以儘可能不殺，我們專找支那人殺。」

「那麼這些支那人到底犯了什麼罪？」東蘭執拗地問下去。

矢野中佐把手從東蘭的肩膀抽回去，用手指捺捺他唇上的那撮短髭，沉思了半晌，從容回答道：

「其實說起來，這些支那人原也沒犯什麼罪，只爲了殺雞儆猴才隨意把他們抓來砍頭的。不過，如果要認眞說，他們也可算是有罪，因爲日本在支那本土跟他們打仗，凡是支那人，不管是在本土還是在海外，都是我們的敵人，抓到敵人就砍他頭有何不可？誰叫他是支那人？他生爲支那人就是他的罪。」

東蘭默默不語，他不再跟矢野中佐對話，他抱緊雙臂，垂著頭與矢野中佐並肩，茫然踱回日軍總部的營房……

十

因爲不相信日本軍會眞的那麼殘忍連砍六個華人的頭，第二天一早，東蘭就穿好軍服，套上馬靴，佩了軍部發給他的隨身手槍，獨自一個人走遍了太平的街道，果然如矢野中佐說的，除了昨夜在市場入口看到的那一顆頭，他又看到了另外五顆頭，不是在市場的門口，就是在十字街頭，都是人來人往頂熱鬧的地方，有一顆是放在玻璃金魚缸裡，有兩顆放在藤籃裡，有一顆放在竹籮裡，有一顆長頭髮的懸在竹桿上，有一顆禿頭的只好插在竹尖上，全部六顆，都是面善的華人臉孔，而在每顆頭上一律貼了一張標籤，用漢文和馬來文並排寫道：

凡反抗日本皇軍者一概處斬如示

太平行政長官　矢野一郎中佐令

東蘭在路上信步走著，走過一條街又一條街，他終於來到一條中國街，這街就像新竹城隍廟旁的北門街似的，房子一律是紅瓦磚柱，石灰白牆，屋簷爭高，騎樓鬥艷，街兩旁都是各顏各色的中文廣告，卻多加了馬來文與英文，街已夠狹窄，街心還擺了一列小販攤子，人在攤子與店鋪之間流動，呼聲喧天，十分熱鬧，叫東蘭一時忘記是在南洋的馬來亞半島上。

這街有的是銀樓、錶店、綢莊、藥行……卻看不到一家東蘭想找的中國書店，自從在高雄登船聽了長官的命令把那本英國詩集丟進海裡，他一直就懊悔著，心靈感到非常空虛，老想找機會買幾本耐讀的書，好藏在行軍囊閒時抽出來讀。太平是一個月以來遇到的第一個大城市，東蘭思忖著，如果在這裡他沒能買到書，以後漫長的征途就不知要如何排遣他的寂寞了。

走完了整條中國街，仍舊落空，沒有收穫，他只好又踅了回來，看見前面有一家中藥店，用紅漆寫著「神農藥房」的大字廣告，店裡有人在說福佬話，東蘭完全懂得，便往前邁了進去。藥店裡的人見東蘭走進，都驚愕地跳起來，那等配藥的婦人甚至還想拔腿就逃，東蘭連忙用福佬話溫和地問那配藥的老人說：

「你即位阿伯仔，不知這附近的中國書店在嘟位仔嚄？」

那老人有七十歲的年紀，留一撮山羊鬍子，一口黃金假牙，一只斗大的黃金印戒套在骨節如瘤的無名指上，他聽了東蘭的話，頓時目瞪口呆，幾乎不敢相信自己的耳朵，手仍然拎著配藥的戥子，翕動著山羊鬍子，露出滿口金黃假牙，用弔尾音的泉州腔調囁嚅道：

「你不是倭日本人？」

「不是，我是台灣人。」東蘭微笑地回答。

「台灣人也是福建人，講的話相仝，攏是倆家己鄉親。」

於是那老人破涕爲笑，更暴露他滿口閃亮的金牙了。

「老鄉親，你講倆這附近的中國書店不知在嘟位仔嚄？」東蘭又重複問那老人道。

那老人都還沒來得及回答，不料原先在櫃台下切當歸片的一個十歲小男孩已從切台上立起，奔向後廳去，用尖銳的叫聲，向屋裡的人嚷道：

「緊出來看！緊出來看！看這日本兵哥仔是倆的人，會曉講倆福建話，欲買倆中國冊……」

一大堆藥房的製藥工人從後廳湧到前面來，把東蘭圍住，卻又沒敢太捱近他，把他從頭上船形吐舌的戰鬥帽看到腳下烏亮的馬靴，然後斜睨他腰上佩的那支短槍，卻又不敢對它正視，躲在他的背後指指點點，輕聲耳語。

那藥房老人把東蘭帶到藥房外面的街上，向他比手劃腳，告訴他如何去尋找這附近的一家中國書店，卻是怎麼說也不能對地理生疏的東蘭說個清楚，最後瞥見立在一旁的那切藥的男孩，便對他說：

「阿義，你趣即位先生去龍頭仔的冊店，緊去緊轉來，𣍐使在路中風騷❶，知影否？」

阿義雀躍起來，連忙點了幾下頭，領了東蘭沒入那如潮的人流裡。

他們兩人在那熱鬧的中國街穿梭了好一回，轉入一條較窄的側巷，因爲比較清靜，而且人也少了，阿義便偎向東蘭，跟他親近起來，時時側頭去望東蘭的那把手槍，甚至敢於伸手去偷摸了兩下，使東蘭不覺莞爾微笑起來，他看阿義與他的兒子年齡相近，生著鷺鷥般的長頸，頸背的龍骨像一條爬行的蜈蚣，卻是性情活潑，天眞可愛，不期然叫他想起河清來。

有一回，阿義碰了一下東蘭的肘，歪著他那細長的脖子，霎著兩隻偌大的眼睛，怯怯地對東蘭說：

「兵哥仔……我問你一句話好否？」

「你做你講，乖囝仔。」東蘭笑答道，順手去撫摸阿義的頭。

「您哪欲加人刣頭？」

聽了阿義這意想不到的話，東蘭即刻把笑容收斂了，變做一副痛苦的表情，搖搖頭，肅穆地回道：

「彼不是倆的人刣的，彼是偲日本人刣的。」

「阿爲什麼偲日本人哪欲加人刣頭？」阿義重複地問，那雙大眼睛因驚懼而縮小成一雙老鼠眼。

---

❶風騷：台語，音(hong-so)，意(遊蕩)。

東蘭長歎了一口氣，搖了一回頭，又伸手去撫摸阿義的頭，無奈地對他說：

「唉……戇囝仔，你猶細漢，加你講你也不知，等你大漢，你自然就會知影。」

阿義帶著東蘭連續轉了幾條小巷，遠遠便望見一面「九曲書堂」的牌匾豎在一家書店前，那書店的兩邊隔鄰卻都是馬來人的商店，一家是竹器店，另一家是陶器店，那些馬來店主都戴著回教小帽，穿著及踝的沙龍裙，坐在店門口看店。阿義一見到「九曲書堂」，便把東蘭撇在一旁，拔腿向書店飛奔過去，一面用尖銳的叫聲高喊著：

「龍頭伯！我𤆬一個日本兵哥仔來！伊是倆的人，會曉講倆的話，欲加你買倆中國冊……」

東蘭的目光跟隨阿義移到書店裡，他發現在書牆的中心有一個四十五歲左右的華人，圍一條馬來沙龍，坐在一只藤編的太師椅上，他的脊背彎曲有如一隻大龍蝦，一顆光滑的大頭禿得不留一根青絲，深烱的眼睛掛著一雙老花眼鏡，當阿義跑進店裡，他正捧著一本線裝古書在讀，聽到阿義的叫聲，他才抬起半個頭來，一手還握著古書，一雙銳利的眼睛越過鏡框的上緣，往東蘭直射過來，只是全身沒有一點動靜。東蘭一眼就看出，是因爲他一身戎裝，又佩著手槍，才引起對方的戒心，爲了緩和那尷尬的場面，他放慢了腳步，露出笑容，老遠就用福佬話向對方說：

「我想欲買冊。」

聽東蘭竟說了福佬話，對方才稍減了敵意，摘下老花眼鏡，放在椅前的茶几上，用一種友善的口吻回問道：

「不知你欲買什麼冊？」

「沒一定，看您有什麼中國冊，我看愜意就買。」東蘭說，把四周的書架環視了一周。

阿義向東蘭和那書店店主打了一個招呼，立刻跑回「神農藥房」去了。目送阿義消失在巷口，那店主才從藤椅上翻下來，趿上一雙橡皮拖鞋，帶東蘭巡視書架上的書，這時東蘭才發覺對方是駝得這般厲害，站起來不及東蘭的半腰高，走起路來還得用手去撐膝蓋，跟東蘭說話時得把整個上半身像螺絲釘一樣扭轉過來，那麼辛苦而費力，直叫東蘭感到一陣難過。既已把店裡的書都介紹給東蘭，那店主又爬回原來的藤椅，讀起剛才那本古書來。

這書店的中國書包羅萬象，應有盡有，有相命、拳術、食譜、尺牘，更有書法、墨畫、甚至日曆、通書之類。有一大堆明清的俠義小說，有民初張恨水之流在上海出版的近代言情小說，只有幾本五四以後的現代白話文學作品。可惜這些都不是東蘭需要的書，他翻了又翻，一個書架看過一個書架，最後來到一個古書類的小書架前，他終於看到了一冊清末印的銅版「四書集註」，以及一本明朝的木刻老子「道德經」，這些經得起長久咀嚼的古書，才是東蘭想長期伴隨在身以度寂寞的，所以他便將這兩本封塵多年的古書抽了出來，吹掉頁上的灰塵，拿到那店主的櫃台前來，那店主小心把書包好遞給東蘭，而東蘭也如數把書錢付給對方，正想步出書店，卻不料被對方喊住，似乎有話想對東蘭說，因此東蘭只好踅了回來，露著笑容，等待對方開口。

「請問你，不知倆貴鄉在嘟嘍？」那書店店主遲疑了半晌終於啓齒問道。

「波羅汶，台灣新竹的波羅汶。」東蘭回答。

「是，是……」那店主頻頻點頭呼應：「阿不知倆貴姓是什麼嘍？」

「我小姓姓『江』。」

「是，是……阿倆大名？」

「『東蘭』，『東西南北』的『東』，『梅蘭竹菊』的『蘭』。」

「是，是……原來是江東蘭先生……小弟叫做『龍傳』，龍鳳的『龍』，傳統的『傳』，但是『龍傳』歹叫，所以大家攏叫我『龍頭』。」龍頭說著，不覺自我解嘲微笑起來。

東蘭陪龍頭笑了一陣，注意到那小几上的一副茶具，那紅陶燒成的小茶壺溫在一大碗公的熱水裡，茶壺旁另浸了幾只小茶杯，龍頭品啜的那小茶杯放在几角上，已經飲乾見底了。那副茶具叫東蘭記起昔日在波羅汶他父親與一目少爺諸老友抽煙飲茶的情景，頓時勾起他對台灣的一片鄉愁來……

龍頭見東蘭望著茶具若有所思，即刻會意，便向東蘭提議道：

「安怎？江仙，你敢艙嘴乾？來，來，免細膩，我敬你一杯！這是倆故鄉出名的龍井茶。」

龍頭說著，也不等東蘭回答，逕自從碗公裡捏了一只小茶杯，先爲東蘭斟了一杯茶，又爲他自己的空杯斟了一杯，端了茶送給東蘭，兩人相對品起茶來。

飲完了茶，東蘭謝了龍頭，想跟他告辭，不想龍頭又把他喊住，沉吟半晌，才吞吞吐吐地問他說：

「想欲請教江仙一句話，阿你都倆的人，哪欲做偲的日本兵？」

「所有台灣人攏著愛做偲的日本兵。」東蘭平靜地說。

「你敢知影？江仙，眞多倆的少年家攏去山頂佮莊腳參加游擊隊，佮偲日本兵相戰，萬一若遇著你，也會將你當做日本兵。」

「都沒法度，這是命運。」東蘭搖頭感歎地說。

東蘭從「九曲書堂」悄悄地走出來，龍頭一動也不動地坐在原來的藤椅上，一直用他那雙深邃烱明的目光，尾隨著東蘭漸行漸遠的背影，一刻也不曾放鬆……

十一

有好一陣子，東蘭跟著矢野中佐統御的部隊停駐在太平，這時山下奉文將軍雖已征服了馬來半島兩岸的平地，可是新加坡卻還沒攻陷，因此馬來亞境內的日軍司令部就設在吉隆坡，與太平的部隊以臨時架設的電話互相聯絡。

有一天，東蘭來到總部，在門口遇見了矢野中佐，中佐把他叫進他的辦公室，先敬了他一根「御賜菊煙」，兩人點了煙，才抽了第一口，中佐便開口對東蘭說：

「昨天司令部有電話來，說小澤大尉要帶一小隊軍隊到『加美濃高地(Cameron Highlands)』偵查，這山地我們軍隊還沒去過，怕人地生疏，沿途需要一個翻譯官，他們計議派你去，現在正式命令還沒下來，只是我先讓你知道，好叫你事先有所準備。」

一聽矢野中佐的話，東蘭心頭就打結，於是「御賜菊煙」也不想抽了，把煙擠熄，擱置在煙灰缸上，抗議地問矢野中佐道：

「中佐，我實在不了解，我在這部隊好好的，他們爲什麼要把我調遣，派我到『加美濃高地』去？」

「因爲小澤大尉指姓喚名要江中尉譯官跟他一起去。」中佐平靜地回答。

「那司令部裡不是有幾十幾百個譯官嗎？有專門說英語的、有專門說馬來語的、有專門說中國國語、甚至其他中國方言的，大尉要什麼有什麼，爲什麼偏偏叫我跟他去？」

「中尉，你說得對極了，這沿途要碰到什麼樣的人，連大尉都不知道，爲了保險起見，他就非帶一打翻譯官上山不可，而中尉你，英語、馬來語、支那的各種方言，樣樣都通，帶你一個就夠了，可以把一打翻譯官留在司令部裡，你該了解大尉選上你的原因吧？」

東蘭一時沉默了，覺得再也沒有什麼可以辯解的了，好在還只是電話上的聯絡而已，說不定正式命令永遠也不會下達。抱著這種倖免的心情，東蘭悄悄離開了矢野中佐的辦公室。

走進自己的一間窄小的辦公室，才在一張圓圈藤椅坐下來，小澤大尉的影像就浮現在東蘭的眼前。小澤雖是標準的日本短小體型，卻是孔武有力，長了一身粗壯的肌肉。他有兩撇牙刷般的粗眉，一雙厚瞼細瞇的小眼，藏在深厚的近視黑框眼鏡裡面。他嘴巴外凸，有點暴牙，所以平時都盡力把嘴角向下拉成小彎弓，可是有時開心起來，便忘了禁忌，讓嘴唇裂封，露出了兩顆大門牙，這時他看來就像森林裡的野兔了。然而叫東蘭記憶的卻不止小澤的那兩顆兔牙，他還記得小澤是全聯隊裡最愛功勳的一位軍官，哪裡有機會立功，他便不計一切，拚命去那裡爭功。因此，以小澤平日的脾性來看，他這回主動要帶一小隊上「加美濃高地」去偵查原是不足爲奇的，倒是他硬指派東蘭去做他的譯官令東蘭感到十分意外，也爲此，東蘭覺得憤懣而不悅。

東蘭從竹椅圈立了起來，反身去研究石灰壁上那一張落地的馬來半島詳細地圖。那「加美濃高地」座落在太平與吉隆坡兩大城之間，位於半島中心的山頂上，從太平沿公路先到怡保，再從怡保到高地，只有一條彎曲的山路可通，從地圖上觀察，只知道那旅程得跨過五條河流，爬越十分陡斜的山坡，至於實際的地形與人文情況東蘭就不得而知了。

東蘭在他那間辦公室裡，垂著頭來回踱步，除非對此行的全部細節與路途的狀況完全了解，否則他無法釋然於懷，可是正如矢野中佐所說的，這「加美濃高地」迄今還沒有任何日軍涉足過，所以向部隊裡的人打聽，無疑是問道於盲了，剩下的只有向當地人打聽，可是又有什麼當地人可以打聽呢？他左思右想，驀然「九曲書堂」龍頭的影子在眼前出現，於是東蘭下定決心要找龍頭去。

這天中午吃過午飯，東蘭便離開了總部，一個人又尋尋覓覓，終於找到了「九曲書堂」，一走進書店，東蘭發現，龍頭兩邊隔鄰的那兩位馬來人，都圍著那小几，在跟龍頭飲午茶閒聊，一見東蘭來找龍頭，兩個馬來人便自動向龍頭告辭，提著沙龍裙，低著頭卑屈地從東蘭身旁欠身而過，各自回到他們的店裡去了。龍頭向東蘭表示歡迎，請他在几前就座，洗了一只新杯，給他斟了一杯茶，然後問他此來匆匆，不知有何貴幹？

東蘭看看左右無人，便老實把今晨矢野中佐告訴他的話向龍頭直說了，然後問他說：

「『加美濃高地』到底是什麼所在？彼丫的情況到底是安怎款？龍先生，你敢不是會使加我透露一割消息？」

東蘭在敘說的當兒，龍頭一直眨著他那一雙老花眼鏡黑框之上的眼睛，等東蘭說畢，他才不慌不忙摘下眼鏡，慢條斯理把眼鏡放在眼鏡盒子裡，收進上衣的胸袋，徐徐回答道：

「『加美濃高地』是阮馬來亞出名的避暑勝地，實在是一個眞好的所在，地眞高，氣候誠清涼，眞多英國人及眞多好額人攏在彼山頂起別莊。不過呢，江仙，彼丫現在眞危險。」

「眞危險？是安怎？」東蘭探身向前，焦急問道。

「確實情形我也不知影。」龍頭聳聳肩說，將他那彎曲的駝背換一個比較舒服的姿勢，繼續說下去：「聽得講猶有一割英國兵留在彼山頂，到底有外多，我也不知。而且欲去山頂的路彎彎曲曲，恐驚也有游擊隊埋伏在路邊。」

東蘭默然，向後靠在椅背，雙手無力地攤在扶手上，而龍頭卻似乎有視無睹，他若無其事地端起小几上的那小杯茶細品慢啜，一直等到杯乾見底，才把空杯放回原處，又斟滿了一杯，沉吟良久，最後才又開口平靜地說：

「講實的，江仙，彼山頂上好是漫去，免講彼山路，就是彼平路也不知埋外多地雷，才兩工前，聽得講有一家五個馬來人仝坐一台車欲去山頂逃難，離大巴(Tapah)沒外遠的所在研著地雷爆炸，規台車炸到碎鹽鹽，阿彼身屍都復較免講丫啦。漫去啦，江仙，若沒去𫜸使，至少目前漫去，過一下仔才去。」

東蘭整顆心都沉了下去，他那杯茶始終也不曾沾唇，謝了龍頭，悄悄走出「九曲書堂」。一回到總部，矢野中佐已叫傳令兵來傳東蘭到他的辦公室。一到那裡，後者就向他證實，從吉隆坡司令部來的命令已正式下達，通知東蘭，著即準備行囊，明天清晨五點啓程，隨同小澤大尉的小隊上「加美濃高地」去偵查。

十二

第二天早晨東蘭揹了行囊到總部前面集合的時候，東方尙未黎明，當空正高懸著一彎朦朧的上弦月，一小隊六十多人的日本兵，各帶步槍、機關槍、手榴彈等輕便武器，分乘兩部日軍卡車，而東蘭與小澤大尉則坐進一部擄獲的福特黑色小轎車，由一位從中國東北戰區調來的軍曹駕駛，一團人浩浩蕩蕩離開了太平總部，駛上南向通往怡保的縱貫公路。

汽車愈往南開，天色也愈加明亮起來，於是東蘭便見到比初入太平城更淒慘的戰後景象，那公路兩旁的草地或水溝，到處可以看到兩兩三三的死屍，或衣或裸，一律都是可憐無辜的百姓，偶爾會有一兩具屍體橫陳在公路上，已被汽車輾扁了，東蘭的汽車也跟其他的車子一般，再次把他們輾過，令他怵目驚心，垂下頭來，在心底暗暗爲他們唸起「往生咒」。

那公路上的分叉口都設有日本步哨，所有的橋樑都被撤退的英軍炸燬，使車輛不得不繞道，尋找淺灘過河，才能開回原來的公路，小澤大尉的部隊本來就進行緩慢，又加上沿途狼藉的彈葯箱和倒棄的汽油桶阻擾行車，遇到來往的坦卡車隊又得讓在路邊給他們優先通行，所以小澤大尉花了平常三倍的時間才把部隊帶到怡保。

一到怡保，早有傳令兵等在路口，向小澤大尉傳遞上司給他的消息，小澤大尉接了消息，馬不停蹄，立刻又命部隊向南開進。開了三個小時，終於慢慢駛近大巴這小城，卻沒進城，為了避免城裡交通的阻礙，有一位步哨就叫他們向左拐彎，繞小道去接往「加美濃高地」的山路。一進山路，所有噪音頓然沉寂下來，那路上空蕩蕩的，只有他們三部汽車在行駛，於是車子便加速了起來。小澤大尉眼看山巒愈駛愈近，他手按著武士刀把，眉飛色舞起來，可是愈離那原來交通繁複的公路愈遠，東蘭卻愈是焦慮不安，他害怕會遇到一隊華人游擊隊，突然從路旁的草叢裡跳出來，舉起衝鋒槍，對住他們的擋風玻璃猛烈掃射。

才離開大巴大約三哩，小澤大尉的部隊便遇到一條山溪，溪上的水泥拱橋已經炸斷，而那溪水既深且急，左右極目所及，見不到一處淺灘可渡，小澤大尉立在橋端，搖頭歎息，十分失望的樣子，對身旁的東蘭說道：

「看樣子這溪水是渡不過去了，恐怕我們非折回不可，可是就這麼回去我實在不甘心！」小澤大尉說著，環顧溪邊那片平坦的草地，換了口氣說：「算了吧，我們就在這裡先休息吃午飯，再慢慢想辦法吧！」

於是小澤大尉就命令轎車後的那兩卡車兵士下車，就地休息，吃隨身攜帶的飯糰當午飯，只聽一聲齊吼，大家便七零八落地跳下卡車，各自尋找樹蔭草地吃起飯糰來了。

午飯已吃了有一陣子，驀然，有一個兵士驚叫起來：

「看哪！那山上有東西在移動！」

大家不約而同一齊對著那兵士手指的方向望去，就在山溪這岸的一座小丘上有一間草搭的茅屋，從那茅屋的一個黑暗的窗口有張臉孔在向外窺探。小澤大尉一秒鐘也不浪費，即刻命兩個兵士去小丘上把那窺探的人抓下來，等抓來小澤大尉的跟前，東蘭才發現原來是一個十五、六歲的馬來少年，他皮膚黧黑，雙目炯炯而有懼色，只是十分鄉下老實的樣子。

東蘭依著小澤大尉的指意，開始用馬來語盤問起這少年來：

「Buleh-kah chakap English?」

「Buleh……」那少年用馬來語怯怯地回答。

既然那少年會說英語，於是東蘭就乾脆用英語跟他繼續對談下去：

「這附近還有沒有路可以通到『加美濃高地』去？」

「沒有……」那少年劇烈搖頭說。

「你有沒有看見英國兵從這條路撤退到山上去？」

「有，幾百幾百，他們把橋炸壞……」

小澤大尉又叫東蘭問了一些其他問題，那馬來少年都回答了，可是卻得不到什麼結果，小澤大尉搖頭三歎，把那少年放了，命兵士繼續吃午飯，打算吃完午飯再率隊折回太平總部去。東蘭看見小澤大尉有折回太平的心意，私下慶幸，偷偷歡喜。

等大家吃完了午飯也休息夠了，正當整槍要上車返回原路的時候，有一個人從溪上游走下來，而且毫不猶豫地直往小澤大尉的方向走來，小澤大尉立刻意識到此人必是來向日本軍隊通風報信的，否則絕不敢如此大膽無懼，只恐他的部隊撤走似地，他左手去按他的武士刀柄，又開始眉飛色舞起來了。

等那人來到小澤大尉的面前，東蘭一眼就看出是一位華人青年，年紀二十五左右，雖然因爲急行趕跑而臉色蒼白，氣喘如牛，可是仍然勇敢地用他的目光在這群日本軍隊中尋找說話的對象。小澤大尉於是把東蘭推向前去，叫他跟那青年說話，東蘭把那青年上下打量了一番，試著用北京話對那青年說：

「你會講什麼話？」

那青年雖然不會北京話，但他多少知道東蘭的話意，便回答他說：

「福建話。」

於是東蘭便用福建話問他說：

「你來欲創什麼？有什麼代誌欲講是否？」

那青年連點了三下頭，歪著身從褲袋掏出了折褶的信封，把信封交給東蘭。東蘭有些狐疑，慢慢拆了信，把封裡的信紙抽了出來，那紙上有人用英文寫道：

To The Japanese Imperial Army:

All the people on the Cameron Highlands have been ready to welcome the Japanese Imperial Army, as they are glad to see the Japanese forces come to liberate them from the oppression of The Great Britain.

Community of the Cameron Highlands

「那信裡寫什麼？中尉。」站在東蘭背後的小澤大尉迫不及待地問。

「說是歡迎日本軍快些到高地去，是高地的社團寫來的。」東蘭回答。

「是這樣子嗎？呣，呣……」小澤大尉摸著凸出的嘴唇，點頭首肯道：「若眞的是這樣，快問他高地那邊的情況如何？中尉。」

於是東蘭用福建話將大尉的意思轉問那青年，那青年暢快地答道：

「彼山頂連一個白人抑是一個英國兵都沒，攏走了丫，春一割在地的華人、馬來人佮印度人，大家攏列等日本兵較緊到，所以才派我提批來給您。」

東蘭指著那炸斷的橋，問那青年說。

「阿這橋斷去，阮欲安怎過去？」

「這沒牽礙，我都有駛一台車列溪頂頭等您，您孤跕我向頂頭行一哩路，彼丫也有一條橋炸歹去，但是彼丫的溪水沒外闊，倆會使跳過溪去對岸坐車。」那青年滔滔地說。

「他在說什麼？中尉。」小澤大尉又迫不及待地問。

東蘭把那青年的話翻譯給大尉聽，大尉聽了，又頻頻點起頭來，滿面春風，反身對他後面的日本兵說：

「好吧，就把車子暫時停在這裡，大家跟著走吧！」

可是沒等部隊開始移動，那一直在旁邊仔細諦聽的軍曹駕駛卻插進來說：

「大尉且慢！我在關東有過很多的經驗，這些支那人是最狡猾最刁鑽不過的了，我們吃過他們不少虧，這傢伙可能在欺騙我們，想在半路埋伏我們，行動之前，可要小心才好！」

「當然我們必須十分小心，但是不入虎穴焉得虎子？如果想要成功，我們總不能不試啊！」小澤大尉自信地說，然後側身對著後頭部隊一揮，大聲喝道：「前進！」

於是整個部隊便以小澤大尉、東蘭與那華人青年爲首，沿著溪，往上游行進起來。在路上，軍曹剛才的話以及龍頭昨天的話一直在東蘭的耳裡繚繞，他一直驚恐不安，只怕不知從哪塊岩洞裡闖出一群舉槍的游擊隊來，可是看看那華人青年倒是一本正經十分熱誠地在前頭領路，不時停下腳步來等候他們，東蘭才稍稍安心下來。

走了一哩路，果然看見前面一條弔橋，那鐵索已經炸斷，整座橋倒懸在岸的一邊，那橋下奇岩怪石，林立磊落，激流在岩下旋轉怒吼，但石與石間的距離都不遠，那華人青年一步跟著一步，輕盈地跳到山溪的對岸去，在那裡揮手叫東蘭他們過去，他們一個接著一個，循著那青年的足跡跳溪，沒多久，小澤大尉的整個部隊都已來到山溪的對岸。

從溪谷爬到山腰的橋頭，那公路上橫著幾株百年大樹，都是用炸藥從山頂上炸落下來的，顯示那些撤退的英國兵本來只想用大樹來阻擋交通而已，到最後關頭才臨時決定把橋炸燬。

翻過那幾株大樹，便看見三輛貨車停在路邊，而在貨車的前頭更停了一部嶄新烏亮的林肯大轎車，那青年指著那大轎車對東蘭說：

「倆幾個仔就來去坐彼台黑頭仔車，我來遡路，其他的人攏坐列彼幾台貨車頂頭。」

東蘭把那青年的話翻譯給小澤大尉聽，大尉頭點兩下，口哅兩聲，就想坐進那舒適豪華的林肯轎車裡去，卻被軍曹舉手阻止了，他對大尉說：

「大尉且慢！這些支那人不可輕信，進去之前，還是讓我仔細檢查一下！」

說罷，那軍曹就大步跨到大尉的前頭，打開車門，又掀了車蓋，汽車的裡裡外外都詳細檢查了一番，猶不以爲足，還滾到車底到處搜索了好一會，才頷首表示安全，請大尉和東蘭就座，見那帶路的青年也鑽到後座去，軍曹本人才往駕駛座一坐，把引擎一下發動起來。

那公路蜿蜒蛇曲，在群山的腰間往復迴旋，攀援上昇，一進了山，那空氣便驟然清爽起來，平地的椰子林和香蕉樹逐漸被茂密的原始林所取代，路旁的羊齒樹葉左右款擺，似乎對路人搖扇，而那垂到路中的翠竹也不時對著貨車上的日本兵輕輕拂面，偶爾會在路上遇到幾個在這山中蟄居的原始土人，他們一頭鳥巢的捲髮，一身古銅的皮膚，只在腰胯圍一小塊布兜，揹著吹箭竹筒，揹著毒箭袋，閃到路的一旁，用一雙雙迷惘的大眼睛，呆望著沒有見過的日本軍隊從面前飛馳而過。

那林肯轎車在前頭領路，已開了好一段山路，車裡一直沒有人講話，爲了打破這路途的沉悶，那華人青年終於自動開口，對東蘭敘說起「加美濃高地」的地理狀況來。

「彼山頂是一片平地，主要有兩個小鎮，一個叫做Ringlet，一個叫做Tanah Rata，倆由即條路起，先到Ringlet，然後復駛一段路才到Tanah Rata，由 Tanah Rata復入去沒外遠便是彼出名的十八洞的高爾夫球場，有設備周全的看球台，也有酒吧兼飯店……您爬起頂頭看就會知影。」

「阿這『加美濃高地』敢發展眞久丫？」東蘭好奇地問。

「講久沒久，講沒久也有一點仔久，原來一八八五年以前這高地除了這山裡的原始土人，連平地的馬來人也不知影，等到即年，有一位叫做William Cameron的英國測量師來山頂測量，才發現即塊高地，向英國政府報告，以後才漸漸有人起來種作，開茶園，開橡乳園，英國人在山頂起別莊，每禮拜日才全家來山頂消涼秋清❷。」

❷秋清：台語，音(chhiu-chhin)，意(涼爽如秋)。

「哦，哦，原來就是安倪，這所在才會叫做『加美濃高地』！」

東蘭恍然大悟地叫了起來，才發現前座的小澤大尉側過臉來，深鎖眉毛，緊繃凸唇，帶著惱怒斜睨著他，使他不覺噤然，也不想跟那青年用福建話繼續說下去，遂調轉了頭去望窗外的山景。

汽車開了將近兩個鐘頭的路程，那如波的山丘開始呈現一片又一片綠色的茶園，這裡那裡停著幾百隻白鳩，像翡翠錦緞上撒了一地珍珠，甚是淨潔可愛，引人遐思。

「Ringlet到ㄚ！」那華人青年遙指前方悄悄地說。

東蘭把青年的話譯給小澤大尉聽，從側面才看出他又露出喜色，點頭吟哦一番，頻頻撫摸起武士刀的刀柄來。

進得Ringlet小鎮，早有幾百個鎮民，男男女女，老老少少，手持臨時製就的旭日旗，在街頭的兩邊笑顏迎迓，舉手歡呼。汽車更向前進，東蘭才發現所謂Ringlet小鎮其實也只不過是一條街道，都是爲觀光遊覽而設的商店，有五、六家華人的旅館和餐館，更多的是專賣遊客的土產禮品店，玻璃櫥裡陳列著「加美濃高地」特產，有標本蝴蝶、標本巨蠍、標本粗腿毛茸蜘蛛、更有高山原始土人的吹箭筒與毒箭袋……

那華人青年指示軍曹駕駛把林肯轎車開到一幢回教圓屋頂的市政廳，整個部隊在廳前的廣場停下來，小澤大尉和東蘭從轎車鑽出來，而那貨車上的日本兵也陸續持槍跳下來，大家正在廣場的樹下伸腰稍息。驀然，一個高大錫克族的印度守衛，包著紅色的大頭巾，留著蓬鬆的大鬍子，手持上刺刀的槍，從市政廳裡一路飛奔出來，軍曹駕駛眼快，首先發現，他拉高嗓子長嘶一聲：

「注意——！」

東蘭反轉身來，正爲這意外的衝鋒一時驚得不知所措，卻不料那守衛奔到小澤大尉前一丈之遠，便戛然立定，把步槍朝天豎起，右腳往地上用力一蹬，橫起右手按在步槍上，對小澤大尉行英國軍禮，這時大家才鬆弛下來，而小澤大尉則趁此機會擺出一副征服者的威儀，頷首答禮。

這時天色逐漸暗了下來，應該是晚餐的時候了，那由華人、馬來人和印度人聯合組成的鎮民代表們便對東蘭表示，小鎮早已叫中國餐廳的廚子準備了筵席，擺在這鎮附近一間最豪華富麗的別墅裡面，那別墅與他們一路坐上來的林肯轎車同屬一個很有錢的英國人，他便是這一帶山上茶園與橡膠園的主人，因爲橋都炸斷不能開車，最後才跟隨英國兵落荒逃走的。

那幾個不同種族的代表們於是領著小澤大尉和東蘭，開車往那面對山谷風景幽美的別墅來，一到別墅前，東蘭倏然被那幢維多利亞式的石砌大廈驚得目瞪口呆了，那入口寬足容得下四部馬車同時進出，穿過花木蒼然的院道，汽車停在一個半圓形的露台下，立刻便有兩個著白服的印度僕役前來開車門，小澤和東蘭鑽出車子，堂堂皇皇踏進那舖大理石地磚的大廳堂。餐廳設在二樓，由那些代表引導，小澤與東蘭爬上那蝴蝶對稱的嵌鏡迴旋梯，跨進餐廳，迎面便是懸在廳中的一盞法國大花燈，四面牆上掛著十八世紀的意大利風景畫，及一張大幅滑鐵盧之役英軍戰勝圖，在畫與畫間的空隙處，向牆內鑿出許多半桃形的神龕，裡面各栽了意大利運來的希臘神像，以及中國入口的古磁花瓶。打開那餐廳的落地大窗，來到舖紅磚的露台，那露台由十二尊大理石刻的繆思雕像圍護著，台下那山谷的景色一覽無遺，清風正徐徐從谷底往山上吹來。

大家在那馬蹄形的大餐桌依次坐下來，十二道中國大菜也就開始上桌了。小澤大尉坐在桌正中央，左右是東蘭和軍曹駕駛，其次是那幾位華人、馬來亞人和印度人的鎮民代表，再其次是日本軍的士官與鎮上有名望和地位的鎮民，相互參差，共約四、五十人，席間比手畫腳，杯觥交錯，氣氛甚是融洽而且熱鬧。可是小澤大尉不敢大意，儘管接受鎮民的親善歡宴，他卻派了士官以下的兵卒團團把別墅圍守住，戒備森嚴，以防萬一。

坐在東蘭左邊的是一位五十多歲的華人代表，他對東蘭似乎特別友善而慇懃，有一回抓住小澤大尉沒叫東蘭翻譯的空檔，悄悄地用福建話問他說：

「我有聽見彼個落山迦您起來的人講，你福建話眞勢講，講到宛然親像阮福建人，我才在私下懷疑，倘敢不是平平福建人？」

東蘭莞爾笑了起來，回道：

「猶是會使安倪講啦，因爲阮祖先也是由唐山過台灣的，其實我是在台灣出世的，所以戶籍上是台灣人。」

於是兩個人基於鄉情而親熱交談起來，談得高興，幾乎把餐桌的所有人都給忘了，直到兩個印度僕役抱來了幾打威士忌與白蘭地，用英語告訴東蘭說是從別墅的秘密地下儲藏室取出的，特別拿上來獻給日本軍官們享用。東蘭把話譯給小澤大尉聽了，只見他眼睛爲之一亮，用手絹把眼鏡先擦明了，然後舉起一瓶紫紅的威士忌與另一瓶透白的白蘭地，對住那法國大花燈的燈光點頭欣賞了一番，便叫東蘭傳令那印度僕役先給每位賓客斟了一杯威士忌，看看每只玻璃杯都斟滿了，小澤大尉便端了他自己的那杯威士忌，首先立了起來，大家見了，也都推桌移椅競相跟隨端杯起立，聽小澤大尉高聲對大家祝賀道：

「諸君，乾這杯白人搾取亞洲人的血！」

等大家喝乾了威士忌，小澤大尉又命令印度僕役爲每人斟另一杯白蘭地，看看每只杯都滿了，小澤大尉又立了起來，大家不必等待，早已跟著同時起立，人手一杯，聽小澤大尉用同一聲調對大家祝賀道：

「諸君，再乾這杯白人搾取亞洲人的汗！」

大家再次把白蘭地一飲而盡，坐下來，拍掌相祝。

十二道菜出盡了，而酒也過三巡，小澤大尉立了起來，滿面紅光，氣宇軒昂，擺起頭，撫起劍，開始為在座的賓客演講日本皇軍輝煌的戰史。他首先由日清甲午戰爭說起，然後是日俄戰爭，接著滿洲的九一八事變以及中國的蘆溝橋事變……

「我們日本為了拯救滿洲免於俄羅斯的侵略，為了拯救支那免於軍閥的蹂躪，乃不惜犧牲一切物力與財力，派兵去保護他們，而現在我們來到馬來亞，也就是為了把你們從英國的桎梏下解救出來！」

小澤大尉愈說愈大聲，逐句慷慨激昂起來，他左手叉腰右手擊拳以強調他的重點，然後或直或橫地揮手來說明他的細節，他時時停下來讓東蘭用英語翻譯給在座的代表和顯要的鎮民，可是等不及他把話譯完又搶先恢復他的長篇大論：

「如今日本皇軍已經佔據了幾乎所有白人在太平洋上管轄的領土，不久更要向前推進，攻擊他們在印尼在印度在澳大利亞的基地。美國和英國是日本的主要敵人，而且是我們亞洲的侵略者，一直要等到我們把他們的勢力從東方趕出去才可以停止，這也許要一百年才能成功，但我們日本已決心要跟他們奮戰到底，一代完了又一代，一直到我們達到目的為止！」

小澤大尉繼續吼道，他雙腳八字開，他的武士刀吊在腿間，隨著他身子的扭轉而往回擺動瑯璫作響，直等到他的口與他的劍暫時靜止的時候，東蘭才輕描淡寫把小澤大尉的話譯給在座的人聽，聽得他們面面相覷，卻不敢怠慢，仍裝成認眞恭聽的模樣。

突然，有一位日本兵緊緊張張地端槍跑進餐廳，向演講中的小澤大尉報告：

「在山谷底下，有幾盞火光在移動，請大尉指示，我們要怎麼辦？」

所有鎮民代表見了那士兵報告時的表情，也多少意會三分，霎時面露鼠色，爲他們自身的安全害怕起來，而這時那機警的軍曹駕駛早從小澤大尉的身旁一躍而起，只兩個箭步就去把那落地窗打開，奔到露台外面去親自觀察情況，不到一刻，便又回到原來的座位，向小澤大尉證實那士兵所作的報告，整個餐廳驟然鴉雀無聲，大家都停止呼吸等待小澤大尉不知要發什麼天大的命令，卻不料他毫無所動，只若無其事地對那士兵說：

「小心戒備！」

小澤大尉說畢，右手一揮，把那士兵喝退，又恢復原來激昂的聲調，繼續沒演說完的日本皇軍的輝煌戰史。東蘭難得把小澤大尉的日語用英語譯完了，緊接著，又得將鎮民代表與鄉紳有關白人在這高地之情況的英語譯成日語給小澤大尉聽，這交談漫無邊際地持續著，令東蘭到達精疲力竭聲音發啞的地步，最後終於在子夜時刻才散席，代表和鄉紳各自回鎮上家裡去了，而東蘭則被領到別墅裡一間有大理石浴缸和灑水龍頭的私人寢室休息。他實在太累了，根本沒有心思去使用那豪華的設備，所以倒頭便睡了。

十三

第二天早晨東蘭醒來的時候，昨天那幾位鎮民代表早已立在樓下的大廳堂，等候做他們的嚮導，陪他們到更高的Tanah Rata去。

那林肯轎車是夠大的了，所以那幾位代表就不必另備汽車，小澤大尉命他們乾脆跟他們同坐一車，那代表們馴服聽從了，一一登上那轎車。那禿頂的華人代表既然與東蘭熟稔了，見東蘭已坐在中排的窗口，便搶在其他代表之先，偎到東蘭的旁邊，用福建話跟他親熱地攀談了起來。

在往Tanah Rata的山路上，整部林肯轎車內的氣氛都十分和平而融洽，小澤大尉因爲此番「加美濃高地」之行的最終目的地已近在咫尺，所以特別興高采烈，一路反躬比手劃腳滔滔不絕，對住那坐在後面的幾位代表高談東西縱論古今，由東蘭逐句把他的話譯成英語給那代表們聽，見代表們唯唯稱諾，小澤大尉方滿意地頷首，嗯吟兩聲，恢復正坐的雄姿，摩挲起劍柄來。有時遇到路上惹眼的一景一物，小澤大尉也反躬問座後的代表們，這時，那華人、馬來人和印度人的代表們就輪流用帶三種不同腔調的英語，恭恭敬敬地向小澤大尉解釋，再由東蘭把英語譯成日語給小澤大尉聽，大尉於是習慣地再頷首表示稱許，又嗯吟兩聲，轉回頭去，摸起劍柄來。

離開Ringlet四公里遠，迎面展開一潭玉碧的湖水，等汽車從湖邊駛過，東蘭發現那湖水清澈見底，湖底的石卵歷歷可數。

「這就是出名的Sultan Abu Bakar湖，」坐在東蘭身旁的老華人用福建話笑著對東蘭說：「彼湖底眞多鱸魚，熱天的時陣，眞多人由山腳起來山頂這湖釣鱸魚。」

「你家己敢曾來釣過？」東蘭側頭問那老華人道。

「我曾來釣過一遍，釣著一尾大鱸魚，你猜幾斤重？足足五斤重，捾❸起來直欲佮我平大漢，提轉去厝裡煮，足足吃五日才吃了。」

說著，那華人得意地微笑起來，東蘭也陪他笑了。

---

❸捾：台語，音(koä)，意(提，拎)。

那轎車過了湖又繼續向前推進，這路旁的景色是愈來愈佳了，新鮮而涼爽的空氣一陣陣吹進窗裡來，谷底的溪流蛇般地瀉到山下去，那車前的山巔頂著一朵朵白雲，像戴花冠似地，而那車後的山巒推著一波波的綠浪，直到遙遠，與地平線上的霧靄化成一片。

「好天的時陣，由這山頂會使看著海，彼才是好看！」那老華人代表又主動對東蘭說。

東蘭回望了他一眼，同意地點點頭，又轉頭去望窗外，這時，汽車正在一座大山的山腰轉彎，東蘭的視線被那山壁遮攔了好一陣子，等汽車從那山腰鑽出來，驀然，在眼前展現了一片平坦的山谷，有幾條山溪在那谷中漫延交織，就在溪與溪間的谷地上栽著一行又一行綠油油的蔬菜，東蘭一時看呆了，茫然不知所以，卻被身旁的老華人看在眼裡，不待東蘭啓齒，便喜溢眉間，笑對東蘭說：

「彼你叫是啥人種的？是倆華人種的，早在偲英國人來開墾茶園佮橡乳園進前，倆華人就發現這高地種菜上界好，就大先來這山谷開墾，爲著運菜方便起見，偲才開一條山路，你敢知影？倆現在列行即條公路上起頭是倆華人開的。」

「有影否？」

東蘭也笑答道，正想進一步問那老華人一些什麼，不料小澤大尉猝然反轉身來，對那華人猛瞪一眼，然後轉對東蘭怒吼道：

「中尉！譯官就該像個譯官，沒有命令，不得隨便跟人交談！」

那老華人儘管聽不懂小澤大尉的日語，但見到東蘭受到大尉怒斥，明白是他惹來的禍，便倏然噤若寒蟬，怕得像隻落水老鼠，而其他的代表們也一時心驚膽顫，悶聲不敢作響，東蘭的臉色則變得鐵青，遂將牙根一咬，把頭往背一靠，閉目養神，決心緘口不語。

那不愉快的氣氛持續有幾分鐘之久，小澤大尉也覺得怪異而感到不十分舒服，他終於感覺有加以緩和的必要了，於是他轉過身來，強扮笑顏，故作輕鬆地對那幾位鎮民代表說：

「我來你們這『加美濃高地』，眞像到我們日本的『日光』，也正是這樣的山，這樣的溪，只是我們還多了『東照宮』和『華嚴瀧』。等戰爭過了，你們得來日本玩，不一定要來遊『日光』，只來觀賞『富士山』也行，特別是櫻花花開的時節，那才夠美呢，美得叫你睜不開眼睛！」

小澤大尉把話說完，等待東蘭翻譯，見他久無動靜，才發現他閉目緘口，似乎對他剛才所言，毫無聽見，只好悻悻然把頭轉回去。那些鎮民代表們也側過臉來把東蘭偷瞧了一眼，面面相覷，更不敢任意作聲。於是那整部轎車便像葬禮行列的喪車，一路上，除了那單調的引擎，再也聽不到一句人語，更聞不到一聲笑聲。

那林肯轎車按照那幾位代表們原來的嚮導計劃，在半途中的一個橡膠園停下來，小澤大尉與那些代表們魚貫自轎車鑽出來，這同時轎車後面的兩貨車日本兵也從車上跳下來，把大尉圍護在核心，屏擋迎面奔來的一大群印度勞工和婦孺，他們瘦骨嶙峋，面帶飢色，對著佩劍的大尉伸出樹根般的長臂，哀聲叫喊：

「Money! Money! Give us money or something to eat!」

只見大尉擺出一副將軍的氣派，頻頻點頭，連聲嗯嗯，裝出明白聽懂的神情，排開眾人，想往前進。這時，東蘭卻悄悄從人牆退出來，獨自一個人踱到路邊的懸崖，欣賞樹上的鳥聲與腳下的山景。

一個橡膠園的印度監工，穿一件整齊的制服，經一位鎮民代表的暗示，偷偷地到東蘭的跟前，自動開口對他說道：

「After the British boss ran away, we cared no more if there is work to do. We are all hard up, with nothing to eat. So we want the Japanese army to take over as soon as possible, and give us money or something to eat ......」

東蘭也不言語，只側頭瞥了那印度監工一眼，又回頭去欣賞眼前的風景。這時一陣馬靴與劍聲從背後傳來，那監工悄悄地退去，只見小澤大尉偎到東蘭的身邊，陪他欣賞了一會風景，用一種和解的聲調輕聲對東蘭懷柔地問道：

「阿諾……中尉，不知剛才那個印度人對你說什麼?」

「大尉——」東蘭冷靜而禮貌地回答道：「譯官就該像個譯官，沒有命令，不得隨便跟人交談。所以我根本沒聽他在說什麼，如果大尉想知道，就請大尉親自去問他吧。」

說畢，東蘭便踱到懸崖的另一端，欣賞別個方向的風景來。

汽車離開了橡膠園，再往前開了一小時，他們終於來到Tanah Rata，東蘭抬頭望去，發現那街兩旁排著比 Ringlet 更多的鎮民，更熱烈地高揮著土製的旭日旗歡迎日軍蒞臨。可是小澤大尉早上已從嚮導得悉那十八洞的高爾夫球場離此鎮只剩三里之遙，那是他此行的最終目的，所以他馬不停蹄，一刻也不想浪費，命那軍曹駕駛開車穿過人群，加速往高地飛馳前進。

驀然，一大片如茵的草地在汽車擋風玻璃前悠然展現了，車裡霎時聽到一陣讚歎的唏噓，那草坪如海上的柔波，微微起伏著，消失在盡頭那濃密的森林裡，越過那森林是陡峭的山坡，坡上點點是幾家原始土人的茅舍。

小澤大尉命軍曹駕駛直接把車開上草坪，繞高爾夫球場一周，巡完了球場上的十八個洞，才回到那供球員休憩的「加美濃高地招待所」，在那設備齊全美崙美奐的招待所裡休息了片刻，這時東蘭才發現那招待所的兩側還闢了幾個網球場，球場周圍的菩提樹下放著幾張白漆的木桌和木椅，不禁叫東蘭想像起那些穿白色運動衫的英國紳士與淑女們、打完網球、坐在樹下乘涼品茶、由馬來佣人在旁服侍的那種貴族生活的閒情逸趣來，可是轉瞬之間，這一切已煙消雲滅，一去不復返，徒然使東蘭興起無限今昔之慨。

有許多高地的鄉紳前來向日軍指揮問候，而小澤大尉也想趁機向他們表示日本皇軍的恩澤，可是東蘭卻不聞不問，獨自坐在遠遠的窗角去欣賞高爾夫球場那片悅目的綠草，任小澤大尉和鄉紳在言語的大海中茫然漂浮而不知所終，使雙方尷尬到了極點。

那些鎮民代表按照原來的計劃，把小澤大尉與東蘭安排在Tanah Rata的最豪華舒適的「東方旅社(Eastern Hotel)」歇宿。當小澤大尉的林肯轎車從高爾夫球場駛回「東方旅社」時，那旅社前面的廣場上已聚集了不少鎮民等候小澤大尉的演講。

東蘭跟隨嚮導走進旅社的一個私人套房，才歇下行李，欣賞掛在壁上的一幅中國潑墨山水畫，小澤大尉已悄悄走進來，在畫旁的一張沙發上兀自坐了下來，沉默地凝視他自己馬靴的鞋尖好一會，抬起頭來，低聲下氣，懇切眞誠地對東蘭說道：

「江東蘭中尉，實在很對不起，今天早晨在車裡無意向你發了一頓脾氣，使你的自尊受到損傷，我知在心裡，十分過意不去，所以現在向你說抱歉，求你原諒。」

東蘭默然裝成沒聽見，繼續品賞牆上的那幅中國山水畫。

「你瞧，中尉，你不做翻譯，不但我們尷尬，他們更加尷尬，這場面如何維持下去，你自己也十分明白。這次行軍，全靠你一個人，沒有你，我們根本就無法跟他們溝通，更談什麼偵查？

又如何向矢野中佐交待？我誠心求你諒解，請不必再固執了，我願意向你賠一百個不是。」

東蘭慢慢把目光從中國山水畫移到小澤大尉的臉上，見他一臉懇求哀憐的表情，從來都沒如此過，不覺心軟，一天來的決心與固執也就渙然冰釋了。

當東蘭隨小澤大尉步出房間，穿過迴廊，來到旅社二樓的露台，那台下已麕集了更多的鎮民，把個小小的廣場擠得水洩不通，七八百隻眼睛同時集中在小澤大尉的身上，使他精神爲之一振，於是跨開雙腳，左手叉腰，揮起拳頭，以慷慨激昂的聲調像前夜在別墅的餐桌一般，對鎮民重述日本皇軍輝煌的戰史，東蘭照例一句一句摘要地把他的日語譯成英語。

那演講進行了一個鐘頭之久，最後小澤大尉以極富戲劇效果的姿勢結束了這場冗長的演說：

「我們來馬來亞，是爲了把你們從英國的桎梏解救出來，但這還不夠，我們還要繼續奮鬥，一直要等我們把白人的勢力全部從東方趕出去，這也許要一百年才能成功，但我們日本已決心要跟他們戰爭到底，一代完了又一代，一直到我們達到目的爲止！」

頓時，台下掌聲雷動，把個山中安靜的小鎮震盪得甦醒了過來。

這個晚上，小澤大尉和東蘭在「東方旅社」過了和平而安適的一夜。第二天早晨，小澤大尉又重新整隊，在Tanah Rata鎮民熱烈的歡送聲下，浩浩蕩蕩地從「加美濃高地」一路開到山下來。

來到原來的斷橋處，小澤大尉終於捨棄了那部服務周到的林肯轎車，而他的士兵也跳下那兩部貨車，與那幾位鎮民嚮導揮別，橫過山溪，沿溪走到下游的橋頭，小澤大尉的福特小轎車以及那兩部日本軍用卡車還停在那裡，他們連休息也不休息，便爬上來時各自的車裡，準備首途回太平去。

那兩部卡車的引擎一下就發動了，可是小澤大尉和東蘭坐的這部福特轎車，憑那軍曹駕駛怎麼發也發不動，急得軍曹滿頭大汗，那排氣管仍然連一聲爆火也沒有。軍曹把雙手搭在駕駛盤上，皺著眉頭沉思半晌，驀然從駕駛座鑽出來，把汽車蓋打開，東摩摩西挲挲，把引擎各處仔細檢查了一番，突然大聲詛咒了起來：

「馬鹿野郎！一定又是那夥支那人搞的鬼勾當！我早就疑心他們把換電盤的轉動器偷掉，果然不出我所料！」

小澤大尉在轎車裡聽了，連忙也從車座鑽了出來，走到車頭軍曹的身邊，問他道：

「那怎麼辦呢？車子還開得動嗎？」

「大尉，一點辦法也沒有！」軍曹猛搖著頭，洩氣地說：「如果引擎壞了我還可以修理，但拿掉這個最重要的部分品，我可一點辦法也沒有，除非我們可以拿到同樣的轉動器，否則我們只好擠卡車回去了。」

因爲實在無計可施，小澤大尉只好把那福特轎車扔在橋頭，叫東蘭跟他擠上不舒服的卡車前座，由軍曹駕駛，叫另一部卡車跟在後頭，一路往來時的方向開回去。

兩部卡車沿著山路開了一整個上午，近午時分終於來到山下的平原，這時縱貫大道上的大巴已遙遙在望了。小澤大尉爲他這回「加美濃高地」偵查的圓滿成功而躊躇滿志，不覺吹起雄壯的「愛馬進軍歌」的口哨來，而東蘭也爲來時一路焦慮會遇到華人游擊隊攔車掃射而笑起自己的迂，正這麼自我解嘲著，突然卡車猛烈一震，東蘭眼前一閃，耳朵一轟，便茫然不省人事了……

也不知過了多久，當東蘭開始感覺右手被身體重重鎮壓的時候，他才醒悟自己還活在世間，於是他翻半個身，伸了左手把身體撐坐起來，同時慢慢把眼睛睜開，他發現自己拋在路旁的草地上，他坐的那部卡車整台翻了，四輪朝天，把一車子日本兵壓在車下，死的死，傷的傷，滿地狼藉，一片呻吟，慘不忍睹。

後面的那部卡車大概相距很遠，見到前頭的卡車觸地雷爆炸，還來得及煞車，才沒撞上前一部卡車，現在那卡車上的兵士都已下了車，守在出事地點的周圍，小心警戒，一邊派傳令兵到大巴報信，求那裡的日本駐軍派軍醫的救護車來。

東蘭環顧四周，才看見那軍曹駕駛匍匐在離他五步的水溝裡，額頭中了一枚地雷的破片死了。稍遠一些，小澤大尉坐在地上，雙手抱住左腿，憔悴地斜靠在路旁的一棵檳榔樹上。東蘭從草地立了起來，對著那檳榔樹走去，來到小澤大尉的跟前，才發現他那黑框的眼鏡，一只鏡片已經不見了，只剩下空洞的圓框，另一只鏡片已經碎裂，看不清楚。小澤大尉左胯的那支武士刀出了半尺鞘，卻是折彎了，看樣子是既不能拔劍也不能入鞘了。

「大尉，你可是受傷了嗎？」東蘭關懷地問小澤大尉道。

小澤大尉抬起頭來，用瞇細的眼睛斜望了東蘭半晌，驚叫道：

「是你嗎？中尉……你還是好好的，一點傷也沒有？」

「只有右手一點擦傷，還有坐骨一點頓傷。」東蘭說。

「那算什麼？我左邊大腿骨被劍給壓斷了，連站都站不起來。」小澤大尉說著指向那四周成堆的死屍與傷患，搖頭長歎一聲：「不過比起這許多人，我們總算幸運得多，不是嗎？中尉……」

救護車到時，他們首先用擔架把小澤大尉扛到車上去，一旦那車子的空隙都塡滿了待救的傷兵，車子便開向大巴的野戰醫院去。東蘭應了小澤大尉的請求，也跟他同上一部救護車，在半途，小澤大尉從腰間的子彈盒裡摸出了兩只隨身準備的圓鏡片，請東蘭替他裝在他那沒鏡片的鏡框上，等東蘭替他裝好，而小澤大尉又把眼鏡戴在鼻樑上，這時他臉上才綻開了一絲笑紋，感激地對東蘭說：

「眞是感謝你哪！江東蘭中尉，這次『加美濃高地』之行，眞的是全靠你一個人，你不但爲我生了嘴巴！也同時爲我長了眼睛！」

十四

大巴是小鎭，只有暫時的野戰醫院，太平是大城，才有英國人留下的正式醫院，因此，小澤大尉以及所有的傷兵在大巴的野戰醫院急救包傷後，便送回太平的英國醫院住院療養。小澤大尉爲他的左腿骨折在醫院住了兩個多月，這期間，新加坡已經攻陷，整個馬來半島的征戰終於告了一個段落，而新的作戰計劃又尚未開始，所以馬來全境的日本兵遂得到片刻喘息的機會，這也算是東蘭自海南島開航以來一段比較安寧的日子，難得趁這空閒，他趕緊在公事之餘拿出「九曲書堂」買的「道德經」與「四書集註」出來重讀，偶爾還從太平街頭的古董店裡買得一兩本厚皮精裝的英文古典小說，更是如獲至寶，帶回總部的辦公室，慢嚼細品，津津有味地展讀起來。

也就在這段安閒的日子，不知從哪個部隊調了一個二等兵來總部充當傳令兵，在每個辦公室之間傳遞軍令與公文，這二等兵十九歲左右，皮膚黧黑，短粗武頓，卻是木訥羞怯，只在眼光與東蘭接觸的當兒，才露出笑容，向他謙卑地點頭，東蘭注意到他的上顎缺了兩顆門牙，嘴裡黑黑的一個大洞。

有一天，東蘭照例又攤開了一本英文小說，正聚精會神地閱讀著，那傳令兵捧著公文悄悄挪進東蘭的辦公室，見東蘭讀書讀得那麼出神，也不敢驚動他，只偷偷地從他的背後去瞥了那本書一眼，不禁用土粗的日語輕輕地自語起來：

「噢……這種ＡＢＣ的書一定十分難懂吧。」

東蘭轉過頭來，見原來是常拿公文來的傳令兵，聽他首次開口說話，心也樂了起來，於是微笑地回答他說：

「一點也不難懂，只要學了誰也可以懂。」

那傳令兵把公文放在東蘭的桌上，返身想走出去，卻又有些依戀不想走，便微微欠身，敬畏地立在東蘭面前，躊躇了半晌，終於重拾話柄，對他說道：

「這ＡＢＣ我從前也學過。」

東蘭坐直起來，驚愕地問道：

「眞的嗎？那你是跟誰學的？」

「一個來我們部落傳教的西洋牧師，他把ＡＢＣ二十六個字母都教給我，那時我還在公學校唸書，我們的校長是日本人，所以我現在才會說『國語』。」那傳令兵滔滔地說，不自覺得意起來。

東蘭聽了對方的話，這才對著這個傳令兵從頭到腳仔細打量起來，他的皮膚不但黧黑而且發亮，雙眼是少有的深陷與圓滾，這絕不是台灣漢人的特徵，倒是跟太平街上看到的馬來人一模一樣，只是比他們少了兩顆大門牙……想著這些，於是東蘭小心翼翼地問對方道：

「那麼，你可是在台灣的山地長大的？」

「是啊，我是泰雅族。」那傳令兵卑怯地說：「中尉，你呢？我聽說你不是『內地人』。」

「不是，我是台灣人。」東蘭說。

「中尉住那裡呢?」

「新竹。」

「噢,新竹?那離大溪很近,是不是?我住在角板山,也離大溪很近,那我們算是同地方的人了。」那傳令兵說。

突然之間,一種莫名的鄉情使他們聯繫起來,把他們之間的距離拉近。於是那傳令兵便自動向東蘭追述他來太平的經過,原來他是以「高砂義勇兵」的名義來南洋參戰的八百台灣原住民的一份子,日本人爲了他們吃苦耐勞的天性和飛垣走壁的絕技,才特別到高山把他們徵召下來,施以更進一步爬山越谷的訓練,然後,派遣他們當先鋒,翻山越嶺,攀援絕壁,從山後去攻擊平地的港口,分別在香港與新加坡兩個島城的攻陷上,立下汗馬大功,因爲他是分配在攻擊香港的先遣隊裡,所以一旦香港城陷,只在島上逗留不久,便被調到太平來,既然不再有山城島國可以攻略,只好暫時在總部充起傳令兵來。

說了這大堆話,自覺得在東蘭的辦公室實在也呆太久了,便辭了東蘭,往門口走去,東蘭卻突然心血來潮,把他喊住,問他說:

「你叫什麼名字?我想知道一下,以後也好叫。」

「我叫『松武郎』。」那傳令兵回道。

東蘭在蹙眉頭,一時不太了解,於是松武郎趕緊補充道:

「是我那個日本校長叫我改姓名,才改成這個名字。」松武郎頓了一頓,反問東蘭道:「中尉你呢?你叫什麼?」

「江東蘭。」東蘭簡捷道。

「『將多難』？噢，不要，不要……」松武郎連連搖頭說：「我還是叫你『中尉』比較好。」

然後幽然一笑，露出沒有門牙的黑洞，邁了出去。

十五

從這天開始，松武郎打開了話匣子，每次送公文來，必定在東蘭的辦公室裡逗留片刻，跟他閒聊幾句，舉凡台灣家鄉的事物，無所不談，而東蘭也樂於在這時刻，把英文書籍暫時擱下來，隨興之所至，與他暢談一番。

有一天在跟松武郎聊天的時候，東蘭突然心血來潮，對松武郎說：

「我聽說你們泰雅族的話很好聽，說起來像音樂一樣美，武郎，你何不說幾句來聽聽，也順便讓我跟你學學。」

松武郎被東蘭這麼一說，眼睛爲之一亮，完全把一向的矜持與拘謹拋諸腦後，手舞足蹈起來，趕緊問東蘭道：

「你要我說什麼？中尉……」

「什麼都行，就先從一數到十，用你們泰雅語數給我聽聽。」

松武郎於是嚥了一口口水，一本正經，開始數了，一邊數還一邊伸手折起指頭來：

「Ido, Sazin, Duegann, Paiyet, Magann, Madaiyou, Mabidu, Masapadd, Maishu, Mailapuu!」

東蘭側頭聆聽著，果然發覺泰雅語確實美妙好聽，暗暗讚賞著，而松武郎見他默不作聲，心急地問道：

「再要說什麼呢？中尉……」

「任你說吧，什麼都好。」

松武郎沉吟了半晌，眼睛突然又充滿了光輝，指著他自己的頭道：「Dunosh!」指他的眼睛道：「Lauzy!」指他的鼻子道：「Noho!」指他的耳朵道：「Babbak!」指他的嘴唇道：「Broman!」然後把嘴一張，指他空洞的嘴巴道：「Gawa!」最後把唇往上下翻，咧出那兩排發黃蛀黑的牙齒道：「Gano!」

一看到那上牙床缺了兩顆門牙，像屋頂開了兩扇天窗，東蘭不覺莞爾笑了出來，松武郎見東蘭笑，自己跟他笑了。

兩人相對笑了一會，東蘭才指著自己問松武郎道：

「『我』怎麼說？」

「Kuzin!」松武郎用力地回答。

「『你』怎麼說？」東蘭指著松武郎問道。

「Shu!」

「『打獵』呢？」

「Maliapp!」

「『游泳』呢？」

「Memann!」

「『笑』？」

「Massiah!」

「『哭』?」

「Maghidish!」

「『你要去那裡?』這整句話怎麼說?」

「Musa shu inu?」

「Musa shu inu?」東蘭跟隨著松武郎說,想了一會:「哦……那麼『我要去台灣』就應該是『Kuzin musa Taiwan?』

「對!對!」松武郎眉飛色舞地說:「而『我要回家去』是『Kuzin musa sali』。」

「『我要笑』是『Kuzin musa massiah』?」東蘭半猜半測地問。

「不對!不對!」松武郎捧腹大笑了一陣:「『musa』是『要去』的意思,如果只是『要』,就不能用『musa』,而應該用『gadung』,『我要笑』應該是『Kuzin gadung massiah』才對!」

「『我要哭』應該是『Kuzin gadung maghidish』才對?」東蘭說。

「對極了!對極了!」松武郎興奮不迭地喝采道。

「『我要打獵』應該是『Kuzin gadung maliapp』才對?」

「對極了!對極了!」

「『你要游泳』應該是『Shu gadung memann』才對?」

「對極了!對極了!」松武郎拍起掌來,幾乎想過去握東蘭的手,叫道:「中尉,你說得太好了,你若到我們角板山上,誰也要把你當做我們泰雅族了!」

過後,東蘭又繼續跟松武郎學了更多的泰雅語,比如「紅、黃、青、白、黑……」各種顏色,「日、月、星……」各種天體,「弓、箭、刀、槍……」各種泰雅族用的武器,「狗、豬、熊、鹿……」各種山地常見的動物，以及「山、水、花、木、蝴蝶、蜜蜂……」各種山地常見的景與物……東蘭都一一用羅馬拼音把它們寫在小筆記本上，每回松武郎送公文來，他就乘機跟他露幾句泰雅語，與他寒暄說笑，說得松武郎歡天喜地，手舞足蹈，彷彿回到角板山上的泰雅部落一般。

十六

爲翻譯英文的需要，東蘭隨時都把一本「三省堂」編印的袖珍「英和辭典」帶在身邊，以備查字之用。每回出營去當翻譯，他就把它藏在口袋裡，而回到總部的辦公室看英文書時，則把它放在桌上。

這一天，松武郎送公文來時，他無意間看到桌上的那本袖珍「英和辭典」，覺得那書小巧玲瓏，不似東蘭常讀的大本書，一時好奇，便指那辭典問東蘭道：

「那是什麼書？怎麼這麼小，像玩具一樣。」

東蘭側頭瞟了那辭典一眼，微笑起來，答道：

「那叫做『英和辭典』，所有英文字都印在裡面，每個英文字下面都有日文解釋，所以遇到我沒學過的英文字，一查這本辭典，就明白過來了。」

「眞的嗎？這麼有用？」松武郎讚賞地說，眼睛發出了無限的光采。

於是東蘭跟他聊起一些英文的常識，而松武郎又重新提起他公學校時跟那位西洋教士學習「ＡＢＣ」的老故事，末了，等他要離開辦公室前，他突然問東蘭道：

「中尉，我還不知道我的名字英文怎麼寫，你可以寫給我看看嗎？」

「那還不簡單！」

東蘭說著，從抽屜拈出了一片紙條，抽出鋼筆，往字條上寫了「Matsu Takeo」兩個英文字，遞給松武郎。松武郎接了字條，著魔似地瞄了好一會，捧在心上，又瞄了一會，又捧在心上，如獲至寶，露出缺了門牙的牙齒，向東蘭千謝萬謝了一番，雀躍跳出了東蘭的辦公室。

還不到一個鐘頭，便見松武郎揚著一大張筆記本的紙衝進東蘭的辦公室來，興奮不迭地對東蘭叫道：

「我會寫我的英文名字了，我會寫我的英文名字了，你瞧！」

說著，松武郎一把將手裡那大張紙攤在東蘭的桌上，東蘭往那紙上一看，只見用鉛筆塗了滿滿幾百個「Matsu Takeo」，松武郎又伸手把那張紙翻到背後，那背面也一樣塗了滿滿幾百個「Matsu Takeo」，東蘭笑了，豎起大拇指來向松武郎表示讚美，松武郎也笑了，他笑得嘴都合不攏來。

松武郎捏了那張塗滿「Matsu Takeo」的紙想轉身走出去，不意又瞥見那桌上的「英和辭典」，便又踅了回來，怯怯地問東蘭說：

「你那本小書可不可以借我一下？……」

東蘭驚愕了一下，好奇地問松武郎說：

「你要查什麼英文字？我替你查好了。」

聽了東蘭的話，松武郎那黧黑的臉竟也緋紅了起來，抓頭搔耳，忸怩了半天，不敢言語，最後才又怯怯地重複要求東蘭道：

「請你借我一下，我查查就拿來還你……」

東蘭見松武郎那麼認眞，也不再堅持，便把那本「英和辭典」借給了他。

松武郎借了辭典，說是一會兒就要拿回來還東蘭，卻久久不見他的影子，直到這天傍晚快要進晚餐的時候，東蘭才見他捧著辭典走進辦公室，把辭典輕輕放回桌上，搖著頭沮喪地對東蘭說：

「查不到！查了一個下午還是查不到！」

東蘭也大感詫異，緊迫地問松武郎道：

「你到底有多深的英文字？這辭典竟然查不到？」

松武郎把東蘭寫給他的那張小紙條從胸袋裡摸了出來，回道：

「我從第一頁查到最後一頁，想查『Matsu』，查不到！又從第一頁查到最後一頁，想查『Takeo』，也查不到！中尉，你說所有英文字都印在裡面，可是我的英文名字卻沒有！」他鎖住眉又猛烈地搖了一回頭：「這本小書不好，所以我拿來還你！」

說罷，松武郎返身快步走了出去，把東蘭拋在後頭，獨自搖頭喟歎，不知從何說起。

十七

東蘭經常佩在腰上的手槍已經好久沒擦了，這幾天爲了一次官兵的大檢閱，乃不得不暫時放下英文書本，向總部的衛兵討了一塊油布，解開零件，擦起槍來。

才擦沒多久，東蘭就擦得不耐煩起來了，於是把手槍和油布往桌角一扔，把身子向藤椅的高背一攤，仰頭望起那白粉牆壁上的馬來半島地圖來，就在這時，松武郎像幽靈般地溜進辦公室，用一種神秘的口吻，對東蘭說：

「有一樣小東西，想叫中尉看看……」

松武郎一邊說，一邊從拴在褲帶上的羊皮荷包摸出了一只紅緞小包，把那紅緞子掀開來，從中捏出兩粒豆大圓滾的珍珠，遞給東蘭仔細瞧過，驕傲地說：

「如何？這珍珠漂亮吧？我將來回角板山要送給我的『奧樣』做耳墜子！」

東蘭抬頭驚愕地望了松武郎一會，問道：

「你幾時結婚的？怎麼從來都沒提起過？」

松武郎的眼睛笑成一條縫，把他那缺了門牙的口張得大開，忸怩害羞了一陣，才回答說：

「差不多半年前結婚的，才結了三個月，那山地的日本巡查就把我編入『高砂義勇兵』的隊伍，從那時起，我就不再跟我的『奧樣❹』在一起了。」

松武郎說到最後，不覺有些神傷，可是又不願叫東蘭感覺出來，於是立刻又把精神抖擻起來，恢復原來的笑顏，望著窗外回憶道：

「我記得結婚後的一個月，我帶了我的『奧樣』下山去玩，我們來到大溪的街上，我曾經來過，可是她卻第一次下山，所以十分驚奇，到處張望，緊緊牽住我的手，怕被平地人搶去。我們在街上看見一家賣金子的店，我的『奧樣』被那玻璃窗的首飾吸引住了，可是最吸引她的卻是那裡面的珍珠，她說拿來做耳墜子，要比我們山上用竹管、硬核、彩石漂亮多了，只是我那時沒有錢，也就沒能買給她。沒想到昨天跟部隊裡的幾個兵上這裡的街上逛時，我又看見一家賣金子的店，我就上前去看，果然又看見玻璃窗裡一盤珍珠，又大又圓，比大溪看到的還漂亮，我就用這

❹奧樣：日語，音(okusama)，意(「太太」之尊稱)。

三個月的薪餉買了最大的兩粒，看哪這就是！我要拿回去送給她，她拿到了不知要高興成什麼樣子！」

一種蜜月的溫馨不禁在松武郎的臉上表露出來，東蘭也不覺感染了幾分這對年輕夫婦的新婚之喜悅，遂問道：

「不知你們結婚的風俗是什麼樣子？男女幾歲才可以結婚？」

「這說來話就多了，中尉。」松武郎道，往桌旁的一張竹椅坐了下來：「首先，我們必得取得『成年』的資格才可以結婚，而這『成年』的資格不是身體長成就算數，必須全族的族長公認才算『成年』，條件是女的要學會燒飯織布，男的要學會打獵抓魚，還得出草獵過一顆以上的人頭。」

「獵過一顆以上的人頭？」東蘭瞠目結舌地重複道。

「這是過去一向的風俗，」松武郎笑道：「但自從日本人來了就不再如此了。」

東蘭這才舒了一口氣，嚥下了一口痰，繼續問道：

「一個人『成年』，可有什麼標記看得出來？」

「有，女人一旦『成年』，就要拔掉兩顆門牙，臉要刺青，額上一條，頰上三條，由嘴上連到兩邊的耳朵，而男人一旦『成年』，也一樣要拔掉兩顆門牙，臉也要刺青，只有額上和下頷各一條。不過這也是過去一向的風俗，自從日本人來了，我們就不再刺青，只是還保持拔牙的習慣。」

東蘭聽得津津有味，可是意猶未足，更問下去：

「那麼男女『成年』之後，又如何結婚呢？武郎。」

「結婚的方式很簡單，就是想結婚的『成年』男子必須參加每年一次的部落勇士大會，而『成年』女子也來圍觀勇士鬥武，借這機會互相觀察，若中意了，經部落長老祝福就可以結婚。結婚之前，族人會爲他們選在人口眾多的地方，豎起三個人高的木樁，在樁上搭一間茅草小房，讓新婚男女在小房裡守五日五夜，不必下來，有人自會把食物送上去，他們什麼也不必做，只管盡情狂歡作樂！」

松武郎說得眉飛色舞，興奮不已，東蘭只在旁陪笑，等他情意稍歇，才問他道：

「有一點我沒能了解，那少女的臉本來就很美，何苦要刺青呢？」

「噢，這你有所不知，據我們祖先留下來的傳說，在角板山上有一塊巨石，有一天早晨忽然崩裂開來，跳出了一個男童和一個女童，男的是兄，女的是妹。等他們兩人都長大了，因爲沒有其他異性可以匹配，那妹妹就爲此十分憂慮，想要跟他哥哥成婚以繁衍後代，可是又恐怕哥哥以兄妹不能成婚而不答應，因此她就想得一計，告訴她哥哥說後山洞窟中有一女子，可以與他結合，然後到時就將自己的臉塗青紋，在洞中等候，那哥哥不知道這女子就是他妹妹，就與她結合，繁衍子孫，而成今天泰雅族的後代，這就是後來男女刺青的原因。」

東蘭聽了，聯想起日本教育學生的神道史話，說日本的始祖天照女神從石頭崩跳出來，豈不是與這泰雅族的始祖神話有同工異曲之妙？只是他感覺在心裡，卻未把話說出來。

當松武郎把桌上的那兩粒珍珠用紅緞包好重新放回羊皮荷包之際，東蘭也同時把桌角的那支手槍抓回，又開始用油布擦拭起來，松武郎見東蘭擦得笨手笨腳，不得其道，便笑對他說：

「我來替你擦，中尉。」說著伸手把手槍和油布由東蘭手裡拿過來，繼續說：「擦槍我最拿手了，我從五歲就開始擦槍。」

東蘭張著大眼看松武郎熟練地擦著他的手槍，問道：

「武郎，你說你五歲就開始擦槍，你家裡有槍吧？」

「當然有！我父親有一支火繩槍，是從我高祖父傳下來的，往時是到山下出草獵頭用的，到我父親手裡就只用來打獵，每回他扛了獵物回來，他就把槍向我一扔，叫我替他擦拭乾淨，所以我五歲多就開始擦，擦槍我最拿手了。」

松武郎停手說了這大堆話，說罷又低頭認眞擦起槍管來。

「所以你家裡有一支火繩槍？」隔了一會，東蘭又重複地問道。

「沒了！現在已經沒了，自從日本巡查上山來，有一天遇到我父親打獵回來，見了他背上的火繩槍，那日本巡查搖搖頭說那槍會傷人，十分危險，就把槍沒收了。」

「所以從那以後，你父親就不再打獵了吧？」

「怎麼？照樣打獵，只是不再用槍，改用我們祖先傳下來的弓箭和獵刀。」

因爲一生都沒有打獵的經驗，聽松武郎有關打獵的話，東蘭大感興趣，緊接著就問他道：

「山上到底有哪些動物可以打獵呢？武郎。」

「噢，很多很多，但最主要是獵山豬和獵山鹿。」松武郎回答。

「熊獵不獵呢？」

「除非必要，我們通常不獵熊。」

「爲什麼呢？武郎。」

「這你不知道，中尉，熊十分危險，牠一掌打在樹上，只一拉，整個樹幹就裂開來，人就更不必說了，而且牠的叫聲十分可怕，集合五十個人來一齊叫也叫不過牠。」

「什麼時候才是必要呢？武郎。」

「爲了報仇我們會去獵熊，就像我們部落裡有一位勇士每天磨長刀，揚言有一天遇到熊就好了，可以殺一隻熊來顯示他的勇敢，果然不久，他眞的遇到一隻熊，卻沒把熊殺死，反而被熊吃了，因爲有人在地上發現他那把長刀，還有一些骨頭掛在樹上，熊把他抓了，拖到樹上把他吃掉。爲了替他報仇，我們部落才派人去殺死那隻熊。」

「你不是說熊十分危險嗎？又如何能殺牠？」東蘭好奇地問。

「自然有辦法，通常熊遇到人，牠總是用後腿直立起來，用兩隻前爪來攻擊你，你不能用獵刀砍牠，沒有用，你必須準備好一根樹枝，把短刀綁在枝頭，就往牠胸前的那一大塊白毛猛力一刺，這時千萬不能拔刀，拔了刀牠就伸爪來抓你了，你必須把刀繼續往前推，直到牠向後跌倒，四腳朝天，這時大家才抽出獵刀，往牠的脖子猛砍。」

松武郎說到精彩處，放下手槍，立起身來，做出揮刀砍熊的姿勢，看得東蘭目瞪口呆，膽顫心寒。

「山裡可有很多熊嗎？」

「很多很多，隨時都可以遇到。」

「如果你只有一個人，在山裡遇到熊怎麼辦？」

「有兩條路可以走，不是趴在地上裝死，就是趕快爬到樹上去。」

「你不是說熊會爬樹嗎？武郎。」

「牠只會爬矮而粗的樹，所以你只好找高而細的樹爬。」

「除了這兩條路就沒有其他路可走了嗎？」

「沒有了，即使你想跑，你也跑不過熊，牠跑起來比我們快兩倍。」松武郎說著，突然記起了什麼似地，叫道：「有了！有了！還剩下最後一條路便是哭——Maghidish。」

「Maghidish?」東蘭詫異地重複道。

「你別笑，我說一個眞正在我們山上發生的故事給你聽。有一個獵人在一個山谷遇到一隻熊，用箭射牠，都沒射中，而箭已射完，只好用獵刀砍牠，卻被熊掌抓住，掉在地上，他想爬樹，可是附近都沒有樹，最後他只好跑，而熊就在他後面追，他終於跑到山谷盡頭，沒路好跑了，便轉過身來面對熊放聲大哭起來，那隻熊大概沒見過獵人哭過，坐在地上呆望了他一會，覺得十分奇怪，也許覺得吃這種會哭的獵人沒有什麼意思，就掉頭走開了。」

說完這故事，松武郎先自己笑了起來，而東蘭也爲那獵人喜劇的結局而覺得好笑，兩人開心地對笑了一陣，東蘭終於轉了話題：

「一直都在說別人的打獵經驗，倒想知道一下，武郎你自己可有什麼打獵的經驗？」

「我一生只打過一次獵，那是第一次，以後就沒再打了。」

「你怎麼不說來聽聽，你自己的故事由你自己說，一定更有趣！」東蘭興致勃勃地說。

經東蘭這麼一褒獎，松武郎不覺滿面風光起來，於是搔頭抓耳了一番，說了下面的故事：

「那時我才十六歲，第一次跟我父親和叔叔到山上去打獵，我們每個人身上都帶了一把獵刀、一把短刀、一支弓、五支箭，還有三天份量的米。

我們走了一天的山路，因爲只穿短衫和短褲，手上腳上割了不少傷。我們三個人在一條溪邊生火，用溪水煮飯，把飯吃完，我父親就對我說：

『武郎，你就睡在這裡等明天天亮，我跟你叔叔到別地方去！』

『我一個人睡在這裡？我怕……』

『誰叫你要跟我們出來打獵？』

我父親說完，頭也不回就揮手叫我的叔叔跟他走到別地方去了。

我一個人留下來，天愈黑我愈怕，怕熊會出來吃我，如果熊來了，我孤單一個人怎麼辦？一夜就這麼心驚肉跳，緊抓獵刀，沒敢合眼，一直到快要天亮的時候，才疲勞睡去。

第二天，天已開始發亮了，我在朦朧中突然聽到『就』地一聲，我原以為是一條大魚從山溪游下來，可是睜眼一看，老天！原來是一頭鹿，我沒看清牠有角還是沒角，只覺得牠很大很大。

我趕快把箭袋掛在背上，提了弓追上去，那鹿沿著山溪往下游邊跑邊跳，濺起好高的溪水，忽然來到一處，前頭的山溪突然不見了，那鹿本來想把腳煞住，但因為跑得太快，衝力太大，一時煞不住，便大叫一聲，跌了下去，我追到溪頭，往下探頭一看，原來是一道大瀑布，有兩間屋子寬，下面是個大水潭，可是鹿不見了。

我忙繞道沿著瀑布下到潭邊，那水潭又深又冷，見不到底，那鹿在潭中游泳，想游到岸邊去，我連忙搭了一支箭，拉弓射去，沒有中，只濺起一池水，再搭了另一支箭，再拉弓射去，這次射中鹿的肚子，牠叫了一聲，掙扎了一會，終於不動了，這時我也已經全身無力，才定睛仔細看那隻鹿，原來牠頭上有一對角！如果是母的，我打算守在潭邊等別人來，現在竟然是公的，我就等不及別人來了，立即脫了衣服，也管不了水深和水冷，把一支短刀掛在腰上，躍入水中，游了過去。

游到鹿的旁邊，我先抓住牠的大耳朵，拔出短刀往牠肋骨捅了一刀，牠猛叫了一聲，四腳亂踢，我又捅了一刀，牠不再叫了，也不再動了，於是我才慢慢地、困難地把牠拖到岸邊，拉到樹下，用短刀把牠的雄鞭割下來，又把牠的一對長角鋸下來，這時我已經精疲力盡，便在樹下倒了下來。

過後，我叔叔才在山頂的瀑布旁邊出現，他一見我，就用兩根食指按在頭上做出鹿角的模樣，問我一些什麼？但因爲他聲音小而水聲又大，我聽不清楚，我只看到他探頭往下看，咋咋舌頭，顯然潭水叫他害怕，他還以爲鹿在水中呢。

不久，我父親也在山頂出現了，他眼睛銳利，終於看見了我身旁的鹿，大叫起來，把手掬成傳聲筒，大聲地問我：

『是公的還是母的？』

我沒有力氣回答，只把地上的那一對鹿角舉到空中向他們炫耀，我父親眼睛亮了起來，翹起大姆指對著我直擺。

那鹿太重了，我們抬牠不動，只把鹿鞭、鹿角、鹿皮和提得動的一大塊腰肉帶到山下，把其他整隻鹿浸在水裡，搬了石頭把牠壓在水底，因爲水很冷，這樣鹿肉才不會腐爛，做完了這些，我們才走下山來。

很多部落的人聽了我們話，都上山去搶那壓在水底的鹿肉，而我們則享用那最好吃的腰肉，那鹿鞭同鹿角拿到大溪一共賣了五百元，而那鹿皮一直都掛在我家的牆壁上。」

說完了故事，松武郎得意地微笑起來，東蘭靜靜地望著他，覺得他再沒有比今天更可愛了。

十八

自從松武郎跟東蘭說了「獵鹿」的故事以後，他同東蘭就更加親近，對他幾乎無所不談，而東蘭也完全忘了松武郎是泰雅族，幾乎把他當成平地人看待，可是有一件事東蘭卻耿耿於懷，無法或釋，爲什麼泰雅族要獵人頭？而且那麼根深蒂固，幾百年樂此不疲呢？他很想問松武郎，把這疑團弄個水落石出，只是這個問題非同小可，怕會衝犯松武郎，所以遲遲沒敢開口問他。

有一天，松武郎又來找東蘭聊天，他又跟東蘭聊起他跟他「奧樣」新婚的情趣，當東蘭看他說得手舞足蹈，開懷大笑，東蘭明白他問話的時機已經來到了，於是他就把話題一轉，轉到泰雅族獵人頭的問題上，他把話放低，委婉地問松武郎道：

「武郎，我心頭老放著一個問題想問你，可是又怕問了你會生氣，所以老不敢問。」

「什麼問題？你儘管問，我絕不生氣。」松武郎堅決地回答，臉色驟然變得嚴肅起來。

「你前幾天對我說過，每個泰雅族爲了取得『成年』的資格都得獵一顆人頭，這眞的是你們泰雅族的風俗？」

松武郎深深地點了三下頭，回道：

「這不但是泰雅族的風俗，也是每個泰雅族男子的義務。」

「你說是每個泰雅族男子的『義務』？」

武郎又深深地點頭，眞誠地說：

「其實爲了取得『成年』的資格而獵人頭還只是其中的一種情況而已，在其他的很多場合泰雅族也鼓勵族人出去獵人頭。」

「什麼場合呢？武郎，你倒說說。」東蘭迫不及待地問。

「很多很多，除了『成年』之外，爲了祈求豐年我們也出去獵人頭來供奉我們的祖先，爲了得到未婚女子的青睞我們也出去獵人頭，獵得愈多愈能娶到漂亮的女子，爲了取得部落的地位和威望，我們也出去獵人頭，爲了部落和親戚免於疾病我們也出去獵人頭，還有最後一種，當兩個人發生爭論，堅持不下沒得解決時，族人就叫他們出去獵人頭，誰先獵得人頭回來就算誰贏。」

東蘭恍然有所悟，於是微微頷首，下意識重複地說：

「嗯，嗯，原來在這麼多場合下，獵人頭是泰雅族男子的『義務』。」

「不但是義務，而且是受全族人讚美的榮譽，除非想招引眾怒，沒有人敢拒絕不去獵人頭的。每回有人把人頭帶回山上來，全族男女老少就爭相走告，跑出去歡迎，部落大開筵席，大吃大喝，並藉唱歌跳舞來慶祝，幾天幾夜，沒得休息。泰雅族每家門前都搭了一個竹架，把獵得的人頭擺在架上，任風吹雨打，讓老鼠把皮肉啃光，等到剩下光滑的骷髏，便成了每家光榮的標記。通常每家都有十來顆，聽說泰雅族有個族人獵得最多，有五百多顆，他成了泰雅族最偉大的英雄，爲全族人所歆羨。」

松武郎停息半晌，把頭垂下，轉成悲切的口吻，淒然說了下去：

「獵人頭對泰雅族說來雖然是光榮，但也是十分危險的事，好多泰雅族常爲獵人頭而被平地的漢人殺死，他的父母妻子見他沒回來，就痛哭流涕，好不悲傷。」

「既然如此危險，又何必冒險去獵人頭呢？」東蘭抓住話柄，問道。

只見松武郎搖搖頭，仍然把頭垂下，淡淡地回答：

「這說來話就長了，中尉，其實幾百年前我們泰雅族既不獵人頭也不住在山上，我們住在平地，打獵耕農爲生，以後漢人從唐山來了，先跟我們簽約租田地，卻毀約把田地佔了，把我們趕到丘陵地，後來又有一批漢人來到丘陵地，跟我們簽約租樟林地，又毀約把樟林地佔了，把我們趕到山地去，我們一再受欺受騙，積恨積怨，才開始下山獵人頭。」

東蘭無語以對，便轉頭去望窗外，只聽見松武郎的口氣激昂起來，又說下去：

「別的不說，單說我高祖父親身的故事讓中尉聽聽。那時我高祖父是部落的酋長，幾年來早爲了漢人屢次先租樟林地然後強佔樟林地的事情而十分生氣，卻又無可奈何。有一天，大溪的漢人又派了一位通譯來山上請我高祖父下山商議新樟林地的租借事情，並說那天是大溪拜拜，他們已準備好幾桌酒筵要好好招待我高祖父，以示親善之意。我高祖父心裡懷疑，不敢獨自一個人去，就帶了十五個泰雅族的衛士，攜刀隨他一起下山去。到了大溪，那樟林的木商果然態度親切，大擺筵席，獻上米酒，等我高祖父和他的十五個衛士喝得半醉，除去了戒心，那木商才發了一個信號，便有幾十個漢人，提槍帶棒，一窩蜂從屋外衝進來，把我高祖父連同他的十五個衛士一起拿下，用麻繩捆綁起來，強迫我高祖父在他們早已寫好的契約書上簽字捺指，否則要將他們的頭砍下來，我高祖父爲了那十五個衛士的生命，只好忍辱簽字捺指，任他們搶去他們所要的樟林地，他們才答應把那十五個衛士放回山上去，可是卻把我高祖父留下不放，叫那十五個衛士上山傳話，說怕我高祖父回山上後背棄契書的約定，要求我高祖父的一個兒子和女兒下山來做人質，他們才肯把我高祖父釋放。因爲我高祖父是部落的酋長，他的生命比部落裡的任何泰雅族更重要，過了幾天，他們只好把我的曾祖父和姑婆祖帶下山去贖回我的高祖父。」

「你的曾祖父和姑婆祖那時幾歲？」東蘭打岔問道，一時想起河清與眞寧來。

「一個七歲，一個五歲，那木商就用鐵鍊把他們兩人鍊在大門前的石磨上，像鍊猴子一般，讓大溪的大人小孩向他們吐痰，對他們取笑，一連好幾個月，直到一位路過的西洋教士，看到我曾祖父和姑婆祖憔悴可憐的樣子，於心不忍，才上前向那木商求情，把兩個無辜的小孩釋放，起先那木商還不答應，後來經那西洋教士向他保證，如果我高祖父毀約，他願意賠償他樟林地的損失，最後那木商才把我的曾祖父和姑婆祖放回山上來。」

「你的曾祖父和姑婆祖回到山上後，你高祖父如何說呢？」東蘭焦急地問。

「他對我的曾祖父和其他泰雅族人說漢人是奸詐的，永遠也不能再相信。隨後他用獵來的鹿鞭和鹿角去跟別地方的漢人換了火繩槍，率領全部落的泰雅族又開始下山出草獵人頭，一直到我祖父的時候，他還爲了取得『成年』的資格下山獵了最後一顆人頭，以後日本人就來了，他們對我們說獵人頭野蠻，不好，從那時起我們才停止獵人頭的習慣，不然的話，恐怕我們現在還繼續獵人頭呢。」

那辦公室寂靜如谷，幾乎到達叫人難以忍受的地步，好久好久，松武郎才把頭抬起來，用他那雙銳利的目光盯住東蘭的側臉，低聲地說：

「聽說日本軍剛來這太平城時，當街砍了六顆人頭，這可是眞的嗎？中尉。」

東蘭轉頭瞥了松武郎一眼，點點頭說：

「我親眼看過。」

「這不就奇怪了嗎？」松武郎皺眉頭叫了起來：「日本人一邊教育我們泰雅族不要獵人頭，因爲那是很野蠻、很殘忍、很不好，而他們自己又爲什麼要砍人頭呢？」

東蘭無語，又轉頭去望窗外，松武郎看看在那辦公室呆得也夠久了，便輕輕地從竹椅立了起來，也不想去打擾東蘭，逕自悄悄地走了出去。

東蘭一直都凝望窗外的藍天，以及那天邊連綿的白雲，悠悠地，托爾斯泰逝去那一年對「台灣」說過的那幾句話又縹緲在耳中響起：「對了，我最近在大英百科全書上查看有關台灣的資料，你們知道台灣是什麼樣子嗎？台灣是日本不久以前才佔領的一個小島，Konishi經常去台灣，告訴過我很多島上的事情，你們想想，那島上還有吃人肉的事情……」東蘭思忖：「恐怕不是『吃人肉』吧，應該是『獵人頭』才對……」他不覺又記起松武郎的高祖父以及曾祖父和姑婆祖悲慘的故事，他自問，如果泰雅族被逼得非下山獵人頭不可，那可又是誰的罪過？

十九

自從日本軍佔領太平以來，這城以及城郊一帶一直都十分安靜，沒有事情發生，可是近一兩個月來，一些華人組成的游擊隊卻頻頻在四處活動起來，雖然還不敢直接進攻太平的日軍總部，卻時時襲擊孤軍出巡的巡邏隊，或狙擊遠戍的瞭望部隊，特別是其他城市的「巡邏全滅事件」或「瞭望樓全滅事件」的壞消息接二連三傳到太平的總部來，使得太平行政長官矢野中佐感到心緒不寧，棘手萬分。

在太平附近游擊隊出沒最多的恐怕要算離太平五十公里的「北谷」了，原來北谷是一個馬來人的小村莊，座落在山谷之中，那山谷連著馬來半島的中央山脈，谷前便是那片平坦的平原，一直迤邐到太平城下，也許爲了監視那地當要衝的小村莊，英國人早先已在離小村兩公里的谷口築了一座水泥瞭望樓，樓下有幾幢營房，營地四周用鐵絲網圍起來，只剩下一個單獨的入口。自從矢野中佐佔領了太平，基於軍事需要，他也因循了英國人的慣例，派了一個小分隊的日本軍到北谷的瞭望樓駐守，可是最近爲了游擊隊的騷擾，更爲了太平的安全，矢野中佐乃跟剛從醫院腿癒回營的小澤大尉計議，決定派一個分遣隊，由一個叫「南田」的准尉帶領赴北谷增援，並特別給這分遣隊裝備了一架無線電通訊機，叫他們跟太平的總部每隔一小時聯絡一次，以便隨時確知分遣隊的下落與安危。

這一天，東蘭從他的營房來到總部，在總部前面的廣場正零零落落地立了一隊日本兵，不遠之處有一部卡車等候著，顯然集合令還沒下，大家各自整裝，有幾個歪著身閒聊。東蘭也不特別注意，正想跨步走進總部的大門，不意聽到身後有人在高喊：

「『將多難』！『將多難』！」

東蘭轉身一看，松武郎離了那隊日本兵，跑到東蘭跟前，他已全身武裝，頭戴戰鬥帽，背揹行李與鋼盔，腰纏子彈袋，右手端一支步槍，一臉笑容，微微欠身向東蘭行了一個軍禮，東蘭有些詫異，問道：

「武郎，你幾時要調遣，也不先通知我一聲？」

「我昨晚才接到命令，所以來不及通知你，『將多難』。」

「要調到哪裡去呢？」

「要調到『北谷』，『將多難』。」

東蘭再次把松武郎從頭打量到腳，覺得判若兩人，不再是那個每天送公文來的溫文柔順的傳令兵，已一變而爲翻山越嶺攻擊香港的那位勇武的陣頭尖兵，不覺笑道：

「怎麼不再叫我『中尉』了？反而叫我『江東蘭』？」

「也不知道爲什麼，『將多難』。」

松武郎說著，也笑了起來，露出了那缺了門牙的黑洞。

有一個帶圓框近視眼鏡一臉書生面孔的軍官在喊集合令，松武郎回頭一瞥，又轉頭來向東蘭急說：

「是我們的領隊南田准尉……莎喲哪拉，『將多難』，不知幾時才能再見面！」

也來不及聽東蘭的回答，松武郎把槍一拎，一溜煙跑回隊伍去了。不久又聽見另一聲命令，整個部隊便爬上那部卡車，引擎發動起來，卡車在廣場繞了一個大彎，沒半分鐘，已消失在太平的街口。

二十

自從松武郎隨分遣隊到北谷之後，東蘭對北谷的消息忽然十分關心起來，剛好總部的通信室又在他辦公室的隔壁，因此他一有空就溜來通信室打探北谷方面的情況和消息，兩個禮拜過去了，北谷十分和平，倒也沒有任何事故發生。

一個早上，當東蘭在他的辦公室坐定，才開始要閱讀公文，隔壁的通信室突然騷動起來，有一個通信兵立刻跑去通知矢野中佐，說北谷有了新的情況，領隊的南田准尉要求跟矢野中佐通話，除了報告情況，還要向他請示。

當東蘭走進通信室時，矢野中佐早已坐在藤椅上，手把著受話器，對著無線電的擴音器在跟南田准尉通話，小澤大尉緊靠在矢野中佐的背後，全神貫注地傾聽著，他們的四周圍了一圈軍官，個個深鎖眉頭，侷促不安的樣子。

「今天早晨黎明時分，瞭望樓的瞭望員，由望遠鏡發現北谷小村北方兩公里的入口處，有行跡可疑的便衣人五、六個在來回走動。」南田准尉的聲音從擴音器傳出來。

「此刻有何狀況？」矢野中佐問道。

「已不見蹤跡，諒已遁入谷後的山中。」

「准尉將作何種措施？」矢野中佐又問。

「擬派三、四名兵員留守瞭望樓，由本人率領全隊兵員入小村查問，並巡視小村四方，特此向中佐請示是否妥當？」

「我看沒有不妥，准尉斟酌現地狀況，作適當處置，務必隨時保持聯絡。」

矢野中佐說畢，把受話器交還掌機的通信兵，吩咐他隨時收聽北谷的消息，有緊急情況再去通知他，完了，就跨著大步邁出通信室，小澤大尉和其他軍官也跟著紛紛離去，東蘭只好回到自己的辦公室裡來。

一個小時後，通信室又騷動起來，大概又有緊急的情況發生了，因爲當東蘭挪向通信室時，那室內已擠了更多的軍官，矢野中佐早已坐在剛才的藤椅裡，面色焦急，右手提著受話器，左手抓著白巾猛拭額上的冷汗，驀地，那無線電通信器的擴音器傳出了連續機關槍的帛裂聲，立即有人用日語高喊：「敵人來襲——！」過了一陣又有人叫道：「散開——！」步槍聲和機關槍聲不停地響著，而且有愈來愈近之勢，突聞南田准尉的聲音大喊：「突擊——！」聽得見兵士的氣喘聲與中彈的呻吟聲，然後有人驚叫：「南田准尉……請不要——！……」一聲轟然爆炸聲，擴音器的聲音戛然斷絕，整個通信室頓時陷入一片幽谷的死寂。

有一瞬間，矢野中佐與小澤大尉面面相覷，臉呈死灰，隨後矢野中佐從藤椅撲地立起，向身邊的高級軍官下了緊急會議的命令，以便討論應付對策，另一邊又叫值日軍官，向整個總部與四周的營部發出「出動準備」的命令。既把命令下達，矢野中佐、小澤大尉以及他們身邊的幕僚便跨著急步湧向會議室去開會了，這其間那值日軍官跑去找來吹號兵，在總部的門前吹起全營「緊急集合」的號角，東蘭便隨著所有兵員，飛步跑向總部的廣場去集合。

十五分鐘後，所有高級軍官都從會議室魚貫而出，小澤大尉走在最前頭，他手拿著一張白紙，跨出了總部的大門，拾級登上廣場前的小講台，把整個列隊等候的部隊橫掃一遍，開始說話：

「大家好好聽著！此刻，與北谷分遣隊的無線電通信已完全斷絕，根據判斷，分遣隊已遭遇敵人游擊隊的突襲，爲了救援分遣隊，我們臨時編了一個小隊，而且要立刻出發到北谷去。我現在就把小隊的編成人員唸出來，聽到名字的人，請回答一聲，站到講台前面來，準備回營攜帶配備與武器！」

說罷，小澤大尉就把那張白紙舉到眼前，唸起來：

「江東蘭中尉。」

「害！」東蘭大聲地回答，邁到講台前面去。

小澤大尉又繼續唸了大約四十個人的名字，一個個都高聲回答，從每個部隊跑到講台前集合，等小隊的人員挑齊了，小澤大尉又跟他們說了簡短幾句話，那小隊便迅速散開，各自回營去準備配備與武器去了。

東蘭佩上他的手槍，套了馬靴與鋼盔，揹了背包，跟著那小隊的兵員登上兩部卡車中的一部。爲了向游擊隊誇示日本優越的火力，除了兩挺重機關槍外，他們還準備了手榴彈、霰榴彈，甚至還扛了一門威力十足的四一式山砲，因爲時間緊逼，一看最後一個兵員上車，小澤大尉便下令開車，兩部卡車飛也似地往北谷急駛而去。

那鄉路蜿蜒坎坷，到處是泥濘與水潭，平時一小時的路程，開了兩小時還未到，一路上小澤大尉沉默不語，表情凝重，顯然與幾個月前上「加美濃高地」偵查時的心情大不相同，坐在一旁的東蘭也未敢輕易與他攀談，他獨自望著擋風玻璃，見大地綠油如玉，天空碧藍如洗，如果不是那無線電突然中斷，誰能想像在遙遠一個無名的小村正進行著一場無情的血戰？

小澤大尉率領的小隊到達北谷的瞭望樓時，正是正午時分，那營房四周的鐵絲網森嚴封閉著，網內網外一片令人毛骨悚然的死寂，只有瞭望樓上露出來的一挺重機關槍，以及槍後一個日本兵的側影，才顯示了一點生命的跡象。

那瞭望樓上的日本兵從老遠就用一雙望遠鏡緊緊跟著駛來的兩部卡車，一直等到車子來到鐵絲網唯一的入口，確定來者是日本軍隊無疑，才有一個叫「泉」的兵長小心翼翼地持著上刺刀的長槍由瞭望樓出來，又在網裡與小澤大尉對問了幾句，終於放下長槍，爲來者開啓鐵絲門，讓那兩部卡車開進去。

進得了瞭望樓，小澤大尉立刻展開調查，清點結果，整個北谷駐防的分遣隊，除了泉兵長、主掌瞭望樓重機關槍的谷兵長，以及留守在樓下的三名兵衛，整個分遣隊連南田准尉包括在內全部被游擊隊殲滅，只有一個兵被俘，生死不明。因爲泉兵長是唯一走出鐵絲網跟南田准尉出巡而生還回營的人，便由他向小澤大尉做了以下簡單的口頭報告：

「瞭望樓的瞭望員發現小村北方有可疑人群五、六個的時候，我們分遣隊正在用早飯，瞭望員下樓來向南田准尉報告，准尉便叫無線電通信兵跟總部取得聯絡，把這北谷緊急情況向總部報告了。

等大家把早飯用完，南田准尉就命令谷兵長和三位兵士留下來防守瞭望樓，對谷兵長說：『萬一發生了什麼變化，就好好開瞭望樓上的重機關槍應戰！』然後率領其他分遣隊的兵員離開瞭望樓，開向北谷的小村去。

我們的分遣隊走進小村，那村裡跟往時沒有什麼兩樣，問了那些馬來村民，都說沒有看見任何外人來到村裡，南田准尉拿起望遠鏡往村的入口以及三面的山眺望，也見不到人影，只見到風吹綠草而已，於是他就跟身後經驗豐富的森軍曹說：『瞭望員望見村口有可疑人群五、六人，他有沒有可能看錯呢？』森軍曹聽了准尉的話，便向他借了望遠鏡也向山上眺望，然後放下望遠鏡，又去望村民的臉，對准尉說：『你仔細瞧瞧他們的臉，好像有點不對勁！』

森軍曹話才說一半，突然捷克式的機關槍聲在山谷之間響起來，敵人的子彈像雨點一般對我們分遣隊飛來。南田准尉大叫一聲：『敵人來襲——！』命令隊伍散開，各自尋找地方掩蔽。我們向四面探望，才發現處在最不利的形勢之中，我們入了敵人的陷阱，但後悔已來不及了，因為這時敵兵已從三邊的山上衝下來，四面八方集中對我們襲來，本來想要重整隊伍與敵人決戰，可是我們連可防的陣地也沒有了。南田准尉看到西面山坡敵軍的勢力比較單薄，就指向那山坡，對大家命令道：『突擊——！』這時山谷外的瞭望樓已知道我們遇到伏擊，便開了重機關槍，為我們做掩護射擊。

我們爬過山坡，一邊跟敵人激戰，一邊向瞭望樓退卻，分遣隊的隊員一個個被子彈擊中，倒在血泊中，連森軍曹也中彈死去，最後只剩下南田准尉、一個通信兵、一個二等兵與我，南田准尉揮手命我們跑向前頭，他自己留在後面，我們聽了他的命令往前跑了十幾步，回頭看時，卻見准尉從腰裡掏出了最後的一顆手榴彈，拔掉保險栓，抱到胸上去，在較後的通信兵也看見了，他對准尉大喊：『南田准尉……請不要——！』他跑了回去，想奪准尉手中的手榴彈，突然轟然一聲，兩人都炸成肉漿，散了一地……

只剩下我跟那二等兵繼續向瞭望樓退卻，這時我們已跑進了我們重機關槍掩護射程之內了，那重機關槍手也已經發現我們跑近，所以重機關槍更猛烈地鳴了起來，不料我身後的二等兵卻絆了老古石跌倒在地上，他離我二十步之遠，待我想回頭去扶他起來，敵人已趕來把他俘擄了，並且還追上來想逮我，我只好拚命往瞭望樓跑，他們終於被重機關槍的火力遏止，沒敢逼近瞭望樓來，所以我才活命安全回到瞭望樓的營裡來。」

聽完了泉兵長的報告，立在小澤大尉旁邊的東蘭急遽地問道：

「那被俘擄的二等兵是誰？兵長……」

「松武郎二等兵，中尉。」泉兵長挺直脊背恭敬回答道。

東蘭閉起雙目，整個身子變做一塊老古石，沉到冰冷的深井底去………

二十一

小澤大尉爬到瞭望樓頂，對著那三面環抱的山巒以及山谷中的小村眺望多時，心中默默盤算著，忽然堅定地點了三下頭，胸有成竹地從瞭望樓下來，他命令所有跟他來的小隊全部上車，把四一山砲和兩挺重機關槍在卡車頂上架好，揮手叫東蘭跟他同車，兩部卡車就浩浩蕩蕩開進北谷小村來。

一到村口，小澤大尉就命令兵士，拿上刺刀的長槍到村裡逐家挨戶把所有的馬來村民趕到村口的廣場，在那兩部大卡車前集合。村民一看那四一山砲和兩挺重機關槍，烏黑的砲口猙獰地對準他們，早已嚇得魂飛魄散，以爲要把他們集體屠殺，忙跪在地上，向每個身邊持槍的日本兵求饒，卻沒料到小澤大尉一腳踩那踏板，另一腳用力一蹬就爬到卡車前頭的車蓋，耀武揚威地矗立在眾人之上，左手按劍，右手揮拳，用日語對村民厲聲地說：

「早上有一個日本兵被你們俘擄了，我限定你們三天之內把他放出來！如果到後天深夜十二點以前還不見他放出來，我就要放火把全村燒掉！然後每隔一小時就殺你們一個村民！直到全村殺光或日本兵放出來爲止！」

說罷，小澤大尉就命東蘭用馬來語把他的話翻譯給那些村民聽，頓時哀聲四起，一簇簇像絕命的猴子相互擁抱，有一個年紀較長的村民終於勇敢走到東蘭面前，溫和地向他抗議說：

「這不是我們馬來人幹的啊，那是華人幹的啊，他們幹完了跑到哪裡去我們都不知道，我們要到哪裡去找你們那個日本兵呢？」

東蘭十分同情那些村民，便把那老村民的話翻譯給小澤大尉聽了，小澤大尉把臉一橫，把頭大搖三下，叱道：

「反正你們跟華人串通，否則我們日軍也不會受創，到時我說的日本兵若不放出來，你們給我看好！看我把村子燒光！然後把你們一個個殺盡！中尉，把我的話翻譯下去！」

等東蘭把話譯完，小澤大尉也不顧那些村民哭成一團，只奮力將手一揚，命所有兵士上車，循原路開回瞭望樓來。

時間一個小時又一個小時地過去，那火熱的太陽由中天移到西天，慢慢沉到那無垠的地平線下，燠悶的空氣頓時轉爲清爽，而田野的青蛙也此起彼落地爭鳴了起來，那山坳暗得特別快，儘管這鐵絲網裡的營地還是黃昏熹微，北谷的馬來村已漆黑的一片，見不到一盞燈火，也聞不到一聲狗吠，陰森淒涼，望了叫人害怕。

一整個晚上，東蘭都無法入眠。他頭痛得厲害，腦筋咻咻地抽著，他躺在營房的軍床上，望著窗外的星空，聽那晚風送來的蛙鳴，過後那蛙鳴靜止了，而晚風也變涼了，帶著濃郁的濕氣往他身上襲來，這時一彎娥眉月悄悄昇上樹梢頭，照明了那銀白的瞭望樓，彷彿凝了一片冷冰的霜。

首先，松武郎的影像在眼前浮現，東蘭又看到他那拔掉門牙的嘴裡的黑洞，然後是那些馬來村民可憐的臉，他又聽見他們相擁而泣的哭聲，但想把這兩者聯合在一起，對東蘭來說，幾乎是一件不可能的事。既然俘擄松武郎的是華人游擊隊，俘擄了松武郎後還把他藏在馬來村裡根本是不可想像的事，他們一定把他帶到山中，跟隨他們逃匿，他們逃到何處？這些溫良的馬來人怎麼會知道？再者，這些華人游擊隊既已打了一次小勝，知道日本增兵來援，短時間內一定不敢再回來北谷，那麼這些馬來村民又如何把小澤大尉的命令通風報信給他們呢？恐怕整個村子燒了人全被殺了，他們都還不知道，又談何把俘虜放出來給日本軍呢？想來想去，唯有從其他線索看能否把小澤大尉的命令以及這命令殘酷後果傳達給那華人的游擊隊。這麼漫然思索著，驀然靈犀一通，東蘭想起「九曲書堂」的「龍頭」來……

第二天早上天才發亮，東蘭就等不及來見小澤大尉，把他一夜的心得陳明給大尉，並向他提及龍頭，他鄭重把龍頭警告他別上「加美濃高地」以免遭受地雷爆炸的往事告訴大尉，又說他的「九曲書堂」是華人社團的消息中心，龍頭未必知道所有華人的游擊活動，但從他那裡總尋得到一些北谷華人游擊隊的線索。

「你要我如何呢？中尉，」聽了東蘭的一番話，小澤大尉終於說。

「我要你撥一部車子把我載回太平，讓我私下去找龍頭，把你的命令告訴他，希望能經他傳達給這北谷的游擊隊，最後把松武郎放出來給我們。」

小澤大尉躊躇了片刻，終於點頭同意，對東蘭說：

「好，我就叫一部卡車送你回太平，但你今早回去，今晚就得回來。」

關於這點，東蘭答應了，於是他回營房佩上手槍，便跟一位司機跨上卡車，一路駛回太平城裡來。

二十二

卡車載著東蘭自北谷開了兩個多小時，終於來到太平的日軍總部。東蘭一下卡車，一分鐘也不浪費，逕自往中國街附近的「九曲書堂」走去。

一進「九曲書堂」，東蘭又見那隔鄰兩家店鋪的馬來人跟龍頭圍住小几在喝茶嗑瓜子，用馬來語交談。兩個馬來人見到東蘭走進書店，照例趕忙從椅子立起，掩著沙龍裙子，頭犁犁地從東蘭身邊溜了出去，其中的一位穿紅條沙龍的馬來人還側頭跟東蘭微笑了一下，咧開一排黃齒，還夾兩顆蛀黑的門牙，特別令東蘭想起松武郎來，遂立定轉身，望著他的背影，一直看他從書店的門口消失。

「今日是有什麼代誌？哪會即倪罕行❺？」龍頭勉為其難地撐起他那蝦弓的駝背，笑臉迎接東蘭說。

「有一項眞要緊的代誌，想欲佮龍先生參詳。」東蘭愼重地回答。

龍頭的神情突然變得十分莊重，又小心翼翼地坐回藤椅，彎背為東蘭倒一杯茶，又把半堆瓜子推到東蘭的小几前，然後把背靠回椅背，用交握的掌背托住下巴，翻起眼白睨視了東蘭好一會，終於神祕地說道：

❺罕行：台語，音(han-kiä)，意(難得來)。

「敢又復佮軍事有關係？江仙。」

「就是軍事的代誌，十分緊急，什麼辦法攏想透透丫，但是沒結果，姑不終❻才來欲請教你。」東蘭說。

「阿是什麼重要的代誌？」龍頭沉默了片刻，又重拾話柄問道。

「阮有一個二等兵在北谷去給游擊隊掠去，想欲問你看有什麼線索通佮怹聯絡，叫怹加伊放出來。」

「哈，哈，哈……」龍頭乾笑起來，伸手去抓了一把瓜子嗑了起來，邊嚼著瓜子邊繼續說下去：「安倪講起來，你江仙就找不著人丫，我一個人在即間書店恬恬賣冊，儈行儈走，欲哪佮怹彼打游擊的人有聯絡？」

「龍先生，我不是講你佮北谷的游擊隊有聯絡，我是想講你列開中國書店，不時有華人在即丫行踏，看其中有什麼人知影游擊隊的人，通拜託伊去佮怹聯絡，有眞緊急的代誌欲通知。」

「是不是有即款人我是不知啦，假使若有，你想欲叫伊通知彼游擊隊，叫怹將一個日本的二等兵放出來。江仙，你想看覓，敢有彼倪簡單的代誌？」龍頭無動於衷地說，斜眼乜著東蘭，不屑地抓起杯子，啜了一口茶。

「龍先生，我坦白加你講啦，彼二等兵不是怹日本人，是台灣的泰雅族，你知影泰雅族是嘟一種人？就是抵才在即丫佮你飲茶的仝一種馬來人。」

「馬來人？」龍頭搖身坐起，驚得兩隻眼球都要暴跳出來。

❻姑不終：台語，音(ko-put-chiong)，意(不得已，無可奈何)。

「伊親像我，是給日本政府強迫做兵的馬來種人。」

龍頭垂頭陷入沉思之中，東蘭望了他一會，又繼續說了下去：

「你加伊想看覓，龍先生，給人強迫做兵都列可憐ㄚ，即馬不明不白復給游擊隊掠去，不知死活如何，猶較可憐。但是若孤伊一個馬來種人猶是小事，猶有復較悲哀的代誌是偲彼北谷的日本指揮官下一個命令，到明仔再暗十二點以前，游擊隊若沒將彼二等兵放出來，日本軍欲將北谷的厝攏放火燒掉，規村的馬來人攏刣刣死。」

龍頭怔得目瞪口呆，一時擒住東蘭的手腕，叫道：

「規村的馬來人攏刣刣死？彼不敢幾百個，你知？」

東蘭點點頭，戚然回道：

「我知，幾百個馬來人一個仔一個刣刣死，偲彼日本軍講會出嘴就做會得出來。」

整個「九曲書堂」沉入可怕的死寂，龍頭不再說話，只咬牙切齒，乾望著小几上喝乾的茶杯和嗑光的瓜子皮，良久，東蘭才默默立起，低聲下氣，俯在龍頭的耳朵上說：

「龍先生，請你拜託人去佮北谷的游擊隊聯絡，通知偲千萬將彼二等兵在明仔再暗時十二點以前放出來，安倪你不但救一個馬來族，你猶復救幾百條馬來人的生命。」

說罷，東蘭伸手捧起小几上的茶杯，一飲而盡，然後退後一步，對龍頭微微欠身，悄悄走出了「九曲書堂」。

二十三

一回到總部，東蘭便又坐上原來的卡車，駛回北谷的瞭望樓來。

東蘭知道即使龍頭遣人來向北谷的游擊隊聯絡，也需要一段不短的時間，他回營的這天當然不會有什麼動靜，因爲能做的他都做了，而且這一晚也沒有什麼可期待，所以他就放心地睡了。

可是第二天一起床，一種焦灼之感就向東蘭進逼而來，這種感覺從中午到黃昏，愈接近子夜十二點就愈濃烈，直叫他無法忍受。不但東蘭如此，所有瞭望樓營地裡的伙伴，也個個阢隉不安，每個人都戎裝以待，預感有什麼不平常的事要發生了。

整個晚上，天上還有殘月，而池邊也有蛙鳴，倒也不覺如何，可是子夜接近，那殘月幽然被黑雲遮沒，頓時起了凜洌的北風，於是蛙鳴靜止了，營地四周陰森寂寞得可怕，也就在這令人髮指的時刻，驀然聽見模糊的腳步聲，有幾個人影幢幢綽綽地在鐵絲網外出現，只聽一聲重物觸地聲從瞭望樓的唯一入口處傳來，隨即那鬼魅的人影又消失不見了。

小澤大尉與東蘭都在營房裡等候，當鐵絲網外又歸復平靜，大尉便命兩個兵士，提著長槍上了刺刀到那入口探查，那兩個兵士隱入黑暗中，才聽見他們打開鐵絲網木頭門的聲音，接著一個兵就大嚷起來：

「大尉！是松二等兵哪──！」

登時，全營裡的人個個都豎起耳朵凸出眼睛，對著鐵絲網望穿過去。

「趕快把他帶進來！」大尉向黑暗中回喊了過去，左手不由自主地握緊腰間的劍柄來。

不到一刻，那兩個兵士把松武郎牽到營房裡來，其中一個把槍暫時交託給另一個兵，自己爲松武郎解開反縛的痲繩，解完了，松武郎便衰弱地在地上跪坐下來，所有營房裡的人都團團把他圍在核心，小澤大尉一秒也不肯浪費，搶在眾人之先，開始向他盤問起來：

「松二等兵，敵人把你俘擄之後，把你藏在哪裡去了？」

松武郎沒有回答，他憔悴而頹喪，一雙無神的眼睛懵懂地凝注地上的一個小窟窿，像木雕一般。

「松二等兵，回答我，我是大尉哪！敵人的巢穴到底設在哪裡啊？」

小澤大尉又厲聲問道，並且還半蹲下來用雙手搭在松武郎的肩膀，把他猛搖一陣，可是任大尉如何搖他，松武郎仍然像耳聾的白痴一般，一點反應也沒有，一雙固執的眼睛依舊茫然地盯住那個小窟窿。

最後小澤大尉問得無奈了，只好搖搖頭從地上立了起來，招了身旁的一個通信兵，命他搖無線電話找太平總部的矢野中佐通話。

無線電接通了，小澤大尉跟矢野中佐通了一些話，大尉把松武郎放回來的消息向中佐報告了，然後問他說：

「松二等兵要如何處置，現在請中佐指示。」

話機的對方沉吟了半晌，然後平靜地回答：

「就由大尉自己決定，作適當處置。」

說完了這話，對方的無線電話就戛然掛斷了，大尉提著話機，愣了片刻，毅然把話機交還那通信兵，邁回人堆裡來，看見東蘭腰上佩著的手槍，對他輕輕地說：

「中尉，請把你的『ピストル❼』暫時借我一下。」

東蘭頓時目瞪口呆，面呈死灰，顫巍巍地摸出手槍交給小澤大尉，大尉接了手槍，又在松武

❼ピストル：源自英語「pistol」，意(手槍)。

郎面前半蹲下來，對他說：

「松二等兵，『生きて虜囚の恥しめを受けず❽』這句部隊裡的明訓你知不知道？」

聽了這話，松武郎彷彿才朦朧甦醒過來，慢慢把眼睛翻起，茫然凝視大尉。

「松二等兵，請別恨我……」大尉說著，聲音轉成嗄啞，把手槍交由松武郎自握在掌心，又補了一句：「就用這『ピストル』自決吧！」

大尉霍然立起，跨著大步，自人堆之中走開去，而其他眾人也逐步往後退卻，因爲怕發生意外的狂暴，那兩個端槍的兵士幽然圍了近來，用刺刀的刀尖由兩邊指向松武郎的兩脅，松武郎的跟前只剩下一個人，他住步不忍退卻，松武郎將頭抬起，終於認出了東蘭，驚訝地迸了一聲：

「『多難』……」

松武郎隨即把手槍輕輕放在地上，伸手往褲袋摸索了一陣，終於摸出了一個紅緞小包，把那小包交在東蘭手心，對他說：

「就是那兩顆珍珠，將來你若回台灣，再請你送給我的『奧樣』……」

當松武郎又伸手去拿地上的手槍時，東蘭情不自禁哽咽地說：

「Takeo……Kuzin gadung maghidish……」

然後東蘭轉身背對松武郎，開始哭出了聲，接著營房裡幾個伙伴也抽抽搭搭啜泣起來。

就在那一片淒楚的飲泣聲中，猛然聽見一發槍響，東蘭急轉身來，看見松武郎的手槍從他胸上滑落下來，他發出微弱痛苦的呻吟，身子慢慢向前傾斜，終於歪倒在地上，鮮血從胸口和嘴角

---

❽生きて虜囚の恥しめを受けず：日語，意（不得接受活虜之恥）。

汩汩溢了出來……

二十四

接連好幾天，東蘭陷入痛苦的深淵中，他一直為松武郎的死感到無限的內疚，特別松武郎又是用他的手槍自決的，在東蘭的感覺上，恍若他親手殺他一般，松武郎的陰魂似乎老圍繞住他不散，他後悔去找龍頭求北谷的游擊隊把松武郎釋放是不是一件善舉？如果松武郎仍然留在游擊隊的手中，也許還不至於死，唯一令他稍感釋然的是他救了北谷的馬來村免於火燒與屠殺的浩劫，假若松武郎沒放出來，小澤大尉眞的是會把他的威脅付諸實行的，所以歸結起來，一切罪過還是在小澤大尉的身上，他何必下那麼殘酷的命令？事後又何必叫松武郎走那條滅絕的路？他對小澤大尉感到憤懣與不屑，於是又恢復往昔在「加美濃高地」的緘默，不但遠遠避開他，即使偶爾狹路相遇，小澤大尉跟他點頭招呼，他也偏過頭去，拒不回答。

剛好這時從新加坡馬來日軍司令部來了一道命令，向太平總部徵用東蘭到新加坡登船當翻譯，原來日軍將馬來半島以及蘇門答臘、爪哇南洋一帶俘擄的英軍和澳軍集結在新加坡的日本船上，打算把他們運往緬甸當勞工，築機場與鐵路。東蘭接了命令，他本來就樂於離開這愁慘的北谷，又逢上北谷最近不再有戰事，小澤大尉儘管不願意，也只好依依不捨地任東蘭離去。

東蘭來到新加坡的時候，剛好碰上日本「神武天皇祭」的節日，全城到處飄揚著日本旭日旗，像滿山的蝴蝶，十分耀眼，十分熱鬧。

一到司令部報到，首先東蘭就遇到佐佐木。自從在海南島的三亞港分開，佐佐木就跟著山下奉文將軍的先鋒隊直下新加坡，新加坡攻陷之後，他就一直留在司令部做翻譯的工作，從此不曾再調遣到別的地方去，因為在這島城已住了半年之久，也就成了此地的識途老馬，一見到東蘭，就喜不自勝，拉他上市街的日本料理店請他吃了一頓，然後帶他遊覽全市，最後來到碼頭前的「雷虎士廣場(Raffles Square)」，兩人便在椰子樹下的木條椅上休憩下來。他們默默望了一會港灣卸貨的船隻，以及港外泊碇的日本戰艦，佐佐木終於自言自語地說了起來：

「你現在來了，街道已經乾乾淨淨，交通也恢復正常，我當初進城，電線桿都倒在路旁，街上都是交纏的鐵線，汽車電車都翻了，到處是沒人收的死屍，整個城還在燃燒，連燒了幾日不停。」

東蘭沒有回答，只瞇著眼睛，極目遙望港外的海平線。有一個華人老人蹣跚從他們面前走過，佐佐木盯著他的背影，等他離得相當遙遠了，他才又開口說道：

「你知道新加坡支那人有多少？很多很多，平均每四個人中就有三個是支那人。你別看他們算盤打得好，所有生意都被他們搶光了，他們鬥志也蠻強的，攻城的時候，除了英國兵，要算他們抵抗最厲害了。所以城陷之後，我們就用船把他們的青年運到海中，一船又一船，幾千幾百，用石頭綁在他們的身上，一個個把他們塡到海底去。」

佐佐木無動於衷地敘說著，彷彿說的是遙遠遙遠與他毫不相干的故事，東蘭詫異地側頭瞟了他一眼，又極目放眼去眺望那沒有動靜的海平線……

「對了，江樣……」佐佐木倏然又打破沉默地說，乾咳了兩聲，正襟危坐，變得異常嚴肅起來：「你的一個女兒在你離開台灣不久去世，你知道嗎？」

聽了佐佐木的話，東蘭猛然直坐起來，用兩隻大眼牢牢死盯住佐佐木，彷彿要把他吞噬一般，他的臉色慢慢變成鐵青，顫動喉嚨囁嚅地說：

「佐佐木樣，你怎麼知道的？……」

「我家內從新竹寫信告訴我的，只是沒說清楚是你的哪一個女兒。」佐佐木小心翼翼地說。

「啊……一定是眞靜……一定是眞靜……」東蘭閉起眼睛，在喉裡喃喃自語地說。

「你說什麼？江樣……」佐佐木把臉湊近東蘭，關心地問。

東蘭依然閉著眼睛，默默搖了一會頭，好久好久，才讓眼瞼緩緩自動掀開，他的眼前又展開那廣闊寧靜的海平線，從那線下有一縷黑煙冉冉昇起，他目不轉睛地擒住那縷黑煙不放，可是任他怎麼等待，那船身也始終沒在海面上出現。

二十五

因爲從南洋各地運來的英國與澳大利亞的俘虜還繼續在新加坡的碼頭集結，一時沒能全部上船運往緬甸，又逢著「神武天皇祭」連續三日假期，東蘭也就獨自在碼頭和街上徜徉，不到兩天便把新加坡全城都瀏覽光了。他首先越過那美麗的新加坡河來到那著名的「長形運動場」，瞻仰了新加坡之父「雷虎士」的銅像，然後到「雷虎士博物館」參觀了南洋土人的產品與種族展覽，過後又到那林木蓊鬱的「植物園」坐在木條椅上呆望猴子在枝上嬉戲……但這一切都無法使他快樂，他無論到哪裡去，只要坐下來休息，眞靜和松武郎的陰影馬上向他籠罩而來，於是他就感到憂鬱，又得舉步前行，永不得和平與安寧。他覺得不能再如此下去，他必得找些事情來轉移注意力，以便排遣這段晦暗而消沉的時光。

因此，從「植物園」走出來，東蘭就注視起街上每家商店的櫥窗來，走了幾段街，無意間在街角發現了一家書店，櫥窗裡擺著各樣的圖書畫冊，都是舊的，中文、日文、英文、馬來文都有，東蘭於是踱了進去。店主是一位五十開外的馬來人，他一見東蘭一身日本戎裝，就恭恭敬敬地偎了近來，問他要什麼書，東蘭做手勢止住他，表示他沒有特別要什麼書，只要看到喜歡的，他就買，於是自個兒在舊書堆裡翻閱了起來。

東蘭一本又一本地翻讀著，都看不到中意的書，最後翻到一本一九三三年從德文英譯過來的史懷哲(Schweitzer)的「我生我思之緣起(Out of My Life and Thought)」，他眼睛亮起來，讀了一頁序就喜歡得不得了，也不再去翻別的，就拿去櫃台叫那馬來人包了，付了錢，邁出了書店。

馬來半島的日軍司令部設在「帝馬山(Bukit Timah)」山坡上的英國皇家大別墅裡，從那別墅的窗口可以俯瞰新加坡的全城街道和港灣碼頭。東蘭一回到大本營，就關在軍部臨時配給他的一間豪華舒適的房間裡，靠著窗口，聚精會神地閱讀起「我生我思之緣起」來。

東蘭廢寢忘食的讀了一夜，第二天起床又繼續讀，難得一生讀到這麼吸引人的好書，有一頁上這麼寫道：

有人問我到底是悲觀主義者還是樂觀主義者？我的回答是——基於我對世界的認識而言，我是悲觀主義者，可是基於我個人的意志和希望而言，我卻是樂觀主義者；我的悲觀是因為看到這世界所發生的一切事物彷彿毫無目的的樣子，在一生中只有那麼少的幾刻覺得活在世界上是件愉快的事……

想賦生命以意義，有一個辦法便是將你與世界的關係從自然的層次提昇到精神的層次。要如何才能達到這個境界呢？那便是「認命(Resignation)」。眞正的「認命」是——

——一個人發覺他受制於外在世界所發生的一切，便在他的內心世界尋找解脫。內心的解脫在於鍛鍊你的毅力以便與惡運相抗衡，如此，你變成更深沉更堅定的人，你的精神提昇而淨化了，無時不感到和平與安寧……

唸完了這段，東蘭舒了一口氣，抬頭去望窗外那如洗的藍空，眞靜的影像彷彿變得遙遠而縹緲了。

望了一會天空，東蘭又把目光收回到書上，那書在另外一頁又寫道：

我向非洲土人買了一隻食魚鷹，這隻鷹是他們在海邊捕到的，只爲了不讓他們加以殘害，我才買來養在家裡。現在問題可來了，我到底要讓牠餓死呢？還是每天去抓許多小魚來餵牠？儘管我選擇了後者，可是每天想到爲了救活某些生命就得犧牲其他生命，我的內心就感到難過與不安。

在這充滿「生之意志」的生物界裡，這是進退兩難的窘境，爲了維持人自己以及他選擇保存的生命，他一而再地以其他生命做代價。如果他明白了「尊重生命」的倫理，在消極方面，他只在萬不得已才會去傷害其他生命；在積極方面，他盡他所能去保護生命，減少他們的痛苦，而且由於這些，他感到無限的快樂。

唸完了這段，東蘭又舒了另一口長氣，轉頭去望窗外那如鏡的大海，松武郎的意念也似乎變得淡薄而稀微了。

他終於又把目光從大海拉回到書本上，他讀到下面一段叫他萬分驚訝的文字：

中午我聽到歐洲停戰的消息，那時我正在桌上寫一封緊急的信，以便下午兩點開的汽船可以把信送出，有一位白人病患跑到我的窗口，對我大聲呼喊，說停戰已在歐洲獲得協議。我一時沒有閒空，所以繼續把那封信寫完，之後還得去醫院看病人。整個下午，醫院樓頂的鐘聲響個不停，村子的廣場上集擠了不少快樂的人，大家都在爲這消息而高興。我這天已經夠累了，但還得拖著疲勞的身子巡視農場工作的進度。一直等到這天晚上，我才有空閒坐下來思考這仇恨終止的意義。這時，椰子樹在夜空裡輕輕搖曳著，我走到書架，取下老子——這位紀元前六百年的中國大哲的「道德經」，重讀有關「戰爭」與「勝利」這個章節的警句：

兵者，不祥之器，非君子之器，不得已用之，恬淡為上。勝而不美，而美之者，是樂殺人。夫樂殺人者，則不可得志於天下矣。夫佳兵者，不祥之器，物或惡之，故有道者不處。君子居則貴左，用兵則貴右。吉事尚左，凶事尚右。偏將軍居左，上將軍居右，言以喪禮處之。殺人之衆，以哀悲泣之。戰勝，以喪禮處之。

讀到這裡，東蘭深深歎息起來，把視線移向窗外，見那山腳下滿城飄揚的旭日旗，一時都變成喪隊的旗旛，片片白麻濺了點點血斑……

第四章　雪美旦那

一

江東蘭從新加坡碼頭登的是一條四千噸老朽的日本運輸船，這船上在東蘭來到之前早已裝了滿滿三千名英國與澳洲的俘虜，在船艙在甲板各處擠得水洩不通，由一大隊日本兵守押，而只有兩個通譯負責全船日本軍隊與英國俘虜之間的語言橋樑，其中一位便是東蘭，還有一位是一個年輕的日本譯官叫「石山」，因爲石山英語不流利又沒有經驗，大家都不願找他，因此，舉凡船艙的分配、食物與醫藥的分發等等大小巨細，日英雙方人員都來找東蘭協助與翻譯，叫他像隻陀螺般地在整隻船上忙得團團轉，終於把眞靜與松武郎的事忘得一乾二淨。

運輸船從新加坡出發，循麻六甲海峽向西北航行了兩日，便開進了蘇門答臘與緬甸之間的安達曼海(Andaman Sea)，然後沿著緬甸南端Tenasserim省的西岸北航，在墨瑰群島(Mergui Archipelago)之間穿梭，在半途的墨瑰碼頭上停泊了一天，加煤添水之後，又繼續往北航行，對著馬來半島北端的大佛(Tavoy)踽踽行去。

說起來，東蘭的這條運輸船並不是開到大佛的第一條俘虜船，早在一個多月前，已有另一條俘虜船從蘇門答臘的不老灣(Belawan)開赴大佛的俘虜營去搭建營房，目的是要叫這些英國俘虜去建造機場和修築連通仰光與曼谷之間的緬泰鐵路，聽說現在坐鎮在大佛統轄英國俘虜的是一位叫「長谷川」的日軍大佐，從船上日本兵隊的傳聞東蘭得到一個概略的印象，這長谷川大佐是一位「果決」而「仁慈」的長官。對東蘭而言，在日軍長官之中，「果決」的直如過江之鯽，但「仁慈」的倒是鳳毛麟角，也爲此，在沒見到長谷川大佐之前，東蘭先已對這位俘虜營的官長起了一股莫名的景仰之情。

至於船上的三千俘虜，日軍委託一位澳洲旅長管理，這旅長名叫「司萬生(Swanson)」，年紀接近五十，蓄著一撮英國式小髭，髭鬚已泰半發白了，他滿面紅潤，溫文有禮，一身英國紳士的氣質，一口牛津腔的流利英文。因爲職務上的需要，全俘虜裡第一個跟東蘭接觸的便是他，才經過一番晤談，東蘭便立刻喜歡他，以後接觸更多，他們便幾乎成了知交，此後便沒有忌諱，無所不談了。

除了司萬生旅長之外，跟東蘭比較相知的便是那個叫「麥米蘭(MacMillan)」的蘇格蘭軍醫了，這英國軍醫三十歲左右，身材修長，一頭濃密的鬈髮，一雙深烱明亮的黑眼睛，戴一副淺度的近視眼鏡，他不但負責三千個俘虜的醫療工作，有時船上的日本兵有急病，也轉託東蘭當翻譯找他醫治，但使東蘭跟他接近的，倒不是這種職務的接觸，而是麥米蘭一肚子英國文學的造詣，剛好碰上東蘭滿腔對英國文學的喜愛，於是兩個人一談起英國文學，便眉開眼笑，把一切拋諸九霄雲外。

時間也眞不湊巧，運輸船從新加坡一出發，便逢上印度洋的「季節雨(Monsoon)」，一連幾天，霏霏細雨，一面網又一面網似地撒在運輸船的甲板上。本來甲板上的俘虜已經擁擠不堪，加上這不停的梅雨，他們就更加可憐，士兵連同軍官個個成了落湯雞，像沙丁魚似地擠在漏水的破帳棚裡。對於這些，幾乎所有的日本兵都視若無睹，有時看他們全身濕漉漉的，還把他們當成溝裡的老鼠，兩兩三三以日語來恥笑他們，只有東蘭一個人看了難過，每回從帳棚走過，就探頭向他們問候，用英語問他們說：

「你們好嗎？」

「還不錯……密斯特翻譯官。」他們齊聲回答道。

「你們濕嗎？」

「還好，不太濕……密斯特中尉。」

「你們冷嗎？」

「還好，不太冷……密斯特江。」

於是東蘭對他們會心地微笑，而他們也回東蘭以友善而溫暖的微笑。

眞難得在連續幾天綿雨之後，濃陰突然無端開朗起來，露出了蔚藍的天空，與那萬頃的碧波相互輝映，所有船艙下的俘虜也都爬到甲板上來饕餮這海上美景，醉飲拂面的微風，在和麗的陽光下，高談闊論，怡然自得，似乎一點也不把當俘虜的事情放在心上，也沒有絲毫憂鬱的表情，不免叫東蘭感到萬分的意外與驚訝。

司萬生旅長倚在船舷，右掌托頤，瞇著眼睛，凝望岸邊那一串綠玉似的小島和島上珍珠般的白鷗，浸在沉思之中。東蘭悄悄偎了過去，司萬生從沉思驚醒，側了半個身，笑對東蘭道：

「原來是你，密斯特江，你看今天天氣多好，悶濕了這許多天，終於見到這美麗的陽光！」

說罷，司萬生抬頭仰望那萬里無雲的晴空，做了一次深呼吸，然後低下頭來繼續對東蘭微笑。東蘭也跟著司萬生瞥了一下蒼穹，可是他的視線卻禁不住移向左舷那印度洋的海平線，擠眼蹙額，憂懼地對司萬生說：

「你不以爲英國的飛機或潛水艇會從印度來攻擊我們？密斯特司萬生，在新加坡上船之前就有幾個日本軍官偷告訴我，有好幾條運輸船在這安達曼海一帶中了炸彈或水雷沉到海底去。」

司萬生嘴角往上彎，安然笑道：

「絕對不會，密斯特江，你大可放心。」

「何以見得？你怎麼這麼自信？」東蘭說，側過臉來，懷疑斜乜著司萬生。

「他們知道我們在船上，我們英國軍隊是絕對不肯傷害自己弟兄的。」

兩人沉默下來，司萬生又恢復原來的姿勢，凝望那列小島與島上的白鷗，望了好一會，才轉過頭來，輕輕地問東蘭道：

「密斯特江，我猜你不是日本人吧？因爲你的名字跟其他日本人不一樣，而且你對待我們，跟他們比起來，更有天淵之別。」

東蘭保持原先的姿勢，一動也不動，只翻了眼瞼瞟了司萬生一眼，又垂下眼瞼，愴然地說：

「你猜得對，密斯特司萬生，我不是日本人，我是台灣人，只因爲我懂英文，才被他們徵來軍隊當通譯。」然後東蘭把聲音壓低下來，繼續說了下去：「其實我們台灣人也跟你們英國人一樣，同是日本人的俘虜，只是我們早當了幾十年，而你們現在才開始。」

聽了這話，司萬生感到一陣釋然，於是向東蘭挪近半步，改成一種體己的聲調對他說：

「他們日本軍也眞是太不可思議了，明知我們是彈盡援絕萬不得已才投降，還對我說我們不該投降，即使眼看大勢已去，也絕不能夠投降。」

「你怎麼回答呢？」東蘭說。

「我就跟其中一位懂英語的日本軍官理論，說在那種眾寡懸殊的情況下，我們繼續抵抗無論如何都不會有什麼好結果，徒然增加我們弟兄的傷亡和痛苦而已。他聽完之後，也點頭同意我的話，只是仍然堅持他的觀點，對我說：『旅長，除非你們抵抗到底，最後全軍陣亡，我們才會欽佩你們！』眞是太不可思議了，這些日本軍的想法。」

司萬生說罷，搖頭歎息起來，然後沉默了一陣，又開口說：

「可是這不算奇，還有更奇的呢，有一位不會說英語的日本少尉甚至好心把他的手槍借給我，用手指指向他自己的太陽穴，向我暗示我可以自殺，當我嚴峻加以拒絕，把手槍還給他，他竟然大表驚異，連連搖起頭來。」

松武郎的影像倏然在東蘭的跟前出現，於是他把目光從那海上的小島移到船腹，望那刀般的船首把如鏡的海面千割萬切，濺起似淚的浪花，無情地拋向船尾去。

「如果自殺對我的國家能有所助益，我當然會毫不遲疑把子彈裝進腦袋，既然無關大局，我又何必白白浪費自己的生命？生命是上帝賦與的，也只有上帝才能把它收回去！」司萬生歸結地說，然後把話戛然收止。

其後是一段長久的靜默，他們兩人並肩靠著船舷，凝望那一列迤邐如蓮的島嶼。石山譯官從甲板走過，他瞥見東蘭與司萬生並肩的背影，遂在他們身後駐足片刻，才悄悄地向船尾走去……

二

東蘭終於離開了司萬生，走到別處的甲板去，走不到幾步，在艦橋下，他發現十來個俘虜坐在雨水洗淨的甲板上，把麥米蘭軍醫圍在中心，正在談天說笑。麥米蘭眼睛銳利，第一個望見東蘭向他們挪近，便挺身對他招手，立刻有人移座，讓出一個空位，也拉東蘭坐了下去，大家又天南地北地聊起天來，一點也不把東蘭當外人看待。

話題不知不覺歸到英國文學上面來，於是東蘭和麥米蘭兩人談得起勁，讓其他人剩下洗耳恭聽的份。

「密斯特江，你說你那麼喜愛英國文學，到底你比較喜歡哪一種英國文學？英國詩呢？還是英國戲劇？」麥米蘭心血來潮地問。

「噢，我愛英國詩勝過英國戲劇。」東蘭毫無保留，衝口直接回答。

「爲什麼？」

「理由很簡單，如果現在我手裡有一本詩集，我立刻就可以欣賞它；但即使我有莎士比亞的全套戲劇，我又要叫誰來演給我看呢？」東蘭回道。

聽了這話，麥米蘭的臉上驟然綻開了知心的微笑，緊接著問道：

「那麼你說說看，你比較喜愛哪些人的詩？」

東蘭抬頭思索了一會，慢慢說道：

「我比較喜歡雪萊(Shelley)和華滋華斯(Wordsworth)的詩。」

「爲什麼？」

「因爲雪萊的詩表現一種理想的昇華，而華滋華斯則給人一種田園的寧靜。」東蘭半閉著眼睛回答。

這其間，麥米蘭歪了身子從背後的一只醫務包裡摸出了一本叫「金玉集(The Golden Treasury)」的袖珍英國詩集來，被東蘭瞥見了，兩隻眼睛倏地亮了起來，笑逐顏開地對麥米蘭道：

「我往時身邊也經常帶一本英國詩集，隨時誦讀，這回在台灣登船來南洋時，才把那本詩集丟到海裡去。」

「爲什麼要丟到海裡去？」麥米蘭大感驚訝，手撫著「金玉集」吃吃問道。

「因爲一位長官下令說除了必須的軍用品，任何私人的東西都不許帶上船，我那時也太溫馴了，竟然服從他的命令，事後才感覺十分懊悔，但已經來不及了。」東蘭說，搖頭歎息起來。

麥米蘭臉上露出了同情的神色，卻又無能爲力的樣子，爲了打破那令人窒息的氣氛，他把「金玉集」一揚，改變話題說道：

「密斯特江，你最喜愛雪萊的哪一首詩？我們現在就拿來吟一吟！」

「哪一首都喜歡，你就隨便吟一首吧。」東蘭說，又開始微笑起來。

「要吟哪一首呢？」麥米蘭自言自語道，抬頭望了一會藍天與大海、遠山與近島，突然快活地叫了起來：「對了！瞧瞧咱們四周的景色，再沒比吟『愛的哲學(Love's Philosophy)』更合適的了！」

於是麥米蘭熟稔地把「金玉集」一翻，正襟危坐，清了清喉嚨，吟起雪萊的「愛的哲學」來：

The fountains mingle with the river
　And the rivers with the ocean,
The winds of heaven mix forever
　With a sweet emotion;

Nothing in the world is single,
  All things by a law divine
In one another's being mingle—
  Why not I with thine?

See the mountains kiss high heaven
  And the waves clasp one another,
No sister-flower would be forgiven
  If it disdain'd its brother;
And the sunlight clasps the earth,
  And the moonbeams kiss the sea—
What are all these kissings worth,
  If thou kiss not me?

麥米蘭把詩吟畢，在座的英國兵都眉開眼笑，著實把他稱讚一番，可是麥米蘭卻不讓大家有喘息的機會，緊接著又對東蘭說：

「密斯特江，下去你要吟華滋華斯的哪一首呢？」

「就吟他的『水仙(The Daffodils)』吧，這首詩我最喜歡，而且印象也最深刻。」東蘭瞇起眼睛微笑地說。

於是麥米蘭又把「金玉集」敏捷一翻，又清了一下喉嚨，吟起華滋華斯的「水仙」來：

I wandered lonely as a cloud
  That floats on high o'er valleys and hills,
When all at once I saw a crowd,
  A host of golden daffodils, beside the lake, beneath the trees,
Fluttering and dancing in the breeze.

Continuous as the stars that shine
  And twinkle on the milky way,
They stretched in never-ending line,
  Along the margin of a bay:
Ten thousand saw I at a glance.
  Thousand their heads in sprightly dance.

The waves beside them danced, but they
  Out-did the sparkling waves in glee:
A Poet could not but be gay
  In such a jocund company!

I gazed—and gazed—but little thought
What wealth they show to me had brought.

For oft, when on my couch I lie
  In vacant or in pensive mood,
They flash upon that inward eye
  Which is the bliss of solitude;
And then my heart with pleasure fills,
And dances with the daffodils.

麥米蘭抑揚頓挫地把詩吟完，照例大家又交互讚美一番，而東蘭似乎最爲感動，於是麥米蘭便改變了一下坐姿，問東蘭道：

「密斯特江，你倒說說，爲什麼這首『水仙』那麼叫你感動？」

「因爲每回吟了這首『水仙』，就叫我聯想起漢詩裡一首著名的『詠菊詩』❶來，這詩的作者也跟華滋華斯一樣是田園詩人，只是他早生了華滋華斯一千五百年。」東蘭回說。

「你們這位田園詩人叫什麼名字？」麥米蘭焦渴地問。

❶詠菊詩：本詩乃陶潛「飲酒」二十首之五，因有「採菊東籬下」之名句，爲了分辨起見，本書特以「詠菊詩」稱之——東方白識。

詩』來：

「叫『陶淵明』。」

「你何不把他的『詠菊詩』誦來聽聽看？密斯特江。」麥米蘭懇求道。

「讓我想想看，不知道記不記得……」

東蘭說著，閉起眼睛搔頭了一番，然後抬頭仰望藍天的一角，用漢語吟起陶淵明的『詠菊詩』來：

結廬在人間，而無車馬喧。
問君何能爾？心遠地自偏！
採菊東籬下，悠然見南山；
山氣日夕佳，飛鳥相與還。
此中有眞意，欲辨已忘言！

既將詠菊詩用漢語吟完，東蘭才把它譯成英語，吟給在座的英國兵聽，大家聽了又交相稱讚起來，特別是麥米蘭，他更是瞪大一雙烱烱的眼睛，對東蘭喝采道：

「我的天！不知你們東方還有這麼好的詩人，而你說他早生華滋華斯一千五百年，那時我們的英文都還沒誕生，更不必說我們的詩人喬叟和莎士比亞了。」

東蘭經麥米蘭這麼一褒，心中確實感到十分愉快，隔了一陣，改由他對麥米蘭說道：

「儘吟我喜歡的詩也沒有什麼意思，倒是吟你自己喜歡的詩來讓大家聽聽！」

「我喜歡的詩不是快樂的詩，怕吟起來大家會悲傷。」麥米蘭說，把「金玉集」合起，不再吟詩。

「據我看，任何語言的詩，泰半都是悲傷的詩，才有幾首快樂的詩，只要是好詩就該吟，才不必去管它悲傷還是快樂呢。」東蘭說。

經眾人的敦促，麥米蘭終於軟了下來，緩緩把「金玉集」重新打開，找到了一頁，對大家說：

「這首是 Richard Lovelace 的『出征前夕別露佳達(To Lucasta, on Going to the Wars)』，在離開英國前夕，我就吟了這首給我的妻子聽。」

麥米蘭說著，有些哽咽起來，但他仍然勉強抑制自己，又恢復了常態，堅定地把這首「出征前夕別露佳達」吟了起來：

Tell me not, Sweet, I am unkind
  That from the nunnery
Of thy chaste breast and quiet mind
  To war and arms I fly.

True, a new mistress now I chase,
  The first foe in the field;
And with a stronger faith embrace
  A sword, a horse, a shield.

Yet this inconstancy is such
As you too shall adore;
I could not love thee, Dear, so much,
Loved I not Honour more.

全場一片唏噓，而麥米蘭把「金玉集」一合，眼圈慢慢紅了起來。驀然有一位矯健魁壯的英國兵，把刺著一朵百合的胳膊向空中一揮，衝著麥米蘭大聲嚷道：

「唉呀！儘吟些『英格蘭』的悲調，太沒意思了，難道當了俘虜還不夠？還得往自己的愁上加愁？倒不如吟些咱們『蘇格蘭』的歡歌來聽聽，總比『別露佳達什麼的』強得多！」

「那麼，麥弗生(MacPherson)，你要聽什麼『蘇格蘭』的歡歌呢？難道 Robert Burns 最出名的『Auld Lang Syne』不成？」麥米蘭說。

「當然不是這『Auld Lang Syne』撈什子！無論你怎麼說，這也是一支悲調，爲什麼不吟吟他那首可愛的『甜美的阿富頓(Sweet Afton)』？」麥弗生說。

麥米蘭頷首同意了，於是又打開了「金玉集」，吟起 Robert Burns 另一首著名的「甜美的阿富頓」來：

Flow gently, sweet Afton, among thy green braes,
Flow gently, I'll sing thee a song in thy praise;

My Mary's asleep by thy murmuring stream,
Flow gently, sweet Afton, disturb not her dream.

Thou stock dove whose echo resounds thro'the glen,
Ye wild whistling blackbirds, in yon thorny den,
Thou green crested lapwing thy screaming forbear
I charge you, disturb not my slumbering fair.

Thy crystal stream, Afton, how lovely it glides,
And winds by the cot where my Mary resides;
How wanton thy waters her snowy feet lave,
As, gathering sweet flowerets, she stems thy clear wave.

Flow gently, sweet Afton, among thy green braes,
Flow gently, sweet river, the theme of my lays;
My Mary's asleep by thy murmuring stream,
Flow gently, sweet Afton, disturb not her dream.

麥米蘭才把詩吟完，萬不料麥弗生就悠然哼了起來：

F3/4

‖ 5 1 1 | 3 2 1 1 | 5 6 1 | 6 5 — |

Flow gent- ly, sweet Af- ton, a-mong thy green braes,

| 5 1 1 | 2 3 3 | 5 5 3 | 1 2 — |

Flow gent- ly, I'll sing thee a song in thy praise;

於是大家合聲跟著唱了下去：

| 5 1 1 | 3 2 1 1 | 5 6 4 | 6 5 — |

My Ma-ry's a—sleep by thy mur- mur- ing stream,

| 5 1 1 | 2 3 5 | 4 5 5 | 7 1 — |

Flow gent- ly, sweet Af- ton, dis-turb not her dream,

…………

他們唱著唱著，開懷地唱著，一直把全曲唱完，又相對大笑了一番，甲板才慢慢靜止下來。這時大家才發現東蘭低頭沉思，不但紅了眼圈，彷彿要滴下眼淚。麥米蘭大驚，忙向前爬了半步，輕聲地問他說：

「怎麼搞得？密斯特江。」

「沒有什麼……」東蘭搖搖頭說，極力想把悲愁揮去，說道：「只是聽了這首詩，特別聽了那曲調，突然想起一條蜿蜒的小溪，溪邊豎著一塊白石墓碑，碑下躺著一個美麗的小女孩……」

「怎麼？這是一支歡歌，可不是悲歌啊！」麥米蘭驚叫起來：「而這首詩，幾乎所有蘇格蘭的婦孺都知道，是Robert Burns特別寫給Mrs. Mary Stewart的，因為她是第一個賞識Robert Burns的貴婦，她繼承了阿富頓莊園，就在阿富頓小溪邊啊。」

「我知道，我知道……」東蘭答道：「當年在大學唸英詩時，也知道這首詩是詩人寫給『活瑪麗』，而不是寫給『死瑪麗』的，也不知道為什麼，死的陰影會突然籠罩到我的頭上來……」

「中尉！」

有人用日本話在東蘭的背後大喊，東蘭急忙轉身自甲板立了起來，才發現原來是石山譯官，他眉毛緊鎖，嘴唇下彫，繼續用日語說了下去：

「隊長有事找你！」

東蘭於是跟在石山譯官後頭向船艙的門口走去。已離了那群俘虜們有十步之遙，東蘭搶先一步趕上石山譯官，問他道：

「隊長找我有何急事？」

這下石山譯官才猛然停下腳步，側過臉來，聲色俱厲地對東蘭訓道：

「日本皇軍怎麼可以隨便跟敵軍俘虜談天說笑！」

訓罷，石山譯官也不走進艙門，逕自對著艙尾拂袖而去。

三

江東蘭坐的俘虜船在大佛的碼頭靠岸已經是傍晚時分，這時那季節雨又猛然下了起來，把個小城籠罩得烏陰愁慘的一片。那領隊的日本軍官先把俘虜遣下了船，在碼頭的空地上整隊排列，也不顧那如注的大雨，押著俘虜向前開步而去，只留下幾位高級日本軍官，在碼頭附近找到一間沒有人住的民房歇雨休息。因爲實在太累了，又加上天黑與綿雨，他們最後就決定在那民房過夜了。

不知是跟石山譯官的私人瓜葛引起的心緒不寧還是那窗外水池青蛙的不斷爭鳴，東蘭輾轉反側，一夜都未曾入眠，所以第二天很早就起身，推門走出民房，才發覺一場夜雨已經停息，而東方又逐漸發白，於是他的心情才開朗，便沿著街道信步徜徉起來，卻料不到這小城也像馬來亞沿途所見的城鎭一般，幾乎所有的民房都被炮火夷爲平地，只這裡那裡搭起臨時的茅篷，一家子七、八個土人都擠成一堆，如豬寮一般，不禁又叫東蘭眉頭打結，心情沉重起來。

回到那夜宿的民房，所有的軍官也都起身，東蘭瞧了瞧，竟看不到石山譯官，打聽之下，才知道原來他等不及，昨天一下船就領著俘虜先到飛機場的營地去了。

有一部擄獲的英國吉普駛到民房的門前，從中跳出一位伍長司機，直衝到門裡來，先向眾軍官恭敬行了一個軍禮，對大家喊道：

「哪一位是江東蘭中尉，我想對中尉傳話！」

「我就是。」東蘭跨前一步回道。

「請中尉現在就坐我的車子去，長谷川大佐首先要見你。」那伍長對東蘭說畢，又轉身對其他人說：「諸位長官請稍候片刻，有一部大卡車就跟在後面開來，要載你們到營地去。」

於是東蘭便與那位伍長鑽進吉普，車子不到一會兒便駛過小城的街頭，開始沿著一條溪流，蜿蜒駛向上游去。那溪水十分平緩，兩岸垂蔭夾柳，偶爾有兩株棕櫚和幾叢綠竹，叫東蘭憶起台灣鄉下的風景來。

「營房離這裡遠嗎？」東蘭不經意地問那司機道。

「不遠，不遠，就在溪流上游的台地上，車子半個多小時就可以到。」司機回答道，踩足油門，加速向前開去。

果然如那伍長司機說的，吉普沿著溪流的右岸往內陸開了半個多小時，便來到一處兩溪合流的三叉口，那合流的上游形成一片低窪的三角洲，有一道竹編的小橋把溪的右岸與那三角洲連接在一起。那吉普便在竹橋橋頭的小空地戛然停止，司機先跳下車子，東蘭也隨著下來，司機便指著右岸那廣邈的台地對東蘭說：

「這就是俘虜要開闢的飛機場。」

然後對著機場與溪流之間的一排圍著鐵絲網的竹搭營房，繼續對東蘭說：

「那邊是俘虜營，才搭好不久。」

接著又轉了半身指向竹橋對岸三角洲的椰子樹下一排比較牢固的營房說：

「而這邊是我們日本軍的兵營，」他頓了一下，又說了下去：「你有沒有看到一間營房前飄著我們的旗子？那就是長谷川大佐的指揮部，你過了這竹橋，一直對著那旗子走就是。」

東蘭謝了那伍長，背起行囊，走過那小竹橋，就往飄著日本旗的那間營房走去。來到那官舍前面，才發現有兩個年輕的衛兵捏著上刺刀的長槍，在木階上頭的涼台上站崗，那涼台連著一個接待廳，廳裡只有幾張簡陋的竹椅，一張辦公的小木桌，木桌的一側懸著一條棲木，有一隻紅嘴綠鸚哥正攀在木上悠閒地盪著秋千，看見有人進來了，翹起冠毛，不安地聒噪起來……

東蘭登上木階，對其中的一位衛兵說明來意，衛兵請他到接待廳等候，才在一張竹椅上坐了下來，便聽見那頭上的鸚哥用短舌的音調叫了起來：

「報告大佐，有人求見！報告大佐，有人求見！」

「噓……」靠近那鸚哥的一個衛兵趨前對那闊嘴鳥兒說，更把聲音壓低下來：「大佐在打坐，你還這麼大聲叫嚷幹嘛？」

然後把身子連同刀槍往東蘭一歪，附在他的耳朵輕聲道：

「你稍等一下，大佐在裡面再坐一會兒就會出來。」

東蘭這才把視線移向接待廳的另一個通道，隔著一道竹簾，可以看見大佐露著光潔的腦勺，著一襲淺紫色的和服，盤坐在地板上，靜對著屋外一片竹林，凝然不動地參禪。

果然如那衛兵所言，不到幾分鐘，大佐的身軀便有了微動，他先前後搖晃了幾下，雙掌撫面，用食指揉搓眼睛，緩緩自地板立起，走到更衣的房間，不見了。

「大佐每天都打坐嗎？」看見大佐不在隔間，東蘭終於開口問那身旁的衛兵說。

「他每天早晨都坐的，」那衛兵也終於放聲回道：「定時坐，每次大約半個鐘頭，坐的時候，不許任何人打擾，除非有重大的緊急狀況。」

東蘭若有所思地頷首，又回頭去探視那空寂的隔間。

過沒多久，長谷川大佐終於掀開竹簾走進接待廳。東蘭把眼睛一抬，發現大佐戴一頂戰鬥舌帽，換一套短袖軍裝和一條騎馬褲，踩一雙烏亮的長統馬靴，手提一根指揮鞭，莊嚴十足地在通道門口小立片刻，等東蘭起立向他敬禮過後，他才把頭微微一點，往前走了三步，坐到他的辦公桌前，順便請東蘭就坐下來。

「你可是江東蘭譯官？歡迎歡迎，歡迎你到我們營地來服務。」

大佐首先開口說話，東蘭發覺他的聲音低沉之中帶有一股莫名的溫存，他那一雙柔和的眼睛以及白淨不留髭鬚的嘴唇，在在都流露出仁者的風範，果然印證了在俘虜船早先的風聞，不禁叫東蘭暗暗稱奇起來。

「江譯官，你可知道你此番來這裡的主要任務嗎？」稍停片刻，大佐又重拾話題說。

「當英軍和澳軍俘虜的翻譯。」東蘭回道。

「不是，不是，」大佐連連搖頭說：「這種輕易的工作讓石山譯官一個人擔當就夠了，又何必再勞駕中尉呢？」

「那麼請問大佐，我來這裡的主要任務是什麼？」東蘭焦急地問。

大佐不慌不忙地從抽屜拈出一道紙令，遞給東蘭，然後說道：

「這張命令在你到前三個禮拜就從新加坡送來了，你自己可以讀讀，上司說你有非凡的語言能力，不只英文，還通其他許多外國語，所以特別把你調到大佛的營地，讓你安靜下來，在短期間內把緬甸語研究好，編一本緬甸語會話給我們的官兵學習，再編一本日本會話，以便將來教緬甸官員之用，你也知道，我們既然把仰光佔領了，短時間內是不可能撤軍的，遲早總希望緬甸的官員可以跟我們的駐軍直接用日語相通。」

「既然我來這裡只是爲了研究緬甸語文，那麼請問大佐，我要住在哪兒呢？」

「你仍然可以跟石山譯官同住一間營房，共用一個辦公室，但你只專心研究你的緬甸語，讓石山做全營俘虜的翻譯工作。」

大佐才說畢，便見那鸚哥在頭上焦燥鼓翼，呢喃作語，大佐把頭一仰，往那鳥兒迅速一瞥，回頭對東蘭道：

「你瞧，連鳥都餓了，人還不餓嗎？好在早飯的時刻也到了，但你還是先去你的營房，把行囊收拾好，等待早飯的喇叭。」

於是大佐便命廳外的一個衛兵領東蘭到石山譯官的營房去，而他自己則將鞭子往桌角一扔，走到窗檽的銅罐前，伸手抓了一把玉米，回頭餵起鸚哥來……

四

東蘭住的營房在雙溪合匯的三角洲上，因爲地勢低窪，土壤肥沃，所以樹木茂盛，花草繽紛，樹上不但有飛鼠鳴禽，水邊更有浮鳧游魚，特別是夏日的黃昏，獨坐在那幾株菩提樹下，迎著晚風，對著斜照，聽蟬蛙競奏，看魚蝦爭游，更是兵馬倥傯裡片刻的悠閒與安寧，愛好自然的東蘭當然不會錯過這難得的美好時光，因此他每每在研究緬甸語之餘，就拖著疲勞的身子，走進營房後面的樹林草叢，到流水潺潺的溪邊，一時心曠神怡，精神煥發，彷彿又回到台灣老家的花園池塘一般。

有一個傍晚，東蘭讀累一天緬甸語，照例又到樹林裡散步，不意長谷川大佐在草徑的另一端出現，他仍然是白天裡那套短袖的軍裝，戰鬥帽和馬靴，只是垂著頭，背著手，手裡還晃著那根指揮鞭，一邊沉思一邊踽踽迎著東蘭走來，一直等到十步之距，他才愕然抬起頭來，見是東蘭，臉上化驚爲喜，笑對東蘭道：

「原來是你！江中尉，幾時來這林裡散步？」

東蘭向前走了幾步，這同時大佐也輕甩著指揮鞭邁了過來，等他走近了，東蘭才回他說：

「我常常來，都在這傍晚的時候。」然後換成另一種口氣說：「你知道，大佐，學習一種新的語言總是困難的，何況年紀又大了，更容易疲勞，所以總選在這個時候來這林裡散步，好讓腦筋休息，也順便欣賞大自然。」

「你喜歡大自然嗎？」大佐雙目一瞠，側頭問道。

東蘭把頭輕輕一點，對大佐微微一笑，慢條斯理地說：

「除了讀書，我最大的喜好便是自然了，爲了接近自然，我在家裡的庭院闢了一個花園，又挖了一個池塘，我可以看一上午花木，望一下午游魚，而不覺得疲勞。」

「那你的個性就跟我十分相似了！」大佐把鞭子往左掌用力一敲，大聲地說，同時對東蘭發出會心的微笑。

「大佐也喜歡花木鳥蟲嗎？」這回輪到東蘭訝異地問。

「假如不喜歡，我也不必偷閒來林中散步，更不用在營裡養鸚哥了。」大佐說著，把頭移開東蘭的視線，極目遙望天邊那一片凝寂的晚霞，用一種空靈的語調說：「我看自然有如自己的生命，若不做軍人，我寧可當僧侶！」

聽了這話，東蘭大感驚異，他萬萬也料想不到這種宿命之論竟然會出自一位堂堂日本的軍人口中，於是他小心翼翼，輕聲細語地問大佐說：

「這樣看來，大佐大概有一段不平凡的身世吧？」

大佐也不回答，只默默邁開了草徑，領東蘭來到溪邊，望了一會溪底一群透明的小魚，滔滔對東蘭說了起來：

「我出生在九州南端的鹿兒島，你知道那裡是日本著名『薩摩藩』的根據地，我們是武士世家，祖先幾代都當過藩主的衛士。就我記憶所及，我祖父曾經跟隨西鄉隆盛代表薩摩藩到京都做過京畿侍衛，爲了擁戴明治天皇復位，參加了推翻德川幕府的那一場內戰。我父親誕生時，明治天皇已經廢止武士制度，所以等他長大，祖父就叫他上剛在東京設立不久的『陸軍士官學校』，當他從學校畢業，剛好日俄戰爭爆發，他就隨乃木大將去攻打旅順的俄國砲台，最後終於班師凱旋，他才回到鹿兒島來，一路擢升，一直升到陸軍少將，奉命到東京做『參謀本部』的幕僚，於是我們才舉家從鹿兒島搬到東京，在一幢建築幽雅的大官舍住了下來。

我便是在這大官舍裡出生的，從我出生那天開始，我父親便想盡辦法要把他滿腹的軍人思想往我腦袋灌輸，我才會說話，他就教我唱軍歌，才會玩耍，他就搬了戰車大砲刀槍號角的玩具給我玩，然後等我上『學習院』唸書，他就叫人來家裡教我柔道和劍道，爲我鋪好了路子，等『學習院』一畢業就要把我送去他早先唸過的『陸軍士官學校』。

可是我天生就是愛靜不愛動的個性，當我父親一意想把我塑造成鋼鐵般的軍人，背地裡我卻愈往另一個方向逃奔，我想當一位詩人、一位音樂家、一位飼鳥者、一位雲水僧。」

「眞的是如此？大佐……」東蘭頻頻點頭，下意識地說。

大佐也沒回答，只愀然瞟了東蘭一眼，又回頭去望溪底那群小魚，繼續說了下去：

「我家有兩樣傳家寶，一本平安時代木刻的『萬葉集』，一管鎌倉時代竹鏤的洞簫，都是好幾百年的祖先一代一代留傳下來的稀世珍寶，平時都小心收藏著，只等過年時節才拿出來展示給親戚朋友看。

也不知起於什麼原因，在我唸『學習院』中等科的時候，突然對詩歌和音樂大感興趣，因爲我父親一向就鄙視詩歌和音樂，認爲『舞文弄樂』只是婦人之技，武人可以喝酒欣賞，卻不能以身輕沾，所以在他面前我從來沒敢表露，只在他出遠門的時候，才把家裡收藏的『萬葉集』和洞簫偷偷拿出來誦讀和吹奏，並且沉溺其中，樂不可支。

有一天不知什麼緣故，我父親出了門，突然又半途折回，闖進門來，剛好遇著我在吹洞簫，他他米上又攤著那冊『萬葉集』，他一氣之下，也顧不得稀世的傳家寶，就拔劍把那管洞簫劈成兩半，順手把那本『萬葉集』撕得粉碎，通通都扔進火爐裡燒了。」

「眞的是如此？大佐……」東蘭大感驚愕，搖頭歎息地說。

「我從小就喜愛動物，」大佐又說了下去：「看見別人養貓養狗養鳥養魚就羨慕得不得了，可是我父親就鄙視這些，認爲蓄養動物只是閒人宵小無聊的消遣，武人應該一心一意鍛鍊體魄報效國家，怎麼可以玩物喪志，把時間浪費在無用的動物上？因此我一直就沒敢在父親面前提起動物的事情。

可是有一年颱風過境，吹落了我們後院花園樹上的一窩鳥巢，甩死了一隻小雀，另一隻小雀在地上啁啾，十分可憐，剛好我父親出遠門，所以我就跑出去把牠抱進屋裡，用米漿餵牠，想等颱風過後再連同鳥巢放回樹上去。可是等眞的把鳥放回樹上，母雀已一去不返，空讓小雀在樹上飢餓啼叫，無人看顧，我於心不忍，才又把小雀抱進屋裡來餵，爲了提攜方便，又編了一只鳥籠，讓小雀棲息，在我父親回來之前，把鳥籠藏在花園盡頭的叢樹裡。

可是有一天，我到叢樹去餵鳥時，我父親躡足跟在我後面，終於被他發現了養鳥的秘密，於是他一掌把我推開，伸手把小雀從鳥籠抓出來，舉到我面前，活活把小雀捏死，然後把鳥籠摔在地上，一腳把它踩得稀爛。」

「萬萬想不到！大佐……」東蘭輕叫著，又不禁唏噓起來。

「我們的官舍是在東京北部的『台東區』，離『淺草觀音寺』只有三段路遠，小時候我父親時常帶我從寺前走過，但他一向對佛教寺院敬而遠之，從來也沒曾跨進院門一步，帶我進『觀音寺』參觀就更不必提了。」大佐又自動侃侃說了下去：「可是當我上了『學習院』高等科，有一年暑假，我從『觀音寺』的院門走過，無意間被那院裡滿庭的鴿子吸引了，不自覺跨進了院門，來到庭中，蹲在地上跟鴿子遊戲一番，抬頭觀賞那古典幽美的『五重塔』，驀然，一陣鐘鼓夾著誦經的聲音縹緲地傳到我的耳朵，叫我從地上肅然起立，循著聲音的方向，一步一步走到『觀音寺』的殿堂，那堂上正坐著一尊箔金的大觀音，有五、六個僧侶立在觀音座前，虔誠讚誦，那聲音那麼清妙，一時彷彿把我從睡夢中喚醒了。從這日開始，我每天都偷偷跑到『觀音寺』去聽經或參道，我一生都沒感到如此的和平與安寧。

可是有一天，我偷去『觀音寺』的秘密終於被我父親發現了，他把我關在儲藏室裡，連續關了十天，命家裡的下人二十四小時看守我，以後我每回走出家門，都叫一個下人跟隨我，絕對禁止我再踏進『觀音寺』的院門一步，他並且嚴重警告我，如果我再去『觀音寺』聽經或參道，他不惜後果，要放火把整座『觀音寺』燒掉。我知道我父親的個性，他既然說得出口就做得出手，因爲我不忍見『觀音寺』和那幽美的『五重塔』燬於一炬，我只好斷念，不再到寺裡去。」

「既然大佐不再到『觀音寺』，不知幾時又坐起禪來？」東蘭好奇地問。

「我坐禪就是被父親關的那十天開始的，因爲整日關在儲藏室無法打發時間，才靜下來認眞學習坐禪，把師父平日的訓話付諸實行。」大佐說。

「從那時起，你便坐禪一直到現在？」

「哪裡有那麼好的光景！」大佐笑道：「只有那十天裡安心坐，以後從儲藏室放出來就沒有那麼好環境了，一年裡只偶爾偷坐幾次，以後上了『陸軍士官學校』以及後來的『陸軍大學』，就停止坐禪，直到這回來了緬甸，才能夠定時每天坐半個小時的禪。」

大佐的話戛然而止，其後是一段長久的沉默，這時晚霞已經褪色，慢慢被一片藏青所代替，樹上的鳥蟬已息鳴，而草邊的青蛙也已酣睡，溪底的那群小魚更消失不見了。

「大佐，你一直在提『坐禪』，對『坐禪』我一竅不通，很想問問大佐，當你盤腿坐禪的當兒，你腦裡到底在想些什麼？」東蘭興猶未盡，隔了一會，終於開口又問大佐道。

「我腦裡什麼也不想，我只把全副精神專注在一個『公案』上。」大佐回道，又習慣地發出他那儒雅的微笑。

「你專注的『公案』又是什麼呢？大佐……」

「就是『無門關』書裡那著名的『南泉斬貓』的公案，你聽過吧？中尉。」

「彷彿聽過，但從來也沒去注意，所以也就忘了，你何妨再說一次，讓我聽聽。」

大佐沉吟半晌，臉一直掛著淡淡的笑，終於說了起來：

「唐代中國的南泉山上有一位禪師叫『南泉』，南泉住持一個禪寺，有一天，在禪寺的院子裡發現了一隻小貓，經東西兩堂的弟子圍捕，最後才把小貓抓到，但兩堂的弟子都爭著要那隻小貓，相持不下，便抱那小貓來見南泉，請他仲裁解決。沒想到南泉把貓一提，順手抓了一把刀，對兩堂弟子說：『你們大家，得道就讓貓活命，道不得就把貓斬掉！』一時弟子無言以對，南泉便把小貓斬了。傍晚，南泉的得意弟子『趙州』從外頭回到寺裡，南泉就把這天在寺裡發生的事情說給趙州聽，想不到趙州聽罷，就將腳下的草鞋放在頭上，一言不發走了出去，讓南泉在後面喊道：『如果你今天在寺裡，小貓就得救了！』」

聽完了「南泉斬貓」的公案，東蘭瞪目結舌，苦思良久，最後才打破沉默地說：

「佛家的第一戒不是『殺生』嗎？就算是常人無緣斬貓已夠殘忍，更何況出家禪師呢？再者，聽了南泉斬貓的事，趙州又爲什麼要把草鞋放在頭上呢？不可解，不可解……」

「正是，正是，」大佐笑道：「正是不可解，所以我剛才才說『不想』，而只『專注』而已。一個人如果『想』了，表示那題目已有答案，只因自己一時懵懂，才努力去『想』，可是有些題目是根本沒有答案的，如果有人找到答案，反而離題更遠了，遇到這種題目，『專注』就夠了，根本不能去『想』。」

「大佐，你在說什麼？我不太能懂……」

「這也不難，就讓我再做個比喻吧，我們在公路上行車的時候，總會在分叉道上看到『路標』，這『路標』對坐禪的人來說便是『公案』，『路標』只是爲了將你導向『目的地』用的，但『路標』本身絕對不是你的『目的地』。如果有人想找『公案』的答案，找不到還算幸運，一旦找到了，就等於撞到了『路標』，結果人車俱傷，又得重新來過。」

「不懂，不懂，長谷川大佐，我努力想了解，但還是不能明白……」

「正是，正是，承認無知才是知的開始。」大佐開心笑道：「這又叫我想起一個故事來，明治時代，我們日本有一位禪師叫『南隱』，有一天，一位東京帝國大學的教授特地來向他問禪，南隱就以茶相待，他親自爲這位教授倒茶，直到杯滿，還繼續倒下去，那教授眼看茶水溢到杯外，再也無法保持沉默了，終於對南隱說；『已經漫出來了！不要再倒了！』這時南隱才停止倒茶，淡淡對那教授說：『先生就如這茶杯，裡面已裝滿你自己的想法，如果不先把你自己的杯子倒空，叫我如何對你說禪呢？』」

「這我就懂了！這我就懂了！」東蘭拍掌叫絕起來，也跟著大佐仰天大笑了。

他們兩人繼續笑了一陣，等笑聲沉寂下來，才發覺天已全黑了，天上的星星一顆顆張開眼睛，而地上的螢火蟲也一隻隻點燃起來，難得燠熱而喧噪的長晝終於轉成涼爽而平靜的良夜。

「你想想，中尉——」大佐隔了一大段靜默，最後深沉地說：「我們日夜被這娑婆世界的形形色色所困，身不由己，苦不堪言，也只有在坐禪的時候，使自己恢復本來的自由身，而獲得片刻的安寧。」

說完了這話，大佐便向東蘭告辭，於是在星光與螢火的照明之下，各自走回自己的營房去……

五

東蘭的營房與圍繞著鐵絲網的俘虜營只有一溪之隔，對過俘虜營南邊的一大片平地正是開闢中的飛機場，三個月以來，東蘭隔著溪便可以望見那成千成百的英軍和澳軍的俘虜在焦風烈陽之下做工，有的用圓鍬、有的用十字鎬、有的塡土、有的拖壓路機，如螞蟻似地整日忙碌，沒有已時，只有軍官級的俘虜沒參加勞力工作，但他們卻負有監督的責任，與荷槍守衛的日本兵站在一旁，指揮部下以便讓建築工作進行順利。

有一天，東蘭踱過竹橋，漫步到飛機場的工地，剛好遇到在監督部下工作的司萬生旅長，兩人見面，大爲高興，司萬生忙伸手來握東蘭的手，經過一陣寒暄敘舊，便天南地北的闊談起來。

兩人快活地談了好一陣，東蘭忽然問司萬生道：

「密斯特司萬生，你想不想家呢？」

被這突發的問話問住了，司萬生一時靜默不能言語，低頭往地上注視了一會，慢慢把頭抬起，轉身對著南方那萬里無雲的晴空遙望良久，眼睛射出光彩，面帶微笑，自言自語起來：

「噢，講起我家鄉澳洲，那裡四季都秋高氣爽，不像這馬來半島，不是烈陽高燒就是沒停的『季節雨』，那裡的平原一望無際，我父親擁有幾千甲地，牧場都是整片的綠草，草上的牛羊每群都數以千計。因爲這是跟其他洲隔絕的一個獨立世界，上面有的是你們從來都沒有見過的奇花異樹，更有在其他洲絕種的稀禽珍獸，舉個例吧，像袋鼠、袋熊(Koala)、天琴鳥、鴨嘴獸……還有其他不知幾百種我說不出名字的飛鳥和走獸。」

司萬生把話一口氣說了，一面歎息，一面繼續沉緬在故鄉的美好回憶中，有幾分鐘之久，東蘭都沒敢輕易打擾他的思緒，直等到他慢慢從夢境恢復到現實裡，東蘭才把話題一轉，問他道：

「你想哪一方會贏呢？『軸心國』還是『同盟國』？」

「當然『同盟國』會贏。」司萬生毫不考慮地回答。

「爲什麼你會這樣想呢？密斯特司萬生。」

「噢，不用說別的『同盟國』，只要你單單到美國去看看，看他們資源豐富和工業雄厚，你就不得不相信我的話了。」

「你到過美國嗎？密斯特司萬生。」

「到過，」司萬生點點頭說：「不過那已經是二十多年以前的事了，那時我還在英國的牛津大學唸書，有一年夏天學校放暑假，我的一個在美國開農場的伯伯寫信叫我去美國玩，我就提著行李去了。他的農場在匹茲堡附近，當我坐巴士經過這世界最大的『鋼鐵之城』，我完全驚呆了，沿著俄亥俄河的兩岸是接連好幾里的鋼鐵工廠，那煙囪像一排森林，數也數不清，而那噴出來的煤煙更把太陽遮蔽了，使整個城市看來像在黃昏之中。我從前總以爲英國伯明罕的鋼鐵工廠已經夠多了，與匹茲堡一比，可又小巫見大巫了。所以如果單拿德國、日本和意大利的實力來跟英國、法國和蘇聯比較，那還旗鼓相當，但加上美國之後，『軸心國』的失敗是準定無疑的了。」

「照你這樣推算下來，這場大戰大概幾時才會結束？」東蘭又進一步問道。

「不會超過三年或四年，　這戰爭準定會結束。」司萬生十分肯定地回答。

對於司萬生的坦誠與直率，東蘭不免暗暗吃驚，可是又禁不住產生一股崇敬之情，於是他皺起眉毛搖起頭來，佯裝惱怒地對司萬生道：

「想不到你竟敢對你的『敵人』說這種眞心話！」

「哈，哈，哈……」司萬生仰天大笑起來：「如果眞的把你當成『敵人』，我也不會說這種話了！」

一邊說著一邊往前漫步，不久，司萬生和東蘭便把原先立在他們身邊的一個日本衛兵遠遠拋到背後去了，這時東蘭才重拾話柄，問司萬生道：

「密斯特司萬生，你剛才提及你的伯伯在美國開農場，而你父親卻在澳洲經營牧場，本是兩個兄弟，怎麼會相距如此遙遠？」

「噢，這說來就話長了。」司萬生啜了一句，將雙手合抱在胸前，又望了一會南天，絮絮說了起來：「我們本來是英國西南部的威爾斯人，從不知幾十代的祖先一直到我祖父都在威爾斯居住，我祖父是農夫，家裡的祖產既有農地又有牧場，所以也就一半種麥一半牧羊。我祖父有兩個兒子和幾個女兒，兩個兒子便是我伯伯和我父親。因爲大兒子一般都比較勤勉，而二兒子則比較閒散，所以我祖父也就把農地分給我伯伯去種麥，而把牧場分給我父親去牧羊，一時日子還過得平穩。可是在十九世紀和二十世紀之交的年代，威爾斯鄉下一帶突然鬧起旱災和蟲災，整個農田變成荒地，牧場的牛羊也都病死殆盡，鄉下的農夫活不下去，都紛紛離開了家鄉，往外地覓食，保守的就往附近城市去當工廠的工人，冒險的就攜眷往海外移民，因爲聽說美國有許多未墾的處女地，而澳洲有連片天然的草原，我伯伯和我父親只好分道揚鑣各奔東西，一個橫過大西洋去了美國，一個渡過印度洋到了澳洲。」

「我猜你是令尊到了澳洲才出生的吧？」東蘭問道。

「正是這樣，所以你可以說我是道道地地的『澳洲人』！」司萬生說，瞇起雙眼驕傲地微笑起來。

「但奇怪，你在澳洲出生，卻偏偏又回到英國去唸大學。」

「豈止回英國唸大學？我連中學也在英國唸，你說爲什麼？原來我父親的牧場在當時算是窮鄉僻壤，附近不用說大學，連中學也沒有，所以我唸完了小學，我父親就決定，與其送到外地去唸中學，不如把我送回英國去唸，因爲英國的教育水準終究比澳洲高，何況那時我父親的牧場經營相當成功，家裡頗有一些積蓄，因此我也就回到威爾斯的城裡完成中學教育，因爲牛津大學離威爾斯不遠，所以一唸完中學也就直接到牛津大學去。」

「你既然是堂堂牛津大學的學生，怎麼又當起職業軍人來呢？」

「也許是命運吧！」司萬生感慨地說：「就當我大學快畢業的時候，第一次世界大戰突然爆發了，大學裡的大部分學生都去當兵，我也隨著時潮志願從軍了，因為是大學生，所以一當就當起軍官來，到歐洲連打了四年仗。第一次大戰結束之後，我才回到澳洲來，剛好遇到澳洲開始徵兵，因為缺少有經驗的軍官，本來想退伍恢復平民身分，結果被軍方挽留，並且一再把我提陞，最後被情勢所迫，只好當起職業軍人來。」

「聽你這麼說，你對前線的戰爭經驗一定十分豐富吧？」

「豐富不敢說，但實際的戰爭經驗總是有一些。」

「這次是我一生中第一次參加戰爭，因為是譯官，只在第二線，前線的戰爭經驗一些也沒有，倒想聽聽你這位老軍官的經驗談。」東蘭問。

「二、三十年的軍隊經驗那麼多，你叫我從何談起？」司萬生回道。

「隨便談談吧，比如……在第一次大戰中，你印象最深刻的是什麼？」

司萬生把頭垂下，用右腳輕輕踢了地上一顆白石子，頗沉思了一會，把頭抬起，仰望飛過的一群燕子，慢慢地說：

「一般人總以為戰爭給人印象最深刻的莫過『死亡』與『戰鬥』，其實不然，你若拿這問題去問那些在前線死人堆裡活過來的老兵，他們會聳聳肩，把眉一揚，回答你說：『嘿，就是我們同班的那些鬼傢伙，那些跟我一起入伍、一起受訓、同夥吃喝、同夥嫖賭，最後又並肩作戰、並肩中彩的鬼傢伙啊！』」

東蘭的眉頭打起了結來，露出了不能理解的表情，司萬生會意，於是頭輕輕一點，又繼續說了下去：

「如果大家一夥兒打五年仗，一種無形的力量就把他們牢牢連結在一起，這個結一旦形成，無論何時何地，它永遠存在不會再鬆解的，他們參戰可能出於一時的愛國心，但使得他們繼續打下去的卻不是這些，他們絕不是爲了『上帝』、爲了『君王』、爲了『國家』、爲了『民族』在打仗，他們也不是爲了『自由』、爲了『民主』在打仗，這些抽象的辭兒是灌不進老兵的腦袋的，那只是政客耍把的玩意兒，那些老兵只會簡單地回答你一句話：『咱們打仗只爲了同班的夥伴！』他們吃同桌、睡同蓆，而當同伴死時他們就在身邊……就是這個了！就是這個了！就是這種同憂共難的戰友之情叫我終生難忘。」

司萬生的神情那麼莊嚴肅穆，不用說東蘭未敢唐突插嘴，甚至連鼻孔也不敢輕易呼吸，他只凝聚地注視著司萬生，等他自己又說了下去：

「他們只記得夥伴的『生』，而不記得夥伴的『死』，所以在老兵的記憶裡，每個難友都是生龍活虎、又說又笑的。」司萬生不覺莞爾了：「不是我故意在美化戰爭，其實戰爭有它多彩多姿的一面，就以我自己來說吧，我怎麼也忘不了——在軍隊從倫敦開拔的前夕大家在一家鄉間俱樂部如何喝得酩酊大醉；上了歐洲大陸又如何去偷法國農夫的小豬來烤；在一個法國小鎮如何到一家餐館的地窖搜酒來喝；在巴黎如何爲了一位戰友的婚禮去一家妓院摸香檳來喜宴慶祝；在市郊的砲彈廢墟之中如何發現沒有人的母雞和雞蛋，大家把牠們搬到卡車頂上，以便行軍沿途可以大快朵頤。」

說完這些，司萬生稍稍停息了一會，臉色轉爲凝重，又徐徐說了下去：

「我以上說的是戰爭的歡樂面，當然戰爭也有它的醜惡面——像剛到戰場時看到路旁水溝裡腫脹的屍體，聞到那令人嘔吐的惡臭；像戰壕裡的新兵，在敵軍的砲轟下，蜷縮成一團，嬰兒似地哀嚎；像砲轟之後，看到沒有葉子的枝上弔著人的肢體，在樹下看見夥伴抱著肚子流出來的腸子在哭泣。」

微風把司萬生的一綹白髮吹落到額角，他伸手把它梳回頭上，倏然他心血來潮，側過臉來望東蘭，問他道：

「雷馬克寫的那本『西線無戰事』不知你曾不曾讀過？」

「我曾經讀過一次。」東蘭回道。

「正像他在書裡描寫的一樣，在不同壕溝是『敵人』，一旦掉進同一個壕溝就不再是『敵人』了，他們只是『人』，就像你我一樣，對戰爭感到恐懼，總希望離那戰場遠遠的，愈遠愈好。當然這些都不是我們聽到的消息，所有宣傳機構都把戰爭描寫成善惡之爭，上帝總站在他們那一邊；將勝利譽爲無上的光榮，只需伸手隨時可得。」

「這令我想起老子『道德經』裡說的話——」東蘭終於插嘴道：「戰勝不是榮耀的事情，凱旋的隊伍應該以喪禮進行。」

「對極了！」司萬生握緊拳頭大叫起來：「除非像法國的革命戰爭爲了爭取自由，像美國的南北戰爭爲了解放黑奴，所有國際間的戰爭都沒有意義，白白浪費百姓的生命而已。就以英國和日本來說吧，曾幾何時『英日同盟』，結爲最親密的朋友，才一轉眼，英日敵對，兩國又變成最痛恨的仇人。反正，國與國間就這樣，時敵時友，時友時敵，周而復始，輪迴循環，於是戰爭也就沒有停止的時候。」

這時號角響了起來，已經是飛機場收工的時候了，於是兩人才不得不結束這段由衷的對話，眼看司萬生隨在行列後面走進鐵絲圍籬的俘虜營，東蘭才慢慢踱回竹橋去………

六

麥米蘭軍醫的醫務室設在俘虜營裡，因爲他隨時都在醫務室中，所以東蘭有時緬甸語讀累了，就踱過竹橋，沿溪流走幾分鐘，進俘虜營的醫務室來看他。因爲醫務室裡沒有護士，遇到緊急情況，東蘭甚至充當起臨時助手，協助麥米蘭救治傷患。然後等醫務室沒有病人的時候，他們兩人就坐下來談論英國文學，打開了「金玉集」，共賞雪萊與華滋華斯美麗的詩句。

有一個禮拜天的傍晚，東蘭訪罷麥米蘭軍醫，從醫務室出來，沿著鐵絲網往日本衛兵守護的門口走，驀然瞥見一個身材魁偉的英國俘虜，斜躺在一棵棕櫚樹下的草地上，瞇著眼睛，遙望鐵絲網外一片金碧輝煌的晚霞，他那隻撐起上身的胳膊上刺了一朵百合，遂叫東蘭憶起幾個月前在俘虜船上與英國俘虜共吟英詩的往事，於是他便對著那個俘虜走去，彷彿怕打擾他的清靜，輕輕地對他說：

「你可不是那個教大家唱『甜美的阿富頓』的密斯特麥弗生？」

對方愕然一驚，把目光從那晚霞移到東蘭，連忙笑道：

「不敢當，不敢當，我還以爲是誰？原來是密斯特翻譯官。」

東蘭偎了過去，也在麥弗生旁邊的草地上坐了下來，陪他觀賞了一會晚霞，才側過臉來，又開口問他說：

「你那麼喜歡晚霞？」

麥弗生點了一下頭，一雙眼睛仍然凝住那由金黃逐漸轉成桃紅的晚霞，用一種夢幻般的聲調徐徐地說：

「現在整個世界最能叫我寬心的是——躺在地上，仰望天空，而把其他的事情忘得一乾二淨。告訴你，只有不被『人』沾污的東西才能給我眞正的快樂，所以我尤其喜歡晚霞。」

麥弗生冷靜的態度與世故的回答使東蘭感到大大的意外，正不知如何對談下去，乍然又瞥見他胳膊上刺的那朵百合，遂轉了話題，問他說：

「你這朵百合刺得眞像，是幾時刺的？」

聽了東蘭的問話，麥弗生才把視線從晚霞移開，看了那刺在胳膊上的百合一眼，沉鬱地回答：

「是我十四歲刺的。」

「那麼早就刺？爲什麼？」東蘭疑惑地問。

「爲了紀念我的母親。」

「爲什麼？」東蘭更加不解地問。

「因爲她在我十四歲那年死去，她就叫『百合(Lily)』。」麥弗生說著，把頭垂到多毛的胸口。

「哦，哦，哦……」

東蘭連連頷首，不自覺地沉吟一番，又靜默下來。

「你結婚了嗎？密斯特麥弗生。」過了半晌，東蘭又開口問道。

麥弗生搖搖頭，一語不發，慢慢把他那粗壯的身子歪向一邊，伸手到後褲袋裡掏出了一只黑皮夾，從中抽出一張女人的半身照片，遞給東蘭，東蘭接過照片，將照片上那脈脈含情的年輕女人端詳了好一會，咧開嘴，問麥弗生道：

「這就是你的女朋友？」

只見麥弗生又搖了一陣頭才回答：

「是我的未婚妻，她叫『瑪麗(Mary)』。」

「哦……」東蘭恍然點起頭來：「原來你的未婚妻叫『瑪麗』，也難怪你會那麼愛唱『甜美的阿富頓』這首歌了。」

聽了這話，麥弗生青紫的嘴角才漾出了一絲笑意，但隨即又消逝不見了。東蘭於是又回頭去望那天邊的晚霞，才發覺那晚霞已經由桃紅褪爲乳白了。

「你跟你的未婚妻是怎麼認識的？密斯特麥弗生。」過了一會，東蘭又忍不住轉過頭來問麥弗生說。

「那時我們兩人都在愛丁堡(Edinburgh)工作，她在一家會計公司上班，我在一家律師事務所上班，因爲兩家公司隔壁相鄰，兩人每天都搭同班電車，一塊上車，一塊下車，日子久了，便由點頭而成了朋友，以後又常常一塊到附近的咖啡店吃中餐，由於談話投機，便由朋友而成了情侶。這關係維持了一年，一直等到我應召入伍，我們才訂婚，以後就被送到新加坡來。」

「既然已戀愛那麼久，何不乾脆結婚，還訂婚做什麼？」

「告訴你，我也曾這樣想過，但後來我決定，還是不要結婚，訂婚就夠了。說眞話，萬一有什麼事情發生，我實在不願她當寡婦。」

「是不是在律師事務所工作的關係？我看你也未免考慮太多了。」

「也許是吧，誰知道呢？」麥弗生說，聳聳他那雙肌肉結實的厚肩：「總之，我就這麼決定了。在我搭車離開愛丁堡那天，她來送行，當我們吻別時，我還特別對她說：『瑪麗，如果我在前線受了傷或變成殘廢，我不願你浪費青春，終生來看護我……』她哭成淚人，可是我還是那麼說了。你說我考慮太多或什麼都好，反正我就是這樣的人。」

東蘭深深歎息起來，這時那天邊已呈藏青色，夜幕已開始降臨了，於是他只好向麥弗生告辭，蹣跚地從俘虜營的門口走了出來……

七

東蘭在大佛內陸的軍營裡度過了半年，在這半年裡，他不但嫻熟了緬甸語，而且將日本官兵學習用的「緬甸語會話」編好，並開始編纂另一本給緬甸官員用的「日語會話」，這段可算是東蘭出征以來最和平最恬適的日子了，唯一不快的是他與石山譯官在同一個辦公室工作，每天必須面對石山那張緊繃而無情的撲克臉，好在石山有的是俘虜營裡的實務工作，一天到晚難得有幾分鐘能夠留在辦公室裡跟東蘭犀牛照角❷，日子一久，東蘭也就視若無睹，終於完全把他忘記了。

有一天早上，一個傳令兵來東蘭的辦公室，向他傳令說長谷川大佐要見他，叫他立刻就到大佐的指揮部去。東蘭於是把桌上的文書筆墨收拾乾淨，步出營房，對著那飄著日本國旗的指揮部大步跨去。

東蘭踏上那指揮部的木階，微微回了涼台那兩個衛兵的敬禮，逕自走進指揮部。一進指揮部的接待室，首先映入東蘭眼簾的是辦公桌上一張緊急命令，他指頭在室內繞視一周，才發現長谷

❷犀牛照角：台語，音(sai-gu-chio-kak)，意(犀牛對水照角，引伸「仇人面對相照」)。

川大佐一身戎裝，背對著接待室的入口，把雙手交握在背後，右指拎著他那支指揮鞭，站在窗前，正在觀察木架上那隻鸚哥啃一顆堅硬的胡桃核。顯然大佐已聽見東蘭進門的腳步聲，可是他卻不露聲色，寂然不動地繼續注視那紅嘴綠鳥兒，一直等到那核殼剝地一聲破成兩瓣掉到窗下，見那鸚哥輕巧地用喙尖啣住核仁吃將起來，大佐才慢條斯理地轉過身來，把指揮鞭指向辦公桌前的一張竹椅請東蘭就座，他自己也同時向辦公桌踱了過來。

「新加坡本部發來的通令，需要你譯成英文交給俘虜看。」大佐說著，一面把桌上那紙命令遞給東蘭：「你先仔細讀一次！」

既已把命令遞給東蘭，大佐便又離開辦公桌，在接待室那小小的空間，垂頭踱起方步，右手那支指揮鞭不由自主地抽打馬靴統子，劈啪作響，叫那棲木上的鸚哥不寧地交替雙足，搖晃身子，把一雙翅膀傘似地鼓張起來。

東蘭把那張日文命令拿在手裡，默默地心唸起來：

通令

年來皇軍各地征戰，所向披靡，擄獲敵軍，為數上萬，茲為統一管理俘虜起見，特發下通令，由各該俘虜營指揮官發佈，嚴格執行。

1.服從日本軍令而勤於工作者，一旦和平恢復，得優先遣送返回本土。
2.逃亡或企圖逃亡者，一旦捕獲，就地槍決。
3.每十人一組，負互相監視之責，有同組逃亡者，全組連坐，營前槍決。

唸完了通令，東蘭不覺暗暗打起顫來。遂開口問長谷川道：

「大佐，對待俘虜，這樣不是太殘酷了嗎？」

大佐倏然止步，轉過頭來，嚴正回答東蘭說：

「中尉，請別忘記，這是一場戰爭！我們軍人的職守不是批評上司的命令，而是絕對服從命令，嚴格加以執行！」

東蘭垂下頭來，沉吟半晌，又開口問道：

「大佐當初不是只叫我研究緬甸語文，編緬甸語和日本語的會話嗎？怎麼又突然叫我翻譯通令呢？我想石山譯官才合適這任務。」

「不然，不然，」大佐猛搖頭說：「你的英文比石山好過幾倍，我所以叫你翻譯，是因爲你的譯文更能達意，讓俘虜徹底了解，知所警惕。至於石山，你不必多慮，我自會有另外的編派。」

說畢，大佐揮起鞭，跨著大步走出接待室，走到門口時，卻又猛然止步，返過頭來補了一句：

「別忘了在通令的底下多加一行：『大佛戰區指揮官　長谷川大佐令』！」

長谷川大佐步下木階時，那兩個衛兵給他行了很重的軍禮，那槍口上的刺刀聲震動了整幢指揮部的房子……

八

東蘭把通令譯成英文後，長谷川大佐把它交由石山譯官抄寫，命人張貼在俘虜營的入口，好讓每個俘虜出入時都可以看到，隨即全營彷彿捲起旋風般地騷動起來。

第二天早晨，東蘭與石山剛在辦公室裡坐下來，便見司萬生旅長和麥米蘭軍醫相偕繞過竹橋，往辦公室的方向急步而來，等他們走近，才發現司萬生腋下挾了一大堆卷宗，兩人都眉毛深鎖，臉色十分陰沉。

石山首先站起來，迎了上去，可是司萬生卻指向裡頭的東蘭，委婉地對石山說：

「我有重要的事想找江譯官商討。」

石山顯得十分難堪，回身向東蘭投以冷峭的一瞥，掉頭跨出了辦公室。

「密斯特江，不行！不行！」司萬生走到東蘭的桌前，劈頭就對他說：「長谷川大佐的通令第二條和第三條違反『日內瓦會議』的協定，我們不能同意，你一定得幫忙，為我們去跟大佐解釋！」

東蘭無力地把雙手往椅背一攤，說道：

「密斯特司萬生，你要叫我如何跟他解釋？」

聽了東蘭的話，司萬生把腋下厚厚的卷宗往桌上一放，用拇指沾沾口水，翻起卷宗裡法文原文與英文譯文對照的字頁來。顯然這協定中有關「戰俘」的所有條款，司萬生平時已經詳細研究過，並且在重要的字行下面畫了紅線，這時他就一條條指給東蘭看，有時手慌找不到所要找的條款，旁邊的麥米蘭就走上來幫司萬生翻頁尋找，等到把所有畫紅線的條文都叫東蘭過目了，司萬生便又重複對他說：

「密斯特江，你非幫忙不可！那兩條通令不但違反『日內瓦會議』的協定，根本就太沒有人道了，千萬請你去跟大佐解釋！」

東蘭合抱雙臂，沉思了一會，才開口回答：

「不瞞你說，那通令是大佐命我譯成英文的，當初我讀了，就完全與你同感，覺得太殘酷了，怎麼好執行？可是他不同意，命令我只管把它譯出。如果我現在再去跟他解釋，那一點用處也沒有，不如我帶你們去見他，由你們直接跟他交涉，我替你們翻譯，然後從中幫你們忙，你以爲如何？」

司萬生和麥米蘭兩人默默對視了一會，會心地點點頭，然後司萬生就把卷宗合起，對東蘭說：

「就這麼辦了，我們現在就去見大佐！」

他們三人來到指揮部時，長谷川大佐正在接待室的窗前餵鸚哥，他看見他們走了進來，便捨了鸚哥，抓起窗欞上的指揮鞭，邁到辦公桌前，他先用指揮鞭示意他們坐下來，然後把鞭往桌面用力一橫，自己也巍然在椅子上端坐下來，轉叫東蘭問司萬生朝來見他有何貴幹？

司萬生用最溫柔的語調把剛才對東蘭說的話婉轉對大佐又說了一遍，然後恭恭敬敬地把那大堆卷宗攤開在桌上，彎著身子，按照秩序把劃紅線的『日內瓦會議』的『戰俘條款』一條條指給大佐看，同時請東蘭一條條把英文條文譯成日文給大佐聽。

「第二條　交戰國應基於人道精神對待和保護戰俘，對戰俘的暴行與侮辱應加以禁止。」東蘭用日語對大佐接續地說。

「第四十六條　任何黑牢的囚禁與體刑應加以禁止，任何殘酷行爲應加以禁止。因個人而導致的集體懲罰絕對禁止。」

「第五十條　逃亡之戰俘若在回歸其原屬單位或逃離對方佔區之前被逮捕，只能處以『訓戒懲罰』。已回歸其原屬單位或已逃離對方佔區之戰俘若再度被擄而成俘虜，不得追加前此逃亡之罪行。」

「第五十一條　企圖逃亡之戰俘，即使屢次企圖逃亡，其企圖行爲中所加諸人身或財物之損害，不得以累犯議處。企圖逃亡成功與否，任何協助其逃亡之同伴，只能處以『訓戒懲罰』。」

「第五十二條　有關戰俘『訓戒懲罰』或『司法懲罰』之決定，交戰國得委任俊彥之士秉仁慈與公平主持其事。對於確定逃亡或企圖逃亡之案件，此事尤爲重要。對於同一行爲，戰俘不得處以兩次以上之刑罰。」

「第五十四條　拘禁乃交戰國所能加諸戰俘最重之『訓戒懲罰』。拘禁時間最長不得超過三十天。」

東蘭終於把劃紅線的條文全部譯給大佐聽，這期間大佐始終緊閉嘴唇，兩眼直視橫在桌上的指揮鞭，寂然不動，有如一座山。等到東蘭譯畢，他才抬起頭來，轉向司萬生，衝口直問：

「那麼旅長，你有什麼要求？」

司萬生一等東蘭翻譯之後，正聲義色對大佐陳述了起來：

「請大佐修改通令的第二條與第三條，因爲根據『日內瓦會議』的協定，逃亡或企圖逃亡，只適用『訓戒懲罰』，最多可以拘禁三十天，不能就地槍決，而他的同組，不管有沒有助他逃亡，不能連坐受罪，更不能營前槍決，那未免太不人道了。」

「旅長，我不能同意你的要求！」大佐斬釘截鐵地回答。

「爲什麼？這是根據『日內瓦會議』的協定……」

「請別再提『日內瓦會議』的協定，它在這營裡不適用！」大佐說。

「爲什麼？這協定是日本天皇的代表於一九二九年七月二十九日在日內瓦簽署的啊……」

「可是旅長，你只知道前半事而不知道後半事，這協定後來被日本議會否決了，所以我們天皇也就沒有加以批准。」大佐目不轉睛地說。

一時司萬生啞口無言，與麥米蘭面面相覷。

「所以我不能同意你的要求！」大佐重複地說，從桌上將指揮鞭一把抓起，指向接待室的出口：「你們可以出去了！」

司萬生與麥米蘭魚貫走出接待室，長谷川大佐悄然立起，也不管東蘭還愣在室裡，他兀自來到窗前，揀了一顆最大的胡桃核，遞給鸚哥。

九

幾個月來，從東北方向吹來的季節風夾帶傾盆的大雨，吹掉了俘虜營草結的屋頂，使營房變成了一片稀爛的泥沼。由於這冬季的惡劣氣候，加上日來縮緊的食物配給，終於使得赤痢、腳氣、瘧疾……一些熱帶流行病在俘虜營裡漫延開來，儘管麥米蘭軍醫一再向日本軍方要求更多的醫藥品，但因爲戰爭進行方酣，物資普遍缺乏，日軍本身已自顧不暇，自然也就沒有餘力再顧及俘虜了。於是俘虜一個個病倒下來，而沒病的也逐漸對俘虜營感到無法忍受，其中有一個俘虜，終於不計後果，鋌而走險，成功地逃亡了。

這俘虜是夜裡趁風雨交加的時候，掘鐵絲網下的軟泥逃出俘虜營的，一夜都不曾驚動任何人，直到第二天早餐前的例行點呼，日本衛兵才發現出來，於是立刻派兵搜查整個俘虜營，沒有結果，又派斥候兵到森林裡去追捕。這同時，日本兵把逃亡者同組的九個俘虜反背捆綁起來，因爲怕同營的俘虜起鬨，就把他們跟全營隔離，押出鐵絲營門，命他們坐在機場的跑道上淋雨，由兩部日本卡車在兩邊監守著，卡車的篷布下各有一隊日本兵，都提著上刺刀的長槍，有兩挺機關槍從篷布的黑影裡伸了出來，冷酷無情地對住那九個可憐無助的俘虜。

說也奇怪，這天上午竟然風止雨停，陽光高照起來，於是那九個俘虜也就由雨淋轉爲日曬，整整一天，既不進食，也無水喝，更沒能大小便，只在炎陽下燒烤流汗，焦慮苦待。

一整日，不但俘虜營，連溪這邊三角洲上的日本兵營裡也籠罩一片陰鬱的氣氛，每個日本兵的臉都繃得緊緊的，內心儘管紛亂已極，可是外表卻都裝得十分鎮定。東蘭已無法像往日一樣工作，他千頭萬緒，坐立不安，爲了排遣這難挨的時間，不是在辦公室裡來回踱步，就是把史懷哲的「我生我思之緣起」抽出來，重讀書中老子有關「戰爭」與「勝利」的警句，一直等到日頭偏西，空氣轉涼，他才步出辦公室，越過竹橋，緩步對著機場跑道邁了過去。

那跑道上的景象，除了偶爾衛兵的交替，從早到晚，沒有分毫的變動，那九個俘虜像九尊石雕，堆擠在跑道上，個個彎腰駝背，把頭低垂到胸前，全然已失去了生命的跡象。當東蘭來到百步之遙，他才注意到只有一個俘虜還把頭仰起，凜然不動地凝望西天的晚霞。他一時好奇心起，便舉步更向前行，等來到十步的地方，他才幽然看見那俘虜的胳膊刺了一朵百合，他感到萬分驚訝，幾乎要破口大喊一聲：「麥弗生！」可是眼看那兩卡車的衛兵和那兩挺陰森可怖的機關槍，他只好把聲音嚥了下去，也不敢去驚動麥弗生，只懷著一股悲愴的敬意轉身踅回竹橋去。

這一晚，東蘭整夜都沒曾入眠，稍一合眼，麥弗生的側影就在眼前浮現，露著那刺有百合的胳膊，遙望西天的一朵美麗的彩雲。第二天醒來，他下了軍床，首先就奔到窗口向外探望，那九個俘虜依然坐在跑道上，已經又坐了整整一晚，還是沒有任何動靜。

同營房的石山譯官比東蘭早起，他已經穿好軍服，擦亮馬靴，鬼秘地跨出營房，邁向指揮部去。沒有一刻的工夫，東蘭眼見他從指揮部走了出來，踏著快步，過了竹橋，向機場的跑道走去，只見他跟卡車上的衛兵耳語幾句，那車上的兩隊日本兵便跳了下來，用刺刀把那九個俘虜一個個從地上挑起，押著他們來到俘虜營前，命他們列成一排，面對俘虜營的大門，叫全營的俘虜們都看得清清楚楚，然後石山譯官才對鐵絲網裡的俘虜和網外的那九個俘虜宣佈了什麼……

東蘭也深覺有異，來不及整裝，走到溪邊，隔著溪水觀望對岸的動態。驀然，整個俘虜營裡騷動起來，營外那九個俘虜中有幾個高喊道：

「Long live the King!」

「God save the Britain!」

「Tell our people about this!」

「Come on and kill all of us!!!」

…………

有一個日本兵走上前去爲每個俘虜綁眼睛，有的乖馴地讓他綁，有的掙扎著不讓他綁。突然有一個人從俘虜營的門口奔向溪這邊來，雖經日本衛兵的叫嚷，也不能緩和他的腳步，他不繞道從竹橋走，直接往溪裡縱身一躍，涉溪對著東蘭奔來，東蘭也同時迎上前去，才發現原來是白髮蒼蒼的司萬生旅長，他一上溪這岸，就緊緊抓住東蘭的臂膀，氣呼呼地叫道：

「他們……他們……眞的要把九個人槍決……快！快！……快去叫大佐阻止他們……」

司萬生拉著東蘭，對著指揮部狂奔而去……

來到那飛揚著旭日旗的指揮部，那兩個衛兵早已用那兩支帶刺刀的步槍在階前擋駕，不許司萬生和東蘭逾越半步，其中一個衛兵還出聲對東蘭說：

「大佐在坐禪，除非有緊急狀況，不准任何人打擾。」

意想不到那指揮部裡的鷯哥竟然大聲叫了起來：

「報告大佐，有人求見！報告大佐，有人求見！」

「噓……」另一個衛兵回頭對鷯哥低聲作勢。

就在這時，一排槍聲從溪對岸傳了過來，緊接著是一陣痛苦的哀號與呻吟之聲，然後是零落的三、四聲槍響，於是一切歸入死寂……

東蘭深閉眼睛，牢牢抱住自己的頭，等他又恢復鎮靜，重新把眼睛張開，他才發現手裡拔了兩把汗濕的頭髮。

十

彷彿為了對這回槍決九個連坐的俘虜表示內心的愧疚，此後有一段相當久的時間，日本衛兵對俘虜都變得十分和善，不但經常為他們加菜，而且一收到「國際紅十字會」轉來的救濟包，都毫不延宕，即刻就分發給他們，使他們忿懣的情緒稍稍得到一些平息。可是對東蘭而言，他始終也無法得到安寧，他連夜做噩夢，一直都沒能將麥弗生的陰影從眼中拂去，他又陷入往時的沉鬱之中，不但不願跟營裡的任何日本官兵說話，幾回在營後樹林散步遇到長谷川大佐，他也故意迴避他，假裝看不見，遠遠就拐入僻徑，走進更深的叢林裡。

一個月後，出乎大家的意料之外，又有一個俘虜逃亡了，立刻又有九個俘虜被日本兵捆綁了起來，被他們押出俘虜營的鐵絲大門，坐在機場的跑道，由那原有的兩部卡車的日本兵監守，等待一個月前那九個俘虜同樣悲慘的命運。

那同樣陰森的氣氛又籠罩了俘虜營與日本兵營一天又一夜，所有俘虜在天未亮就擠在鐵絲網邊向外探望，爲了預防意外的變故，幾乎全營的日本兵都出動了，立在俘虜營與跑道的四周，持槍戒備，東蘭也悄悄來到跑道之前，對那九個憔悴的俘虜，沒可奈何地搖頭相望。

準在同一個時刻，石山譯官又走到指揮部去，沒多久，他手拈著一紙命令穿過竹橋，對著跑道大步走來，他的武士刀似乎過長，刀鞘老是碰到地上的石頭，把他的腳步拖慢了，但也終於來到俘虜營與跑道之間，立定馬靴，揚起手裡的命令，擺出一副無情的面孔，用沒有抑揚頓挫的英語對大家宣布道：

「在逃俘虜業經逮捕，並已就地槍決，茲撤銷其他同組九人之死刑，准其回營歸隊。大佛戰區指揮官　長谷川大佐令。」

石山宣告完畢，一時那跑道和俘虜營都鴉雀無聲，幾乎每個人都不敢相信自己的耳朵，然後俘虜營那邊有一個人高喊了一聲：「呼啦——！」其他俘虜也就顧不得那日本衛兵，如洪水一般從鐵絲網的大門衝了出來，湧向跑道去，大家七手八腳把那九個同伴的繩索都解開了，將他們從地上抱起，舉在頭上，抬向俘虜營去。

東蘭靜觀這一切，心裡百感交集，不知如何是好。他立在原地，一直等到所有俘虜都進了俘虜營，而日本兵也全部散去，才舉步走向竹橋。

東蘭在竹橋上佇立，俯視橋下倒掛蘆葦輕挑漣漪，「南泉斬貓」的故事幽然在腦裡浮現，他想著，假如大佐槍決先前那九個無辜的俘虜像南泉斬貓一樣殘忍，那麼這回他特赦了這九個僥倖的俘虜，豈不像趙州戴履一樣不可思議？難道那逃亡的俘虜眞的逮捕了嗎？儘管營裡是派兵前去追索了，可是昨晚一夜不曾聽見什麼消息傳來啊，而石山譯官卻宣告不但逮捕了，而且就地槍決了……

自從來到這大佛營地，東蘭從來就沒有像今天這樣和平的心境，他不但陶醉在那妙舞的水波，竟也細數起那漫游的小魚來，不覺太陽已昇到半天頭，他想在橋上起碼也呆了半個鐘頭了吧，這時大佐大概早已坐完禪在餵他的鸚哥了吧，他恍然記起已好久沒跟他晤談了，也不知怎地，突然從心底油然生起見他的慾望，於是便過了竹橋，對著那旭日旗飄揚的指揮部邁了過去。

來到指揮部，東蘭正想登階入室，沒想到其中的一個衛兵笑對他說：

「大佐不在指揮部裡。」

「怎麼？他幾時竟坐完了禪？」東蘭驚異地問。

「大佐今天根本沒坐禪，他一早就出去了。」

「在石山譯官來以後就出去了？」

那衛兵搖搖頭，繼續笑道：

「在他來以前就出去了，只留了一道命令，交待我們等石山來了才拿去發佈。」

「哦，哦，哦……」東蘭若有所悟地點起頭來：「你知道他去哪裡嗎？」

「不知道，不過據我猜，總在指揮部後面樹林一帶吧。」

於是東蘭便離開了指揮部，走進樹林裡，他循著大佐往時常走的小徑一路尋了過去，最後在溪畔的一塊幽處找到大佐，他穿東蘭第一次見他坐禪時穿的那一襲淺紫色和服，兩袖清風，立在一株百年的菩提樹下，俯視那脈脈的溪流……

東蘭更向大佐走近，等來到溪邊，才發現那溪水在小灣捲成一個漩渦，有一雙鯉魚，一黃一白，繞著漩渦悠游嬉戲，跳到水面上，一骨碌又潛到水底去。

大佐也覺察東蘭來到，可是他的頭連轉也不轉，只面帶笑容，繼續注視溪裡的那雙鯉魚，讓東蘭在一旁默默靜立，終於使東蘭再也忍耐不住，便打破沉默，開口問大佐道：

「請問大佐一聲……那逃亡的俘虜眞的逮捕了嗎？」

沒料大佐連回也不回，只伸手向溪灣一指，對東蘭叫了一聲：

「瞧！」

只見那水面不知幾時從菩提樹上掉下來一隻豆大的螞蟻，捲入漩渦之中，任牠怎麼努力扒動六足，也爬不出那急轉的渦心。

大佐原來的笑容遽然變做戚色，他於是彎腰從地上拾起一片菩提葉，扔到溪灣去，卻見那葉子在漩渦裡轉了三圈，便從渦心轉了出來，載著那隻力竭的螞蟻，漂向下游去……

十一

半個月後，從新加坡本部來了一道命令，將東蘭調往仰光去擔當日語教學任務，限他即日整理行囊，第二日便就道，上大佛港口，搭船出航。

東蘭沒一會工夫就把行裝準備就緒，隨後他到指揮部與長谷川大佐說了一下午離別的心語，於傍晚時分，又來俘虜營向司萬生旅長和麥米蘭軍醫告辭，他們都依依不捨，卻是無可奈何地跟他握手而別。

離開營地的早上，長谷川大佐親自來東蘭的營房，審視他把一切收拾完畢，然後陪他步向那溪上的竹橋，他們兩人心情都十分沉重，默默走了一段路，終於東蘭心血來潮問大佐說：

「大佐，這恐怕是我問你的最後一句話了，那逃亡的俘虜眞的被逮捕而且就地槍決了嗎？」

聽了這話，大佐那莊凝的臉乍然綻開像一朵花，笑對東蘭說：

「有一個流傳的故事說，在一場春雨之後，兩個托鉢僧人來到一條溪旁，因爲雨後水漲，不但擋住了他們的去路，同時也擋住了一位少婦的去路。那少婦著一襲錦繡和服，穿一雙絹絲白足袋，蹬一對高跟木屐，打扮出俗，楚楚動人。那其中的一個僧人見那美麗的少婦正陷在進退兩難之中，就不假思索一把將她抱起，涉水過溪，等把她放在地上，才繼續向前趕路。已經默默走了好一段路，那另外一個僧人終於按捺不住，把一直壓在心頭的話拿出來問這僧人說：『男女授受不親，常人原就不該，更何況僧侶，你剛才怎麼竟抱起那女人來？』這僧人聽了，驚訝地回答道：『怎麼？師兄你還抱著那女人嗎？那可眞辛苦哪！』」說罷，大佐自己又開懷大笑一陣，已經來到橋頭，便轉了口氣說：「我就送君到此，不再過溪了。」

在那停車場上有一部吉普車等著載東蘭到大佛港口去，等東蘭過橋來到車旁，才發現司萬生旅長早已在車頭等他，一見他走近，就迎上來再次跟他握別，並從口袋裡掏出一本袖珍小書，遞給東蘭，對他說：

「有一個病人病得很厲害，快要斷氣了，麥米蘭醫生沒得分身，不能親自來送行，所以叫我拿這禮物來送你，祝你一路平安。」

那伍長司機在催了，東蘭儘管有千言萬語，也只能跟司萬生道一聲謝，接了那小書，鑽進吉普車裡去。吉普的引擎發動起來，那四只輪子有力地向前滾動，不到一會兒工夫，司萬生不見了，竹橋不見了，連那營房以及那廣大的機場也消失不見了。這時，東蘭才靜下心來，細看麥米蘭贈的小書，原來竟是他日夜廝守的那本可愛的「金玉集」，麥米蘭還特別在扉頁的空白上寫著：

一本被人遺忘的舊書

贈　給

一位令人懷念的友人

東蘭翻著，無意間發現書裡還夾了一片新落的菩提葉，那落葉夾處正是 Robert Burns 那首英語世界家喻戶曉的離別歌「Auld Lang Syne」……

那吉普車已開了幾分鐘路，東蘭才發覺這司機原來就是當初把他接來營地的那同一個伍長，想跟他攀談以解路上沉默的苦悶，一時又不知從何談起，便漫然問他說：

「你會唱『螢の光』嗎？就是我們用西洋的曲調譜了日文的那支離別歌。」

那司機瞟了東蘭一眼，笑道：

「『螢の光』？小時候會唱，但好久沒唱，歌辭已忘了一大半，只是那旋律還記得清清楚楚，一點兒也沒忘。」

說罷，那伍長便用口哨哼起「螢の光」的旋律來，他一次又一次地哼著，竟令東蘭的情緒也隨著哨聲的高低而起伏著，自動在每個音符按上「Auld Lang Syne」對應的詩句：

Should auld acquaintance be forgot
　And never brought to mind?

Should auld acquaintance be forgot
  And auld lang syne?
For auld lang syne, my dear
  For auld lang syne!
We'll take a cup o'kindness yet
  For auld lang syne!

故友豈容遺忘
  而不復心中記憶？
舊情怎任渺茫
  而不留鴻爪雪跡？
爲了往日的回憶，來
  爲了往日的回憶！
把這摯情之杯喝乾
  爲了往日的回憶！

十二

江東蘭在大佛的碼頭登上一艘從新加坡來的運輸船，這運輸船一旦離開了大佛，便沿著西海岸北進，一過了毛綿(Moulmein)就轉向西航，橫跨馬達班灣(Gulf of Martaban)，直向仰光河的河口前進。

原來這仰光河是伊洛瓦底江出口的一條歧流，位於江口三角洲的東邊，因爲夾帶伊洛瓦底江上游流下的泥沙，船還沒到河口，已看見海面一片黃色的混濁。運輸船就在這茫茫的黃海上繼續航行幾個鐘頭，那綠色的三角洲才在船頭幽然出現，當那陸地愈來愈近，那三角洲上的水田也逐漸明晰起來，接著那田埂上並排的椰子樹以及樹蔭下的農家也一一映進眼底。

東蘭一直都立在船頭觀賞這清新的風景，因爲漲潮河水倒流，那船底的輪機便減慢速度，讓船悠悠在河中滑行，於是河兩岸的景物便像連捲畫在船的兩舷徐徐舒展開來。這其中最叫東蘭驚奇的是那白色的佛塔，東一群西一簇，成千上萬，點綴在一望無際的蒼翠之中，恍如雨後春筍，令人眼花撩亂，不知如何採擷。

航行約兩小時，向左折入一條較小的支流，仰光的埠頭便在船的右舷豁然出現了。緊連在碼頭倉庫的後面就是那條東西橫亙的通街大道，兩旁是櫛比的機關、會社、銀行、和商店，街心的槐樹蔭下人來人往，車水馬龍，目不暇給。有幾支碧綠的中國飛簷從白色的高樓洋房之中凌然翹起，簷下隱約望得見幾排中文的廣告牌。就在這一片爭奇鬥豔的建築後面，遙遠從屋脊線上聳起一座鐘形大佛塔，金黃璀璨，高入雲霄，這便是緬甸遐邇聞名的「垂大光寶塔(Shwedagon Pagoda)」，像輝煌的太陽，從地平線躍出，驅散曉霧與黑暗，給人間帶來希望與光芒。

「垂大光寶塔」的北面有一個山岡，俯瞰正面的佛塔和左邊的「王湖(Royal Lake)」，爲了守備安全起見，日本軍隊便在這岡上圍籬搭營。東蘭一下船，就穿過那條「垂大光寶塔路」，直往這山岡爬上來，等進了營部向上司報到，再由衛兵帶到指定的營房，已經是黃昏時分。東蘭坐船實在也太累了，因此，就不假思索，既已卸下行裝，吃過晚飯，便倒在自己的榻上，呼呼入睡了。

第二天早上，等不及吃完早飯，東蘭就從山岡的軍營下來，一逕往「垂大光寶塔」的南面正門急步而來，想趁別人早起之前，一窺這寶塔的眞面目，沒料來到門口，才發現那裡早已麕集了許多從各地湧來的香客，東蘭見大家在那兩隻門前鎮守的三丈白獅下脫鞋褪襪，他也跟著脫了鞋襪，赤足隨那團香客，沿著石階爬上去。

原來那寶塔築在削平的高台上，從入口到高台的階梯兩旁都是隔間鱗次的小賣店，販賣金箔、佛像、迴香、蠟燭、鮮果、花卉、護符、旗幟等應景之物，錢貨兩忙，應接不暇。爬完了石階，來到高台，把頭仰起，東蘭倏然瞠目結舌，一時驚得停止了呼吸，那琳瑯滿目的神廟和佛塔，或漆白堊或塗黃金，櫛比林立，恍如滿載金銀財寶的巨艦，從這巨艦的中央豎起高桅的艦橋，那莊嚴、華麗、金光、燦爛的「垂大光寶塔」！

這太陽般的「垂大光寶塔」建在一個八角形的塔基上，每面各對著八座小金塔，全部六十四座小金塔像六十四顆金星把那太陽圍繞在中心。那寶塔由底下的八角塔基，層層疊起，逐次增高，一旦那塔基由八角變成圓形，塔身便扶搖直上，愈變愈細，由鐘形而葫蘆形，用十六片蓮葉托著兩環蓮花瓣，最後在那塔頂展開一朵黃金傘，傘上鑲了五千粒鑽石，兩千粒紅玉、青玉和黃玉，其中還嵌了一顆巨大的翡翠，每天反射著這河口平原上的第一道曙光和最後一線夕暉。

既已從那大寶塔的驚奇與喟歎之中恢復過來，東蘭便又隨著香客向前走將起來，環繞著整個寶塔是一圈大理石鋪成的走道，那石上纖塵不染，光可鑑人，有人就跪在道中對著寶塔合掌膜拜，盛裝的香客或紅裟的僧人便從人隙之間輕步而過。這大理石道的外環，密密重重是各式各樣方形的佛殿與亭閣，不但色彩鮮艷，而且彫刻玲瓏，那三角屋簷都鑲著白紋花邊，一層層往上堆疊，屋頂架以黃金尖錐，與道裡的圓形小金塔互相輝映，益增美觀。

東蘭順著那大理石道走了一圈，終於來到一座叫「阿拉干(Arakan)」的佛殿，他漫然踱了進去，殿裡橫著一尊白面金衫的臥佛，頭向北方表示釋迦牟尼進入涅槃之際的景象，佛的腳旁立著另一尊菩薩像，顯然是釋迦牟尼的得意門徒尊者阿難，他在釋迦牟尼死後把他的佛音傳給世界。在這兩尊佛像之前置有香案燭台，有兩、三個緬甸女人在台上燒香點燭，有一個緬甸男人用金箔往另幾尊佛像的身上貼金。東蘭默默地望了一會，又踱到殿後去觀賞那壁上精緻的木刻浮彫，才走出佛殿，來到那大理石道上，忽然聽見一陣悅耳的鈴聲，他抬起頭來，望見對面亭閣屋簷上的幾十只銀鈴在微風中搖曳，有五、六隻白鴿繞著閣頂的金針悠然飛翔，多麼和平，多麼安謐，前此日本攻打仰光的戰爭慘相一點痕跡也沒有了。

十三

東蘭到達仰光的第三天，剛好是三月八日，這天是日本占領仰光的周年紀念日，也是緬甸脫離英國羈絆的自由日，因此緬甸臨時政府與日本占領軍方便聯合起來，在英國殖民總督遺留下來的維多利亞式紅磚建築的行政大樓前搭起閱兵台，準備遊行歡呼，大事慶祝一番。

原來在十九世紀中，緬甸連續與英國打了三次敗仗，終於在一八八六年完全被英國征服。爲了統治方便起見，英國將緬甸歸併入印度的殖民地圖，同受英國指派的印度總督管轄，但由於緬甸的種族和宗教與印度截然不同，這種不自然的合併使緬甸人痛恨到極點，獨立的思想便在學生和知識分子的圈子裡醞釀起來，既要脫離英國，又要脫離印度，隨時準備接受任何援助，採取任何行動，以便一舉推翻英國的統治。

因爲洞悉緬甸的政治背景和獨立慾望，日本便於一九四〇年暗中派人來緬甸招募了三十名年輕的革命分子，組成「緬甸獨立軍」，偷偷把他們運到台灣，予以嚴格的軍事訓練，教他們作戰策略，灌輸日本思想，以期將來能夠跟日本軍方合作，然後把這「緬甸獨立軍」又偷運回緬甸，配合在邊界枕戈的兩師日本軍，等待命令攻入緬甸。

終於在「珍珠港事變」後，這「緬甸獨立軍」與日本軍聯合越過緬甸邊界，並於三月八日攻陷了英軍鎮守的仰光，逼使英軍向北撤退，並且處處設防，以阻擾日軍北進，可是仍然抵擋不了日軍的銳氣，只好接受重慶方面蔣介石的建議，同意他派遣一師的中國軍隊，由美國特派的史迪威將軍統率，來緬甸助戰。這英軍和中國軍的聯合軍在緬甸心臟的皇都「曼達列(Mandalay)」布下堅固的防線，準備奮死決戰，可是經過兩星期的激戰，終於敵不過天上的轟炸和地上的坦克，只好兩軍各自分道揚鑣，更向北撤，最後退入印度境內的叢林裡，整個緬甸也就在這年五月全部落入日軍的手中。

這一天的慶典由前教育部長現任臨時政府總理的巴毛(Ba Maw)主持，而當初到台灣受訓的那原來三十名「緬甸獨立軍」的成員，此刻已搖身一變當起了政府的各部首長，跟巴毛總理一起在閱兵台上列席檢閱。那閱兵台上除了這些緬甸的首要，剩餘的座位便全由日本官員和將官佔有，爲了共襄其盛以示親善，在東京的東條英機首相還派了幾位特使和高級將領遠道來仰光參加這次盛典。因為東蘭是溝通緬甸與日本雙方語言的譯官，這天也就被邀來閱兵台上陪座觀禮了。

那遊行的行列由「緬甸獨立軍」帶頭，這「獨立軍」首先由三十名成員肇始，經過了一年，人數已增加到一萬之眾，因為是由緬甸的各部落青年所組成，所以也就沒有一定的制服，各穿各族的衣衫，各戴各族的帽子，刀槍雜錯，步履散漫，只是獨立伊始，氣宇高昂，搖起新製的五星環日滿地紅的緬甸國旗，揮拳蹬足，高聲吶喊，迤邐從閱兵台前走過。

其次是高中的女學生，整隊都穿緬甸式白麻上衫，套黑布及踝的長裙，腳踩白色拖鞋，不但人人高舉緬甸國旗，另有人高擎藍色橫幅，上面用金字寫了一行行視力檢驗圖式的緬甸文標語，這些女學生並不像「獨立軍」吶喊，只用那海燕一般柔和的聲音，唱起一首又一首的緬甸歌曲。

接下去是日本軍隊的行伍，首先由四十輛雙人組的小型坦克開路，那坦克的引擎震耳欲聾，閱兵台也為之振動不已。坦克之後是炮隊，大炮小炮，野戰炮迫擊炮，個個都架在雙輪車上，用馬拖著，踽踽前行。接著是日本海軍大隊，那隊員一律黑呢水兵軍裝，圓形平頂水兵帽，腳縛白色長統綁腿，肩掮刺刀步槍，由一個擎「旭輝」巨面海軍旗的旗手率領，高唱那雄偉闊壯的「軍艦進行曲」，由閱兵台前英勇走過。

最後才是日本陸軍大隊，這隊的隊員一律是國防色的陸軍服、國防色的圓頂鋼盔，腳纏同樣顏色的長卷綁腿，肩掮刺刀步槍，隊前有兩個旗手高擎「旭日」的陸軍旗，全隊由一個掛武士刀套長統靴的軍官號令前導，步伐整齊，氣勢軒昂，浩浩蕩蕩，由遠而來。當他們來到閱兵台前，由那領隊的軍官帶頭領唱，於是全隊便用雷霆萬鈞氣蓋山河的巨吼，唱出了「大東亞決戰歌」來：

起來吧！
太平洋殲敵的凱歌已經奏響，
粉碎敵人東亞的侵略和百年的野心，
現在，決戰的時候已經到了！

前進吧！
大東亞皇軍的炮火已經咆哮，
百發百中不悔以身充彈的大和魂，
現在，盡忠的時候已經到了！

前看啊！
保衛帝國燦爛歷史的大決心，
熱血沸騰前線後方團結一致，
現在，復國的時候已經到了！

勇敢啊！
揹起復興十億亞洲人民的大使命。
懲兇罰尤主持正義的鐵石心，
現在，決戰的時候已經到了！

十四

在往後的半年裡，東蘭為巴毛總理和日本派來的政府要員之間做了幾回通譯，又陪日本記者訪問了幾位當政的部長，其餘的時間他就在「仰光大學」和「師範大學」教授日語和日文，來學的大部分是中級以上的政府官員、正在執教中的中學教師、以及在學的大學生，其中緬甸人居多，其餘華人和印度人各佔其半，大家都學得十分認眞，進步也十分快，三個月後，日文雖尙未精通，但個個已能說得一口普通應對的日語，跟駐地的日本軍溝通已毫無問題。

自從離開了大佛，東蘭就沒能找到像長谷川大佐、司萬生旅長、麥米蘭軍醫那樣談得來的朋友，所以每天在大學裡教完了課回到營房，他只好又浸淫在書本裡，特別是麥米蘭贈送的那本珍貴的「金玉集」，他一讀再讀，往複吟誦，彷彿不把每頁翻爛生吞不肯罷休。

有一天，一位同室的日本軍官，看東蘭日也讀書夜也讀書，實在看厭了，便走過來拍拍他的肩膀說：

「喂，中尉，你這樣整天看書，難道沒有一天會看累？也不換換另一些趣味的玩意兒？」

「我就不知道有什麼趣味的事情。」東蘭笑著回答。

「怎麼沒有？多的是！別的不說，就說『日本軍官俱樂部』吧，你去過沒有？這營房裡的每個軍官不但都去過，有的還去過幾十次，單單你沒去。來！我帶你去，只要一次，開開眼界也好！」

因為那同營的軍官一再慫恿與催促，儘管不十分情願，但最後東蘭還是放下書本，立了起來，隨那軍官坐上吉普往山下來。

那「日本軍官俱樂部」原來就在「垂大光寶塔路」上，位於仰光的鬧市中心，離那仰光河的河邊只有兩段之遠。這俱樂部是一間西洋式的旅館改裝而成的，一進那守衛森嚴的大門，便是一道黑白斑紋大理石磚鋪的大迴廊，由兩排希臘白柱撐起中間彫花的穹窿，那窿頂上懸了兩行巨葉電扇，對廊下的客人吹著涼快的微風。迴廊的一邊是酒吧，有幾個穿藍色制服的女侍在白巾方桌之間穿梭，爲坐在椅子上的日本軍官酌啤酒，並且還偎在桌旁比手劃腳，用英語夾雜撿來的破碎日語跟他們談天說笑。迴廊的另一邊則是舞廳，有二、三十個日本軍官擁著舞女在舞池裡跳舞，那舞女有緬甸人，也有華人，有穿洋裝的，也有穿和服的，都虛與委蛇，強顏作笑，以取悅客人。每曲終了，便有一、兩個軍官摟肩攔腰，把那些舞女拖到樓上的房間去，過了老半天，才醺醺然且歌且舞，從樓上醉步晃了下來。

那個帶東蘭同來的軍官只陪他在桌旁坐了一會，把那大杯啤酒一口喝乾，便穿過迴廊的希臘圓柱，抱起一個在舞池角落候客的舞女，消失在燈光迷濛的人海裡。其他左近的軍官也紛紛離席，一個個溜進對面的舞池，最後整個酒吧便只剩下東蘭孤伶伶的一個人。

東蘭默默地凝望桌上那只圓肚折光的大玻璃杯、那杯裡琥珀色的啤酒、以及啤酒上漂浮的一圈泡沫，幽然想起在遙遠台灣的父親、妻子、兒子、女兒以及那剛逝去的小女兒來，他突然感到一陣愧疚，爲什麼？他自問，爲什麼他會跑到這種地方來？他眼眶模糊起來，於是一手推開了桌前的半杯啤酒，慢慢把頭垂下，用另一隻手掌將整張臉掩蓋起來。

已經過了不知多久，東蘭終於感覺有一隻纖細手指頭在他的肩上輕輕地碰了一下，接著一個女人悅耳的聲音用英語說：

「你不舒服嗎？軍官……」

東蘭猛然把頭抬起，他看到一雙美麗動人的大眼睛，那麼關懷地注視他，頓然使他茫然失措，一時不知如何回答。

「你怎麼呢？哪個地方不舒服？」那女侍見東蘭不說話，於是更加慇懃地問。

東蘭依然沉默著，他自忖道，別認眞，這一切都是虛情假意，對方是領了錢在這裡服務，招呼客人原是她的義務。可是東蘭卻禁不住對那女侍端詳起來，因爲她有一張不同於其他女侍的臉，一張歐亞混血的白皙可愛的臉，她那雙圓滾的眼睛自不必說，就是她的鼻樑也出奇高挑，她的嘴唇也格外玲瓏，她把烏亮的頭髮攏成一個圓圓的髻，用一串珍珠把它束在頭頂，然後在右額的鬢髮上插了兩朵盛開的蘭花，白裡透紫，一股幽香直往東蘭的面上襲來，使他彷彿沉夢初醒，慌忙不迭地回答道：

「沒有，沒有，我沒有地方不舒服，只是忽然想起家。」

說罷，東蘭強迫自己對那女人微笑一下，便把視線從她的臉龐移到桌前的啤酒杯上。這期間，那女侍都了解地點著頭，深情地注視著東蘭，一刻也不想放過，一直等東蘭又把頭抬起，她才對著希臘柱對過的一排坐等在椅子上的舞女淡瞄了一下，轉回頭來問東蘭說：

「你怎麼不去找她們跳舞呢？」

「我不想跳，」東蘭搖搖頭說：「其實是我不會跳，我從來也沒學過。」

東蘭又對她微笑了一下，只見她也嫵媚地回他一笑，忽然出乎東蘭意外地問道：

「我可以在這裡坐一下嗎？就在你這張桌子……」

東蘭似乎驚愕一下，可是又立刻恢復了常態，回道：

「可以啊，怎麼不可以？只要你願意。」

東蘭說著，稍稍把自己的椅子挪向一旁，騰出空間，好讓她拉椅子也坐下來。兩人坐定之後，沉默又籠罩在他們之間，東蘭只偶爾偷看她一下，而她卻一直都望著他。每回兩雙眼光接觸的時候，東蘭的心頭便感到一陣悸動，因爲她那對眼睛彷彿在對他說話，只是他聽不到聲音，其實他又何曾不想說話，只是對這麼一個陌生女子，一時又不知從何說起？他突然覺得無聊起來，何必在這種尷尬的場面繼續僵持下去？於是他改變了一下坐姿，佯裝無意地說：

「嗯……我看我應該回營房去了。」

他伸手把桌上的那半杯啤酒舉起，一口飲盡，嗆了幾聲，用手帕把嘴擦乾，從椅子想立起來，卻不料被那女侍伸手把他的手按住……

「請再坐一下！」她懇求地說：「我想問你一句話……」

東蘭又慢慢坐回原來的椅子，而那女侍也一時臉紅起來，把手收回去，東蘭聚精會神地望著她，心想她到底有什麼話想問他。

「你介不介意？」那女侍等了半晌，終於鼓起勇氣開口說：「如果我問你多大年紀？」

東蘭笑了起來，沒想到她問的竟然是他的年齡，其實對男人而言，這本也沒什麼值得隱諱的，只是他一時不易啓唇，便繞了個圈子回她說：

「就讓你猜猜看吧。」

「我猜……」那女侍把頭一側，一手托頤，另一手按肘，一副深思的神態，徐徐地說：「四十二加一……四十三歲吧？」

東蘭猝然坐直起來，兩隻眼睛瞪得斗大，驚叫道：

「我正是這個年紀！但你怎麼會猜我四十三歲呢？」

「因爲你看起來就像我的父親，所以從你一進門，我就一直在注意你，只是有你那位朋友，沒敢過來，一直等到現在……」

「那麼你父親跟我同樣年紀？」

那女侍點點頭，然後用一種悽婉的聲音說：

「如果他還活著的話……」

東蘭一時觸電般地停止了呼吸，壓低音調，囁嚅地問道：

「他……過……世……了……嗎？」

那女侍又是一陣點頭，把頭垂下，露出一雙核桃初破的眼瞼，說：

「他去年去世，被燒夷彈燒死的，就在你們攻打曼達列的時候，那時他才四十二歲……」

東蘭輕輕歎息起來，他感到一陣難過，同時又感到一陣委屈，因爲那女侍竟然把他當成日本人，用「你們」把他跟那些圍攻曼達列的日本軍隊圈在一起，間接向他表露怨意，彷彿他也應該爲她父親之死而負咎，他有意告訴她，他是「台灣人」，而不是「日本人」，他也同她們緬甸人一樣是被壓迫者，與那殺死她父親的日本軍無涉……可是對這麼一個陌生女人，尤其又在這麼一個公共酒場，他要從何說起？要如何解釋才能讓她明白？他只感到心灰意懶，也就不想再開口說話，只默默地坐著，望了對面舞池裡晃動的人影一會，再次覺得無聊起來，於是又重新立起，簡單地說：

「我要走了。」

那女侍抬起頭來，用那雙閃閃發亮的大眼睛緊緊盯他，又下意識地伸手去碰他的手，似乎從夢裡醒來，帶一點沙啞，問道：

「你眞的要走了？這麼早……」

東蘭堅決地點點頭，推開椅子，走了出來。

「莎喲娜啦！」那女侍用日本話在身後對東蘭說。

東蘭回過頭去，見她一臉甜美的微笑，一隻小手在跟他揮別，他也向她回笑一下，才轉頭向前邁開去。

「等一下！」那女侍又叫了一聲，從後面追上來：「你以後還會再來嗎？」

東蘭止了步，再次回過頭去，與那女侍面對面只有一步之遙，他躊躇了一會，不經意地說：

「不知道……」

「有空請再來！」那女侍眞情地說。

東蘭見她那麼甜蜜地對他微笑，鼻子又聞到她鬢上那兩朵蘭花的幽香，心頭突然感到一陣不忍，於是也微笑起來，點著頭說：

「有空我再來。」

十五

本來「有空我再來」只是東蘭口頭說說而已，說的當時並沒有意思要加以實現，卻想不到連著幾天，東蘭的腦裡老浮著那女侍的影子，不但在大學裡教課的空檔想她，特別下課回到營房的時候更想她，任他怎麼拂也拂不去，實在是忍不住了，他終於在第三天的傍晚，又悄悄回到「日本軍官俱樂部」來。

東蘭找了原來的桌子坐下來，有一個陌生的緬甸女侍迎過來，他點了一杯啤酒，等那女侍把啤酒端來又走了，他才淺嚐一口，便把頭轉向對面的舞池，裝成對那群跳舞的男女很有興趣的樣子，故意把眼光避開那背後的櫃台，以免讓那請他再來的女侍以爲他是專程來酒場找她，其實心裡卻在盤算著，她大概看到他了，她現在已經走過來了，他的眼光儘管寂然不動，卻是用眼角極目注意著，每回有女人從旁邊走過，他的心就倏然跳了起來。

半小時過去了，東蘭等待的那個女侍一直都沒在附近出現，他開始轉頭向櫃台搜索，那台後站著五、六個女侍，他一個個仔細端詳了，都不是三天前的那一個，他又把目光跟住在桌間服務的幾個女侍，遠看她們的背影彷彿個個都是她，等她們有機會走到近邊來，卻又發現個個都不是，是她請他再來的，可是等他眞來了，她卻不見了影子，他暗暗後悔今晚實在不應該來。

東蘭想走了，可是心又有些不甘，白白走了一趟，卻空空敗興而歸，剛好有一個女侍收了兩只空酒杯從他的身邊走過，他鼓起勇氣，對她說：

「對不起，請等一下！」

那女侍停了步，轉過身來，笑問道：

「你想再喝什麼？」

「不，不，不……」東蘭搖頭說：「我只想問問你，有一位女侍，三天前跟我同坐在這個桌子，坐了相當有一會兒，你知道她在哪裡？」

「你自己向那櫃台後面找找看，」那女侍用下巴指向那櫃台後的一列女侍對東蘭說：「看哪個是你想找的那一位。」

「我都找過了，但她不在那裡。」東蘭說。

那女侍聳聳肩，作無能爲力的表情，於是東蘭只好進一步對她說：

「頭頂上攏一捲頭髮，用一串珍珠箍住，插兩朵蘭花，大大的眼睛，高高的鼻子，很可愛的嘴唇，皮膚很白……你知道她在哪裡？」

「很對不起，軍官，我才來這裡兩天，我實在什麼都不知道。」她說，又無可奈何地聳一下肩，走回櫃台去。

東蘭突然覺得無聊起來，自怨多此一舉，問那女侍幹嘛？於是霍然起立，大步跨出兩個日本兵守衛的大門，把酒杯、女侍、歌聲、舞影一股腦兒拋向背後去。

在清新的街上深深吸了一口氣，對著北面想走回山岡的營房去，驀然聽見身後加遽的腳步聲，東蘭猛然轉過頭來，看見一個完全陌生的女侍追上來，還沒來到近旁，就上氣不接下氣地對他說：

「你要找的那個女侍……今天剛好輪她休息……那新來的不知道，所以我才跑來告訴你……」

「那眞謝謝你啦！」東蘭點頭感謝說。

那女侍向東蘭微笑一下，轉身想回俱樂部去……

「請等一下！」東蘭把她喊住，問道：「那女侍……她叫什麼名字？」

「雪美旦那。」那女侍不加思索順口回答。

「雪美旦那？」東蘭重複地說，彷彿努力想把它印在腦裡，不自覺又補了一句：「她住在哪裡？」

那女侍似乎有些猶豫了，爲了令對方回答，東蘭急中找了一個藉口，道：

「我有一件重要的事情想跟她說。」

「我不知道，告訴你，我眞的不知道。」

「你不能確定她住在哪裡，但你總知道她大概住在什麼地方。」

「這……」那女侍下意識地發著聲，卻仍躊躇，似乎不願回答。

東蘭於是伸手到口袋，掏出一張大鈔往那女侍的手中一送，說道：

「這你拿去，只請你告訴我，她大概住在什麼地方，我有話非跟她說不可。」

「我不能拿你的錢，我並沒有這個意思……」那女侍忸怩地說，想把鈔票還給東蘭。

「你儘管拿去，就當作我在俱樂部給你的一點小費，只是你想她大概住在哪裡？」

「我想……」那女侍指向街的另一頭：「你就沿著這『垂大光寶塔路』往南走到頭，再向右拐彎，走不多遠有一幢公寓，她大概就住在公寓裡面。」

「眞謝謝你啦！」東蘭對她點頭感謝道，掉頭對著仰光河濱走去。

那女侍手捏著鈔票，一直愣在那裡看東蘭離開，等他已走了一段路，才踮起腳跟，掬起手來，對他喊道：

「記得哦！我沒有把握哦！」

只見東蘭轉過身來對她點了一下頭，加快步伐，走下通往河濱的斜坡道………

十六

果然沒費多少力氣，東蘭就找到那女侍告訴他的公寓，這是附近唯一的一家二樓公寓，比東蘭想像的來得小，整幢是白灰綠瓦，每個隔間都有獨立的欄杆與陽台，那陽台正對著仰光河的河面。公寓的入口設在房子的背後，東蘭在屋旁的叢樹裡繞了幾彎，才找到一個公共出入的候客室，那候客室盡頭的通道前擺了一排鞋子，顯然每個房客都在那裡脫鞋進去的，而在候客室的另一頭釘了十多個信箱，箱上用英文與緬甸文各寫了房客的名字，東蘭的心又倏然怦跳起來，一雙眼睛直往那英文名字瀏覽了下去。

有三個信箱是沒有名字的，顯然是房客剛搬走房間沒有人住，東蘭一個一個信箱又尋了下去，都沒有一個跟「雪美旦那」聲音相近的名字，終於在倒數第二個信箱上看到了「Peh Shwemyethana」的英文名字，這就是「雪美旦那」了，東蘭忖道，把上面「十五」的號碼暗記在心中，在通道口脫了鞋，往二樓的樓梯爬了上去。

東蘭在第十五號的公寓門前止了步，他深吸一口氣，輕輕敲了三下門，然後焦急等待著，卻是沒有動靜，他想也許裡面的人正在睡覺，聽不見，於是他更用力敲了三下，再等待，可是好久仍然沒有一點回應。

那門旁有一口鐵窗，鐵欄裡面的玻璃窗邊留有一條細縫，顯然沒有拴緊，東蘭伸手進去推了一下，竟然推開一寸的空隙來，從那空隙往裡探頭，屋裡的陳設便一覽無遺陳現在東蘭的眼前。這公寓隔成兩間，靠近窗邊是女人的臥室，有一張蓆床鋪在地板上，床頭疊著褶成五層鵝絨的被，上面擺了一只粉紅色的繡花枕，床尾是一架胡桃木的小梳妝台，床的一邊掛著一排五顏六色的女人衫，另一邊置了一口冬天用的暖爐。臥室的對過是一間小客廳，牆上懸了幾幅西洋風景和中國山水，廳中鋪了一張環花地毯，廳房有兩隻藤椅，中間一只圓几，几上一大盆蘭花，朵朵爭開怒放著。客廳的外頭便是陽台，那落地窗門敞開著，看得見欄杆上的一串中國風鈴在霞光中搖曳，涼風從陽台吹進屋裡，把鈴聲和花香往東蘭的面上飄送過來……

「雪美旦那！」

東蘭往窗裡輕聲叫著，心想她會從望不見的側門溜出來，可是等了好久，屋裡仍然沒有一絲動靜，只有陽台上的那串風鈴在繼續幽鳴，他才感到有些怪異，驚訝自己爲什麼會到這陌生的屋子來，這會是雪美旦那的公寓嗎？萬一跑出一個不認識的人，他要如何面對？而且即使這是雪美旦那的家，如果她開門問他有何貴幹，他又將如何回答？他突然又覺得無聊起來，轉身往樓梯口走回去。

可是還沒走到樓梯口，便有女人的拖鞋聲從樓下的候客間傳上來，接著是那種女人蓮步輕移的爬梯聲，由下而上，漸引漸大，逐次向梯口駐足的東蘭逼來。開始那女人只低頭注視樓梯，等到離東蘭五階之遙，才猛然抬頭驚見東蘭，一時用手掩住張開的大口，幾乎要驚叫出聲，東蘭連忙迎前半步，想要說話卻又不知如何開口，兩人便愣在那裡有幾秒之久，終於雪美旦那舒了一大口氣，徐徐地說：

「原來是你，差點把我嚇死！」

她把手移到胸口，那豐滿的胸脯還在上下起伏著，東蘭呆呆地望著她，儼然遇到新的女人一般，因爲這時她臉上已洗盡脂粉，一抱烏黑光亮的頭髮披散在雙肩，身上裹一襲圓領長袖的半透明白紗上衫，腰間圍一條貼身及踝的菊黃色絲布長裙，一臉桃紅，揚眉帶笑，全然不再是「日本軍官俱樂部」裡那個穿制服的女侍了。

「那眞對不起，」東蘭吃吃地說：「我並沒有意思要讓你受驚，其實也沒有什麼重要的事情，只是剛好從這門前走過，順便上來看看，我想我該走了。」

「哪裡的話！我可沒有趕你的意思，只是料不到你今天會來，所以才上這附近的澡堂去洗澡，你瞧！我才剛剛洗完回來呢。」

雪美旦那說著，把腋下的那包綠色浴巾拿給東蘭看了，一面爬完了那剩下的幾階樓梯，領東蘭往「十五」號的公寓走來。

「我今天又到俱樂部去，她們告訴我說今天輪到你休息，並且還告訴我你叫『雪美旦那』，住在這附近的公寓，因爲沒有什麼事，我就在『垂大光寶塔路』散步，見到你信箱上的名字，才順便上來看看，也沒有什麼特別的話要跟你說，我想我還是該回營房去了。」東蘭一邊跟著雪美旦那走，一邊自言自語地說。

「沒有這種事！既然來這裡了，怎麼可以不進屋裡坐坐才走？」雪美旦那皺眉搖頭說，歪了身子掏出一把鑰匙把門打開，說道：「請進來！」

東蘭進了門，順手把門關好，才轉身，便覺得被那滿屋子濃郁的蘭香重重包圍了。

「你想我在這裡呆一下沒關係嗎？雪美旦那。」

「呆十下都沒有關係，你……我怎麼叫你呢？」雪美旦那側著頭問。

「就叫我『東蘭』好了。」

「『東蘭』？不再叫你『軍官』了哦。」雪美旦那撒嬌地說，笑了起來。

雪美旦那把客廳的一隻藤椅搬到陽台去，東蘭連忙幫她把第二隻也搬了出去，她叫東蘭跟她並排躺在藤椅上，快活地說：

「噢！這陽台外面涼快多了。」雪美旦那說著，把頭往後一仰，閉起眼睛，深深吸了一口氣：「喲……我就最愛這涼風，多麼舒服！」

雪美旦那的頭髮在微風裡飄著，一雙玉白的裸足弔在半空中晃盪，她那嬌娜無力的臥姿令東蘭聯想起天眞的少女，那麼自然而美，使他著了迷，不忍把目光從她身上移開。

雪美旦那也發覺東蘭一直都在望她，她對他嫣然而笑了，不期然看見他那雙穿軍襪的裏足，叫了起來：

「你爲什麼不把襪子也脫掉？像我一樣，那才舒服呢！」

「沒關係，我穿著比較習慣。」

「不行！不行！」雪美旦那說著，從藤椅翻身跳下來，在東蘭腳前半跪著，替他把襪子一隻一隻剝了下來，又把他過長的褲管翻了上去：「哪！現在把腳掛在空中，讓風去吹，像我剛才一樣，是不是舒服多了？」

開始時，東蘭爲雪美旦那的大膽不羈感到忸怩不安，等那陣尷尬過後，他卻爲她使他的腳獲得解放而感謝不迭，驀然，中學時代被迫穿鞋的往事在腦裡湧現，於是他開口對雪美旦那說了起來：

「你知道？雪美旦那，我從出生到上中學以前是從來赤足不穿鞋的，進了中學，學校規定非穿鞋不可，才開始穿皮鞋，結果痛苦萬分，腳趾都起泡，好久都沒能走路，可是仍然得穿皮鞋，不許脫，簡直是一種刑罰。所以每年學校放假回到家裡，第一件事情就是把鞋一脫，赤足到鄉間的泥土路跑，好自由，好舒暢。今晚我又嚐到從前中學時代的快樂，好像又回到那田莊的故鄉一般。」

「眞的嗎？東蘭……」雪美旦那說著，得意地笑起來，引得東蘭也笑了。

他們兩人都歪著身，默默對望了好一會，那中國風鈴就弔在東蘭的頭上，它一直在微風中款擺著，它的鈴聲彷彿全是對東蘭唱的，東蘭不期然仰頭見到它，然後注視它好久，夢囈般地說了起來：

「我喜歡你這鈴聲，怎麼聽也聽不厭。記得半年前剛來仰光，第二天早上就去參觀『垂大光寶塔』，印象最深的是那屋簷上的銀鈴，那鈴聲給我一種和平安寧的感覺，使我忘記了戰爭……對了，你這中國風鈴哪裡買的？」

「不是買的，是我祖父給我的，聽說是他回中國時買的，在他過世前一年才送給我，我一直都收藏著，來了這公寓，看這陽台空蕩蕩的，才給它掛上。」

東蘭倏地從藤椅坐直起來，問道：

「你說你祖父是從中國來的？」

「就是呢，聽說是來自中國沿海一個叫『潮州』的地方，一開始就在曼達列做茶葉生意，娶了我祖母，生了我父親。」

「那麼你祖母不是從中國來的？」

「不是，她是在地的緬甸人。」

「嗯，嗯，嗯……」東蘭恍然沉吟起來，卻意猶未足，小心翼翼地問了下去：「雪美旦那，那麼你的母親呢？」

「她是英國人，跟我父親同在曼達列的一家英國商行工作、認識、戀愛，然後才結婚的。在你們日本軍來之前，我們全家本來都住在曼達列，等你們日本軍佔領了仰光，我母親就先隨英國官員坐飛機轉印度回英國去了，說等她在英國安頓好才接我們全家去，哪裡想到戰爭進行那麼快，不到幾天，我父親就被燒夷彈燒死了，留下我、祖母、還有一個小我十歲的妹妹。」

「哦，哦，哦……」東蘭再次吟哦起來，一時找不到話好說，隔了好久，他才換了話題說：

「對了，想問你一下，雪美旦那，你樓下的信箱寫的是『Peh Shwemyethana』，『Shwemyethana』不像英文名字，可是緬甸名字吧？」

「就是啊，是一個緬甸著名女神的名字，因爲我祖母很信緬甸神明，所以我一出生，她就給我起這個名字，我母親開始反對，但這名字很好聽，後來也就不再反對了。」

「那麼『Peh』可是你祖父傳下來的中國姓囉？這個姓中國字可是什麼呢？」

「我也不知道，我父親小時還學過中國字，我們就沒有了，只聽祖父說過，這個姓有英文『white』的意思。」

「呃，我知道了，我知道了，那是『白』，『白雪美旦那』……多詩意的名字！」

「眞的嗎？東蘭……」雪美旦那說，兩人又相對而笑了。

他們兩人終於沉默下來，雪美旦那瞇起眼睛，靜靜凝望河盡頭的晚霞，她那張蘋果臉沐浴在金黃霞光裡，更見嫻雅動人了，東蘭貪婪地欣賞著，無意間發現她的右腮下有一顆小小的美人痣，便開口問道：

「雪美旦那，你幾時有這顆『美人痣』？怎麼一直都沒有注意到？」

「什麼『美人痣』？我祖母說是『女妖痣』！」雪美旦那笑道，用手去撫那小痣：「從我出生，她一直嘮叨到我長大，說因爲這顆痣，我不知要迷倒多少男人，叫我去請算命先生把它點掉，我母親十分反對，所以我就想出了折衷辦法，每回出門就用白霜把它掩蓋起來，想不到在澡堂洗了，才被你看到。」

「雪美旦那，我覺得你不打扮比打扮更好看。」

「眞的嗎？那以後在你面前就不必打扮了。」

雪美旦那說著，把手從下巴的美人痣收回來，笑著任東蘭恣意去欣賞。

「雪美旦那，上回在俱樂部，你問了我一個問題，還記不記得？」東蘭突然心血來潮地說，見雪美旦那在點頭，他又繼續說下去：「你介不介意？如果我也問你那同樣的問題？」

「我今年剛剛二十歲。」雪美旦那毫不躊躇地回答。

「那麼你到俱樂部工作多久了？」

「差不多一年。」雪美旦那說著，把她那雙美麗的眼瞼垂蓋下來。

「你來俱樂部以前做什麼工作呢？」

「在曼達列當小學教師。」

「你爲什麼不繼續當教師呢？雪美旦那。」

雪美旦那苦笑起來，笑了好一陣，才回東蘭道：

「你們日本飛機把整個小學都炸平了，我還到哪裡去找學生來教？父親已經死了，家裡有祖母和小妹要養活，也只好來仰光的俱樂部工作。」

東蘭把眼光從雪美旦那的身上移開，面向那漸黯的餘暉，陷入沉思中，雪美旦那似乎猜出他心裡在想什麼，於是自動說了下去：

「請別把我同那俱樂部的舞女混成一堆，我們酒吧的女侍跟舞場的舞女是不一樣的，她們賣身，我們賣面，所以我們必須穿制服，她們可不必。」

他們又談了一小時，一直談到天黑，東蘭才坐起來，開始穿襪子。

「東蘭，眞謝謝你，好幾個月來，就只今晚我不覺寂寞。」她頓了一下，提高嗓子問道：

「我們以後還可以見面嗎？」

「如果你願意，」東蘭回答：「只是不要到俱樂部，我不喜歡那種地方。」

「就來我家好了，下禮拜同一天我整天休息，你可以早上就來，我帶你到仰光各處去逛逛，讓你瞧瞧你沒見過的東西。哪，東蘭，說一聲『好』！」

東蘭想了一會，終於答應了。他們離開陽台，穿過客廳和臥室，出了門來到樓梯口，東蘭記起什麼，於是止了步，轉過身來對雪美旦那說：

「雪美旦那，我整個晚上都沒向你提，我不是日本人，我是台灣人，像你一樣，被他們日本人強迫來這裡當翻譯官。」

「眞的！」雪美旦那恍然驚叫起來：「也難怪那天在俱樂部看你孤伶伶坐著，也不去找舞女跳舞，後來又聽你說得一口流利的英語，我就猜想你跟他們一般日本軍官不一樣，果然我沒猜錯！」

雪美旦那因爲赤足只送東蘭到樓梯口，東蘭在候客室穿好了鞋，繞過叢間的小徑來到公寓前的街上，他抬頭仰望那陽台，雖然已經看不見那欄杆上的風鈴，可是鈴聲卻還清晰地飄到耳裡。驀地，那屋裡的燈光明亮起來，東蘭又望見了雪美旦那美麗的側影，她正彎身在爲客廳裡的那盆蘭花澆水……

十七

一個禮拜後，東蘭果然如約，脫了常穿的日本軍裝，換了一套麻紗便服，從山岡的營地走下「垂大光寶塔路」，來到河邊的公寓，敲門進入雪美旦那的客廳，見她素顏明眸，不著粉黛，正跪在蓆床的梳妝台前，對鏡子打辮子。等她打完了辮子，步出臥間，來到東蘭跟前，把身子輕靈一旋，背對著他說道：

「請你給我瞧瞧，辮子是不是打在正中央？」

東蘭從她的腦勺順溜下來，一路看到辮子尾巴，那尾巴用藍緞帶打了一朵花結，像隻蜻蜓，輕貼在她那微微凹曲的脊背上。東蘭告訴她說打在正中央，她於是慢慢將身轉向東蘭，對他嫣然一笑，露出她那顆美人痣，東蘭一時目瞪口呆，把她靜靜地瞅了好一會，驚歎起來：

「雪美旦那，看你年輕這許多，像一個初長成的少女！」

「瞧你自己，脫掉軍裝，不也顯得年輕更多嗎？」

雪美旦那說，於是兩人相對而笑了。

因爲仰光市內的「總督廳」、「民政長官廳」、「高等法院」等一些政府大廈東蘭自己早已看過，而街上的「三井物產會社」、「日本棉花會社」、「正金銀行支店」、「日本郵船會社」、「大阪商船會社」等一些日本人經營的公司他也見過，根本不必勞駕雪美旦那再帶他去，因此雪美旦那在一番考慮之後，終於決定帶他去參觀仰光市內的寺廟與僧院了。

單單在仰光市裡就有十來座寶塔，有黃金的，也有白堊的，各具特色，散在市區的四方，東蘭除了「垂大光寶塔」，其餘的一個也沒見過，所以雪美旦那便僱了一輛雙人馬車，從市中心的那座做爲交通指標的「蘇拉寶塔(Sule Pagoda)」開始，一座一座地參觀，一直看到最後的那座「叫大奇寶塔(Kyauk Htat Gyi Pagoda)」，當那馬車轆轆在汽車、電車、印度手車和東方人力車之間穿梭，看那車窗外槐樹的陰影投在白熱的柏油馬路上，回頭見雪美旦那明眸皓齒頻頻對他微笑，他一時樂開了，全然忘了他是大東亞戰爭中的一名日本皇軍的軍人。

「叫大奇寶塔」不同於其他市裡的寶塔，這寶塔沒有一般鐘形的針柱，卻是一間高大的亭閣，閣裡是一尊七十米長的大臥佛，粉漆白面，烏眉紅唇，金黃袈裟，裸足橫躺，很是和平悠閒，叫人喜歡。東蘭望了半天，連連點頭稱讚起來：

「眞美啊！眞美啊！這麼一尊大臥佛。剛到仰光時，在『垂大光寶塔』也看到一尊臥佛，卻沒有這尊大，也沒有這尊美。」

「『垂大光寶塔』的那尊小臥佛哪能跟這尊大臥佛比？你可知道這尊臥佛是全緬甸最大的！」雪美旦那說：「至於最美的臥佛這尊還輪不到，北古(Pegu)的那尊才是最美最可愛的，有機會再帶你去瞧瞧！」

從「叫大奇寶塔」走出來，他們兩人對著那僱來的馬車走去，東蘭問雪美旦那說：

「奇怪，怎麼仰光的寶塔你每座都那麼熟習？」

「這有什麼可奇怪的？」雪美旦那笑道：「你知道我祖母是最信佛的了，每到一個新地方，第一件事便去找遍那地方的寺廟，非得把每尊佛都拜了絕不罷休。不但她自己拜，也要我們全家跟她一起去拜，拜多了，自然就熟習了。」

「你父母也跟她一起去嗎？」

「父親也去，只有母親一個人不去，因她是基督徒，堅決不進佛廟。」

「那麼上教堂只有她一個人去？」

「說來你會覺得好笑，」雪美旦那說，自己先笑了起來：「母親上教堂時，她也要我們全家跟她一起去，只有祖母一個人不去，結果是我們家三個人既進佛廟也上教堂，唯獨祖母和母親，一個只進佛廟，一個只上教堂，她們婆媳的感情，你可想而知了。」

仰光著名的「王湖」在「叫大奇寶塔」之南，在「垂大光寶塔」之東，與兩座寶塔只有一箭的距離。這湖佔地頗廣，周圍都長著蒼鬱的樹林，形成了仰光最大的公園，公園裡另有博物館，更有植物園與動物園供人遊憩參觀。雪美旦那先帶東蘭進博物館，讓他瀏覽了館裡展覽的緬甸植物誌、動物誌和地質表之後，又帶他到植物園看熱帶的花草樹木，完了才帶他到動物園看熱帶地區的鳥猴蛇鱷之類，這其中最引起東蘭興趣的是一頭黃彩紅眼圈的白象。

「也難怪這白象會那麼吸引你，牠可是我們緬甸的稀有珍物哪！」雪美旦那在旁笑道。

「眞的嗎？」東蘭側頭問道，一臉懷疑的表情。

「可見你對緬甸的歷史多麼陌生，還是讓我來給你上一課吧！」雪美旦那笑道，於是一本正經，跟東蘭絮絮說了起來：「從上古以來，我們緬甸的歷代國王都用『七寶』來統治國家，所謂『七寶』是指『佛法』、『天兵』、『神馬』、『貞女』、『奇石』、『勇將』和『白象』，其中『白象』是國王最熱心尋求的對象。你大概不知道，傳說佛陀最後一胎轉世就是一隻白象，甚至伊洛瓦底江(Irrawaddy River)也以印地拉(Indra)神所騎的白象伊洛翁(Erawon)起名的，可見白象是如何受我們緬甸人寵愛。

緬甸在一八八六年被英國統治之前的最後兩位國王叫明東(Mindon)和帝保(Thibaw)，這兩位國王先後擁有同一隻白象。這隻白象住在牠自己的宮殿，有一百個保護的衛兵，由三十個僕人和一位專門司象的大臣細心服侍著。爲了使牠有固定的俸祿，國王還封了一省給牠，全省的歲收都拿來買最好的食物供養牠。每天國王命人用檀香水給牠洗浴，跳舞唱歌來給牠娛樂。在國家重大的典禮行列中，白象的地位僅次於國王，國王出門有九張象徵皇家的白色華蓋，白象除了牠自己的四張金色華蓋，另外還有兩張白色華蓋，可見牠在全國之中地位的重要了。」

「英國統治緬甸之後，這白象又怎麼樣了呢？」東蘭意猶未盡地問。

「英國統治緬甸之後，首先帝保國王被放逐了，白象的官銜和封地也被取消了，不但從前的衛兵和僕人都沒有了，英國人還嫌牠每天食物的開銷太大，把牠送來這王湖的動物園供人參觀，就像今天這頭白象一般。可是住慣宮殿的白象怎麼住得慣這動物園的鐵籠子？所以不久就死了，許多當時目擊的緬甸人都說那白象是因爲悲傷而死的。」雪美旦那感慨萬千地說。

從動物園走出來，雪美旦那帶東蘭到那公園的樹蔭下漫步，這裡眞是無比的涼爽，才踏進林中，就立刻把南國的暑熱一股腦兒忘記，連那猛烈進行的大東亞戰爭也一併拋到九霄雲外。

他們於傍晚時分來到王湖的湖畔，便在湖邊的木椅坐下來休息，這時夕陽照耀著湖對面的「垂大光寶塔」，金碧輝煌，像燃燒一般。眼見那黃金寶塔以及它投在湖裡的倒影，東蘭一時驚得目瞪口呆，幾乎要停止呼吸了。雪美旦那看著，於是抿嘴笑了起來，輕輕說道：

「這王湖的『湖邊落照』是仰光最著名的美景，今天一來就被你看到了，東蘭，你實在眞幸運呢！」

經雪美旦那這麼一提，東蘭便更加認眞地欣賞起那湖底金鱗一般的塔影，雪美旦那也默默陪他欣賞了好一會，東蘭忽然想起了「雪美旦那」這詩意的名字來，於是便漫然開口問道：

「雪美旦那，雪美旦那，你說你的名字取自一位緬甸的女神，這女神是什麼樣的一位女神，你怎麼不說來讓我聽聽？」

聽了這請求，雪美旦那嫵媚地笑了，又顯現了她那顆美人痣，隔不多久就望著湖水開懷暢述起來：

「從前在緬甸北邊伊洛瓦底江的上游有一個王國叫大共(Tagaung)，由一個殘忍霸道的國王統治著，就在大共的國土住了一對兄妹，那哥哥叫亞丁德(Nga Tin De)，他是一位年輕英俊的鐵匠，那妹妹叫雪美旦那，是大共國土裡最美的美女。亞丁德力大無比，每天吃十五斗飯，他揮起鐵鎚，整個國土裡的人都可以聽見。因爲亞丁德以臂力大而出名，兼之他長得英俊，贏得了大共『美男子』的尊號，竟叫大共的國王也生了忌妒，把他看做可怕的政敵，就派了親信想把亞丁德謀殺，好在有人事先向亞丁德通風報信，他終於逃進樹林藏躲起來。

這國王被雪美旦那的美色所迷，便娶她做了王后。在他們結婚後不久，國王便對雪美旦那說：『既然你是王后，你的哥哥亞丁德也自然變做國舅，我們已是親戚，不再是敵人，你應該請他出來，我向你保證，一定會好好款待他。』雪美旦那相信國王的話，便親自到樹林裡把她哥哥勸了出來。沒想到亞丁德一走出樹林，國王的衛兵就把他逮住，將他綁在樹上，放火把他燒了。眼見火焰逐漸燒上亞丁德的身體，雪美旦那突然掙脫了身邊的衛士，縱身跳進火焰中，與哥哥一起燒死了。」

聽到這裡，東蘭搖頭歎息起來，只見雪美旦那側過頭來，癡癡地望著東蘭，耐心地等他把感受盡情發洩了，才又繼續接了下去：

「等他們兄妹死了之後，他們就變成了喜愛惡作劇的神明，藏在一棵沙加(Saga)樹上。那國王一不作二不休，就連這棵沙加樹也命人把它砍了，扔到伊洛瓦底江裡去，這棵沙加樹便從伊洛瓦底江的上游一路向下游流去，流到中游一個叫巴干(Pagan)的地方，被這巴干國王知道了，叫人把它撈上來，請雕刻匠把它刻成兩兄妹的雕像，運到博八山岡(Mount Popa)上，並且爲他們蓋了一座神殿，一直流傳到現在。

從那時開始，每一代的巴干國王，在加冕就位的時侯，都親自到博八山岡的神殿去朝拜，而這時亞丁德和雪美旦那就顯身給這新國王看，並且指示他日後要如何處理國事。」

聽完了雪美旦那的全部故事，東蘭方才仰起頭來，開始有了和悅的顏色。

離開了王湖公園，雪美旦那叫馬車駛向仰光西南端的南馬道路(Lanmadaw Road)來，因爲仰光的中國城就在這條街上。一進這條街，便見兩邊的店面擺著蔬菜、鮮果、生魚、活蟹之類的食物，還有金針、木耳、香菇、甘貝之屬的乾料，更有賣熱帶魚和九官鳥的，有一家店還當街炸油條，另一家店則當衆裹春捲皮，行人擁擠，十分熱鬧。

雪美旦那找到街角的一家中國餐館，請東蘭吃了一頓可口的中國飯，過後帶他往東走了幾條街，來到一座印度廟前的露天市場，這市場上的商販一律是包頭的印度人，一攤一攤擺著加里、辣椒、肉桂、香料、芒果、榴槤、乾魚、臘肉、草藥、補品……等等，最叫東蘭驚奇的是幾乎每個攤子都栽了一鏡框甘地的肖像，有的甚至在像前燃香供花，洋溢著一片虔誠崇拜的氣氛。

「這些印度人一向都把甘地的照片擺在他們的攤子上嗎？」東蘭問雪美旦那說。

「你也不知道今天十月二日是甘地的誕辰？每到這一日他們就把收藏的甘地照片擺出來膜拜。」雪美旦那說。

「眞想像不出他們對甘地如此崇拜。」

「這有什麼奇？一個要把他們的祖國從異國的羈絆中擺脫出來的愛國之士，他們還有不崇拜的道理嗎？」

東蘭聽了，頻頻點頭，陷入深思之中。

回到雪美旦那的公寓，因爲時間還早，雪美旦那便又把藤椅搬到陽台，兩人各歪在藤椅上，一邊納涼一邊聊起天來。他們天南地北聊了許多話，忽然東蘭憶起第一天坐船來到仰光的情景，便問雪美旦那說：

「我初來仰光的第一個印象是這城市十分整齊乾淨，一點戰爭破壞的痕跡也看不出來，你說你是從曼達列來，那城市也像仰光一樣嗎？」

聽了東蘭的話，雪美旦那的臉色驟然陰鬱起來，她抿著嘴搖了一會頭，低沉地回道：

「簡直不能拿仰光來比。」

「怎麼樣？破壞得很厲害嗎？」

「很慘。」

「怎麼個慘法？雪美旦那。」

雪美旦那閉眼回憶了一會，張眼遙望著火紅的晚霞，徐徐說道：

「在英軍從仰光撤退到曼達列的前幾天，日本飛機就來轟炸，把整個城炸成平地，日夜燃燒，一連燒了二十七天之久。那皇宮四周護城河裡盛開的白蓮之中漂著一具具浮屍，街上到處是暴脹的屍體，圍著禿鷹和野狗，在啄食死人的腸肚。」

「自從在馬來半島登陸以來，我也看過不少悽慘的場面。」東蘭點著頭，順勢說了下去：「在宋卡的防波堤上，他們用刺刀把一群群人捅到海裡去，然後用機關槍掃射一些沒死想爬回岸上的人，使那港灣變成一片血海。當我來到太平，第一個晚上就在市場的入口看見一顆死人頭，第二天早上繞街巡視，才發現另外五顆死人頭，都是華人的，是他們隨便抓到砍下來示眾的。」

東蘭還有意說下去，沒想到雪美旦那一骨碌從她的藤椅滑下來，跪在東蘭的椅旁，用雙手掩住他的嘴，懇求道：

「罷喲！罷喲！請別再說了，東蘭……兩年來，我每天聽到的就是——戰爭！戰爭！戰爭！永遠聽不完，難道沒得一刻清靜，不聽戰爭？」

東蘭一時怔住了，伸手輕撫雪美旦那那雙柔軟的手。

「答應我好嗎？東蘭，以後在這屋子，我們儘管談些快活的事，永遠別再提及戰爭……」雪美旦那溫柔地說。

東蘭望著雪美旦那那雙美麗動人的眼睛，默默點頭，揉她的手，輕輕吻了起來……

這一天，東蘭深夜才回營裡去，臨走時，雪美旦那把一支鑰匙交給他，對他說：

「這鑰匙給你帶在身上，即使我不在時，你也可以開門進來，就把這裡當成你的家。」

十八

十月三日是「明治節」，不但仰光的所有日本機關放假，仰光的所有學校也同樣放假，當然「日本軍官俱樂部」就更不能例外了。

「明治節」的前一天，因為是雪美旦那輪番休假的日子，東蘭照例來她的公寓夜飯與談天，談話中，話題不知不覺轉到緬甸的風景，雪美旦那眉飛色舞地說了起來：

「若論緬甸最美的風景，王湖的『湖邊落照』恐怕沒有其他地方比得上了，這我已經帶你去看過，你自己評評也知道。至於緬甸最奇的風景，恐怕要數『巧都(Kyaik-to)』山上的『巧奪寶塔(Kyaik-tiyo Pagoda)』了，這寶塔說小也眞小，才十八尺高，卻蓋在一顆貼金的大石頭上，而這石頭就頂在絕壁的邊緣，彷彿隨時就要掉進絕壁下的深谷一般。」

「巧都離仰光多遠？你何不也帶我去看看？」東蘭興致勃勃地問。

「東蘭，我何嘗不想？只是巧都離這裡實在也太遠了，單單坐火車去就得五個鐘頭，回來又得五個鐘頭，中間還得爬山，我們剩下多少時間可以坐在山上觀賞巧奪寶塔？」雪美旦那搖頭歎息說。

東蘭顯得十分失望，雪美旦那則比他更加失望，兩人沉默了好一會，雪美旦那突然拍掌叫了起來：

「啊！給我想到了！你知道從仰光到巧都，每晚都有一班夜車，大概是深夜兩點由仰光出發，如果我們搭這班夜車，到了巧都才早上七點，在中午以前就可以爬到山上，在山上遊上兩個鐘頭，下山來得及坐下午五點的火車回仰光，到仰光也不過晚上十點，剛好趕上你回營的時間。」

聽了雪美旦那的話，東蘭也興高采烈起來，問道：

「那我們幾時可以去呢？雪美旦那。」

「明天既然是『明治節』放假，我們乾脆明天就去，只是夜車深夜兩點就開，你起得來嗎？東蘭。」

「奇景當前，豈有起不來的道理？只要我今晚早點回營早點睡就行了。」

「那你現在就回營去吧！很對不起，我從來是不趕人的，但今晚非趕不可了，請你原諒，東蘭。」

於是雪美旦那便起身把東蘭送到樓梯口，好久以來這是第一次，東蘭在天還沒黑之前就離開雪美旦那的公寓。

從仰光東行到毛綿的鐵路幾乎是環繞馬達班灣建築的，巧都剛好在這兩個大站的中間，而北古又在仰光和巧都的中點。深夜兩點的火車從仰光出發，一路在黑暗中前進，天空又沒有月亮，所以途中什麼也看不見，又加上前晚沒有睡足，所以東蘭和雪美旦那便相偎在一張靠窗的長條椅上假寐，在鐵軌規律的催眠聲下，恍恍惚惚睡了幾個鐘頭，終於被一聲汽笛長鳴驚醒，揉揉眼睛，才發現東方已開始破曉，火車的速度驟然減慢下來，原來是在鐵橋上行駛，橋的前頭一片燈火，顯然是一個城市，只是全城仍在睡夢之中。

「這條河是『北古河』(Pegu River)，一過河北古就到了，火車要在這站停二十分鐘，我們可以起來走走，伸伸懶腰。」雪美旦那對東蘭笑道。

「你說北古？可是那尊緬甸最美的臥佛所在的北古？」東蘭好奇問道。

「就是呢，虧你記憶那麼好，我說有機會帶你去瞧瞧，可是這回我們趕路不行，下回再帶你去看吧。」雪美旦那說。

火車在北古站停止後，東蘭和雪美旦那不但在車廂的甬道上行走，甚至還走出車廂，在露天的月台上散步，呼吸早晨新鮮的空氣，這時東蘭才完全清醒過來，等火車重新開動，他已經精神百倍，於是便靠著車窗，仔細欣賞窗外那漸次生彩的風景來。

因爲這一帶仍屬於伊洛瓦底江沖積的三角洲，土地平坦，幾個小時望不到一座山，盡是一畦連一畦的水田，阡陌縱橫，綠油欲滴，直叫東蘭想起台灣嘉南平原的景色來。火車過了「西唐河(Sittang River)」才開始有一抹山影在前端的地平線朦朧浮現，雪美旦那指著那遠山對東蘭說：

「『巧奪寶塔』就在那山上，我們已經近了，再過半個鐘頭，巧都就到了。」

在巧都下了火車，雪美旦那和東蘭草草在站邊的小店吃了早飯，便往巴士站走來，那巴士是到山腳的「金奔(Kin Pun)」去的，時間雖然還早，已經有一大堆各地來的朝香客在站前排隊等車了，他們兩人也去買了車票站到香客的隊伍裡面去。

從巧都到金奔是一條十哩長的沙石路，路上除了定時行駛的巴士之外，也有徒步行走的，更有黑面白鬍的印度老人駕的雙頭牛車，載著悠閒的旅客蠕蠕前行，東蘭探頭到汽車窗外，對那雙頭牛車著迷地注視起來，引得在旁的雪美旦那開口笑道：

「那雙頭牛車有什麼奇？聽我祖母說，從前這條路上都是用象來載遊客的，他們坐在象背上，一邊搖，一邊看風景，那才奇呢！」

「你祖母也來過巧奪寶塔？」東蘭轉過頭來問。

「豈止來過？從她做少女開始到當了祖母，起碼也來過七、八回吧。我還記得最後一次來的時候我才十二歲，我妹妹還在母親懷抱裡，那時祖父還活著。那是唯一一次全家總動員，現在想起來，好像是幾世紀以前的事了。」雪美旦那說，不禁歎息起來。

「你不是說你母親不進佛廟嗎？」

「這巧奪寶塔很小，別說人，就是麻雀也飛不進去，所以母親跟著來，而且她事先就跟父親聲明，她是來看風景的，不是來朝香的。」雪美旦那說著，不覺又笑了起來。

巴士的終站便是山腳下的金奔，從金奔到山頂的巧奪寶塔是一條八哩長的羊腸小道，這小道穿過濃密的竹林，沿著蜿蜒的山脊層層而上，在山路的兩旁到處有善人蓋了竹棚供遊人乘涼歇息，而在每段山路的拐角都有佛像和碑銘，描述寶塔的典故與歷史。山路的前段比較辛苦，一旦過了半山腰，那巧奪寶塔以及塔下的黃金巨石便悠然在望，這時遊客就把疲勞一股腦兒忘記，個個加快腳步向山頂爬去。

有一隊中學生，背著行囊，提著竹杖，且歌且舞，從雪美旦那與東蘭身後趕過，活潑地邁向山上去。有兩個十五來歲的少年轎夫，抬著一個兩百斤重的肥臃商人，一步一步追近他們，當那轎子從他們身邊擦過，東蘭見那兩個轎夫汗流浹背，而那轎上的中年商人卻悠哉悠哉揮著一把蒲葵扇，回過頭來用緬甸話笑對雪美旦那說：

「Ahmya! Ahmya!」

雪美旦那只笑臉相向，沒有回答他。等那轎子走遠了，東蘭才問她：

「那商人剛才對你說了什麼？雪美旦那。」

「他說：『要積陰德啊！有福要共享啊！』」雪美旦那說。

「眞是這樣？」

「我不騙你！」

東蘭笑了起來，待轉頭想再看那商人一眼，那轎子已在路的盡頭拐彎，隱到樹蔭裡去了。

雪美旦那和東蘭終於爬完了全段山路，來到山頂，他們坐在觀望台上仰望那黃金燦爛的巧奪寶塔，被那寶塔巧奪天工的美麗與塔下巨石在絕崖頂上天平無風的平衡驚得瞠目結舌，不能言語。當東蘭瞇起眼睛，那絕崖、巨石、寶塔便化成一個可愛的幼童，胖臉肥兜，頭頂紮一根髮辮，笑口迎人，天眞無比；而當東蘭張大眼睛，那絕崖、巨石、寶塔又即刻恢復它那莊嚴的帝象，頂天立地，光耀四方，彷彿把整個宇宙的神秘都收藏在那黃金寶塔之中。

「眞不可思議啊！這絕壁竟然頂得住這大石頭，而這石頭上竟然立得起這黃金寶塔。」東蘭感歎地說。

「這有什麼不可思議？如果你知道那寶塔裡面珍藏一根佛陀的頭髮，你就要以爲這是理所當然的事了。」雪美旦那笑著說。

「那寶塔裡有一根佛陀的頭髮？」東蘭驚訝地問。

「就是啊，可見你對巧奪寶塔如何陌生，又不得不再給你上一課了。」雪美旦那搖著頭說，然後諄諄說了下去：「在佛陀活著的時候，這山上有一個山洞，洞裡住著一個道行很高的隱士。有一回佛陀來到緬甸，風聞這位隱士的德行，特別上山到他的山洞來拜訪他，與他相談之後，因感於他修道的熱忱，便拔了一根頭髮給他留做紀念。這隱士便把這頭髮結在自己的髮上繼續修道，等他老了，便把這根頭髮當做傳世之寶傳給他的弟子，以後這根頭髮也就在這山洞的弟子們一代一代傳了下來，一直傳到第十二世紀迪沙王(King Tissa)的時代。這迪沙王是以崇尚佛法出名的，有一回他到山洞來拜謁一位保有那根頭髮的老隱士，那隱士被迪沙王的虔誠所感動，便把結在頭上的佛髮解下來贈給他，只是有一個條件，迪沙王必須去找一顆巨石，全然像這隱士的頭，把這巨石安在那絕崖之上，然後在巨石頂上建一座黃金寶塔，把這佛髮藏在塔裡。這一切迪沙王都答應了，以後費了九牛二虎之力，終於在海底找到一顆像那老隱士頭的石頭，千辛萬苦搬到山上安置在絕崖之上，又在石上蓋了寶塔來藏那根佛髮，也正是這根佛髮維持了那巨石的平衡。」

東蘭聽罷，頷首點了一會頭，終於開口說道：

「雪美旦那，不管這佛髮的傳說是眞是假，它總給人一種啓示，人生的平衡僅繫於一髮而已。你想想，只要把一根頭髮從巧奪寶塔移開，整座寶塔連那巨石就要滾到深谷裡去，這不應了『一失足成千古恨』這句中國著名的諺語？」

那山谷底下猿聲啼不住，而觀望台附近的小猴則從這樹跳到那樹，把這山林弄得十分熱鬧，東蘭笑道：

「沒想到這裡有這麼多猴子！」

「這說起來又是另外一個故事了。」雪美旦那微笑地說，得意地說了下去：「這山林一帶的人不同於平原的緬甸人，他們叫『可憐人(Karens)』，他們不但語言與緬甸人相異，連宗教也跟緬甸人不同，緬甸人信佛教，而他們卻信基督教。好幾百年來，這些可憐人就忌恨佛教，後來看見迪沙王在山上建立巧奪寶塔，就更加生氣，只是一時不敢有所行動，一直等到迪沙王死後的某一年，這可憐人中的一個終於提議上山把巧奪寶塔拉倒，因爲已經積怨太深，所以一呼百應，立刻召集了所有年輕的可憐人，準備麻繩，趁著黑夜，來到巧奪寶塔的巨石前，有個比較輕靈的可憐人攀到巨石上，把麻繩套住寶塔，正當其他可憐人抓著繩子合力要把寶塔拉倒時，那塔尖突然發出金光，把四周照得像白晝一般，而佛陀的形像也就在光中出現了，他對著這群不敬的可憐人俯瞰一會，閉目唸起咒來，那麻繩就在塔端剝地一聲斷了，所有可憐人霎時失去了平衡，都滾到山下的深谷裡去，一個個變成了猴子。」

東蘭聽完了話，又頷首點了一會頭，默默沉吟了半晌，然後淡淡地說：

「雪美旦那，你相信這故事嗎？在我們台灣，日本人也管台灣人叫『猴子』，大概他們也編了不少『台灣猴』的故事，在他們日本人之間流傳，只是我們台灣人不知道而已。」

於是他們兩人都不再作聲，只悄悄把頭抬起，一起去仰望那黃金寶塔的塔尖，望了好一會，東蘭才把目光從塔上收回來，這才發覺雪美旦那並不望寶塔，卻是斜身托頤，凝神靜氣，癡癡地望著他……

「你在想什麼啊？雪美旦那。」東蘭打破沉默，微笑地說。

「沒有什麼……」雪美旦那紅起臉來，搖搖頭說：「只是……只是……唉——，假如你年輕一些該多好！」

「你說什麼？雪美旦那。」東蘭提高嗓子問。

「沒有什麼……沒有什麼……」

雪美旦那說著，又猛烈搖了一會頭，把視線從東蘭臉上避開，望那巧奪寶塔的塔尖去了。

他們在山上留連了兩個鐘頭就下山了，下到金奔再到巧都，剛好趕上五點的那一班回仰光的火車。這火車順著早上來的方向往北古開，來到北古時是傍晚七點，因爲火車要在站上停留二十分鐘，他們便又像早上一樣走下車廂，在那無棚的月台溜躂起來。

這時夜幕儘管開始降臨，可是天還亮著，西方的彩霞仍依戀不肯離去。雪美旦那望著那晚霞，突然拍了一下手，對東蘭叫起來：

「怎麼樣？我們現在就去看緬甸最美最可愛的臥佛，本來打算以後才帶你來的，可是誰料得到以後還有這麼好的機會沒有？」

「但我們的火車票怎麼辦？」東蘭皺起眉頭說。

「那沒關係，我只消去跟站夫說一聲，請他暫時讓我們留著，回頭再坐下班火車回去。下班火車是九點出發的，我們有兩個鐘頭，夠我們好好欣賞這尊臥佛了。」

說著，雪美旦那便拖了東蘭走向收票口去，用緬甸話跟那站夫說了幾句，兩人便出了車站，在附近叫了一部手車，馳向車站南邊的北古臥佛去了。

等他們看完了臥佛回來，從巧都方面來的火車也到站好久了，因此他們才踏上火車的踏板，便聽見汽笛在嗚嗚地響了，才找到空位坐下來，火車已離開了北古站，在北古河上的鐵橋加速起來。

這天晚上，當他們回到仰光，已經過了子夜十二點，兩人都疲憊不堪，東蘭只在雪美旦那的公寓用冷水洗一下臉，喝一口冷茶，就立起來，準備回營去了，卻沒想到雪美旦那用她那雙美麗的眼睛繾綣地凝望著他，輕輕地說：

「東蘭……你一定得回營去嗎？」

「實在太晚了，」東蘭瞄了一下手錶說：「已經累了你一整天，總不能再鬧你一個通宵。」

「怎麼會？你可以睡在這裡啊，爲什麼不呢？反正對我都一樣。」雪美旦那說著，眼睛生情，兩頰生光。

東蘭一時怔住了，猶豫著，不知說什麼才好。雪美旦那看在眼裡，忙解釋道：

「哪，我經常準備兩副多餘的枕頭和被褥，以便我祖母和妹妹來時用，我現在就去搬一副來給你用。我仍然睡在我的臥室裡，而你可以睡在客間，那裡靠陽台，比較涼快。你如果覺得不習慣，我們還可以在臥室與客間中間掛一條帘子，那帘子收著，而掛鉤還在天花板上，你幫我掛一下就行了。」

東蘭想了一會，實在不忍推辭，終於答應下來，於是雪美旦那便去把枕頭與被褥搬出來，鋪在客間的地毯上，兩人又協力把兩幅乳白布帘掛在掛鉤上，將臥室與客間隔開來。

等一切準備就緒，東蘭終於在他的被褥舒躺下來，這時整個公寓都是黑暗的，什麼也看不見，只聽見隔帘雪美旦那睡前脫衣卸帶的聲音，窗外那中國風鈴幽幽地響，偶爾滑過一顆流星，照亮了南半天……

十九

緬甸的佛曆新年大約在陽曆的四月上旬，因爲季節雨還沒開始，所以豔陽高照，是全年最暑熱最乾燥的時候，爲了讓大家清爽，緬甸人的祖先乃創了一個「潑水節」，就在元旦的前三天，所有緬甸的男女老少都盛裝美服，個個來到大街小巷，手提盛水的木桶、鐵盆、葫蘆或瓦罐，潑水爲戲，潑得全身濕漉漉，高聲歡笑，潑的人喜，被潑的人樂。就這樣，以人造的季節雨來互相沖涼，同時唱歌跳舞，來迎接他們快樂的新年。

因爲連著三天，學校與俱樂部都放假，東蘭便隨著雪美旦那遊遍了仰光近郊的名勝古蹟，嚐盡了各個人種的奇香異味，當東蘭從馬車上看見近城遠村的男女都潑水遊戲，而且樂此不疲，他搖頭感歎起來：

「想不到緬甸人這麼熱衷這種潑水的遊戲！」

「豈止遊戲！他們彼此就用這個來洗除過去一年身上的塵埃和心中的罪愆。」雪美旦那回答說。

就在除夕的傍晚，當東蘭和雪美旦那遊罷歸來，下了馬車，步向公寓的小徑，有一對十六、七歲的少年情侶從紫丁香叢閃了出來，那男的長臉清濤，黃衫紅裙，頭紮一條緬甸絲巾，那女的蛋臉嫵媚，白衫紫裙，胸掛一串珍珠項鍊，他們兩人都雙手背後，臉掛著詭祕的微笑，迎著東蘭與雪美旦那碎步蹭來，只見那男的向那女的使一個眼色，於是兩人便向東蘭與雪美旦那微微欠身，用緬甸話齊聲說道：

「恭賀新禧！」

還等不及雪美旦那回答，他們便把背後的兩桶水往東蘭與雪美旦那身上潑來，提了桶拔腿跑回紫丁香叢去了，東蘭一時氣極，怒吼一聲，想追趕過去，卻被雪美旦那從後拉住，不但沒見她生氣，而且滿臉堆著笑，一邊用手指著額上的水滴，一邊咧嘴說道：

「大年除夕怎麼可以隨便生氣呢？更何況他們給我們洗塵和洗罪，道謝都來不及，哪裡還有生氣的道理？」

經雪美旦那這麼一提，東蘭才安靜下來，不再生氣了，反笑起自己的迂，兩人便相攜，一路滴著水，走進公寓，往樓梯爬上來。

一進公寓的客廳，雪美旦那顧不得自己，先去衣箱找了一條大紅牡丹的浴巾來揉擦東蘭淋濕的頭髮，然後褪下他的濕衣與濕褲，爲他拭身揩腿。東蘭任雪美旦那隨意擺佈著，不知不覺注視起她來，原來她的紗衫綢裙這時吸水貼肉，使她的身段顯得格外曲線玲瓏，像幅彩色的地圖，山峰溪谷頓然立體起來，該凸的都凸，該凹的都凹了……

等東蘭全身都擦乾了，雪美旦那又去衣櫥拿來一件粉紅的女睡袍，給他披了，對他說：

「這是我的睡袍，你暫且穿上，別冷著了，過會兒把你的衣服烘乾了，再換回去。」

然後叫他轉身背對她立著，她退後兩步，側臉托腮，斜睨了一會，才叫他把雙臂張開，像個著紅衫的稻草人，過後又叫他雙手交叉合抱在胸前，只聽到她噗哧一聲笑了起來，東蘭連忙轉過頭來問道：

「雪美旦那，你在笑什麼？」

「我在笑……我在笑……你好像從背後被我一把抱住了……」

雪美旦那掩著嘴說，又格格地笑了，東蘭臉肉一鬆，不覺也陪她笑了起來。

雪美旦那回到自己的臥室，脫掉濕衫，把身子拭乾，只掩了一襲鵝黃寬舒的睡袍走出來，東蘭見她滿面桃紅，散一肩長髮，恍若出水仙子，婀娜多姿，更教人憐愛了。雪美旦那見東蘭癡癡呆望著，笑對他說：

「有什麼好看的？還不快來幫我起火，把你的衣服烘乾。」

說著，便走過來牽東蘭的手，往她的臥室走進去，四下裡找到一盒長久沒用的老火柴，扔給東蘭請他把那口燒油的暖爐點燃起來，而她自己則去陽台搬來了晾衣架子，置在暖爐的一旁，把東蘭的濕衣濕褲都披上了，然後在地板上鋪了一張被褥，兩人在褥上依偎盤坐，圍爐取暖。

那火焰在爐裡熊熊地燃燒，而且愈燒愈烈了，火光照著雪美旦那的臉，彷彿撲了一層金粉，如那寶塔裡鑄金的觀音。驀然，水生映火的紅臉在東蘭的跟前浮現，接著是春生的臉，然後是那隻可憐的小鐵拐，打著噴嚏，亮著眼睛，儘搖著尾巴，東蘭似乎聞到一陣熱噴噴的香味，他深深地吸了一口氣，莞爾微笑了。

「換你在笑什麼？東蘭……」雪美旦那側臉問道。

「我忽然想起我們台灣鄉下的紅金瓜蕃薯……」東蘭滿懷鄉愁地說。

「什麼『紅金瓜蕃薯』？」

「我記憶裡最好吃的東西，算算已經快四十年沒吃了。」

「眞的那麼好吃嗎？使你這麼久還不能忘。」

東蘭點了點頭，望著爐裡的火焰，自言自語地說：

「我不能忘，不單那紅金瓜蕃薯的香味，還有那紅金瓜蕃薯後面的一段童年的往事……」

「快告訴我！快告訴我！這一定是十分有趣的故事。」雪美旦那像個天眞的少女，興奮不迭地說，不覺把身子往東蘭挨了過去。

東蘭從他小時候跟水生、春生、秋生以及小鐵拐在波羅汶土地廟前的榕樹下玩「考三皇帝」的遊戲說起，說到秋生做「乞食」揹「皇帝」跌倒在樹前手脫了臼，水生被白番公痛打不給他吃飯，幾個小孩和狗在圳溝頭偷了紅金瓜蕃薯烤來吃……聽得雪美旦那津津有味，不敢作聲。等東蘭把故事說完了，她才意猶未盡地問道：

「這些孩子和那狗後來又怎麼了呢？東蘭……」

東蘭聽了，倏地臉色一變，垂下頭來，傷感地說：

「秋生在我中學的時候就死了，春生已經二十年沒有見面。」

「那烤紅金瓜蕃薯的孩子和他那隻跛腿的狗呢？」雪美旦那繼續地問。

「水生以後變了小偷，最後死在牢裡，而小鐵拐不必說了，只是小鐵拐死後還有一窟墓，水生則連墓碑也沒有。」

「罷喲！罷喲！這大年除夕，怎麼儘說些不吉利的話？」雪美旦那打岔道，用右手打了自己三下巴掌：「都是我這張嘴巴，先就不該多問，還是讓我們聊些快樂的事吧！」

然後雪美旦那自動說起從前在曼達列幾件少女時代的趣事，叫東蘭瞇起眼睛，笑不攏嘴。夜已經深了，而東蘭的衣服也快烘乾了，雪美旦那忽然歪身把東蘭斜乜了一會，皺起眉來，連連搖頭說：

「不行！不行！看你這頭亂髮，蜂窩似的，元旦回營怎麼去見人？」

說罷，雪美旦那縱身躍起，到床前的梳妝台找來一把玳瑁梳子，在東蘭的腳跟前半跪下來，爲他梳起頭髮，她那薰人的體香往東蘭臉上直逼而來，一雙乳峰隔著薄層的睡袍，時時碰到他的鼻尖，使他不得不把眼睛合閉起來。

梳完了東蘭的頭髮，雪美旦那雙手扶著他的兩頰，偏起頭來，左看看右看看，滿意地點起頭來，叫一聲：「行了！」便把手裡的梳子往東蘭懷裡調皮一丟，轉身面爐跪坐，背對他說：

「現在輪你給我梳頭髮了！」

東蘭抓起梳子，坐在雪美旦那的背後爲她梳頭髮，他從來都沒注意到女人粉肩與玉頸之間的曲線是如此柔美，便任似水的目光在上面恣意瀏覽起來，倏地，他被她那腮下的美人痣吸引住了，手竟不知不覺停下來，他癡癡地望了好久，見那顆美人痣開始蠕動，像隻剛破卵出殼的小蜘蛛，幽幽地對他爬了過來……

雪美旦那將脖子猛然一扭，左手撐著身子，右手掩住美人痣，回頭來望東蘭，爲他印在她痣上的熱吻而驚得目瞪口呆，她的上身歪歪斜向一邊，因爲扭轉過激，睡袍的領子竟掀了開來，露出一雙乳峰，像雨後掙出土面的兩朵大松菇，白嫩嬌鮮，還用鬆葉和軟泥半遮掩……

東蘭呆了半晌，梳子從手裡掉落在腳邊，突然又迎了過去，把熱吻直接印在雪美旦那的嘴唇上，趁勢用左手把她摟緊，右手往她的乳谷伸了進去，雪美旦那用雙手想把東蘭推開，左右擺動想閃躲他的吻，吁吁懇求道：

「東蘭，不要，請不要……」

可是這反而逗引起東蘭，他用力把她扳倒在被褥上，一時掙扎過烈，她睡袍的繫帶剝地鬆開了，他的手指再也沒有遮攔，便一路往她的大腿處摸索下去，她猝然伸手去揪他的腕，曲起右膝來頂他的小腹，苦苦哀求道：

「東蘭，不能這樣，千萬不能這樣……」

她一邊哀求，一邊竭力想爬起來，卻被東蘭的重壓壓著，雙手也被他緊緊扼住，像用鐵釘釘在地板一般，眼看已經完全沒有反抗的餘地，她倏然安靜下來，柔得像一條柳枝，然後放聲大哭起來，像一個不見了洋娃娃的小女孩子，哭得十分傷心……

東蘭喘息著，呆呆地望著雪美旦那，突然憎惡起自己來，於是鬆了手，跪到她的一旁，拿她的領子把她的胸口掩了，又翻起她睡袍的衣角把她的大腿裹了，垂著頭沮喪地對她說：

「雪美旦那，請你原諒我，我實在不該，不該，不該……」

東蘭說著，忽然氣塞，吐不出聲，便立起來，離開了臥室，猛力拉了臥室與客廳之間的布帘，脫掉身上那一襲粉紅色的睡袍，往藤椅一扔，在他自己的被褥側倒躺了下來。他望著窗外一片漆黑的夜空，想起傍晚給他們潑水的那對緬甸少年男女，怎麼才洗過一年罪，卻又添了一生孽？他恨起自己來，立刻想到雪美旦那必也恨他，於是不自覺隔著布帘問她道：

「雪美旦那，你恨我嗎？請別恨我，我沒有意思想……」

雪美旦那沒有回答，只繼續低聲嗚咽，偶爾猛烈抽泣一陣，慢慢平息下來，這時才開始聽見陽台傳進來的風鈴聲……

好久好久，他們不再交談，但兩人卻都醒著，東蘭終於聽見雪美旦那挪動的聲音，她掀開布帘來到客廳，悄悄地在東蘭的背後躺了下來……

「我不恨你，東蘭，我怎麼會恨你？」她喃喃地對他耳語：「這不是你的錯，是我的錯，其實我何嘗不想？只是一直都把你當父親看待，更何況那樣，你跟他們日本軍官又有什麼分別？……」

她更向他偎近，伸手來撫他的胳膊，一雙炙熱的乳頭觸及他的背，恍如楊柳戲水，點點圈圈，輕挑漣漪，漂向四邊……

他全身起了陣陣痙攣，卻一直努力抑制著，終於按捺不住，便猛然翻過來把她擁在懷裡，她順勢讓身子平躺下去，任他把熱吻由她的額頭、鼻尖、嘴唇、咽喉……一路印到乳谷，忽然她的兩臂蛇般地繞到他的背後，將他的頭緊緊箍住，旋即一雙乳峰也浪似地往兩頰湧來，密不透風地把他的整張臉淹沒了，於是他感到她的呼吸與心跳倏地加劇起來，彷彿牡丹初開，忽遇夜雨，遂羞澀地將花瓣合起，把一隻蜜蜂深鎖在花心底……

二十

這一年十二月，日本東條英機總理大臣在東京召開了「大東亞共榮圈」的亞洲國際會議，參加的除了盟主國日本，其他便是汪氏中國、滿洲國、菲律賓、泰國和緬甸，爲了籌備會議的議程，早在這年的三月，日本便派了外務次長以及隨行官員到各與會國家實地視察，並與他們的政府首長共通協商。

當這隊外交人員到達仰光，正是緬甸五月濕濡的雨季，連續兩個禮拜都下著雨，東蘭整日帶他們到各部政府機關參觀作業，然後便是長時間做日本人與巴毛總理以及其他部長之間會議桌上的翻譯。因爲忙得沒有片刻的休閒，也就連著兩個禮拜都沒到仰光河濱的公寓去看雪美旦那，等這隊外交人員終於回日本去了，卻又遇著來自中國南海的颱風，把營房吹得東倒西歪，七零八落，爲了整理文書衣物，這禮拜雪美旦那的休息日又沒能去了，難得出了幾天太陽，乃決心等下禮拜她的休息日再去找她好好相聚，卻突然接到新加坡總部發來的一通電令，叫他即時整理行囊，第二天就地登船，隨船南下到新加坡總部報到。

因爲沒有時間可以等到雪美旦那的休息日，這天下午整完了行裝細物，於傍晚時分便往「日本軍官俱樂部」奔來，進了俱樂部的門，直接就到酒吧來找雪美旦那。那酒吧的櫃台後面立了幾個穿藍色制服的女侍，東蘭一個個望去，都不是雪美旦那，有另幾個出去跑檯的女侍都回來了，東蘭也一個個檢視，仍然不是雪美旦那。東蘭皺起眉頭，正不知如何是好，有一個正在洗酒杯的女侍側臉把他端詳了一會，抹淨了手，挪了過來，自動開口問東蘭說：

「你是不是在找雪美旦那？」

「是啊……」東蘭猛烈地點頭，然後瞇起眼睛，記不起幾時認識這女侍。

「你忘了？」那女侍笑道：「就是我告訴你雪美旦那的地址的啊，眞謝謝你還賞了那麼多的小費。」

經她這麼一提，東蘭終於記起來了，他的嘴角漾出淺笑，但立刻便消失了，只稍停一會，便迫切地問道：

「雪美旦那今天有來上班嗎？」

「喲！我起碼也有好幾個禮拜沒見到她了。」

東蘭臉色一變，不自覺往前扼住那女侍的一隻腕，焦急問道：

「怎麼樣？她出了什麼事？」

「也不知道什麼事，只知道她向我們的主管請了假，就是不知道爲什麼請了這麼久還不回來。」那女侍平心靜氣地說，把手輕輕抽回去。

「你們的主管在哪裡？」東蘭問，目光在櫃台四周搜索起來。

「呃，他從來沒有這麼早來，再過一個鐘頭看能不能見到他。」

有人從櫃台那一邊在喚這個跟東蘭交談的女侍，於是她向東蘭點頭示歉，自他跟前走開了。東蘭毫不躊躇，只迅速瞟了一下手錶，便伐開大步，對著大門走去。

從俱樂部的大門走出來，東蘭順著「垂大光寶塔路」的下坡道邁向雪美旦那的公寓。這時天上又罩了陰霾，街上又颳起大風，風在無尾巷底轉龍捲，把紙屑與煙蒂捲到半空中，拋下一只空鐵罐子，在水泥地上打圈圈……

爬了那段樓梯，來到雪美旦那的門口，東蘭的心跳無緣加劇起來，他舉手敲門，在門縫上輕輕地叫著：

「雪美旦那，雪美旦那，我是東蘭……」

門裡悄悄地，沒有一絲動靜，他又敲了一會，仍然沒有任何聲響，他頹然踅足走向樓梯口，想回「日本軍官俱樂部」再跟那主管打聽清楚，才恍然記起雪美旦那曾經給他的那把鑰匙，他一直都藏在皮夾裡，從來都沒用過，遂從懷裡掏出了皮夾，從中挑出那鑰匙，把門打開了。

臥室與客間冷清清的，沒有雪美旦那的影子，那通陽台的門窗緊閉著，透不進一點屋外的空氣，那圓几上的一盆蘭花，因多日沒有澆水，已枝乾葉垂，落滿一桌凋謝的花瓣，散著最後一氲淡淡的餘香。就在那零亂的盆底下，東蘭瞥見一張紙條，他顫巍巍地把手伸過去，將那紙條從殘花堆裡抽了出來。那是雪美旦那留給他的，只簡單寫了兩行字：

祖母病重，我暫回曼達列，雖然我不在，盼你照常來，
替我開窗澆花，把這裡當成你的家。

東蘭拿著紙條，無力地癱瘓在几旁的藤椅上，憶起第一次在陽台的晚風裡雪美旦那爲他脫襪的情景，以及王湖的「湖邊落照」，以及巧都山上的「巧奪寶塔」……

他終於從藤椅立起，在那紙條的兩行字下另添了一行字：

我奉命離開仰光，不知何年何夕能再相見？

他將皮夾裡的所有鈔票都掏出來，把那把鑰匙連同那紙條折在鈔票之中，塞進花盆底下，反鎖了門，走下樓來。

跨上街頭，迎面吹來一陣大風，夾著飛沙，像萬隻箭似地往東蘭的臉上鑽，他奇怪怎麼聽不見那耳熟的鈴聲？遂抬頭回望雪美旦那的陽台，那欄杆上的風鈴不知幾時被風吹掉了，只剩下半截斷線在狂風裡飄……

二十一

載東蘭的那艘運輸艦中途都沒曾停泊，一路南下往新加坡駛來，在新加坡靠了岸，東蘭就直接到總部報到，才獲知他原來預定的兩年服役已接近期滿，可是太平洋戰爭卻沒有任何結束的跡象，軍方乃不得不呈報上司繼續把他徵用，爲了慰勞他兩年來的服役，也爲了補償他此後的留役，才提早給他三個月的假期，讓他回台灣休息，等假期期滿，再回到南洋的前線來服務。

爲了等待開回台灣的船隻，東蘭在總部的軍官營房裡無聊地消磨了幾天，第三天在餐廳裡，他遇見了從前在太平服役時認識的一位軍官，他一見到東蘭，便驚訝地叫起來：

「噢！是江東蘭中尉嗎？幾時調回來的？」

「前兩天。」東蘭回答道。

「一個月前有一封電報從台灣打到總部來給你，你知道嗎？」

「一封電報給我？那電報說了什麼？」

「大概是說台灣方面有人病重什麼的，詳細內容我就不知道了。」

「奇怪！我怎麼不知道？」

「只有你不知道，營房裡的軍官幾乎都知道了。」

東蘭感到十分憤慨，離開餐廳，直往總部的通訊組奔來，要求那些通訊人員立刻把他的電報交給他，可是他們卻是一副漠不關心的表情，推說軍事倥傯，沒有時間處理私人電報，只答應以後若有時間，再慢慢爲他尋找。

東蘭沮喪地自電訊組走出來，一時心煩意亂，不知如何是好，等情緒稍微平息下來，才忽然想起佐佐木，他依舊在總部的大本營裡服役，又經常可以收到台灣來的家信，再沒有比他更知道家鄉的消息了，於是他便往大本營佐佐木的辦公室而來，一見到他，什麼也不說，開門見山就問：

「佐佐木先生，聽說新竹來了一通電報，說我家裡有人重病，到底指的是誰？而且患的是什麼病？你知道嗎？」

只見佐佐木先是諱莫如深地點點頭，從椅子徐徐立起，走過來按東蘭的肩膀，淡淡地說：

「那電報指的是令尊，患的是不治之病，我家內也從新竹寫信來告訴我，他已經到另外一個更好的世界去了。」

東蘭感到一陣暈眩，眼前化作一片黑暗，忙扶住桌角，以免跌倒下去，等那陣茫然過後，他才低聲跟佐佐木道了謝，垂著頭，蹣跚地從他的辦公室走出來。

回到軍官營房，東蘭和衣躺在自己的床上，望著天花板出神，江龍志和江眞靜公孫兩人的影像交替在那天花板上映現，可是他一滴眼淚也沒有，只心頭感到排不開的鬱悒，每隔一段時候就深深地歎息。

這天一整日，東蘭都沒再回到餐廳去，他千頭萬緒，百感交集，整夜也沒能合眼入眠，第二天天剛黎明，就從床上爬起，自「帝馬山」山坡上的軍營走下來，沿著環海公路漫然向著人煙漸少的西方走去，時時在岸邊的礁石上坐下來，望那海上的白鷗與天上的雲朵，試圖把腦裡的一切全然忘記。

當太陽爬到「帝馬山」山頭時，東蘭也走到一處突伸入海的海岬，在那岬上的蒼翠裡悠然出現一座白色廟宇，東蘭戛然止步，頓時被那廟宇吸引住了，彷彿有一隻無形的手在對他招喚，他於是又伐開腳，一步一步向前走去。

有一道花岡岩砌成的石階從路邊攀援上山，每個階欄的欄柱都雕著樣式各異的小石獅，而階欄的兩旁則種了兩排相思樹，枝上有的還開著黃花，有的已結了紅豆。石階的盡頭是一塊鋪石的大廣場，廣場的深處矗立一座中西合璧的白石大寺院，那正門的入口處懸著一幅木刻橫匾，用正楷的毛筆寫著「觀音禪寺」四個大字。

從禪寺的側門脫鞋走進去，東蘭來到一個正方形的大廳堂，那地面全用磨石的花磚砌成，各色各樣，圖案配對，甚是華麗美觀。那廳堂的四周鋪有地氈，是供香客盤坐聽誦之用，而佛壇則設在中央，有一尊純白大理石細雕的觀音大佛像立在一朵蓮花上面，兩旁由騎金獅的文殊菩薩和乘白象的普賢菩薩伺候著。一座長方形龍案立在佛壇的前頭，案上供著鮮花與生果，兩端點著一對臂粗的大紅燭。離那龍案，越一條人行過道，正對著觀音大佛像是一張和尙誦經的方桌，桌兩旁有一鼎大鐘和一隻木魚，都用圓几擎著，桌前與几前各擺著一只叩拜用的半斜跪墊，稍後面更有幾只給齋客用的類似小椅。有三柱長香插在那方桌的黃銅香爐上，正燃著，因爲堂裡沒有人，三縷清煙筆直上昇……

東蘭繞那佛壇走了一圈，驀然發現有什麼在龍案上的一盆鵝黃的水仙花後面輕移慢動，待住腳定睛一看，原來是一隻碧眼黑貓，大概是晨睡方醒，從那綠葉叢裡幽然蹦了出來，先將脊背一弓，再挺胸把後腿一一抬起，伸直了懶腰，等四肢重新站立，牠便把尾巴高高豎起，在空中旋轉兩圈，扭曲了那爐上的直煙，無聲無息從龍案躍下，落在花磚地上，跑了幾步，又向上輕輕一跳，跳到一口明亮的大窗上，然後匍匐蹲坐，把一雙前腿彎曲藏在胸毛裡，眺起窗外那藍色的大海來。

有兩位尼姑從堂裡的側門走進來，當她們瞥見東蘭，她們倏地收住了腳，不敢再向前移動半步，而當東蘭舉步對她們走近，她們臉色變得鐵青，驚慌地互相擁抱，幾乎拔腿要從那進來的側門跑回去，這才叫東蘭恍然記起，原來他穿的是日本軍服，也難怪她們會驚若死鼠了，爲了緩和這場面，他立即把軍帽一脫，禮貌地用閩南話問她們說：

「請問師父不知是否在寺裡？」

「怎麼？你日本兵也會說福建話？」其中的一位較年長的尼姑用閩南話反問東蘭說。

「我不是日本人，我只是穿了日本制服，但我不是日本人，我是台灣人，所以才會說福建話。」

「眞的嗎？」那較年輕的尼姑插進來說，還是滿臉狐疑的表情。

東蘭對她們點點頭，強自扮出了友善的微笑，終於使她們相信了他的話。只見她們兩人私下耳語參商了一番，最後那年長的尼姑才向前走了一步，用正常的語調問東蘭說：

「那麼你找師父做什麼？」

「想請他爲我的家屬誦經超渡。」東蘭深沉地回答。

聽了這話，那兩位尼姑態度大變，變得慈悲和藹起來，兩人都齊向東蘭挪近，那年輕的尼姑歪著頭溫柔地問道：

「你的一位親人最近過世嗎？」

「不是一位，是兩位，先是我女兒，然後是我父親，都是在我被日本人調來當兵的期間去世的，剛好看到你們這寺院，才想請師父爲他們誦經超渡。」

「阿彌陀佛——」

兩位尼姑合掌卑躬異口同聲對東蘭唸道，然後兩人又來到佛壇前的方桌上，一個磨硯，一個潤筆，問起身後的東蘭，有關江龍志和江眞靜的姓名、住址以及生時年月日等等，等將所有的信息都塡在一張金箔紙上了，她們才到堂裡請師父出來。

大約等了二十分鐘，一位年約六十歲的和尚才從那側門走進堂來，後面就跟著剛才那兩位尼姑。那和尚披一襲灰色袈裟，穿一雙白色布襪，滿臉紅光，留一下巴雪白的鬍鬚，飄然走到佛壇之前，舉起一雙炯炯的目光，將東蘭一凝，微微向他點一下頭，偎到那方桌，念起那金箔紙上的姓名等等來。

那和尚爲東蘭家的公孫誦了一卷「地藏王經」，一卷「阿彌陀經」，三遍「大悲咒」與三遍「往生咒」，過後又禮讚說法，做了另一些必要的佛事，這其間那兩位尼姑中的一個鼓鐘，另一個敲木魚，爲和尚助誦，而東蘭一直都半跪在他們後面的墊椅上，雙手合掌，閉目隨誦。

一旦超渡完畢，那和尚回身向東蘭點了一下頭，又飄然走進堂裡去，東蘭既把油香錢與誦經費付給尼姑之後，自己也穿了鞋，跨出那正堂，信步踱到堂後的深院裡去。

那院子的更後面是山林開闢出來的花園，園裡除了各類花卉，還種了幾株鳳凰木與合歡樹，花已謝了，只剩對羽如髮的綠葉。在那樹蔭底下有石桌和石椅，面對幾座假山和一潭池水，東蘭便在那石椅上坐下來休息，望著漂在水面的幾片枯葉以及停在葉上的一隻蜻蜓，無端發起神來。

因為一夜無眠，東蘭便在那石椅上打起盹來，等睁開眼睛，日已當中，他想應該是下山回營的時候了，他於是離開花園，經那深院，從寺旁的月門來到那寺前的大廣場，他對著廣場盡頭的石階出口邁了過去。

下了一段石階，不期然望見一個和尚坐在前頭下方的石階上，不知在做什麼，這大大引起東蘭的好奇，便悄悄下階來到他的身旁，才發現原來就是早先在寺裡為他誦經超渡的那位老師父，不知幾時已換了一襲黑色的袈裟，蹬一雙手編的草鞋，胸前懸一只寫著「觀音禪寺」的奉獻袋，正低頭含笑愛撫懷裡的那隻黑貓，把一頂闊邊大斗笠放在腳邊，因為專心一致，並沒有注意到東蘭的來臨。

只見那愛嬌依人的黑貓在師父的懷裡輾轉翻滾著，一骨碌鑽到奉獻袋裡去了，這引得師父開懷大笑起來，更憐愛地撫摸牠那露在奉獻袋口的貓頭來。驀地，不知從哪裡飛來了一隻翠羽白腹的野鴿子，翩翩停在階旁的相思樹上，咕咕地叫，那黑貓驟然豎起耳朵，張大眼睛，撲地一聲自奉獻袋跳出來，跳到那相思樹底，埋牙藏爪，窺伺起樹上的野鴿子來。

師父搖頭歎息起來，這才瞥見身旁的東蘭，於是恢復了原來的笑顏，用福建話問東蘭說：

「你就要下山了嗎？」

東蘭默默點了兩下頭，於是那師父又接了下去：

「我也正要下山，替人消災化緣去。」

師父一邊說，一邊把腳邊的斗笠拾起來戴在他那發亮的禿頭上，慢慢自階上立起，見東蘭在眺望眼前那一片波浪連綿的大海，於是也跟著東蘭望起海來，望了好一陣子，悠然自言自語起來：

「人生就如這大海，一浪過了又一浪，浪峰永遠跟著浪谷，峰愈高，谷也愈深，等後浪追上前浪，這時峰谷交疊，浪花迸濺，於是海又歸於平靜。」

師父深吸了一口氣，又繼續說下去：

「是的，萬物原是平靜的，正如那海浪，始於平靜，也終於平靜，即使那海上的一滴水，經歷多少驚濤駭浪，也只是上下起伏，何曾向前移動？娑婆世界由心造，記著這句話，盼你有緣再來。」

師父說罷，一逕踏著石階下山去了，這時那相思樹上的野鴿子已不知飛往哪裡去了，而樹下的黑貓也回到山上寺裡去了，只剩東蘭還留在原地，繼續迷惘地望著那一片波濤洶湧的大海……

國家圖書館出版品預行編目資料

浪淘沙 / 東方白著. -- 修訂新版. -- 台北市：
前衛, 2005 [民94]
2128面；15×21公分

ISBN 978-957-801-464-0(全套：精裝). --
ISBN 978-957-801-465-7(平裝)

857.7   94004648

浪淘沙

著　　者　東方白
責任編輯　陳金順
出 版 者　前衛出版社
　　　　　10468 台北市中山區農安街153號4F之3
　　　　　Tel: 02-25865708　Fax: 02-25863758
　　　　　郵撥帳號：05625551
　　　　　E-mail: a4791@ms15.hinet.net
　　　　　http://www.avanguard.com.tw
出版總監　林文欽
法律顧問　南國春秋法律事務所 林峰正律師
出版日期　2005年05月修訂新版一刷
　　　　　2009年12月修訂新版三刷
總 經 銷　紅螞蟻圖書有限公司
　　　　　台北市內湖舊宗路二段121巷28.32號4樓
　　　　　Tel: 02-27953656　Fax: 02-27954100
定　　價　新台幣2000元(精裝)
　　　　　新台幣1500元(平裝)